DOM QUIXOTE DE LA MANCHA

Miguel de Cervantes

TEXTO INTEGRAL

VOLUME II

Série Ouro

3ª EDIÇÃO

TRADUÇÃO: CONDE DE AZEVEDO E VISCONDE DE CASTILHO

ILUSTRAÇÃO: GUSTAVE DORÉ

Dados Internacionais de Catalogação na Publicação (CIP)
(Câmara Brasileira do Livro, SP, Brasil)

Cervantes Saavedra, Miguel de, 1547-1616.
Dom Quixote de la Mancha : texto integral / Miguel de Cervantes ; tradução Conde de Azevedo e Visconde de Castilho ; ilustração Gustave Doré. -- São Paulo : Martin Claret, 2007. -- (Coleção a obra-prima de cada autor. Série ouro)

Título original : El ingenioso hidalgo Don Quijote de la Mancha.
Obra em 2 v.
ISBN 978-85-7232-726-8 (v. 1)
ISBN 978-85-7232-727-5 (v. 2)

1. Romance espanhol. I. Doré, Gustave. II. Título. III. Série.

07-0658 CDD-863

Índices para catálogo sistemático:

1. Romances : Literatura espanhola 863

COLEÇÃO A OBRA-PRIMA DE CADA AUTOR

Série Ouro

DOM QUIXOTE DE LA MANCHA

Miguel de Cervantes

TEXTO INTEGRAL

VOLUME II

MARTIN CLARET

CRÉDITOS

Tradução: Conde de Azevedo (Francisco Lopes de Azevedo Velho de Fonseca Barbosa Pinheiro Pereira e Sá Coelho, 1809-1876) e Visconde de Castilho (Antônio Feliciano de Castilho, 1800-1875).

Título original: *El ingenioso hidalgo Don Quijote de la Mancha* (1605 a primeira parte, e 1615 a segunda parte).

Idealização e Coordenação
Martin Claret

Assistente Editorial
Rosana Gilioli Citino

Capa
Ilustração
Marcellin Talbot

Miolo
Revisão
Lucia Brandão
Marina Brandão Saft

Tradução
Viscondes de Castilho e Azevedo

Projeto Gráfico
José Duarte T. de Castro

Direção de Arte
José Duarte T. de Castro

Papel
Off-Set, 70g/m²

Impressão e Acabamento
Paulus Gráfica

Editora Martin Claret Ltda. – Rua Alegrete, 62 – Bairro Sumaré
CEP: 01254-010 – São Paulo – SP
Tel.: (11) 3672-8144 – Fax: (11) 3673-7146

www.martinclaret.com.br / editorial@martinclaret.com.br

Agradecemos a todos os nossos amigos e colaboradores — pessoas físicas e jurídicas — que deram as condições para que fosse possível a publicação deste livro.

4ª reimpressão - 2017

O engenhoso fidalgo Dom Quixote de La Mancha

Volume II

Prólogo ao leitor

Valha-me Deus, com quanta vontade deves estar esperando agora, leitor ilustre, ou plebeu, este prólogo, julgando achar nele vinganças, pugnas e vitupérios contra o autor do segundo *Dom Quixote*; quero dizer, contra aquele que dizem que se gerou em Tordesilhas e nasceu em Tarragona[1]! Pois em verdade te digo que te não hei de dar esse contentamento, que, ainda que os agravos despertam a cólera nos mais humildes peitos, no meu há de ter exceção esta regra. Quererias que eu lhe chamasse asno, atrevido e mentecapto; mas tal me não passa pelo pensamento; castigue-o o seu pecado e trague-o a seu bel-prazer, e que lhe não faça engulhos. O que não pude deixar de sentir foi que me apodasse de manco e de velho, como se estivesse na minha mão demorar o tempo, que parasse para mim, ou como se tivesse saído manco de alguma rixa de taberna, e não do mais nobre feito que viram os séculos passados e presentes, e esperam ver os vindouros. Se as minhas feridas não resplandecem aos olhos de quem as mira, são estimadas, pelo menos, por aqueles que sabem onde se ganharam; que o soldado melhor parece morto na batalha do que livre na fuga: e tanto sinto isto que digo, que, se agora me propusessem e facilitassem um impossível, antes quisera ter estado naquela peleja prodigiosa[2] do que são das

[1] Alusão ao falso *Quixote* publicado em Tarragona.

[2] Lepanto.

minhas feridas sem lá me ter achado. As cicatrizes que o soldado ostenta no rosto e no peito são estrelas que guiam os outros ao céu da honra, e ao desejar justo louvor; e convém advertir que se não escreve com as cãs, mas sim com o entendimento, que costuma aperfeiçoar-se com os anos. Senti também que me chamasse invejoso e me descrevesse, como a um ignorante, que coisa seja a inveja, que, verdade, verdade, de duas que há, eu só conheço a santa, a nobre e a bem-intencionada; e, sendo assim como é, não tenho motivo para perseguir nenhum sacerdote, que, de mais a mais, seja também familiar do Santo Ofício[3]; e se ele o disse referindo-se a quem parece, de todo em todo se enganou, que desse tal adoro eu o engenho, admiro as obras e a ocupação contínua e virtuosa. Mas, efetivamente, agradeço a este senhor autor o dizer que as minhas novelas são mais satíricas do que exemplares, porque isso mostra que são boas, e não o poderiam ser se não tivessem de tudo.

Parece-me que me dizes que ando muito acanhado, e que me mantenho demasiadamente dentro dos limites da minha modéstia, sabendo que se não deve acrescentar mais aflições ao aflito, e as que este senhor deve ter são grandíssimas, sem dúvida, pois não se atreve a aparecer em campo aberto e com céu claro, encobrindo o seu nome e fingindo a sua pátria, como se tivesse feito alguma traição de lesa-majestade. Se porventura chegares a conhecê-lo, dize-lhe da minha parte que me não tenho por agravado, que bem sei o que são tentações do Demônio, que uma das maiores é meter-se-lhe a um homem na cabeça que pode compor e imprimir um livro com que ganhe tanta fama como dinheiro e tanto dinheiro como fama, e para confirmação disto quero que com todo o donaire e graça lhe contes este conto:

Havia em Sevilha um doido, que deu no mais gracioso disparate e teima que nunca se viu. E foi que fez um canudo de cana pontiagudo e, em apanhando um cão na rua, ou em qualquer outra parte, prendia-lhe uma pata com os pés, com a mão levantava-lhe outra e, como podia, lá lhe adaptava o canudo em sítio, em que, soprando-lhe, o punha redondo como uma péla, e, quando o apanhava deste modo, dava-lhe duas palmadinhas na barriga, e soltava-o, dizendo aos circunstantes (que sempre eram muitos):

---

[3] Alusão a Lope de Vega, sacerdote e familiar do Santo Ofício da Inquisição.

— Pensarão agora Vossas Mercês que é pouco trabalho inchar assim um cão? — Pensará Vossa Mercê agora que é pouco trabalho fazer um livro?

E, se este conto lhe não quadrar, diga-lhe, leitor amigo, o seguinte, que também é de orate e de cão:

Havia em Córdova outro doido, que tinha por costume trazer à cabeça um pedaço de mármore ou um pedregulho não muito ligeiro e, em topando algum cão descuidado, aproximava-se e deixava cair o peso em cima dele. Magoava-se o cão e, ladrando e ganindo, não parava nem em três ruas. Sucedeu, pois, que entre os cães a que fez isto, foi um deles o cão dum chapeleiro, que o estimava muito. Atirou-lhe uma pedra, deu-lhe na cabeça, desatou a ganir o cão moído, viu-o e sentiu-o o dono; agarrou numa vara de medição, veio ter com o doido, e não lhe deixou uma costela sã, e a cada paulada que lhe dava, dizia:

— Ah! ladrão! ah, perro! pois não viste, cruel, que o meu cão era podengo?[4]

E, repetindo-lhe o nome de "podengo" muitas vezes, largou o louco, depois de lhe ter posto os ossos num feixe. Escarmentou-se e retirou-se o doido, e em mais dum mês não saiu à praça; e ao cabo desse tempo voltou com a mesma invenção e com maior carga. Chegava-se aos cães, olhava fito para eles por muito tempo, e sem querer nem se atrever a descarregar a pedra, dizia:

— Este é podengo! cautela!

E efetivamente, quantos cães topava, ainda que fossem alões ou gozos, dizia que eram podengos; e nunca mais disparou o pedregulho. Talvez aconteça o mesmo a este historiador, que não se atreva a tornar a soltar a presa do seu engenho em livros que, em sendo maus, são mais duros que pedras.

Dize-lhe também que da ameaça que me faz, de que me há de tirar os lucros com o seu livro, nada se me dá, que, acomodando-me ao entremez famoso de *A Perendenga*[5], lhe respondo que viva para mim o vinte e quatro[6] meu senhor, e Cristo para todos. Viva o grande

---

[4] Cão próprio para a caça de coelhos.

[5] Não aparece esta obra entre as contemporâneas de Cervantes; unicamente no teatro de Moreto figura o *Entremez da Perendenga*, sem dúvida refundição da anterior, mas não aparece provado, nem há elementos para isso.

[6] Conselheiro municipal; eram vinte e quatro os membros do conselho.

Conde de Lemos, cuja cristandade e liberdade bem conhecida, contra todos os golpes da minha aziaga fortuna, me conserva de pé; e viva para mim também a suma caridade do ilustríssimo de Toledo, Dom Bernardo de Sandoval y Rojas[7], e pouco me importa que haja ou não haja imprensas no mundo e que se imprimam ou não contra mim mais livros do que letras têm as coplas de Mingo Revulgo[8]. Estes dois príncipes, sem que a minha adulação os solicite, nem outro gênero de aplauso, só por sua bondade tomaram a seu cargo fazer-me mercê e favorecer-me; e nisso me tenho por mais ditoso e mais rico do que se a fortuna pelos caminhos ordinários me tivesse posto no pináculo. A honra pode-a ter o pobre, mas não o vicioso; pobreza pode enublar a fidalguia, mas não escurecê-la de todo. Mas como a virtude dá alguma luz de si, ainda que seja pelos inconvenientes e vestígios da estreiteza, vem a ser estimada pelos altos e nobres espíritos e, portanto, favorecida. E não lhes diga mais, eu quero dizer-te mais a ti, senão advertir-te que esta segunda parte do *Dom Quixote* que te ofereço é cortada pelo mesmo oficial e no mesmo pano que a primeira, e que te dou nela Dom Quixote dilatado, e finalmente morto e sepultado, para que ninguém se atreva a levantar-lhe novos testemunhos, pois já bastam os passados, e basta também que um homem honrado desse notícia destas discretas loucuras, sem querer de novo entrar com elas; que a abundância das coisas, ainda que sejam boas, faz com que se não estimem, e a carestia ainda das más, alguma coisa se estima, esquecia-me de te dizer que esperes o *Persiles*, que já estou acabando, e a segunda parte da *Galatéia*[9].

---

[7] Cardeal-arcebispo de Toledo, tio do Duque de Lerma e protetor de Cervantes.

[8] Coplas satíricas e vulgares, nas quais se satirizou o governo de Henrique IV, sob a forma de alegorias pastoris.

[9] Esta segunda parte não chegou a ser publicada.

Dedicatória

Ao Conde de Lemos[1]

Enviando há dias a Vossa Excelência as minhas comédias impressas antes de representadas, se bem me recordo, disse que *Dom Quixote* ficava de esporas calçadas para ir beijar as mãos de Vossa Excelência; e agora digo que as calçou e se pôs a caminho e, se ele lá chegar, parece-me que algum serviço terei prestado a Vossa Excelência, porque são muitas as instâncias que de imensas partes me fazem que lho envie, a fim de tirar a náusea causada por outro *Dom Quixote*, que, com o nome de segunda parte, se disfarçou e correu pelo orbe[2]; e quem mais mostrou desejá-lo foi o grande

[1] Dom Pedro Fernández Ruiz de Castro, sétimo Conde de Lemos, era sobrinho e genro do Duque de Lerma. Foi vice-rei de Nápoles. Dispensou proteção a Cervantes e este lhe dedicou a segunda parte da obra, já que o Duque de Béjar, a quem havia sido dedicada a primeira parte, não correspondeu à fineza do novelista.

[2] Em 1614, um ano antes da publicação desta segunda parte, apareceu em Tarragona o segundo tomo do *engenhoso fidalgo Dom Quixote de la Mancha*, figurando como autor Alonso Fernández de Avellaneda, natural da vila de Tordesilhas, ao que parece nome de um suposto e oculto inimigo de Cervantes. Não se sabe quem foi este, nem se algum ressentimento, por ver-se aludido na primeira parte, pôde ser causa desta publicação. O problema ainda não está elucidado, mas não deixa de ser sumamente interessante, ainda que se trate de uma obra sob todos os pontos de vista inferior à de Cervantes.

imperador da China, pois haverá um mês que me escreveu uma carta em língua chinesa, por um próprio, pedindo-me, ou, para melhor dizer, suplicando-me que lho enviasse, porque queria fundar um colégio onde se ensinasse a língua castelhana, e desejava que o livro que se lesse fosse o da história de Dom Quixote; juntamente com isso me dizia que fosse eu ser o reitor de tal colégio. Perguntei ao portador se Sua Majestade lhe dera para mim alguma ajuda de custo. Respondeu-me que nem por pensamentos.

— Pois, irmão — tornei eu —, podeis voltar para a vossa China, às dez, ou às vinte[3], ou às que vos tiverem marcado, porque eu não estou com saúde para empreender tão larga viagem; demais, além de enfermo, estou muito falto de dinheiros, e imperador por imperador, e monarca por monarca, em Nápoles tenho eu o grande Conde de Lemos, que, sem tantos titulozinhos de colégios, nem de reitorias, me sustenta, me ampara e me faz maior mercê do que as que posso desejar.

Com isto o despedi e com isto me despeço, oferecendo a Vossa Excelência os *Trabalhos de Persiles e Sigismunda*, livro a que porei remate dentro de quatro meses, *Deo volente*[4]; que há de ser, ou o pior ou o melhor que em nossa língua se tenha composto; falo nos de entretenimento e parece-me que me arrependo de ter dito "o pior", porque, segundo a opinião dos meus amigos, tocará as raias da possível perfeição. Venha Vossa Excelência com a saúde com que é desejado, que já cá estará *Persiles* para lhe beijar as mãos, e eu os pés, como criado que sou de Vossa Excelência. Madri, último de outubro de mil e seiscentos e quinze.

Criado de Vossa Excelência,
MIGUEL DE CERVANTES SAAVEDRA.

---

[3] Às vinte horas.

[4] "Deus o querendo."

CAPÍTULO I

Do que passaram o cura e o barbeiro com Dom Quixote acerca da sua enfermidade

Conta Cide Hamete Benengeli, na segunda parte desta história, e terceira saída de Dom Quixote, que o cura e o barbeiro estiveram mais dum mês sem o ver, para lhe não renovarem e trazerem à memória as coisas passadas; mas nem por isso deixaram de visitar a sobrinha e a ama, recomendando-lhes que cuidassem de lhe dar bastantes regalos, guisando-lhe manjares confortativos e apropriados para o coração e o cérebro, donde procedia, segundo o bom discorrer, toda a sua má ventura e disseram elas que assim o faziam e continuariam a fazer com a melhor vontade e o maior cuidado possível, porque viam que o fidalgo ia dando a cada momento sinais de estar em todo o seu juízo. Ficaram ambos muito satisfeitos, por lhes parecer que tinham procedido acertadamente em o trazer encantado num carro de bois, como se contou na primeira parte desta grande e verídica história no último capítulo, e assim resolveram visitá-lo e experimentar se estava curado, ainda que tinham quase por impossível que o estivesse, e deliberaram não lhe falar em coisa alguma de cavalar andante, para não correrem perigo de lhe abrir de novo a ferida, que ainda estava tão fresca.

Visitaram-no, enfim, e acharam-no sentado na cama, vestido com um roupão de baeta verde e na cabeça um bonete toledano vermelho; e estava tão seco e mirrado, que não parecia senão uma múmia. Foram por ele muito bem recebidos, perguntaram-lhe pela sua saúde, e ele deu conta de si e dela, com muito juízo e muito elegantes palavras; e, no decorrer da sua prática, viera a tratar do que chamam razão de Estado e modos de governo, emendando este abuso e condenando aquele, reformando um costume e desterrando outro, fazendo-se cada um dos três um legislador, um Licurgo moderno ou um Sólon flamante[1]; de tal modo renovaram a república, que não pareceu senão que a tinha metido numa bigorna e tirado outra diversa; e falou Dom Quixote com tanta discrição em todos os assuntos que se trataram, que os dois examinadores supuseram, sem a mínima dúvida, que estava de todo bom e em seu perfeito juízo.

Acharam-se presentes à prática a sobrinha e a ama, e não se fartavam de dar graças a Deus por ver Dom Quixote com tão bom entendimento; mas o cura, alterando o primitivo propósito que era de lhe não tocar em coisas de cavalarias, quis experimentar se a sanidade de Dom Quixote era falsa ou verdadeira, e assim, de lance em lance, veio a contar algumas notícias que tinha vindo da corte, e entre outras disse que corria como certo descer o Turco com uma poderosa armada[2], e que se não sabia qual era o seu desígnio, nem onde iria desabar tão carregada nuvem; com este temor, que quase todos os anos nos põe alerta, alerta estava a cristandade, que el-rei mandara abastecer as costas de Nápoles e da Sicília e a Ilha de Malta. A isto respondeu Dom Quixote:

— Sua Majestade procedeu como prudentíssimo guerreiro, abastecendo os seus Estados com tempo, para que o inimigo o não ache desapercebido; mas, se tomasse o meu parecer, aconselhar-lhe-ia eu que tomasse uma precaução, em que Sua Majestade está a estas horas muito longe de pensar.

Apenas o cura ouviu estas palavras, logo disse entre si: "Deus te ampare com a sua mão, meu pobre Dom Quixote, que me parece que te despenhas do alto pináculo da tua loucura, no profundo abismo da tua simplicidade!" Mas o barbeiro, que já tivera o mesmo pensamento que o cura, perguntou a Dom Quixote que prevenção era essa; tal poderia ela ser, que se pusesse na lista dos muitos conselhos impertinentes que se costumam dar aos príncipes.

---

[1] Legisladores lacedemônio e ateniense, respectivamente.

[2] Uma das preocupações mais constantes dessa época foi se um dia a armada turca invadiria o Mediterrâneo.

— O meu, senhor tosquiador — disse Dom Quixote —, é pelo contrário muito pertinente.

— Não o digo por outra coisa — redargüiu o barbeiro —, senão por ter mostrado a experiência que todos, ou a maior parte dos arbítrios que se dão a Sua Majestade, ou são impossíveis, ou disparatados, ou danosos ao rei ou ao reino.

— Pois o meu — respondeu Dom Quixote — nem é impossível, nem disparatado, mas o mais fácil, o mais justo, o mais maneiro e breve, que pode caber no pensamento de qualquer cavaleiro.

— Já Vossa Mercê tarda em dizê-lo, Senhor Dom Quixote — disse o cura.

— Não quereria — tornou Dom Quixote — dizê-lo eu agora aqui, e acordar amanhã nos ouvidos dos senhores conselheiros, e que levasse outro os agradecimentos e o prêmio do meu trabalho.

— Eu por mim — acudiu o barbeiro — dou a minha palavra, aqui e diante de Deus, de não transmitir o que Vossa Mercê me disser, nem a rei, nem a roque[3], nem a homem algum terreal; juramento que aprendi do romance do cura, que no prefácio disse a el-rei quem fora o ladrão que lhe roubara as cem dobras mais a mula andarilha.

— Não sei de histórias — disse Dom Quixote —, mas sei que é bom esse juramento, pois que tenho fé em ser homem de bem o senhor barbeiro.

— E que o não fosse — disse o cura —, fico eu por seu abonador e fiador que, neste caso, não falará mais do que um mudo, sob pena de pagar o julgado e sentenciado.

— E a Vossa Mercê quem o fia, senhor cura? — tornou Dom Quixote.

— A minha profissão — respondeu o cura —, que é de guardar segredo.

— Corpo de tal![4] — acudiu Dom Quixote — pois que mais é necessário do que mandar Sua Majestade, por público pregão, que num dia certo se juntem na corte todos os cavaleiros andantes que vagueiam por Espanha, que, ainda que não viesse senão meia dúzia, podia parecer entre eles algum que bastasse só por si para destruir todo o poder do Turco? Estejam Vossas Mercês atentos e

---

[3] "Nem a rei, nem a roque." Expressão tirada do xadrez; roque, aforre; rei, a peça principal.

[4] Uma de tantas fórmulas de juramento evitando usar o nome de Deus.

vão com o que eu lhes digo. Porventura é coisa nova desfazer um só cavaleiro andante um exército de duzentos mil homens, como se todos juntos tivessem uma só garganta ou fossem feitos de alfenim? Senão, digam-me: quantas histórias não há cheias destas maravilhas? Vivesse hoje, em má hora para mim, que não quero dizer para outro, o famoso Dom Belianis, ou algum dos da inumerável linhagem de Amadis de Gaula; que se o Turco se medisse com algum deles, à fé que lhe não arrendava o ganho nem por um maravedi; mas Deus olhará pelo seu povo, e algum suscitará que, se não for tão bravo como os antigos paladinos, pelo menos lhes não será inferior no ânimo; e Deus me entende, e mais não digo.

— Ai! — acudiu a sobrinha — me matem, se meu tio não quer voltar a ser cavaleiro andante.

E Dom Quixote respondeu:

— Cavaleiro andante hei de morrer e suba ou desça o Turco quando quiser e quando puder que outra vez digo que Deus me entende.

E nisto acudiu o barbeiro:

— Peço a Vossas Mercês que me dêem licença para narrar um breve caso que se passou em Sevilha, e que, por vir aqui de molde, sinto vontade de contar.

Deu Dom Quixote a licença, e o cura e os outros prestaram atenção, e Mestre Nicolau começou desta maneira:

— Na casa dos doidos de Sevilha, estava um homem a quem os seus parentes tinham metido ali, por falta de juízo: era formado em cânones por Osuna[5]; mas, ainda que o fosse por Salamanca, segundo a opinião de muitos, não deixaria de ser louco. Este tal doutor, ao cabo de alguns anos de recolhimento, começou a imaginar que estava são, e em seu perfeito juízo, e, com esta imaginação escreveu ao arcebispo, suplicando-lhe muito encarecidamente e com muito concertadas razões que o mandasse tirar daquela miséria em que vivia, pois pela misericórdia de Deus já recobrara o juízo perdido; mas que os seus parentes, para lhe desfrutarem a fazenda, o tinham ali, e contra toda a razão queriam que ele fosse doido até a morte. O arcebispo, persuadido por muitos bilhetes acerados e discretos[6], ordenou

---

[5] Osuna, uma das tantas universidades satirizadas nos séculos XVI e XVII. Foi fundada por Dom João Tédaez Girón.

[6] "Advertido mediante múltiplos escritos."

a um seu capelão que se informasse do reitor da casa se era verdade o que aquele licenciado lhe escrevia, que falasse igualmente com o doido, e se visse que ele estava em seu juízo, o tirasse para fora e pusesse em liberdade. Assim fez o capelão, e o reitor disse que esse homem ainda estava doido, que posto que falava muitas vezes como pessoa de grande entendimento, afinal disparatava, dizendo tantas necedades, que em serem muitas e grandes igualavam os seus primeiros acertos, como se podia experimentar, falando-lhe. Quis o capelão fazer a experiência e indo ter com o doido, esteve a conversar com ele mais de uma hora, e em todo o tempo nunca o doido disse uma só coisa torcida ou disparatada, antes dircursou tão ajuizadamente que o capelão foi obrigado a confessar que o doido estava são; e, entre outras coisas que o licenciado lhe disse, foi que o reitor lhe atravessava tudo, para não perder as dádivas com que o brindavam os seus parentes, para que dissesse que ele estava doido com intervalos lúcidos, e que o maior inimigo, que na sua desgraça tinha, era a sua muita fazenda, pois para a desfrutar os seus inimigos cometiam dolo e duvidavam da mercê que Nosso Senhor lhe fizera, em o mudar de bruto em homem. Finalmente, falou de modo que deu o reitor por suspeito, os seus parentes por cobiçosos e desalmados, e ele por tão discreto, que o capelão se resolveu a levá-lo consigo, para que o arcebispo o visse, e tocasse com a mão a verdade daquele negócio. Nesta boa-fé o honrado capelão pediu ao reitor que mandasse dar o fato com que para ali entrara o licenciado; tornou-lhe o reitor que visse o que fazia, porque sem dúvida alguma o licenciado ainda estava doido. De nada serviram para o capelão as prevenções e avisos do reitor, e não quis deixar de o levar; obedeceu o reitor, vendo que era ordem do arcebispo; vestiram ao licenciado o seu fato, ainda novo e decente; e assim que ele se viu trajado como homem são, e despido das vestes de louco, pediu por caridade ao capelão que o deixasse ir despedir dos doidos seus companheiros. Disse-lhe o capelão que o queria acompanhar, para ver os moradores daquela casa. Subiram, com efeito, e com eles alguns outros que estavam presentes; e, chegando o licenciado a uma jaula onde estava um doido furioso, ainda que nesse momento mui sossegado e quieto, disse-lhe:

— Irmão, dê-me as suas ordens, que vou para minha casa, pois que foi Deus servido, por sua infinita bondade e misericórdia, sem eu o merecer, restituir-me o juízo; já estou são e cordato, que a Deus nada é impossível; tenha grande esperança e confiança nele, que, se Deus Nosso Senhor me restituiu o entendimento, também lhe restituirá o seu, se nele confiar; eu terei cuidado de lhe mandar alguns mimosos manjares, e vá-os comendo sempre, que lhe faço saber que imagino, como quem por aí passou, que todas as nossas loucuras procedem de termos estômagos vazios e cérebros de ar; anime-se, anime-se, que o desalento nos infortúnios míngua a saúde e traz consigo a morte.

Todas estas razões do licenciado as esteve escutando outro doido, metido numa jaula fronteira da do furioso, e levantando-se duma esteira velha, onde se deitara nu em pêlo, perguntou, com grandes brados, quem é que se ia embora, são e com juízo. Respondeu o licenciado:

— Sou eu, irmão, que já não tenho necessidade de aqui me demorar mais tempo, pelo que dou infinitas graças aos céus, que tamanha mercê me fizeram.

— Vede o que dizeis, licenciado, não vos engane o Diabo — ficai em vossa casa, para vos poupardes à volta.

— Eu sei que estou bom —, tornou o licenciado e não haverá motivo para eu tornar a correr as estações.

— Estais bom... vós? — disse o louco —, pois muito bem, ide-vos com Deus; mas voto a Júpiter, cuja majestade eu represento na terra, que só por este pecado que hoje Sevilha comete em vos tirar desta casa, e em vos ter por homem sensato, tenho de lhe dar tamanho castigo, que fique memória dele por todos os séculos dos séculos, amém. Não sabes tu, licenciadito minguado, que o poderei fazer, pois, como digo, sou Júpiter Tonante, que tenho nas minhas mãos os raios abrasadores, com que posso e costumo ameaçar e destruir o mundo? Mas só com uma coisa quero castigar este povo ignorante, e é que não há de chover três anos inteiros em todo o distrito e seus contornos; três anos, que se hão de contar desde o dia e momento em que proferir esta ameaça. Tu livre, tu são, tu com juízo, e eu amarrado, enfermo e louco! Hei de pensar tanto em dar chuva à terra, como penso em enforcar-me!

Estiveram os circunstantes atentos a ouvir as vozes e os discursos do louco; mas o nosso licenciado, voltando-se para o capelão, e agarrando-lhe nas mãos, disse-lhe:

— Não se aflija Vossa Mercê, meu senhor, nem faça caso do que este louco diz, que se ele é Júpiter, e não quer dar chuva, eu, que sou Netuno, pai e deus das águas, choverei todas as vezes que me parecer e for necessário.

E a isto respondeu o capelão:

— Em todo caso, Senhor Netuno, não será bom magoarmos o Senhor Júpiter; fique Vossa Mercê em sua casa, que outro dia, quando houver vagar e mais comodidade, voltaremos por Vossa Mercê.

Riu-se o reitor, riram-se os circunstantes, e deste riso ficou meio corrido o capelão; despiram o licenciado, ficou em casa, e acabou-se a história.

— Então é este o conto, senhor barbeiro — disse Dom Quixote —, que, por vir de molde, não podia deixar de se narrar? Ah! senhor tosquiador, senhor tosquiador! Cego é quem não vê por entre os fios de seda! E é possível que Vossa Mercê não saiba que as comparações que se fazem de engenho com engenho, de valor com valor, de formosura com formosura, e de linhagem com linhagem, são sempre odiosas e mal recebidas? Eu, senhor barbeiro, não sou Netuno, deus das águas, nem procuro que ninguém me tenha por discreto, não o sendo; só me canso para fazer perceber ao mundo o erro em que labora, não renovando os tempos em que a ordem da cavalaria andante campeava em toda a pompa; mas não é merecedora a nossa depravada idade de gozar tantos bens como os que gozaram os séculos em que os cavaleiros andantes tomaram a seu cargo e puseram aos ombros a defesa dos reinos, o amparo das donzelas, o socorro dos órfãos e pupilos, o castigo dos soberbos, e o prêmio dos humildes. Os cavaleiros hoje da moda antes se molestam com os damascos, brocados, e outras ricas telas de que se vestem, do que com a malha com que se armam; já não há cavaleiro que durma nos campos, sujeito ao rigor do céu, armado de ponto em branco; e já não há quem, sem tirar os pés dos estribos, arrimado à sua lança, só procure, no dizer vulgar, passar pelo sono, como faziam os cavaleiros andantes; já não há um só que saia do bosque para entrar na montanha, e pise em seguida a estéril e deserta praia do mar, as mais das vezes proceloso e alterado, e, encontrando logo ali, à beira, um pequeno batel sem vela, nem remo, mastro, nem enxárcia alguma, com intrépido coração se arroje para dentro dele, entregando-se às implacáveis ondas do mar profundo, que ora o levantam ao céu, ora o precipitam num abismo e ele, pondo o peito à incontrastável borrasca, quando mal se precata acha-se a três mil e tanta léguas distante do lugar onde embarcou, e, saltando em remota e desconhecida terra, sucedem-lhe coisas dignas de ser escritas não em pergaminho, mas em bronze; agora, já triunfa a preguiça da diligência, o vício da virtude, a ociosidade do trabalho, a arrogância da valentia, e a teoria da prática das armas, que só brilharam e resplandeceram nas idades de ouro e nos cavaleiros andantes. Senão digam-me: quem foi mais honesto e mais valente do que o famoso Amadis de Gaula? quem foi mais discreto do que Palmeirim de Inglaterra? quem teve mais conciliadoras maneiras do que Tirante o Branco? quem foi mais galã do que Lisuarte da Grécia? quem mais acutilado, nem mais acutilador do que Dom Belianis? quem mais intrépido do que Perião de Gaula? quem mais cometedor de perigos do que Felismarte de Hircânia? mais sincero do que Esplandião? mais arrojado do que Cirongílio de Trácia? mais bravo do que Rodamante? mais prudente do que El-Rei Sobrinho? mais atrevido do que Reinaldo? mais invencível do que Roldão? mais galhardo e mais cortês do que Rugero, de quem hoje descendem os duques de Ferrara, como diz Turpim na sua *Cosmografia*[7]? Todos estes cavaleiros, e outros muitos, que eu poderia dizer, senhor cura, foram cavaleiros andantes, luz e glória da cavalaria. Destes, ou doutros como estes, quisera eu que fossem os do meu arbítrio que, a sê-lo, Sua Majestade se acharia bem servido, e se lhe forraria muita despesa, e o Turco depenaria as barbas[8]; e com isto me quero ficar na minha casa, já que o capelão me não tira dela para fora; e se Júpiter, como diz o barbeiro, não chover aqui, estou eu que choverei, quando me aprouver: digo isto, para que saiba o Senhor Navalha que o entendo muito bem.

— Na verdade, Senhor Dom Quixote — acudiu o barbeiro —, o que eu disse não foi com má tenção, assim Deus me ajude, e Vossa Mercê não deve sentir-se.

— Se devo sentir-me ou não, eu é que sei — respondeu Dom Quixote.

— Ainda bem — disse o cura — que até agora ainda quase que não dei palavra e não queria ficar com um escrúpulo que me rói a consciência, nascido do que me disse aqui, Senhor Dom Quixote.

— Para outras coisas mais — respondeu Dom Quixote — tem o senhor cura licença, e assim pode dizer o seu escrúpulo, porque não é bom andar uma pessoa com a consciência em ânsias.

---

[7] Ao que tudo indica, o falso historiador de Carlos Magno não escreveu nenhuma com esse título nem desse gênero.

[8] Em sinal de ira.

— Pois, com esse beneplácito — respondeu o cura —, digo que o meu escrúpulo vem a ser que de nenhum modo me posso persuadir de que toda essa caterva de cavaleiros andantes, que Vossa Mercê, Senhor Dom Quixote, referiu, tivesse sido real e verdadeiramente neste mundo pessoas de carne e osso; antes imagino que tudo é ficção, fábula e mentira, e sonhos contados por homens despertos, ou para melhor dizer, meio adormecidos.

— Isso é outro erro — respondeu Dom Quixote — em que têm caído muitos que não acreditam que houvesse tais cavaleiros no mundo, e eu muitas vezes, com diversas gentes e ocasiões, procurei tirar à luz da verdade este quase comum engano; mas algumas vezes não realizei a minha intenção, e outras sim, sustentando-a nos ombros da verdade; verdade que é tão certa, que estou em dizer que vi com meus próprios olhos Amadis de Gaula, que era um homem alto de corpo, branco de rosto, de barba formosa e negra, de olhar entre brando e rigoroso, curto de razões, tardio em se irar, e pronto em depor a ira; e do modo que eu delineei Amadis, poderia, penso eu, pintar e descrever todos quantos cavaleiros andantes se encontram nas histórias do orbe, que, pela idéia que tenho, foram como as suas crônicas narram; e pelas façanhas que praticaram, e condições que tiveram, se podem tirar por boa filosofia as suas feições, a sua cor e a sua estatura.

— De que tamanho lhe parece a Vossa Mercê, Senhor Dom Quixote, que seria o gigante Morgante[9]?

— Nisto de gigantes — respondeu Dom Quixote — há diferentes opiniões: se os tem havido ou não no mundo; mas a Escritura Santa, que não pode faltar, nem num átomo, à verdade, mostra-nos que os houve, falando-nos naquele filisteu Golias, que tinha sete côvados e meio de altura, o que é uma grandeza desmarcada. Também na Ilha de Sicília se têm encontrado canelas e espáduas tamanhas, que a sua grandeza manifesta que foram gigantes os seus possuidores, e do tamanho de altíssimas torres; que a geometria[10] tira esta verdade de toda a dúvida. Mas, com tudo isso, não saberei dizer com certeza o tamanho que teria Morgante, ainda que imagino que não devia ser muito alto; e move-me a ser desta opinião

[9] Alusão ao Morgante de Pulei.

[10] "Geometria" tem o valor de harmonia, composição perfeita.

encontrar na história, onde se faz menção especial das suas façanhas, que muitas vezes dormia debaixo de telha; e, logo que encontrava casa onde coubesse, claro está que não era desmesurada a sua grandeza.

— Assim é — disse o cura, que, gostando de lhe ouvir dizer tamanhos disparates, lhe perguntou o que pensava dos rostos de Reinaldo de Montalbán e Dom Roldão, e dos outros doze pares de França, pois todos tinham sido cavaleiros andantes.

— De Reinaldo — respondeu Dom Quixote — atrevo-me a dizer que era de cara larga, cor vermelha, olhos bailadores e um pouco esbugalhados, rixoso e colérico em demasia, amigo de ladrões e de gente perdida. De Roldão, ou Rotolando, ou Orlando (que com todos estes nomes o designam as histórias), sou de parecer, e afirmo, que foi de mediana estatura, largo de ombros, moreno de rosto e barbirruivo, cabeludo no corpo, e de vista ameaçadora, curto de razões, mas muito comedido e bem-criado.

— Se não foi Roldão mais gentil-homem do que Vossa Mercê diz — redargüiu o cura —, não maravilha que a formosa Angélica o desdenhasse, trocando-o pela gala, donaire e brio que devia ter o mourinho imberbe a quem se entregou, e procedeu discretamente afagando antes a brandura de Medoro[11] do que a aspereza de Roldão.

— Essa Angélica, senhor cura — respondeu Dom Quixote —, foi uma donzela distraída, passeadeira, e um tanto caprichosa, que deixou o mundo tão cheio das suas impertinências como da fama da sua formosura. Desprezou mil senhores, mil valentes e mil discretos, e contentou-se com um pajenzito louro, sem mais fazenda e nome do que os que lhe pôde granjear a amizade que teve a um agradecido amigo. O grande cantor da formosura de Angélica, o famoso Ariosto, por não se atrever ou não querer contar o que a esta dama sucedeu depois de se ter entregado a tão ruim senhor, que não deviam ser coisas demasiadamente honestas, largou-a dizendo:

> E como recebeu do Catai o cetro,
> Outro cantará talvez com melhor plectro[12].

---

[11] Alusão à lenda de Angélica e Medoro.

[12] Citados no final da primeira parte.

E foi isto, sem dúvida, profecia, que os poetas também se chamam vates, o que quer dizer "adivinhos". Vê-se esta verdade claramente, porque depois um famoso poeta andaluz pranteou e cantou as suas lágrimas, e outro famoso e único poeta castelhano cantou a sua formosura[13].

— Diga-me, Senhor Dom Quixote — acudiu o barbeiro —, não houve poeta algum que fizesse algumas sátiras a essa Senhora Angélica, entre tantos que a louvaram?

— Creio — respondeu Dom Quixote —, que se Sacripante e Roldão fossem poetas[14], teriam vibrado epigramas à donzela; porque é próprio e natural dos poetas desdenhados e maltratados pelas suas damas fingidas ou não fingidas, com efeito, por aquelas que eles escolheram por senhora de seus pensamentos, vingar-se com sátiras e libelos; vingança decerto indigna de peitos generosos, mas até agora não tive notícia de versos infamatórios contra a Senhora Angélica, que trouxe o mundo revolto.

— Milagre! — disse o cura.

E nisto ouviram que a ama e a sobrinha, que já tinham abandonado a prática, davam grandes brados no pátio, e acudiram todos ao ruído.

---

[13] O poeta andaluz é Dom Luís Barahona de Soto, aludido no capítulo VI da primeira parte. O outro poeta a que se refere Cervantes é Lope de Vega, e a seu poema em vinte cantos *A formosura de Angélica*.

[14] Adverte Rodríguez Marín nestas palavras uma nova alusão a Lope, já que nem Sacripante nem Roldão foram poetas Não parece muito clara a alusão, e pode considerar-se esta passagem como uma das mais obscuras de exegese.

CAPÍTULO II

Que trata da notável pendência que Sancho Pança teve com a sobrinha e a ama de Dom Quixote, e de outros sucessos graciosos

Conta a história que os brados que ouviram Dom Quixote, o cura e o barbeiro eram da sobrinha e da ama, dizendo esta a Sancho Pança, que pugnava para entrar e ver Dom Quixote, enquanto elas defendiam a porta:

— Que quer este mostrengo nesta casa? Ide-vos para a vossa, irmão, que sois vós e não outrem quem tresvaria e alicia o meu amo, e o arrasta para essas andanças.

A que Sancho respondeu:

— Ó ama de Satanás, o tresvariado e o aliciado e o arrastado sou eu, e não teu amo; ele me levou por esses mundos de Cristo, e vós outras vos enganais de meio a meio; foi ele que me tirou da minha casa, com muitas lérias, prometendo-me uma ilha, que ainda hoje estou à espera dela.

— Más ilhas te afoguem — respondeu a sobrinha —, Sancho maldito; e que vem a ser isso de ilhas? é coisa de comer, guloso e comilão que tu és?

— Não é de comer — tornou Sancho —, mas de reger e governar, melhor do que quatro cidades e quatro alcaides da corte[1].

---

[1] Diz Sancho que é preferível o governo da ilha ao de quatro cidades e quatro alcaides de corte, ou seja, a todo o difícil e pesaroso.

— Pois com tudo isso — insistiu a ama — não entrareis cá, saco de maldades e costal de malícias; ide-vos governar vossa casa, e lavrar as vossas leiras, e deixai-vos lá de querer ilhas nem ilhos.

Grande gosto recebiam o cura e o barbeiro de ouvir o colóquio dos três; mas Dom Quixote, receoso de que Sancho se descosesse e desembuchasse algum montão de maliciosas necedades, que tocassem nalgum ponto que não fosse muito em crédito seu, chamou-o e disse às duas que se calassem e o deixassem entrar. Entrou Sancho, e o cura e o barbeiro despediram-se de Dom Quixote, de cuja saúde desesperaram, vendo como estava embebido nos seus desvairados pensamentos, e engolfado nas suas mal andantes cavalarias; e o cura disse para o barbeiro:

— Vereis, compadre, que, quando menos o pensemos, o nosso fidalgo sai outra vez a andar à turna.

— Não ponho dúvida nisso — redargüiu Mestre Nicolau —, mas não me maravilho tanto da loucura do cavaleiro como da simplicidade do escudeiro, que tão ferrada lá tem a história da ilha, que me parece que lha não tiram dos cascos nem quantos desenganos se possam imaginar.

— Deus lhe dê remédio — tornou o cura —, e estejamos à mira; veremos em que pára esta máquina de disparates com semelhante cavaleiro, e semelhante escudeiro, que parece que os tiraram a ambos da mesma pedra, e que as loucuras do amo, sem as necedades do criado, não valeriam coisa alguma.

— Assim é — confirmou o barbeiro —, e folgaria muito de saber em que estarão os dois palestrando.

— Tenho certeza — disse o cura — que a sobrinha ou a ama no-lo contarão depois, que não são elas pessoas que deixem de se pôr à escuta.

Entretanto Dom Quixote fechou-se com Sancho no seu aposento, e, apenas se viu só com ele, disse-lhe:

— Muito me pesa, Sancho, que tenhas dito e continues a dizer que fui eu que te tirei da tua choupana, sabendo tu muito bem que eu não fiquei em casa. Juntos saímos, juntos nos fomos, e juntos peregrinamos; correu-nos a ambos a mesma fortuna e a mesma sorte; se a ti te mantearam uma vez, a mim derrearam-me cem vezes, e é essa a única vantagem que te levo.

— Isso era de razão — respondeu Sancho —, porque, segundo Vossa Mercê diz, mais perseguem as desgraças os cavaleiros andantes do que os seus escudeiros.

— Enganas-te, Sancho — redargüiu Dom Quixote —, porque lá dizem: "quando caput dolet", etc.

— Eu cá não entendo outra língua senão a minha — respondeu Sancho.

— Quero dizer — tornou Dom Quixote — que, quando nos dói a cabeça, todos os membros nos doem; e assim, sendo eu teu amo e senhor, sou a tua cabeça e tu és parte de mim, visto que és meu criado; e por esse motivo o mal que me toca ou me tocar há de te doer a ti, e a mim o teu.

— Assim devia ser — disse Sancho —, mas quando me mantearam como membro estava a minha cabeça, que era Vossa Mercê, alapardada a ver-me voar pelos ares, sem sentir dor alguma; e, se os membros têm obrigação de se doer dos males da cabeça, devia ela ter obrigação de se doer dos males deles.

— Quererás dizer agora, Sancho — respondeu Dom Quixote —, que me não doía quando te mantearam? e se o dizes, não o digas nem o penses, porque mais dor sentia eu no meu espírito, de que tu no teu corpo. Mas deixemos este aparte por agora, que tempo haverá em que o ponderemos e tiremos a limpo: e conta-me, Sancho amigo: que dizem de mim por esse lugar? que opinião formam a meu respeito o vulgo, os fidalgos e os cavalheiros? e que dizem do meu valor? das minhas façanhas? da minha cortesia? Que se pensa da missão que tomei de ressuscitar a olvidada ordem cavalheiresca? Quero, finalmente, Sancho, que me narres o que tiver chegado aos teus ouvidos; e hás de mo dizer sem amplificar o bem, nem ataviar o mal em coisa alguma; que é de vassalos leais dizer a seus senhores a verdade como é ela, sem que a adulação a acrescente, ou qualquer outro vão respeito a diminua; e quero que saibas, Sancho, que, se aos ouvidos dos príncipes chegasse a verdade nua, sem os vestidos da lisonja, outros séculos correriam, outras idades seriam consideradas mais de ferro que a nossa, que entendo que, das que agora se usam, é a de ouro. Sirva-te este aviso, Sancho, para que, discreta e bem-intencionadamente, me digas as coisas verdadeiras que souberes acerca do que te perguntei.

— Isso faço eu de muito boa vontade, meu senhor — tornou Sancho —, contanto que Vossa Mercê se não enfade com o que eu disser, já que deseja que eu o diga nu e cru, sem o vestir com outras roupas que não sejam aquelas com que chegaram ao meu conhecimento.

— Não me enfado — respondeu Dom Quixote —; podes, Sancho, falar livremente e sem rodeios.

— Pois a primeira coisa que posso e devo afirmar é que o vulgo tem a Vossa Mercê por grandíssimo louco, e a mim por não menos mentecapto. Dizem os fidalgos que, não se contendo Vossa Mercê nos limites da fidalguia, tomou dom[2], e se fez cavaleiro com quatro cepas e duas jugadas de terra, e com um trapo atrás e outro adiante. Dizem os cavaleiros que não quereriam que os fidalgos se lhes opusessem, principalmente certos fidalgos escudeiros, que dão pó de fumo aos sapatos[3], e amontoam meias negras com seda verde.

— Isso — disse Dom Quixote — nada tem que ver comigo, porque, como sabes, ando sempre bem vestido e nunca arremendado; roto, poderá ser, mais das armas que do tempo.

— No que toca — prosseguiu Sancho — a valor, cortesia, façanhas, e missão de Vossa Mercê, há mui diversas opiniões: uns dizem "louco, mas gracioso"; outros, "valente, mas desgraçado"; outros, "cortês, mas impertinente"; e assim vão discorrendo, de tantas formas e feitios, que nem a Vossa Mercê, nem a mim, nos deixam costela inteira.

— Olha, Sancho — disse Dom Quixote —, onde a virtude estiver em grau eminente, verás que é perseguida; poucos, ou nenhum, dos famosos varões que passaram na terra, deixaram de ser caluniados pela malícia. Júlio César, animosíssimo, prudentíssimo, e valentíssimo, foi notado de ambicioso, e de não ser muito limpo, nem no fato, nem nos costumes. Alexandre, a quem as suas façanhas alcançaram renome de Magno, dizem que teve o defeito de se embriagar às vezes. De Hércules, o dos inúmeros trabalhos, se conta que foi lascivo e mole. De Dom Galaor, irmão de Amadis de Gaula, murmura-se que foi mais do que demasiado rixoso; e do próprio Dom Amadis, que foi chorão. Por isso, meu Sancho, entre tantas calúnias levantadas aos bons, podem também passar as minhas, se é que não foram mais do que as que disseste.

— Aí é que bate o ponto, corpo de meu pai! — redargüiu Sancho.

— O quê! pois há mais? — perguntou Dom Quixote.

— Falta ainda o rabo, que é o pior de esfolar[4] — tornou Sancho

---

[2] Quer dizer que passou a usar o "dom" e desde então se fez cavaleiro. Disso há várias alusões nas comédias de Lope e de Ruiz de Alarcón.

[3] Para dar lustre aos sapatos, usava-se o pó de fumaça da tinta de imprimir diluída em um pouco de água, azeite ou clara de ovo.

[4] Quer dizer que ainda falta acabar o final de tudo.

—; até agora tem sido pão com mel, mas se Vossa Mercê quer saber ao certo tudo o que há acerca das calunas[5] que lhe levantaram, eu aqui lhe trago logo quem lhas dirá todas, sem lhe faltar nem uma mealha[6], que esta noite chegou o filho de Bartolomeu Carrasco, que vem de estudar em Salamanca e feito bacharel, e, indo-lhe eu a dar os emboras pela sua chegada, disse-me que já andava em livros a história de Vossa Mercê, com o nome do *Engenhoso fidalgo Dom Quixote de la Mancha*, e que lá dão conta de mim com o meu próprio nome de Sancho Pança, e da Senhora Dulcinéia del Toboso, com outras coisas que passamos a sós, que eu me benzi de espantado, de como as pôde saber o historiador que as escreveu.

— Asseguro-te, Sancho — tornou Dom Quixote —, que deve de ser algum sábio nigromante o autor da nossa história, que a esses tais nada se lhes encobre do que querem escrever.

— E, se era sábio o nigromante — redargüiu Sancho —, como é que ele se chama, segundo diz o Bacharel Sansão Carrasco, Cide Hamete *Berenjela*!

— Isso é nome de mouro — disse Dom Quixote.

— Assim será — respondeu Sancho —, porque sempre ouvi dizer que os mouros gostavam de berinjelas.

— Suponho, meu Sancho, que erras nesse nome de Cide, e que em árabe quer dizer "senhor".

— Pode muito bem ser — redargüiu Sancho —, mas, se Vossa Mercê quer que eu o traga aqui, é um instante, enquanto o vou buscar.

— Dar-me-ás nisso muito gosto — disse Dom Quixote —, que fiquei suspenso com o que me disseste, e não como coisa que bem me saiba, enquanto não for informado de tudo.

— Pois eu vou por ele — respondeu Sancho.

E, deixando seu amo, foi procurar o bacharel, com quem voltou daí a pouco, e houve entre todos três um graciosíssimo colóquio.

---

[5] "Calúnia."

[6] Moeda feita com uma liga de prata e cobre, seis das quais valiam um dinheiro.

CAPÍTULO III

Do ridículo arrazoamento que houve entre Dom Quixote, Sancho Pança e o bacharel Sansão Carrasco

Pensativo deveras ficou Dom Quixote, enquanto não vinha o Bacharel Carrasco, de quem esperava ouvir as notícias de si próprio, postas em livro, como dissera Sancho, e não se podia persuadir que semelhante história existisse, pois ainda não estava enxuto na folha da sua espada o sangue dos inimigos que matara, e já queriam que andassem impressas as suas altas cavalarias. Com tudo isto, imaginou que algum sábio, ou amigo, ou inimigo, por arte de encantamento as haveria dado à estampa: se amigo, para engrandecê-las e levantá-las acima das mais assinaladas de todo e qualquer cavaleiro andante; se inimigo, para as aniquilar e pô-las abaixo das mais vis que de qualquer vil escudeiro se houvessem escrito; ainda que dizia entre si que nunca se escreveram façanhas de escudeiros; e, quando fosse verdade que tal história existisse, sendo de cavaleiro andante, havia de ser grandíloqua, altíssona, insigne, magnífica e verdadeira. Com isto se consolou um tanto ou quanto; mas desgostou-o pensar que o seu autor era mouro, como dava a entender aquele nome de Cide, e dos mouros não se podia esperar verdade alguma, porque todos são embaidores, falsários e mentirosos. Temia que houvesse tratado os seus amores com alguma indecência que redundasse em menoscabo e desdouro de sua dama Dulcinéia del Toboso; desejava que houvesse declarado a sua fidelidade e o decoro que sempre lhe guardara, menosprezando rainhas, imperatrizes e donzelas de toda a qualidade, contendo os ímpetos dos movimentos naturais; e assim, envolto e revolto nessas e noutras muitas imaginações, o vieram encontrar Sancho e Carrasco, a quem Dom Quixote recebeu com muita cortesia.

Era o bacharel, apesar de se chamar Sansão, não muito alto nem robusto, magro deveras, de cor macilenta, mas de ótimo entendimento; teria os seus vinte e quatro anos, cara redonda, nariz chato e boca grande, tudo sinais de ser malicioso de condição, e amigo de donaires e de burlas, como mostrou assim que viu Dom Quixote, pondo-se de joelhos diante dele, e dizendo-lhe:

— Dê-me Vossa Mercê as suas mãos, Senhor Dom Quixote de Ia Mancha, que, pelo hábito de São Pedro que visto apesar de não ter outras ordens senão as quatro primeiras[1], é Vossa Mercê um dos mais famosos cavaleiros andantes que tem havido, ou haverá em toda a redondeza da Terra. Bem haja Cide Hamete Benengeli, que deixou escrita a história das vossas grandezas, e bem haja o curioso que teve cuidado de a mandar traduzir do árabe no nosso castelhano vulgar, para universal entretenimento das gentes.

Dom Quixote fê-lo levantar, e disse:

— Com que então, é verdade haver uma história dos meus feitos, e ser mouro e sábio quem a compôs?

— É tão verdade, senhor — disse Sansão —, que tenho para mim que no dia de hoje estão impressos mais de doze mil exemplares da tal história; senão, digam-no Portugal, Barcelona e Valência, onde se estamparam[2], e ainda corre fama que se está imprimindo em Antuérpia, e a mim me transluz que não há de haver nação em que se não leia, nem língua em que se não traduza.

— Uma das coisas — acudiu Dom Quixote — que maior contentamento deve dar a um homem virtuoso e eminente é o ver-

---

[1] Alude ao hábito que usavam o clero e os estudantes, aqui citados ironicamente. As quatro primeiras ordens, as chamadas menores, eram: ostiário, leitor, exorcista e acólito.

[2] A primeira parte do *Quixote* havia sido impressa três vezes em Madri (duas em 1605, uma em 1608), duas em Lisboa (1605), duas em Valência (1605), duas em Bruxelas (1607 e 1611) e uma em Milão (1610). Em Barcelona, em 1617, apareceram a primeira e a segunda parte juntas. Em Amberes saiu outra em 1673; em Londres, traduzida para o inglês por Tomas Shelton, em 1612.

se andar em vida pelas bocas do mundo, impresso e com estampa com bom nome, é claro, porque, sendo ao contrário, não há morte que se lhe iguale.

— Lá nisso de bom nome e boa fama — tornou o bacharel —, leva Vossa Mercê a palma a todos os cavaleiros andantes, porque o mouro e o cristão, cada qual na sua língua, tiveram o cuidado de nos pintar a galhardia de Vossa Mercê, o ânimo grande em acometer os perigos, a paciência nas adversidades, e o sofrimento, assim nas desgraças como nas feridas; a honestidade e continência nos amores tão platônicos de Vossa Mercê e da muito minha Senhora Dona Dulcinéia del Toboso.

— Nunca ouvi dar "dom" à minha Senhora Dulcinéia — disse neste momento Sancho —, e sempre lhe ouvi chamar só "Senhora Dulcinéia del Toboso", e já nesse ponto vai a história errada.

— Objeção pouco importante — respondeu Carrasco.

— Decerto — observou Dom Quixote —; mas diga-me Vossa Mercê, senhor bacharel, que façanhas minhas são as que mais se ponderam nessa história?

— Nisso — respondeu o bacharel — há diferentes opiniões, como há diversos gostos; uns preferem a aventura dos moinhos de vento que a Vossa Mercê lhe pareceram briareus e gigantes; outros a das azenhas; este a descrição dos dois exércitos, que depois se viu que eram dois rebanhos de carneiros; aquele encarece a do morto que levavam a enterrar a Segóvia; diz um que a todas se avantaja a da liberdade dos galeotes; outro, que nenhuma iguala a dos dois gigantes beneditinos, com a pendência do valoroso biscainho.

— Diga-me, senhor bacharel — interrompeu Sancho —, entra aí também a aventura dos arrieiros, quando o nosso bom Rocinante teve a idéia de se fazer reinadio com as éguas?

— Não ficou ao sábio coisa alguma no tinteiro — respondeu Sansão —; diz tudo e tudo aponta, até o caso das cabriolas que este bom Sancho deu na manta.

— Eu não dei cabriolas na manta — observou Sancho —, no ar sim, e ainda mais do que eu queria.

— Segundo imagino — disse Dom Quixote —, não há história humana em todo o mundo que não tenha os seus altos e baixos, especialmente as que tratam de cavalaria, as quais nunca podem estar cheias de prósperos sucessos.

— Com tudo isso — respondeu o bacharel —, dizem alguns que leram a história que folgariam se se tivessem esquecido os autores de algumas das infinitas pauladas que em diferentes recontos deram no Senhor Dom Quixote.

— E a verdade da história? — perguntou Sancho.

— Poderiam deixá-las em silêncio por eqüidade — notou Dom Quixote —, pois as ações que não mudam nem alteram o fundo verdadeiro da história, não há motivo para se escreverem logo que redundem em menosprezo do protagonista. À fé que não foi tão pio Enéias como Virgílio pinta, nem tão prudente Ulisses como refere Homero.

— Assim é — redargüiu Sansão —, mas uma coisa é escrever como poeta, e outra como historiador; o poeta pode contar ou cantar as coisas não como foram, mas como deviam ser, o historiador há de escrevê-las, não como deviam ser, mas como foram, sem acrescentar nem tirar à verdade a mínima coisa.

— Pois se esse senhor mouro anda a dizer verdades — disse Sancho —, é bem certo que entre as pauladas que apanhou meu amo, se contem as minhas também, porque nunca a Sua Mercê lhe tomaram a medida das costas, que ma não tomassem a mim de todo o corpo; mas não há de que maravilhar-me, pois, como diz o mesmo senhor meu, da dor da cabeça hão de participar os membros.

— Sois socarrão, Sancho — acudiu Dom Quixote —, e não vos falta memória quando quereis tê-la.

— Se eu quisesse olvidar as bordoadas que me deram — disse Sancho —, não o consentiriam as nódoas, que ainda tenho frescas nas costelas.

— Calai-vos, Sancho — tornou Dom Quixote —, e não interrompais o senhor bacharel, a quem peço que continue a narrar-me o que se diz de mim na referida história.

— E de mim — prosseguiu Sancho —, que também dizem que sou um dos principais *pressonagens*.

— "Personagens", e não "pressonagens", Sancho amigo — emendou Sansão.

— Temos outro reprovador de vocábulos? — disse Sancho —. Metam-se nisso que não acabamos em toda a vida.

— Pois que Deus ma dê má, Sancho — acudiu o bacharel —, se não sois vós a segunda pessoa da história; e há tal, que mais agrada ouvir-vos falar a vós que ao mais pintado de toda ela, posto que também há quem diga que vos mostrastes demasiadamente crédulo em se vos meter na cabeça que podia ser verdade o governo daquela ilha que vos prometeu o Senhor Dom Quixote que presente está.

— Ainda luz sol no mundo — disse Dom Quixote —, e quanto mais entrado em anos for Sancho, mais idôneo e mais hábil ficará, com a experiência que traz a idade, para ser governador.

— Por Deus, senhor meu amo — respondeu Sancho —, ilha que eu não governasse com os anos que tenho, não a governarei nem com a idade de Matusalém; o pior é que a tal ilha pára não sei onde, que lá bestunto para governar não me falta a mim.

— Encomendai o caso a Deus, Sancho — tornou Dom Quixote —, que tudo se fará bem e talvez melhor do que pensais, que não bole a folha na árvore sem a vontade de Deus.

— Assim é — disse Sansão —, que, se Deus quiser, não faltarão a Sancho mil ilhas que governar, quanto mais uma.

— Governadores tenho visto por aí — observou Sancho — que, no meu entender, nem me chegam às solas dos sapatos, e com tudo isso servem-se com prata, e são tratados por senhoria.

— Esses não são governadores de ilhas — tornou Carrasco —, mas de outros governos de menos consideração; que os que governam ilhas, pelo menos têm de saber gramática.

— Lá com o "gramar" entendia-me eu — tornou Sancho —, com "ticas" é que não, porque não as entendo. Mas, deixando isso do governo nas mãos de Deus, que ele de mim fará o que for servido, digo, Senhor Bacharel Sansão Carrasco, que me deu infinito gosto saber que o autor da história fala de mim de modo que não enfadem as coisas que refere; porque, à fé de bom escudeiro se ele dissesse de mim coisas que não fossem de cristão-velho como eu sou, havíamos de ter tamanha bulha, que os surdos nos ouviriam.

— Isso seria milagre — tornou Carrasco.

— Milagre ou não — continuou Sancho —, veja cada qual como fala ou como escreve das pessoas, e não ponha a trouxe-mouxe quanto lhe vem à cabeça.

— Uma das máculas que se notam na tal história — continuou o bacharel — é o ter-lhe intercalado o autor uma novela intitulada *O curioso impertinente*, não por ser má, ou mal arrazoada, mas por não estar ali no seu lugar, nem ter que ver com a história de Vossa Mercê, o Senhor Dom Quixote.

— Aposto — observou Sancho — que misturou esse filho dum perro alhos com bugalhos.

— Agora digo eu — acudiu Dom Quixote — que não foi um sábio o autor da minha história, mas algum falador ignorante, que, sem ter tento nem juízo, se pôs a escrevê-la, saia o que sair, como fez Orbaneja, o pintor de Úbeda, que, perguntando-se-lhe o que pintava, respondeu: "O que calhar". E às vezes pintava um galo, de tal feitio e tão pouco parecido, que era necessário escrever-se-lhe ao pé em letras góticas[3]: "Isto é um galo"; e assim acontecerá com a minha história, que precisará talvez de comentário para se entender.

— Isso não — respondeu Carrasco —, porque é tão clara que não tem dificuldades; manuseiam-na os meninos, lêem-na os moços, entendem-na os homens, e os velhos celebram-na; e, finalmente, é tão repisada e lida e sabida por toda a casta de gentes, que, apenas se vê algum rocim magro, diz-se logo: ali vai Rocinante; e os que mais se entregaram à sua leitura foram os pajens: não há antecâmara de fidalgo onde se não encontre o *Dom Quixote*; apenas um o larga, logo outro lhe pega; uns pedem-no, outros arrancam-no[4]. Finalmente, a tal história é o mais saboroso e menos prejudicial entretenimento que até agora se tem visto, porque em toda ela se não encontra nem por sombras uma palavra desonesta, ou um pensamento menos católico.

— Se doutra forma a escrevessem — disse Dom Quixote —, não escreveriam verdades, mas sim mentiras, e os historiadores que de mentiras se valem deviam ser queimados, como os que fazem moeda falsa; e não sei por que motivo recorreu o autor a novelas e contos alheios, havendo tanto que dizer de mim; sem dúvida, atendeu ao rifão: de palha e de feno...[5] etc. Pois na verdade, só em manifestar os meus suspiros, as minhas lágrimas, os meus bons desejos e os meus cometimentos, podia fazer um volume maior do que todas as obras do Tostado[6]. Efetivamente, o que eu vejo, bacharel, é que para compor histórias e livros, de qualquer gênero que sejam, é mister grande juízo e maduro entendimento; dizer graças e escrever donaires é de altíssimos engenhos. A mais discreta figura da comédia é a do parvo, porque precisa de o não ser quem quer fingir de tolo. A história é como que uma coisa sagrada, porque tem de ser verdadeira, e onde está a verdade está Deus enquanto

---

[3] "Letras grandes."

[4] Alusão à muita popularidade de Dom Quixote.

[5] "De palha ou de feno, a pança cheia"; diz o refrão.

[6] Dom Alonso de Madrigal, bispo de Ávila, chamado "o Tostado"; conhecido pela sua fecundidade literária.

verdade; mas, não obstante, há pessoas que compõem e produzem livros como quem dá pilritos.

— Não há livro, por mau que seja — observou o bacharel —, que não tenha alguma coisa boa.

— Sem dúvida — replicou Dom Quixote —; mas muitas vezes acontece que os que tinham merecidamente ganho e granjeado grande fama pelos seus escritos a perderam toda, logo que os imprimiram, ou a menoscabaram, pelo menos.

— O motivo disso — tornou Sansão — é que, lendo-se com vagar as obras impressas, facilmente se lhes descobrem os erros, e tanto mais se esquadrinham, quanto maior é a fama de quem os compôs. Os homens famosos pelo seu engenho, os grandes poetas, os ilustres historiadores, sempre a maior parte das vezes são invejados por aqueles que têm por gosto e particular entretenimento julgar os escritos alheios, sem ter dado um só à luz do mundo.

— Não admira — disse Dom Quixote —, porque muitos teólogos há que não são bons no púlpito, e são ótimos para conhecer os erros ou acertos dos que pregam.

— Tudo isso assim é, Senhor Dom Quixote — tornou Carrasco —, mas quereria eu que os tais censores fossem mais compassivos e menos escrupulosos, sem fazerem reparo nos átomos que podem enodoar o sol claríssimo da obra de que murmuraram, porque se *aliquando bonus dormitat Homerus*[7], considerem o muito que esteve desperto para dar à luz da sua obra com a melhor sombra que pudesse; e talvez possa muito bem ser que o que lhes parece mau sejam apenas sinais, que às vezes aumentam a formosura do rosto que os tem, e assim digo que é grandíssimo o risco a que se expõe quem imprime um livro, sendo completamente impossível compô-lo de tal forma que satisfaça e contente a todos os que o lerem.

— O que de mim trata — disse Dom Quixote — a poucos contentaria.

— Pois foi exatamente o contrário, porque como *stultorum infinitus est numerus*[8], infinitos são os que gostaram da tal história; e alguns culparam de falta e de dolo a memória do autor, pois se

---

[7] É da *Epístola aos pisões*, de Horácio: "Algumas vezes dorme o bom Homero".

[8] "Infinito é o número dos néscios", diz o Eclesiastes, 1, 15.

esquece de contar quem foi o ladrão que furtou o ruço a Sancho, coisa que ali se não declara e só do que está escrito se infere que lho tiraram, e dali a pouco vemo-lo montado no mesmo jumento sem se saber como; também dizem que se esqueceu de dizer o que Sancho fez aos cem escudos que encontrou na maleta na serra Morena que nunca mais falou neles, e há muitos que desejam saber em que os gastou, que é um dos pontos essenciais que faltam na obra.

Sancho respondeu:

— Eu, Senhor Sansão, não estou agora para contas: deu-me uma fraqueza no estômago, que se lhe não acudo com dois tragos de vinho velho, é capaz de me pôr na espinha de Santa Lúcia[9]; tenho-a em casa, minha mulher me espera, e, em acabando de jantar, por aí estou de volta para o satisfazer a Vossa Mercê e a todo mundo que me quiser dirigir perguntas; tanto a respeito da perda do jumento como do gasto dos cem escudos.

E, sem esperar resposta, nem dizer mais palavra, foi para casa.

Dom Quixote pediu ao bacharel que ficasse para fazer penitência com ele[10]. O bacharel aceitou o convite. Acrescentou-se um prato de borrachos ao jantar de cada dia, falou-se em cavalarias à mesa, Sansão deu améns às manias de Sancho, dormiram a sesta e renovou-se a prática.

[9] Significa estar muito fraco e extenuado.

[10] Pediu-lhe que ficasse para comer, mas, como a comida era tão pouca, certamente quis fazer penitência.

CAPÍTULO IV

Em que Sancho Pança satisfaz ao Bacharel Sansão Carrasco, acerca das suas dúvidas e perguntas, com outros sucessos dignos de se saber e de se contar

Voltou Sancho à casa de Dom Quixote, e, tornando à mesma palestra:

— Visto que o Senhor Sansão disse desejar saber quem me furtou o jumento, e como e quando respondo que na mesma noite em que, fugindo à Santa Irmandade, nos internamos na serra Morena; depois da desventurada aventura dos galeotes e da do defunto que levavam a Segóvia, eu e meu amo metemo-nos por uma espessura onde meu amo, arrimado à sua lança, eu em cima do meu ruço, moídos e cansados das passadas refregas, nos pusemos a dormir como se estivéssemos em cima de quatro colchões de plumas, eu especialmente com sono tão pesado, que quem quer que foi pôde chegar-se a mim, amezendar-me em cima de quatro estacas, que pôs aos quatro cantos da albarda, de forma que me deixou a cavalo nelas, e tirou de baixo de mim o burro, sem eu o sentir.

Isso é coisa fácil de acontecer, e não caso novo, que o mesmo sucedeu a Sacripante, quando, estando no cerco de Albraca, o famoso ladrão Brunelo, com essa mesma invenção, lhe tirou o cavalo de baixo das pernas[1].

— Amanheceu — prosseguiu Sancho —, e apenas acordei,

---

[1] O furto do cavalo de Sacripante é contado na estância 84 do canto XXVII do *Orlando furioso* de Ariosto.

logo, escapando-me as estacas, dei comigo no chão. Procurei o jumento e não o vi. Vieram-me as lágrimas aos olhos, fiz uma lamentação, que se a não pôs no livro o autor da nossa história se pode gabar de que lhe faltou uma coisa boa deveras. Ao cabo de não sei quantos dias, vindo eu com a Senhora Princesa Micomicona, conheci o jumento, e que vinha montado nele, vestido de cigano, aquele Ginés de Pasamonte, aquele embusteiro e grandíssimo patife, que eu e meu amo tiramos da grilheta.

— Não está aí o erro — tornou Sansão —, mas sim em que, antes de ter aparecido o jumento, diz o autor que ia Sancho montado no mesmo ruço.

— A isso — disse Sancho — não sei que hei de responder, senão que o historiador se enganou, ou talvez fosse descuido do impressor.

— Sem dúvida assim é — tornou Sansão —, mas dizei-me: que foi feito dos cem escudos?

— Desfizeram-se — respondeu Sancho —; gastei-os em prol da minha pessoa, e de minha mulher e dos meus filhos, e foi por causa deles que minha mulher engoliu as caminhadas que dei em serviço de meu amo o Senhor Dom Quixote, que, se ao cabo de tanto tempo eu voltasse para casa a tinir, e sem o jumento, negra sorte me esperava; e, se querem mais saber de mim, aqui estou para responder ao próprio rei em pessoa, e ninguém tem nada com o eu ter trazido ou não ter trazido, ter gasto ou não ter gasto; se as pauladas que apanhei nessas viagens se houvessem de pagar a dinheiro, ainda que só se taxassem a quatro maravedis cada uma, estou convencido de que nem com outros tantos escudos me pagariam metade, e metam a mão na sua consciência, e não comecem a chamar preto ao branco, e branco ao preto; cada qual é como Deus o fez, e muitas vezes ainda pior.

— Eu terei cuidado — disse Carrasco — de acusar ao autor da história, que, se outra vez a imprimir, não lhe esqueça isto que disse o bom do Sancho, que será realçá-la bastante acima do que está.

— Há mais alguma coisa que precise de emenda nesse livro? — perguntou Dom Quixote.

— Sim, deve haver — respondeu o bacharel —, mas nenhuma decerto da importância das referidas.

— E porventura — disse Dom Quixote — promete o autor dar à luz uma segunda parte? — Sim, promete — respondeu Sansão —, mas diz que não a encontrou nem sabe quem a tem, e assim estamos em dúvida se sairá ou não. E por isto, e porque dizem alguns que nunca saíram boas as segundas partes, e outros que das coisas de Dom Quixote bastam as que estão escritas, suspeita-se que não se escreverá, apesar de haver gente mais jovial do que saturnina[2] que diz: "Venham as quixotadas! invista Dom Quixote, e fale Sancho Pança, e seja o que for, que com isso nos contentamos".

— E o autor o que resolve? — perguntou Dom Quixote.

— Que em encontrando a história, que procura com extraordinária diligência, logo a dará à estampa, levado mais pelo interesse que disso lhe resulta do que pela esperança de quaisquer louvores.

— Ao dinheiro e ao interesse mira o autor? — disse Sancho —; será maravilha que acerte, porque não fará senão alinhavar, alinhavar, como alfaiate em véspera da Páscoa, e obras aldrabadas à pressa nunca se acabam com a perfeição que requerem. Veja o que faz esse senhor mouro, ou quem é, que eu e meu amo lhe daremos tanta obra em matéria de aventuras e de sucessos diferente: que possa compor não só segunda parte, mas mais cem. Deve pensar o bom do homem, sem dúvida, que estamos a dormir; pois venha bater-nos os cravos na ferradura, e verá se temos cócegas. O que sei dizer é que, se meu amo tomasse o meu conselho, já devíamos estar por esses campos, desfazendo agravos e tortos, como é uso e costume dos bons cavaleiros andantes.

Ainda Sancho não acabara bem de dizer estas razões, quando chegaram aos seus ouvidos relinchos de Rocinante, o que tomou Dom Quixote por felicíssimo agouro, e resolveu fazer daí a três ou quatro dias outra saída; declarando o seu intento ao bacharel, pediu-lhe que lhe aconselhasse, por onde havia de começar a sua jornada, e o bacharel respondeu-lhe que era de parecer que fosse ao reino de Aragão, à cidade de Saragoça, onde, daí a poucos dias, se haviam de fazer umas soleníssimas justas para a festa de São Jorge, nas quais poderia ganhar fama sobre todos os cavaleiros aragoneses, que seria ganhá-la sobre todos os cavaleiros do mundo. Louvou-lhe a sua resolução como valentíssima e honradíssima, e advertiu-lhe que andasse mais atento no acometer dos perigos, porque a sua vida não lhe pertencia, mas sim aos que dele haviam mister, para que os amparasse socorresse nas aventuras.

— Disso é que eu arrenego, Senhor Sansão — disse então

[2] "Saturnina": triste; "jovial": alegre, de Jove. Mais alegres que tristes. Saturno é velhice e melancolia nos signos do zodíaco.

Sancho —, que meu amo acometa com cem homens armados, como um rapaz guloso com meia dúzia de melões. Corpo do mundo senhor bacharel, há ocasiões para acometer e ocasiões para retirar, e não é lá estar sempre com "Santiago, e *cerra* Espanha!"[3] E demais, ouvi dizer, creio até que ao meu senhor, se bem me lembro que entre os extremos de covarde e de temerário está o meio-termo da valentia, e, se isto assim é, não quero que fuja sem haver de quê, nem que acometa quando a boa razão outra coisa pede mas sobretudo, aviso a meu amo que, se tencionava levar-me consigo, é com a condição de que há de ele combater e eu não serei obrigado a outra coisa senão a cuidar da sua pessoa, no que tocar ao seu asseio e ao seu regalo, que lá nisso eu lhe deitarei água às mãos[4]; mas pensar que hei de desembainhar a espada, ainda que seja contra vilãos malandrins, é completamente escusado. Eu, Senhor Sansão, não cuido em granjear fama de valente, mas sim do melhor e mais leal escudeiro que nunca serviu a um cavaleiro andante, e se meu amo, o Senhor Dom Quixote, obrigado pelos meus largos e bons serviços, me quiser dar alguma ilha das muitas que Sua Mercê diz que há de topar por aí, receberei nisso grande mercê, se não ma der, nascido sou e não há de viver o homem confiando em outrem, senão em Deus[5]. E demais, talvez melhor ainda me saiba o pão, sendo desgovernado, que sendo governador; sei lá porventura se nesses governos não me tem aparelhada o Diabo alguma armadilha em que eu tropece e caia, e quebre os queixos? Sancho nasci, e Sancho hei de morrer. Mas se, com tudo isso, às boas, sem cuidado nem risco, me deparasse o céu alguma ilha ou outra coisa semelhante, não sou tão néscio que a largue, que também se diz: a cavalo dado, não se olha o dente, e mais vale um pássaro na mão que dois a voar.

— Falastes, Sancho mano — disse Sansão —, como um catedrático; confiai em Deus e no Senhor Dom Quixote, que vos há de dar um reino, e não uma ilha.

— Tanto é o de mais como o de menos — respondeu Sancho —, ainda que sei dizer ao Senhor Carrasco que não deitaria em saco roto meu amo o reino que me desse, que eu tomei o pulso a mim

---

[3] Velho grito de guerra dos espanhóis. "Cerra": acomete.

[4] "Cumprirei desejos e ordens."

[5] "Nascido sou; mortal sou."

próprio, e acho-me com saúde para reger reinos e governar ilhas; e isto já por outras vezes lho tenho dito a ele.

— Reparai, Sancho — tornou Sansão —, que os ofícios mudam os costumes, e poderia ser que, vendo-vos governador, não conhecêsseis a mãe que vos deu à luz.

— Isso é bom para os que nasceram filhos das ervas — respondeu Sancho —, e não para os que têm na alma quatro dedos de enxúndia de cristão-velho, como eu tenho; nada, eu cá não sou desagradecido.

— Nosso Senhor dirá quando o governo há de vir — tornou Dom Quixote —, que já me parece que o trago diante dos olhos.

Dito isto, rogou ao bacharel que, se era poeta, lhe fizesse mercê de lhe compor uns versos que tratassem da despedida que tencionava fazer à sua dama Dulcinéia del Toboso, e que reparasse que no princípio de cada verso havia de pôr uma letra do seu nome, de modo que, no fim dos versos, juntando-se as primeiras letras se lesse: "Dulcinéia del Toboso". O bacharel respondeu que, ainda que não era dos famosos poetas que havia em Espanha, que diziam que eram só três e meio[6], não deixaria de compor os tais metros, apesar de não serem fáceis, porque as letras que formavam o nome eram dezessete[7], e se fizesse quatro quadras sobrava uma letra e se fossem quatro redondilhas em cinco versos faltavam três; com tudo isso, procuraria sumir uma letra o melhor que pudesse, de modo que nas quatro quadras castelhanas se incluísse o nome de Dulcinéia del Toboso.

— Assim há de ser em todo o caso — disse Dom Quixote —; que, se o nome não for patente e manifesto, não há mulher que acredite que para ela se fizessem os versos.

Nisto ficaram, e em que a partida seria dali a oito dias. Pediu Dom Quixote ao bacharel que a conservasse em segredo, especialmente para o cura, para Mestre Nicolau, para sua sobrinha e para a ama, a fim de que não estorvassem a sua honrada e valorosa determi-

---

[6] Segundo Mayáns, os três poetas eram Dom Alfonso de Ercilla, João Rufo e Cristóvão de Virués; o meio era o próprio Cervantes. Segundo Rodríguez Marin: Dom Francisco de Figueroa, Francisco Aldana e Fernando de Herrera.

[7] Dezessete letras tem o nome de Dulcinéia no original de Cervantes: "Dulcinea del Toboso". (N. do E.)

nação. Carrasco tudo prometeu, e com isto se despediu, pedindo a Dom Quixote que lhe desse conta, sempre que lhe fosse possível, de tudo quanto lhe sucedesse, bom ou mau. E assim se despediram e Sancho foi pôr em ordem tudo o que era necessário para a sua jornada.

CAPÍTULO V

Da discreta e graciosa prática que houve entre Sancho Pança e sua mulher, Teresa Pança, e outros sucessos dignos de feliz recordação

Chegando o tradutor desta história ao quinto capítulo, diz que o tem por apócrifo, porque nele fala Sancho Pança com um estilo diverso do que se podia esperar do seu curto engenho, e profere coisas tão sutis, que não julga possível que ele as soubesse; mas que não deixou de traduzi-lo, para cumprir o que devia ao seu ofício, e assim prosseguiu, dizendo:

Chegou Sancho à sua casa, com tanto júbilo e regozijo, que sua mulher lhe conheceu a alegria a tiro de besta, tanto que a obrigou a perguntar-lhe:

— Que tendes, Sancho amigo, que tão alegre vindes? Ao que ele respondeu:

— Mulher minha, se Deus quisesse, bem folgaria eu de não estar tão contente como pareço.

— Não percebo, homem de Deus — redargüiu ela —, e não sei o que quereis dizer com isso. Quem há que, embora bobo, receba gosto de o não ter?

— Ouve, Teresa — respondeu Sancho —, estou alegre, porque resolvi tornar ao serviço, de meu amo Dom Quixote, que pela terceira vez vai sair à busca de aventuras. Eu volto a sair com ele, porque assim o quer a minha necessidade, com a esperança de ver se encontro outros cem escudos, como os que já gastei; e ao mesmo tempo entristece-me de ter de me apartar de ti e de meus filhos. Se Deus quisesse dar-me de comer, a pé enxuto, e em minha casa, sem andar comigo por bosques e encruzilhadas, o que podia perfeitamente fazer com pouquíssimo custo, pois lhe bastava querê-lo, claro está que a minha alegria seria mais firme e sã, que a que eu tenho está mesclada com a tristeza de te deixar; foi por isso que eu disse o que tu não entendeste.

— Olha, Sancho, depois que te fizeste perna de cavaleiro andante, falas de um modo tão atrapalhado, que não há quem te perceba.

— Basta que Deus me entenda, mulher — respondeu Sancho —, que ele é que é o entendedor de tudo, e fiquemos por aqui, e olha que é necessário que tenhas conta por estes três dias no ruço de modo que esteja pronto a pegar em armas. Dobra-lhe a ração, arranja-lhe a albarda, e o rés do aparelho, porque nós não vamos a bodas, mas a dar voltas ao mundo, e ter dares e tomares[1] com gigantes, endriagos e outras aventesmas, e a ouvir silvos, rugidos, e bramidos e o diabo a quatro, e ainda tudo isto seria pão com mel, se não tivéssemos que entender com arrieiros e mouros encantados.

— O que eu creio, marido — replicou Teresa —, é que os escudeiros andantes não comem o pão de balde[2], e assim cá ficarei, rogando a Deus Nosso Senhor que depressa te livre de tanta má ventura.

— Eu te digo, mulher, que, se não pensasse ver-me em pouco tempo governador de uma ilha cairia aqui morto.

— Isso não, marido — disse Teresa —, viva a galinha com a sua pevide; vive tu e leve o Diabo quantos governos houver por esse mundo; sem governo saiste do ventre de tua mãe, sem governo viveste até agora, e sem governo irás ou te levarão à sepultura, quando Deus for servido; vivem muitos por esse mundo sem governo, e nem por isso deixam de viver e de ser contados o número das gentes. Não há melhor mostarda do que a fome, e como esta não falta aos pobres sempre comem com gosto. Mas olha, Sancho, se porventura te vires com algum governo, não te esqueças de mim nem dos teus filhos. Lembra-te que o Sanchico já tem quinze anos feitos, e precisa ir à escola, visto que o tio abade quer fazer dele homem de igreja. Vê também que tua filha Mari Sancha não desgostará que a casemos, porque vou tendo umas desconfianças de que ela deseja tanto ter um marido, como tu desejas ter um governo; e enfim, melhor parece filha malcasada que bem amancebada.

---

[1] "Dar e tomar": discutir, altercar.

[2] Sem trabalho.

— Por minha fé — respondeu Sancho —, que se Deus me chega a dar algum governo, hei de casar Mari Sancha tão altamente que todos lhe hão de dar senhoria.

— Isso não, Sancho — respondeu Teresa —; casa-a com um seu igual, que se a tiras dos socos para os chapins, da saia parda de burel para as sedas e veludos, do tratamento de "Marica" e do "tu" para o de "dona tal" e "senhoria", não sabe a cachopa como se há de haver, e a cada passo há de cair em mil erros, descobrindo o fio do pano forte e grosseiro.

— Cala-te, tola — disse Sancho —, basta que o use dois ou três anos, que depois lhe virá como de molde o senhorio e a gravidade, e se assim não for, que importa? seja ela senhora e venha o que vier.

— Contenta-te com o teu estado, Sancho — respondeu Teresa —, e não te queiras levantar a outros maiores, e lembra-te do rifão que diz: lé com lé e cré com cré. Olha que seria bonito casar a nossa Maria com um condaço ou com um cavalheirote, que, assim que lhe parecesse a pusesse como nova, chamando-lhe vilã, filha do estorroador dos campos e da depenadora das rocas; tal não há de acontecer enquanto eu tiver o olho aberto, que não foi para isso que eu criei a minha filha; traze tu dinheiro, Sancho, e deixa a meu cargo o casá-la, que aí está Lope Tocho, filho de João Tocho, moço enxuto de carnes e são, muito conhecido nosso, e que sei perfeitamente que não vê com maus olhos a rapariga; e com este, que é nosso igual, estará bem casada, e sempre a teremos aqui debaixo das nossas vistas, e seremos todos uns, pais e filhos, netos e genros, e andará entre nós a paz e a bênção de Deus, o que vale mais do que ires tu casar-ma aí nessas cortes e palácios grandes, onde nem a entendem, nem ela se entende.

— Vem cá, besta e mulher de Barrabás — replicou Sancho —; por que queres tu agora, sem mais nem mais, estorvar-me que eu case a minha filha com quem me dê netos que me tratem por senhoria? Olha, Teresa, sempre ouvi dizer aos meus maiores que quem não sabe gozar a ventura, quando a tem, não se deve queixar, se ela lhe fugir; e não seria bem, agora que ela está chamando à nossa porta, que lha fechemos na cara; deixemo-nos ir com este vento favorável que nos sopra.

Por este modo de falar, e pelo que mais abaixo disse Sancho, alegou o tradutor que tinha por apócrifo este capítulo.

— Não te parece alimária — continuou Sancho —, que será

bom dar comigo nalgum governo proveitoso, que nos tire o pé do lodo[3], e casar a Mari Sancha com quem eu quiser, e verás como te chamam a ti “Dona Teresa Pança”, e te sentas na igreja em alcatifas[4], a despeito de todas as fidalgas da povoação? Pois a gente há de estar sempre sem crescer nem minguar, como figura de paramento? E nisto não mais falemos, que Sanchica será condessa por mais que me digas.

— Vê o que fazes, marido! — respondeu Teresa — temo que esse condado de minha filha venha a ser a sua perdição: faze-a lá duquesa ou princesa, mas sem vontade nem consentimento meu. Sempre fui amiga da igualdade, mano, e não posso ver bazófias; Teresa me chamaram na pia do batismo, nome escorreito e curto, sem mais limitações nem acréscimos nem arrebiques de “dons” e “donas”. Cascajo se chamou meu pai, e a mim por ser tua mulher me chamam Teresa Pança (que por boa razão me haviam de chamar Teresa Cascajo: mas lá vão reis onde querem leis); e com este nome me contento, sem que me ponham um “dom” por cima, que pese tanto que eu não possa com ele, e não quero dar que falar aos que me virem andar vestida à moda de condessa ou governadora, que logo dirão: “Olhem como vai inchada a porqueira; ontem não fazia senão fiar a sua estopa, e, quando ia à missa, punha a saia por cima da cabeça, à moda de mantéu, e já hoje arrasta sedas, e anda tão emproada como se a não conhecêssemos”. Se Deus me guardar os meus sete ou meus cinco sentidos, ou quantos são os que eu tenho, espero não dar ocasião de me ver em semelhante aperto: tu, mano, vai-te ser governo ou ilho, e emproa-te à vontade, que nem eu nem minha filha nos arredamos um passo da nossa aldeia: mulher honrada, a perna quebrada e em casa; donzela honesta, ter que fazer é a sua festa; ide-vos com o vosso Dom Quixote às vossas aventuras, deixai-nos a nós as nossas más venturas, que Deus as melhorará se formos boas; que eu não sei quem lhe deu a ele o “dom”, que o não tiveram seus pais nem seus avós.

— Agora digo — redargüiu Sancho — que tens algum demônio metido no corpo. Valha-te Deus, mulher, que coisas enfiaste umas

---

[3] “Tirar o pé do lodo”: sair da miséria.

[4] “Alcatifa”: tapete ou toalha de lã ou seda que se põe para cobrir mesa ou banco.

nas outras, sem pés nem cabeça! Que tem que ver o Cascajo, os veludos, os rifões, e a proa com o que eu digo? Vem cá, mentecapta e ignorante (que assim te posso chamar, visto que não entendes as minhas razões, e vais fugindo da fortuna), se eu mostrasse desejo de que a minha filha se deitasse de uma torre abaixo, ou fosse por esses mundos fora, como quis ir a Infanta Dona Urraca[5], tinhas razão em não estar de acordo; mas, se do pé para a mão e enquanto o Diabo esfrega um olho, lhe ponho às costas um "dom" e uma "senhoria", se a tiro da choupana e a ponho debaixo de um dossel, e num estrado, com mais almofadas de veludo do que de mouros tiveram na sua linhagem as almofadas de Marrocos, por que não hás de consentir e querer o que eu quero?

— Sabes por que, marido? — respondeu Teresa — por causa do rifão que diz: quem te cobre que te descubra; para o pobre todos olham de corrida, mas nos ricos demora-se a vista e, se o rico foi pobre em tempos, aí vem o murmurar e o teimar dos maldizentes, que os há por essas ruas aos montes, como enxames de abelhas.

— Olha, Teresa — respondeu Sancho —, e escuta o que te digo; talvez nunca o tivesse ouvido em todos os dias da tua vida; não é meu, mas tudo são sentenças do padre que pregou a quaresma passada neste povo, o qual, se bem me lembro, disse que todas as coisas presentes que os olhos estão mirando, assistem na nossa memória muito melhor, e com mais veemência do que as coisas passadas.

Todas estas razões que Sancho aqui vai apresentando também são alegadas pelo tradutor, para considerar apócrifo este capítulo, porque excedem à capacidade de Sancho, que prosseguiu, dizendo:

— Donde nasce que, quando vemos alguma pessoa bem ajaezada, ricamente vestida e com grande pompa de criados, parece que à viva força nos move e convida a que lhe tenhamos respeito ainda que a memória nesse momento nos lembre alguma baixeza em que a tivéssemos visto, e essa ignomínia, ou venha da indigência ou da linhagem, como já passou, não existe, e o que existe é o que vemos presente; e se este que a fortuna tirou da pobreza (que por estas mesmas razões assim o disse o padre), para o levantar à altura da

---

[5] Alusão a um romance sobre Dona Urraca, oferecendo-se aos mouros: "Ir-me eu por estas terras / Como uma mulher erradia / E este meu corpo daria / A quem bem o desejasse."

sua prosperidade, for bem-criado, liberal, e cortês com todos, e não se quiser igualar com aqueles que por antiguidade são nobres, tem por certo, Teresa, que não haverá quem se recorde do que foi, mas reverenciará o que é, a não serem os invejosos, contra os quais não está segura nenhuma próspera fortuna.

— Não vos entendo, marido — replicou Teresa —; fazei o que quiserdes, e não me quebreis mais a cabeça com as vossas arengas e retóricas, e se *revolvestes* fazer o que dissestes...

— "Resolvestes" é que tu queres dizer, e não "revolvestes".

— Não entreis a disputar comigo, marido — respondeu Teresa; — eu falo como Deus é servido, e não me meto lá em debuxos; e digo que se embirrais em ter governo, levai então convosco o vosso filho Sancho, para já lhe irdes ensinando a ser governador, porque é bom que os filhos herdem e aprendam os ofícios dos pais.

— Em tendo governo — disse Sancho —, eu o mandarei buscar pela posta, e enviar-te-ei dinheiros, que me não faltarão, porque nunca falta quem os empreste aos governadores, quando eles os não têm, e veste-o de forma que disfarce o que é e pareça o que há de ser.

— Manda tu dinheiro — disse Teresa —, que eu to porei como um palmito.

— E então ficamos de acordo — tornou Sancho — que a nossa filha há de ser condessa.

— No dia em que eu a vir condessa — acudiu Teresa — farei de conta que a enterro; mas outra vez te digo que faças dela o que tiveres na vontade, que com esta obrigação nasceram as mulheres de ser obedientes a seus maridos, sejam embora rudes.

E nisto começou a chorar tão deveras, como se já visse morta e enterrada a Sanchica. Sancho consolou-a, dizendo-lhe que, ainda que tivesse de a fazer condessa, a faria o mais tarde possível. Assim acabou a prática, e Sancho foi ter com Dom Quixote, para darem ordem à sua partida.

CAPÍTULO VI

Do que passou a Dom Quixote com a sua sobrinha e com a sua ama, capítulo dos mais importantes desta história toda

Enquanto Sancho Pança e sua mulher Teresa Cascajo estiveram na prática impertinente que referimos, não estavam ociosas a sobrinha e a ama, que por mil sinais iam coligindo que Dom Quixote queria desgarrar-se pela terceira vez, e voltar ao exercício da sua, para elas malandante, cavalaria. Procuravam, por todos os modos possíveis, apartá-lo de tão mau pensamento, mas tudo era pregar no deserto e malhar em ferro frio; com tudo isso, entre outras muitas razões que com ele tiveram, disse-lhe a ama:

— Na verdade, meu senhor, se Vossa Mercê não fica de quedo em sua casa, e não se deixa de andar por montes e vales como alma penada, procurando essas que diz que se chamam aventuras, e a que eu antes chamarei desgraças, tenho de me queixar, voz em grita, a Deus e a el-rei, que dê remédio a isto.

E Dom Quixote respondeu-lhe:

— Ama, o que Deus responderá às tuas queixas não sei; e ainda menos o que dirá Sua Majestade; e sei apenas que se eu fosse rei, me dispensaria de responder a tanta infinidade de memórias impertinentes, como as que todos os dias lhe dão; que um dos maiores trabalhos que os reis têm, entre outros muitos, é o de estarem obrigados a escutar a todos, e a todos responder; e assim não desejaria eu que coisas minhas o molestassem.

A isto respondeu a ama:

— Diga-me, senhor: na corte de Sua Majestade não há cavaleiros?

— Decerto que há — respondeu Dom Quixote —, e muitos, e é de razão que os haja, para adorno da grandeza dos príncipes e ostentação da majestade real.

— Por que não há de ser Vossa Mercê — replicou ela — um dos que a pé quedo servem ao seu rei e senhor, estando na corte?

— Olha, amiga minha — respondeu Dom Quixote —, nem todos os cavaleiros podem ser cortesãos, nem todos os cortesãos podem nem devem ser cavaleiros: de tudo tem de haver no mundo, cavaleiros todos somos, mas vai muita diferença de uns a outros; porque os cortesãos, sem sair dos seus aposentos, nem dos umbrais da corte, passeiam por todo o mundo, olhando para um mapa, sem lhes custar mealha, nem padecer calor, nem frio, nem fome, nem sede; mas nós outros, os cavaleiros andantes verdadeiros, ao sol, ao frio, ao ar, às inclemências do céu, de noite e de dia, a pé e a cavalo, lustramos toda a terra; e não conhecemos só os inimigos pintados, conhecemo-los no seu próprio ser, e a todo o transe e em todas as ocasiões os acometemos, sem olhar as ninharias nem as leis de desafios, se tem ou não tem mais curta a lança ou a espada, se traz consigo relíquias, ou algum engano encoberto, se se há de partir ou fazer em fatias o sol, ou não, como outras cerimônias deste jaez, que se usam nos desafios particulares, de pessoa a pessoa que tu não sabes e eu sei; e o bom cavaleiro andante, ainda que veja dez gigantes, que com as cabeças não só toque nas nuvens, mas passem para cima delas, e que a cada um lhe sirvam de pernas duas enormes torres, e que os braços semelhem mastros de grandes e alterosos navios, com cada olho como uma grande roda de moinho e mais ardente que um forno de vidraça, não tem por isso que se espantar; antes com gentil porte e intrépido coração os deve acometer e investir; e, se for possível, vencê-los e desbaratá-los num breve momento, ainda que venham armados de umas conchas de certo peixe que dizem que são mais duras que os diamantes, e em vez de espadas tragam cutelos de aço damasquino, ou cacetes ferrados com ponteiras de aço também, como eu vi mais de duas vezes. Tudo isto disse, ama, para que vejas a diferença que vai entre uns e outros cavaleiros; e seria razão que não houvesse príncipe que não estimasse em mais esta segunda, ou para melhor dizer, primeira espécie de cavaleiros, que houve tal, entre eles, que foi a salvação não só de um reino, mas de muitos.

— Ah! senhor meu — acudiu a sobrinha —, repare Vossa Mercê que tudo isso que diz dos cavaleiros andantes é fábula e mentira, e as suas histórias, a não serem queimadas, mereciam que se lhe pusesse a cada uma um sambenito[1], ou algum outro sinal, para que fosse conhecida por infame e destruidora dos bons costumes.

— Pelo Deus que me sustenta — disse Dom Quixote —; se não fosses minha sobrinha direta, como filha de minha própria irmã, havia de fazer em ti tal castigo, pela blasfêmia que disseste, que soaria em todo o mundo. Pois quê! é possível que uma rapariga, que apenas sabe mexer uns bilros, se atreva a pôr a boca nas histórias dos cavaleiros andantes, e a censurá-las? O que diria o Senhor Amadis, se tal ouvisse? com certeza te perdoaria, porque foi o mais humilde e cortês cavaleiro do seu tempo, e sobretudo grande amparo de donzelas; mas poderia outro ouvir-te que não te tratasse com a mesma brandura, porque nem todos são corteses e bem assombrados; alguns há descomedidos e refeces; nem todos os que se chamam cavaleiros o são deveras, porque os há de ouro e de pechisbeque; muitos que parecem verdadeiros, e não podem ir seguros ao toque da pedra da verdade: há homens de baixa condição que estouram por parecer cavaleiros, há outros nobilíssimos que morrem por parecer gente baixa; àqueles levanta-os ou a ambição, ou a virtude, a estes rebaixa-os ou a frouxidão ou o vício; e é mister aproveitarmo-nos do conhecimento discreto para distinguir estas duas espécies de cavaleiros, tão parecidos nos nomes, e tão distantes nas ações.

— Valha-me Deus! — disse a sobrinha — saber Vossa Mercê tanto, que, se fosse mister podia numa urgência subir ao púlpito ou ir a pregar por essas ruas, e com tudo isso cair numa insensatez tão óbvia, que dê a entender que é valente, sendo velho, que tem forças, estando enfermo e que endireita tortos, estando derreado pela idade, e sobretudo que é cavaleiro, não o sendo, porque ainda que o possam ser os fidalgos, nunca o são os pobres!

— Tens muita razão, sobrinha — respondeu Dom Quixote —, e a respeito de linhagens, poderia eu dizer-te coisas que te fariam espanto; mas, para não misturar o divino com o profano, não as digo. Olhai, queridas, a quatro espécies de linhagens (atendei bem)

---

[1] "Sambenito": a insígnia da Santa Inquisição que o penitente reconciliado coloca sobre o peito e as costas. É nome abreviado de *saco-benedicto*.

se podem reduzir todas as que há no mundo, e vêm a ser: umas, que tiveram humildes princípios, e se foram estendendo ampliando até chegar à sua grandeza; outras, que tiveram princípios grandes, e os foram conservando, e conservam e mantêm no mesmo pé em que começaram; outras, apesar de haverem tido grandes princípios, acabaram em ponta, como uma pirâmide, havendo diminuído e aniquilado seu princípio até parar em nada, como é a ponta da pirâmide, que, em comparação da base, nada é; outras há (e são estas as mais numerosas), que nem tiveram bom princípio, nem meio razoável, e terão dessa forma o fim sem brilho, como a linhagem de gente plebéia e ordinária. Das primeiras, que tiveram princípios humildes e subiram à grandeza que conservam agora, sirva de exemplo a casa otomana[2], que de um humilde pastor, que lhe deu origem, está no auge em que a vemos; da segunda, que teve princípio em grandeza e a conserva sem a aumentar, dou para exemplo muitos príncipes, que o são por herança, e a conservam, sem aumentá-la nem diminuí-la, contendo-se pacificamente nos limites dos seus Estados; e dos que principiaram grandes e acabaram em ponta, há inúmeros exemplos, porque todos os faraós e Ptolomeus do Egito, os césares de Roma, com toda a caterva (se assim se lhe pode chamar) de infinitos príncipes, monarcas, senhores, medos, assírios, persas, gregos e bárbaros, todas estas linhagens e todos estes senhores acabaram em ponta e em nada, tanto eles quanto os que lhes deram princípio, porque não será possível encontrar agora nenhum dos seus descendentes, e, se os encontrássemos, seria em baixo e humilde estado. Da linhagem plebéia não tenho que dizer, senão que serve unicamente para acrescentar o número dos que vivem, sem que mereçam outra fama nem outro elogio as suas grandezas. De tudo isto quero que infirais, minhas tolas, que há muita confusão entre as linhagens, e que só parecem grandes e ilustres as que o mostram ser na virtude, na riqueza e liberalidade dos seus representantes. Disse virtudes, riquezas e liberalidades, porque o grande que for vicioso será um grande vicioso, e o opulento não liberal será um avarento mendigo, que ao possuidor das riquezas não o faz feliz o possuí-las, mas sim despendê-las, e não o gastá-las como quiser, mas saber empregá-las bem. Ao cavaleiro pobre não lhe fica outro

---

[3] Otman, fundador da casa otomana, foi pastor e bandoleiro.

caminho para mostrar que é cavaleiro, senão o da virtude, sendo afável, cortês, comedido e serviçal, não soberbo, nem murmurador, nem arrogante, e, sobretudo, caritativo, que com dois maravedis que ele dê, com ânimo alegre, se mostrará tão liberal, como o que dá esmola com toque de sinos, e não haverá quem o veja adornado das referidas virtudes, que, ainda que o não conheça, deixe de o considerar homem de boa casta, e sempre o louvor foi prêmio da virtude e os virtuosos não podem deixar de ser louvados. Há dois caminhos por onde os homens podem chegar a ser ricos e considerados: um é o das letras, o outro o das armas. Eu, pela inclinação que tenho para as armas, vejo que nasci debaixo do influxo do planeta Marte, de forma que me é forçoso seguir por esse caminho; por ele hei de ir malgrado a toda a gente, e debalde vos cansareis em persuadir-me a que não queira o que os céus querem, o que a fortuna ordena, o que pede a razão, e, sobretudo, o que a minha vontade deseja; pois sabendo, como sei, os inúmeros trabalhos que tem a cavalaria andante, sei também os bens infinitos que com ela se alcançam, e sei que a senda da virtude é muito estreita, e o caminho do vício largo e espaçoso, que os seus fins e paradeiros são diferentes, porque o do vício, dilatado e espaçoso, acaba na morte, e o da virtude, apertado e íngreme, acaba em vida, e não em vida que tenha termo, mas na vida eterna, e sei como disse o nosso grande poeta castelhano:

> Conduz-nos esta aspérrima vereda
> Da imortalidade ao alto assento,
> Onde não chega quem dali se arreda[3].

— Ai! desditosa de mim — disse a sobrinha —, que também meu tio é poeta; tudo sabe e tudo alcança, e aposto que, se imaginar ser alvanel, fabricará uma casa como uma jaula.

— Juro-te, sobrinha — respondeu Dom Quixote —, que se estes pensamentos cavalheirescos me não arrebatassem os sentidos todos, não haveria coisa que eu não fizesse, nem curiosidade que me não saísse das mãos, sobretudo jaulas e palitos de dentes.

A este tempo bateram à porta, e, perguntando-se quem era,

---

[3] Garcilaso, *Elegia*, I.

respondeu Sancho Pança; apenas a ama o conheceu, tratou de se ir embora, para o não ver, tal era o ódio que lhe votara. Foi abrir a sobrinha, saiu a recebê-lo de braços abertos seu amo Dom Quixote, e encerraram-se ambos em seu aposento, onde tiveram outro colóquio, não menos interessante que o anterior.

CAPÍTULO VII

Do que passou Dom Quixote com o seu escudeiro com outros sucessos famosíssimos

Apenas viu a ama que Sancho Pança se encerrava com Dom Quixote, logo imaginou o que eles iriam tratar; e percebendo que daquela prática resultaria terceira saída, com grande mágoa e aflição foi procurar o Bacharel Sansão Carrasco, parecendo-lhe que, sendo bem-falante, o novo amigo de seu amo lhe podia persuadir que deixasse tão desvairado propósito. Achou-o a passear; no pátio da sua casa, e assim que o viu, caiu-lhe aos pés, toda suada e aflita. Vendo-a Carrasco tão sobressaltada e queixosa, disse-lhe:

— Que é isso, senhora minha? Que lhe aconteceu, que parece que se lhe arranca a alma?

— Não é nada, Senhor Sansão, é que meu amo se vai, vai-se sem dúvida alguma.

— Vai-se por onde? — perguntou Sansão. — Sangraram-no?

— Vai-se pela porta da sua loucura; o que digo, senhor bacharel da minha alma, é que quer sair outra vez, e com esta será a terceira, a procurar por esse mundo o que ele chama aventuras que não sei como lhes pode dar semelhante nome. Da primeira vez trouxeram-no para casa atravessado em cima de uma carreta, moído de pauladas; da segunda veio num carro de bois, metido dentro de uma gaiola, onde ele dizia que estava encantado; e o triste do homem vinha de tal maneira que não o conheceria a mãe que o pariu: fraco, amarelo, com os olhos encovados nas profundas da cara; e para o fazer tornar a ser o que era, gastei mais de seiscentos ovos, como sabem

Deus e todo o mundo, e as minhas galinhas, que me não deixarão mentir.

— Isso creio eu — respondeu o bacharel —, que elas são tão boas, tão gordas e tão bem criadas, que não diriam uma coisa por outra, nem que rebentassem. Então, senhora ama, não há mais nada de novo, nem sucedeu outra coisa ao Senhor Dom Quixote, senão o que se teme que ele queira fazer?

— Mais nada — redargüiu ela.

— Pois não se aflija — tornou o bacharel —; vá para casa, arranje-me para o almoço alguma coisa quente, e de caminho reze a oração de Santa Apolônia[1], se a sabe, que eu não tardo, e verá então maravilhas.

— Coitada de mim! — retrucou a ama — diz-me Vossa Mercê que reze a oração de Santa Apolônia! isso era bom se meu amo padecesse dos queixais, mas do que ele padece é dos miolos.

— Sei o que digo, senhora ama; vá e não comece com disputas, bem sabe que sou bacharel por Salamanca, que não há maior bacharelice — respondeu Carrasco.

E com isto se foi a ama, e o bacharel tratou logo de ir combinar com o cura o que a seu tempo se dirá.

Enquanto isso, passavam-se entre Dom Quixote e Sancho Pança os arrazoados que a história conta com muita pontualidade e verdadeira relação.

— Afinal *reluzi* minha mulher a que me deixe ir com Vossa Mercê aonde me quiser levar.

— Dize, "reduzi", e não "reluzi", Sancho — observou Dom Quixote.

— Já uma ou duas vezes — respondeu Sancho —, se bem me lembro, supliquei a Vossa Mercê que me não emende os vocábulos, logo que entenda o que eu quero dizer, e, em não mos entendendo, diga assim: "Sancho ou Diabo, não te entendo". E, se eu me não explicar então emende, que eu sou muito fócil.

— Não te entendo, Sancho — disse logo Dom Quixote —; não sei o que quer dizer: "Sou muito fócil".

— "Muito fócil" quer dizer sou "muita coisa".

— Agora ainda te entendo menos — tornou Dom Quixote.

---

[1] É a popular oração à santa protetora dos molares, que conclui assim: "Pela estrela de Vênus / E pelo Santíssimo Sacramento, / Que esteve em meu ventre, / Que não te doa mais nem molar nem dente".

— Pois se não me entende, eu é que já não sei como hei de dizer; não estou para mais, e Deus seja comigo.

— Ai! ai! agora é que eu caio no que tu querias explicar — acudiu Dom Quixote —, que era "muito dócil", brando e maneiro que tomarás o que eu disser e passarás pelo que te mostrar.

— Aposto — tornou Sancho — que logo desde o princípio me entendeu, mas quis atrapalhar-me para me ouvir dizer duzentos disparates.

— É possível — redargüiu Dom Quixote —; mas vamos ao caso: o que disse Teresa?

— Teresa disse que ponha Vossa Mercê o preto no branco, que joguemos com cartas na mesa, que pelo falar é que a gente se entende, que mais vale um toma que dois te darei; e eu acrescento que o conselho da mulher é pouco, e quem não o toma é louco.

— Digo o mesmo também — respondeu Dom Quixote; mas continua, Sancho, que falas hoje como um livro.

— O caso vem a ser o seguinte — tornou Sancho. — Como Vossa Mercê sabe, todos havemos de morrer; nunca se pode contar com o dia de amanhã; tão depressa morre o cordeiro como o carneiro; a gente neste mundo está nas mãos de Deus; a morte é surda e vem-nos bater à porta quando menos a esperamos, e não a detêm nem rogos nem súplicas, nem mitras e cetros, como é fama, e como nos dizem por esses púlpitos.

— Tudo isso é a pura verdade — acudiu Dom Quixote —, mas o que eu não sei é onde queres chegar.

— Quero chegar ao seguinte: que Vossa Mercê me arbitre um salário certo, dizendo o que me há de dar a cada mês que o servir, e mandando-mo pagar pela sua fazenda, e que não hei de estar à mercê de que ele venha tarde ou nunca; ajude-me Deus com o que é meu. Enfim, quero saber o que ganho, pouco ou muito que seja, que grão a grão enche a galinha o papo, muitos poucos fazem muitos, e quem ganha alguma coisa não perde coisa alguma. É verdade que se Vossa Mercê (o que eu já não creio, nem espero) me viesse a dar a ilha que me prometeu, nem sou tão ingrato, nem levo as coisas tanto à risca, que não queira que se avaliem as rendas da tal ilha, para se fazer um *gateio* no meu salário.

— Sancho amigo, não é "gateio", é "rateio".

— Vossa Mercê entendeu-me, e é o que basta.

— Entendi, sim — respondeu Dom Quixote —, e de tal forma, que penetrei no íntimo dos teus pensamentos, e percebi o alvo a que miram as inúmeras setas dos teus rifões. Olha, Sancho, eu não teria dúvida em te marcar salário, se houvesse encontrado nalgumas histórias de cavaleiros andantes exemplo que me descobrisse e mostrasse, por qualquer pequeno resquício, o que era que costumavam ganhar, por mês ou por ano, os escudeiros; mas li todas ou a maior parte das suas histórias, e não me recordo de ter visto que qualquer cavaleiro andante desse ao seu escudeiro salário certo; sei apenas que todos serviam à mercê, e que, quando menos pensavam, se correra a seus senhores próspera fortuna, achavam-se premiados com alguma ilha ou outra coisa equivalente, e pelo menos ficavam com título e senhoria; se, com estas esperanças e adiantamentos, quiseres, Sancho, tornar a servir-me, seja em muito boa hora, que lá tirar eu dos seus termos e dos seus eixos a antiga usança da cavalaria andante, nunca o farei: assim, pois, meu Sancho, volta para casa e declara à tua Teresa a minha intenção e se ela quiser, e tu quiseres também, *bene quidem*[2], se não quiseres, amigos como dantes, que se no pombal houver milho, pombas não faltarão, e repara filho, que mais vale esperança boa que pensão ruim, e boa queixa que mau pago. Falo deste modo Sancho, para te dar a entender que também eu sei, como tu, despejar uma saraivada de rifões. Finalmente, digo que se não queres vir à mercê, e correr mesma sorte, Deus seja contigo e te faça um santo, que me não faltarão escudeiros mais obedientes, mais solícitos e menos faladores e empachados do que tu.

Quando Sancho ouviu estas firmes palavras, anuviaram-se-lhe os olhos, e enegreceu-se-lhe o coração, porque supunha que seu amo não iria sem ele, nem a troco de todos os haveres deste mundo, e, estando assim suspenso e pensativo, entraram Sansão Carrasco e a ama e a sobrinha desejosas de ouvir com que razões persuadiria ele a Dom Quixote que não tornasse a procurar aventuras. Chegou Sansão, famoso magano, e, abraçando Dom Quixote como da primeira vez, disse-lhe:

— Ó flor da cavalaria andante! ó luz resplandecente das armas! ó honra e espelho da nação espanhola! praza a Deus Onipotente, onde mais largamente se contém[3], que a pessoa ou pessoas que puserem impedimento à sua terceira saída não a encontrem no

---

[2] "Seja em boa hora."

[3] Fórmula curial corrente nas escrituras.

labirinto dos seus desejos, nem nunca se lhes cumpra o que mal desejarem.

E, voltando-se para a ama, disse-lhe:

— Bem pode a senhora ama deixar de rezar a oração de Santa Apolônia, que eu sei que é determinação rigorosa das esferas que o Senhor Dom Quixote volte a executar os seus altos e novos pensamentos; e eu muito encarregaria a minha consciência, se não intimasse e persuadisse a este cavaleiro que não tenha por mais tempo encolhida e presa a força do seu valoroso braço, e a bondade do seu ânimo valentíssimo, por que defrauda com a sua tardança o amparo dos órfãos, a honra das donzelas, o favor das viúvas, o arrimo das casadas, e outras coisas deste jaez, que tocam e andam anexas à ordem da cavalaria. Meu Senhor Dom Quixote, formoso e bravo, ponha-se Vossa Mercê a caminho, mais a sua grandeza, antes hoje que amanhã; e, se alguma coisa faltar para a execução da sua saída, aqui estou eu para a suprir com a minha pessoa e fazenda; e se for necessário servir a sua magnificência de escudeiro, tê-lo-ei por felicíssima ventura.

— Não te disse eu — interrompeu Dom Quixote, voltando-se para Sancho — que havia de sobrar-me escudeiros? vê quem se oferece para o ser, o inaudito Bacharel Sansão Carrasco, trastulo[4] regozijador dos pátios das escolas de Salamanca, sadio, ágil, calado e sofredor do calor, do frio, da fome e da sede, com todas as partes que se requerem para se ser escudeiro de um cavaleiro andante; mas não permita o céu que em proveito meu decapite e quebre a coluna das letras e vaso das ciências, e corte a eminente palma das boas e liberais artes. Permaneça o novo Sansão em sua pátria, e honrando-a, honre juntamente as cãs de seus velhos pais, que eu com qualquer escudeiro ficarei satisfeito, e já que Sancho se não digna vir comigo...

— Digno, sim — respondeu Sancho, enternecido e com os olhos cheios de lágrimas.

E prosseguiu:

— Não se dirá de mim: comida feita, companhia desfeita; que eu não descendo de gente desagradecida, e sabe todo o mundo, e especialmente a minha terra, quem foram os Panças meus ascen-

---

[4] "Trastulo": bufão, uma das figuras aparecidas na farsa italiana.

dentes, tanto mais que tenho conhecido, por boas palavras, o desejo que Vossa Mercê tem de me agraciar, e se estive com contas de tantos e quantos a respeito do meu salário, foi por comprazer com minha mulher, que, em se lhe metendo na cabeça persuadir uma coisa, não há cunha que tanto aperte uma tranca como aperta ela para que se faça o que deseja; mas, efetivamente, um homem é um homem, e a mulher, mulher, e se eu sou homem em toda a parte, hei de o ser também em minha casa pese a quem pesar, e assim não há mais que fazer, senão ordenar Vossa Mercê o seu testamento com o seu codicilo, de forma que não possa ser *revolcado*, e ponhamo-nos a caminho, para que não padeça a alma do Senhor Sansão, que diz que a sua consciência lhe dita persuadir a Vossa Mercê que saia pela terceira vez por esse mundo, e eu de novo me ofereço a servi-lo fiel e lealmente, tão bem e melhor do que quantos escudeiros serviram a cavaleiros andantes, em tempos passados e presentes.

Ficou admirado o bacharel de ouvir os termos e modo de falar de Sancho Pança, pois, apesar de ter lido a primeira história de seu amo, nunca julgou que fossem tão graciosos como ali se pintam; mas, ouvindo-lhe falar agora em testamento e codicilo que não possa ser "revolcado", em vez de "revogado", acreditou em tudo o que lera, e considerou-o um dos mais solenes mentecaptos do nosso século, e disse de si para si que dois doidos como amo e criado nunca se tinham visto no mundo. Finalmente, Dom Quixote e Sancho abraçaram-se, e ficaram amigos; e com parecer e beneplácito de Carrasco, que estava sendo o seu oráculo, ordenou-se que partissem daí a três dias, empregando esse tempo em preparar o necessário para a sua viagem, e em procurar uma celada de encaixe, que, por todos os modos, disse Dom Quixote que havia de levar. Ofereceu-lha Sansão, contando que lha não negaria um amigo seu que tinha uma, ainda que mais escura pela ferrugem do que limpa e clara pelo aço luzente. As maldições que a ama e a sobrinha arrojaram ao bacharel foram sem conto; arrepelaram os cabelos, arranharam a cara, e, à moda das carpideiras[5] que então se usavam, deploravam a partida, como se fosse a morte de seu amo e tio. O desígnio que teve Sansão, persuadindo-lhe que saísse outra vez, foi o que a história adiante refere, tudo por conselho do cura e do barbeiro, com quem anteriormente se combinara.

---

[5] Mulheres a quem se paga para chorar nos enterros. Assim, a "judia de Saragoça, que cegou chorando lutos alheios".

Enfim, naqueles três dias Dom Quixote e Sancho muniram-se de tudo o que lhes conveio, e, tendo Sancho aplacado sua mulher, e Dom Quixote sua sobrinha e sua ama, ao anoitecer, sem que ninguém os visse, a não ser o bacharel que os acompanhou a meia légua do lugar, puseram-se a caminho de El Toboso. Dom Quixote montado no seu bom Rocinante, e Sancho no seu antigo ruço, com os alforjes providos de coisas tocantes à bucólica[6] e bolsa de dinheiros que Dom Quixote lhe deu para o que necessário fosse. Abraçou-o Sansão, e suplicou-lhe que lhe comunicasse a boa ou má sorte que tivesse, para se alegrar com uma e entristecer-se com outra, como pediam as leis da boa amizade. Prometeu-lho Dom Quixote; voltou Sansão para a sua terra, e ambos tomaram o caminho da grande cidade de El Toboso.

---

[6] "Bucólica': comida; por contaminação de "boca".

CAPÍTULO VIII

Onde se conta o que sucedeu a Dom Quixote, indo ver a sua dama Dulcinéia del Toboso

Bendito seja o poderoso Alá! diz Hamete Benengeli no princípio deste oitavo capítulo; bendito seja Alá! repete três vezes, e diz que dá estas bênçãos por ver já em campanha Dom Quixote e Sancho, e que os leitores desta agradável história podem contar que deste ponto em diante começam as façanhas e donaires de Dom Quixote e do seu escudeiro; persuade-lhes que esqueçam as passadas cavalarias do engenhoso fidalgo, e ponham os olhos nas que estão para vir, que principiam desde agora no caminho de El Toboso, como as outras principiaram nos campos de Montiel; e não é muito o que pede para tanto como o que promete; e assim prossegue, dizendo:

Ficaram sós Dom Quixote e Sancho, e, apenas Sansão se apartou, começou a relinchar o Rocinante e a suspirar o ruço, coincidência que, tanto pelo cavaleiro como pelo escudeiro, foi tida por bom sinal, ainda que, se se há de contar a verdade, mais foram os suspiros e os zurros do ruço, do que os relinchos do rocim, donde coligiu Sancho que a sua ventura havia de sobrepujar e passar para cima da de seu senhor, fundando-se não sei se na astrologia judiciária que ele sabia, posto que a história o não declare; só lhe ouviram dizer que, quando tropeçava ou caía, desejava não ter saído de casa, porque, do tropeçar ou cair, não se tirava outra coisa senão sapatos rotos ou costelas quebradas; e, apesar de tolo, não andava nisto muito fora da razão.

Disse-lhe Dom Quixote:

— Sancho amigo, a noite vai entrando rápida e escura, quando nós precisávamos de chegar de dia a El Toboso, aonde resolvi, antes de começar novas aventuras, ir tomar a bênção e a licença da sem-par Dulcinéia, com a qual tenho por certo que hei de acabar felizmente com todos os perigosos lances, porque nada há nesta vida que faça mais valentes os cavaleiros andantes do que o verem-se favorecidos pelas suas damas.

— Assim creio — respondeu Sancho —, mas tenho por difícil que Vossa Mercê lhe fale ou a veja, pelo menos em sítio onde possa receber a sua benção, a não ser que ela lha deite pelas frestas do curral onde a vi pela primeira vez, quando lhe levei a carta que dava a notícia das sandices e loucuras que Vossa Mercê ficava fazendo na serra Morena.

— Pareceu-te, Sancho, que foi pela fresta de um curral que viste aquela nunca assaz louvada gentileza e formosura? Havia de ser varanda ou galeria de rico e régio palácio.

— Pode ser — respondeu Sancho —; a mim pareceu-me fresta, se me não falha a memória.

— Veja-a eu, Sancho — tornou Dom Quixote —; tanto se me dá que seja na fresta de um curral como na sacada de um palácio, ou no mirante de um jardim, que todo e qualquer raio do sol da sua beleza, logo que chegue aos meus olhos, alumiará o meu entendimento e fortalecerá o meu coração, de modo que fique único e sem igual na discrição e na valentia.

— Pois na verdade, senhor — redargüiu Sancho —, quando eu vi esse sol da Senhora Dulcinéia del Toboso, não estava ele tão claro, que pudesse deitar quaisquer raios de luz; naturalmente, como Sua Mercê peneirava o trigo que eu disse, o muito pó que deitava pôs-se como uma nuvem diante do rosto e lho escureceu.

— Por que teimas tu, Sancho — insistiu Dom Quixote —, em dizer e pensar que Dulcinéia, muito senhora minha, estava peneirando trigo, mister e exercício esse que fica muito desviado de todos os que fazem e devem fazer as pessoas principais, guardadas para outras ocupações e entretenimentos, que a tiro de besta revelam a sua jerarquia? Mal te lembras, Sancho, daqueles versos do nosso poeta[1], quando nos pinta os lavores que faziam nos seus palácios de cristal as quatro ninfas que saíram de dentro do Tejo diletíssimo, e

[1] Garcilaso.

se sentaram a lavar no verde prado aquelas ricas telas, que ali o engenhoso poeta nos descreve, que eram todas de ouro, seda e pérolas tecidas e formadas[2]; e assim devia ser o lavor da minha dama, quando a viste, se a inveja que algum mau nigromante deve ter a tudo quanto é meu não muda as coisas que me hão de dar gosto em figuras diversas das que elas têm; e, assim, temo que nessa história que dizem que anda impressa das minhas façanhas, se porventura foi seu autor algum sábio meu inimigo, metesse umas coisas por outras, mesclando com uma verdade mil mentiras, divertindo-se a contar outras ações fora do que manda a verdade. Ó inveja, raiz de infinitos males, que não fazes senão carcomer virtudes! Todos os vícios, Sancho, trazem não sei que deleite consigo; mas o da inveja não traz senão desgostos, rancores e raivas.

— É o que eu digo também — respondeu Sancho —, e penso que nessa lenda ou história, que nos disse o Bacharel Carrasco que de nós outros vira, há de andar a minha honra tem-te não caias, e, como diz o outro, ao estricote, varrendo as ruas; pois por minha fé eu não disse mal de nenhum nigromante, nem tenho tantos haveres que possa ser invejado; é verdade que sou alguma coisa malicioso, e que não deixo de ter a minha velhacaria; mas tudo cobre e esconde a grande capa da minha simpleza, sempre natural e nunca artificiosa; e, quando outra coisa não tivesse que não fosse o crer, como sempre creio firme e verdadeiramente, em Deus, e em tudo o que manda acreditar a Santa Igreja Católica Romana, e ser inimigo mortal, como sou, dos judeus, deviam os historiadores ter misericórdia de mim, e tratar-me bem nos seus escritos; mas digam o que quiserem, que nu nasci, nu me acho, não perco nem ganho apesar de me ver posto em livro, e andar por esse mundo de mão em mão, e de tudo o mais pouco se me dá.

— Isso se assemelha, Sancho — tornou Dom Quixote —, ao que sucedeu a um famoso poeta do nosso tempo, o qual, tendo feito uma maliciosa sátira contra todas as damas loureiras[3], nem incluiu nem nomeou uma, de quem se podia duvidar se o era ou não, a qual, vendo que não estava na lista das damas, se queixou ao poeta, perguntando-lhe que motivo tivera para a não meter entre as outras,

---

[2] Refere-se à *Égloga III* de Garcilaso.

[3] Eufemismo para designar mulheres públicas.

acrescentando que ampliasse a sátira, e a introduzisse, senão que tivesse tanto em si. Obedeceu o poeta, e pô-la pelas ruas da amargura, e ela ficou satisfeita por se ver afamada e infamada[4]. Também vem à colação o que contam daquele pintor que deitou fogo ao famoso templo de Diana, considerado uma das sete maravilhas do mundo, só para que se imortalizasse nos séculos vindouros, e, ainda que se mandou que ninguém fizesse, de viva voz nem por escrito, menção do seu nome, para que não conseguisse o fim do seu desejo, soube-se todavia que se chamava Eróstrato. Também se parece com isto o que sucedeu ao grande Imperador Carlos V com um cavaleiro, em Roma. Quis ver o imperador aquele famoso templo da Rotunda, que na Antiguidade se chamou o templo de todos os deuses, e agora com melhor invocação se chama de todos os santos, e é o edifício que mais inteiro ficou dos que foram levantados pela gentilidade em Roma, e o que mais conserva a fama da grandiosa magnificência dos seus fundadores: é do feitio de meia laranja, muitíssimo grande, e muito claro, sem lhe entrar mais luz senão a que concede uma janela, ou, para melhor dizer, clarabóia, que está no teto, donde o imperador contemplou o edifício; tinha ele ao seu lado um cavaleiro romano, que lhe dizia os primores e as sutilezas daquela grande máquina e memorável arquitetura, e, tendo-se tirado enfim dali, disse ao imperador: "Mil vezes, meu senhor, me veio o desejo de me abraçar com Vossa Sacra Majestade, e atirar-me dali abaixo, para deixar eterna fama no mundo". "Agradeço-vos", respondeu o imperador, "não terdes levado a efeito tão mau pensamento e daqui por diante não vos porei mais em ocasião de poderdes dar prova da vossa lealdade, e assim vos mando que nunca me faleis, nem estejais onde eu estiver". E ditas estas palavras, fez-lhe uma grande mercê. Quero dizer com isto, Sancho, que o desejo de alcançar fama é ativíssimo. Quem pensas tu que atirou com Horácio da ponte abaixo, armado com todas as armas, nas profundidades do Tibre? Quem queimou a mão e o braço de Múcio? Quem impeliu Cúrcio a arrojar-se ao ardente vórtice que apareceu no meio de Roma? Quem, contra todos os agouros, fez passar a Júlio César o Rubicão? E com exemplos mais modernos, quem afundou os navios e deixou em terra e isolados os valorosos espanhóis que o grande

---

[4] Espinel: *Sátira contra as damas*.

Cortês guiava à conquista do Novo Mundo? Todas estas e outras façanhas são, foram e hão de ser obras da fama, que os mortais desejam como prêmio e antegosto da imortalidade que os seus feitos merecem, ainda que os católicos e cavaleiros andantes mais havemos de atender à glória dos séculos vindouros, que é eterna nas siderais regiões, do que à vaidade da fama, que neste presente e mortal século se alcança, a qual, por muito que dure, enfim há de acabar com o próprio mundo, que tem o seu fim marcado. Assim, ó Sancho, não saiam as nossas obras dos limites que nos impõe a religião cristã que professamos. Matando os gigantes, matemos o orgulho; combatamos a inveja, com a generosidade; a ira, com a placidez de um ânimo tranqüilo; a gula e o sono, com as curtas refeições e as longas vigílias; a luxúria e a lascívia, com a lealdade que guardamos às que fizemos senhoras dos nossos pensamentos, a preguiça, com o andar por todas as partes do mundo, procurando as ocasiões que nos possam fazer e nos façam, além de cristãos, gloriosos cavaleiros. Vês aqui, Sancho, os meios por onde se alcançam os extremos de louvor que traz consigo a boa fama?

— Entendi muito bem — tornou Sancho — tudo o que Vossa Mercê até aqui me tem dito; mas, com tudo isso, desejaria que Vossa Mercê me *sorvesse* uma dúvida, que neste ponto me acudiu.

— "Resolvesse" é o que tu queres dizer, Sancho — disse Dom Quixote —; pois fala, que eu responderei ao que souber.

— Diga-me, senhor — prosseguiu Sancho —, esses Julhos ou Agostos, e todos esses cavaleiros façanhudos, que diz que morrem, onde estão eles agora?

— Os gentios — respondeu Dom Quixote — decerto que estão no inferno; os cristãos, se foram bons cristãos, ou no purgatório ou no céu.

— Está bem! — disse Sancho — mas agora saibamos uma coisa; essas sepulturas, onde estão os corpos desses senhoraços todos, têm diante de si lâmpadas de prata, ou nas paredes das suas capelas mortalhas, muletas, pernas e olhos de cera? e, se não têm tudo isso, de que é que estão adornadas?

— Os sepulcros dos gentios — respondeu Dom Quixote — foram pela maior parte suntuosos templos: as cinzas do corpo de Júlio César puseram-se numa pirâmide de desmedida grandeza, a que chamam hoje em Roma "Agulha de São Pedro". Ao Imperador Adriano serviu-lhe de sepultura um castelo tamanho como uma boa aldeia a que chamaram "Moles Hadriani", que é agora o Castelo de

Santo Ângelo, em Roma. A Rainha Artemisa sepultou seu marido Mausolo num sepulcro que se considerou uma das sete maravilhas do mundo; mas nenhuma destas sepulturas, nem de outras muitas que tiveram os gentios, se adornaram com mortalhas nem com outras oferendas e sinais que mostrassem ser santos os que estavam dentro deles.

— Lá vou, lá vou — tornou Sancho —; e diga-me agora: o que é mais, ressuscitar um morto ou matar um gigante?

— A resposta é clara — observou Dom Quixote —; é mais ressuscitar um morto.

— Apanhei-o — disse Sancho —; logo, a fama de quem ressuscita mortos, endireita coxos, dá vista aos cegos e saúde aos enfermos, e diante de cujas sepulturas ardem lâmpadas de prata, ou tem as suas capelas cheias de gente devota, que de joelhos adora as suas relíquias, sempre será melhor fama para este século e para os séculos vindouros, do que a que deixaram ou hão de deixar quantos imperadores gentios e cavaleiros andantes tem havido no mundo.

— Também confesso essa verdade — respondeu Dom Quixote.

— Pois essa fama, essas graças, essas prerrogativas, como se diz, alcançam os corpos e as relíquias dos santos, que, com aprovação da Santa Madre Igreja, têm lâmpadas, velas, mortalhas, muletas, pinturas, cabelos e olhos, pernas com que aumentam a devoção e engrandecem sua fama cristã. Os reis levam às costas os corpos dos santos ou as suas relíquias, beijam os pedaços dos seus ossos, adornam e enriquecem com eles os seus oratórios e os seus mais apreciados altares.

— Que queres que se infira, Sancho, de tudo o que disseste? — perguntou Dom Quixote.

— Quero dizer — tornou Sancho — que nos apliquemos a ser santos e alcançaremos mui brevemente a boa fama que pretendemos, e advirto, senhor, que ontem ou antes de ontem, assim se pode dizer, canonizaram ou beatificaram dois fradezinhos descalços, e as cadeias de ferro com que cingiam e atormentavam os seus corpos, considera-se agora grande ventura beijá-las e tocá-las, e são mais veneradas do que a espada de Roldão na armaria de el-rei nosso senhor, que Deus guarde. Assim, meu amo, vale mais ser humilde fradezinho de qualquer ordem que seja do que valente e andante cavaleiro; mais alcançam de Deus duas dúzias de açoites do que duas mil lançadas, ainda que se dêem em gigantes e endríagos.

— Tudo isso assim é — redargüiu Dom Quixote —, mas nem

todos podemos ser frades, e muitos são os caminhos por onde se vai ao céu; a cavalaria é uma religião, e há cavaleiros santos na glória.

— Pois sim — insistiu Sancho —; mas tenho ouvido dizer que há mais frades no céu que cavaleiros andantes.

— É claro — tornou Dom Quixote —, porque há mais religiosos que cavaleiros.

Nestas e noutras práticas se passou a noite e o dia seguinte, sem lhes acontecer coisa digna de se contar, com bastante pena de Dom Quixote. Enfim, no outro dia, ao anoitecer, descobriram a grande cidade de El Toboso, e com essa vista se alegrou o espírito de Dom Quixote, e se entristeceu o de Sancho, porque não sabia onde era a casa de Dulcinéia, nem nunca a vira em toda a sua vida, e seu amo também não; de modo que, um por ir vê-la, e o outro por não a ter visto, estavam alvoroçados, e Sancho não imaginava o que havia de fazer quando seu amo o enviasse a El Toboso. Finalmente, determinou Dom Quixote entrar de noite na cidade e enquanto não eram horas pousaram num carvalhal, próximo de Toboso, e chegada a ocasião própria entraram na cidade, onde lhes sucederam coisas dignas de menção.

CAPÍTULO IX

Onde se conta o que nele se verá

Meia-noite era por fio[1], pouco mais ou menos, quando Dom Quixote e Sancho saíram do monte e entraram em El Toboso. Estava o povo em sossegado silêncio, porque todos os seus vizinhos dormiam e repousavam de perna estendida, como se costuma dizer. A noite não era muito clara, mas desejaria Sancho que fosse escuríssima, para achar nas trevas uma desculpa para a sua ignorância. Não se ouviam em todo o lugar senão ladridos de cães, que ensurdeciam Dom Quixote e turbavam Sancho. De quando em quando zurrava um jumento, miavam gatos, grunhiam porcos; esses sons pareciam ampliar-se com o silêncio da noite, e tudo isso considerou como de mau agouro o enamorado cavaleiro, mas sempre foi dizendo:

— Sancho filho, guia-me ao palácio de Dulcinéia, que é possível que a encontremos acordada. — Como o hei de guiar a um palácio, corpo de tal — retrucou Sancho —, se a casa em que eu vi Sua Grandeza era pequeníssima?

— Sinal é de que estava muito retirada — acudiu Dom Quixote —, consolando-se a sós, nalgum pequeno aposento do seu alcáçar, como é costume de altas senhoras e princesas.

---

[1] É o velho romance: "Meia-noite era porfio; / Os gatos queriam cantar", do Conde Claros, reminiscência de um do Cid. "Meio-dia era porfio; / As doze dava o relógio". "Por fio": exatamente.

— Senhor — disse Sancho —, já que Vossa Mercê quer à viva força que seja alcáçar a casa da minha Senhora Dulcinéia, seja muito embora; mas isto são horas de se encontrar a porta aberta? Havemos de começar às aldrabadas, para que nos ouçam e nos façam entrar, pondo em alvoroto e barulho toda a gente? Aquilo é casa de barregã, aonde se bate e se entra, a qualquer hora que seja?

— Vamos nós a ver se damos com o alcáçar — disse Dom Quixote —, que depois te direi o que havemos de fazer, e repara, Sancho, que ou eu vejo pouco ou aquela grande sombra que daqui se descobre é do palácio de Dulcinéia.

— Pois então guie-me Vossa Mercê — respondeu Sancho —, e pode ser que assim seja, que eu hei de vê-lo com os olhos e tocá-lo com as mãos, e acreditar tanto que é ele, como acredito que é dia agora.

Seguiu Dom Quixote para diante; tendo andado coisa de duzentos passos, deu com o vulto que fazia a sombra, viu uma grande torre, logo conheceu que o edifício não era alcáçar, mas sim a igreja principal da povoação, e disse:

— Demos com a igreja, Sancho.

— Bem vejo — respondeu Sancho —, e praza a Deus que não demos com a nossa sepultura, que não é de bom agouro andar pelos cemitérios a estas horas, de mais a mais tendo eu dito a Vossa Mercê, se bem me lembro, que a casa dessa senhora há de estar num beco sem saída.

— Amaldiçoado sejas, mentecapto! — respondeu Dom Quixote — onde é que tu viste que os alcáceres e paços reais fiquem em becos sem saída?

— Meu senhor — tornou Sancho —, cada terra com seu uso: talvez se use aqui em El Toboso edificar nos becos os palácios e casas grandes; e assim, peço a Vossa Mercê que me deixe procurar por estas vielas e travessas, que talvez tope aí nalgum canto esse alcáçar de uma figa, que tão corridos e empandeirados nos traz.

— Fala com respeito, Sancho — disse Dom Quixote —, do que à minha dama se refere; vamos com a festa em paz, e não demos por paus e por pedras.

— Eu terei conta em mim — respondeu Sancho —, mas como posso aturar o querer Vossa Mercê que eu, que só vi uma vez a casa da nossa ama, dê com ela à meia-noite, não a encontrando Vossa Mercê, que a deve ter visto milhares de vezes?

— Fazes-me desesperar, Sancho — tornou Dom Quixote —;

vem cá, herege: não te tenho dito mil vezes que em todos os dias da minha vida nunca vi a sem par Dulcinéia, e nunca franqueei os umbrais do seu palácio, e que só estou enamorado de outiva e da grande fama que tem de formosa e discreta?

— Agora o fico sabendo — respondeu Sancho — e digo que, se Vossa Mercê nunca a viu, eu ainda menos.

— Não pode ser — redargüiu Dom Quixote —; pelo menos disseste-me tu que a viste peneirando trigo, quando me trouxeste a resposta da carta que por ti lhe enviei.

— Não quebre a cabeça com isso, meu senhor — tornou Sancho —, porque lhe faço saber que lá o eu vê-la e trazer-lhe a resposta foi também tudo de outiva, que tanto sei quem é a Senhora Dulcinéia como sei dar murros no céu.

— Sancho, Sancho — acudiu Dom Quixote —, há tempo para brincar, e tempo em que não caem bem os brinquedos; lá porque eu digo que nunca vi nem conversei com a senhora da minha alma, não hás de tu dizer também que nunca a viste nem lhe falaste, quando sabes que é exatamente o contrário.

Estando eles nestas práticas, sentiram o ruído de um arado, e viram um lavrador com duas mulas, que madrugava para ir à lavoura, e vinha cantando o romance que diz:

Mal vos saístes, franceses,
Da caça de Roncesvalles[2].

— Aposto a vida, Sancho — disse Dom Quixote —, que nos não pode suceder coisa boa esta noite. Não ouves o que este vilão canta?

— Ouço — respondeu Sancho —, mas que tem com o nosso propósito a caçada de Roncesvalles? Podia cantar o romance de Calaínos[3], que vinha a dar na mesma, e daí nos não resultaria nem bem nem mal.

Nisto chegou o lavrador, a quem Dom Quixote disse:

— Sabereis dizer-me, bom amigo, boa ventura vos dê Deus,

---

[2] Versos, pouco modificados, do texto do Cancioneiro de Amberes.

[3] Refere-se Sancho ao romance: "Já cavalga Calaínos... / À sombra duma oliveira..."

onde são por aqui os paços da incomparável Princesa Dona Dulcinéia del Toboso?

— Senhor — respondeu o moço —, eu sou forasteiro, e há poucos dias que estou nesta povoação, servindo na lavra dos campos um rico fazendeiro; mas nessa casa, aí defronte, vivem o cura e o sacristão da freguesia, e qualquer deles saberá dar a Vossa Mercê notícia dessa senhora princesa, porque têm a lista de todos os vizinhos de El Toboso, ainda que eu estou em dizer que em todo o lugar não vive princesa alguma, a não querer chamar assim a muitas senhoras principais, que cada uma delas é princesa em sua casa.

— Pois alguma dessas — disse Dom Quixote — há de ser a que eu procuro.

— Pode ser — respondeu o moço —, e adeus, que vem aí o romper de alva.

E, fustigando as mulas, não atendeu a mais perguntas. Sancho, que viu seu amo suspenso e descontente, disse-lhe:

— Meu senhor, o dia não tarda por aí, e não é bom que nos encontre o sol na rua; será melhor que saiamos para fora da cidade, e que Vossa Mercê se embosque nalguma floresta aqui próxima, e eu voltarei de dia e não deixarei recanto no lugar, onde não procure a casa, alcáçar ou palácio da minha senhora, e muito desgraçado havia de ser se o não encontrasse, e encontrando-o falarei com a Senhora Dulcinéia, e dir-lhe-ei onde Vossa Mercê fica esperando, que ela lhe dê traça para se poderem ver, sem menoscabo da sua honra e fama.

— Disseste, Sancho — observou Dom Quixote —, mil sentenças, encerradas no círculo de breves palavras; o conselho que me deste agora, aplaudo-o e recebo-o de boníssima vontade; anda cá, filho, e vamos saber onde me hei de emboscar, e depois tu irás, como dizes, ver se encontras a minha senhora, de cuja discrição e cortesia espero mais do que milagrosos favores.

Ardia Sancho por tirar seu amo da povoação, para que não averiguasse o caso da resposta que da parte de Dulcinéia lhe levara à serra Morena, e assim deu pressa à saída, que foi logo, e a duas milhas do lugar encontraram uma floresta, onde Dom Quixote se emboscou, enquanto Sancho voltava à cidade a falar a Dulcinéia, embaixada em que lhe sucederam coisas que pedem novo capítulo.

CAPÍTULO X

Onde se conta a indústria que Sancho teve para encontrar a Senhora Dulcinéia, e outros sucessos tão ridículos como verdadeiros

Chegando o autor desta grande história ao que neste capítulo conta, diz que desejaria passá-lo em silêncio, receoso de não ser acreditado, porque as loucuras de Dom Quixote ultrapassaram aqui o termo de quantas se podem imaginar, e foram dois tiros de besta para diante das maiores. Finalmente ainda que com este medo e receio, escreveu-as, tais como ele as praticou, sem acrescentar nem tirar à história um só átomo da verdade, sem se importar para nada com as objeções que lhe podiam pôr de mentiroso; e teve razão, porque a verdade torce, mas não quebra, e anda sempre ao de cima da mentira, como o azeite ao de cima de água; e assim, prosseguindo na sua história, diz que, apenas Dom Quixote se emboscou dentro da mata, ao pé da grande El Toboso, mandou a Sancho que tornasse à cidade, e que não volvesse à sua presença sem ter primeiro falado da sua parte com a sua senhora, pedindo-lhe que fosse servida de se deixar ver pelo seu cativo cavaleiro, e se dignasse deitar-lhe a sua bênção, para que ele pudesse esperar felicíssimo êxito de todos os seus cometimentos e difíceis empresas.

Encarregou-se Sancho de fazer o que ele lhe mandava e de lhe trazer tão boa resposta como lhe trouxera da primeira vez.

— Anda, filho — replicou Dom Quixote —, e não te atrapalhes quando te vires perante a luz do sol de formosura que vais procurar. Ditoso és tu sobre todos os escudeiros do mundo! Conserva bem de memória o modo como te recebe ela: se muda de cor quando lhe estiveres dando a minha embaixada; se se desassossega ou perturba, ouvindo o meu nome; e não pára na almofada, no caso de estar sentada no rico estrado da sua autoridade, e no caso de estar erguida, vê bem se ora se segura num pé ora noutro; se te repete duas ou três vezes a resposta que te der; se a varia de branda para áspera, de azeda para amorosa; se leva a mão ao cabelo para o compor, ainda que não esteja desordenado; finalmente, filho, vê todas as suas ações e movimentos, porque, se mos relatares como eles foram, poderei eu perceber o que ela tem escondido no íntimo do coração com respeito aos meus amores; que hás de saber, Sancho, se o não sabes já, que entre os amantes, as ações e movimentos exteriores que fazem, quando do seu afeto se trata, são certíssimos correios que trazem notícia do que se passa no âmago do peito. Vai, amigo, e guie-te melhor ventura que a minha, e volta com melhor êxito do que eu fico temendo e esperando nesta amarga soledade em que me deixas.

— Irei e presto volverei — disse Sancho —, e deite às largas, meu senhor, esse coração, que o tem agora decerto mais pequeno que uma avelã; e considere que se costuma dizer que onde não há toucinho não há fumeiro[1], bom coração quebranta má ventura, e também se diz: onde se não cuida salta a lebre: digo isto porque se esta noite não achamos os paços ou alcáçares da minha senhora, agora que é de dia espero encontrá-los quando menos o pense, e logo que os encontrar deixem-me com ela.

Dito isto, Sancho voltou as costas e fustigou o ruço, e Dom Quixote ficou a cavalo, descansado nos estribos e arrimado à sua lança, cheio de tristes e confusas imaginações, em que o deixaremos imerso, indo-nos com Sancho Pança, que se apartou de seu amo não menos confuso e pensativo do que ele ficava, e tanto que, apenas saiu do bosque, voltando a cabeça e não vendo já Dom Quixote, apeou-se do jumento, e, sentando-se à sombra de uma árvore, começou a falar consigo, e a dizer-se: "Saibamos agora, Sancho mano: 'Aonde vai Vossa Mercê? Vai à busca de algum jumento que se lhe perdesse?' 'Não, por certo.' 'Então que vai procurar?' 'Vou procurar uma princesa e com ela o sol da formosura, e todo o céu junto.' 'E onde pensais encontrar o que dizeis, Sancho?'

[1] "Onde se pensa que há toucinho não há nem fumeiro", diz o refrão.

'Onde? na grande cidade de El Toboso.' 'E da parte de quem ides?' 'Da parte do famoso cavaleiro Dom Quixote de la Mancha, que desfaz os tortos, e dá de comer a quem tem sede, e de beber a quem tem fome.' 'Tudo isto é muito bom. E sabeis onde é a casa dela, Sancho?' 'Meu amo diz que hão de ser uns régios paços ou um soberbo alcáçar.' 'E já a vistes algum dia, porventura?' 'Nem eu nem meu amo nunca lhe pusemos a vista em cima.' 'E parece-vos que seria acertado e bem-feito que se a gente de El Toboso soubesse que estais aqui na firme tenção de lhes irdes roubar as suas princesas, e desinquietar-lhes as suas damas, viessem ter convosco e vos desancassem as costelas, e não vos deixassem um osso inteiro?' 'É certo que teriam muita razão, quando não considerassem que sou mandado, e que,

Mensageiro sois, amigo;
Não mereceis culpa, não[2].'

'Não vos fieis nisso, Sancho, porque a gente manchega é tão honrada como colérica[3], e não consente que lhe façam cócegas. Viva Deus, que se lhes dá o faro de que estais aqui, má ventura tereis!' 'Leve a breca a mensagem, não estou para passar trabalhos por prazer alheio, tanto mais que procurar Dulcinéia em El Toboso é o mesmo que procurar agulha em palheiro, ou bacharel em Salamanca. Foi o diabo em pessoa que me meteu nestas danças!'"

Acabado este solilóquio, Sancho resolveu o que se verá da seguinte continuação do seu monólogo:

"Ora muito bem! tudo tem remédio, menos a morte, que a todos nos há de levar no fim da vida. Este meu amo, já tenho visto que é um louco de pedras, e eu também não lhe fico atrás, que até sou ainda mais mentecapto do que ele, pois que o sirvo e sigo, se é verdadeiro o rifão: 'Diz-me com quem andas, dir-te-ei as manhas que tens'. Sendo assim tão doido, dando-lhe a loucura para tomar a maior parte das vezes uma coisa por outra, o branco pelo preto e o preto pelo branco, moinhos de vento por gigantes, mulas de religiosos por dromedários, rebanhos de carneiros por exércitos de

---

[2] São versos do romance de Bernardo del Carpio.

[3] Gracián punha na Mancha o coração.

inimigos, e outras deste jaez, não me será difícil fazer-lhe crer que a primeira lavradeira que eu por aí topar é a Senhora Dulcinéia; e, quando ele o não acredite, eu juro, e se ele jurar também, juro outra vez, e se teimar, eu ainda mais teimo, de modo que fique sempre na minha, venha o que vier. Talvez com esta porfia conseguirei que me não torne a incumbir de semelhantes mensagens, vendo que dou tão má conta do recado, ou talvez pense, como imagino, que algum mau nigromante dos que ele diz que lhe querem mal lhe mudou a figura de Dulcinéia, para lhe fazer dano."

E com isto ficou Sancho de espírito sossegado, e deu por findo o seu negócio, demorando-se ali até a tarde, para que Dom Quixote supusesse que ele efetivamente fora a El Toboso; e saiu-lhe tudo tão bem, que quando se levantou para montar no burro, viu que saíam de El Toboso três lavradeiras montadas em burros ou em burras, o que o autor não explica bem, devendo acreditar antes que seriam burricas, por serem essas as cavalgaduras habituais das aldeãs; mas, como o caso não é importante, não vale a pena demorarmo-nos a averiguá-lo. Assim que Sancho viu as lavradeiras, foi logo ter com Dom Quixote, e achou-o suspirando e repetindo mil amorosas lamentações.

— Que há de novo, Sancho amigo? — perguntou-lhe Dom Quixote assim que o viu. — Poderei marcar este dia com pedra branca ou pedra negra?[4]

— Será melhor — respondeu Sancho — que Vossa Mercê o marque com almagre[5], como letreiro de cátedras, para que o vejam bem os que o virem.

— Então — redargüiu Dom Quixote — trazes boas notícias.

— Tão boas — respondeu Sancho —, que não tem Vossa Mercê mais que fazer que picar as esporas a Rocinante e sair à estrada para ver a Senhora Dulcinéia del Toboso, que com duas damas suas vem ver Vossa Mercê.

— Santo Deus! que estás dizendo, Sancho? Não me enganes, nem queiras com falsos júbilos alegrar as minhas verdadeiras tristezas.

---

[4] Alude ao costume de assinalar os dias faustos ou aziagos com pedra branca ou negra.

[5] Tintura vermelha com que se marcava o rebanho ou escreviam os dizeres das cátedras.

— Que aproveitava eu em o enganar — tornou Sancho —, podendo Vossa Mercê tão depressa descobrir a verdade? Pique as esporas, e venha ver a princesa, nossa ama, que aí temos adornada e vestida como quem é. Ela e as suas damas todas são ouro, pérolas, diamantes, rubins, telas de brocado; os cabelos soltos nos ombros, que parecem outros tantos raios do sol que andam brincando com o vento; e, sobretudo, vêm a cavalo em três *cananéias*[6] que não se pode ver coisa melhor.

— "Hacanéias" é que tu queres dizer, Sancho.

— Vem a dar na mesma; mas, seja lá como for, o que é certo é que vêm o mais garbosas que se podem imaginar, principalmente a Princesa Dulcinéia, senhora minha, que arrebata os sentidos.

— Vamos, Sancho filho — tornou Dom Quixote —, e, em alvíssaras destas boas e inesperadas novas, te darei o maior despojo que eu ganhar na primeira aventura que tiver; e se isto te não agradar, dou-te as crias que tiverem este ano as minhas três éguas, que sabes que ficaram cheias.

— Prefiro as crias — respondeu Sancho —, porque não é lá muito certo que sejam grande coisa os depojos da primeira aventura.

E nisto saíram do bosque e descobriram ali perto as três aldeãs. Explorou Dom Quixote com a vista o caminho todo de El Toboso, e, como não visse senão as três lavradeiras, turvou-se e perguntou a Sancho se as deixara fora da cidade.

— Como! fora da cidade! — respondeu Sancho. — Porventura tem Vossa Mercê os olhos abotoados, que não vê que são estas que aqui vêm, resplandecentes como o próprio sol ao meio-dia?

— Eu não vejo — tornou Dom Quixote — senão três lavradeiras montadas em três burricos.

— Livre-me Deus do inimigo! cruzes! — tornou Sancho. — É possível que três hacanéias, ou como é que se lhes chama, brancas como a neve, pareçam burricos a Vossa Mercê? Eu, se assim fosse, era capaz até de arrancar as barbas.

— Pois o que eu te digo, Sancho — tornou Dom Quixote —, é que é tão verdade o serem burricos ou burricas como ser eu Dom Quixote e tu Sancho Pança. Pelo menos assim me parecem.

— Cale-se senhor — tornou Sancho —, não diga semelhante coisa; vamos esfregue esses olhos, e venha cortejar a dama dos seus pensamentos, que já vem aqui ao pé.

---

[6] "Hacanéias": cavalgaduras de damas ou de príncipes.

E, dizendo isto, adiantou-se para receber as três aldeãs, e, apeando-se do ruço, agarrou no cabresto do jumento de uma das três lavradeiras, e, pondo o joelho em terra, disse:

— Rainha, princesa e duquesa da formosura, seja Vossa Altivez servida de receber com boa graça e boa vontade o vosso cativo cavaleiro, que está ali feito de mármore, todo turbado e sem pulso, por se ver na vossa magnífica presença: eu sou Sancho Pança, seu escudeiro, e ele o afamado cavaleiro Dom Quixote de la Mancha, conhecido pelo nome de Cavaleiro da Triste Figura.

A este tempo já Dom Quixote se pusera de joelhos ao pé de Sancho, e mirava com olhos pasmados, e vista turva, aquela a quem Sancho dava o nome de rainha e senhora, e, como não via senão uma moça aldeã, de cara larga e feia, estava suspenso, sem ousar descerrar os lábios. As outras lavradeiras tinham ficado atônitas, vendo aqueles dois homens tão diferentes, ambos de joelhos, e sem deixarem passar a sua companheira; mas a suposta Dulcinéia quebrou o silêncio, dizendo com muito mal modo:

— Tirem-se do caminho, senhores, e deixem-nos passar, que vamos com pressa.

— Ó princesa e senhora universal de El Toboso — respondeu Sancho —, como é que o vosso magnânimo coração não se enternece, vendo ajoelhado na vossa sublime presença a coluna e sustentáculo da cavalaria andante!

Ouvindo isto, disse uma das outras duas:

— Xô, que te estrafego, burra de meu sogro![7] Ora vejam estes senhores vir mangar com as aldeãs, como se não soubéssemos também o que são pulhas; sigam o seu caminho e deixem-nos ir para diante, que é melhor.

— Levanta-te, Sancho — acudiu Dom Quixote —, que eu já vejo que a fortuna, não se fartando de me perseguir[8], tomou todos os caminhos por onde pode vir alguma satisfação a este mísero e mesquinho espírito. E tu, extremo de perfeição, último termo da gentileza humana, remédio único deste aflito coração que te adora,

---

[7] Fórmula aldeã, para desprezar obséquios e cortesias, crendo-os burlescos.

[8] Alusão aos versos de Garcilaso (*Égloga*, III): "Mas a fortuna não se farta de me perseguir".

já que um maligno nigromante pôs nuvens e cataratas nos meus olhos, e só para eles e não para outros mudou e transformou o teu rosto formoso no de uma pobre lavradeira, se já não transformou também o meu no de algum vampiro, para me tornar odioso aos teus olhos, não deixes de me contemplar branda e amorosamente, vendo nesta submissão a cortesia que faço à tua disfarçada formosura, a humildade com que a minha alma te venera.

— Toma, que te dou eu! — respondeu a aldeã — que eu não gosto de ouvir requebros. Apartem-se e deixem-nos seguir para diante, que nos fazem muito favor.

Afastou-se Sancho e deixou-a ir, contentíssimo por se ter saído bem do seu enredo. Apenas se viu livre, a aldeã, que havia representado, sem o saber, o papel de Dulcinéia, picou o seu "palafrém" com um aguilhão, e deitou a correr pelo campo fora; e, como a burrica sentia a ponta do aguilhão, que a picava mais que de costume, começou aos corcovos e aos pulos, de maneira que deu com a Senhora Dulcinéia em terra. Vendo isto, Dom Quixote correu a levantá-la, e Sancho a compor e apertar a albarda, que se tinha virado para a barriga da burra. Arranjada a albarda, e querendo Dom Quixote levantar a sua encantada senhora nos braços, para a pôr em cima da jumenta, ela, erguendo-se logo, tirou-lhe esse trabalho, porque deu uma corrida, e, pondo as mãos ambas nas ancas da burra, saltou mais ligeira que um falcão para cima da albarda, e ficou escarranchada como se fosse homem.

— Viva Roque! — disse Sancho — a nossa senhora ama é ligeira como um açor, e pode ensinar a montar à gineta ao mais destro cordobês ou mexicano; saltou de um pulo o arção traseiro, e sem esporas faz correr a jumenta, que parece uma zebra, e não lhe ficam atrás as suas damas, que todas correm como o vento.

E era verdade, porque logo que viram Dulcinéia a cavalo, todas deitaram a correr, sem voltar a cabeça, por espaço de mais de meia légua. Seguiu-as Dom Quixote com a vista, e, quando elas desapareceram, voltando-se para Sancho, lhe disse:

— Sancho, que te parece? que malquisto que eu sou dos nigromantes! e vê até onde se estende a sua malícia e o ódio que me têm, pois me quiseram privar do contentamento que me poderia dar ver a minha dama na plenitude da sua formosura! Com efeito, nasci para exemplo de desditosos, e para ser alvo a que mirem e se vibrem as setas da má fortuna; e hás de reparar também, Sancho, que esses traidores logo transformaram a minha Dulcinéia em mulher de tão vil condição e tão feia, como aquela aldeã, e juntamente lhe tiraram o que é tanto de pessoas principais, a saber: o perfume que recendem, por sempre andarem entre âmbares e flores; porque te devo dizer, Sancho, que quando me aproximei para sentar Dulcinéia no seu palafrém (como tu dizes, que a mim pareceu-me jerico), deu-me um cheiro de alhos crus, que me chegou a agoniar.

— Ó canalha! — exclamou Sancho — ó aziagos e mal-intencionados nigromantes! quando hei de eu ter o gosto de vos ver espetados como sardinhas! muito sabeis, muito podeis e muito mal fazeis! Devia-vos bastar, velhacos, o terdes transformado as pérolas dos olhos da minha Senhora Dulcinéia em cebolas remelosas, os seus cabelos de ouro puríssimo em cerdas de rabo de boi ruivo, e mudado enfim as suas formosas feições em disformes, sem lhe tocardes no cheiro, que por ele ao menos adivinhássemos o que estava escondido naquela feia cortiça, ainda que, para dizer a verdade, eu sempre a vi formosa, dando-lhe realce à beleza um lunar que tinha sobre o lábio do lado direito, à moda de bigode, com sete ou oito cabelos louros, como fios dourados, e compridos de mais de um palmo.

— A este lunar — disse Dom Qüixote —, segundo a correspondência que têm entre si os do rosto com os do corpo, há de ter outro Dulcinéia na largura das coxas, que corresponde ao lado em que tem o do rosto, porém muito longos para lunares são os cabelos do tamanho que disseste.

— O que sei dizer a Vossa Mercê — respondeu Sancho — é que pareciam nascidos ali.

— Creio, creio, amigo — tornou Dom Quixote —, porque nenhuma coisa pôs a natureza em Dulcinéia que não fosse perfeita e bem-acabada; mas ainda que tivesse cem lunares como tu dizes, nela não seriam lunares, mas sim luas e estrelas resplandecentes. Mas dize-me lá, Sancho: aquilo que me pareceu albarda e que tu arranjastes era selim raso ou cilhão?

— Era sela à gineta — respondeu Sancho —, e com um chairel tão rico, que vale bem metade de um reino.

— E não ver eu tudo isso! — tornou Dom Quixote. — Agora digo e direi mil vezes que sou o mais desgraçado de todos os homens.

Muito custava ao socarrão do Sancho disfarçar o riso, ao ouvir as sandices de seu amo, tão finamente enganado. Depois de outras muitas razões que houve entre eles ambos, tornaram a montar nas cavalgaduras e seguiram caminho de Saragoça, onde cuidavam chegar a tempo de se poderem achar numas festas solenes, que todos os anos se costumam fazer naquela insigne cidade; mas, antes de lá chegarem, sucederam-lhes coisas, que por serem grandes, muitas e novas, merecem ser escritas e lidas como adiante se verá.

CAPÍTULO XI

Da estranha aventura que sucedeu ao valoroso Dom Quixote com o carro ou carreta das cortes da morte

Extremamente pensativo, ia Dom Quixote seguindo o seu caminho e considerando na burla que lhe tinham pregado os nigromantes, com o transformarem a sua Senhora Dulcinéia na desastrada figura duma aldeã, e não imaginava que remédio se podia empregar para que voltasse ao seu primeiro ser; e estes pensamentos punham-no tão fora de si, que, sem dar por isso, soltou as rédeas a Rocinante, o qual, sentindo a liberdade que lhe concediam, a cada passo se detinha para pastar a verde relva que por aqueles campos abundava. Tirou-o Sancho Pança da sua distração, dizendo-lhe:

— Senhor, as tristezas não se fizeram para os brutos, e sim para os homens; mas se os homens sentem demasiadamente, embrutecem; Vossa Mercê tenha conta em si e colha as rédeas a Rocinante, reviva e desperte, e mostre aquela galhardia que costumam ter os cavaleiros andantes. Que diabo é isso? que descaimento é esse? Estamos aqui ou em França?[1] Diabos levem quantas Dulcinéias houver no mundo, pois vale mais a saúde só de um cavaleiro andante que todos os encantamentos e transformações da terra.

— Cala-te, Sancho — tornou Dom Quixote, com voz muito desmaiada —, cala-te, repito, e não digas blasfêmias contra aquela

---

[1] Quer aludir à sua fantasia e desvanecimento.

infeliz senhora, que da sua desgraça e desventura só eu tenho culpa; da inveja que os maus me têm proveio o seu infortúnio.

— O mesmo digo eu — respondeu Sancho —; quem a viu e quem a vê! qual é o coração que não chora com transformação semelhante?

— Isso não podes tu dizer, Sancho — redargüiu Dom Quixote —, pois que a contemplaste na cabal plenitude da sua formosura, que o encanto não se estendeu a turbar-te a vista, nem a encobrir-te os seus atrativos; contra mim só e contra os meus olhos se dirige a força do seu veneno; mas, com tudo isso, reparei, Sancho, numa coisa, e é que me pintasse mal a sua beleza, porque, se bem me lembra, disseste-me que tinha os olhos de pérolas, e os olhos que parecem pérolas são mais de besugo que de dama; e, segundo creio, os de Dulcinéia devem ser de verdes esmeraldas, rasgados, com dois arcos celestiais que lhes servem de pestanas; e essas pérolas tira-as dos olhos e passa-as para os dentes, que sem dúvida tomaste uma coisa por outra.

— Pode ser — respondeu Sancho —, porque fiquei tão turbado com a sua formosura como Vossa Mercê com a sua fealdade; mas encomendemos tudo a Deus, que ele é que é o sabedor das coisas que hão de suceder neste vale de lágrimas, neste desgraçado mundo em que estamos, onde mal se encontram objetos que não tenham mescla de maldade, embuste, ou velhacaria. Uma coisa me pesa, senhor meu, mais do que todas as outras, e é pensar o que se há de fazer quando Vossa Mercê derrotar algum gigante, ou outro cavaleiro, e lhe mandar que se apresente diante da formosura da Senhora Dulcinéia; onde há de encontrá-la esse pobre gigante ou esse mísero cavaleiro vencido? Parece-me que os estou a ver a andar por esse El Toboso, feitos uns basbaques, procurando a Senhora Dulcinéia, e, ainda que a encontrem no meio da rua, conhecê-la-ão tanto como conheceriam meu pai.

— Talvez, Sancho — respondeu Dom Quixote —, o encantamento não chegue a ponto de fazer com que os gigantes e cavaleiros rendidos não vejam a Dulcinéia; e com o primeiro que eu vencer faremos a experiência, ordenando-lhe que volte a dar-me notícia do que a esse respeito lhe houver sucedido.

— Parece-me muito bem o que Vossa Mercê diz — redargüiu Sancho —, e com esse artifício conheceremos o que desejamos; e se ela só a Vossa Mercê se encobre, será a desgraça mais para Vossa Mercê do que para ela; mas tenha a Senhora Dulcinéia saúde e contentamento, nós para cá passaremos o melhor que pudermos, buscando as novas aventuras e deixando que o tempo faça das suas, que ele é o melhor médico de enfermidades ainda maiores.

Queria Dom Quixote responder a Sancho, mas estorvou-lho uma carreta que se atravessou no caminho, cheia de pessoas e figuras mais estranhas e diversas que imaginar-se podem. O que guiava as mulas e servia de carreiro era um feio demônio. A carreta era descoberta, sem toldo. A primeira figura que Dom Quixote viu foi a da própria morte, com rosto humano; junto dela vinha um anjo com grandes e pintadas asas; dum lado estava um imperador, com uma coroa, que parecia de ouro, na cabeça; aos pés da morte vinha o deus que chamam Cupido, sem venda nos olhos, mas com o seu arco, aljava e setas; vinha também um cavaleiro armado de ponto em branco[2], mas sem morrião, nem celada, e em vez disso um chapéu cheio de plumas de diversas cores; vinham com estas outras pessoas de diferentes, rostos e trajos. Tudo isto, aparecendo de repente, alvorotou até certo ponto Dom Quixote e assustou Sancho; mas logo Dom Quixote se alegrou, julgando que se lhe oferecia nova e perigosa aventura; e com este pensamento e ânimo, disposto a acometer qualquer perigo, pôs-se diante da carreta, e disse em voz alta e ameaçadora:

— Carreiro, ou cocheiro ou diabo, dize-me já quem és, para onde vais, e quem é essa gente que levas no teu coche, que mais parece a barca de Caronte[3] do que uma carreta destas que no mundo se usam.

O diabo, fazendo parar a carreta, respondeu mansamente:

— Senhor, somos comediantes da companhia de Angulo, o Mau[4], representamos naquele lugar que fica além, por trás da serra, esta manhã, por ser oitava do Corpo de Deus, o auto das *Cortes da morte*[5], e havemos de o representar esta tarde naquela outra aldeia que daqui se avista; por estar tão próxima, e pouparmos o trabalho de nos despirmos e de nos tornarmos a vestir, vamos com os

---

[2] Preparado com todas as armas ofensivas e defensivas.

[3] O caminho para a eternidade.

[4] André de Angulo, cordobês, foi, na realidade, empresário de comédias.

[5] Loa e auto sacramental das Cortes da morte, atribuídas aquela a Mira de Amescua e este a Lope de Vega.

mesmos fatos com que havemos de entrar em cena. Aquele moço faz o papel de morte; o outro, de anjo; aquela mulher, casada com o autor, de rainha; aqueloutro, de soldado; o imediato, de imperador; e eu, de demônio; e sou uma das principais figuras do auto, porque represento nesta companhia os primeiros papéis. Se Vossa Mercê deseja saber de nós mais alguma coisa, queira perguntá-lo, que eu lhe responderei com toda a pontualidade, porque sei tudo, como demônio que sou.

— Por minha fé — respondeu Dom Quixote —; quando vi este carro imaginei que se me oferecia alguma grande aventura, e agora digo que para uma pessoa se desenganar, precisa de tocar com a mão nas aparências. Ide com Deus, boa gente, para a vossa festa, e vede se mandais alguma coisa em que possa servir-vos, que o farei de bom ânimo e de boa vontade, porque desde criança que fui afeiçoado a comédias, e iam-se-me os olhos atrás do cortejo dos atores.

Estando-se nesta palestra, quis a sorte que viesse um da companhia, vestido de truão com muitos guizos, trazendo na ponta dum pau três bexigas cheias de ar, e, chegando-se a Dom Quixote, começou a esgrimir o pau, a bater com as bexigas no chão, e a dar muitos saltos, fazendo tilintar os guizos; esta visão tanto sobressaltou Rocinante, que, sem Dom Quixote o poder suster, tomou o freio nos dentes, e partiu de corrida pelos campos fora, com mais ligeireza do que nunca o prometeram os ossos da sua anatomia. Sancho, que viu o perigo em que estava seu amo de ser deitado ao chão, apeou-se do ruço e foi a toda a pressa acudir-lhe, mas quando chegou ao pé dele já o encontrou estirado, juntamente com o cavalo, que era este o fim habitual das louçanias e atrevimentos de Rocinante. Mas, apenas Sancho se apeou, o demônio do bailador das bexigas saltou para cima do ruço, fustigando-o com elas. O medo e a bulha, mais do que a dor das pancadas, fizeram voar o burro pela campina até o lugar onde iam fazer a festa. Olhava Sancho para a corrida do seu jumento e para a queda de Dom Quixote, e não sabia para onde se havia de virar; mas, enfim, como fosse escudeiro e bem-criado, pôde mais com ele o afeto a seu amo do que o cuidado do jumento: posto que, de cada vez que via levantarem-se no ar as bexigas e caírem nas ancas do seu ruço, tinha sustos e aflições mortais, e antes queria que lhe dessem essas pancadas nas meninas dos olhos do que no mínimo pêlo do rabo do burro. Nesta atribulada perplexidade chegou ao sítio onde estava Dom Quixote bastante maltratado, e, ajudando-o a montar em Rocinante, disse-lhe:

— Senhor, o diabo levou o ruço! — Qual diabo?

— O das bexigas.

— Pois eu o recobrarei — tornou Dom Quixote —, ainda que se esconda com ele nos mais profundos e escuros calabouços do inferno. Segue-me, Sancho, que a carreta vai devagar, e com as mulas que a puxam eu te compensarei a perda.

— Não há necessidade de se fazer essa diligência — respondeu Sancho —; modere Vossa Mercê a sua cólera, que, segundo me parece, já o diabo largou o ruço.

E assim era, porque, tendo o diabo caído com o burro, para imitar Dom Quixote, foi a pé para a aldeia, e o jumento voltou para seu amo.

— Apesar disso — continuou Dom Quixote —, será bom castigar o descomedimento do demônio nalgum dos da carreta, ainda que seja no próprio imperador.

— Deixe-se Vossa Mercê disso — tornou Sancho —, e tome o meu conselho, que é que nunca se meta com farsantes, gente muito protegida; comediante vi eu estar preso por duas mortes e sair livre e sem custas; saiba Vossa Mercê que, como são alegres e divertidos, todos os favorecem, amparam, ajudam e estimam, principalmente sendo daqueles das companhias reais e de títulos, que todos, ou pela maior parte, pelo traje e compostura parecem uns príncipes.

— Pois o demônio farsante é que se não há de ir gabando — observou Dom Quixote —, ainda que o proteja todo o gênero humano.

E, dizendo isto, correu para a carreta, que já estava próxima da povoação, bradando:

— Detende-vos, esperai, turba alegre e folgazã, que vos quero ensinar como se tratam os jumentos e alimárias que servem de cavalgaduras aos escudeiros dos cavaleiros andantes.

Tão altos eram os gritos de Dom Quixote, que os ouviram e entenderam os da carreta, e, avaliando logo pelas palavras a intenção de quem as dizia, saltou num momento abaixo do carro a morte, e atrás dela o imperador, e o diabo carreiro, e o anjo, e até a rainha e Cupido; agarraram em pedras e prepararam-se para receber Dom Quixote em som de guerra. Dom Quixote, que os viu formados em tão galhardo esquadrão, com os braços erguidos como para despedir com ânsia as pedras, sofreou as rédeas a Rocinante e pôs-se a pensar de que modo os acometeria, com menos perigo da sua pessoa. Nisto, chegou Sancho e, vendo-o disposto a acometer o bem formado esquadrão, disse-lhe:

— Seria loucura tentar semelhante empresa! Considere Vossa Mercê que, para amêndoas de rio, não há arma defensiva, a não ser a gente embutir-se e encerrar-se num sino de bronze; e também se há de considerar que é mais temeridade que valentia acometer um homem só um exército onde está a morte, onde pelejam em pessoa imperadores, e a quem ajudam os anjos bons e os anjos maus; e se esta consideração o não move a estar quedo, mova-o saber com certeza que entre todos os que ali vê, ainda que pareçam reis, príncipes e imperadores, não há nem um só cavaleiro andante.

— Agora sim — disse Dom Quixote —, agora é que bateste no ponto que pode e deve dissuadir-me do meu já resolvido intento. Não posso nem devo tirar a espada, como outras muitas vezes te tenho dito, contra quem não for armado cavaleiro; a ti, Sancho, toca, se quiseres, tirar vingança do agravo que ao teu ruço se fez, que eu daqui te ajudarei com brados e salutares avisos.

— Ó senhor, não há motivo para me vingar de ninguém — respondeu Sancho —, nem isso é de bons cristãos; eu conseguirei do meu burro que ponha a sua ofensa nas mãos da minha vontade, que é viver pacificamente os dias que os céus me deram de vida.

— Pois se é essa a tua determinação — redargüiu Dom Quixote —, Sancho bom, Sancho discreto, Sancho cristão e Sancho sincero, deixemos estes fantasmas e vamos procurar melhores e mais qualificadas aventuras, que eu vejo que nesta terra não hão de faltar muitas e mui milagrosas.

Voltou logo as rédeas, Sancho foi buscar o ruço, a morte e todo o seu esquadrão volante voltaram à carreta, e prosseguiram na sua viagem, e este feliz desenlace teve a temerosa aventura da carreta da morte, graças ao salutar conselho que Sancho Pança deu a seu amo, ao qual no dia seguinte aconteceu com um cavaleiro andante e enamorado outra aventura de não menos suspensão que a anterior.

CAPÍTULO XII

Da estranha aventura que sucedeu a Dom Quixote com o bravo Cavaleiro dos Espelhos

A noite que se seguiu ao dia do encontro da morte, passaram-na Dom Quixote e o seu escudeiro debaixo de umas altas e umbrosas árvores, tendo, por persuasão de Sancho, comido Dom Quixote o que vinha nos alforjes do ruço; e no meio da ceia disse Sancho a seu amo:

— Senhor meu amo, que tolo que eu era se tivesse escolhido para alvíssaras os despojos da primeira aventura que Vossa Mercê topasse, em vez das crias das três éguas! Efetivamente, mais vale um pássaro na mão que dois a voar.

— Todavia — respondeu Dom Quixote —, se tu, Sancho, me deixasses acometer como eu tencionava, ter-te-iam cabido em despojos, pelo menos, a coroa de ouro da imperatriz e as pintadas asas de Cupido, que eu lhas arrancaria e tas poria nas mãos.

— Nunca foram de ouro puro os cetros e coroas de imperadores farsantes, mas sim de ouropel ou de lata — respondeu Sancho Pança.

— É verdade — tornou Dom Quixote —; nem seria acertado que fossem finos os atavios da comédia, mas sim fingidos, como é a própria comédia, que eu quero, Sancho, que tu estimes, e que por conseguinte estimes igualmente os que as representam e os que as compõem, porque todos são instrumentos de grande bem para a república, pondo-nos diante a cada passo um espelho, onde se vêem ao vivo as ações da vida humana, e nenhuma comparação há que tão bem nos represente o que somos e o que havemos de ser, como a comédia e os comediantes. Senão, dize-me: não viste representar alguma peça onde entrem reis, imperadores e pontífices, cavaleiros, damas e outros personagens? Um faz de rufião, outro, de embusteiro, este, de mercador, aquele, de soldado, outro, de simples discreto, outro, de namorado simples, e acabada a comédia, e despindo-se os seus trajos, ficam todos os representantes iguais?

— Tenho visto, sim — respondeu Sancho.

— Pois o mesmo — disse Dom Quixote — acontece no trato deste mundo, onde uns fazem de imperadores, outros de pontífices, e finalmente todos os papéis que podem aparecer numa comédia; mas, em chegando ao fim, que é quando se acaba a vida, a todos lhes tira a morte as roupas que os diferençam, e ficam iguais na sepultura.

— Ótima comparação! — disse Sancho — apesar de não ser tão nova que eu não a ouvisse já muitas e diversas vezes, como a do jogo de xadrez, no qual, enquanto dura, cada peça desempenha o seu papel especial e, quando acaba, todas se misturam, se juntam e se baralham e se metem num saco, que é o mesmo que dar com a vida no sepulcro.

— Cada dia, Sancho — disse Dom Quixote —, te vais fazendo menos simplório e mais discreto.

— Pudera; alguma coisa se me há de pegar da discrição de Vossa Mercê — respondeu Sancho —, que as terras de si estéreis e secas, em se estrumando, vêm a dar bons frutos; quero dizer que a conversação de Vossa Mercê tem sido como um estrume deitado na terra estéril do meu seco engenho, e a cultura, o tempo em que o tenho servido e tratado; e com isto espero dar frutos de bênção, tais que não desdigam nem deslizem da boa lavoura que Vossa Mercê fez no meu acanhado entendimento.

Riu-se Dom Quixote e achou-lhe razão, porque Sancho de quando em quando falava de modo que lhe fazia pasmo, ainda que todas as vezes, ou a maior parte das vezes que Sancho queria falar à corte, acabava por se despenhar do monte da sua simpleza no abismo da sua ignorância; e em que ele se mostrava mais elegante e memoriado era em trazer rifões, viessem ou não viessem a propósito, como se terá visto e notado no decurso desta história.

Nestas e noutras práticas passaram grande parte da noite, e Sancho teve vontade de cerrar as janelas dos olhos, como ele dizia quando queria dormir, e, desaparelhando o ruço, deu-lhe pasto abundante e livre. Não tirou a sela a Rocinante, por ser ordem expressa de seu amo, que, enquanto andassem em campanha, ou não dormissem debaixo de telha, não desaparelhasse Rocinante, usança antiga estabelecida e guardada pelos cavaleiros andantes. Tirar o freio e pendurá-lo do arção da sela, muito bem, mas tirar a sela ao cavalo, nunca; assim fez Sancho e deu-lhe a mesma liberdade que ao ruço. A amizade do burro e de Rocinante foi tão íntima e tão singular, que é fama, por tradição de pais e filhos, que o autor desta verdadeira história lhe consagrou capítulos especiais; mas que, para guardar a decência e decoro que a tão heróica narrativa se deve, os não chegou a inserir, ainda que às vezes se descuida do seu propósito e conta que, assim que os dois animais se juntavam, Rocinante punha o pescoço por cima do pescoço do burro, de forma que lhe ficava do outro lado mais de meia vara, e olhando ambos atentamente para o chão, costumavam estar daquele modo três dias, pelo menos todo o tempo que os deixavam e a fome os não compelia a procurar alimento. Afirma-se que o autor chegara a comparar a sua amizade à que tiveram Niso e Euríalo, Pílades e Orestes[1], e assim não devia deixar de se mostrar a firme amizade destes dois pacíficos animais, para admiração universal, e confusão dos homens que não sabem guardar amizade uns aos outros. Por isto se diz: "Não há amigo para amigo; as canas voltam-se em lanças"; e o outro que cantou: "De amigo a amigo o percevejo"... etc. E não pareça a alguém que o autor andou menos acertadamente em comparar a amizade destes animais com a dos homens, que dos brutos receberam os homens muitos avisos e aprenderam muitas coisas de importância, como o cristel da cegonha, dos cães o vômito e o agradecimento, dos gansos a vigilância, das formigas a previdência, do elefante a honestidade, e a lealdade do cavalo[2]. Finalmente, Sancho adormeceu ao pé de um sobreiro e Dom Quixote também; mas pouco tempo passara, quando o despertou um ruído, que sentiu por trás de si, e levantando-se com sobressalto, pôs-se a mirar e a escutar donde vinha o som, e viu que eram dois homens a cavalo, e que um, deixando-se cair da sela, disse para o outro:

— Apeia-te, amigo, e tira os freios aos cavalos, que me parece

---

[1] Exemplos clássicos de amizade.

[2] As lendas atribuídas a estes animais procedem de Plínio.

que neste sítio abunda pasto para eles, e para mim a solidão e o silêncio de que precisam os meus amorosos pensamentos.

Dizer isto e estender-se no chão foi uma e a mesma coisa e, ao deitar-se, fizeram bulha as armas de que vinha vestido, manifesto sinal por onde Dom Quixote conheceu que era cavaleiro andante; e, chegando-se a Sancho, que dormia, travou-lhe do braço e com bastante trabalho o acordou e disse-lhe em voz baixa:

— Sancho mano, temos aventura.

— Deus no-la dê boa — respondeu Sancho —; e onde está Sua Mercê, a senhora aventura, meu senhor?

— Onde, Sancho? — redargüiu Dom Quixote — volta os olhos e verás ali estendido um cavaleiro andante, que, pelo que me transluz, não deve estar demasiadamente alegre, porque o vi saltar do cavalo e estender-se no chão com sinais de desgosto, e, ao cair, tiniram-lhe as armas.

— Então, como é que Vossa Mercê entende que isto seja aventura?

— Não quero dizer — tornou Dom Quixote — que seja completa, mas é preliminar, que por aqui principiam as aventuras. Ouve que, segundo parece, está afinando um alaúde ou viola, e, como escarra e alivia o peito, é porque se prepara para cantar alguma coisa.

— É assim mesmo — tornou Sancho —, e deve ser cavaleiro enamorado.

— Não há nenhum dos cavaleiros andantes que o não seja — tornou Dom Quixote —; escutemo-lo, que pelo cantar lhe conheceremos os pensamentos, porque, quando o coração transborda, a língua fala[3].

Sancho queria replicar, mas a voz do Cavaleiro da Selva, que não era nem má nem boa, o estorvou, cantando o seguinte:

SONETO

Dai-me um roteiro que eu, senhora, siga,
A vosso bel-prazer feito e cortado,
Que por mim há de ser tão respeitado,
que nem num ponto só dele desdiga.

---

[3] É do Evangelho de São Mateus, XII, 34.

Se vos apraz que eu morra, e que a fadiga
Que me punge, a não conte, eis-me finado!
Se preferis que em modo desusado
Vo-la narre, eu farei que Amor a diga.

De substâncias contrárias eu sou feito,
De mole cera e diamante duro;
Às leis do amor curvar esta alma posso.

Brando ou rijo, aqui tendes o meu peito,
Engastai, imprimi a sabor vosso!
Tudo guardar eternamente eu juro.

Com um ai, que parecia arrancado do íntimo do coração, deu fim ao seu canto o Cavaleiro da Selva, e daí a pouco disse, com voz dolorida e plangente:

— Ó mulher, a mais formosa e mais ingrata do orbe! como será possível, sereníssima Cassildéia de Vandália, o consentires que se consuma e acabe, em contínuas peregrinações e em ásperos e duros trabalhos, este teu cativo cavaleiro? Não basta já eu ter obrigado a confessarem que eras a mais formosa do mundo todos os cavaleiros da Navarra, todos os leoneses, todos os tartésios[4], todos os castelhanos, e finalmente todos os cavaleiros da Mancha?

— Isso não — bradou Dom Quixote —, que eu sou da Mancha, e nunca tal confessei, nem podia nem devia confessar coisa tão prejudicial à beleza da minha dama, e este cavaleiro, Sancho, já vês tu que tresvaria. Mas escutemos, talvez se declare mais.

— Ah! isso decerto — redargüiu Sancho — que leva termos de se estar a queixar um mês a fio.

Mas não foi assim, porque, tendo entreouvido o Cavaleiro da Selva que falavam perto dele, sem passar adiante na sua lamentação, pôs-se de pé, e disse com voz sonora e comedida:

— Quem está aí? que gente é? pertence ao número dos contentes ou dos aflitos?

— Dos aflitos — respondeu Dom Quixote.

— Pois chegue-se a mim — redargüiu o da Selva —, e pode fazer de conta que se chega à própria tristeza e à própria aflição.

---

[4] "Andaluzes."

Dom Quixote, que ouviu tão terna e comedida resposta, chegou-se logo, e Sancho também. O cavaleiro lamentador travou do braço a Dom Quixote, dizendo:

— Sentai-vos aqui, senhor cavaleiro, que para atender que o sois, e dos que professam a cavalaria andante, basta-me ter-vos encontrado neste lugar, onde a solidão e o sereno nos fazem companhia, naturais leitos e próprias estâncias dos cavaleiros andantes.

A isto respondeu Dom Quixote:

— Cavaleiro sou da profissão que dizeis, e ainda que na minha alma têm próprio assento as tristezas, as desgraças e as aventuras, nem por isso dela fugiu a compaixão das desditas alheias: do que cantastes há pouco coligi que as vossas são enamoradas, quero dizer, do amor que tendes àquela formosa ingrata que nas vossas lamentações nomeastes.

Já a este tempo estavam sentados ambos na dura terra, em boa paz e companhia, como se ao romper da manhã não tivessem de quebrar a cabeça um ao outro.

— Porventura, senhor cavaleiro — perguntou o da Selva a Dom Quixote —, sois enamorado?

— Por desventura o sou — redargüiu Dom Quixote —, ainda que os danos que nascem de bem empregados pensamentos mais se devem considerar mercês que desditas.

— Seria assim — redargüiu o da Selva —, se não nos turbassem a razão e o entendimento os desdéns, que, sendo muitos, parecem vinganças.

— Nunca fui desdenhado pela minha dama — respondeu Dom Quixote.

— Não, decerto — acudiu Sancho, que estava próximo —, a minha senhora é mansa como uma borrega, e mais branda que a manteiga.

— Este é o vosso escudeiro? — perguntou o da Selva.

— É — respondeu Dom Quixote.

— Nunca vi — redargüiu o da Selva — escudeiro que se atrevesse a falar em sítio onde seu amo esteja falando; pelo menos aí está esse meu, que é tão grande como seu pai e que nunca descerra os lábios quando eu falo.

— Pois por minha fé — tornou Sancho — falei eu, e posso falar diante de quem quiser, e até... mas fiquemos por aqui, que quanto mais se lhe mexe...

O escudeiro do da Selva travou do braço a Sancho, dizendo-lhe:

— Vamos nós ambos para onde possamos falar escudeirilmente à nossa vontade, e deixemos estes nossos amos falar pelos cotovelos nos seus amores, que decerto que os apanha o dia sem eles terem acabado.

— Em boa hora seja — tornou Sancho —; e eu direi a Vossa Mercê quem sou, para que veja se posso entrar na conta dos mais faladores.

Nisto se apartaram os dois escudeiros, entre os quais houve colóquio tão gracioso como foi grave o que travaram os amos.

H. PISAN.

CAPÍTULO XIII

Onde prossegue a aventura do Cavaleiro da Selva, com o discreto, novo e suave colóquio que houve entre os dois escudeiros

Estavam separados cavaleiros e escudeiros: estes contando a sua vida, e aqueles, os seus amores; mas a história refere primeiro a palestra dos criados e logo segue a dos amos; e assim nota que, apartando-se um pouco, disse o da Selva a Sancho:

— Trabalhosa vida é a que passamos e vivemos, senhor meu, os que somos escudeiros de cavaleiros andantes; pode-se dizer, na verdade, que comemos o pão ganho com o suor do nosso rosto, que foi uma das maldições que Deus deitou aos nossos primeiros pais.

— Também se pode dizer — acrescentou Sancho — que o comemos com o gelo dos nossos corpos, porque quem é que tem mais calor e mais frio do que os míseros escudeiros da cavalaria andante? E ainda não era mau se comêssemos, pois que lágrimas com pão passageiras são; mas às vezes passam-se dois dias sem nós quebrarmos o jejum, a não ser com o vento que sopra.

— Tudo se pode levar — disse o da Selva —, com a esperança que temos do prêmio, porque, se o cavaleiro andante que um escudeiro serve não for demasiadamente desgraçado, não tardará este a ver-se premiado com um formoso governo de qualquer ilha, ou com um condado de boa aparência.

— Eu — redargüiu Sancho — já disse a meu amo que me contento com o governo de alguma ilha, e ele é tão nobre e tão liberal, que uma e muitas vezes mo prometeu.

— Eu — tornou o da Selva — com um canonicato ficarei

satisfeito de meus serviços, e já mo tem mandado meu amo, e que tal!

— Seu amo, nesse caso — tornou Sancho —, deve ser cavaleiro eclesiástico, e poderá fazer essas mercês aos seus bons escudeiros; mas o meu é meramente leigo, ainda que me lembre que uma vez lhe quiseram aconselhar pessoas discretas, mas no meu entender mal-intencionadas, que procurasse ser arcebispo; ele não quis senão ser imperador, e eu estava então tremendo se lhe dava na veneta ser da Igreja, porque me não acho suficiente para ter benefícios por ela; devo dizer a Vossa Mercê que, ainda que pareço homem, lá para entrar na Igreja sou uma besta.

— Pois, na verdade, parece-me que Vossa Mercê anda enganado, porque os governos insulanos nem todos são grande coisa; há uns pobres, outros melancólicos, e, finalmente, o mais alto e melhor disposto sempre traz consigo pesada carga de pensamento e de incômodos, que põe aos ombros o desditoso a quem coube em sorte. Muito melhor seria que os que professamos esta maldita servidão nos retirássemos para nossas casas, e ali nos entretivéssemos com exercícios mais suaves, pescando ou caçando; que escudeiro há tão pobre por esse mundo que não tenha um rocim, dois galgos ou uma cana de pescador, para se entreter na sua aldeia?

— A mim nada disso me falta — respondeu Sancho —; é verdade que não tenho rocim, mas tenho um burro que vale o dobro do cavalo de meu amo; maus raios me partam se eu o troco pelo cavalo, nem que me dêem de tornas quatro fânegas de cevada; talvez Vossa Mercê não acredite no valor do meu ruço, que ruça é a cor do meu jumento; galgos não me haviam de faltar, que os há de sobra na minha terra, e a caça é mais saborosa quando é à custa alheia.

— Pois real e verdadeiramente, senhor escudeiro — tornou o da Selva —, estou determinado a deixar estas borracheiras de cavalaria e a retirar-me para a minha aldeia a criar os meus filhitos, que tenho três que parecem mesmo três pérolas orientais.

— Dois tenho eu — tornou Sancho — que se podem apresentar ao papa em pessoa, especialmente uma cachopa a quem crio para condessa, se Deus for servido, apesar que a mãe não quer.

— E que idade tem essa senhora que se cria para condessa? — perguntou o da Selva.

— Quinze anos, pouco mais ou menos — respondeu Sancho —, mas é alta como uma lança e fresca como manhã de abril, e tem força como um trabalhador.

— Isso são partes — respondeu o da Selva — não só para condessa, mas até para ninfa do verde bosque. Oh! que grande patifa que ela há de ser!

E Sancho respondeu um pouco enxofrado:

— Nem é patifa, nem nunca o será, querendo Deus, enquanto eu vivo for; fale mais comedidamente, que para pessoa criada como Vossa Mercê com cavaleiros andantes, que são a própria cortesia, não me parecem mui concertadas essas palavras.

— Oh! como Vossa Mercê entende pouco de louvores, senhor escudeiro! Pois não sabe Vossa Mercê que quando um cavaleiro mete uma boa farpa num touro na praça, ou quando alguém faz alguma coisa bem-feita, costuma dizer o vulgo: "Oh! grande patife, como ele faz aquilo!" O que parece vitupério nos termos é notável louvor, e renegue Vossa Mercê de quem não merecer semelhantes elogios!

— Pois então renego — tornou Sancho —, e nesse caso chame a todos os meus patifões à vontade; a cada instante fazem coisas dignas desses extremos; e tomara eu torná-los a ver; por isso peço a Deus que me tire deste pecado mortal de escudeiro, em que incorri por causa duma bolsa de cem ducados, encontrada por mim uma vez no coração da serra Morena, e que me põe a cada instante diante dos olhos um saquitel de dobrões, que abraço, que beijo, que levo para casa, que me dá vida de príncipe, e que me leva a suportar com paciência todos os trabalhos padecidos com este mentecapto de meu amo, que já me vai parecendo mais doido que cavaleiro.

— Por isso — respondeu o da Selva — dizem que a cobiça rompe o saco; e se vamos a isso, não há louco maior no mundo do que o meu amo, porque é daqueles de quem dizem: cuidados alheios matam o asno; e, para que outro cavaleiro recupere o juízo, se fez ele doido, e anda procurando aventuras, que, se as encontrar, talvez lhe dêem no focinho.

— E é porventura enamorado?

— Sim — tornou o da Selva —, duma tal Cassildéia de Vandália, a mais crua e a mais assada senhora que em todo o orbe se pode encontrar; mas não é aí que lhe aperta a albarda; outros negócios o ocupam, que ele dirá daqui a pouco.

— Não há caminho tão plano que não tenha algum barranco — redargüiu Sancho —; quem vai cozer favas a casa dos outros na sua tem caldeirada, e mais companheiros e apaniguados deve ter a loucura que a discrição; mas, se é verdade o que vulgarmente se diz, que o ter companheiros nos trabalhos costuma servir de alívio, com Vossa Mercê me poderei consolar, pois serve a outro amo tão doido como o meu.

— Doido, mas valente, e ainda mais manhoso que doido e que valente — observou o da Selva.

— Isso é que o meu não é; não tem nada de manhoso; antes tem uma alma de cântaro; pelo contrário, não sabe fazer mal a ninguém, mas bem a todos, e não tem malícia alguma; qualquer criança lhe persuadirá que é noite ao meio-dia, e por esta simplicidade lhe quero como às meninas dos meus olhos, e me não amanho a deixa-lo, por mais disparates que faça.

— Com tudo isso, mano e senhor, se o cego guia o cego, correm ambos perigo de cair no fojo. O melhor é passarmos as palhetas, e irmos tratar da nossa vida, que quem procura aventuras nem sempre as encontra boas.

Cuspia Sancho a miúdo, e cuspia seco, e, tendo reparado nisto o caritativo selvático escudeiro, disse-lhe:

— Parece-me que do que temos dito pegam-se-nos as línguas ao céu da boca; mas trago pendurado do arção do meu cavalo um despegador, que é bom de lei.

E, levantando-se, voltou daí a pedaço com uma grande borracha de vinho, e uma empada de meia vara e não é elogio, porque era de um coelho branco, tão grande, que Sancho, ao tocá-la, pensou que era de algum bode e não de cabrito; vendo isto, Sancho disse:

— Vossa Mercê traz isto consigo, senhor?

— Pois que pensava? — respondeu o outro. — Tomava-me por algum escudeiro de água e lã? Trago melhor repasto nas ancas do meu cavalo do que um general em viagem.

Comeu Sancho sem se fazer rogado e, como estava às escuras, engolia cada bocado que era de embatucar.

— Vossa Mercê sim, que é escudeiro fiel e leal — disse ele —, magnífico e grande, que, se não veio aqui por artes de encantamento, parece-o pelo menos, e não como eu, mesquinho e desventurado, que só trago nos meus alforjes um pedaço de queijo tão duro, que podem escalavrar com ele a um gigante, e fazem-lhe companhia quatro dúzias de alfarrobas, e outras tantas de avelãs e nozes, graças à estreiteza de meu amo, e à opinião que tem e sistema que segue, de que os cavaleiros andantes só se hão de manter e sustentar de frutas secas e ervas do campo.

— Por minha fé, irmão — redargüiu o da Selva —, eu não tenho o estômago afeito a cardos, nem a pereiras silvestres, nem a raízes dos montes; sigam nossos amos as suas opiniões e leis cavaleirescas, e comam o que elas mandarem; eu cá por mim trago fiambres e borrachas penduradas do arção da sela, pelo sim pelo não; e sou tão devoto seu, e quero-lhe tanto, que a cada instante lhe estou a dar mil beijos e abraços.

E dizendo isto, pôs a borracha na mão de Sancho, que, empinando-a e pondo-a à boca, esteve contemplando as estrelas um bom quarto de hora; quando acabou de beber, deixou cair a cabeça para o lado, e, dando um grande suspiro, disse:

— Ó filho da puta, grande patife! que católico[1] que ele é!

— Vedes — observou o da Selva, ao ouvir o "filho da puta" de Sancho — como louvaste este vinho chamando-lhe "filho da puta"?

— Confesso — disse Sancho — que não é desonra chamar patife a ninguém, quando é com idéias de o louvar. Mas diga-me, senhor, por tudo a que mais quer, este vinho é de Cidade Real?

— Isso é que se chama ser entendedor — respondeu o da Selva; — exatamente daí é que é, e tem alguns anos de antiguidade!

— Ah! tenho bom faro — tornou Sancho — nisto de vinhos, basta que eu cheire qualquer, e logo lhe acerto com a pátria, com a linhagem, com o sabor, com a duração, e com as contas que há de dar. Mas não admira, que eu tive na minha linhagem, por parte de meu pai, os dois maiores entendedores que tem havido na Mancha; e como prova, eu lhe vou dizer o que lhes sucedeu. Deram-lhes a provar o vinho dum tonel, perguntando-lhes o seu parecer a respeito do estado, qualidade, bondade ou maldade do vinho. Um provou-o com a ponta da língua, o outro só o chegou ao nariz. O primeiro disse que o vinho sabia a ferro, o segundo, que sabia a couro. Respondeu o dono que o tonel estava limpo, e que tal vinho não tinha adubo algum onde lhe viesse o gosto do couro, ou do ferro. Com tudo isto, os dois famosos provadores afirmaram o que tinham dito. Correu o tempo, vendeu-se o vinho, e ao limpar-se o tonel acharam dentro uma pequena chave, pendente duma correia: veja Vossa Mercê se quem descende desta raléia poderá ou não dar o seu parecer em semelhantes coisas.

— Por isso digo — tornou o da Selva — que nos deixemos de ir

---

[1] Excelente, superior.

à cata de aventuras, e já que temos sardinha não andemos à busca de peru, e voltemos para as nossas choças, que lá nos encontrará Deus, se quiser.

— Enquanto meu amo não chega a Saragoça, hei de servi-lo; depois nos entenderemos a esse respeito.

Enfim, tanto falaram e tanto beberam os dois bons escudeiros, que foi preciso que o sono lhes atasse as línguas, e lhes acalmasse a sede, que lá matar-lha era impossível, e assim, segurando ambos abraçada a borracha quase vazia, com os bocados meio mastigados na boca, adormeceram, e a dormir os deixaremos por agora, para contar o que o Cavaleiro da Selva passou com o da Triste Figura.

CAPÍTULO XIV

Onde prossegue a aventura do Cavaleiro da Selva

Entre muitas coisas em que falaram o Cavaleiro da Selva e Dom Quixote, afirma a história que disse o primeiro:

— Finalmente, senhor cavaleiro, quero que saibais que o meu destino, ou, para melhor dizer, a minha escolha, me levou a enamorar-me da incomparável Cassildéia de Vandália; chamo-lhe incomparável, porque não há com quem se compare, tanto na grandeza do corpo, como no extremo do estado e da formosura. Esta tal Cassildéia, pois, pagou os meus bons pensamentos e comedidos desejos com o fazer-me correr, como Juno[1] a Hércules, muitos e diversos perigos, prometendo-me no fim de cada ano que no fim do imediato alcançaria a minha esperança; mas assim se foram ampliando os meus trabalhos, que já não têm conta, e não sei ainda qual será o último que dê princípio ao cumprimento dos meus anelos. Uma vez, ordenou-me que fosse desafiar aquela famosa giganta de Sevilha, chamada Giralda[2], que é tão valente e forte como é feita de bronze, e sem se mexer do sítio onde está, é a mais volteira e móvel que há no mundo. Cheguei, vi-a e venci-a, e obriguei-a a estar queda (porque em mais duma semana nunca soprou senão vento norte).

---

[1] Juno, madrasta de Hércules, incitadora de seus trabalhos.

[2] Giralda, bela imagem da Vitória, que serve de remate e cata-vento à torre da catedral de Sevilha.

Outra vez mandou-me que fosse tomar em peso as antigas pedras dos bravos touros de Guisando[3], empresa mais para se encomendar a homens de pau e corda do que a cavaleiros. Em seguida, ordenou-me que me precipitasse na furna de Cabra, perigo inaudito e temeroso! e que lhe levasse relação particular do que se encerra naquela profundidade. Pois bem! Detive o movimento da Giralda, levantei em peso os touros de Guisando, despenhei-me na furna de Cabra e saquei à luz os seus arcanos, e as minhas esperanças sempre mortas, e os seus desdéns sempre vivos. Enfim, mandou-me ultimamente percorrer todas as províncias de Espanha, para fazer confessar a todos os cavaleiros andantes que ela é a mais avantajada em formosura a todas que hoje vivem, e que eu sou o mais valente e o mais enamorado do orbe, demanda em que tenho andado pela maior parte de Espanha, vencendo muitos cavaleiros que se atreveram a contradizer-me; mas a façanha de que mais me ufano é a de ter rendido, em combate singular, o famosíssimo cavaleiro Dom Quixote de la Mancha, e ter-lhe feito confessar que a minha Cassildéia é mais formosa do que a sua Dulcinéia, e só nesta vitória faço de conta que venci todos os cavaleiros do mundo, porque o tal Dom Quixote os venceu a todos, e, tendo-o eu vencido a ele, a sua glória, a sua fama e a sua honra se transferiram e passaram para a minha pessoa.

E o vencedor é tanto mais honrado
Quanto mais o vencido é reputado[4],

de modo que já correm por minha conta e são minhas as façanhas inumeráveis do referido Dom Quixote.

Ficou Dom Quixote admirado de ouvir o Cavaleiro do Bosque, e esteve mil vezes para lhe dizer que mentia, e teve o "mente" na ponta da língua, mas reportou-se o melhor que pôde, para lhe fazer confessar a mentira pela própria boca, e assim lhe disse sossegadamente:

— Que Vossa Mercê vencesse os outros cavaleiros andantes de Espanha e até de todo o mundo não digo o contrário, mas que

---

[3] Quatro estátuas de pedra no Mosteiro dos Jerônimos de Guisando, em Ávila.

[4] Versos de Alonso de Ercilla, um pouco alterados.

vencesse Dom Quixote de la Mancha, ponho-o em dúvida; pode ser que fosse algum que se parecesse com ele, ainda que há poucos que se lhe assemelhem.

— Ora essa! — respondeu o do Bosque — pelo céu que nos cobre, juro que pelejei com Dom Quixote, e que o venci e rendi, e é um homem alto, de rosto seco, de braços e pernas compridos e magros, grisalho de cabelo, de nariz aquilino e um pouco recurvado, de bigodes grandes, negros e caídos; campeia com o nome de Cavaleiro da Triste Figura; traz como escudeiro um lavrador chamado Sancho Pança; oprime o lombo e rege o freio dum famoso cavalo chamado Rocinante; enfim, tem como dama do seu pensamento uma tal Dulcinéia del Toboso, chamada em tempo Aldonça Lourenço, como a minha se chamava Cassilda, e é da Andaluzia, e por isso lhe chamo Cassildéia de Vandália; se todos estes sinais não bastam para fazer acreditar a minha verdade, aqui tenho uma espada que há de tapar a boca aos incrédulos.

— Sossegai, senhor cavaleiro — disse Dom Quixote —, e escutai o que vou dizer-vos. Haveis de saber que esse Dom Quixote é o melhor amigo que tenho neste mundo, e tanto que posso dizer que é outro eu, e que pelos sinais que dele me destes, tão certos e pontuais, não posso pensar senão ser o mesmo que vencestes; por outro lado, vejo com os meus olhos e toco com as minhas mãos a impossibilidade do que afirmais, e isso só se pode explicar pelo fato de que, tendo ele muitos inimigos nigromantes, e especialmente um que ordinariamente o persegue, tomasse algum deles a sua figura, e se deixasse vencer, para o defraudar da fama que as suas altas cavalarias lhe têm granjeado e adquirido em toda a terra conhecida; e para confirmação do que vos digo, quero também que saibais que os tais nigromantes seus contrários ainda há dois dias transformaram a fisionomia e a pessoa da famosa Dulcinéia del Toboso numa aldeã vil e soez, e desse modo terão transformado Dom Quixote; e, se tudo isto ainda não basta para vos inteirar da verdade que digo, aqui está o próprio Dom Quixote, que a sustentará com as suas armas, a pé ou a cavalo, como vos aprouver.

E, dizendo isto, levantou-se, esperando a resolução que houvesse de tomar o Cavaleiro da Selva, o qual, com voz sossegada, respondeu:

— Ao bom pagador não dói o dar penhores; quem uma vez pôde vencer-vos transformado pode ter bem fundada esperança de vos prostrar no vosso próprio ser. Mas, porque não é bom que os cavaleiros pratiquem os seus feitos de armas às escuras, como os salteadores e os rufiões, esperemos o dia, para que o sol veja as nossas obras, e há de ser condição da nossa batalha que o vencido fique à mercê do vencedor, e faça tudo o que este quiser, contando que seja decoroso a um cavaleiro o que se lhe ordenar.

— Satisfaz-me essa condição — respondeu Dom Quixote.

E, dizendo isto, foram aonde estavam os seus escudeiros, e encontraram-nos a ressonar, na mesma posição em que os surpreendera o sono. Acordaram-nos e ordenaram-lhes que aprontassem os cavalos, que assim que rompesse o sol, haviam de travar os dois cavaleiros uma sangrenta e singular batalha. Com estas novas ficou Sancho atônito e pasmado, receoso da salvação de seu amo, por causa das valentias que ouvira contar do Cavaleiro do Bosque; mas, sem dizer palavra, foram os dois escudeiros buscar o gado, que já os três cavalos e o ruço se tinham cheirado e pastavam juntos.

No caminho, disse o do Bosque para Sancho:

— Saberá, mano, que têm costume os pelejantes de Andaluzia, quando são padrinhos de alguma pendência, não estar ociosos, de mãos a abanar, enquanto os afilhados se batem; digo isto, para que fique avisado de que, enquanto os nossos amos pelejarem, também nós havemos de combater.

— Esse costume, senhor escudeiro — respondeu Sancho —, pode correr e passar entre os rufiões e pelejantes andaluzes, mas entre os escudeiros de cavaleiros andantes nem por pensamentos: pelo menos, nunca ouvi dizer a meu amo que houvesse semelhante costume, apesar de saber de cor todas as ordenanças de cavalaria andante; demais, eu quero que seja verdade e ordenança expressa pelejarem os escudeiros, enquanto seus amos pelejam; mas não a quero cumprir, e prefiro pagar a multa que for imposta aos tais escudeiros pacatos, que eu tenho a certeza que não pode passar de dois arráteis de cera, e antes quero pagar isso, que sempre me há de custar menos do que os fios que terei de pôr na cabeça, que já considero rachada; e, demais, impossibilita-me de pelejar o não trazer espada, pois em minha vida, nunca a cingi.

— Conheço para isso bom remédio — disse o do Bosque —; trago aqui dois sacos de pano do mesmo tamanho; agarre num, que eu agarro no outro, e bater-nos-emos a saco, e com armas iguais.

— Desse modo acho bem — respondeu Sancho —, porque tal combate mais servirá para nos sacudir o pó que para nos tirar o sangue.

— Não — respondeu o outro; — metem-se dentro dos sacos, para que o vento os não leve, meia dúzia de boas pedras, que pesem tanto umas como outras, e deste modo nós poderemos descansar, sem nos fazermos mal nem dano.

— Olhem que chumaços! corpo de meu pai! — redargüiu Sancho — mas, ainda que se enchessem os sacos de novelos de seda, saiba, senhor mano, que não quero pelejar; pelejem os nossos amos, e bebamos e vivamos nós, que o tempo tem o cuidado de nos tirar as vidas, sem que andemos à cata de apetites[5] para que elas acabem antes de cair de maduras.

— Pois havemos de pelejar, ainda que não seja senão meia hora — tornou o outro.

— Qual história! — respondeu Sancho — não serei tão descortês e desagradecido que trave questões com uma pessoa com quem comi e bebi, tanto mais que, estando sem cólera e sem zanga, quem diabo há de ter vontade de combater a seco?

— Para isso — tornou o do Bosque — darei ainda remédio suficiente, e vem a ser que, antes de começarmos a peleja, chegarei ao pé de Vossa Mercê, e lhe arrumarei três ou quatro bofetadas que o virem, e com isso lhe despertarei a cólera, ainda que esteja com mais sono que uma toupeira.

— Contra esse golpe sei outro, que lhe não fica a dever nada — respondeu Sancho —; agarrarei num pau, e, antes que Vossa Mercê se chegue para me despertar a cólera, eu adormecerei a sua à bordoada, e de tal forma, que só despertará no outro mundo, onde se sabe que não sou homem que se deixe esbofetear por ninguém; e cada qual veja como despede o virote, e o mais acertado é deixar dormir a cólera dos outros, que a gente não sabe com quem se mete, e pode-se ir buscar lã e voltar-se tosquiado, e Deus abençoou a paz e amaldiçoou as rixas, porque se um gato, acossado, fechado e apertado, se muda em leão, eu, que sou homem, Deus sabe em que poderei mudar-me; e assim, desde já intimo a Vossa Mercê, senhor escudeiro, que fica responsável por todo o mal e dano que da nossa pendência resultar.

— Está bom — redargüiu o da Selva —, em amanhecendo falaremos.

Já principiavam a gorjear nas árvores mil pintalgados passarinhos, e com seus variados e alegres cantos parecia que saudavam a fresca aurora, que já pelas portas e balcões do oriente ia desco-

---

[5] Salsa ou sainete para aguçar o apetite.

brindo a formosura do seu rosto, sacudindo dos seus cabelos um número infinito de líquidas pérolas, cuja suave umidade, banhando as ervas, fazia parecer que eram elas que se desentranhavam em branco e miúdo aljôfar; os salgueiros destilavam saboroso maná, riam-se as fontes, murmuravam os arroios, alegravam-se as relvas e enriqueciam-se os prados com a vinda da madrugada. Mas, apenas a claridade do dia permitiu ver e diferençar as coisas, a primeira que deu na vista a Sancho Pança foi o nariz do escudeiro da Selva, tamanho, que fazia sombra a todo o corpo. Conta-se que, efetivamente, era de demasiada grandeza, recurvado no meio, todo cheio de verrugas, e a modo de cor de berinjela; descia-lhe coisa de dois dedos para baixo da boca, e a cor, o tamanho, as verrugas e a curvatura tanto lhe afeavam o rosto, que, ao vê-lo, Sancho começou a tremer todo, como se tivesse terçãs, e deliberou desde logo antes consentir que lhe dessem duzentas bofetadas, do que excitar-se para se bater com semelhante avantesma. Dom Quixote olhou para o seu contendor e já o achou de elmo na cabeça e viseira calada, de modo que lhe não pôde ver o rosto; mas notou bem que era homem membrudo e não muito alto.

Trazia sobre as armas uma sobreveste ou casaco de pano, que parecia ser de finíssima lhama de ouro, matizada de inúmeros espelhos resplandecentes, que o tornavam muito galã e vistoso; ondeavam-lhe no elmo uma grande quantidade de plumas verdes, amarelas e brancas; a lança, que tinha encostada a uma árvore, era grandíssima e grossa, e com um ferro afiado, de mais de um palmo de comprimento.

Tudo mirou e notou Dom Quixote, e, pelo que viu e observou, entendeu que o dito cavaleiro devia ser de grandes forças, mas nem por isso tremeu, como Sancho Pança; antes, com gentil denodo, disse para o Cavaleiro dos Espelhos:

— Se a muita vontade de pelejar, senhor cavaleiro, vos não desgasta a cortesia, por ela vos peço que alceis um pouco a viseira, para que eu veja se a galhardia do vosso rosto corresponde à vossa disposição.

— Ou eu saia vencido ou vencedor desta empresa, senhor cavaleiro — respondeu o dos Espelhos —, ficar-vos-á tempo e espaço demasiado para me ver; e se agora não cumpro o vosso desejo, é por me parecer que faço notável agravo à famosa Cassildéia de Vandália, se dilatar, com o tempo que despender erguendo a viseira, a empresa de vos fazer confessar o que já sabeis que pretendo.

— Mas, enquanto montamos a cavalo — tornou Dom Quixote

—, podeis ao menos declarar-me se sou eu aquele Dom Quixote que dizeis haver vencido.

— A isso vos respondemos — acudiu o dos Espelhos — que vos pareceis com o cavaleiro que venci como um ovo se parece com outro; mas, visto que dizeis que o perseguem nigromantes, não ouso afirmar se sois o mesmo ou não.

— Isso me basta — respondeu Dom Quixote — para que eu creia no vosso engano; entretanto, para dele vos tirar completamente, venham os nossos cavalos, que em menos tempo do que o que levaríeis a alçar a viseira, se Deus e a minha dama e o valor do meu braço me ajudarem, verei eu o vosso rosto, e vereis que não sou eu o vencido Dom Quixote que pensais.

Com isto, para encurtarmos razões, montaram a cavalo, e Dom Quixote voltou as rédeas a Rocinante, para tomar o campo conveniente, a fim de se encontrar de novo com o seu contrário, e o mesmo fez este; mas não se apartara Dom Quixote vinte passos, quando ouviu que ele o chamava, e, indo ao encontro um do outro, disse o dos Espelhos:

— Lembrai-vos, senhor cavaleiro, que a condição da nossa batalha é, como já disse, que o vencido há de ficar à mercê do vencedor.

— Bem sei — respondeu Dom Quixote —, contanto que o vencedor não ordene nem imponha coisas que saiam dos limites da cavalaria.

— É claro — tornou o dos Espelhos.

Nisto, deu na vista de Dom Quixote o estranho nariz do escudeiro, e não se admirou menos de o ver que Sancho, tanto que julgou que era algum monstro, ou algum homem novo, dos que se não usam no mundo. Sancho, que viu partir seu amo para tomar campo, não quis ficar sozinho com o narigudo, receando que só com uma narigada se acabasse a sua pendência, ficando ele estendido no chão, com o golpe ou com o medo, e foi atrás de seu amo, agarrado ao arção de Rocinante, e, quando lhe pareceu que já era tempo de voltar, disse-lhe:

— Suplico a Vossa Mercê, senhor meu, que antes de voltar à peleja me ajude a subir para aquela árvore, donde poderei ver mais a meu sabor, e melhor que do chão, o galhardo encontro que Vossa Mercê vai ter com este cavaleiro.

— O que me parece, Sancho — tornou Dom Quixote —, é que te queres encarrapitar e subir ao palanque, para ver os touros sem perigo.

— A verdade manda Deus que se diga — respondeu Sancho —; o desaforado nariz daquele escudeiro deixou-me atônito e cheio de espanto, e não me atrevo a estar junto dele.

— É tal, efetivamente, o nariz — acudiu Dom Quixote —, que, a não ser eu quem sou, também me assombrara; e então, Sancho, vem daí, que eu te ajudarei a subir para onde dizes.

Enquanto Dom Quixote se demorava a ajudar Sancho a trepar à árvore, tomou o dos Espelhos o campo que lhe pareceu necessário; e julgando que o mesmo teria feito Dom Quixote, sem esperar som de trombeta nem outro sinal que os avisasse, voltou as rédeas ao cavalo, nem mais ligeiro, nem de melhor aparência que Rocinante, e a todo o seu correr, que era um meio trote, ia a encontrar o inimigo; mas, vendo-o ocupado com a subida de Sancho, sofreou as rédeas, e parou a meio caminho, ficando o cavalo agradecidíssimo, porque já se não podia mover. Dom Quixote, que imaginou que o seu inimigo vinha por aí fora voando, enterrou com alma as esporas nos magros ilhais de Rocinante, e de tal maneira o espicaçou, que diz a história que foi esta a única vez que ele galopou em toda a sua vida, porque o mais que dava era um trote declarado. Com esta nunca vista fúria, chegou ao sítio onde estava o dos Espelhos cravando no seu cavalo as esporas todas, sem conseguir, ainda assim, arrancá-lo do sítio em que estacara. Nesta excelente conjuntura achou Dom Quixote o seu contrário, embaraçado com o cavalo e tão atrapalhado com a lança, que não conseguiu pôr em riste, ou por falta de jeito ou por falta de tempo. Dom Quixote, que não atendia a estes inconvenientes, a são e salvo esbarrou no dos Espelhos, com tão estranha força, que o atirou do cavalo abaixo pelas ancas, dando tal queda, que ficou estendido sem mover mão nem pé, e dando todos os sinais de que morrera.

Apenas Sancho o viu caído, deixou-se escorregar da árvore, e a toda a pressa veio ao sítio onde parara seu amo, que, apeando-se de Rocinante, foi sobre o dos Espelhos, e, desatando-lhe as lançadas do elmo, para ver se estava morto, e para o fazer respirar, no caso contrário, viu — quem poderá dizer o que ele viu, sem causar maravilha, espanto e admiração aos que o ouvirem? —, viu, diz a história, o rosto, a figura, o aspecto, a fisionomia, a efígie, a perspectiva do Bacharel Sansão Carrasco! E, assim que o viu, com altas vozes bradou:

— Acode, Sancho, e vem ver o que não hás de acreditar; anda, filho, e adverte o que pode a magia, o que podem os feiticeiros e os nigromantes!

Chegou Sancho, e, assim que deu com o rosto do Bacharel Carrasco, principiou a persignar-se e a benzer-se vezes sem conto. Em tudo isto não dava mostras de estar vivo o derribado cavaleiro, e Sancho disse para Dom Quixote:

— Sou de parecer, meu senhor, que, pelo sim pelo não, Vossa Mercê meta a espada pela boca dentro a este que parece o Bacharel Sansão Carrasco, e talvez assim dê cabo de algum dos seus inimigos nigromantes.

— Não dizes mal — observou Dom Quixote —, porque de inimigos sempre o menos que puder ser.

E, tirando a espada, ia pôr por obra o aviso e conselho de Sancho, quando chegou o escudeiro do dos Espelhos, já sem o nariz, que tão feio o fizera, e com grandes vozes bradou:

— Veja Vossa Mercê o que faz, Senhor Dom Quixote, que esse que aí tem a seus pés é o Bacharel Sansão Carrasco, seu amigo, e eu sou o seu escudeiro.

E Sancho, vendo-o sem a sua primitiva fealdade, disse-lhe:

— E o nariz?

Ao que ele respondeu:

— Aqui o tenho na algibeira.

E tirou da algibeira direita um nariz postiço de pasta; e Sancho, olhando para ele cada vez mais pasmado, exclamou em alta voz:

— Valha-me Santa Maria! Este não é Tomé Cecial, meu vizinho e meu bom compadre?

— Já se vê que sou — respondeu o desnarigado escudeiro —; sou Tomé Cecial, compadre e amigo Sancho; e logo vos direi os embustes e enredos que aqui me trouxeram, e, entanto, pedi e suplicai ao senhor vosso amo tanto que não mate, nem fira, nem maltrate, nem toque no cavaleiro dos Espelhos, que tem a seus pés, porque é, sem dúvida alguma, o atrevido e mal aconselhado patrício nosso, o Bacharel Sansão Carrasco.

Nisto, voltou a si o dos Espelhos, e Dom Quixote, vendo isso, pôs-lhe no rosto a ponta da espada nua, e disse-lhe:

— Estais morto, cavaleiro, se não confessais que a sem-par Dulcinéia del Toboso se avantaja à vossa Cassildéia de Vandália; e, além disso, haveis de prometer, se desta contenda e queda sairdes com vida, ir à cidade de El Toboso, e apresentar-vos da minha parte perante a dama de meus pensamentos, para que de vós faça o que tiver na vontade; e, se ela vos deixar o livre-alvedrio, imediatamente voltareis a procurar-me, que o rasto das minhas façanhas vos servirá de guia, que vos leve aonde eu estiver, e a dizer-me o que tiverdes passado com ela: condições que, em conformidade das que pusemos antes da nossa batalha, não saem dos termos da cavalaria andante.

— Confesso — disse o rendido cavaleiro — que vale mais o sapato descosido e sujo da Senhora Dulcinéia del Toboso do que as barbas mal penteadas, ainda que limpas, de Cassildéia, e prometo ir e voltar da sua à vossa presença, e dar-vos conta particular e inteira do que me pedis.

— Também haveis de confessar e crer — acrescentou Dom Quixote — que o tal cavaleiro que vencestes não era nem podia ser Dom Quixote de la Mancha, apesar de se parecer com ele, como eu confesso e creio que vós, apesar de parecerdes o Bacharel Sansão Carrasco, não o sois, mas outro que se lhe assemelha e que na sua figura aqui me puseram os meus inimigos, para deterem e temperarem o ímpeto da minha cólera, e para me fazerem usar brandamente da glória do vencimento.

— Tudo confesso, julgo e sinto, como vós acreditais, julgais e sentis — respondeu o derrancado cavaleiro. — Deixai-me levantar, peço-vos, se o permite a dor da minha queda, que bastante me maltratou.

Ajudaram-no a levantar-se Dom Quixote e Tomé Cecial, de quem Sancho não apartava os olhos, perguntando-lhe várias coisas, tendo pelas respostas sinais manifestos de que ele era verdadeiramente o Tomé Cecial que dizia; mas a apreensão que em Sancho produzira o que seu amo dissera, de que os nigromantes tinham mudado a figura do Cavaleiro dos Espelhos na do Bacharel Carrasco, fazia com que ele mal pudesse dar crédito ao que estava vendo com os seus olhos. Finalmente, ficaram-se neste engano amo e criado, e o dos Espelhos e o seu escudeiro, mofinos e malandantes, se apartaram de Dom Quixote e de Sancho, com intenção de procurar algum sítio, onde o dos Espelhos se pudesse tratar. Dom Quixote e Sancho prosseguiram no caminho de Saragoça, onde a história os deixa, para dar conta de quem era o Cavaleiro dos Espelhos e o seu narigudo escudeiro.

CAPÍTULO XV

Onde se conta e dá notícia de quem era o Cavaleiro dos Espelhos e o seu escudeiro

Em extremo contente, satisfeito e vanglorioso ia Dom Quixote, por ter alcançado vitória de tão valente cavaleiro, como ele imaginava que era o dos Espelhos, de cuja cavalheiresca palavra esperava saber se o encantamento da sua dama continuava, pois que era forçoso que o tal cavaleiro, sob pena de o não ser, voltasse a referir-lhe-o que lhe tivesse com ela sucedido. Mas uma coisa pensava Dom Quixote e outra o dos Espelhos, ainda que este por então só cuidava em procurar sítio onde curar-se, como já se disse. Conta, pois, a história que, quando o Bacharel Sansão Carrasco aconselhou a Dom Quixote que voltasse a prosseguir nas suas abandonadas cavalarias, foi ter combinado com o cura e o barbeiro o meio de que se haviam de servir para obrigar Dom Quixote a estar em sua casa, quieto e sossegado, sem o alvorotarem as suas mal procuradas aventuras; de cujo conselho saiu, por voto comum de todos e parecer particular de Sansão, que deixassem partir Dom Quixote, pois que parecia impossível sustê-lo, e que o Bacharel Carrasco lhe saísse ao caminho como cavaleiro andante, e travasse batalha com ele, que não faltaria pretexto, e o vencesse, tendo isso por coisa fácil, e que se pactuasse e combinasse que o vencido ficasse à mercê do vencedor; e o bacharel cavaleiro ordenaria ao vencido Dom Quixote que voltasse para a sua terra e casa e ali se demorasse durante dois anos ou até nova ordem, o que era claro que Dom Quixote, vencido, cumpriria, indubitavelmente, por não faltar às leis da cavalaria, e podia ser que durante o tempo da sua reclusão se esquecesse das suas vaidades, ou se pudesse procurar para a sua loucura algum remédio conveniente. Aceitou isso Carrasco, e ofereceu-se-lhe para escudeiro Tomé Cecial, compadre e vizinho de Sancho Pança, homem alegre e de cabeça desempoeirada. Armou-se Sansão como fica referido, e Tomé Cecial pôs por cima do seu próprio nariz o nariz postiço, já indicado, para não ser conhecido pelo seu compadre quando se vissem; seguiram o mesmo caminho que Dom Quixote levara, chegaram quase a encontrar-se na aventura do carro da morte, e, finalmente deram consigo no bosque, onde lhes sucedeu tudo o que viu o prudente leitor; e, se não fossem os extraordinários pensamentos de Dom Quixote, que imaginou que o bacharel não era o bacharel, este bacharel ficaria impossibilitado para sempre de tomar grau de licenciado, por não ter encontrado ninhos onde supôs encontrar pássaros. Tomé Cecial, que viu o mal que lograra os seus desejos, e o mau paradeiro que o seu caminho tivera, disse ao bacharel:

— Temos decerto, Senhor Sansão Carrasco, o que merecemos; com facilidade se pensa e se acomete uma empresa, mas com dificuldade se sai a gente dela, pela maior parte das vezes. Dom Quixote é doido e nós somos ajuizados; ele vai-se indo, são e salvo; Vossa Mercê fica moído e triste. Saibamos, pois, agora, quem é mais doido: quem o é porque se não conhece, ou quem o é por sua vontade?

— A diferença que há entre esses dois doidos — respondeu Carrasco — é que o doido a valer há de sê-lo sempre, e o que o é por vontade deixará de o ser logo que o queira.

— Perfeitamente — respondeu Tomé Cecial —; eu fui doido por vontade, quando me quis fazer escudeiro de Vossa Mercê; pois agora, por vontade também, quero deixar de o ser, e voltar para minha casa.

— Fazeis muito bem — respondeu Sansão —; mas lá pensar que eu hei de voltar para a minha sem ter desancado Dom Quixote, é escusado; e não me levará agora a procurá-lo o desejo de que recupere o juízo, mas o da vingança, que a grande dor das minhas costelas não me deixa fazer mais piedosos discursos.

Nisto foram arrazoando os dois, até que chegaram a um povo, onde felizmente encontraram um algebrista, que tratou o desgraçado Sansão. Tomé Cecial voltou para casa e deixou-o, e o bacharel ficou imaginando a sua vingança, e a história a seu tempo volta a falar nele, para não deixar agora de se regozijar com Dom Quixote.

CAPÍTULO XVI

Do que sucedeu a Dom Quixote com um discreto Cavaleiro da Mancha

Com a alegria, contentamento e ufania que se disse, seguia Dom Quixote a sua jornada, imaginando, pela passada vitória, ser o cavaleiro andante mais valente que tinha o mundo naquele tempo; dava por acabadas e levadas a bom termo quantas aventuras lhe pudessem suceder daí por diante; tinha em pouco os encantamentos e nigromantes, não se recordava das inumeráveis pauladas que no decurso das suas cavalarias lhe tinham dado, nem da pedrada que lhe deitou abaixo metade dos dentes, nem do desagradecimento dos galeotes, nem do atrevimento e chuva de bordoadas dos arrieiros; finalmente, dizia entre si que, se achasse arte, modo ou maneira de desencantar a Senhora Dulcinéia, não teria inveja à maior ventura que alcançou ou pôde alcançar o mais venturoso cavaleiro andante dos séculos passados. Ia todo ocupado nestas imaginações, quando Sancho lhe disse:

— Então, meu senhor, não trago eu ainda diante dos olhos o desmesurado e desmarcado nariz do meu compadre Cecial?

— E tu acreditas, Sancho, que o Cavaleiro dos Espelhos era o Bacharel Carrasco e o seu escudeiro, o teu compadre Cecial?

— Não sei que hei de dizer a isso — respondeu Sancho —; o que sei é que os sinais da minha casa, de minha mulher e de meus filhos, não mos podia dar outro senão ele mesmo, e a cara, tirado o nariz, era a própria de Tomé Cecial, como eu a vi muitas vezes na minha terra e paredes-meias da minha casa, e o tom da fala era o mesmo.

— Raciocinemos, Sancho — redargüiu Dom Quixote —, anda cá: como pode alguém supor que o Bacharel Carrasco viesse como cavaleiro andante, armado de armas ofensivas e defensivas, pelejar comigo? fui seu contrário, porventura? dei-lhe jamais ocasião para me ter ódio? sou seu rival ou segue ele a profissão das armas, para criar inveja à fama que por elas tenho ganho?

— Pois como explicaremos, senhor — respondeu Sancho —, parecer-se tanto aquele cavaleiro, seja ele quem for, com o Bacharel Carrasco, e o seu escudeiro com Tomé Cecial, meu compadre? E se é encantamento, como Vossa Mercê disse, não haveria no mundo outros dois com quem se parecessem?

— Tudo é artifício e traça — respondeu Dom Quixote — dos malignos magos que me perseguem, os quais, prevendo que eu havia de ficar vencedor na contenda, deram ao cavaleiro vencido o rosto do meu amigo bacharel, para que a amizade que lhe tenho se interpusesse aos fios da minha espada e ao vigor do meu braço, e atenuasse a justa ira do meu coração, e deste modo ficasse com vida aquele que com falsidades e embelecos me procurava tirar a minha. Para prova, Sancho, já sabes por experiência, que te não deixará nem mentir nem enganar, quão fácil é aos nigromantes mudar uns rostos noutros, fazendo do formoso feio e do feio formoso, pois ainda não há dois dias que viste com teus próprios olhos a formosura e galhardia da sem-par Dulcinéia, em toda a sua inteireza e natural conformidade, e eu vi-a na fealdade e baixeza de uma rústica lavradeira, com cataratas nos olhos e mau cheiro na boca; e, se o perverso nigromante se atreveu a fazer tão maldosa transformação, não é muito que fizesse a de Sansão Carrasco e a do teu compadre, para me tirar das mãos a glória do vencimento; mas isso não me importa, porque, enfim, fosse qual fosse a figura que ele tomasse, fiquei vencedor do meu inimigo.

— Deus sabe a verdade de tudo — respondeu Sancho.

E, como ele sabia que a transformação de Dulcinéia fora traça e patranha sua, não o satisfaziam as quimeras de seu amo; mas não lhe quis replicar, para não dizer alguma palavra que descobrisse o seu embuste. Nestas razões estavam, quando os alcançou um homem, que vinha atrás deles pelo mesmo caminho, montado numa formosa égua baia, com um gabão de fino pano verde, com bandas de veludo leonado, e trazendo na cabeça um gorro do mesmo veludo; os arreios da égua eram à campina e à gineta, também de iguais cores; pendia-lhe um alfanje mourisco de um largo talim verde e ouro, e os borzeguins tinham os lavores do talim; as esporas não eram douradas, mas envernizadas de verde, tão tersas e brunidas, que, por dizerem bem com o resto do vestuário, pareciam melhor do que se fossem de ouro puro. Quando se aproximou deles o caminhante, saudou-os cortesmente e, picando as esporas à égua, passava de largo, mas Dom Quixote disse:

— Cavalheiro, se Vossa Mercê leva o mesmo caminho que nós levamos, e não vai com muita pressa, grande honra eu teria em que fôssemos juntos.

— Na verdade — respondeu o da égua —, não passaria tão de largo, se não fosse por temer que, com a companhia da minha égua, se alvorotasse esse cavalo.

— Bem pode, senhor — acudiu Sancho —, sofrear as rédeas à égua, porque o nosso cavalo é o mais honesto e composto que se pode imaginar; nunca em semelhantes ocasiões praticou a mínima vileza, e a única vez que se desmandou, pagamo-lo caro eu e meu amo; assim, demore-se Vossa Mercê o tempo que quiser, que o cavalo, ainda que lhe sirvam a égua num prato, não é capaz de a afrontar.

Sofreou as rédeas o caminhante, admirando-se da figura e fisionomia de Dom Quixote, que ia sem elmo, levando-lho Sancho, como se fosse mala, no arção dianteiro da albarda do ruço; e se o de Verde muito olhava para Dom Quixote, muito mais o contemplava este, parecendo-lhe homem de grande respeito: a idade mostrava ser de cinqüenta anos, poucas as cãs, o rosto aquilino, a vista entre grave e alegre; finalmente, no trajo e figura, dava a entender ser homem de boas prendas. O que julgou de Dom Quixote de la Mancha foi que nunca vira um homem assim: admirou o comprimento do cavalo, a grandeza do corpo do cavaleiro, a magreza e amarelidão do seu rosto, as suas armas, o ademã, compostura, figura e fisionomia, que nunca topara outros semelhantes. Notou bem Dom Quixote a atenção do caminhante e leu-lhe na suspensão a curiosidade; e como era tão cortês e tão amigo de agradar a todos, antes que ele lhe perguntasse coisa alguma, foi-lhe ao encontro, dizendo-lhe:

— Esta figura que Vossa Mercê está vendo, por ser tão nova e tão diversa das que se usam vulgarmente, não me maravilho que o espante; mas deixará Vossa Mercê de se espantar, em eu lhe dizendo que sou cavaleiro,

Destes que dizem as gentes
Que vão às aventuras[1].

Saí da minha pátria, empenhei a minha fazenda, deixei os meus regalos e entreguei-me nos braços da fortuna, que me levasse aonde fosse servida. Quis ressuscitar a já morta cavalaria andante, e há muitos dias que, tropeçando, caindo, despenhando-me aqui, levantando-me acolá, cumpro, em grande parte, o meu desejo, socorrendo viúvas, amparando donzelas e favorecendo casadas, órfãos e pupilas, ofício próprio e natural de cavaleiro andante; e, assim, pelas minhas façanhas, muitas, valorosas e cristãs, merecia andar já impresso em quase todas, ou na maior parte das línguas do mundo. Estamparam-se trinta mil exemplares da minha história[2] e parece-me que ainda se hão de imprimir mais trinta mil milhares, se o céu lhe não acudir. Finalmente, para tudo resumir em breves palavras, ou numa só, digo que sou Dom Quixote de la Mancha, por outro nome chamado o Cavaleiro da Triste Figura; e, ainda que o louvor em boca própria é vitupério, é-me forçoso dizer eu talvez os meus, já se vê, quando não estiver presente quem os diga em meu lugar. Portanto, senhor fidalgo, nem este cavalo, nem esta lança, nem este escudo, nem este escudeiro, nem estas armas todas juntas, nem a palidez do meu rosto, nem a minha magreza extrema vos poderão admirar doravante, visto que já sabeis quem sou e a profissão que sigo.

Calou-se Dom Quixote, e o de Verde, pela demora da resposta, parecia que não atinava com a que lhe havia de dar; mas daí a bom pedaço lhe disse:

— Acertastes, senhor cavaleiro, no motivo da minha suspensão e curiosidade, mas não acertastes supondo dissipar o espanto que me inspira o ter-vos visto, que, ainda que dizeis que o saber já quem sois mo poderia tirar, não foi assim, antes agora, que o sei, fico mais suspenso e maravilhado. Como! é possível que haja histórias impressas de verdadeiras cavalarias! Não me posso persuadir que exista na terra quem favoreça viúvas, ampare donzelas,

---

[1] Versos já citados nos capítulos IX e XLIX da primeira parte.

[2] Não haviam saído tantos, mas a fantasia de Dom Quixote, que aqui se desboca, pode em troca ter valor de oráculo.

respeite casadas, socorra órfãos; e não o acreditaria, se em Vossa Mercê o não tivesse visto com os meus próprios olhos. Bendito seja o céu, que com essa história que Vossa Mercê diz que está impressa, das suas altas e verdadeiras cavalarias, se terão posto em esquecimento as inumeráveis dos fingidos cavaleiros andantes de que estava cheio o mundo, tanto em dano dos bons costumes e tanto em prejuízo e descrédito das boas histórias.

— Há muito que dizer — respondeu Dom Quixote — a respeito de serem fingidas ou não as histórias dos cavaleiros andantes.

— Pois há quem duvide — tornou o de Verde — de que tais histórias sejam falsas?

— Duvido eu — redargüiu Dom Quixote —, porque, se a nossa jornada durar, espero em Deus fazer perceber a Vossa Mercê que fez mal em ir na corrente dos que têm por certo que não são verdadeiras.

Por esta última observação de Dom Quixote, suspeitou o viandante que ele seria algum mentecapto, e aguardava que o confirmasse com outras; mas, antes de prosseguirem na conversação, pediu-lhe Dom Quixote que lhe dissesse quem era, visto que ele por si já lhe dera parte da sua condição e da sua vida. A isto respondeu o outro:

— Eu, Senhor Cavaleiro da Triste Figura, sou um fidalgo de uma aldeia onde iremos jantar hoje, se Deus for servido; sou mais do que medianamente rico e chamo-me Dom Diogo de Miranda; passo a vida com minha mulher e meus filhos e com os meus amigos; os meus exercícios são a caça e a pesca; mas não sustento falcões nem galgos, apenas algum perdigão manso ou algum furão atrevido; tenho por aí umas seis dúzias de livros, latinos e espanhóis, uns de história, outros de devoção; os de cavalaria ainda me não entraram das portas para dentro; folheio mais os profanos do que os devotos, contando que sejam de honesto entretenimento, que deleitem com a linguagem e suspendam com a invenção, posto que destes há pouquíssimos em Espanha. Algumas vezes janto com os meus amigos e vizinhos, e muitas vezes os convido; os meus jantares são limpos, asseados e fartos; nem gosto de murmurar, nem consinto que diante de mim se murmure; não esquadrinho as vidas alheias, nem sou lince dos feitos dos outros; ouço missa todos os dias, reparto os meus bens com os pobres, sem fazer alardo das boas obras, para não dar entrada no meu coração à hipocrisia e vanglória, inimigos que brandamente se apoderam do coração mais recatado; procuro fazer as pazes entre os que sei que estão desavindos, sou devoto da Virgem e confio sempre na misericórdia de Deus Nosso Senhor.

Esteve Sancho a escutar atentíssimo a relação da vida e entretenimentos do fidalgo; e entendendo que o homem de tão boa e santa existência devia fazer milagres, saltou do burro abaixo e com muita pressa foi-lhe agarrar no estribo direito, e com devoto coração e quase lágrimas lhe beijou os pés uma e muitas vezes. Vendo isto o fidalgo, perguntou-lhe:

— Que fazeis, irmão? que beijos são esses?

— Deixem-me beijar — respondeu Sancho —, porque me parece Vossa Mercê o primeiro santo a cavalo que tenho visto na vida.

— Não sou santo — respondeu o fidalgo —, mas grande pecador; vós sim, irmão é que deveis ser bom, como se mostra pela vossa grande simpleza.

Voltou Sancho a montar no burro, depois de ter arrancado gargalhadas à profunda melancolia de seu amo e causado novo espanto a Dom Diogo de Miranda.

Perguntou Dom Quixote a Dom Diogo quantos filhos tinha, e disse-lhe que uma das coisas em que punham o sumo bem os filósofos antigos que carecem do verdadeiro conhecimento de Deus foi nos bens da natureza, nos da fortuna, em ter muitos amigos e em ter muitos e bons filhos.

— Eu, Senhor Dom Quixote — respondeu o fidalgo —, tenho um filho e, se o não tivesse, talvez me julgasse mais ditoso; não porque ele seja mau, mas porque não é tão bom como eu queria. Terá dezoito anos de idade: esteve seis em Salamanca, aprendendo a língua latina e a grega, e quando quis que passasse a estudar outras ciências, achei-o tão embebido na da poesia (se se pode chamar ciência), que não é possível fazer-lhe arrostar a das leis, que eu quereria que estudasse, nem a rainha de todas, a teologia. Quereria eu que fosse coroa de sua linhagem, pois que vivemos num século em que os nossos reis premiam altamente as boas e virtuosas letras[3], porque letras sem virtude são pérolas no tremedal. Passa o dia todo a averiguar se disse bem ou mal Homero neste verso da *Ilíada*, se Marcial foi ou não desonesto naquele epigrama, se se hão

---

[3] Ironia, pois Cervantes publicou seus livros com o favor dos mecenas, e não do rei.

de entender de uma maneira ou de outra tais e tais versos de Virgílio; enfim, todas as suas conversações são com os livros dos referidos poetas e com os de Horácio, Pérsio, Juvenal e Tibulo[4], que dos modernos não faz muito caso; e, apesar de ter tanto desdém pela moderna poesia espanhola, está agora todo empenhado em glosar quatro versos que lhe mandaram de Salamanca, e suponho que é coisa de justa literária.

— Os filhos, senhor — respondeu Dom Quixote —, são pedaços das entranhas de seus pais, e sejam bons ou maus, sempre se lhes há de querer como às almas que nos dão vida; aos pais cumpre encaminhá-los desde pequenos pela senda da virtude, da boa criação e dos bons e cristãos costumes, para que sejam bordão da velhice de seus pais e glória da sua posteridade, quando forem crescidos; e em quanto a forçá-los que estudem esta ou aquela ciência não o tenho por acertado, ainda que o persuadir-lho não será danoso; e, quando não se tem de estudar para *pane lucrando*[5], sendo o estudante tão venturoso que recebesse do céu pais que lhe deixem haveres, seria eu de parecer que o não impedissem de seguir a ciência para que se inclina, e ainda que a da poesia é menos útil do que deleitosa, não é das que desonram os que a possuem. A poesia, no meu entender, senhor fidalgo, é como uma donzela meiga, juvenil e formosíssima, que se desvelam em enriquecer, polir e adornar outras muitas donzelas, que são todas as outras ciências, e todas com ela se hão de autorizar; mas esta donzela não quer ser manuseada, nem arrastada pelas ruas, nem publicada nas esquinas das praças, nem pelos desvãos dos palácios. É feita por uma alquimia de tamanha virtude, que quem souber tratá-la pode mudá-la em ouro puríssimo; não a há de deixar correr quem a tiver por torpes sátiras e desalmados sonetos; não se há de vender de nenhum modo, a não ser em poemas heróicos, em lamentáveis tragédias ou em comédias alegres e artificiosas; não se há de deixar tratar pelos truões, nem pelo vulgo ignorante, incapaz de conhecer nem de estimar os tesouros que nela se encerram. E não penseis, senhor, que chamo aqui vulgo somente à gente plebéia e humilde, que todo aquele que não sabe, ainda que seja senhor e príncipe, pode e deve

---

[4] Alusão aos conhecimentos humanísticos de Salamanca.

[5] "Para ganhar-se o pão."

ser contado entre o vulgo; e assim, quem cuidar a poesia com estes requisitos, terá fama e nome estimado em todas as nações civilizadas do mundo. E em quanto ao que dizeis, senhor, de vosso filho não ter em grande estima a poesia castelhana, entendo que não anda nisso com muito acerto, e a razão é esta: o grande Homero não escreveu em latim, porque era grego; nem Virgílio escreveu em grego, porque era latino. Enfim, todos os poetas antigos escreveram na língua que beberam com o leite e não foram procurar os idiomas estrangeiros para manifestar a alteza dos seus conceitos; e, sendo isto assim, era razoável que este costume se estendesse por todas as nações, e que se não menosprezasse o poeta alemão que escreve na sua língua, nem o castelhano, nem o próprio biscainho que escreve na sua; mas vosso filho, senhor, ao que imagino, não estará de mal com a poesia moderna, mas sim com os poetas que são meros versejadores castelhanos, sem saberem outras línguas, nem outras ciências que adornem, despertem e auxiliem o seu natural impulso; e ainda nisto pode haver erro, porque, segundo opiniões sensatas, o poeta nasce poeta, e com essa inclinação que o céu lhe deu, sem mais estudo nem artifícios, compõe coisas que fazem verdadeiro quem disse: "Est Deus in nobis"[6]. Também digo que o poeta natural que se auxiliar com a arte se avantajará muito ao poeta que só por saber a arte o quiser ser. O motivo disto é que a arte não vence a natureza, mas aperfeiçoa-a; de modo que a natureza e a arte, mescladas, produzirão um perfeitíssimo poeta. Em conclusão, senhor fidalgo, entendo que Vossa Mercê deve deixar seguir seu filho à estrela que o chama, que, sendo ele tão bom escolar como deve ser, e tendo já subido felizmente o primeiro degrau das ciências, que é o das línguas, com elas subirá por si ao cúmulo das letras humanas, que tão bem parecem num cavaleiro de capa e espada, e o adornam, honram e engrandecem, como as mitras aos bispos, ou como as garnachas[7] aos jurisconsultos peritos. Ralhe Vossa Mercê com seu filho, se fizer sátiras que prejudiquem as honras alheias, e castigue-o e rasgue-lhas; mas, se fizer prédicas à moda de Horácio, em que repreenda os vícios em geral, como ele tão elegantemente o fez,

---

[6] Frase de Ovídio: "Deus está em nós".

[7] Veste talar de jurista. Filipe II mandou que a usassem os magistrados nos tribunais superiores.

louve-o, porque é lícito ao poeta escrever contra a inveja e dizer nos seus versos mal dos invejosos, e contra os outros vícios, sem designar pessoa alguma; mas há poetas que, para dizerem uma malícia, se arriscam a ser degredados para as ilhas do Ponto[8]. Se o poeta for casto nos seus costumes, sê-lo-á também nos seus versos; a pena é a língua da alma: como forem os conceitos que nela se gerarem, assim serão os seus escritos; e quando os reis ou príncipes vêem a milagrosa ciência da poesia em sujeitos prudentes, virtuosos e graves, honram-nos, estimam-nos e enriquecem-nos, e ainda os coroam com as folhas da árvore que o raio não ofende[9], como em sinal de que por ninguém hão de ser ofendidos os que virem com os seus lauréis honrada e adornada a sua fronte.

Pasmou o do Verde Gabão do raciocinar de Dom Quixote, e tanto, que principiou a desvanecer-se-lhe a opinião, que tinha, de que ele era mentecapto. Mas no meio desta prática, Sancho, que se aborrecia com ela, desviara-se do caminho, a pedir um pouco de leite a uns pastores, que estavam ali perto ordenhando umas ovelhas; e já o fidalgo ia renovar a prática, de satisfeito que ficara com a discrição e bom discorrer de Dom Quixote, quando este, erguendo a cabeça viu que vinha pela estrada por onde eles iam, um carro cheio de bandeiras reais; e, julgando que seria alguma nova aventura, chamou a grandes brados por Sancho, para que lhe desse o elmo. Sancho, ouvindo-o chamar, largou os pastores, e a toda a pressa picou o ruço, e chegou ao sítio onde estava seu amo, a quem sucedeu uma espantosa e desatinada aventura.

---

[8] Alusão ao desterro de Ovídio no mar Negro, se bem que o poeta não foi desterrado às ilhas mas às margens do Ponto.

[9] Alude ao laurel.

H.PISAN

CAPÍTULO XVII

Onde se declara o último ponto a que chegou e podia chegar o inaudito ânimo de Dom Quixote, com a aventura dos leões, tão felizmente acabada

Conta a história que, quando Dom Quixote bradava por Sancho que lhe trouxesse o elmo, estava ele comprando uns requeijões, que os pastores lhe vendiam; e acossado pela muita pressa de seu amo, não soube o que lhes havia de fazer, nem como havia de trazê-los, e, para os não perder, porque os tinha já pago, lembrou-se de os deitar no elmo de seu amo, e com este bom recato voltou a ver o que lhe queria Dom Quixote, que, assim que o viu, lhe disse:

— Amigo, dá-me esse elmo, que, ou pouco sei de aventuras, ou o que ali descubro é alguma, que me há de obrigar a pegar em armas.

O do Verde Gabão, que isto ouviu, estendeu a vista por todas as partes, e não descobriu outra coisa senão um carro que para eles vinha, com duas ou três bandeiras pequenas, que lhe fizeram supor que o tal carro devia trazer dinheiro de Sua Majestade, e assim o disse a Dom Quixote; mas este não lhe deu ouvidos, acreditando sempre e pensando que tudo o que lhe sucedesse havia de ser aventuras e mais aventuras; e, portanto, respondeu ao fidalgo:

— Homem apercebido vale por dois; não se perde nada em eu me aperceber, que sei por experiência que tenho inimigos visíveis e invisíveis, e não sei quando, nem onde, nem em que tempo, nem em que figura me hão de atacar.

E, voltando-se para Sancho, pediu-lhe o elmo; e Sancho, não tendo ensejo de tirar os requeijões, deu-lho como estava. Pegou-lhe

Dom Quixote e, sem ver o que vinha dentro, encaixou-o a toda a pressa na cabeça; e, como os requeijões se espremeram e apertaram, começou a correr o soro por todo o rosto e barbas de Dom Quixote, o que o assustou por tal forma, que disse para Sancho:

— Que será isto, Sancho? parece que me amoleceu o crânio, e se derreteram os miolos, ou que suo dos pés até a cabeça; e, se suo, não é de medo; decerto, será terrível a aventura que me vai suceder: dá-me, se tens, alguma coisa com que me limpe, que o copioso suor já me cega os olhos.

Calou-se Sancho e deu-lhe um lenço, dando ao mesmo tempo graças a Deus por seu amo não ter descoberto a marosca. Limpou-se Dom Quixote, tirou o elmo para ver o que era que lhe esfriava a cabeça e, vendo aquelas coisas brancas, chegou-as ao nariz e, ao cheirá-las, disse:

— Por vida da minha Senhora Dulcinéia del Toboso, são requeijões que aqui me puseste, traidor, bargante e maldito escudeiro!

Ao que Sancho respondeu, com grande fleuma e dissimulação:

— Se são requeijões, dê-mos Vossa Mercê, que eu os comerei, ou antes coma-os o Diabo, que foi ele decerto quem aí os pôs. Pois eu havia de me atrever a sujar a cabeça de Vossa Mercê? À fé, senhor, pelo que vejo, também eu devo ter nigromantes que me perseguem, como a criatura e membro de Vossa Mercê; e puseram talvez aí essa imundície para irritar a sua paciência, e fazer com que me derreie as costelas; mas desta vez deram salto em vão, que eu confio no bom discorrer de Vossa Mercê, que deve considerar que eu nem tenho requeijões, nem leite, nem coisa que o valha; e, se os tivera, mais depressa os metia no meu estômago do que no elmo.

— Pode ser — respondeu Dom Quixote.

Pasmava o fidalgo de tudo isto, e ainda mais pasmou quando, depois de Dom Quixote haver limpado a cabeça, o rosto, as barbas e o elmo, o encaixou na cabeça, e firmando-se nos estribos, verificando se a espada saía bem da bainha, e erguendo a lança, disse:

— Agora, venha o que vier, que aqui estou eu com ânimo de me bater com Satanás em pessoa. Nisto, chegou o carro das bandeiras, em que vinha só o carreiro montado numa das mulas e um homem sentado na dianteira do carro. Dom Quixote atravessou-se-lhes na frente e disse:

— Aonde ides, irmãos? que carro é este? que levais nele? e que bandeiras são estas?

— O carro é meu — respondeu o carreiro —; o que vai dentro

dele são dois bravos leões engaiolados, que o governador de Orã envia à corte, de presente a Sua Majestade; as bandeiras são de el-rei nosso senhor, em sinal de que vai aqui coisa sua.

— E são grandes os leões? — perguntou Dom Quixote.

— Tamanhos — respondeu o homem que ia sentado no carro —, que nunca vieram de África para Espanha outros assim; eu tenho passado muitos, mas como estes nenhum, são macho e fêmea: o macho vai nesta primeira jaula, a fêmea na outra de trás; e agora estão famintos, porque ainda hoje não comeram; e assim, desvie-se Vossa Mercê, que precisamos chegar depressa ao sítio onde lhes havemos de dar a ração.

— Leões a mim? — disse Dom Quixote com leve sorriso — leões a mim e a tais horas? pois, por Deus, hão de ver esses senhores que cá os mandam se me arreceio de leões. Apeai-vos, bom homem, e, visto que sois o guarda, abri essas jaulas e largai-me estas feras, que, no meio deste campo, lhes mostrarei quem é Dom Quixote de la Mancha, a despeito e apesar dos nigromantes que mos enviam.

— Ta, ta! — disse para si o fidalgo — o nosso bom cavaleiro deu sinal do que é; os requeijões sem dúvida lhe amoleceram o crânio e lhe diluíram os miolos.

— Senhor — disse-lhe Sancho, chegando-se a ele —, por Deus, proceda Vossa Mercê de modo que o meu Senhor Dom Quixote não se meta com estes leões, que, se o faz, aqui nos despedaçam a todos.

— Pois tão louco é vosso amo — respondeu o fidalgo — que chegueis a temer e a acreditar que ele se meta com tão ferozes animais?

— Não é louco — tornou Sancho —, mas é atrevido.

— Eu farei com que o não seja — replicou o fidalgo.

E, chegando-se a Dom Quixote, que estava insistindo com o guarda para que abrisse as jaulas, disse-lhe:

— Senhor cavaleiro, os cavaleiros andantes hão de empreender as aventuras que dão esperança de se poder alguém sair bem delas, e não as que a tiram de todo em todo, porque a valentia que entra por temeridade é mais loucura que fortaleza, tanto mais que estes leões não vêm contra Vossa Mercê, nem sonham semelhante coisa; vão de presente a Sua Majestade, e não será bem detê-los, nem impedir-lhes a viagem.

— Vá Vossa Mercê, senhor fidalgo — respondeu Dom Quixote

—, tratar do seu perdigão manso e do seu furão atrevido, e deixe cada qual cumprir a sua obrigação; esta é a minha, e eu é que sei se vêm ou não contra mim estes senhores leões.

E, voltando-se para o guarda, disse-lhe:

— Voto a tal, Dom Velhaco, que se não abris imediatamente as jaulas, com esta lança vos hei de pregar no carro.

O carreiro, que viu a determinação daquele armado fantasma, disse-lhe:

— Senhor meu, Vossa Mercê seja servido, por caridade, deixar-me tirar as mulas e ir pô-las a salvo, antes de se soltarem os leões, porque, se me dão cabo delas, fico arruinado para toda a vida, que não tenho outra fazenda senão este e estas mulas.

— Homem de pouca fé — respondeu Dom Quixote —, apeia-te e desatrela, e faze o que quiseres, que depressa verás que trabalhaste em vão, e que te poderias ter poupado a essa diligência.

Apeou-se o carreiro e tirou as mulas, a toda a pressa, e o guarda das jaulas disse em altos brados:

— Sejam boas testemunhas todos quantos aqui estão de que, contra minha vontade e forçado, abro as jaulas e solto os leões, e de que protesto a este senhor, que todo o mal e dano que as feras fizerem correm por conta dele, juntamente com os meus direitos e salários. Vossas Mercês, senhores, ponham-se a salvamento antes de eu abrir, que a mim sei eu que não fazem eles mal.

De novo lhe persuadiu o fidalgo que não fizesse semelhante loucura, que era tentar a Deus cometer tal disparate. Respondeu Dom Quixote que bem sabia o que fazia. Insistia o fidalgo, dizendo-lhe que se enganava.

— Agora, senhor — tornou Dom Quixote —, se Vossa Mercê não quer assistir a esta, no seu entender, tragédia, pique a égua e ponha-se a salvo.

Sancho, ouvindo isto, suplicou-lhe com as lágrimas nos olhos que desistisse de semelhante empresa, em comparação da qual tinham sido pão com mel a dos moinhos, e todas as façanhas que praticara em todos os dias da sua vida.

— Olhe, senhor — dizia Sancho —, que aqui não há encantamento nem coisa que o valha, que eu vi pelas grades da jaula uma garra de leão verdadeiro, e a julgar pela garra o leão deve ser maior que uma montanha[1].

---

[1] "Pela garra se conhece o leão", diz o provérbio.

— O medo, pelo menos — respondeu Dom Quixote —, faz-te parecer maior que meio mundo. Retira-te, Sancho, e deixa-me, e, se eu aqui morrer, já sabes a nossa antiga combinação: acudirás a Dulcinéia; e não te digo mais nada.

A estas acrescentou outras razões, com que tirou as esperanças de que deixaria de prosseguir no seu desvairado intento. Quereria opor-se-lhe, até pela força, o do Verde Gabão; mas viu-se desigual em armas, e não lhe pareceu grande cordura travar peleja com um doido, que já assim lhe parecera Dom Quixote, o qual, tornando a apressar o guarda e a reiterar as ameaças, deu ocasião a que o fidalgo picasse a égua e Sancho o ruço, e o carreiro as mulas, procurando todos afastar-se do carro o mais depressa possível, antes que os leões se desembestassem. Chorava Sancho a morte de seu amo, que daquela vez é que a supunha segura nas garras dos leões; maldizia a sua fortuna, e chamava minguada a hora em que se lembrou de o tornar a servir; mas, apesar dos choros e dos lamentos, não deixava de ir verdascando o burro, para se desviar do carro. Vendo os guardas já bastante afastados os que iam fugindo, tornou a requerer e a intimar a Dom Quixote o que já lhe requerera e intimara, mas Dom Quixote respondeu que o ouvira perfeitamente, que não tratasse de mais intimações nem requerimentos, que tudo seria de pouco fruto, e que se apressasse.

No espaço que se demorou o guarda a abrir a primeira jaula, esteve considerando Dom Quixote se não seria melhor dar batalha a pé do que a cavalo, e por fim resolveu dá-la a pé, receando que Rocinante se espantasse com a vista dos leões; por isso, saltou do cavalo abaixo, arrojou a lança, embraçou o escudo e, desembainhando lentamente a espada, foi, com maravilhoso denodo e ânimo valente, colocar-se diante do carro, encomendando-se a Deus de todo o coração, e logo depois à sua Senhora Dulcinéia. E é de saber que, chegando a este ponto, o autor desta verdadeira história exclama e diz: "Ó forte e sobre todo o encarecimento animoso Dom Quixote de la Mancha, espelho em que se podem mirar todos os valentes do mundo, novo Dom Manuel de Leão[2], que foi glória e honra dos cavaleiros espanhóis! Com que palavras contarei tão pasmosa fa-

---

[2] Dom Manuel de Leão entrou numa jaula de leões para recolher a luva de uma dama.

çanha e com que argumentos a farei acreditar dos séculos vindouros? que louvores haverá que te não convenham e quadrem, ainda que sejam hipérboles sobre todas as hipérboles[3]? Tu a pé, tu só, tu intrépido, tu magnânimo, só com uma espada, e não cortadora como as de cachorrinho[4], com um escudo, e não de aço muito límpido nem muito luzente, estás aguardando os dois mais feros leões que nunca criaram as selvas africanas! Sejam os teus próprios feitos que te louvem, valoroso manchego, que os deixo aqui, por me faltarem palavras para os encarecer".

Terminada esta invocação, o autor prossegue na história, dizendo que ao ver o guarda Dom Quixote a postos, e que não podia deixar de soltar o leão, sob pena de ser maltratado pelo colérico e atrevido cavaleiro, abriu a primeira jaula, onde estava, como se disse, o macho, que pareceu de grandeza extraordinária, e de espantosa e feia catadura. A primeira coisa que fez foi revolver-se na jaula onde vinha metido, e estender a garra e espreguiçar-se todo; bocejou um pedaço e, deitando para fora dois palmos de língua, esteve a lamber o rosto e os olhos; feito isto, pôs a cabeça fora da jaula e olhou para todos os lados, com os olhos em brasa, vista e ademã capazes de causar espanto à própria temeridade. Só Dom Quixote o mirava atentamente, desejando vê-lo saltar para fora do carro, e deliberando despedaçá-lo com as suas mãos.

Até aqui chegou o extremo da sua nunca vista loucura; mas o generoso leão, mais comedido do que arrogante, não fazendo caso de ninharias nem de bravatas, depois de olhar para um lado e para outro lado, voltou os quartos traseiros para Dom Quixote, e com grande fleuma e remanso tornou a deitar-se na jaula; vendo isto, Dom Quixote ordenou ao guarda que o irritasse com pauladas, para o fazer sair.

— Isso não faço eu — respondeu o guarda —, porque, se o instigo, o primeiro a quem despedaça é a mim. Vossa Mercê, senhor cavaleiro, contente-se com o que praticou, que é o mais que se pode dizer em gênero de valentia, e não queira tentar fortuna segunda vez; o leão tem a porta aberta, está na sua mão sair ou não sair; pois

---

[3] "Hipérboles': exageros.

[4] Assim chamadas por terem por marca na folha um cachorrinho; foram fabricadas por Julião del Rey, armeiro de Toledo.

se não saiu agora, não sai nem que estejamos aqui o dia todo; a grandeza de ânimo de Vossa Mercê está já bem declarada; nenhum bravo pelejador, parece-me a mim, é obrigado a mais do que a desafiar o seu inimigo e esperá-lo em campina rasa; e, se o contrário não acode, com ele fica a infâmia, e o que espera ganha a coroa do vencimento.

— É verdade — disse Dom Quixote —; pois fecha a porta, amigo, e dá-me testemunho, da melhor forma que puderes, do que aqui me viste fazer; convém a saber: de como abriste a porta ao leão, de como eu o esperei, e ele não saiu; tornei-o a esperar, tornou a não sair; e, finalmente, deitou-se. Não devo mais, e fora com as nigromancias, e ajude Deus a razão e a verdade, e fecha, como disse, enquanto eu faço sinal aos fugitivos e ausentes, para que saibam da tua boca esta façanha.

Assim fez o guarda, e Dom Quixote, pondo na ponta da lança o lenço com que limpara o rosto da chuva dos requeijões, começou a chamar os que não deixavam de fugir e de voltar a cabeça a cada passo; vendo, porém, Sancho o sinal do lenço branco, disse:

— Que me matem, se não é meu amo que venceu as feras e que nos está a chamar.

Pararam todos, e conheceram que era Dom Quixote quem fazia os sinais; e, perdendo parte do medo, a pouco vieram aproximando-se, até que ouviram claramente a voz de Dom Quixote. Finalmente, voltaram para o carro e, quando chegaram, disse Dom Quixote para o carreiro:

— Tornai, irmão, a atrelar as vossas mulas e a prosseguir na viagem; e tu, Sancho, dá-lhe dois escudos de ouro, para ele e para o guarda, em recompensa do tempo que por minha causa se demoraram.

— Isso dou eu de muito boa vontade — respondeu Sancho —, mas que é feito dos leões? estão mortos ou estão vivos?

Então o guarda, minuciosa e pausadamente, contou o fim da contenda, exagerando, como melhor pôde e soube, o valor de Dom Quixote, cujo aspecto acovardara o leão, de forma que não quis nem ousou sair da jaula, apesar de ter tido a porta aberta por um bom pedaço; e dizendo ele ao cavaleiro que era tentar a Deus irritar o leão para sair à força, como ele queria que o irritasse, malgrado seu e muito contra sua vontade permitira que se fechasse a porta.

— Que te parece isto, Sancho — disse Dom Quixote —, há nigromancias que valham contra a verdadeira valentia? Podem os nigromantes roubar-me a ventura, mas não o ânimo, nem o esforço. Deu Sancho os escudos, o carreiro pôs as mulas ao carro, o guarda beijou as mãos a Dom Quixote, pela mercê recebida, e prometeu-lhe contar aquela façanha ao próprio rei, quando chegasse à corte.

— Pois se acaso Sua Majestade perguntar quem a praticou, dir-lhe-eis que foi o Cavaleiro dos Leões, que daqui por diante quero mudar nesta denominação a que tive até aqui de Cavaleiro da Triste Figura; e nisto sigo a antiga usança dos cavaleiros andantes, que mudavam de nomes quando queriam, ou quando vinha a propósito[5].

Seguiu o carro o seu caminho, e Dom Quixote, Sancho e o do Verde Gabão continuaram no seu. Em todo este tempo, Dom Diogo de Miranda não dissera uma só palavra, atento a contemplar e a notar as falas e gestos de Dom Quixote, parecendo-lhe um doido ajuizado, e um ajuizado que tinha um tanto ou quanto de doido. Não lera ainda a primeira parte da sua história, e se a tivesse lido cessaria o seu pasmo, pois já conheceria o gênero da sua loucura; mas, como o não sabia, ora o tinha por doido, ora por homem de juízo, porque o que dizia era concertado, elegante e sensato, e o que fazia era disparatado, temerário e tonto; e pensava consigo: "Que mais loucura pode haver do que pôr na cabeça um elmo cheio de requeijões e imaginar que foram os nigromantes que lhe amoleceram o crânio? Que maior temeridade e disparate do que, por força, querer pelejar com leões?" Destas imaginações e deste solilóquio tirou-o Dom Quixote, dizendo-lhe:

— Sem dúvida, Senhor Dom Diogo de Miranda, tem-me Vossa Mercê na sua opinião por homem disparatado e louco; e não admira, porque as minhas obras não dão testemunho de outra coisa; mas, com tudo isso, quero que Vossa Mercê advirta que não sou tão doido como pareço. Fica bem a um galhardo cavaleiro, à vista do seu rei, dar numa praça uma lançada feliz num touro bravo; fica bem a um cavaleiro, armado de armas resplandecentes, entrar na liça de alegres justas, diante das damas; e fica bem a todos os cavaleiros, em exercícios militares ou que o pareçam, entreter, alegrar e, se assim se pode dizer, honrar a corte dos seus príncipes; mas, acima de todos estes, melhor parece um cavaleiro andante

---

[5] Amadis de Gaula, por exemplo, tomou sucessivamente os nomes de Cavaleiro dos Leões, Cavaleiro Vermelho, Cavaleiro da Ilha Firme, Cavaleiro da Verde Espada e outros mais.

que, pelos desertos, pelas soledades, pelas encruzilhadas, pelas selvas e pelos montes, anda procurando perigosas aventuras, com intenção de lhes dar ditoso e afortunado termo, só para alcançar gloriosa e perdurável fama. Melhor parece, digo, um cavaleiro andante socorrendo uma viúva num despovoado, do que um cavaleiro cortesão requestando as donzelas nas cidades. Todos os cavaleiros têm suas ocupações especiais: o cortesão que sirva as damas, pompeie com ricas librés na corte do seu rei, sustente os cavaleiros pobres com os esplêndidos pratos da sua mesa, combine justas, mantenha torneios e mostre-se grande, liberal e magnífico, e bom cristão sobretudo, deste modo cumprirá as suas rigorosas obrigações; mas devasse o cavaleiro andante todos os cantos do mundo, entre nos mais intrincados labirintos, acometa o impossível a cada passo, resista nos ermos páramos aos ardentes raios do sol de um pleno estio, e no inverno áspero ao influxo dos ventos e dos gelos; não o assombrem leões, nem o espantem aventesmas, nem o atemorizem endríagos, que procurar estes, acometer aqueles e vencê-los a todos são os seus principais e verdadeiros exercícios. Eu, pois, como me coube em sorte pertencer ao número da cavalaria andante, não posso deixar de empreender tudo aquilo que me parece que fica debaixo da jurisdição dos meus exercícios; e assim, o acometer os leões que ainda agora acometi diretamente me tocava, apesar de eu conhecer que era uma temeridade exorbitante; mas não será tão mau que aquele que é valente se exalte a ponto de ser temerário, como que se rebaixe a covarde; que, assim como é mais fácil vir o pródigo a ser liberal do que o avaro, assim mais fácil é dar o temerário em verdadeiro valente do que o fraco; e nisto de tentar aventuras, creia-me Vossa Mercê, Senhor Dom Diogo, antes se peca por carta de mais que por carta de menos[6]; porque soa melhor aos ouvidos de todos: "fulano é temerário", do que "fulano é tímido e medroso".

— Digo, Senhor Dom Quixote — respondeu Dom Diogo —, que tudo quanto Vossa Mercê diz é nivelado pelo fiel da própria razão, e que entendo que, se as ordenanças e leis da cavalaria andante se perdessem, se encontrariam no peito de Vossa Mercê,

---

[6] "Alusão ao jogo do nada ou vinte e cinco"; segundo Covarrubias. Pecar por falta ou excesso.

como num arquivo e num sacrário; e apressemo-nos, que se faz tarde, e cheguemos à minha aldeia e casa, onde Vossa Mercê descansará do passado trabalho, que, se não foi do corpo, foi do espírito, o que costuma às vezes redundar em cansaço do corpo.

— Tenho esse oferecimento na conta de grande favor e mercê — respondeu Dom Quixote. E, picando mais as esporas, chegaram pelas duas da tarde à aldeia e casa de Dom Diogo, a quem Dom Quixote chamava o Cavaleiro do Verde Gabão.

CAPÍTULO XVIII

Do que sucedeu a Dom Quixote no castelo ou casa do Cavaleiro do Verde Gabão, com outras coisas extravagantes

A casa de Dom Diogo de Miranda era vasta, como são sempre as casas da aldeia, com armas esculpidas por cima da porta da rua; a adega era no pátio, e havia muitas tinalhas que, por serem de El Toboso, acordaram em Dom Quixote a memória da encantada e transformada Dulcinéia; e, suspirando, sem atender ao que dizia nem ver diante de quem estava, exclamou:

> Ó doces prendas, por meu mal achadas,
> Doces e alegres quando Deus queria![1]

Ó tinalhas tobosinas, que me trouxestes à memória a doce prenda da minha maior amargura!

Ouviu-lhe dizer isto o estudante poeta, filho de Dom Diogo, que com sua mãe saíra a recebê-lo, e mãe e filho ficaram suspensos de ver a estranha figura de Dom Quixote, que, apeando-se de Rocinante, se dirigiu com muita cortesia à dona da casa a pedir-lhe as mãos para lhas beijar, e Dom Diogo disse:

— Recebei, senhora, com o vosso habitual agrado, o Senhor Dom Quixote de la Mancha, que é esse que aí tendes diante de vós, cavaleiro andante e o mais valente e discreto que o mundo tem.

---

[1] De um soneto de Garcilaso.

A senhora, que se chamava Dona Cristina, recebeu-o com demonstrações de muito afeto e cortesia, e Dom Quixote lhe fez os seus cumprimentos, com razões comedidas e acertadas. Passou-se quase o mesmo com o estudante, a quem Dom Quixote, ouvindo-o falar, teve logo por discreto e agudo. Aqui descreve o autor todas as circunstâncias da casa de Dom Diogo, pintando-nos o que encerra uma casa de cavaleiro lavrador e rico; mas o tradutor da história entendeu que devia passar em silêncio estas e outras minudências porque não diziam bem com o propósito principal da história, que mais tira a sua força da verdade que das frias digressões.

Introduziram Dom Quixote numa sala, desarmou-o Sancho, e o nosso herói ficou de calções largos e gibão de camurça todo enodoado com a ferrugem das suas armas velhas; cabeção singelo à moda dos estudantes, sem goma nem rendas, borzeguins amarelos e sapatos engraxados. Cingiu a sua boa espada, que lhe pendia de um talim de pele de lobo-marinho (porque constava que muitos anos estivera doente dos rins), e pôs aos ombros uma capa de bom pano pardo; mas, antes de tudo, lavou-se em cinco ou seis alguidares de água e a última ainda ficou da cor do soro, graças à guloseima de Sancho, e à compra dos seus negros requeijões, que tão branco puseram a seu amo. Com os referidos atavios, e com gentil donaire e presença, saiu Dom Quixote para a sala onde o estudante o estava esperando para o entreter enquanto se punha a mesa; que, pela vinda de tão nobre hóspede, queria a Senhora Dona Cristina mostrar que sabia e podia regalar os que entrassem em sua casa. Enquanto Dom Quixote se esteve desarmando, teve Dom Lourenço (que assim se chamava o filho de Dom Diogo) ocasião de perguntar a seu pai:

— Quem é este cavaleiro, senhor, que Vossa Mercê nos trouxe a casa, que o nome, a figura, e o dizer que é cavaleiro andante, nos têm suspensos a minha mãe e a mim?

— Não sei como te respondo, filho — redargüiu Dom Diogo —; o que te sei dizer é que o vi fazer grandes coisas de grande doido, e dizer coisas tão discretas que apagam e destroem os seus atos; fala-lhe tu e toma o pulso ao que sabe, e, já que és discreto, avalia a sua discrição ou a sua loucura, que eu, a dizer a verdade, mais o tenho na conta de doido que de ajuizado.

Com isto, foi Dom Lourenço entreter Dom Quixote, como já se disse, e entre outras práticas que os dois tiveram, disse Dom Quixote para Dom Lourenço:

— O Senhor Dom Diogo de Miranda, pai de Vossa Mercê, deu-me notícia da rara habilidade e sutil engenho que Vossa Mercê tem; e, sobretudo, de que é um grande poeta.

— Poeta pode ser — respondeu Dom Lourenço —, mas grande nem por pensamentos: é verdade que sou um pouco afeiçoado à poesia e a ler os bons autores; mas não se me pode dar o epíteto de grande.

— Parece-me bem essa modéstia — respondeu Dom Quixote —, porque é raro o poeta que não seja arrogante e que se não suponha o maior do mundo.

— Não há regra sem exceção — tornou Dom Lourenço —, e algum haverá que o seja e o não pense.

— Poucos — respondeu Dom Quixote —; mas diga-me Vossa Mercê: que versos traz agora entre mãos, que me disse o senhor seu pai que o vê preocupado e pensativo? E se é alguma glosa, eu em glosas sou um pouco entendido, e folgarei de os saber; e, se são de justa literária, procure Vossa Mercê alcançar o segundo prêmio, porque o primeiro sempre o conquistam os empenhos e a posição do concorrente; o segundo, esse dá-o simplesmente a justiça; e o terceiro vem a ser segundo, de modo que o primeiro passa a ser terceiro, como sucede nas universidades com as cartas de licenciado.

"Até agora", disse consigo Dom Lourenço, "não te posso ter por doido: vamos adiante." E disse-lhe:

— Parece que Vossa Mercê cursou as escolas. Que ciências estudou?

— A da cavalaria andante — respondeu Dom Quixote —, que é tão boa como a da poesia, e ainda uns deditos mais.

— Não sei que ciência é essa — replicou Dom Lourenço —, não tenho notícia dela.

— É uma ciência — tornou Dom Quixote — que encerra em si todas ou a maior parte das ciências do mundo, porque aquele que a professa há de ser jurisperito e conhecer as leis da justiça distributiva e comutativa, para dar a cada qual o que é seu e o que lhe pertence; há de ser teólogo, para saber dar razão da lei cristã que professa, clara e distintamente, sempre que lha pedirem; tem de ser médico, e principalmente ervanário, para conhecer, no meio dos despovoados e desertos, as ervas que têm a virtude de sarar as feridas, que não há de estar o cavaleiro andante a cada arranhadura a procurar quem lha cure; tem de ser astrólogo, para ver, pelas estrelas, quantas horas da noite passaram, e em que parte do mundo está; tem de saber matemática, porque a cada instante se lhe oferecerá ensejo de lhe ser necessária; e pondo de parte o precisar de ser adornado de todas as virtudes teologais e cardeais, descendo a outras minudências, deve saber nadar como dizem que nadava o peixe Nicolau[2]; tem de saber ferrar um cavalo e consertar a sela ou freio; além disso, falando em coisas mais altas, há de guardar fidelidade a Deus e à sua dama; deve ser casto nos pensamentos, honesto nas palavras, liberal nas obras, valente nos feitos, sofrido nos trabalhos, caritativo com os necessitados e, finalmente, mantenedor da verdade, ainda que o defendê-la custe a vida. De todas estas grandes e mínimas partes se compõe um cavaleiro andante; e veja Vossa Mercê, Senhor Dom Lourenço, que importante ciência é a que eles estudam, e se se lhe podem comparar as mais estimadas que se aprendem nos ginásios ou nas escolas.

— Se assim é — replicou Dom Lourenço —, digo que essa ciência a todas se avantaja.

— Se assim é?! — perguntou Dom Quixote.

— Quero dizer — tornou Dom Lourenço — que duvido de que houvesse e de que haja agora cavaleiros andantes adornados de tantas virtudes.

— Muitas vezes disse — respondeu Dom Quixote — o que torno a dizer agora: que a maior parte da gente imagina que não houve cavaleiros andantes; e por me parecer que, se o céu lhes não dá a entender milagrosamente que os houve e que os há, qualquer trabalho que se faça será baldado; como muitas vezes a experiência mo demonstrou, não quero demorar-me agora em dissipar o seu erro, que é erro de outros muitos, e limito-me a rogar ao céu que dele o tire e lhe mostre quão proveitosos e necessários foram ao mundo os cavaleiros andantes, nos séculos passados, e quão úteis seriam no presente, se se usassem; mas triunfam agora, por pecado das gentes, a preguiça, a ociosidade, a gula e os regalos.

“Lá se nos escapou o nosso hóspede”, pensou Dom Lourenço; “mas, com tudo isso, é um louco esquisito”.

Aqui deram fim à sua prática, porque os chamaram para jantar. Perguntou Dom Diogo a seu filho o que tirara a limpo do engenho do seu hóspede.

---

[2] A lenda supõe que o peixe Nicolau foi um personagem que viveu no século XV e ficava mais tempo na água que fora dela, passando com freqüência da Sicília ao continente.

— É um louco cheio de intervalos lúcidos — respondeu Dom Lourenço.

Foram para o jantar, que foi como Dom Diogo dissera no caminho que o costumava dar aos seus convidados: limpo, saboroso e farto; mas o que mais encantou Dom Quixote foi o maravilhoso silêncio que havia em toda a casa, que não parecia senão um convento de cartuxos. Levantada a mesa, dadas graças a Deus, e águas às mãos, Dom Quixote pediu afincadamente a Dom Lourenço que dissesse os versos da justa literária; ao que ele respondeu:

— Por não parecer que sou daqueles poetas que quando lhes pedem que recitem os seus versos os negam, e quando lhos não pedem os vomitam, direi a minha glosa, de que não espero prêmio algum, que só fiz para exercitar o meu engenho.

— Um discreto amigo — observou Dom Quixote — era de opinião que se não cansasse ninguém em glosar versos, e a razão dizia ele que era que nunca podia a glosa chegar ao mote, e que a maior parte das vezes ia a glosa fora da intenção e do propósito do que pedia o que se glosava; e, além disso, que as leis da glosa eram demasiadamente estreitas e que não sofriam interrogações, nem "dize" nem "direi", nem substantivar verbos, nem mudar o sentido, com outros atilhos e enleios, que amarram o que glosa, como Vossa Mercê deve saber.

— Realmente, Senhor Dom Quixote — acudiu Dom Lourenço —, quando julgo apanhar Vossa Mercê num mau latim continuado, escorrega-me nas mãos como uma enguia.

— Não entendo — respondeu Dom Quixote.

— Eu me explicarei; e por agora ouça Vossa Mercê o mote e a glosa, que dizem desta maneira:

Se o meu *foi* tornasse a *ser*,
Sem eu ter que esp'rar *será*,
Ou viesse o tempo já
Do que está pra acontecer...

GLOSA

Alfim, como tudo passa,
Passou o bem que me deu
A fortuna nada escassa,
Mas que nunca me volveu,

Por mais que eu peça, ou que faça.
Fortuna, bem podes ver
Que já é longo o meu sofrer;
Faze-me outra vez ditoso,
Que eu seria venturoso
Se o meu foi tornasse a ser.

Só quero um gosto, uma glória,
Uma palma, um vencimento,
Um triunfo, uma vitória,
Tornar ao contentamento
Que me é pesar na memória.
Fortuna, leva-me lá,
E temperado estará
Todo o rigor do teu fogo,
Sobretudo sendo logo,
Sem eu ter que esp 'rar será.

Sei que sou indeferido,
Pois tornar o tempo a ser,
Depois de uma vez ter sido,
Não há na terra poder
Que a tanto se haja estendido.
Corre o tempo; leve dá
Seu vôo, e não voltará,
E erraria quem pedisse
Ou que o tempo já partisse,
Ou viesse o tempo já.

Viver em perplexa vida,
Ora esperando, ora temendo,
É morte mui conhecida,
E é muito melhor morrendo
Buscar para a dor saída.
Eu preferia morrer,
Mas não o devo querer,
Pois com discurso melhor
Me dá a vida o temor
Do que está pra acontecer.

Acabando Dom Lourenço de dizer a sua glosa, Dom Quixote ergueu-se, e com um grande brado, travando da mão direita de Dom Lourenço, exclamou:

— Vivam os altos céus! Generoso mancebo, sois o melhor poeta do orbe, e merecíeis ser laureado, não por Chipre ou Gaeta, como disse um vate[3], benza-o Deus, mas pelas academias de Atenas, se existissem, e pelas que hoje existem de Paris, Bolonha e Estrasburgo. Praza ao céu que aos juízes que vos tirarem o primeiro prêmio, Febo os asseteie, e as musas nunca lhes franqueiem os umbrais das casas! Dizei-me, senhor, peço-vos, alguns versos maiores, que quero tomar de todo em todo o pulso ao vosso admirável engenho.

Não é bom dizer o autor que muito folgou Dom Lourenço com os elogios de Dom Quixote, apesar de o ter por louco? Ó força da adulação, onde te escondes, e que dilatados limites tem a tua jurisdição agradável! Confirmou Dom Lourenço esta verdade, pois condescendeu com o desejo de Dom Quixote, recitando-lhe este soneto, feito à fábula ou história de Píramo e Tisbe[4].

Soneto

Rompe o muro a donzela tão formosa,
Que abriu de Píramo o gualhardo peito:
Parte o Amor de Chipre, e vai direito
A ver a quebra estreita e prodigiosa.

Fala o silêncio ali, porque não ousa
Entrar a voz em tão estreito estreito;
As almas sim, que amor sói com efeito
Facilitar a mais difícil coisa.

Desvairou-se o desejo, e o amor tamanho
Da imprudente virgem solicita
A morte por seu gosto: olhai que história!

---

[3] Talvez Liñán de Riaza.

[4] A lenda de Píramo e Tisbe é freqüentíssima na literatura do século de ouro.

Que a ambos num só ponto, ó caso estranho!
Os mata, e os sepulta, e os ressuscita
Uma espada, em sepulcro, uma memória.

— Bendito seja Deus — disse Dom Quixote, depois de ter ouvido o soneto de Dom Lourenço —, que afinal vi, entre os infinitos poetas consumidos que por aí há, um poeta consumado, como é Vossa Mercê, senhor meu, que assim mo revela o artifício deste soneto.

Quatro dias esteve Dom Quixote regaladíssimo em casa de Dom Diogo, ao fim dos quais lhe pediu licença para se ir embora, dizendo-lhe que agradecia a mercê e o bom tratamento que em sua casa recebera; mas que, por não parecer bem darem os cavaleiros andantes muitas horas ao ócio e ao regalo, queria ir cumprir o seu ofício, procurando as aventuras em que abundava, segundo lhe diziam, aquela terra; e assim esperava entreter o tempo até chegar o dia das justas de Saragoça, que era o seu rumo direito; e que primeiro havia de entrar na cova de Montesinos, de que se contavam tantas e tão admiráveis coisas por aqueles contornos, sabendo e inquirindo o nascimento e verdadeiro manancial das sete lagoas, chamadas vulgarmente de Ruidera. Dom Diogo e seu filho louvaram-lhe a honrosa determinação e disseram-lhe que levasse da sua casa e fazenda o que lhe aprouvesse, que a isso os obrigava o seu valor e honroso mister.

Chegou, enfim, o dia da partida, tão alegre para Dom Quixote como triste e aziago para Sancho Pança, que se dava muito bem com a fartura da casa de Dom Diogo, e recusava tornar para a fome que se usa nas florestas e despovoados, e à estreiteza dos seus mal providos alforjes; com tudo isso, encheu-os e atochou-os do mais necessário que lhe pareceu e, ao despedir-se, disse Dom Quixote a Dom Lourenço:

— Não sei se lembrei já a Vossa Mercê, e se lembrei, torno-o a lembrar que quando Vossa Mercê quiser poupar caminhos e trabalhos para chegar ao inacessível cume do templo da Fama, não tem mais que fazer senão deixar de parte a senda da poesia, um pouco estreita, e tomar a estreitíssima da cavalaria andante, que basta para o elevar a imperador enquanto o Diabo esfrega um olho[5].

---

[5] Rapidamente.

Com estas razões achou Dom Quixote de fechar o processo da sua loucura, e mais com as que juntou, dizendo:

— Sabe Deus se eu quereria levar comigo o Senhor Dom Lourenço, para lhe mostrar como se perdoa aos humildes e se derrubam e se flagelam os soberbos[6], virtudes inerentes à profissão que eu sigo; mas, visto que o não pede a sua pouca idade, nem o consentem os seus louváveis exercícios, limito-me a advertir a Vossa Mercê que, sendo poeta, poderá ser famoso, se se guiar mais pelo parecer alheio do que pela própria opinião; porque não há pai nem mãe a quem pareçam feios os filhos, e nos que são filhos do entendimento ainda mais corre este engano.

De novo se admiraram o pai e o filho dos contraditórios discursos de Dom Quixote, ora discretos, ora disparatados, e da teima enérgica em que estava de ir procurar as suas desventuradas aventuras, que considerava como alvo e fim dos seus desejos. Reiteraram-se os oferecimentos, e tomada a devida vênia à senhora do castelo, partiram Dom Quixote e Sancho, montados no Rocinante e no ruço.

---

[6] Frase de Virgílio, que a atribui ao povo romano, e Dom Quixote aos cavaleiros andantes.

CAPÍTULO XIX

Onde se conta a aventura do pastor enamorado, com outros sucessos na verdade graciosos

Pouco se afastara Dom Quixote da aldeia de Dom Diogo, quando se encontrou com dois clérigos ou estudantes e dois lavradores, que vinham todos quatro montados em jumentos. Um dos estudantes trazia em feitio de mala um lenço de bocaxim[1], em que embrulhara uma pouca de grana branca e dois pares de meias de burel negro; o outro, só duas espadas pretas[2]. Os lavradores levavam para a sua aldeia vários objetos, que davam indício e sinal de virem de alguma grande povoação, onde os tinham comprado; e tanto estudantes como lavradores caíram na mesma admiração em que caíam todos os que viam pela primeira vez Dom Quixote, e morriam por saber que o homem seria aquele, tão fora do uso dos outros. Dom Quixote depois de saber que caminho que levavam, que era o mesmo que o seu, ofereceu-se para os acompanhar, e pediu-lhes que demorassem o passo, porque mais andavam os jumentos do que o seu cavalo; e para os obrigar, em breves razões lhes disse quem era e o seu ofício e profissão de cavaleiro andante,

---

[1] Tecido que imita linho, de diversas cores e brilhante.

[2] Grana branca: tecido forte que tanto pode ser branco como vermelho. Espadas pretas: as que serviam apenas para exercícios de esgrima. Para que não ferissem, tinham um botão de couro na ponta, chamado sapatilha.

que ia à cata de aventuras por todas as partes do mundo. Contou-lhes que se chamava Dom Quixote de la Mancha, por apelido de Cavaleiro dos Leões; tudo isto para os lavradores era grego ou gerigonça[3], mas não para os estudantes, que logo compreenderam a fraqueza do juízo de Dom Quixote; apesar disso, contemplavam-no com admiração e respeito, e um deles disse-lhe:

— Se Vossa Mercê, senhor cavaleiro, não leva caminho determinado, como não costumam levar os que buscam aventuras, venha Vossa Mercê conosco e verá uma das melhores e mais ricas bodas que até hoje se têm celebrado na Mancha e em muitas léguas ao redor.

Perguntou-lhe Dom Quixote se eram de algum príncipe.

— Não, não — respondeu o estudante —, são de um lavrador e de uma lavradeira; ele o mais rico de toda esta terra, ela a mais formosa que os homens têm visto; e o aparato com que se hão de fazer é extraordinário e novo, porque se celebram num prado que fica junto da aldeia da noiva, a quem chamam por excelência Quitéria, a Formosa, e o desposado chama-se Camacho, o Rico[4]; ela de idade de dezoito anos, e ele de vinte e dois, ambos iguais em tudo, ainda que alguns curiosos, que sabem de cor a linhagem de toda a gente, querem dizer que a da formosa Quitéria se avantaja à de Camacho; mas já se não olha a isso, que as riquezas podem soldar muitas quebras. Efetivamente, o tal Camacho é generoso e lembrou-se de enramar e toldar todo o prado por ali arriba, de maneira que o sol há de se ver em trabalhos, se quiser visitar a verde relva de que está recoberto o chão. Haverá muitas danças, tanto de espadas como de guizos[5], que há no povo gente muito perita nesses exercícios; de sapateadores[6] nada digo, que nesse gênero juntou ele

---

[3] Linguagem arbitrária e convencional, artificiosa. Língua que usam os cegos para se entenderem; também a dos ciganos. Diz-se da linguagem que não se compreende bem.

[4] Pensou-se que este episódio poderia ter fundo histórico no personagem Pedro Camacho de Villavicencio, chamado o Rico.

[5] A dança de espadas, originária de Toledo, se executava com calções largos, em camisa e com toucados na cabeça e espadas brancas. Na de guizos os dançarinos traziam guizos nas pernas.

[6] Sapatear, dar golpes nos sapatos com as palmas das mãos.

o poder do mundo[7]; mas nenhuma das coisas referidas, nem das que deixei de referir, há de tornar tão memoráveis estas bodas, como as que imagino que nelas fará o despeitado Basílio. Esse Basílio é um zagal, vizinho do mesmo povo, que morava paredes-meias com os pais de Quitéria, o que deu ensejo ao Amor de renovar no mundo os já olvidados afetos de Píramo e Tisbe, porque Basílio se namorou de Quitéria, desde os seus tenros e primeiros anos, e ela foi correspondendo ao seu desejo, tanto que muita gente se entretinha na aldeia em falar nos amores das duas crianças. Foi crescendo a idade, e o pai de Quitéria resolveu-se enfim a proibir a Basílio a entrada em sua casa, e para se livrar de receios e suspeitas, tratou de casar sua filha com o opulento Camacho, porque lhe não parecia bem casá-la com Basílio, menos favorecido da fortuna que da natureza, pois, para se dizer a verdade sem assomos de inveja, é ele o mais ágil mancebo que conhecemos, atirando a barra como ninguém, grande jogador de péla, lutador extremado, corre como um gamo, salta mais que uma cabra; canta como uma calhandra, toca guitarra que parece que a faz falar, e sobretudo joga a espada como o mais pintado.

— Lá por essa prenda — observou Dom Quixote — merecia esse mancebo não só casar com a formosa Quitéria, mas com a própria Rainha Ginevra, se hoje fosse viva, apesar de Lançarote e de todos os que o quisessem estorvar.

— Vão lá falar nisso a minha mulher — acudiu Sancho Pança, que até aí fora calado —, ela quer que cada um case com a sua igual, agarrando-se ao rifão que diz: "Cada ovelha com a sua parelha". Eu então não desejava senão que o bom desse Basílio, a quem já me vou afeiçoando, casasse com a Senhora Quitéria, e má peste mate os que estorvam que se casem os que se querem bem.

— Se casassem todos os que se querem — acudiu Dom Quixote —, tirava-se aos pais a escolha e a jurisdição de casarem seus filhos com quem devem e quando querem, e se ficasse à vontade das filhas escolher os maridos, haveria tal que escolheria o criado do pai, e outra o que viu passar na rua, no seu entender bizarro e jeitoso mancebo, ainda que fosse um espadachim valdevinos: que o amor e a afeição facilmente cegam os olhos do entendimento, tão

[7] Significa que tem muitos preparados para dançar.

necessários para escolher estado; e no do matrimônio é muito perigoso o erro, e é mister grande tento e particular favor do céu para acertar. Quer uma pessoa empreender uma larga viagem e, se é prudente, antes de se por a caminho busca alguma companhia segura e aprazível. Pois por que não fará o mesmo o que há de caminhar toda a vida até ao paradeiro da morte, quando de mais a mais a pessoa escolhida tem de ser sua companheira de cama e mesa, como acontece à mulher com seu marido? Uma esposa não é mercadoria que, depois de comprada, ainda se pode trocar ou rejeitar; é um acidente inseparável, que dura a vida toda; é um laço que, uma vez atado ao pescoço, se transforma em nó górdio[8], que, se não for cortado pela garra da morte, não há meio de desatar. Muitas mais coisas poderia dizer neste assunto, se o não estorvara o desejo que tenho de saber se o senhor licenciado tem mais alguma coisa que narrar da história de Basílio.

— Não tenho mais que dizer — acudiu o estudante, bacharel ou licenciado, como Dom Quixote lhe chamou —, senão que, desde que Basílio soube que a formosa Quitéria casava com o opuleno Camacho, nunca mais o viram rir, nem dizer coisa com coisa, e anda sempre triste e pensativo, falando sozinho, dando assim claros e certos sinais de que se lhe ourou o juízo. Come pouco e pouco dorme, e o que come são frutas, e dorme no campo, se dorme, em cima da terra dura, como animal bravio; olha de quando em quando para o céu, e outras vezes crava os olhos no chão, com tal embevecimento, que não parece senão estátua revestida, a que o ar move a roupa. Enfim, dá tais mostras de angustiado, que receamos, todos os que o conhecemos, que proferir a formosa Quitéria amanhã o "sim" fatal seja o sinal da sua morte.

— Deus o fará melhor — acudiu Sancho —; quem dá o mal dá o remédio; ninguém sabe o que está para vir; de hoje até amanhã não me doa a cabeça, e numa hora cai a casa; tenho visto chover e fazer sol ao mesmo tempo; a gente deita-se são e acorda doente; e digam-me se há porventura quem se gabe de ter travado a roda da fortuna; entre o "sim" e o "não" da mulher não me atrevia eu a meter uma ponta de alfinete, porque não caberia; queira Quitéria de coração e deveras a Basílio, e pode este contar com um saco de ventura que o amor, pelo que tenho ouvido dizer, olha de tal maneira

---

[8] O nó cortado por Alexandre Magno.

que o cobre lhe parece ouro; a pobreza riqueza e as remelas pérolas.

— Aonde vais parar, Sancho, amaldiçoado sejas — disse Dom Quixote —, que em tu começando a enfiar provérbios e contos só te pode apanhar o diabo que te leve! Dize-me, animal, que sabes tu de rodas e de alfinetes, nem de coisa nenhuma?

— Pois se me não entendem — respondeu Sancho — não admira que as minhas sentenças sejam tidas por disparates; mas não importa, eu cá me entendo e sei que não disse asneira; mas Vossa Mercê, senhor meu, é sempre *friscal* dos meus ditos e das minhas ações.

— "Fiscal" é que tu queres dizer — acudiu Dom Quixote —, e não "friscal", prevaricador de boa linguagem, que Deus te confunda!

— Não se agonie Vossa Mercê comigo —, tornou Sancho —, que me não criei na corte, nem estudei em Salamanca, para saber se aumento ou tiro alguma letra aos meus vocábulos. Valha-me Deus! como se há de obrigar a um saiagüês[9] a falar como um toledano, se há toledanos que falam como Deus é servido?

— Sem dúvida — acudiu o licenciado —, não podem falar tão bem os que se criam nas Tenerias e no Zocodover como os que passeiam todo o santíssimo dia no claustro da Sé, e contudo são toledanos todos. A linguagem pura e clara falam-na só os cortesãos discretos, ainda que tenham nascido em Majalahonda[10]; disse "discretos", porque nem todos o são, e a discrição é a gramática da boa linguagem, que se aprende com o uso. Eu, senhores, por meus pecados, estudei cânones em Salamanca e gabo-me de dizer as minhas razões em frase clara, chã e apropriada.

— Se não vos gabásseis mais de saber manejar a espada preta do que a língua — acudiu o outro estudante —, seríeis o primeiro nos atos, em vez de terdes sido o último.

— Olhai, bacharel — respondeu o licenciado —, que tendes erradíssima opinião a respeito da destreza na espada, supondo-a uma prenda inútil.

— Não é opinião, é verdade assente — redargüiu o bacharel, que se chamava Corchuelo —, e se quereis que vo-lo mostre com a experiência, trazeis espada, o sítio é cômodo, eu tenho pulso e

---

[9] "Saiagüés": de Saiago, província de Zamora, região a que se atribui o falar mal, ou pelo menos rústico, enquanto a Toledo se atribuía a fala correta.

[10] Povoado próximo a Madri.

força, que, juntos ao meu ânimo, que não é pouco, vos farão confessar que me não engano. Apeai-vos e usai do vosso compasso de pés[11], dos vossos ângulos e da vossa ciência, que eu conto fazer-vos ver estrelas ao meio-dia com a minha destreza, e espero em Deus que ainda esteja para nascer o homem que me faça voltar as costas, e que não há ninguém que eu não deite ao chão.

— Lá nisso de voltar costas não me meto — redargüiu o esgrimidor —, mas o que pode suceder é que, onde puserdes o pé, vos cavem a sepultura; quero dizer que ali ficaríeis morto pela desprezada destreza.

— Vamos a ver isso — respondeu Corchuelo.

E, apeando-se com presteza do burro, tirou com fúria uma das espadas que o licenciado levava.

— Não há de ser assim — acudiu Dom Quixote —, que eu quero ser mestre desta esgrima e juiz desta questão, há muito tempo pendente.

E apeando-se de Rocinante e agarrando na lança, pôs-se no meio do caminho, quando já o licenciado, com gentil donaire de corpo, e em posição de esgrima, ia contra Corchuelo, que veio para ele, lançando, como se diz, chamas pelos olhos. Os outros dois lavradores que iam na companhia, sem se apearem dos jericos, serviam de aspetadores[12] da mortal tragédia. As estocadas e cutiladas de Corchuelo eram inúmeras; pareciam um granizo de golpes. Arremetia como um leão furioso, mas saía-lhe ao encontro o licenciado com um tapa-boca da sapatilha da espada, fazendo-lha beijar como se fosse relíquia, porém com menos devoção. Finalmente, o licenciado contou-lhe a estocadas todos os botões da meia sotanilha que trazia vestida, fazendo-lhe em tiras o pano; tirou-lhe o chapéu duas vezes e cansou-o de modo que o bacharel, de despeito, cólera e raiva, agarrou na espada pelos copos e atirou-a para longe com tanta fúria, que a arrojou a três quartos de légua, como afirmou depois um dos lavradores assistentes que a foi buscar. Sentou-se Corchuelo fatigadíssimo, e Sancho disse-lhe, chegando-se a ele:

— Por minha fé, senhor bacharel, se Vossa Mercê quer tomar o meu conselho, daqui por diante não desafie ninguém para esgrimar, mas sim para lutar ou atirar a barra, pois para isso tem idade e

---

11 "Medi com vossos próprios pés."

12 "Aspetadores", italianismo: espectadores.

forças, e destes a que chamam destros esgrimidores ouvi dizer que metem a ponta de um espadim pelo fundo de uma agulha.

— Contento-me — respondeu Corchuelo — com o ter caído da minha burra, e ter-me mostrado a experiência a verdade de que tão longe estava.

E, levantando-se, abraçou o licenciado e ficaram ainda mais amigos do que dantes, e não quiseram esperar o lavrador que tinha ido à busca da espada, por lhes parecer que se demoraria muito, e resolveram seguir o seu caminho, para chegarem cedo à aldeia de Quitéria, donde todos eram.

Foi-lhes descrevendo o licenciado as excelências do jogo da espada, com tantas razões, e com tantas figuras e demonstrações matemáticas, que todos ficaram convencidos da utilidade da ciência, e Corchuelo reduzido da sua pertinácia.

Anoitecera; mas, antes que chegassem, pareceu-lhes ver diante da povoação um céu cheio de inúmeras e resplandecentes estrelas. Ouviram também confusos e suaves sons de instrumentos, como de flautas, pandeiros, saltérios, pífaros; e, quando chegaram perto, notaram que as árvores de uma ramada, que tinham posto à mão, à entrada da aldeia, estavam cheias de luminárias, que o vento não ofendia, porque soprava tão manso, que nem força tinha para agitar as folhas do arvoredo. Os músicos eram os que deviam regozijar a boda, que andavam em diversas quadrilhas por aquele agradável sítio, uns bailando, outros cantando e outros tocando a variedade dos referidos instrumentos. Efetivamente, não parecia senão que por todo aquele prado pulava o contentamento e a alegria. Outros muitos se ocupavam em levantar andaimes, donde pudessem ver comodamente ao outro dia as representações e danças que se haviam de fazer naquele sítio, consagrado à solenização das bodas do opulento Camacho e das exéquias de Basílio. Não quis entrar na aldeia Dom Quixote, apesar de lho pedirem, tanto o lavrador como o bacharel; mas deu por desculpa, no seu entender mais que bastante, ser costume dos cavaleiros andantes dormirem nos campos e florestas, antes que nos povoados, ainda que fosse debaixo de áureos tetos; e com isso afastou-se um pouco do caminho, muito contra vontade de Sancho, que se lembrava do bom alojamento que tivera no castelo ou casa de Dom Diogo.

H. PISAN.

CAPÍTULO XX

Onde se contam as bodas de Camacho, o rico, e o sucesso de Basílio, o pobre

Apenas a branca Aurora dera lugar a que o lúcido Febo, com o ardor dos seus quentes raios, enxugasse as líquidas pérolas do seus cabelos de ouro, Dom Quixote, sacudindo o torpor dos seus membros, pôs-se a pé e chamou o seu escudeiro Sancho, que ainda ressonava, e, antes de o despertar, exclamou:

— Ó tu, bem-aventurado mais do que todos os que vivem na face da terra, pois, sem teres inveja, nem seres invejado, dormes com tranqüilo espírito, sem te perseguirem nigromantes, nem sobressaltarem nigromancias. Dorme, repito, e repetirei cem vezes, sem te inspirarem continuada vigília zelos da tua dama, nem te desvelarem pensamentos de pagar dívidas, nem do que hás de fazer para comer no dia seguinte, tu e a tua pequena e angustiada família, nem a ambição te inquieta, nem a vã pompa do mundo te fatiga, pois os limites dos teus desejos não se estendem além de pensar no teu jumento, que o da tua pessoa carregas nos meus ombros, contrapeso e carga que impuseram a natureza e o costume aos anos. Dorme o criado, está o amo de vela, pensando como o há de sustentar e melhorar, e fazer-lhe mercês. A angústia de ver que o céu se faz de bronze, sem acudir à terra com o conveniente orvalho, não aflige o criado, aflige o amo, que há de sustentar na esterilidade e na fome o que o serviu na fertilidade e na fartura.

A nada disto respondeu Sancho, porque dormia; nem tão cedo despertaria, se Dom Quixote com o conto da lança o não acordasse.

Espertou, enfim, sonolento e pesaroso e, voltando o rosto para todos os lados, disse:

— De acolá daquela ramada, se me não engano, sai um cheiro mais de torresmos que de juncos e de tomilhos: bodas que por tais cheiros começam, benza-me Deus, que me parece que hão de ser fartas e generosas.

— Acaba com isso, glutão — tornou Dom Quixote —, e vamos assistir a esses desposórios, para ver o que faz o desdenhado Basílio.

— Que faça o que quiser — respondeu Sancho —; não fosse ele pobre e veria como desposava logo Quitéria. Então isto é só não ter nem um chavo, e querer casar nas nuvens! Por minha fé, senhor, sou de parecer que o pobre deve contentar-se com o que topar, e não andar à procura de pérolas nos vinhedos[1]. Eu aposto um braço em como Camacho pode sepultar Basílio debaixo de montes de dinheiro; e se isto assim é, como deve ser, bem tola seria Quitéria em largar as jóias e galas, que lhe deve ter dado e lhe pode dar Camacho, para escolher o atirar a barra e o jogar da espada preta de Basílio. Por um bom tiro de barra, ou por uma gentil estocada, não dão na taverna nem um quadrilho de vinho. Habilidades e prendas que não são vendáveis, tenha-as o Conde Dirlos[2], mas, quando as tais prendas caem em quem tem bom dinheiro, queria eu que a minha vida fosse como parecem elas. Com bom cimento se pode levantar um bom edifício, e o melhor cimento do mundo é o dinheiro.

— Por Deus, Sancho — acudiu Dom Quixote —, acaba a tua arenga, que tenho para mim que, se te deixassem concluir todos os aranzéis que a cada passo começas, não te ficaria tempo nem para comer, nem para dormir, que o gastarias todo em falar.

— Se Vossa Mercê tivesse boa memória — replicou Sancho —, deveria lembrar-se dos capítulos do nosso contrato, antes de sairmos de casa esta última vez; um deles foi que me havia de deixar falar à minha vontade, contando que não fosse contra o próximo, nem contra a autoridade de Vossa Mercê, e até agora parece-me que o não violei.

---

[1] Algo impossível de conseguir.

[2] Dirlos, personagem do Romanceiro.

— Não me recordo de semelhante capítulo, Sancho — respondeu Dom Quixote —, e, ainda que assim seja, quero que te cales e que venhas, que já os instrumentos que esta noite ouvimos voltam a alegrar os vales, e sem dúvida os desposórios hão de celebrar-se na frescura da manhã, e não no calor da tarde.

Fez Sancho o que seu amo lhe mandava e, pondo a sela em Rocinante e a albarda no ruço, montaram ambos, e passo a passo foram entrando pela ramada. A primeira coisa que Sancho viu foi uma vitela inteira, metida num espeto que era um tronco de árvore, e no fogo onde se havia de assar ardia um monte de lenha, e seis olhas que estavam à roda da fogueira não se tinham feito na panela comum das outras olhas, mas em seis tinas, que em cada uma cabia um rebanho de carne; por isso, também dentro delas havia carneiros inteiros, que nem se viam, exatamente como se fossem uns borrachos; as lebres esfoladas e as galinhas depenadas que estavam suspensas das árvores, para irem para o caldo, não tinham conta; as aves e caça de vário gênero eram infinitas, penduradas também das árvores, para esfriar. Contou Sancho mais de sessenta odres, de mais de duas arrobas cada um e todos cheios, como depois se viu, de vinhos generosos; havia rumas de pão alvíssimo, como costuma haver montes de trigo nas eiras; os queijos, postos como ladrilhos empilhados, formavam uma muralha, e duas caldeiras de azeite, maiores que as de uma tinturaria, serviam para frigir coisas de massa, que com duas valentes pás se tiravam para fora e iam para dentro de outra caldeira de mel preparado, que ficava próxima. Os cozinheiros e cozinheiras passavam de cinqüenta, todos asseados, diligentes e satisfeitos. No dilatado ventre da vitela estavam doze pequenos leitões que, cozidos por cima, serviam para lhe dar sabor e fazê-la tenra; as várias especiarias parecia que se não tinham comprado aos arráteis, mas às arrobas, e estavam francas numa grande arca.

Finalmente, o aparato da boda era rústico, mas tão abundante, que podia sustentar um exército. Para tudo Sancho Pança olhava, e afeiçoava-se a tudo. Primeiro renderam-no e cativaram-lhe o desejo as olhas de que ele tomaria uma malga de muito bom grado; depois prenderam-lhe a vontade os odres; e ultimamente as massas e doces; afinal, sem poder mais, chegou-se a um dos solícitos cozinheiros e, com razões corteses e famintas, rogou-lhe que lhe deixasse molhar um pedaço de pão numa daquelas olhas.

— Irmão — respondeu-lhe o cozinheiro —, neste dia, graças ao opulento Camacho, não tem a fome jurisdição; apeai-vos, vede se há por aí uma concha, escumai uma ou duas galinhas, e que vos faça muito bom proveito.

— Não vejo nenhuma — respondeu Sancho.

— Esperai! — tornou o cozinheiro — mau pecado! que melindroso e acanhado que vós sois! E, dizendo isto, agarrou numa caçarola e, metendo-a numa das tinas, tirou para fora três galinhas e dois patos, e disse para Sancho:

— Aqui tendes, amigo, e almoçai com esta espuma, enquanto não chega a hora de jantar.

— Não tenho onde a despejar — respondeu Sancho.

— Pois levai a caçarola — tornou o cozinheiro —, que a riqueza e satisfação de Camacho a tudo suprem.

Enquanto se passava isto com Sancho, estava Dom Quixote vendo entrar pela ramada doze lavradores, montados em doze formosíssimas éguas, com ricos e formosos jaezes campestres e muitos guizos nos peitorais, e todos vestidos de gala e de festa, que em concertado tropel deram muitas carreiras pelo prado, com alegre algazarra e gritaria, dizendo:

— Vivam Camacho e Quitéria, ele tão rico como é ela formosa, e ela a mais formosa do mundo.

Ouvindo isto, disse Dom Quixote consigo:

— Bem se mostra que estes não viram Dulcinéia, que, se a tivessem visto, teriam mais tento nos louvores desta sua Quitéria.

Dali a pouco principiaram a entrar, por várias partes da ramada, muitas e diferentes danças, entre as quais vinha uma de espadas, de vinte e quatro zagais, de galhardo parecer e brio, todos vestidos de fino e alvíssimo pano, tendo na cabeça lenços de seda, lavrados de várias cores; e ao que os guiava, que era um ágil mancebo, perguntou um dos das éguas se se tinha ferido algum dos dançarinos.

— Por agora, bendito seja Deus, ninguém se feriu; todos estamos sãos.

E logo principiou a enredar-se com os outros companheiros em tantas voltas, e com tanta destreza que, ainda que Dom Quixote estava acostumado a ver semelhantes danças, nenhuma lhe pareceu tão bem como aquela.

Também lhe agradou outra, que entrou, de donzelas formosíssimas, de catorze a dezoito anos, todas vestidas de uma fazenda verde, com os cabelos em parte entrançados, e em parte soltos, mas todos tão loiros, que podiam competir com os raios do sol, e engrinaldados de jasmins, rosas, amaranto e madressilva. Guiava-as um velho venerável e uma matrona anciã: mas mais ligeiros e desembaraçados do que prometiam os seus anos. Ao som de uma gaita de Zamora, dançavam, mostrando-se as melhores bailarinas do mundo, com a ligeireza nos pés e a honestidade nos olhos.

Em seguida entrou outra dança de artifício, destas a que chamam faladas. Era de oito ninfas, repartidas em duas fileiras, uma guiada pelo deus Cupido, e a outra pelo Interesse: aquele com asas, arco, setas e aljava; este vestido de ouro e seda de ricas e diversas cores. As ninfas que seguiam o Amor traziam os seus nomes escritos nas costas, em pergaminho branco e letras maiúsculas. "Poesia" era o título da primeira, da segunda "Discrição", da terceira "Boa Linhagem", e da quarta "Valentia". Do mesmo modo vinham designadas as que seguiam o Interesse, sendo "Liberalidade" o título da primeira, "Dádiva" a segunda, "Tesouro" a terceira, e a quarta "Posse Pacífica". Adiante de todos vinha um castelo de madeira, puxado por quatro selvagens, todos vestidos de hera e de linho verde tanto ao natural, que iam assustando Sancho. Na frontaria do castelo, e em todas as quatro fachadas, lia-se: "Castelo do Bom Recato". A música era composta de quatro destros tangedores de tamboril e flauta. Dava princípio à dança Cupido, e depois de dois passos erguia os olhos e flechava o arco contra uma donzela que aparecia nas ameias do castelo, e a quem dizia desta maneira:

Eu sou o deus poderoso
No firmamento e na terra,
E no vasto mar undoso
E em tudo o que o abismo encerra
No seu báratro espantoso.
Nunca soube o que era medo;
Tenho o mágico segredo
De conquistar o impossível,
E em tudo quanto é possível
Mando, tiro, ponho e vedo.

Acabou a copla, disparou uma flecha para o alto do castelo e retirou-se para o seu posto. Saiu logo o Interesse e dançou outros dois passos; calaram-se os tamboris e ele disse:

Sou quem pode mais que Amor,
Mas é o Amor que me guia.
Eu sou da estirpe maior,
Que o céu cá no mundo cria,
Mais conhecida e melhor.
Sou o Interesse, com quem
Poucos soem obrar bem;
É milagre o dispensar-me,
E a ti venho consagrar-me
Pra sempre jamais, amém!

Retirou-se o Interesse e deu um passo em frente a Poesia, que, depois de ter dançado como os outros, pondo os olhos na donzela do castelo disse:

Em mil conceitos discretos
A dulcíssima Poesia
A alma cheia de afetos,
Vivos, suaves, te envia,
Envolta entre mil sonetos.
Se acaso te não enfado
Com meu porfiar, teu fado,
Que de inveja a muitos dana,
Levantarei de Diana
Sobre o disco prateado.

Afastou-se a Poesia. Do lado do Interesse saiu a Liberalidade, que, depois de dançados os seus passos, disse:

Chamam Liberalidade
Ao dar, quando se recusa
A ser prodigalidade
E ao contrário ser, que acusa
Tíbia e tímida vontade.
Mas eu, por te engrandecer,
Hoje pródiga hei de ser,
Que, se é vício, e vício honrado,
E de peito enamorado
Que no dar se deixa ver.

Deste modo saíram e se retiraram todas as figuras das duas esquadras, e cada uma dançou os seus passos e disse os seus versos, alguns elegantes e alguns ridículos, e Dom Quixote só ficou de memória (que a tinha grande) com os já referidos, e logo se mesclaram todos, fazendo e desfazendo laços, com gentil donaire e desenvoltura; e, quando passava o Amor por diante do castelo, disparava por alto as suas flechas, mas o Interesse arrojava-lhe alcanzias douradas. Finalmente, depois de ter dançado um grande espaço, o Interesse tirou uma bolsa, feita da pele de um enorme gato romano, que parecia estar cheia de dinheiro, e arrojando-a ao castelo, desconjuntaram-se as tábuas com o golpe e caíram, deixando a donzela sem defesa alguma. Chegou o Interesse com a sua comitiva e, deitando-lhe uma grande cadeia de ouro ao pescoço, deram mostras de a prender, rendê-la e cativá-la; vendo isto o Amor e os seus companheiros, quiseram tirar-lha, e todas as demonstrações que se faziam eram ao som dos tamboris, bailando e cantando concertadamente. Puseram-nos em paz os selvagens, que com muita presteza voltaram ao castelo, e a donzela de novo se encerrou dentro dele; e nisto acabou a dança, com grande contentamento dos espectadores.

Perguntou Dom Quixote a uma ninfa quem a compusera e ordenara. Respondeu-lhe que fora um beneficiado daquele povo, que tinha grande cabeça para essas invenções.

— Aposto — disse Dom Quixote — que é mais amigo de Camacho que de Basílio, e mais dado a sátiras que a ladainhas; encaixou bem na dança as habilidades de Basílio e as riquezas de Camacho.

Sancho Pança, que ouvia tudo, disse:

— O rei é meu galo[3], e por isso, viva Camacho!

— Afinal — acudiu Dom Quixote —, bem se mostra que és vilão, e daqueles que dizem: "Viva quem vencer!"

— Não sei de quem sou, nem de quem não sou — respondeu Sancho —, mas o que sei é que nunca de olhas de Basílio tirarei tão boa escuma como tirei das de Camacho.

E mostrou-lhe a caçarola cheia de patos e de galinhas; e, agarrando numa das aves, começou a comer, dizendo:

---

[3] "O rei é meu galo": o mais valente triunfará.

— Lá vai nas barbas das habilidades de Basílio, que, tanto tens, tanto vales. Só há duas linhagens no mundo, como dizia minha avó, que são ter e não ter, e ela ao ter é que se pegava; e hoje em dia, Senhor Dom Quixote, mais se toma o pulso ao haver que ao saber; um burro coberto de ouro parece melhor que um cavalo albardado. Assim, torno a dizer: viva Camacho, que tem por fartas escumas nas suas olhas patos e galinhas, coelhos e lebres, e as de Basílio não têm senão água chilra.

— Acabaste a tua arenga, Sancho? — perguntou Dom Quixote.

— Acabo — respondeu Sancho —, porque vejo que Vossa Mercê se aflige com ela, que, se isso não se pusesse de permeio, tinha obra cortada para três dias.

— Praza a Deus, Sancho — tornou Dom Quixote —, que eu antes de morrer te veja mudo.

— Pelo caminho que levamos — redargüiu Sancho —, quando Vossa Mercê morrer já eu estarei comendo barro, e então poderá ser que esteja tão mudo que não dê palavra até o fim do mundo, ou pelo menos até o dia de juízo.

— Ainda que isso assim suceda, Sancho — tornou Dom Quixote —, nunca chegará o teu silêncio ao que chegou o que falaste, falas e hás de falar na tua vida; e demais, é do curso natural das coisas vir primeiro o dia da minha morte que o da tua; e assim, suponho que nunca te verei mudo, nem quando estiveres bebendo ou dormindo, que é o mais que posso encarecer.

— Por minha fé, senhor — respondeu Sancho —, não há que fiar na descarnada, quero dizer, na morte, que tanto come cordeiro como carneiro, e ao nosso cura ouvi eu dizer que pisa com igual pé as altas torres dos reis e as humildes choças dos pobres. Tem esta senhora mais poder que melindre, não é de má boca, de tudo come, e enche os alforjes com toda a casta de gentes, de idades e de preeminências. Não é segador que durma a sesta, porque a toda a hora corta e ceifa, tanto a erva verde como a seca, e não parece que mastiga, mas que traga e engole tudo quanto se lhe põe diante, porque tem fome canina, que nunca se farta; e, ainda que não tem barriga, dá a entender que está hidrópica e sedenta de beber todas as vidas de quantos vivem, como quem bebe um jarro de água fria.

— Basta, Sancho — acudiu Dom Quixote —, e fica-te por aí, e não te deixes cair, que na verdade o que disseste da morte em teus rústicos termos é o que poderia dizer um bom pregador. Digo-te, Sancho que, assim como tens boa índole, se tivesses discrição, poderias tomar um púlpito e ir por esse mundo pregando lindezas.

— Prega bem quem vive bem — respondeu Sancho —, e eu não sei de outras *tologias*[4].

— Nem precisas — redargüiu Dom Quixote —; mas o que eu não percebo é como, sendo o temor de Deus o princípio de toda a sabedoria[5], tu, que tens mais medo de um lagarto do que de Ele, sabes tanto.

— Julgue Vossa Mercê, senhor, as suas cavalarias — respondeu Sancho —, e não se meta em julgar de temores e de valentias alheias, que eu temo tanto a Deus como qualquer vizinho, e deixe-me Vossa Mercê a contas com estas aves, que o mais tudo são palavras ociosas, de que nos hão de pedir contas na outra vida.

E, dizendo isto, principiou de novo a dar assalto à caçarola, com tamanho apetite, que despertou o de Dom Quixote, o qual sem dúvida o ajudaria, se o não o impedisse o que é forçoso que adiante se diga.

---

[4] "Teologia".

[5] Provérbios, 1, 7. "Timor Domini principium sapientiae".

H. PISAN

G. Doré
H. PISAN.

CAPÍTULO XXI

Em que prosseguem as bodas de Camacho, com outros saborosos sucessos

Enquanto estavam Dom Quixote e Sancho com as razões referidas no capítulo antecedente, ouviram-se grandes brados e grande ruído, originados pelos das éguas que, em grande carreira e com grande algazarra, iam receber os noivos, os quais, rodeados de mil gêneros de invenções, vinham acompanhados pelo cura e pela parentela, e por toda a gente mais luzida dos lugares circunvizinhos, todos vestidos de gala. E, quando Sancho viu a noiva, disse:

— Por minha fé, não vem vestida de lavradeira, sim de garrida palaciana. Por Deus, que, segundo diviso, as patenas[1] que devia trazer são ricos corais, o vestido é do mais rico veludo, e as guarnições de cetim! Vejam-me aquelas mãos, todas cheias de anéis de ouro, e de bom ouro, com pérolas brancas como leite, que deve cada uma valer um olho da cara. E que cabelos, que, se não são postiços, nunca os vi na minha vida mais compridos, nem mais loiros. Na figura não se lhe pode pôr nem o mais leve senão, e só se compara a uma palmeira que se move, carregada com fartos cachos de tâmaras, que a tâmaras se assemelham os dixes que traz pendentes

[1] Espécie de lâmina larga com alguma insígnia de devoção que as lavradoras levavam ao peito.

dos cabelos e da garganta! Juro, pela salvação da minha alma, que é uma moça de truz, e que pode passar pelos bancos da Flandres[2].

Riu-se Dom Quixote dos rústicos louvores de Sancho Pança, e pareceu-lhe que, pondo de parte a sua adorada Dulcinéia del Toboso, nunca vira mulher mais formosa. Vinha a linda Quitéria um pouco descorada, e isso devia ser pela má noite que sempre passam as noivas a arranjar-se para a festa das suas bodas. Iam-se aproximando dum teatro[3], que estava para um lado do campo, adornado de alfombras e ramos, onde se haviam de celebrar os esponsais, e donde haviam de ver as danças e as invenções. Quando eles chegavam a esse sítio, ouviram de repente por trás de si muitas vozes, e uma que dizia:

— Esperai um pouco, gentes inconsideradas e pressurosas.

A estas vozes e a estas palavras, todos voltaram a cabeça, e viram que as dava um homem vestido com um saio negro, matizado de chamas escarlates. Vinha coroado de funéreo cipreste, empunhava um grande cajado; quando mais se aproximava conheceram todos que era o galhardo Basílio, e ficaram suspensos, esperando em que viriam a dar as suas vozes e as suas palavras, receando que tivesse mau resultado a sua vinda nessa ocasião. Chegou, enfim, cansado e sem alento e, pondo-se diante dos desposados, fincando o cajado no chão, porque tinha no conto uma ponta de aço, de cor mudada e com os olhos postos em Quitéria, com voz tremenda[4] e rouca, disse:

— Bem sabes, ingrata Quitéria, que conforme a santa lei que professamos, vivendo eu, não podes tomar esposo, e também não ignoras que por eu esperar que o tempo e a minha diligência melhorassem os meus bens de fortuna, não quis deixar de guardar o decoro que à tua honra cumpria; mas tu, deitando para trás das

---

[2] Bancos da Flandres eram bancos de areia formados pelo mar, graduados em forma de escalões, verdadeiro perigo se os navegantes encalhavam neles. Também significava as casas bancárias flamengas, e ainda as camas feitas com madeira de Flandres, com o que a frase ganha certo sentido picaresco. Não fica muito clara a interpretação da passagem, mas provavelmente Sancho usa a frase com duplo sentido, aludindo naturalmente à consumação do matrimônio de Quitéria.

[3] "Teatro": aqui, lugar da ação de um feito.

[4] "Trêmula."

costas todas as obrigações que deves ao meu bom desejo, queres dar o que é meu a outro, a quem as riquezas dão boníssima ventura; e para que a tenha no seu auge (não como eu entendo que a merece, mas como os céus lha querem dar), por minhas mãos desfarei o impossível, ou o obstáculo que pode estorvar-lha, tirando-me de permeio. Viva! viva o opulento Camacho, com a ingrata Quitéria, largos e felizes séculos, e morra, morra o pobre Basílio, a quem a pobreza cortou as asas da sua dita, e o pôs na sepultura!

Dizendo isto, arrancou do cajado que encravara no chão, e de dentro dele desembainhou um curto estoque, nesse cajado oculto; e encostando ao solo o que se podiam chamar os copos, com leve desenfado e resoluto propósito arrojou-se para cima dele, e num momento lhe saiu pelas costas metade da lâmina afiada e ensangüentada, ficando o triste banhado em sangue e estendido no chão, traspassado pelas suas próprias armas. Acudiram logo os seus amigos a valer-lhe, condoídos da sua miséria e lastimosa desgraça, e, deixando Dom Quixote a Rocinante, correu a socorrê-lo, e tomou-o nos braços, e viu que ainda não expirara. Quiseram-lhe tirar o estoque, mas o cura, que estava presente, foi de parecer que lho não tirassem antes dele se confessar, porque o tirar-lho seria o sinal da sua morte. Mas, voltando um pouco a si, Basílio, com voz plangente e frouxa, disse:

— Se quisésseis, cruel Quitéria, dar-me neste último e horrível transe a mão de esposa, ainda eu pensaria que podia desculpar-se a minha temeridade, pois com ela alcançava o bem de ser teu.

O cura, ouvindo isto, disse-lhe que atendesse à salvação da alma, antes que aos prazeres do corpo, e que pedisse a Deus perdão dos seus pecados, e da sua desesperada resolução. A isto respondeu Basílio que se não confessaria por caso algum, se primeiro Quitéria lhe não desse a mão de esposa; que esse contentamento lhe robusteceria a vontade e lhe daria ânimo para se confessar. Ouvindo Dom Quixote a petição do ferido, disse que Basílio pedia uma coisa muito justa e razoável, e, além disso, muito fácil de realizar, e que o Senhor Camacho tão honrado ficaria casando com a Senhora Quitéria, viúva do valoroso Basílio, como se a recebesse das mãos de seu pai.

— Não haverá mais que um "sim", que não teria outro efeito senão o de ser pronunciado, pois que o tálamo destas bodas tinha de ser a sepultura.

Tudo isto ouviu Camacho, suspenso e confuso, sem saber o que havia de fazer, nem o que havia de dizer, mas os brados dos amigos de Basílio foram tantos, a pedirem-lhe que consentisse no casamento de Quitéria, para que Basílio não perdesse a sua alma, que o moveram e forçaram a dizer que, se Quitéria queria dar-lhe a mão de esposa, ele não se oporia, pois tudo se cifrava em dilatar por pouco tempo o cumprimento dos seus desejos.

Correram logo todos a Quitéria, e uns com rogos, outros com lágrimas, outros com eficazes razões, lhe persuadiram que desposasse o pobre Basílio; e ela, mais dura do que o mármore, quieta como uma estátua, mostrava não saber, nem poder, nem querer responder uma só palavra, nem responderia, se o cura lhe não dissesse que resolvesse depressa o que havia de fazer, porque Basílio tinha a alma nos dentes, e não podia esperar determinações irresolutas. Então a formosa Quitéria, sem dizer palavra, turbada e, segundo parecia, triste e pesarosa, chegou ao sítio onde Basílio estava já com os olhos revirados, a respiração curta e precipitada, murmurando o nome de Quitéria, dando mostras de morrer como gentio e não como cristão.

Aproximou-se, enfim, Quitéria, e, ajoelhando, pediu-lhe a mão por gesto, e não por palavras. Voltou os olhos para ela Basílio e, mirando-a atentamente, disse-lhe:

— Ó Quitéria! vieste a ser piedosa no momento em que a tua piedade há de ser o punhal que acabe de me tirar a vida, pois já não tenho forças para poder com a glória que me dás, escolhendo-me para teu noivo, nem para suspender a dor, que tão apressadamente me vai velando os olhos com a sombra espantosa da morte. O que eu te peço, ó minha fatal estrela, é que este enlace não seja por cumprimento, nem para me enganar de novo, mas que confesses e digas que, sem forçares a tua vontade, me entregas e me dás a tua mão como a teu legítimo esposo, pois não é razão que mesmo num transe como este me iludas, ou uses de fingimento com quem sempre contigo tratou lealmente.

E, dizendo isto, desmaiava de modo que todos os presentes pensavam que em cada desmaio lhe fugiria a alma. Quitéria, toda honesta e vergonhosa, agarrando com a mão direita na mão de Basílio, disse-lhe:

— Não haveria força que pudesse torcer a minha vontade, e assim com meu livre-alvedrio te dou a mão de legítima esposa, e recebo a tua, se ma dás de livre vontade, sem que a turbe nem a contraste a calamidade produzida pela tua precipitada resolução.

— Dou, sim — respondeu Basílio —, não turbado nem confuso,

PISAN

mas com o claro entendimento que o céu me concedeu, e assim me entrego por teu esposo.

— Eu por tua esposa — respondeu Quitéria —, quer vivas por largos anos, quer te arranquem dos meus braços para a sepultura.

— Este moço, para os ferimentos que tem, muito fala — acudiu Sancho Pança —; digam-lhe que atenda à sua alma, que, ao que me parece, tem-na mais na língua que nos dentes.

Estando, pois, de mãos dadas Basílio e Quitéria, o cura, comovido e choroso, deitou-lhes a bênção, e pediu ao céu que salvasse a alma do novo esposo, o qual, assim que recebeu a bênção, com grande ligeireza se pôs de pé, e com pasmosa desenvoltura arrancou o estoque, a que o seu corpo servia de bainha. Ficaram todos os circunstantes admirados, e alguns deles, mais simples do que curiosos, em altas vozes começaram a bradar:

— Milagre! milagre!

Mas Basílio respondeu:

— Não é milagre, milagre, mas indústria, indústria!

O cura, atônito e desnorteado, correu com ambas as mãos a apalpar a ferida, e viu que o estoque atravessara não a carne, nem as costelas de Basílio, mas um tubo oco de ferro que ele tinha ali perfeitamente acomodado, como depois se soube. Finalmente, o cura e Camacho, com todos os mais circunstantes, consideraram-se burlados e escarnecidos. A esposa não deu mostras de ter pena da burla, antes, ouvindo dizer que aquele casamento, por ter sido enganoso, não tinha validade, asseverou que de novo o confirmava, do que todos coligiram que fora com seu consentimento e conhecimento que aquele caso se planeara, do que tão corridos ficaram Camacho e os seus amigos que confiaram das suas mãos a sua vingança, e, desembainhando as espadas, arremeteram a Basílio, a favor do qual imediatamente se desembainharam também outras muitas; e tomando a dianteira a todos Dom Quixote a cavalo, com a lança em riste e bem coberto com o seu escudo, abria caminho. Sancho, a quem nunca aprouveram nem consolaram semelhantes feitos, acolheu-se às tinas, donde tirara a sua agradável ração, parecendo-lhe que aquele lugar, como sagrado, o haviam todos de respeitar. Dom Quixote dizia em altos brados:

— Tende-vos, senhores! tende-vos! que não é razão que tireis vingança dos agravos que o amor nos faz, e adverti que o amor e a guerra são a mesma coisa: e assim como na guerra é coisa lícita e costumada usar de ardis e estratagemas para vencer o inimigo, também nas contendas e competências amorosas se não estranham os embustes, que se põem por obra para conseguir o fim a que se aspira, contanto que não seja em menoscabo e desabono do objeto amado. Quitéria pertencia a Basílio e Basílio a Quitéria, por justa e favorável disposição do céu. Camacho é rico, e poderá comprar o seu gosto onde, como e quando quiser. Basílio não tem mais do que esta ovelha, e ninguém lha há de tirar, por muito poderoso que seja, que os que Deus junta não os pode o homem separar; e quem o intente passará primeiro pela ponta desta lança.

E nisto, manejou-a com tanta força e destreza, que infundiu pavor em todos os que o não conheciam; e tão intensamente se fixou na imaginação de Camacho o desdém de Quitéria, que num instante lha apagou da memória, e assim se rendeu às persuasões do cura, varão prudente e bem-intencionado, ficando assim Camacho e os da sua parcialidade pacíficos e sossegados, e embainharam as espadas, culpando mais a facilidade de Quitéria do que a indústria de Basílio, discorrendo Camacho que, se Quitéria em solteira amava Basílio, continuaria a amá-lo depois de casada, e que devia dar graças ao céu, mais por lha ter tirado do que por lha ter dado.

Consolados, pois, e tranqüilos Camacho e os do seu bando, todos os de Basílio sossegaram também, e o opulento Camacho, para mostrar que não sentia a burla, nem fazia caso dela, quis que as festas prosseguissem como se realmente casasse; mas não quiseram assistir a elas nem Basílio, nem sua esposa, nem os seus sequazes, que também os pobres, virtuosos e discretos, têm quem os siga, honre e ampare, como os ricos têm quem os lisonjeie e acompanhe. Levaram consigo Dom Quixote, considerando-o homem de valor. Só a Sancho se lhe escureceu a alma, por se ver impossibilitado de aguardar o jantar esplêndido e as festas de Camacho, que duraram até a noite; e assim, macambúzio e triste, seguiu seu amo, que ia com os companheiros de Basílio, e teve de abandonar as panelas do Egito[5], ainda que as levava na alma, e a já quase consumida e acabada escuma da caçarola representava-lhe a abundância do bem que perdia; e assim acabrunhado e pensativo, mas sem fome, seguiu, sem se apear do ruço, as pisadas de Rocinante.

[5] A vida regalada e fácil, reminiscência bíblica do livro dos Números.

CAPÍTULO XXII

Onde se dá conta da grande aventura da cova de Montesinos, que está no coração de La Mancha, e a que pôs feliz termo o valoroso Dom Quixote de la Mancha

Grandes e muitos foram os regalos com que os noivos serviram a Dom Quixote, obrigados pelas demonstrações que ele fizera para defender a sua causa, e, a par da valentia, gabaram-lhe a discrição, tendo-o por um Cid nas armas e por um Cícero na eloqüência. O bom Sancho refocilou-se três dias à custa dos noivos, dos quais se soube que não foi traça combinada com a formosa Quitéria o ferir-se fingidamente Basílio, mas sim indústria deste, esperando o feliz resultado que se vira; é verdade que confessou que dera parte do seu pensamento a alguns dos seus amigos, para que, logo que fosse necessário, favorecessem a sua intenção e auxiliassem o seu engano.

— Não se podem, nem se devem chamar enganos — disse Dom Quixote — os que miram a virtuosos fins.

E o de casarem dois namorados não podia ser fim mais excelente, advertindo que o amor não tem maior contrário que a fome, porque o amor é todo alegria, regozijo, contentamento, principalmente quando o amante está de posse do objeto amado, de que são inimigas a necessidade e a pobreza; e acrescentou que dizia tudo isto com intenção de que se deixasse o Senhor Basílio de exercitar as habilidades que sabe, que lhe davam mais fama que proveito, e que atendesse a granjear fazenda, por meios lícitos e industriosos, que nunca faltam aos prudentes e trabalhadores. O pobre honrado (se pode ser honrado o pobre) arrisca-se, em ter mulher formosa, que, se lha tiram, lhe tiram a honra. Mulher honrada e formosa, com marido pobre, merece ser coroada com os lauréis e palmas do vencimento e do triunfo. A formosura, só por si, atrai as vontades de todos os que a vêem e conhecem, e, como a cordeirinho gostoso, procuram empolgá-las as águias e os pássaros altaneiros; mas se à formosura se juntam o aperto e a necessidade, também a investem os corvos, os milhafres e as outras aves de rapina, e a que resiste a tantos ataques bem merece chamar-se coroa de seu marido.

— Olhai, discreto Basílio — acrescentou Dom Quixote —, foi opinião de não sei que sábio que só havia em todo o mundo uma mulher boa, e dava por conselho que todos pensassem e acreditassem que a sua era essa, e assim viveriam contentes. Eu não sou casado, e até agora não pensei em casar, e, contudo, atrever-me-ia a aconselhar, a quem o desejasse, o modo como havia de procurar esposa. Primeiro aconselhar-lhe-ia que olhasse mais à fama que à fazenda, porque a mulher boa não alcança boa fama só com o ser boa, mas também com parecê-lo, que muito mais prejudicam a honra das mulheres as desenvolturas e liberdades públicas, do que as maldades secretas. Se levas mulher já de si boa para tua casa, não será difícil conservá-la assim e até melhorá-la; mas se a levas má, meter-te-ás em trabalhos, querendo emendá-la, que não é muito fácil passar dum para outro extremo. Não digo que seja impossível, mas tenho-o por dificultoso.

Ouvia tudo isto Sancho, e disse de si para si:

— Este meu amo, quando eu digo coisas de substância e de acerto, costuma asseverar que eu podia tomar um púlpito nas mãos e ir por esse mundo fora pregando lindezas. Eu então sustento que, com ele principiando a encadear sentenças e a dar conselhos, não só pode tomar um púlpito mas uns poucos, e andar por essas praças a pregar sermões, que seja só pedir por boca. Valha-te o Diabo, cavaleiro andante, que tantas coisas sabes: eu pensava cá no meu bestunto que ele só podia saber o que dizia respeito às suas cavalarias, mas não há nada em que não debique e em que não meta a sua colherada.

Sancho dizia isto a meia voz; entreouviu-o seu amo, e perguntou-lhe:

— Que estás para aí a resmungar, Sancho?

— Eu não estou a resmungar — tornou Sancho —, o que estava era a dizer comigo que bem quisera ter ouvido a Vossa Mercê antes de me casar, que talvez eu agora dissesse: o boi solto lambe-se todo.

— Tão má é a tua Teresa, Sancho?! — observou Dom Quixote.

— Não é muito má, mas também não é muito boa; pelo menos, não é tão boa como eu queria — respondeu Sancho.

— Não fazes bem, Sancho, em dizeres mal da tua mulher, que, afinal de contas, é mãe de teus filhos.

— Não ficamos a dever nada um ao outro — tornou Sancho —, que também ela diz mal de mim quando se lhe oferece ocasião, principalmente em tendo ciúmes, que então nem Satanás a atura.

Finalmente, estiveram três dias em casa dos noivos, onde foram amimados e servidos como reis. Pediu Dom Quixote ao destro licenciado que lhe desse um guia que o encaminhasse à cova de Montesinos, porque tinha grandes desejos de penetrar lá dentro e de ver com os seus olhos se eram verdadeiras as maravilhas que a esse respeito se referiam por todos aqueles contornos. O licenciado disse-lhe que lhe daria um primo seu, famoso estudante e muito afeiçoado à leitura de livros de cavalaria, que de muito boa vontade o conduziria à entrada da cova, e lhe mostraria as lagoas de Ruidera, famosas em toda a Mancha e até em toda a Espanha, e que ele lhe daria agradável entretenimento, porque era moço que sabia fazer livros para imprimir e para dedicar a príncipes. Enfim, o primo veio com uma besta prenhe, cuja albarda era coberta por um vistoso chairel. Selou Sancho Rocinante, aparelhou o ruço, recheou os alforjes, o mesmo fez o primo do licenciado, e, encomendando-se a Deus e despedindo-se de todos, tomaram o rumo da famosa cova de Montesinos.

De caminho perguntou Dom Quixote ao primo quais eram a sua profissão e estudos; ao que ele respondeu que a sua profissão era a de literato, os seus estudos compor livros para dar à estampa, todos de grande proveito e não menor entretenimento: um intitulava-se *O dos trajos*, em que pintava setecentos e tantos trajos, com as suas cores, divisas e motes, onde podiam os cavaleiros cortesãos, em tempo de festa, procurar os que lhes agradassem, sem os andar pedindo a ninguém, nem quebrar a cabeça para os arranjar conformes com os seus desejos e intenções.

— Porque dou ao olvidado, ao amante, ao zeloso, ao desdenhado, os trajos que mais lhe convêm. Tenho outro livro também, que hei de chamar *Metamorfoses*, ou *Ovídio espanhol*, de invenção nova e rara, porque nele, parodiando Ovídio, pinto quem foram a Giralda de Sevilha e o anjo da Madalena[1], o cano de Vecinguerra em Córdoba, os touros de Guisando, a serra Morena, as fontes de Leganitos e de Lavapés em Madri, sem esquecer a do Piolho, a do Cano Dourado, a da Prioresa[2]; isto com as suas alegorias, metáforas e translações, de modo que alegram, suspendem e ensinam ao mesmo tempo. Tenho outro livro, que chamo *Suplemento a Virgílio Polidoro*[3], que trata da invenção das coisas, e que é de grande erudição e estudo, porque as que deixou de dizer Polidoro, averiguo-as eu e declaro-as em gracioso estilo. Esqueceu-se Virgílio de nos dizer quem foi a primeira pessoa que teve catarro no mundo; e o primeiro que tomou as unções para livrar-se do mal-gálico[4]; declaro-o eu ao pé da letra, e fundamento-o com mais de vinte e cinco autores; veja Vossa Mercê se trabalhei ou não trabalhei para ser útil a toda a gente.

Sancho, que ouvira muito atento a narração do primo, acudiu:

— Diga-me, senhor, assim Deus lhe dê mão direita[5] na impressão de seus livros; poder-me-á dizer, sim, saberá já que sabe tudo, quem foi o primeiro homem que coçou a cabeça, que eu entendo que devia ser nosso pai Adão?

— Seria, seria — respondeu o primo —, porque não há dúvida que Adão teve cabelo e cabeça e, sendo ele o primeiro homem do mundo, alguma vez se havia de coçar.

— Também creio — retrucou Sancho —; mas diga-me agora: quem foi o primeiro volteador do mundo?

— Na verdade, irmão — respondeu o primo —, agora não saberei responder de pronto, mas eu estudarei o caso quando voltar para o sítio onde tenho os meus livros, e lhe responderei, quando nos encontrarmos outra vez, que não há de ser esta a última.

---

[1] O anjo da Madalena é uma veleta em forma de anjo em Salamanca, com um pomo na mão e na outra uma cabeleira, alusão ao ato de ungir os pés do Senhor.

[2] Nomes de fontes de Madri.

[3] Refere-se ao humanista italiano Polidoro Virgílio, cuja obra *De inventoribus rerum* foi traduzida para o espanhol por Francisco Támara em 1550.

[4] "Mal-gálico" deve ser peste ou sífilis.

[5] "Boa sorte."

H. PISAN.

— Pois, meu senhor — tornou Sancho —, não se dê a esse trabalho, que me parece que já me ocorre uma resposta. Saiba que o primeiro volteador do mundo foi Lúcifer, quando o arrojaram do céu, que veio às voltas e reviravoltas desabar nos abismos.

— Tens razão, amigo — respondeu o primo.

— Essa pergunta e essa resposta não são tuas — acudiu Dom Quixote —; a alguém as ouviste dizer.

— Cale-se, senhor — replicou Sancho —, que se eu me meto a fazer perguntas e respostas, não acabo nem amanhã. Para perguntar tolices e responder disparates não preciso andar a pedir o auxílio dos vizinhos.

— Mais disseste do que sabes — tornou Dom Quixote —, que há pessoas que se cansam em averiguar coisas que, depois de averiguadas, nada valem, nem para o entendimento nem para a memória.

Nestas e noutras saborosas práticas se passou aquele dia, e à noite albergaram-se numa pequena aldeia, onde o primo disse a Dom Quixote que dali à cova de Montesinos eram só duas léguas, e que, se estava resolvido a entrar lá dentro, se fornecesse de cordas para se amarrar e engolfar-se na sua profundidade. Dom Quixote disse que, ainda que chegasse ao abismo, havia de ver onde ia ter, e assim compraram quase cem braças de corda, e no dia seguinte, às duas da tarde, chegaram à caverna, cuja boca é espaçosa e larga, mas cheia de urzes, de tojos e de sarças e silvas, tão espessas e intrincadas, que de todo em todo a cegam e encobrem. Ao vê-la, apearam-se o primo, Sancho e Dom Quixote, a quem os outros dois amarraram logo fortissimamente com as cordas; e enquanto o cingiam, disse-lhe Sancho:

— Veja Vossa Mercê, meu senhor, o que vai fazer; não se queira sepultar em vida, de modo que pareça garrafa que se põe a esfriar dentro dum poço, tanto mais que a Vossa Mercê não lhe compete esquadrinhar esta cova, que deve ser pior que uma masmorra.

— Ata e cala-te — respondeu Dom Quixote —; que empresa como esta para mim estava guardada.

E então disse o guia:

— Suplico a Vossa Mercê, Senhor Dom Quixote, que veja bem e espreite com cem olhos o que há lá dentro; talvez encontre coisas que eu possa inserir no livro das transformações.

— Está em boas mãos o pandeiro; verá como o tocam — respondeu Sancho Pança.

Dito isto, e bem amarrado Dom Quixote (que não o foi sobre as armas mas sobre o gibão), disse o cavaleiro:

— Andamos pouco advertidos em não nos termos provido de alguma campainha, cujo som vos indicaria que eu continuava a descer e estava vivo; mas já que não tem remédio, nas mãos de Deus me entrego.

E pôs-se de joelhos imediatamente, e fez em voz baixa uma oração ao céu, pedindo a Deus que o ajudasse e lhe desse bom êxito naquela aventura, tão nova e tão perigosa; e em voz alta continuou:

— Ó senhora das minhas ações, caríssima e incomparável Dulcinéia del Toboso, se é possível que cheguem aos teus ouvidos as preces e rogos deste teu venturoso amante, por tua inaudita beleza te peço que os escutes, pois ciframse apenas em implorar-te que te não recuses a dar-me o teu favor e amparo, agora que tanto deles preciso. Vou despenhar-me, sepultar-me e sumir-me no abismo, que aqui se me escancara, só para que o mundo conheça que, se tu me favoreceres, não haverá impossível que eu não cometa e alcance.

E, dizendo isto, acercou-se da cova e, vendo que era impossível abrir caminho, a não ser à força de braços e à cutilada, desembainhando a espada, começou a derribar e a cortar as silvas que estavam na boca da caverna, a cujo ruído e estrondo saíram da espessura grande número de corvos e de gralhas, tão densos e apressados, que atiraram com Dom Quixote ao meio do chão; e se ele fosse tão supersticioso como bom católico e cristão teria isto por mau agouro e não se meteria em semelhante lugar.

Finalmente levantou-se, e, vendo que não saíam mais corvos, nem outras aves noturnas, como morcegos, que vieram entre os corvos, dando-lhe corda o primo e Sancho, deixaram-no deslizar para o fundo da espantosa caverna, e benzendo-o Sancho mil vezes, disse:

— Deus te guie e a Penha de França e a Trindade de Gaeta[6], flor, nata e espuma da cavalaria andante. Vai, valentão do mundo, coração de aço, braços de bronze; Deus te guie e te traga são e sem cautela à luz desta vida, que deixas para te enterrares nessa escuridão que procuras.

---

[6] "Penha de França" é Nossa Senhora da Penha de França; Trindade de Gaeta é um templo e um mosteiro da cidade de Nápoles.

Iguais preces e invocações fez o primo.

Ia Dom Quixote bradando que lhe dessem corda e mais corda, e eles iam-lha dando a pouco e pouco; e, quando as vozes, que saíam canalizadas, deixaram de ouvir-se, já eles tinham largado as cem braças. Foram de parecer que puxassem Dom Quixote, visto que lhe não podiam dar mais corda; ainda assim, demoraram-se a sua meia hora, e, passado esse tempo, tornaram a puxar a corda com muita facilidade e sem o menor peso, sinal que lhes fez crer que Dom Quixote ficava lá dentro; e Sancho, supondo isso, chorava amargamente e puxava com muita pressa; mas, chegando, pelos seus cálculos, a pouco mais de oitenta braças, sentiram peso, e com isso muito se alegraram; finalmente, quando faltavam só dez braças, viram distintamente Dom Quixote, a quem Sancho bradou, dizendo:

— Seja Vossa Mercê muito bem-vindo, que já pensávamos que ficava lá dentro para fazer geração.

Mas Dom Quixote não respondia palavra, e, tirando-o de todo para fora, viram que trazia os olhos fechados, parecendo adormecido. Estenderam-no no chão e desligaram-no; e, com tudo isso, não despertava. Mas tanto o viraram e reviraram, tanto sacudiram e menearam, que, ao cabo de muito tempo, voltou a si, espreguiçando-se, como se despertasse de grande e profundo sono; e olhando para todas as partes, como espantado, disse:

— Deus vos perdoe, amigos, que me tirastes a mais saborosa e agradável vida e vista, que nenhum humano nunca viu nem passou. Efetivamente, agora acabo de conhecer que todos os contentamentos desta existência passam como sombra e sonho, ou murcham como a flor do campo[7]. Ó desditoso Montesinos! ó malferido Durandarte! ó desventurada Belerma! ó choroso Guadiana, e vós outras infelizes filhas de Ruidera, que mostrais nas vossas águas as que choraram os vossos formosos olhos!

Com grande atenção escutavam Sancho e o primo as palavras de Dom Quixote, que as dizia como se as arrancasse, com dor

---

[7] "A julgar por esta reflexão", comenta Rodríguez Marín, "em vez da cova de Montesinos, pensar-se-ia que Dom Quixote acabava de sair de uma cátedra de Escritura, pois suas palavras parecem calcadas sobre as do livro de Jó: 'Sicut umbra dies nostri sunt ... Homo natus de muliere ... qui quasi flos egreditur et conteritur, et fugit velut umbra ...'"

imensa das entranhas. Suplicaram-lhe que lhes explicasse o que dizia, e lhes narrasse o que vira naquele inferno.

— Chamais-lhe inferno! — disse Dom Quixote — não lhe chameis assim, que o não merece, como vereis logo.

Pediu que lhe dessem alguma coisa de comer, que trazia muitíssima fome. Estenderam o chairel do jumento do guia sobre a verde relva, foram à despensa dos alforjes, e, sentados todos três em boa companhia, merendaram e cearam ao mesmo tempo. Levantada a improvisada mesa, disse Dom Quixote de la Mancha:

— Não se levante ninguém, e ouçam-me todos dois com atenção.

H. PISAN

CAPÍTULO XXIII

Das admiráveis coisas que o extremado Dom Quixote contou que vira na profunda cova de Montesinos, coisas que, pela impossibilidade e grandeza, fazem que se considere apócrifa esta aventura

Seriam quatro horas da tarde, quando o sol, encoberto e entre nuvens, com escassa luz e temperados raios permitiu a Dom Quixote contar, sem calor nem incômodo, aos seus dois claríssimos ouvintes, o que vira na cova de Montesinos; e começou do seguinte modo:

— A coisa de doze ou catorze estádios[1], nas entranhas desta caverna, fica à mão direita uma concavidade espaçosa, capaz de caber dentro dela um grande carro com as suas mulas. Entra ali, coada por algumas fendas, que, abertas na superfície, bem longe ficam, uma tenuíssima luz. Esta concavidade vi eu, quando já ia mofino e cansado de me sentir suspenso e de caminhar preso à corda por aquela escura região abaixo, sem levar certo nem determinado rumo, e assim resolvi entrar e descansar um pouco. Bradei, pedindo-vos que não largásseis mais corda, até que eu vo-lo dissesse; mas creio que me não ouvistes. Fui juntando a corda que mandáveis e arranjando com ela um rolo, em que me sentei, muito pensativo, considerando o que havia de fazer para chegar ao fundo, não tendo quem me segurasse; estando eu neste cismar e nesta confusão, de

[1] Medida equivalente à altura de um homem.

repente salteou-me um sono profundíssimo e, quando menos o pensava, sem saber como, nem como não, despertei e achei-me no meio do mais deleitoso prado que pôde criar a natureza ou fantasiar a mais discreta imaginação humana. Arregalei os olhos, esfreguei-os e vi que não dormia, mas que estava perfeitamente desperto. Contudo, sempre tenteei a cabeça e o peito, para me certificar se era eu mesmo que ali estava, ou algum fantasma vão; mas o tato, o sentimento, os discursos concertados que fazia entre mim, me certificaram que era eu ali então o mesmo que sou agora aqui. Ofereceu-se-me logo à vista um verdadeiro e suntuoso palácio ou alcáçar, cujos muros pareciam fabricados de claro e transparente cristal, donde saiu, ao abrirem-se duas grandes portas, e veio direito a mim, um ancião venerável, coberto com um capuz de baeta roxa, que arrastava pelo chão. Vestia por baixo uma batina de cetim verde, trazia uma negra gorra milanesa, e a barba alvíssima descia-lhe abaixo da cintura; não tinha armas, tinha apenas na mão um rosário de contas maiores que nozes, e os padre-nossos eram do tamanho de ovos de avestruz; o porte, o andar, a gravidade e a majestade da presença suspenderam-me e assombraram-me. Chegou a mim, e a primeira coisa que fez foi abraçar-me estreitamente e dizer logo: "Há largos tempos, valoroso Dom Quixote de la Mancha, que todos os que estamos encantados nesta soledade esperamos ver-te, para que dês notícia ao mundo do que encerra e cobre a profunda cova por onde entraste, chamada a cova de Montesinos, façanha só guardada para ser cometida por teu invencível coração e por teu ânimo estupendo. Vem comigo, claríssimo senhor, que te quero mostrar as maravilhas solapadas[2] neste transparente alcáçar, de que eu sou alcaide e guarda-mor perpétuo, porque sou o próprio Montesinos, que dá nome à cova". Apenas ele me disse que era Montesinos, logo lhe perguntei se era verdade o que no mundo cá de cima se contava, que ele tirara, com uma pequena adaga, o coração do seu grande amigo Durandarte, para o levar à Senhora Belerma, como Durandarte ordenara quando morrera[3]. Respondeu-

---

[2] "Escondidas."

[3] Durandarte e seu primo Montesinos pertenciam à hoste de Carlos Magno. Durandarte morreu em Roncesvalles e pediu a Montesinos que lhe tirasse o coração para entregá-lo a Belerma.

me que em tudo diziam verdade, e que a adaga era buída[4] e mais aguda que uma sovela.

— Devia ser — disse Sancho — de Ramão de Hoces, o Sevilhano[5].

— Não sei — prosseguiu Dom Quixote —, mas parece-me que não seria, porque Ramão de Hoces viveu ontem por assim dizer, e a Batalha de Roncesvalles, onde sucedera esta desgraça, feriu-se há muitos anos; e essa averiguação é pouco importante e não turba nem altera a verdade e contexto da história.

— Assim é — respondeu o primo —; prossiga Vossa Mercê, Senhor Dom Quixote, que o estou ouvindo com o maior gosto que se pode imaginar.

— Não pode ser mais do que aquele com que o estou contando — respondeu Dom Quixote —, e, assim, digo que o venerável Montesinos introduziu-me no cristalino palácio, onde, numa sala baixa e fresquíssima sobremodo, e toda de alabastro, havia um sepulcro de mármore, fabricado com grande primor, sobre o qual vi um cavaleiro estendido em todo o seu comprimento, não de bronze, nem de mármore, nem de jaspe, como os costuma haver nos nossos sepulcros, mas de carne e osso. Tinha a mão direita (que me pareceu cabeluda e nervosa: sinal de grande força) posta sobre o lado do coração; e, antes de eu perguntar coisa alguma, Montesinos, vendo-me suspenso a contemplar o do sepulcro, disse-me: "Este o meu amigo Durandarte, flor e espelho dos cavaleiros enamorados e valentes do seu tempo. Tem-no aqui encantado, como me tem a mim e a muitos outros e outras, Merlim[6], aquele nigromante francês, que dizem que foi filho do Diabo, e o que eu creio é que não foi filho do Diabo, mas que soube, como dizem, ainda mais do que ele. O motivo por que nos encantou ninguém o sabe, e ele o dirá, em chegando os tempos marcados, que imagino que não estão muito longe. O que me admira é que seja tão certo, como ser dia agora, o acabar Durandarte a sua vida nos meus braços, e que depois de morto, lhe arranquei o coração com as minhas próprias mãos, coração que não devia pesar menos de dois arráteis, porque se afirma que quanto

[4] Afiada ou estriada em três canais.

[5] Não está provado quem foi este personagem.

[6] A lenda de Merlim o apresenta como filho do Diabo.

maior é o coração dum homem, maior é a sua valentia. Pois, sendo isto assim, e tendo realmente morrido este cavaleiro, por que é que se queixa e suspira agora, de quando em quando, como se estivesse vivo?" Nisto, o mísero Durandarte, com um grande brado, disse:

> Ó meu primo Montesinos,
> Uma coisa vos pedia:
> Que, em eu dando a Deus minh'alma,
> E meu corpo à terra fria;
> Meu coração a Belerma
> Leveis, sem tardar um dia,
> Arrancando-me do peito
> Com a adaga luzidia.

Ao ouvir estas palavras, o venerável Montesinos pôs-se de joelhos ante o triste cavaleiro, e exclamou: "Senhor Durandarte, meu caríssimo primo, fiz o que mandastes no aziago dia da nossa perda; arranquei-vos o coração o melhor que pude, sem vos deixar no peito a mínima parte dele, limpei-o com um lenço de rendas, parti de carreira para França, tendo-vos entranhado primeiro no seio da terra, com tantas lágrimas, que bastaram para me lavar as mãos, e limpar o sangue que as tingia; e, por sinal, primo da minha alma, no primeiro sítio que topei, ao sair de Roncesvalles, salguei o vosso coração, para que não cheirasse mal, e fosse, se não fresco, pelo menos de salmoura, à presença da Senhora Belerma, a qual, convosco e comigo, e com Guadiana vosso escudeiro, e com a Dona Ruidera e suas sete filhas e duas sobrinhas, e com outros muitos dos vossos conhecidos e amigos, estamos aqui encantados pelo sábio Merlim, há muitos anos e ainda que passe de quinhentos anos nenhum de nós morre; só nos faltam Ruidera, suas filhas e sobrinhas, que, compadecendo-se Merlim das suas lágrimas, foram convertidas em outras tantas lagoas, que no mundo dos vivos e na província da Mancha se chamam lagoas de Ruidera; as sete pertencem aos reis de Espanha, e as duas sobrinhas aos cavaleiros duma ordem santíssima, que chamam de São João. Guadiana, vosso escudeiro, chorando a vossa desgraça, foi convertido num rio, a quem deu o nome; que, apenas chegou à superfície da terra e viu o sol do outro céu, tamanho pesar sentiu de ver que vos deixava, que se submergiu nas entranhas da terra; mas, como não é possível deixar de acudir a sua natural corrente, de quando em quando sai e mostra-se onde o sol e a gente o vejam. Vão-no fornecendo das suas águas as referidas lagoas, e com essas e outras muitas entra pomposo e grande em Portugal. Mas, por onde vai, revela a sua tristeza e melancolia, e não se orgulha de criar nas suas águas peixes de regalo e de estimação, mas sim grosseiros e dessaborosos, muito diferentes dos peixes do áureo Tejo; isto que vos disse agora, meu primo, muitas vezes vo-lo tenho dito, e, como me não respondeis, imagino que me não acreditais nem ouvis; e Deus sabe o que me pesa. Umas novas vos quero dar agora, que, ainda que não sirvam de alívio à vossa dor, pelo menos não a aumentarão de modo algum. Sabei que tendes aqui, na vossa presença (abri os olhos, e vê-lo-eis), aquele grande cavaleiro, de quem tantas coisas profetizou o sábio Merlim, aquele Dom Quixote de la Mancha, que de novo, e com maiores vantagens que nos passados séculos, ressuscitou a já olvidada cavalaria andante, por cujo meio e favor poderia ser que nós outros fôssemos desencantados; que as grandes façanhas para os grandes homens estão guardadas". "E quando assim não seja", respondeu o triste Durandarte, com voz desmaiada e baixa, "quando assim não seja, paciência, e toca a baralhar as cartas[7]." E, voltando-se para o outro lado, tornou ao seu habitual silêncio. Ouviram-se nisto grandes alaridos e prantos, acompanhados de profundos suspiros e angustiados soluços. Voltei a cabeça, e pelas paredes de cristal vi que passava por outra sala uma procissão de duas fileiras de formosíssimas donzelas, todas vestidas de luto, com turbantes brancos ao modo turco. No coice da procissão vinha uma senhora, grave e vestida de preto, com touca branca tão estendida e larga que beijava o chão. O seu turbante era o dobro do maior de qualquer outra; tinha os sobrolhos muito unidos, o nariz um tanto esborrachado, a boca grande, e os lábios corados; os dentes, que de vez em quando mostrava, eram ralos e mal-postos, ainda que alvos como amêndoas sem casca; trazia nas mãos um lenço finíssimo, e dentro dele um coração tão seco, que parecia mumificado. Disse-me Montesinos que toda aquela gente eram servidores de Durandarte e de Belerma, que estavam encantados com os seus amos, e que a última, que trazia o coração no lenço e nas mãos, era a Senhora Belerma, que fazia quatro dias por semana aquela procissão com as suas damas, cantando, ou, para melhor dizer, chorando endechas sobre o corpo

[7] Refrão dos jogadores perdedores.

e sobre o coração de seu primo; e que, se me parecera feia, ou pelo menos não tão formosa como dizia a fama, eram causa disso as más noites e piores dias que passava naquele encantamento, como podia ver nas suas grandes olheiras e na sua palidez. "E não vem esse estado do mal mensal, habitual nas fêmeas, que é coisa que ela não tem desde que aqui está, mas da dor que o seu coração sente, que lhe renova e lhe traz à memória a cada momento o outro coração que tem nas mãos, e que lhe é inspirada pela desgraça do seu malogrado amante; que, se não fosse isso, apenas a igualaria em formosura, donaire e brio a grande Dulcinéia del Toboso, tão celebrada em estes contornos e até em todo o mundo." "Alto lá, Senhor Dom Montesinos", disse eu então, "conte Vossa Mercê a história como deve, que bem sabe que tudo quanto são comparações é odioso; a sem-par Dulcinéia é quem é, e a Senhora Belerma é quem é e quem foi, e fiquemos por aqui." "Senhor Dom Quixote", respondeu ele, "perdoe Vossa Mercê, que eu confesso que andei mal em comparar a Senhora Belerma com a Senhora Dulcinéia, porque soube que esta era a sua dama, e isso me devia bastar para eu morder a língua e não a comparar senão com o próprio céu." Com esta satisfação que me deu o grande Montesinos, aquietou-se o meu coração do sobressalto que tive, quando ouvi comparar a minha Senhora Dulcinéia com Belerma.

— E ainda me espanto — redargüiu Sancho — de Vossa Mercê não trepar pelo velhote, não lhe moer os ossos a pontapés e não lhe arrepelar as barbas, sem lhe deixar um cabelo.

— Não, Sancho — respondeu Dom Quixote —, não me ficava bem fazer isso, porque todos somos obrigados a respeitar os anciãos, ainda que não sejam cavaleiros, e muito mais os que o são e estão encantados; mas olha que não ficamos a dever nada um ao outro nas perguntas e respostas que houve entre nós.

— O que eu não sei, Senhor Dom Quixote — observou o primo do licenciado —, foi como Vossa Mercê em tão curto espaço de tempo viu tanta coisa e falou e respondeu tanto.

— Quanto tempo estive eu lá embaixo? — perguntou Dom Quixote.

— Cerca duma hora — respondeu Sancho.

— Isso não pode ser — redargüiu Dom Quixote —, porque lá me anoiteceu e amanheceu três vezes de forma que pelas minhas contas estive três dias naquelas partes remotas e escondidas à vista humana.

— Deve ser verdade o que meu amo diz — acudiu Sancho —, porque como tudo lhe sucedeu por obra de encantamento, talvez nos parecesse uma hora o que lá deve parecer três dias com três noites.

— E Vossa Mercê não comeu em todo esse tempo, meu senhor? — perguntou o primo do licenciado.

— Não meti na boca nem uma hóstia de pão e não tive nem sombra de fome.

— E os encantados comem? — tornou o primo.

— Não comem, nem descomem — disse Dom Quixote —, ainda que muita gente é de opinião que lhes crescem as unhas, as barbas e os cabelos.

— E dormem? — perguntou Sancho.

— Não, por certo — disse Dom Quixote —; pelo menos, nestes três dias em que estive com eles, nenhum pregou olho, nem eu tampouco.

— Aqui é que vem de molde o rifão de dize-me com quem andas, dir-te-ei as manhas que tens. Anda Vossa Mercê com encantados que jejuam e velam, já se vê que não dorme nem come; mas, perdoe-me Vossa Mercê, leve-me São Pedro, ia a dizer o Diabo, se acredito uma só palavra de tudo quanto Vossa Mercê disse.

— Como não acredita! — acudiu o primo — pois o Senhor Dom Quixote havia de mentir, quando, ainda que o quisesse, não teve tempo nem ocasião para compor e imaginar tanto milhão de patranhas!

— Eu não suponho que meu amo minta.

— Então o que é que supões? — perguntou Dom Quixote.

— Suponho — respondeu Sancho — que aquele Merlim ou aqueles nigromantes que Vossa Mercê viu lá embaixo lhe encasquetaram na cachimônia ou na memória toda essa manivérsia que nos contou e tudo o que lhe fica por contar.

— Podia muito bem ser, Sancho — replicou Dom Quixote —, mas não foi, porque o que contei vi-o com os meus olhos e toquei-o com as minhas mãos. Mas que dirás tu em eu te referindo que entre outras mil coisas e maravilhas que Montesinos me mostrou (que devagar e a seu tempo te irei contando no decurso da nossa viagem), me apresentou três lavradeiras, que por aqueles ameníssimos campos brincavam e pulavam como cabras, e, apenas as vi, conheci logo que uma delas era a incomparável Dulcinéia, e que as outras duas eram as lavradeiras que vinham com ela e a quem falamos à saída de El Toboso? Perguntei a Montesinos se as conhecia; respondeu-me que não, mas que supunha que seriam algumas damas principais encantadas, que havia poucos dias que tinham aparecido naqueles prados; e que me não espantasse disso, porque ali estavam muitas outras damas das eras passadas e presentes, encantadas em diferentes e estranhas figuras, entre as quais conhecia ele a Rainha Ginevra e a sua Dona Quintanhona, que deitara vinho a Lançarote, na sua volta da Bretanha.

Quando Sancho Pança ouviu dizer isto a seu amo, pensou em morrer de riso, porque sabendo a verdade do fingido encantamento de Dulcinéia, a quem ele levantara esse falso testemunho, acabou de conhecer indubitavelmente que seu amo estava doido varrido, e disse:

— Em má conjuntura e em aziago dia desceu Vossa Mercê, meu caro patrão, ao outro mundo, e em má ocasião se encontrou com o Senhor Montesinos, que tal nos voltou. Muito bem estava Vossa Mercê cá em cima, com todo o seu juízo, como Deus lho dera, dizendo sentenças e dando conselhos a cada passo, e não agora contando os maiores disparates que se podem imaginar.

— Como te conheço, Sancho — respondeu Dom Quixote —, não faço caso das tuas palavras.

— Nem eu das de Vossa Mercê — replicou Sancho —, ainda que me fira ou me mate pelas que lhe digo e pelas que lhe tenciono dizer, se nas suas se não corrigir e emendar. Mas diga-me Vossa Mercê, agora que estamos em paz, como é que conheceu a nossa senhora ama? e se lhe falou, que lhe disse, e que lhe respondeu?

— Conheci-a — tornou Dom Quixote — por vestir o mesmo fato que trazia, quando tu ma mostraste. Falei-lhe, mas não me respondeu palavra; antes, pelo contrário, voltou-me as costas e foi fugindo com tanta pressa, que a não alcançaria nem uma seta. Quis segui-la, e tê-lo-ia feito, se Montesinos me não aconselhasse que me não cansasse com semelhante corrida, que seria baldada, e tanto mais que se aproximava a hora em que me cumpria sair da caverna. Disse-me também que, pelo tempo adiante, eu seria avisado do modo como os poderia desencantar a ele, a Belerma, a Durandarte e a todos os outros que ali estavam; mas o que mais me penalizou de tudo o que vi e notei foi que, estando Montesinos a dizer-me tudo isto, chegou-se a mim, sem eu dar pela sua aproximação, uma das duas companheiras da desventurada Dulcinéia, e com os olhos rasos de água e com voz turbada e baixa, disse-me:

"'Dulcinéia del Toboso, minha ama, beija as mãos a Vossa

Mercê, e pede-lhe que lhe mande dizer como está, e por ter de acudir a uma grande urgência, suplica a Vossa Mercê, o mais encarecidamente que pode, seja servido emprestar-lhe sobre esta saia de algodão nova, que aqui trago, meia dúzia de reais, ou os que Vossa Mercê trouxer, que lhe dá a sua palavra de lhos restituir em breve.' Pasmei com este recado e, voltando-me para Montesinos, perguntei-lhe: 'É possível, Senhor Montesinos, que encantados tão principais padeçam necessidades?' 'Creia-me Vossa Mercê, Senhor Dom Quixote de la Mancha', respondeu-me ele, 'que isso a que chamam necessidade em toda a parte se usa, a tudo se estende e tudo alcança, e nem aos encantados perdoa; e se a Senhora Dulcinéia del Toboso lhe manda pedir esses seis reais, e o penhor é bom, ao que parece, não há remédio senão dar-lhos, que ela está sem dúvida nalgum grande aperto.' 'Penhor não lho tomo eu', respondi, 'mas também lhe não dou o que me pede, porque só tenho comigo quatro reais.' E dei-lhos, que foram os que tu me passaste para a mão, Sancho, para eu dar de esmola aos pobres que topasse pelos caminhos; e acrescentei: 'Dizei, amiga minha, a vossa ama, que muito me pesa dos seus trabalhos; que desejaria ser um Fúcar[8] para os remediar, e que lhe faço saber que não tenho nem devo ter saúde, carecendo da sua agradável presença e discreta conversação, e lhe suplico, o mais encarecidamente que posso, seja Sua Mercê servida deixar-se ver e tratar por este seu cativo servidor e desvairado cavaleiro. Dir-lhe-eis também que, quando menos pensar, ouvirá dizer que fiz um juramento e um voto, como o que fez o Marquês de Mântua de vingar seu sobrinho Valdovino, quando deu com ele a expiar no meio da serra, que consistiu em não comer pão em toalha, e outras trapalhadas, enquanto o não vingasse; e eu também jurarei não ter sossego e andar as sete partidas do mundo, como o Infante Dom Pedro de Portugal, enquanto a não desencantar"[9]. 'Tudo isso, e muito mais, deve Vossa Mercê a minha ama', respondeu a donzela. E, pegando nos meus quatro reais, em vez de me fazer uma mesura, deu uma cabriola que a ergueu duas varas no ar."

---

[8] Banqueiros de Augsburgo, os mais famosos da sua época; tiveram um palácio em Almagro e numerosos interesses em Castela.

[9] Alusão ao Infante Dom Pedro de Portugal, pai do Condestável, a quem Santillana dirigiu seu *Proêmio*, e rei intruso da Catalunha. "As sete partidas do mundo" parece uma clara contaminação das famosas *Partidas* (leis compiladas por Dom Afonso, o Sábio, que as dividiu em sete partes).

— Ó Senhor Deus! — exclamou Sancho, com um grande brado — é possível que haja no mundo, e que tanta força tenham, nigromantes e encantamentos, que assim trocaram o bom juízo de meu amo em tão disparatada loucura? Ó senhor, senhor, em nome de Deus, olhe Vossa Mercê para si, cuide na sua honra e não dê crédito a essas asneiras que lhe dão volta ao miolo!

— Como me queres bem, Sancho — tornou Dom Quixote —, falas dessa maneira, e como não és experimentado nas coisas do mundo, tudo o que é um pouco difícil te parece impossível; mas o tempo correrá, como disse ainda agora, e eu te contarei outras coisas que lá embaixo vi, e que te farão acreditar nas que te refiro, cuja verdade não admite nem réplica nem disputa.

CAPÍTULO XXIV

Onde se contam mil bagatelas tão impertinentes como necessárias ao verdadeiro entendimento desta grande história

Diz o tradutor desta grande história que, chegando ao capítulo da aventura da cova de Montesinos, viu que estavam escritas à margem, pelo próprio punho de Cide Hamete Benengeli, as seguintes razões:

"Não me posso persuadir que Dom Quixote passasse exatamente tudo o que se refere no anterior capítulo, porque todas as aventuras sucedidas até agora têm sido verossímeis, mas à desta cova não lhe acho caminho para a considerar verdadeira, por ir tão fora dos termos razoáveis. Pensar eu que Dom Quixote mentisse, sendo o mais verídico fidalgo e o mais nobre cavaleiro do seu tempo, não é possível; que Dom Quixote não diria uma mentira nem que o asseteassem. Por outra parte, considero que ele a contou e a disse com todas as circunstâncias mencionadas, e que não pôde fabricar em tão breve espaço tão grande máquina de disparates; e, se esta aventura parece apócrifa, não tenho culpa; e assim, sem afirmar que seja falsa ou verdadeira, a escrevo. Tu, leitor, como és prudente, julga o que te parecer, que eu não devo, nem posso mais, ainda que se tem por certo que à hora da morte Dom Quixote se retratou neste ponto e confessou que o inventara, por lhe parecer que quadrava bem com as aventuras que lera nas histórias de cavalaria."

E logo prossegue, dizendo:

Espantou-se o primo tanto do atrevimento de Sancho Pança como da paciência do amo, e julgou que da alegria que lhe dera o ver a Senhora Dulcinéia, ainda que encantada, lhe nascia aquela brandura de condição que então mostrava; porque, se assim não fosse, palavras e razões lhe disse Sancho que mereciam uma boa sova, porque realmente lhe pareceu que andava atrevidito com seu amo, e disse:

— Eu, Senhor Dom Quixote, dou por muitíssimo bem empregada a jornada que fiz com Vossa Mercê, porque nela granjeei quatro coisas. Primeira, haver conhecido a Vossa Mercê, o que tenho por grande felicidade. Segunda, ter sabido o que se encerra nesta cova de Montesinos, com as transformações do Guadiana e das lagoas de Ruidera, que me servirão para o Ovídio espanhol, que trago entre mãos. Terceira, conhecer a antiguidade das cartas de jogar, que pelo menos já se usavam no tempo do Imperador Carlos Magno, como se pode coligir das palavras que Vossa Mercê conta, que disse Durandarte, quando, depois da grande fala que lhe fez Montesinos, ele despertou, dizendo: "Paciência, e baralhemos as cartas". E este modo de falar, decerto que o não aprendeu depois de encantado, mas sim em França e no tempo do Imperador Carlos Magno. Esta averiguação vem mesmo ao pintar para outro livro que estou compondo, e que é *Suplemento de Virgílio Polidoro na invenção das antiguidades*; e creio que Polidoro não se lembrou de pôr a invenção das cartas, como eu a porei agora, o que será de muita importância, principalmente alegando eu autor tão verdadeiro e grave, como é o Senhor Durandarte. A quarta é ter sabido com certeza onde fica a nascente do rio Guadiana, até agora ignorada das gentes.

— Tem Vossa Mercê razão — disse Dom Quixote —; mas eu desejaria saber, se lhe derem licença de imprimir esses livros, do que duvido, a quem tenciona dedicá-los.

— Há muitos e grandes fidalgos em Espanha a quem se podem dedicar — tornou o primo.

— Não há muitos — respondeu Dom Quixote —; não porque não mereçam dedicatórias, mas porque não as querem aceitar, para não se obrigarem à satisfação que parece dever-se ao trabalho e cortesia dos seus autores. Um príncipe conheço eu, que pode suprir a falta dos outros com tantas vantagens que, se eu ousasse dizê-las, talvez despertasse a inveja em mais de quatro peitos generosos[1]; mas fique isto para outra ocasião mais cômoda, e vamos procurar sítio onde nos recolhamos esta noite.

— Não longe daqui — respondeu o guia — está uma ermida, onde reside um anacoreta, que dizem que foi soldado, e tem fama de ser bom cristão, discreto e caritativo. Junto da ermida tem uma pequena casa, que mandou fazer à sua custa, mas que, apesar de pequena, ainda chega para receber hóspedes.

— Terá galinhas o tal ermitão? — perguntou Sancho.

— Poucos ermitões as deixam de ter — acudiu Dom Quixote —, porque os de agora já não são como os dos desertos do Egito, que se vestiam de folhas de palmeira e comiam raízes da terra. E não se imagine que por louvar uns não louvo os outros, mas quero dizer que ao rigor e estreiteza dos antigos não chegam as forças dos modernos; mas por isso não deixam de ser todos bons, e eu, pelo menos, como tais os considero; e, ainda que tudo corra turvo, menos mal faz o hipócrita do que o público pecador.

Estando nesta conversação, viram vir um homem a pé, caminhando apressado e dando verdascadas num macho carregado de lanças e de alabardas. Quando chegou perto deles, cumprimentou-os e passou de largo. Dom Quixote disse-lhe:

— Detende-vos, honrado homem, que parece que ides com mais diligência do que esse macho comporta.

— Não me posso demorar, senhor — respondeu o homem —, porque as armas que aqui levo, como vedes, hão de servir amanhã, e assim é forçoso que me não demore, e adeus. Mas, se quiserdes saber para que as levo, eu tenciono esta noite ir dormir à venda que fica acima da ermida; e, se seguis o mesmo caminho, ali me encontrareis, e eu vos contarei maravilhas.

E por tal forma verdascou o macho, que Dom Quixote não pôde perguntar-lhe que maravilhas eram essas que tencionava contar-lhes; e, como era curioso e o perseguiam sempre desejos de saber coisas novas, determinou ir passar a noite na venda, sem parar na ermida onde o primo do licenciado queria que ficassem. Assim se fez, montaram a cavalo e seguiram todos os três direitos à venda, onde chegaram pouco antes de anoitecer. Dissera o primo do licenciado a Dom Quixote que entrassem na ermida para beber uma

---

[1] Alusão ao Conde de Lemos.

pinga. Apenas Sancho Pança ouviu isto, logo para lá dirigiu o ruço e o mesmo fizeram Dom Quixote e o guia; mas a má sorte de Sancho ordenou que o ermitão não estivesse em casa, que assim lho disse uma sota-ermitão[2] que encontraram. Pediram-lhe do caro[3]. Respondeu-lhes que era coisa que lá não havia, mas que se queriam água de graça, lha daria de muito boa vontade.

— Se eu tivesse vontade de beber água — respondeu Sancho —, há no caminho muitos poços, onde a teria satisfeito! Ah! bodas de Camacho! farturas da casa de Dom Diogo! quantas vezes hei de ter saudades vossas!

Nisto, saíram da ermida e seguiram para a venda, e daí a pedaços toparam um rapazito, que ia caminhando adiante deles, mas sem grande pressa, e por isso logo o apanharam. Levava a espada ao ombro, e suspensa da espada uma trouxa, que provavelmente havia de ser do fato, também que deviam ser as calças ou calções e adornos e alguma camisa, porque vestia uma roupeta de veludo com alguns vislumbres de cetim e a camisa de fora; mas as meias eram de seda e os sapatos quadrados à moda da corte. Seria moço de dezoito a dezenove anos, ágil, de fisionomia alegre, e cantava seguidilhas para entreter o caminho. Quando se aproximaram, ia ele cantando uma que dizia assim:

À guerra me levam as necessidades;
Tivesse eu dinheiro, não fora, em verdade[4].

O primeiro que lhe falou foi Dom Quixote, dizendo-lhe:

— Muito à ligeira caminha Vossa Mercê, senhor galã[5]. E para onde vai? Saibamo-lo, se não tem dúvida em o dizer.

A isto respondeu o moço:

— O caminhar vestido tanto à ligeira, motivam-no o calor e a pobreza, e para onde vou é para a guerra.

— A pobreza como? — perguntou Dom Quixote. — Lá o calor entendo eu.

— Senhor — tornou o mancebo —, levo nesta trouxa uns

---

[2] Criada de ermitão.

[3] Vinho de preço alto.

[4] Seguidilha de dois versos, como se costumava fazer na época.

[5] "Senhor galã", tratamento familiar e festivo.

G. Doré

calções de veludo companheiros desta roupeta; se os gasto, não me posso honrar com eles na cidade, e não tenho dinheiro para comprar outros; e tanto por isso, como para me arejar, vou desta maneira, até alcançar umas companhias de infantaria, que estão a umas doze léguas daqui; nessas companhias assentarei praça, e não faltarão mulas de bagagens que me levem ao sítio do embarque, que dizem que há de ser em Cartagena; antes quero servir na guerra el-rei, e tê-lo por amo e senhor, do que a qualquer figurão da corte.

— E Vossa Mercê, porventura, leva algum posto? — perguntou o primo.

— Se eu tivesse servido um grande de Espanha, ou qualquer personagem principal, decerto que o levaria — respondeu o moço —, que isso se lucra em servir os grandes; passa-se do tinelo a ser-se alferes ou capitão, ou a ter uma boa pensão; mas eu, desventurado, servi sempre a uns pelintras de rendimentos tão minguados, que se lhes ia metade em pagar o engomado dum cabeção, e seria milagre que um pajem aventureiro alcançasse alguma coisa que razoável fosse.

— Mas diga-me lá, amigo — tornou Dom Quixote —, é possível que nenhum dos amos que serviu lhe desse ao menos uma libré?

— Houve dois que ma deram — respondeu o pajem —, mas assim como àquele que sai duma ordem religiosa antes de professar lhe tiram o hábito e lhe restituem o fato secular, assim me faziam os meus amos, que, acabados os negócios que os traziam à corte, voltavam para suas casas e levavam as librés, que só por ostentação me tinham dado.

— Insigne vileza! — redargüiu Dom Quixote — mas felicite-se por ter saído da corte com tão boa intenção como essa que leva, porque não há outra coisa na terra, de mais honra e mais proveito, do que servir a Deus primeiramente, e logo em seguida ao seu rei e senhor natural, especialmente no exercício das armas, pelas quais se alcança, se não mais riquezas, pelo menos mais honra do que pelas letras, como eu tenho dito muitas vezes; que ainda que as letras têm fundado mais morgados do que as armas, há nestas, contudo, mais esplendor, que lhes dá vantagens. E isto que lhe quero dizer agora, leve-o na memória que lhe será de muito proveito e alívio nos seus trabalhos, e é que aparte a imaginação dos sucessos adversos que puderem acontecer, que o pior de todos é a morte. Perguntaram a Júlio César (o valoroso imperador romano) qual era a melhor morte. Respondeu que era a impensada, a súbita e imprevista; e, ainda que respondeu como gentio e bem alheio ao conhecimento do verdadeiro Deus, com tudo isso não disse mal, para se poupar ao sentimento humano[6]. Ainda que vos matem na primeira facção ou refrega, ou com um tiro de peça, ou indo pelos ares com a explosão duma mina, que importa? tudo é morrer; e, segundo diz Terêncio, melhor parece o soldado morto na batalha, do que vivo e salvo na fuga[7]: e tanto maior fama alcança o bom soldado, quanto maior é a sua obediência aos capitães e aos que o podem mandar; e, reparai, filho, que fica melhor ao soldado cheirar a pólvora que a âmbar; e se a velhice vos colher nesse honroso exercício, ainda que seja cheio de feridas, estropiado e coxo, pela menos não vos poderá colher sem honra, e tal, que a pobreza vo-la não poderá menoscabar; tanto mais, que já se vai tratando de alimentar e remediar os soldados velhos e estropiados, porque não é bem que se faça com eles o que fazem os que resgatam os seus negros quando já são velhos e não podem servir, e, pondo-os fora de casa com o título de forros, os fazem escravos da fome, escravidão de que só podem resgatar-se com a morte; por agora nada mais vos digo, senão que monteis na anca do meu cavalo até à venda, e ali ceareis comigo; pela manhã seguireis vosso caminho, e Deus vo-lo dê tão bom como os vossos bons desejos merecem.

O pajem não aceitou o convite para montar a cavalo, mas aceitou o da ceia; e Sancho, entretanto, dizia de si para si: “Valha-te Deus, que pode; como é que um homem que sabe tais, tantas e tão boas coisas como as que acaba de proferir afirma também que viu os impossíveis disparates que conta da cova de Montesinos? Ele o dirá”.

Nisto, chegaram à venda, quando já ia a anoitecer, e Sancho ficou mui satisfeito por ver que seu amo a tomou por verdadeira venda e não por castelo, como costumava. Apenas entraram, logo Dom Quixote perguntou ao vendeiro pelo homem das lanças e das alabardas, e o vendeiro disse-lhe que estava na cavalariça a acomodar o macho; o mesmo fizeram Sancho e o guia aos seus jumentos, dando a Rocinante o melhor lugar da estrebaria.

---

[6] Aparece em Suetônio, *Vida de César*, LXXXVII.

[7] Não é de Terêncio, mas é um pensamento muito repetido naquela época.

H. PISAN

CAPÍTULO XXV

Onde se aponta a aventura do zurro, e a graciosa do homem dos títeres, com as memoráveis adivinhações do macaco

Não descansou Dom Quixote enquanto não pôde ouvir e saber as maravilhas prometidas pelo almocreve das armas. Foi-o buscar ao sítio onde o vendeiro lhe dissera que ele estava; encontrou-o e instou-o para que lhe dissesse logo o que lhe havia de dizer depois, acerca do que lhe perguntara no caminho.

O homem respondeu-lhe:

— Mais devagar, e sem ser de pé hei de contar as minhas maravilhas; deixe-me Vossa Mercê, meu bom senhor, acabar de tratar do macho, que eu lhe direi coisas que o espantem.

— Lá nisso não esteja a dúvida — respondeu Dom Quixote —, que eu vos ajudarei em tudo.

E assim o fez, começando logo a tratar da ração do animal e da limpeza da manjedoura, humildade que obrigou o homem a contar-lhe com muito boa vontade o que ele lhe pedia; e sentando-se num poial, e Dom Quixote junto dele, tendo por senado e auditório o primo, o pajem, Sancho Pança e o vendeiro, principiou a dizer desta maneira:

— Saberão Vossas Mercês que num lugar que fica a quatro léguas e meia desta venda sucedeu que a um regedor, por indústria e engano duma rapariga sua criada (e isto são contos largos), lhe faltou um burro; e, apesar de o tal regedor fazer as possíveis diligências para o encontrar, não o conseguiu. Teriam passado quinze dias, segundo é pública voz e fama, quando uma vez, estando ele na praça, outro regedor do mesmo povo lhe disse: "Dai-me alvíssaras, compadre, que o vosso jumento apareceu". "Eu vo-las mandarei, e boas, compadre", respondeu o primeiro, "mas saibamos onde é que ele está." "No monte o vi eu esta manhã", tornou o outro, "sem albarda nem aparelho de espécie alguma, e tão magro, que era uma compaixão; quis ver se o apanhava, e se vo-lo trazia; mas está já tão bravio e montês, que apenas me cheguei a ele fugiu a sete pés e sumiu-se; se quereis que vamos ambos procurá-lo, deixai-me pôr esta burrica lá em casa, que eu já volto." "Grande favor me fareis", tornou o dono do burro, "e eu procurarei pagar-vo-lo na mesma moeda." Com estas circunstâncias todas, e do modo que eu vou contando, o referem os que estão inteirados da verdade deste caso. Enfim, os dois regedores foram a pé até o monte e, chegando ao sítio onde supuseram encontrar o jumento, não o acharam, nem apareceu em todos aqueles contornos, por mais que o procurassem. Vendo, pois, que não aparecia, disse o regedor, que o encontrara, para o outro: "Olhai, compadre, lembrei-me agora duma traça, com a qual sem dúvida alguma poderemos descobrir o maldito animal, ainda que esteja metido nas entranhas da terra; e é que eu sei zurrar admiravelmente, e se vós também sabeis alguma coisa, está tudo concluído". "Alguma coisa, dizeis vós, compadre?", tornou o dono do burro; "por Deus, que nisso ninguém se me avantaja, nem os próprios jumentos." "Agora o veremos", redargüiu o segundo regedor; "ide vós por um lado e eu por outro, de modo que rodeemos todo o monte, e de espaço a espaço zurrareis vós e zurrarei eu, e, se o jumento por cá estiver, decerto nos ouve e nos responde." "Digo, compadre, que a graça é excelente e digna do vosso grande engenho." Separaram-se os dois, conforme o combinado, e sucedeu que zurraram quase ao mesmo tempo, e enganado cada um pelo zurro do outro, correram julgando que aparecera o jumento, e, ao encontrarem-se, disse o dono: "É possível, compadre, que não fosse o meu burro que orneou?" "Fui eu", respondeu o outro. "Agora digo", tornou o dono, "que em zurrar sois um asno perfeito, porque nunca ouvi na minha vida coisa mais própria." "Esses louvores e encarecimentos", respondeu o inventor da traça, "melhor vos cabem a vós do que a mim, compadre; que, pelo Deus que me criou, podeis dar dois zurros de partido ao maior e mais perito zurrador deste mundo; porque o som que tendes é alto, o sustenido da voz a tempo e compasso, zurros muito encadeados, e, enfim, dou-me por vencido, entrego-vos a palma, e a bandeira desta rara habilidade." "Agora digo", respondeu o dono, "que me terei em maior conta daqui por diante, e entenderei que valho mais alguma coisa, porque, ainda que sempre supus que zurrava bem, nunca pensei que chegasse ao extremo que alegais." "Também direi agora", acudiu o outro, "que há habilidades raras perdidas no mundo, e que são mal-empregadas nos que não sabem aproveitá-las." "As nossas", respondeu o dono, "a não ser no caso que temos entre as mãos, para nada nos podem servir, e ainda neste, praza a Deus que nos aproveitem." Dito isto, tornaram a separar-se e a zurrar outra vez, e a cada instante se enganavam, e corriam um para o outro, até que combinaram, que para entender que eram eles e não o burro, zurrassem duas vezes, uma atrás da outra. Com isto, dobrando a cada passo os zurros, rodearam todo o monte, sem que o perdido jumento respondesse nem por sombras. Mas como havia de responder o pobre e malogrado animal, se o encontraram no sítio recôndito do monte, comido por lobos? e, ao vê-lo, disse o dono: "Eu já me espantava de que ele não respondesse, pois, a não estar morto, ou zurraria se nos ouvisse, ou não seria burro: mas, a troco de vos ter ouvido zurrar com tanta graça, compadre, dou por bem-empregado o trabalho que tive em procurá-lo, apesar de o ter encontrado morto". "O mesmo digo eu, compadre", respondeu o outro; "se bem canta o abade, não lhe fica atrás o noviço." Com tudo isto, voltaram desconsolados e roucos para a sua aldeia, onde contaram aos seus amigos, vizinhos e conhecidos, tudo o que lhes acontecera na busca do jumento, exagerando cada um a graça do outro no zurrar: soube-se o caso, espalhou-se pelos lugares circunvizinhos, e o Diabo, que não dorme, como é amigo de semear bulhas e discórdias por toda a parte, e faz castelos do vento a grandes e quimeras de nada, fez com que a gente das outras povoações, em vendo algum da nossa aldeia, zurrasse, como para lhes lançar em rosto o zurro dos nossos regedores. Deram com o caso os rapazes, que foi o mesmo que cair nas mãos e nas bocas dos demônios do inferno, e tanto foi rendendo o zurro, que os da minha aldeia são conhecidos e diferençados como os negros dos brancos, e a tanto chegou a desgraça desta zombaria, que muitas vezes, com a mão armada e esquadrão formado, saíram os caçoados contra os caçoantes, a darem batalha, sem o poder remediar nem rei, nem roque, nem temor, nem vergonha. Creio que amanhã ou depois hão de sair em campanha os da minha aldeia, contra outro lugar que fica a duas léguas do nosso, que é um dos que mais nos perseguem; e, para sairmos bem apercebidos, fui comprar as lanças e alabardas que vistes. E são estas as maravilhas que disse que vos havia de contar, e se tais vos não pareceram, outras não as sei.

Com isto dava fim à sua prática o narrador, quando entrou pela porta da venda um homem todo vestido de camurça, meias, calções e gibão, e disse em voz alta:

— Senhor hospedeiro, há pousada? Vem aqui o macaco adivinho e o retábulo da liberdade de Melisendra.

— Corpo de tal — acudiu o vendeiro —, aqui temos o Senhor Mestre Pedro: alegre noite se nos prepara!

Esquecia-me dizer que o tal Mestre Pedro trazia tapado o olho esquerdo e quase meio carão, com um parche de tafetá verde, sinal de que todo aquele lado devia estar enfermo; e o vendeiro prosseguiu, dizendo:

— Seja bem-vindo, Senhor Mestre Pedro; mas onde estão o macaco e o retábulo, que os não vejo?

— Aí vêm já — respondeu o todo camurça; — eu é que me adiantei a saber se há pousada.

— Ao próprio Duque de Alba a tiraria para vo-la dar, Senhor Mestre Pedro — respondeu o vendeiro —; venham o macaco e o retábulo, que esta noite há gente na venda, que pagará para os ver e ouvir.

— Seja em muito boa hora — respondeu o do parche —, que eu estipulei preços moderados e contentar-me-ei com que me paguem o custo da pousada; vou apressar a vinda da carreta que traz o macaco e o retábulo.

E logo saiu da venda. Perguntou Dom Quixote ao vendeiro que Mestre Pedro era aquele, e que retábulo e que macaco trazia.

— É um famoso mostrador de títeres — respondeu o vendeiro —, que há muitos dias que anda por esta Mancha do Aragão[1], mostrando um retábulo da liberdade de Melisendra, dada pelo famoso Dom Gaifeiros, que é uma das melhores e mais bem representadas histórias que há muitos anos a esta parte se tem visto neste reino; traz também consigo um macaco, da mais rara habilidade que se viu em macacos ou se imaginou em homens; porque, se lhe perguntam alguma coisa, está com muita atenção e logo em seguida salta para os ombros de seu amo, e chegando-se-lhe ao ouvido lhe

---

[1] A Mancha do Aragão foi a serra que media entre Chinchilla e o reino de Valência.

diz a resposta do que lhe perguntam, e Mestre Pedro declara-a imediatamente; e das coisas passadas diz muito mais que das futuras, e, ainda que nem sempre em todas acerta, a maior parte das vezes não erra, de modo que nos faz crer que tem o Diabo no corpo. Leva Mestre Pedro dois reais a cada pergunta se o macaco responde, quer dizer, se depois de ter falado ao ouvido do amo, este responde por ele, e assim imagina-se que o tal Mestre Pedro está riquíssimo, e é homem galante[2] (como dizem na Itália), bom companheiro[3], e passa vida regalada; fala mais do que seis, e bebe mais do que doze, tudo à custa da sua língua, do seu macaco e do seu retábulo.

Nisto voltou Mestre Pedro, trazendo numa carreta o retábulo e o macaco, grande e sem rabo, com as pousadeiras de feltro, mas de focinho alegre; e apenas Dom Quixote o viu, perguntou-lhe:

— Diga-me Vossa Mercê, senhor*¿ qué peje pillamo?*[4] e que há de ser de nós outros? Aqui estão já os meus dois reais.

E mandou a Sancho que os desse a Mestre Pedro, que respondeu pelo macaco:

— Senhor, este animal não dá notícia das coisas futuras; sabe um pouco das passadas e um tanto das presentes.

— Voto a Rus[5]! — disse Sancho — se eu desse um ceitil para me dizerem o que se passou comigo, porque lá isso, quem o pode saber melhor do que eu próprio? e pagar para que me digam o que sei seria uma grande asneira; mas, se sabe as coisas presentes, aqui estão dois reais: diga-me o senhor macacão o que está fazendo agora minha mulher Teresa Pança, e em que é que se entretém? Não quis Mestre Pedro receber o dinheiro, dizendo:

— Não costumo receber adiantados os prêmios sem os terem precedido os serviços.

E, dando com a mão direita duas pancadas no ombro esquerdo, num trinque pôs o macaco sobre ele, e, chegando-lhe a boca ao ouvido, sussurrava alguma coisa; e, tendo feito esse ademã pelo

---

[2] "Galantuomo."

[3] "Buon compagno."

[4] Na Itália, dizem, para significar irresolução: "Non so che pesce pigliare. Che pesce pigliamo?", "Que peixe pegamos? Que lhe havemos de fazer?"

[5] Eufemismo, evitando o nome de Deus no juramento.

espaço de um credo, noutro trinque o fez saltar para o chão, e logo com grandíssima pressa foi Mestre Pedro pôr-se de joelhos diante de Dom Quixote, e, abraçando-lhe as pernas, disse:

— Abraço estas pernas como se abraçasse as duas colunas de Hércules, ó ressuscitador insigne da já olvidada cavalaria andante! ó nunca assaz louvado cavaleiro Dom Quixote de la Mancha, ânimo dos desmaiados, arrimo dos que vão a cair, braço dos caídos, báculo e consolação de todos os desditosos!

Ficou pasmado Dom Quixote, absorto Sancho, suspenso o primo, atônito o pajem, aparvalhado o do zurro, confuso o vendeiro e finalmente espantados todos os que ouviram as razões do homem dos títeres, que prosseguiu, dizendo:

— E tu, ó bom Sancho Pança, o melhor dos escudeiros do melhor dos cavaleiros do mundo, alegra-te, que a tua mulher Teresa vai de saúde e a estas horas está ela fiando na sua roca, e por sinal tem à esquerda um canjirão, cheio de boa pinga, com que se entretém no seu trabalho.

— Isso acredito eu — respondeu Sancho —, porque ela é uma bem-aventurada e, se não fosse ciumenta, não a trocaria pela própria giganta Andadona, que, segundo diz meu amo, foi mulher de prol; e a minha Teresa é daquelas que não se deixam passar mal, ainda que seja à custa dos seus herdeiros.

— Agora digo eu — interrompeu Dom Quixote — que quem lê muito e viaja muito muito vê e muito sabe. Digo isto, porque ninguém seria capaz de persuadir-me que houvesse macacos no mundo que adivinham como agora vi com os meus olhos; porque sou, efetivamente, o Dom Quixote de la Mancha, que esse bom animal disse, ainda que exagerou um pouco os meus louvores; mas, seja eu quem for, dou graças ao céu, que me dotou de um ânimo brando e compassivo, inclinado sempre a fazer bem a todos e mal a ninguém.

— Se eu tivesse dinheiro — disse o pajem —, perguntaria ao senhor macaco o que me há de suceder nesta peregrinação que eu levo.

A isso respondeu Mestre Pedro, que acabara de se levantar:

— Já disse que este animalejo a respeito do futuro não responde coisa alguma, que, se respondesse, não importaria que não tivesse dinheiro, que, por serviço do Senhor Dom Quixote, que se acha presente, deixaria eu todos os interesses do mundo; e agora, porque lho devo, e para lhe ser agradável, vou armar o meu retábulo e divertir todos os que estão na venda, sem receber a mínima paga.

Ouvindo isto, o vendeiro, sobremaneira alegre, indicou o sítio onde se podia pôr o retábulo, que num momento se armou. Dom Quixote não estava muito satisfeito com as adivinhações do macaco, por lhe parecer que não era muito corrente que um macaco adivinhasse nem coisas futuras, nem passadas; e assim, enquanto Mestre Pedro acomodava o retábulo, retirou-se Dom Quixote com Sancho para um canto da cavalariça, onde lhe disse em voz baixa:

— Olha, Sancho, que eu refleti bem na extrema habilidade deste macaco e entendo que sem dúvida Mestre Pedro deve ter feito pacto expresso ou tácito com o Demônio.

— Se o pátio é espesso, e do Demônio ainda por cima — respondeu Sancho —, há de sem dúvida ser muito sujo; mas que proveito tira Mestre Pedro de ter esses pátios?

— Não me entendes, Sancho; quero dizer que ele tem por força algum contrato com o Demônio, para que infunda no macaco essa habilidade que lhe dê de comer, e depois de estar rico lhe dará a sua alma, que é o que pretende este universal inimigo; e faz-me crer isso mesmo não responder o macaco senão a respeito de coisas passadas e presentes, porque a sabedoria do Diabo também se não estende a mais, que as do porvir não as sabe senão por conjetura, e nem sempre, que só a Deus está reservado o conhecer os tempos e os momentos, e para ele não há passado, nem futuro, que tudo é presente; e, sendo isto, assim, como é, está claro que este macaco fala com o estilo do Diabo, e admira-me como o não acusaram ainda ao Santo Ofício, como o não examinaram e não o obrigaram a dizer por virtude de quem adivinha; porque é certo que não é astrólogo este macaco, e que nem ele, nem o seu dono, levantam, nem sabem levantar essas figuras a que chamam judiciárias, tão usadas agora na Espanha, que não há mulherzinha, nem pajem, nem remendão que não tenha presunções de levantar uma figura, como quem levanta do chão uma sota de qualquer naipe, deitando a perder com as suas mentiras e a sua ignorância a verdade maravilhosa da ciência. Duma senhora sei eu que perguntou a um destes figureiros se uma cadelinha sua pariria, e quantos, e de que cor seriam os cachorrinhos. E o tal senhor judiciário, depois de ter levantado a figura, respondeu que a cadelita havia de parir três cachorrinhos: um verde, outro vermelho, outro malhado, contanto que fosse coberta entre as onze e meia-noite, numa segunda-feira ou num sábado; e daí a dois dias a cadela morreu, mas nem por isso o tal figurão deixou de passar por acertadíssimo judiciário, como passam todos ou os mais levantadores[6].

— Apesar de tudo, eu quereria — disse Sancho — que Vossa Mercê dissesse a Mestre Pedro que perguntasse ao seu macaco se é verdade o que Vossa Mercê passou na cova de Montesinos; que eu tenho para mim, com perdão de Vossa Mercê, que tudo foi patranha, ou sonho, pelo menos.

— Pode ser — respondeu Dom Quixote —; mas sempre farei o que me aconselhas, apesar de ter nisto um certo escrúpulo.

Estavam nisto, quando chegou Mestre Pedro à procura de Dom Quixote, para lhe dizer que já estava em ordem o retábulo, e Sua Mercê que o viesse ver, porque o merecia. Dom Quixote comunicou-lhe o seu pensamento e rogou-lhe que perguntasse logo ao macaco se certas coisas que se tinham passado na cova de Montesinos tinham sido sonhadas ou verdadeiras, porque lhe parecia a ele que tinham de tudo. Mestre Pedro, sem responder palavra, foi buscar o macaco e, pondo-se diante de Dom Quixote, disse:

— Olhai, senhor macaco, que este cavaleiro quer saber se certas coisas que se passaram com ele numa cova chamada de Montesinos foram falsas ou verdadeiras.

E, fazendo-lhe o sinal costumado, o macaco trepou-lhe para o ombro esquerdo, pareceu que lhe falava ao ouvido, e Mestre Pedro disse logo:

— Diz o macaco que parte das coisas que Vossa Mercê viu ou passou na dita cova são falsas e outras verossímeis[7]; e que mais nada sabe a esse respeito, e que, se Vossa Mercê quiser saber mais, na próxima sexta-feira responderá a tudo o que lhe perguntar, como dito tem[8].

— Não lhe dizia eu — acudiu Sancho — que se me não podia meter na cabeça que tudo o que Vossa Mercê disse da cova fosse verdadeiro, nem metade sequer?

— Os sucessos o dirão, Sancho — respondeu Dom Quixote —; que o tempo, descobridor de todas as coisas, não deixa nenhuma que não tire à luz do sol, ainda que esteja escondida nas entranhas

---

[6] "Levantadores": os que faziam o horóscopo.

[7] Fórmula judicial.

[8] Outra muleta de escrivão.

da terra; e por agora basta, e vamos ver o retábulo do bom Mestre Pedro, que imagino que deve ter alguma novidade.

— Alguma? — respondeu Mestre Pedro — sessenta mil encerra este meu retábulo: digo-lhe a Vossa Mercê, Senhor Dom Quixote, que é uma das coisas mais dignas de se verem que há hoje no mundo: *operibus credite et non verbis*[9], e mãos à obra, que se faz tarde; temos muito que fazer, que dizer e que mostrar.

Obedeceram-lhe Dom Quixote e Sancho, e foram aonde estava o retábulo posto e descoberto, cheio por todos os lados de velinhas de cera, acesas, que o faziam vistoso e resplandecente. Mestre Pedro, que era quem havia de mexer as figuras, meteu-se para dentro, e ficou de fora um rapaz seu criado, para servir de intérprete e revelador dos mistérios do retábulo; tinha uma varinha na mão, com que apontava para as figuras que iam saindo. Reunidas, pois, todas as pessoas que estavam na venda, alguns de pé, defronte do retábulo, e sentados Dom Quixote, Sancho, o pajem e o primo nos melhores lugares, o trugimão[10] começou a dizer o que ouvirá ou verá quem ouvir ou ler o capítulo seguinte.

---

[9] Evangelho de São João, X, 38: "Ainda quando não creiam em mim, creiam nas obras".

[10] "Trugimão": intérprete.

G. Doré

CAPÍTULO XXVI

Onde continua a graciosa aventura do homem dos títeres, com outras coisas na verdade boníssimas

Calaram-se todos, tírios e troianos[1]: quero dizer, estavam suspensos, todos os que contemplavam o retábulo, da boca do narrador das suas maravilhas, quando se ouviu tocar lá dentro uma grande quantidade de atabales e trombetas, e disparar-se muita artilharia, cujo rumor passou em tempo breve, e logo o rapaz levantou a voz, e disse:

— Esta verdadeira história, que aqui a Vossas Mercês se representa, é tirada ao pé da letra das crônicas francesas e dos romances espanhóis, que andam na boca das gentes e até na dos rapazes por essas ruas. Trata da liberdade que deu o Senhor Dom Gaifeiros a sua esposa Melisendra, que estava cativa em Espanha, em poder dos mouros na cidade de Sansuenha, que hoje se chama Saragoça: e vejam Vossas Mercês Dom Gaifeiros jogando as távolas[2], segundo o que se canta:

Jogando está Dom Gaifeiros,
De Melisendra esquecido.

---

[1] Primeiro verso da *Eneida*, livro II, traduzida para o espanhol por Gregório Hernández de Velasco, 1559.

[2] Xadrez.

E aquele personagem, que ali assoma, com a sua coroa na cabeça e cetro nas mãos, é o Imperador Carlos Magno, pai putativo da tal Melisendra, que, amofinado por ver o ócio e o descuido do seu genro, sai a ralhar com ele; e reparem no afinco e veemência com que o repreende, que não parece senão que lhe quer dar com o cetro meia dúzia de carolos, e até há autores que dizem que lhos deu, e muito bem dados; e, depois de lhe ter dito muitas coisas acerca do perigo que corria a sua honra com o não procurar a liberdade de sua esposa, afirmam que acrescentou:

Olhai que assaz eu vos disse[3].

Vejam Vossas Mercês também como o imperador volta costas e deixa despeitado Dom Gaifeiros, que, já vêem, arroja impaciente de cólera, para longe de si, o tavoleiro e as távolas, e reclama a toda a pressa as armas, e a Dom Roldão, seu primo, pede emprestada a sua espada Durindana, e como Dom Roldão a não quer emprestar, oferecendo-lhe a sua companhia na difícil empresa em que se mete, o valoroso arrojado não a aceita, antes diz que só ele basta para salvar sua esposa, ainda que estivesse metida no mais profundo centro da terra; e com isto entra a armar-se, para se pôr logo a caminho. Voltem Vossas Mercês os olhos para aquela torre que ali se vê, que se pressupõe ser uma das torres do alcáçar de Saragoça, a que chamam agora a Aljaferia, e a dama, que nesta sacada aparece vestida à mourisca, é a sem-par Melisendra, que dali muitas vezes contemplava o caminho de França, e, posta a imaginação em Paris e no seu esposo, consolava-se no seu cativeiro. Reparem também num caso novo que sucede agora, nunca jamais acontecido. Não vêem aquele mouro, que às caladas e pé ante pé, com dedo nos lábios, chega por trás de Melisendra? Vejam como lhe dá um beijo na boca, e ela principia a cuspir e a limpar-se com a branca manga da camisa; e lamenta-se e arranca, de pesar, os seus formosos cabelos, como se eles tivessem culpa do malefício. Vejam também aquele mouro grave, que passeia nos corredores, que é o Rei Marsílio de Sansuenha, o qual, por ter visto a insolência do mouro, apesar de ser parente seu e grande seu privado, mandou logo que o

---

[3] Verso do Romanceiro geral, do romance atribuído a Miguel Sánchez.

prendessem e lhe dessem duzentos açoites, depois de o terem passeado à vergonha pelas ruas da cidade:

Com pregoeiros adiante
E aguazis atrás;

e aqui saem a executar a sentença, quase logo depois de praticada a culpa, porque entre os mouros não há traslados à parte nem prova e fique, como entre nós.

— Menino, menino — disse em voz alta Dom Quixote —, segui com a vossa história em linha reta, e não vos metais por transversais e curvas, que para se tirar uma verdade a limpo são necessárias muitas confrontações e agravos.

— Rapaz — acudiu lá de dentro Mestre Pedro —, não te metas em floreados, mas faze o que esse senhor te manda, que é o mais acertado; segue com o cantochão e deixa-te de contrapontos, que muitas vezes, à força de finos, quebram.

— Assim farei — respondeu o rapaz. E prosseguiu, dizendo:

— Esta figura, que aqui aparece a cavalo, coberta com uma capa gascã, é a de Dom Gaifeiros, que sua esposa esperava, e, já vingada do atrevimento do mouro enamorado, com melhor e mais sossegado semblante foi para o mirante da torre, e dali fala com seu marido, supondo que é algum viandante, com quem teve todos aqueles colóquios e arrazoados do romance que diz:

Se à França ides, cavaleiro,
Por Gaifeiros perguntai[4].

Não digo os versos agora, porque da prolixidade costuma gerar-se o fastio; basta ver como Dom Gaifeiros se descobre, e pelos ademanes alegres de Melisendra, mostra-se que o conheceu, agora principalmente que vemos que salta da sacada para montar na anca do cavalo de seu bom esposo. Mas ai! sem ventura! prendeu-se-lhe a saia do vestido a uma das grades da sacada, e ei-la suspensa no ar. Vede, porém, como o piedoso céu vale sempre aos aflitos, pois chega Dom Gaifeiros, e sem lhe importar que a saia riquíssima se

[4] É um velho romance.

rasgue, puxa por Melisendra, escarrancha-a como um homem nas ancas do cavalo, monta ele também e diz-lhe que o enlace com força nos braços para não cair, e porque a Senhora Melisendra não estava costumada a semelhantes cavalarias. Vede também como os relinchos do cavalo dão sinal de que vai contente com a valente e formosa carga do seu senhor e da sua senhora. Vede como saem da cidade, e alegres e satisfeitos tomam o caminho de Paris. Ide tranqüilos, ó par sem-par de verdadeiros amantes; chegai a salvamento à vossa desejada pátria, sem que a fortuna ponha estorvo à vossa feliz viagem; vejam-vos os olhos dos vossos amigos e parentes gozar em paz os dias de vida que vos restam, e que esses dias sejam tantos como os de Nestor[5].

Aqui levantou outra vez Mestre Pedro a voz, para dizer:

— Simplicidade, rapaz; tudo quanto é afetado é mau.

O intérprete, sem responder, prosseguiu, dizendo:

— Não faltaram olhos ociosos, que tudo costumam ver e que deram pela descida de Melisendra, participando o caso ao Rei Marsílio, que mandou logo tocar a rebate; e vejam com que pressa ressoam por toda a cidade os sinos de todas as torres das mesquitas.

— Isso não — acudiu Dom Quixote —, lá nos sinos anda com muita impropriedade Mestre Pedro, porque entre mouros não se usam: usam-se atabales e um gênero de doçainas que parecem as nossas chamarelas; e o tocarem sinos em Sansuenha é sem dúvida um grande disparate.

Ouvindo isto Mestre Pedro, deixou de tocar e disse:

— Não repare Vossa Mercê em ninharias, Senhor Dom Quixote, nem queira levar as coisas tanto à risca. Não se representam todos os dias por aí mil comédias cheias de impropriedades e de disparates, e com tudo isso percorrem felicissimamente a sua carreira e são escutadas não só com aplausos, mas com admiração? Anda para diante, rapaz, e deixa dizer que, em eu enchendo o saco, pouco importa que represente mais impropriedades do que átomos tem o sol.

— Isso é verdade — tornou Dom Quixote.

— Vejam — continuou o rapaz — quanta e quão luzida cavalaria sai em seguimento dos dois católicos amantes; quantas trombetas

---

[5] Nestor, rei de Pilos, que segundo a lenda viveu trezentos anos.

soam, quantas doçainas tocam e quantos atabales e tambores retumbam; receio bem que os alcancem, e que os tragam atados à cauda do seu próprio cavalo, o que seria um horrendo espetáculo.

Vendo e ouvindo tanta mourisma e tanto estrondo, Dom Quixote entendeu que era bem dar auxílio aos que fugiam e, pondo-se em pé, disse:

— Não consentirei eu que nos meus dias, e diante de mim, se faça violência a tão famoso cavaleiro e a tão atrevido enamorado, como foi Dom Gaifeiros; detende-vos, torpe canalha, não o sigais nem o persigais, senão comigo vos havereis.

E, dizendo e fazendo, desembainhou a espada, num momento se aproximou do retábulo e, com acelerada e nunca vista fúria, começou a descarregar cutiladas sobre a mourisma titereira, derrubando uns, descabeçando outros, estropiando este, destroçando aquele e, entre muitas outras, atirou um altibaixo, que, se Mestre Pedro se não encolhe e acachapa, cerceava-lhe a cabeça, com mais facilidade do que se fosse de maçapão.

Gritava Mestre Pedro, dizendo:

— Detenha-se Vossa Mercê, Senhor Dom Quixote, e advirta que esses que derriba, destroça e mata, não são verdadeiros mouros mas uns bonequinhos de massa. Olha, infeliz de mim, que me destrói e deita a perder todas as minhas posses.

Mas nem por isso Dom Quixote deixava de amiudar as cutiladas, talhos e reveses, que pareciam uma saraivada. Finalmente, em menos de dois credos, deu com todo o retábulo no chão, com todas as figuras e pertences escavados, o Rei Marsílio malferido e o Imperador Carlos Magno com a coroa partida e a cabeça rachada de meio a meio. Alvorotou-se o senado dos ouvintes, fugiu para os telhados da venda o macaco; assustou-se o guia, acobardou-se o pajem e o próprio Sancho Pança teve grandíssimo pavor, porque, como jurou depois de passada a borrasca, nunca vira seu amo com tão desatinada cólera. Acabado o destroço geral do retábulo de Mestre Pedro, sossegou um pouco Dom Quixote, e disse:

— O que eu queria era ter agora na minha presença todos os que supõem que não servem de nada no mundo os cavaleiros andantes: vejam se eu aqui não estivesse presente, o que seria do bom Dom Gaifeiros e da formosa Melisendra; com certeza que a estas horas já os teriam apanhado estes cães, e lhes teriam feito algum desaguisado. Portanto, viva a cavalaria andante sobre todas as coisas que hoje vivem na terra!

— Viva, muito embora — acudiu com voz plangente Mestre Pedro —, e morra eu, pois sou tão desditoso, que posso dizer como El-Rei Rodrigo:

Ontem fui senhor da Espanha...
Não tenho hoje pobre ameia
Que possa dizer que é minha![6]

Ainda não há meia hora, nem meio instante, que eu me via senhor de reis e de imperadores, com as minhas cavalariças e os meus cofres e sacos cheios de infinitos cavalos e de inumeráveis galas, e agora vejo-me desolado e abatido, pobre e mendigo, e sobretudo sem o meu macaco, que por minha fé, primeiro que ele torne ao meu poder, hão de me suar os dentes, e tudo pela desconsiderada fúria deste senhor cavaleiro, de quem se diz que ampara pupilos e desfaz agravos e pratica outras obras caritativas, e só comigo lhe falhou a sua intenção generosa, benditos e adorados sejam os altos céus! Enfim, tinha de ser o Cavaleiro da Triste Figura que me havia de desfigurar as minhas. Enterneceu-se Sancho Pança com as razões de Mestre Pedro e disse-lhe:

— Não chores, Mestre Pedro, nem te lamentes, que me despedaças o coração, e meu amo Dom Quixote é por tal forma católico e escrupuloso cristão que, se reparar que te fez algum agravo, to saberá e quererá pagar com grandes vantagens.

— Se o Senhor Dom Quixote me pagasse uma parte das coisas que me desfez, já eu ficaria satisfeito e Sua Mercê sossegaria a sua consciência, porque se não pode salvar quem mete em si o alheio contra a vontade do seu dono, e não lho restitui.

— Assim é — acudiu Dom Quixote —, mas até agora não me consta que eu metesse em mim nada que vosso seja, Mestre Pedro.

— Ora essa! — exclamou o titereiro — e estas relíquias que estão espalhadas por esse duro e estéril solo, quem as espargiu e aniquilou senão a força invencível desse poderoso braço? e de quem eram os seus corpos, senão meus? e quem é que me dava de comer, se não eram eles?

— Agora acabo de crer — disse Dom Quixote — que esses

---

[6] Versos de um dos romances do Rei Dom Rodrigo e a perda da Espanha.

malditos nigromantes que me perseguem não fazem senão pôr-me diante dos olhos as figuras como são elas, e logo mas trocam e mudam nas que eles querem. Real e verdadeiramente vos digo, senhores que me ouvis, que me pareceu que tudo o que aqui se passou sucedia na verdade; que Melisendra era Melisendra; Dom Gaifeiros, Dom Gaifeiros; Marsílio, Marsílio; e Carlos Magno, Carlos Magno: por isso acendeu-se-me a cólera, e para cumprir o meu dever de cavaleiro andante, quis ajudar a favorecer os que fugiam, e com este bom propósito fiz o que vistes. Se me saiu tudo às avessas, a culpa não é minha, mas sim dos maus, que me perseguem, e contudo, por este meu erro, ainda que não procedesse da malícia, quero eu mesmo condenar-me nas custas: veja, Mestre Pedro, o que quer pelas figuras escavacadas, que me ofereço a pagar-lho imediatamente em boa e corrente moeda castelhana.

Inclinou-se Mestre Pedro, dizendo-lhe:

— Não esperava eu menos da inaudita cristandade do valoroso Dom Quixote de la Mancha, verdadeiro amparo de todos os necessitados e vagabundos, e aqui o senhor vendeiro e o grande Sancho serão medianeiros entre mim e Vossa Mercê, e apreciadores do que valem as escangalhadas figuras.

O vendeiro e Sancho acederam, e logo Mestre Pedro levantou do chão o descabeçado Marsílio, rei da Saragoça.

— Vê-se bem que é impossível fazer voltar este rei ao seu primeiro ser; e assim, parece-me, salvo melhor juízo, que se me dêem por sua morte, fim e acabamento, quatro reais e meio.

— Adiante! — acudiu Dom Quixote.

— Pois por esta fenda de cima a baixo — prosseguiu Mestre Pedro, tomando nas mãos o despedaçado Imperador Carlos Magno — não seria muito pedir eu cinco reais e um quarto.

— Não é pouco — disse Sancho.

— Nem muito — observou o vendeiro —; parta-se a contenda ao meio, e dão-se-lhe cinco reais.

— Dêem-se-lhe os cinco reais e um quarto — acudiu Dom Quixote —, que não está num quarto mais, ou num quarto menos, a conta desta notável desgraça; e acabe depressa, Mestre Pedro, que já são horas de cear, e eu tenho certos rebates de fome.

— Por esta figura, que está sem nariz, e com um olho de menos — disse Mestre Pedro —, que é a da formosa Melisendra, quero dois reais e doze maravedis, e é o menos.

— Isso seria bom — acudiu Dom Quixote —, se Dona

Melisendra não estivesse já com seu esposo, pelo menos na raia da França, porque o cavalo que a levava pareceu-me que antes voava que corria; e assim, não me queira impingir gato por lebre, apresentando-me aqui Melisendra desnarigada, quando a verdadeira está a estas horas muito regalada em França, com seu esposo, de perna estendida; Deus ajude a cada qual com o que é seu, Senhor Mestre Pedro; caminhemos todos com pé direito e boa intenção, e prossiga.

Mestre Pedro, que viu que Dom Quixote principiava a variar, e tornava ao primeiro tema, não quis que ele lhe escapasse, e disse-lhe:

— Não será esta então Melisendra, mas alguma das donzelas que a serviam; e assim, com sessenta maravedis que por ela me dêem, ficarei satisfeito e bem pago.

Desta maneira foi pondo preço a outras muitas figuras destroçadas, preços moderados depois pelos dois árbitros, com satisfação das duas partes, e que chegaram a quarenta reais e três quartos; e além desta soma, que logo Sancho desembolsou, pediu Mestre Pedro dois reais pelo trabalho de apanhar o macaco.

— Dá-los, Sancho — disse Dom Quixote —, não para tomar o macaco, mas a macaca[7]. Duzentos daria eu agora em alvíssaras a quem me dissesse com certeza se a Senhora Dona Melisendra e o Senhor Dom Gaifeiros já estão em França, e entre os seus.

— Ninguém no-lo poderá dizer melhor que o meu macaco — tornou Mestre Pedro —; mas não haverá diabo que seja agora capaz de o apanhar, ainda que imagino que a fome e o afeto hão de o obrigar a vir ter comigo esta noite; e quando amanhecer nós veremos.

Enfim, acabou a borrasca do retábulo, e todos cearam em paz e boa companhia, à custa de Dom Quixote, que era liberal em extremo.

Antes de amanhecer, foi-se embora o que levava as lanças e as alabardas, e, já depois de manhã clara, vieram despedir-se de Dom Quixote o primo e o pajem — aquele para voltar para a sua terra, e este para seguir o seu caminho; e para o ajudar, deu-lhe Dom Quixote uma dúzia de reais. Mestre Pedro não quis mais dares e tomares com Dom Quixote, que ele conhecia perfeitamente; e assim, madrugou antes do sol, e, juntando o macaco e as relíquias

---

[7] "Bebedeira."

do seu retábulo, partiu também à cata de aventuras. O vendeiro, que não conhecia Dom Quixote, estava tão pasmado com as suas loucuras como com a sua liberalidade. Finalmente, Sancho pagou-lhe à larga, por ordem de seu amo, e, despedindo-se dele, saíram da venda quase às oito horas da manhã e puseram-se a caminho. Deixemo-los ir, que assim é necessário, para se contarem outras coisas pertencentes à explicação desta famosa história.

CAPÍTULO XXVII

Onde se dá conta de quem eram Mestre Pedro e o seu macaco, e também do mau resultado que tirou Dom Quixote da aventura do zurro, a que não pôs o termo que desejava e pensava

Entra Cide Hamete, cronista desta grande história, neste capítulo com as seguintes palavras: "Juro, como cristão católico", segundo diz o seu tradutor, que jurar Cide Hamete como católico cristão, sendo ele mouro, não quer dizer outra coisa senão que, assim como o católico cristão, quando jura, diz ou deve dizer a verdade, assim ele a diria no que de Dom Quixote queria escrever, mormente em referir quem era Mestre Pedro e o macaco adivinho, que trazia pasmados todos aqueles povos; diz, pois, que bem se recordará, quem tiver lido a primeira parte desta história, daquele Ginés de Pasamonte, a quem, juntamente com os outros galeotes, deu liberdade Dom Quixote na serra Morena, benefício que depois lhe foi mal-agradecido e mal pago por aquela gente maligna e mal costumada. Este Ginés de Pasamonte, a quem Dom Quixote chamava Ginesilho de Parapilha[1], foi quem furtou o ruço a Sancho Pança, que até por se não ter contado na primeira parte, por culpa dos impressores, nem como nem quando esse furto se fizera, deu que entender a muitos, que atribuíam à pouca memória do autor o erro da imprensa. Mas, em conclusão, Ginés furtou o burro, estando

[1] Não foi Dom Quixote quem o disse, mas o comissário. Dom Quixote o chamou de Ginesilho Paropilho.

Sancho Pança montado, a dormir, usando do estratagema que usou Brunelo, quando, estando Sacripante montado em Albraca[2] lhe tirou o cavalo de entre as pernas; e Sancho depois recuperou o jumento, como já se contou. Este Ginés, pois, com medo de ser apanhado pela Justiça, que o procurava para o castigar pelas suas infinitas malfeitorias, velhacarias e delitos, que foram tantos e tais, que ele mesmo compôs um grande volume em que os narrava, resolveu passar para o reino de Aragão, e tapar o olho esquerdo, empregando-se no ofício de titereiro, que em habilidades de mãos[3] ninguém o excedia.

Sucedeu, pois, que a uns cristãos já libertos, que vinham da Berbéria, comprou aquele macaco, a quem ensinou a saltar-lhe para o ombro, em ele lhe fazendo certos sinais, e o murmurar-lhe ou o fingir que lhe murmurava ao ouvido. Feito isto, antes de entrar em qualquer sítio com o seu retábulo e o seu macaco, informava-se no lugar mais próximo, ou com quem podia, a respeito de quaisquer particularidades que houvessem acontecido no tal sítio, ou das pessoas que lá estivessem; e, levando essas informações bem de memória, a primeira coisa que fazia era mostrar o seu retábulo, em que representava diversas histórias, mas todas alegres, divertidas e conhecidas; acabado o espetáculo, propunha as habilidades do macaco, dizendo ao povo que adivinhava o passado e o presente, mas que do futuro nada sabia. Pela resposta a cada pergunta pedia dois reais, e às vezes levava mais barato, conforme tomava o pulso aos perguntadores; e quando chegava a casas onde morava gente a quem tinham sucedido coisas que ele sabia, ainda que nada lhe perguntassem, para lhe não pagarem, fazia sinal ao macaco, e logo bradava que ele lhe dissera tais e tais coisas, que vinham de molde com o acontecido. Assim alcançava crédito e andavam todos atrás dele: outras vezes, como era muito discreto, respondia de modo que as respostas se acomodassem às perguntas, e como ninguém o apertava para ele dizer como era que o macaco adivinhava, a todos burlava, e ia enchendo as algibeiras. Logo que entrou na venda, reconheceu Dom Quixote e Sancho, e esse reconhecimento tornou-lhe fácil causar-lhes a ambos grande admiração, e a todos os que

---

[2] Disso se fala no capítulo IV desta segunda parte.

[3] Roubos.

estavam na venda; mas esteve para lhe sair cara a brincadeira, se Dom Quixote abaixasse mais a mão, e lhe destruísse toda a sua cavalaria, como fica dito no antecedente capítulo.

É isto o que há a dizer de Mestre Pedro e do seu macaco. Voltando a Dom Quixote de la Mancha, referirei que, depois de ter saído da venda, resolvera ir ver primeiro as margens do rio Ebro, e todos aqueles contornos, antes de entrar na cidade de Saragoça, porque lhe dava tempo para tudo o muito que faltava ainda para começarem as justas. Com esta intenção, seguiu o seu caminho, em que andou dois dias, sem lhe acontecer coisa digna de se contar; até que ao terceiro dia, ao subir uma encosta, ouviu grande estrondo de tambores, trombetas e de arcabuzes. Primeiro pensou que passava por aquele sítio algum terço de soldados, e, para os ver, picou as esporas a Rocinante, e subiu a encosta; e, quando chegou ao cimo, viu na falda do outeiro mais de duzentos homens armados com diversas armas, tais como lanças, partezanas[4], bestas, alabardas, piques, alguns arcabuzes e muitas rodelas. Desceu o outeiro e acercou-se do esquadrão, até ver distintamente as bandeiras, e as cores, e as empresas, especialmente uma de cetim branco, em que se pintara ao vivo um pequeno sardesco[5], de cabeça levantada, boca aberta, língua de fora, como se estivesse a zurrar; ao redor liam-se, escritos em letras grandes, estes dois versos:

Nem um, nem o outro alcaide,
Zurraram debalde.

Por esta insígnia entendeu Dom Quixote que aquela gente era o povo do zurro, e assim o disse a Sancho, declarando-lhe o que vinha escrito no estandarte. Disse-lhe também que o homem que lhes contara aquele caso enganara-se quando afirmara que tinham sido regedores os que zurraram, ao passo que os versos do estandarte mostravam que tinham sido alcaides.

— Senhor meu amo — respondeu Sancho Pança —, não há que

---

[4] "Partezana": arma usada nos palácios dos reis, para sua guarda, também chamada alabarda. "Foi chamada assim porque a usaram os partas"; diz Covarrubias.

[5] Asno pequeno, cuja raça procede da Sardenha.

reparar, que pode muito bem ser que os regedores que então zurraram viessem com o tempo a ser alcaides do seu povo, e assim podem-se designar por ambos os títulos; tanto mais que isso não faz nada ao caso, nem altera a verdade da história serem os zurradores regedores ou alcaides, contanto que eles zurrassem; porque tão a pique está de zurrar um alcaide como um regedor.

Finalmente, conheceram e souberam que o povo chacoteado saía a pelejar com o outro que o chacoteava em demasia.

Chegou-se para eles Dom Quixote, com grande desgosto de Sancho, que nunca foi amigo de se achar metido nessas danças. Os do esquadrão abriram-lhe campo, julgando que era algum dos da sua parcialidade. Dom Quixote, alçando a viseira com gentil brio e porte, chegou ao pé do estandarte do burro, e ali o rodearam os mais principais do exército para o verem, cheios de costumado pasmo que sentiam todos os que o divisavam pela primeira vez. Dom Quixote, que os viu tão atentos a contemplarem-no sem que nenhum deles lhe falasse, nem lhe perguntasse coisa alguma, quis aproveitar-se daquele silêncio e, levantando a voz, disse:

— Meus bons senhores, o mais encarecidamente que posso vos suplico que não interrompais o discurso que vos quero fazer, até verdes se vos desgosta e enfada; e, se isso acontecer, ao mais leve sinal porei um selo na boca e uma mordaça nos dentes.

Todos lhe afirmaram que podia dizer o que quisesse, que de bom grado o escutariam. Dom Quixote, com esta licença, prosseguiu, dizendo:

— Eu, meus senhores, sou cavaleiro andante, cujo exercício é o das armas e cuja profissão é a de favorecer os que de favor precisam, e acudir aos que de socorro hão mister. Há dias que soube da vossa desgraça e da causa que vos move a pegar em armas, para vos vingardes dos vossos inimigos; e, tendo pensado maduramente no vosso negócio, entendo, segundo as leis do duelo, que andais erradamente supondo-vos afrontados, porque nenhum particular pode afrontar um povo inteiro, senão arrojando a todos juntos o epíteto de traidores, por não saber qual deles foi que cometeu a traição. Temos exemplo disto em Dom Diogo Ordóñez de Lara, que desafiou todo o povo de Zamora, porque ignorava que só Velido Dolfos fora o traidor que matara o seu rei, e por isso a todos reptou e a todos tocava a vingança e a resposta; e, ainda assim, não pode deixar de se dizer que o Senhor Dom Diogo andou com certa precipitação, e passou muito adiante dos limites do repto, porque não tinha motivo para reptar os mortos, as águas e os pães e os que ainda não tinham nascido, nem as outras minudências que no desafio se declaram[6]; mas, enfim, passe! porque, quando a cólera se apodera impetuosamente de um homem, não há quem lhe segure a língua, nem há freio que a corrija. Sendo, pois, isto assim, que um homem só não pode afrontar nem reino, nem província, nem cidade, nem república, nem povo algum inteiro, é claro que não há motivo para sairdes a vingar-vos de semelhante afronta, que o não é, porque seria curioso que a cada passo se matassem os habitantes do povoado da Relógia[7], que têm diversas alcunhas, e os que lhas puseram ou que por elas os chamem; seria estranho, decerto, que todos os povos insignes, que têm alcunhas, se chacoteassem e se vingassem e andassem continuamente de espada desembainhada em qualquer pendência, por pequena que fosse. Não, não, nem Deus tal permita, nem queira; os varões prudentes, as repúblicas bem concertadas, por quatro coisas hão de pegar em armas e arriscar as suas pessoas, vidas e fazendas. Primeira, para defender a fé católica; segunda, para defender a vida, que é de lei natural e divina; terceira, em defesa da sua honra, da sua família e da sua fazenda; quarta, em serviço do seu rei em guerra justa; e, se lhe quisermos ainda acrescentar uma quinta causa, que se pode contar por segunda, para defender a sua pátria. A estes cinco motivos capitais se podem acrescentar alguns outros justos e razoáveis, que obriguem a tomar as armas; tomá-las, porém, por ninharias e por causas que são antes de riso e passatempo que de afronta não parece de gente razoável; tanto mais que o tirar vingança injusta (que justa não a pode haver) vai diretamente contra a santa lei que professamos, em que se nos manda que façamos bem aos nossos inimigos e amemos a quem nos aborrece; mandamento que, ainda que pareça um tanto dificultoso de cumprir,

---

[6] Alusão à forma de desafio zamorano, segundo o romance conhecido: "Eu vos repto, zamoranos, / Por traidores fementidos; / Repto, aos pequenos e aos grandes / E aos mortos e aos vivos, / Repto às ervas do campo, / Também aos peixes do rio, / Repto-vos o pão, a carne, / Também a água e o vinho".

[7] Povoado andaluz, do qual se conta que quis comprar não um relógio mas uma "relógia"; para que pudesse vender os reloginhos por ela reproduzidos.

não o é senão para aqueles que têm menos de Deus que do mundo, e mais de carne que de espírito, porque Jesus Cristo, Deus e homem verdadeiro, que nunca mentiu, nem pôde nem pode mentir, sendo nosso legislador, disse que o seu jugo era suave, e leve a sua carga[8]; e assim, não nos podia ordenar coisas que fossem impossíveis de executar. Portanto, meus senhores, Vossas Mercês são obrigados, pelas leis divinas e humanas, a desistir da luta.

— Diabos me levem se este meu amo não é tólogo[9], e se o não é, parece-o como um ovo com outro — resmungou Sancho.

Parou um pedaço para respirar Dom Quixote e, notando que ainda lhe prestavam atenção, quis continuar com a sua prática como continuaria, se não se metesse no meio a agudez de Sancho, que, vendo que seu amo se detinha, tomou a mão por ele, dizendo:

— Meu amo, Dom Quixote de la Mancha, que em tempo se chamou o Cavaleiro da Triste Figura, e se chama agora o Cavaleiro dos Leões, é um fidalgo de muita esperteza, que sabe latim e romance como um bacharel; e em tudo quanto aconselha e trata procede como bom soldado, e traz de cor e salteadas todas as leis e ordenanças do que chamam duelo a unha; e assim, não têm mais que fazer senão deixarem-se levar pelo que ele disser e a culpa me cabe se o errarem; tanto mais que ele diz muito bem, alegando que é asneira agoniar-se qualquer só por ouvir um zurro, que eu me lembro que zurrava, quando era pequeno, sempre que me parecia, sem que ninguém me fosse à mão, e com tanta graça e propriedade que, em eu zurrando, zurravam todos os burros da povoação; e eu nem por isso deixava de ser filho de meus pais, que eram honradíssimos; e, apesar de ser invejado por causa dessa prenda por mais de quatro, não se me dava disso; e, para que se veja que falo verdade, esperem e escutem, que esta ciência é como a de nadar: em se aprendendo, nunca mais se esquece.

E, apertando o nariz com a mão, começou a zurrar com tamanho estrondo, que retumbaram todos os vales dos arredores; mas um dos que estavam ali ao pé, julgando que ele os chasqueava, levantou

---

[8] "Jugum enim meum suave est, et onus meum leve", São Mateus, XI, 30.

[9] "Teólogo".

um varapau que tinha na mão e arrumou-lhe tamanha bordoada, que, sem ser poderoso por outra causa, deu com Sancho Pança em terra. Dom Quixote, que viu Sancho tão malparado, arremeteu ao que lhe batera com a lança sobre a mão, mas foram tantos os que se meteram no meio, que não foi possível vingá-lo; antes, vendo que chovia sobre ele uma nuvem de pedras, e que o ameaçavam mil bestas retesadas, e não menor quantidade de arcabuzes, voltou as rédeas a Rocinante e a todo o galope saiu do meio deles, encomendando-se de todo o coração a Deus, para que o livrasse de tamanho perigo, temendo a cada passo que lhe entrasse uma bala pelas costas e lhe saísse pelo peito, e a cada momento tomava a respiração para ver se lhe faltava; mas os do esquadrão contentaram-se com vê-lo fugir sem lhe atirarem. A Sancho, apenas tornou a si, puseram-no em cima do jumento, e deixaram-no ir atrás de seu amo, não que ele tivesse tino para o guiar, mas o ruço seguiu, como de costume, as pisadas de Rocinante, sem o qual não se achava à vontade. Quando Dom Quixote se julgou a boa distância, voltou a cabeça e viu Sancho, e esperou-o, depois de observar que ninguém o seguia.

Os do esquadrão estiveram ali até a noite, e, por não terem saído a dar batalha os seus contrários, voltaram para a sua aldeia muito alegres, e, se soubessem o costume antigo dos gregos, levantariam naquele lugar um troféu.

CAPÍTULO XXVIII

Das coisas que diz Benengeli, que saberá quem as ler, se as ler com atenção

Quando o valente foge é que está descoberta a cilada; e os varões prudentes devem guardar-se para melhor ocasião. Afirmou-se essa verdade com Dom Quixote, que, largando o campo à fúria do povo e às más tenções daquele indignado esquadrão, pôs os pés em polvorosa e, sem se lembrar de Sancho, nem do perigo em que o deixava, apartou-se o espaço que lhe pareceu bastante para se ver em segurança. Seguia-o Sancho, atravessado em cima do jumento, como fica referido. Chegou o pobre escudeiro, enfim, já recuperado do desmaio; e, ao chegar, deixou-se cair do ruço aos pés de Rocinante, ansioso, moído e desancado. Apeou-se Dom Quixote para lhe procurar as feridas; mas, como o encontrasse são dos pés até à cabeça, com bastante cólera lhe disse:

— Em má hora te lembraste de zurrar, Sancho; e quem te disse que era bom falar de corda em casa de enforcado? Para música de zurros, que compasso se havia de encontrar, que não fosse de varapaus? E dá graças a Deus, Sancho, que se te benzeram com um cacete, ao menos não te persignaram com um alfanje.

— Não estou para responder — tornou Sancho —, porque me parece que falo com as costas; montemos a cavalo e afastemo-nos deste sítio, que eu deixarei para sempre de zurrar, mas não de dizer que os cavaleiros andantes fogem e deixam os seus escudeiros moídos como pimenta em poder dos seus inimigos.

— Não foge quem se retira — respondeu Dom Quixote —,

porque hás de saber, Sancho, que a valentia que se não baseia na prudência chama-se temeridade, e as façanhas do temerário mais se atribuem à boa fortuna que ao seu ânimo; e assim, confesso que me retirei, mas que não fugi; e nisto imitei muitos valentes, que se guardaram para tempos melhores; e estão disto cheias as histórias, que por te não aproveitarem, nem me divertirem a mim, te não refiro agora.

Quando isto dizia, já Sancho montara no burro, ajudado por Dom Quixote, que também logo depois montou em Rocinante, e devagarinho se foram meter numa alameda, que ficava dali a um quarto de légua. De quando em quando dava Sancho ais profundíssimos e uns gemidos dolorosos; e perguntando-lhe Dom Quixote a causa de tão amargo sentimento, respondeu que desde o extremo do espinhaço, até a nuca, tudo lhe doía, de modo que lhe tirava o sentido.

— A causa dessa dor — disse Dom Quixote — é sem dúvida que, como te bateram com um pau comprido e direito, apanhou-te as espáduas todas, onde entram essas partes que te doem, e, se mais te apanhasse, mais te doera.

— Por Deus — disse Sancho —; Vossa Mercê tirou-me realmente de uma grande dúvida e explicou-ma em lindos termos! Corpo de tal; tão encoberta estava a causa da minha dor, que fosse necessário dizer-me que me dói tudo quanto o varapau apanhou? Se me doessem os dentes, ainda se percebia que se cismasse no motivo por que me doíam; mas doerem-me os sítios que me desancaram não é caso de pasmar. Por minha fé, senhor meu amo, pouco dói o mal alheio, e eu todos os dias vou vendo o pouco que devo esperar da companhia em que tenho andado; porque, se desta vez me deixou espancar, outras vezes voltaremos aos manteamentos, e a outras brincadeiras, que hoje foram pagas pelas costelas e amanhã o serão pelos olhos. Muito melhor faria eu (se não quiser ser um bárbaro toda a minha vida), muito melhor faria eu, torno a dizer, se voltasse para minha casa, para minha mulher e para os meus filhos, para a sustentar e para os criar com o que Deus for servido dar-me, em vez de andar atrás de Vossa Mercê por caminhos e encruzilhadas, bebendo mal e comendo pior. Pois em quanto ao dormir? Tomai aí, escudeiro mano, sete palmos de terra, e, se quiserdes mais, tomai outros tantos, que isso está na vossa mão, e estiraçai-vos à vossa vontade! Queimado veja eu e feito em pó o primeiro que deu começo à cavalaria andante, ou pelo menos o primeiro que quis ser escudeiro de semelhantes tontos, como haviam de ser os tais passados cavaleiros; dos presentes não digo nada, que por ser Vossa Mercê um deles, tenho-lhes respeito, e porque sei que Vossa Mercê ainda sabe mais do que o Diabo, em tudo o que diz e pensa.

— Eu era capaz de fazer uma aposta contigo, Sancho — disse Dom Quixote —, em como te não dói nada em todo o corpo, agora que estás falando sem que ninguém te vá à mão. Dize, meu filho, tudo o que te vier ao pensamento e à boca, que só para te não doer nada terei eu gosto em suportar o enfado que me dão as tuas impertinências; e, se desejas voltar para tua casa, para tua mulher e teus filhos, não serei eu que to impeça; tens dinheiros meus; vê há quanto tempo saímos da nossa aldeia desta terceira vez, vê o que deves ganhar mensalmente, e paga-te da tua mão.

— Quando eu servia Tomé Carrasco, o pai do Bacharel Sansão Carrasco, que Vossa Mercê muito bem conhece, ganhava dois ducados cada mês, fora a comida; com Vossa Mercê não sei o que posso ganhar, mas o que sei é que tem muito mais trabalho o escudeiro de um cavaleiro andante do que o que serve a um lavrador; que, enfim, os que servimos a lavradores, por muito que trabalhemos no dia, ainda que as coisas nos corram mal, à noite ceamos o nosso caldo e dormimos na nossa cama, coisa que eu não faço desde que sirvo a Vossa Mercê, a não ser o breve tempo que estivemos em casa de Dom Diogo de Miranda, e o regalo que tive com a escuma que tirei das olhas de Camacho, e o que comi, bebi e dormi em casa de Basílio; o mais tenho sempre dormido em terra dura e ao sereno, sujeito às inclemências do céu, sustentando-me com raspas de queijo e nacos de pão, e bebendo água, ora dos arroios, ora das fontes que topamos por esses caminhos.

— Admito — disse Dom Quixote — que seja verdade tudo o que dizes; quanto te parece que te devo dar a mais do que te dava Tomé Carrasco?

— Parece-me — disse Sancho — que com dois reais que Vossa Mercê acrescentasse em cada mês, me daria por bem pago, isto em quanto ao salário do meu trabalho; mas, para me satisfazer da palavra que Vossa Mercê me deu, e da promessa que me fez do governo de uma ilha, seria justo que se me acrescentassem mais seis reais, o que ao todo faria trinta.

— Pois muito bem; conforme o salário que tu mesmo arbitraste — redargüiu Dom Quixote —; há vinte e cinco dias que saímos do nosso povo; faze a conta, vê o que te devo, e paga-te pela tua mão.

— Coitado de mim! — disse Sancho. — Vossa Mercê erra muito a soma, porque, no que respeita à promessa da ilha, há de se contar desde o dia em que Vossa Mercê ma prometeu até a hora presente em que estamos.

— Então, há quanto tempo ta prometi eu, Sancho? — disse Dom Quixote.

— Se bem me recordo — tornou Sancho —, há de haver vinte anos, três dias, pouco mais ou menos.

Dom Quixote deu uma grande palmada na testa e desatou a rir com vontade, dizendo:

— Eu, na serra Morena, e em todo o decurso das nossas saídas, não andei mais que dois meses; e dizes tu, Sancho, que há vinte anos que te prometi a ilha? Agora vejo eu que queres que se gaste, nos teus salários, todo o dinheiro meu que tens em teu poder; e, se assim é, se isso te apraz, já te declaro que to dou e que te faça muito bom proveito, que a troco de me ver livre de tão mau escudeiro, folgaria de ficar pobre e sem mealha. Mas dize-me, prevaricador das ordenanças escudeiris da cavalaria andante, onde é que viste ou leste que nenhum escudeiro se pusesse com o seu senhor à contenda, para saber quanto se lhe há de dar em cada mês que o serviu? Entra, malandrino revel e vampiro insaciável, entra, repito, nesse *mare magnum* das suas histórias, e se encontrares notícia de que algum escudeiro dissesse o que tu acabas de dizer, consinto que mo estampes na testa e que me esbofeteies o rosto; volta as rédeas ou o cabresto ao asno, e torna para tua casa, porque não quero que dês nem mais um passo na minha companhia! Ó pão mal cozido[1]! ó promessas mal-empregadas! ó homem que tens mais de bruto que de pessoa de juízo! Agora, que eu pensava em te dar estado, e tal que, apesar de tua mulher, te tratassem por senhoria, agora é que te despedes? Vais-te embora, quando eu tinha a intenção firme e sincera de te fazer senhor da melhor ilha deste mundo? Enfim, como tens dito muitas vezes, não é o mel...[2] etc. Asno és, e asno hás de ser, e como asno hás de morrer, quando se te acabar o curso da vida, que tenho para mim que mais cedo chegará ela ao seu último termo do que tu percebas que és uma besta.

---

[1] Aquele que é ingrato ao pão que comeu.

[2] "Não é o mel para a boca do asno."

Olhava Sancho para Dom Quixote muito fito, enquanto ele lhe dizia estes vitupérios, e compungiu-se de tal maneira, que se lhe arrasaram os olhos de água, e, com voz dolorida e plangente, disse-lhe:

— Senhor meu, confesso que para ser asno de todo só me falta o rabo; se Vossa Mercê mo quiser pôr, dá-lo-ei por muito bem posto, e servi-lo-ei como um jumento em todos os dias de vida que me restam. Perdoe-me Vossa Mercê, e compadeça-se da minha mocidade, e advirta que eu sei pouco, e que, se falo muito, isso procede mais de enfermidade que de malícia; mas, como Vossa Mercê muito bem sabe, quem erra e se emenda a Deus se encomenda.

— Maravilhar-me-ia eu, Sancho, se não misturasses no colóquio algum rifãozito. Ora bem, perdôo-te, contanto que te emendes, e que te não mostres daqui por diante tão amigo dos teus interesses; mas que procures deitar o coração à larga, e te alentes e animes a esperar o cumprimento das minhas promessas, que, ainda que se demora, não se impossibilita.

Sancho respondeu que assim procederia, ainda que tivesse de fazer das fraquezas forças.

Nisto meteram-se na alameda, e Dom Quixote acomodou-se ao pé de um olmo, e Sancho ao pé de uma faia, porque estas árvores e outras semelhantes têm pés e não mãos. Sancho passou a noite penosamente, porque as dores das pancadas faziam-se sentir mais com o sereno. Dom Quixote passou-a embebido nas suas contínuas memórias; mas, com tudo isso, veio o sono fechar-lhe os olhos, e ao romper de alva seguiram o seu caminho, procurando as margens do famoso Ebro, onde lhes sucedeu o que se contará no próximo capítulo.

CAPÍTULO XXIX

Da famosa aventura do barco encantado

Dois dias depois de saírem da alameda, chegaram Dom Quixote e Sancho ao rio Ebro, e o vê-lo foi uma coisa que deu grande gosto a Dom Quixote, porque contemplou a amenidade das suas margens, a lucidez das suas águas, o sossego da sua corrente e a abundância dos seus líquidos cristais, cuja alegre vista renovou na sua memória mil amorosos pensamentos; especialmente cismou no que vira na cova de Montesinos; que, ainda que o macaco de Mestre Pedro lhe dissera que parte daquelas coisas era verdade, e parte mentira, ele contentava-se com o dizer-se-lhe que algumas eram verdadeiras, para as considerar todas assim às avessas de Sancho, que as tinha todas por igual patranha. Caminhando, pois, deste modo, ofereceu-se-lhe à vista uma pequena barca, sem remos nem velas, que estava amarrada na praia a um tronco de uma árvore. Olhou Dom Quixote para todos os lados e não viu pessoa alguma, e logo sem mais nem menos apeou-se de Rocinante, e mandou a Sancho que fizesse o mesmo ao ruço, e que a ambos os animais os amarrasse, muito bem amarrados, ao tronco de um álamo ou salgueiro que ali estava. Perguntou-lhe Sancho o motivo daquele súbito apear e de semelhante amarração. Respondeu-lhe Dom Quixote:

— Hás de saber, Sancho, que este barco que aqui está não tem outro fim senão chamar-me e convidar-me a que entre nele e vá socorrer algum cavaleiro ou outra pessoa principal e necessitada, que deve de estar posta nalguma grande aflição; porque este é o estilo dos livros das histórias cavaleirescas e dos nigromantes que nelas se intrometem; e, quando algum cavaleiro está metido nalguns trabalhos que não possa ser libertado deles senão por mão de outro cavaleiro, ainda que os separem duas ou três mil léguas, ou ainda mais, costumam, ou arrebatá-lo numa nuvem, ou deparar-lhe um barco em que se meta, e em menos de um abrir e fechar de olhos, levam-no, ou pelos ares, ou pelo mar, aonde querem e aonde é necessário o seu auxílio; de maneira que, ó Sancho, este barco está posto aqui para o mesmo efeito; e isto é tão verdade como ser agora dia, e antes que o dia acabe prende juntos o ruço e Rocinante, e a mão de Deus nos proteja, que não deixarei de embarcar-me, nem que mo peçam frades descalços.

— Pois se assim é, se Vossa Mercê quer cair a cada passo nestes que não sei se lhes chame disparates, não tenho remédio senão obedecer e abaixar a cabeça, atendendo ao rifão que diz: "Faze o que manda teu amo, e senta-te com ele à mesa"; mas, com tudo isso, pelo que toca ao descargo da minha consciência, quero advertir a Vossa Mercê que me parece que este barco não é dos encantados, mas de alguns pescadores deste rio, porque nele se pescam as melhores sabogas[1] do mundo.

Isto dizia Sancho, enquanto prendia os animais, deixando-os entregues à proteção dos nigromantes, com grande dor da sua alma. Disse-lhe Dom Quixote que não tivesse pena do desamparo dos animais, que aquele que a eles os levasse por tão longínquos caminhos e regiões trataria de os sustentar.

— Não entendo isso de "lógicos" — disse Sancho —, e nunca ouvi esse vocábulo em todos os dias da minha vida.

— "Longínquos" — respondeu Dom Quixote — quer dizer apartados, e não é maravilha que o não entendas, porque não és obrigado a saber latim, como alguns que presumem sabê-lo e afinal o ignoram.

— Já estão amarrados — respondeu Sancho —; agora que havemos de fazer?

— O quê? — respondeu Dom Quixote — benzer-nos e levar ferro[2], quero dizer, embarcar e soltar a amarra que prende este barco à terra.

E, dando um pulo para dentro dele, e seguindo-o Sancho, cortou

[1] Peixe de mar que sobe os rios até grandes distâncias.

[2] "Levar ferro": levantar a âncora.

o cordel, e o barco foi-se apartando a pouco e pouco da praia; e, quando Sancho se viu a obra de duas varas pelo rio dentro, começou a tremer, receando ver-se perdido; mas nada lhe deu mais pena do que ouvir ornear o ruço, e ver que Rocinante procurava soltar-se; e disse para seu amo:

— O ruço zurra, condoído da nossa ausência, e Rocinante procura soltar-se, para correr atrás de nós. Ó caríssimos amigos, ficai-vos em paz, e a loucura, que nos aparta de vós outros, convertida em desengano nos volte à vossa presença.

E nisto, começou a chorar tão amargamente, que Dom Quixote, mofino e colérico, lhe disse:

— De que tens tu medo, covarde criatura? por que choras, coração de manteiga? quem te persegue ou quem te acossa, alma de rato caseiro? o que é que falta, necessitado nas entranhas da abundância? vais por acaso caminhando a pé e descalço pelas montanhas Rifeas[3], ou vais sentado numa tábua como um arquiduque, deslizando pela tranqüila corrente deste plácido rio, donde em breve espaço sairemos para o mar alto? Mas isso até já devemos ter saído, e devemos ter caminhado, pelo menos, setecentas ou oitocentas léguas; e, se eu tivesse aqui um astrolábio para tomar a altura do pólo, eu te diria as que andamos, ainda que, ou pouco sei, ou já passamos, ou estaremos quase a passar a linha equinocial, que divide e corta os dois contrapostos pólos em igual distância.

— E, quando chegarmos a essa lenha que Vossa Mercê diz — perguntou Sancho —, quanto teremos andado?

— Muito — replicou Dom Quixote —; porque, de trezentos e sessenta graus que o globo contém de água e de terra, segundo o cômputo de Ptolomeu, que foi o maior cosmógrafo, teremos andado metade desses trezentos e sessenta graus, em chegando à linha que eu te disse.

— Por Deus — disse Sancho —, que Vossa Mercê me traz para testemunha uma fresca pessoa, a quem chama puto e tolo meu, e de quem diz que faz mofa!

Riu-se Dom Quixote da interpretação que Sancho dera ao nome de Ptolomeu e à designação de "cosmógrafo", e disse-lhe:

— Saberás, Sancho, que os espanhóis e os que embarcam em

---

[3] Montanhas da Cítia.

Cádis para ir às Índias Orientais, um dos sinais que têm para saber que passaram a linha equinocial que eu te disse é que a todos que vão no navio morrem os piolhos, sem que fique um só, que não se encontrará em todo o baixel, nem que se pese a ouro, e assim podes, Sancho, verificar o caso. Se encontrares coisa viva, sairemos com certeza desta dúvida.

— Não creio nada disso — respondeu Sancho —; contudo, farei o que Vossa Mercê manda, ainda que não sei que necessidade haja de se fazerem essas experiências, porque não nos apartamos da margem nem cinco varas, nem nos afastamos duas varas do sítio onde ficaram as alimárias; ainda vejo perfeitamente Rocinante e o ruço no sítio onde os deixei, e aposto que não andamos nem um passo de formiga.

— Faze a averiguação que eu te disse, Sancho, e não trates de mais nada, porque tu não sabes o que são linhas, paralelos, zodíacos, eclíticas, pólos, solstícios, equinócios, planetas, signos, pontos, medidas de que se compõe a esfera celeste e terrestre[4], que, se soubesses todas estas coisas ou parte delas, verias claramente os paralelos que cortamos, que signos vimos e que imagens deixamos atrás de nós, e vamos deixando agora, e torno-te a dizer que te apalpes, que aposto que estás mais limpo que um pedaço de papel liso e branco.

Apalpou-se Sancho e, pondo a mão na barriga da perna esquerda, levantou a cabeça, olhou para seu amo e disse:

— Ou a experiência é falsa, ou ainda não chegamos aonde Vossa Mercê diz, nem estamos a poucas léguas do tal sítio.

— Pois quê! — perguntou Dom Quixote — encontraste algum?

— Alguns, diga Vossa Mercê — respondeu Sancho.

E, sacudindo os dedos, lavou a mão toda no rio, por onde sossegadamente deslizava o barco, seguindo a corrente, sem que o impelisse inteligência alguma secreta, ou qualquer nigromante escondido, a não ser o próprio correr da água, então brando e suave. Nisto, descobriram umas grandes azenhas, que estavam no meio do rio, e apenas Dom Quixote as viu, bradou em alta voz para Sancho:

— Vês, amigo, ali se descobre a cidade, castelo ou fortaleza, onde deve de estar algum cavaleiro oprimido, ou alguma rainha,

---

[4] Palavras usuais na astronomia de então.

infanta, ou princesa malparada, para socorrer a qual aqui sou chamado.

— Que diabo de cidade, fortaleza, ou castelo diz Vossa Mercê? — perguntou Sancho — pois não vê claramente que aquilo são azenhas, que estão no rio, onde se mói o trigo?

— Cala-te, Sancho — disse Dom Quixote —, que, ainda que parecem azenhas, não acredito que o sejam. Já te disse que todas as coisas se mudam do seu ser natural com os encantamentos. Não quero dizer que se mudam realmente, mas que assim o parece, como o mostrou a experiência na transformação de Dulcinéia, único refúgio das minhas esperanças.

Nisto, o barco, entrado no meio da corrente do rio, começou a caminhar menos vagarosamente do que até ali. Os moleiros das azenhas, que viram vir aquele barco pela água abaixo, e que se ia a meter no redemoinho das rodas, saíram com presteza muitos deles com varas largas a demorá-lo. Como vinham enfarinhados, apresentavam um estranho aspecto, e davam grandes brados, dizendo:

— Demônios de homens, aonde ides? Vindes desesperados e quereis afogar-vos e despedaçar-vos nestas rodas?

— Não te disse eu, Sancho — acudiu Dom Quixote —, que tínhamos chegado a sítio onde hei de mostrar até onde chega a força do meu braço? Vê quantos malandrinos me saem ao encontro; vê quantos vampiros se me opõem; vê que de feias catadurasnos querem assustar. Pois agora vereis, velhacos.

E, pondo-se em pé no barco, principiou a ameaçar com grandes brados os moleiros, dizendo-lhes:

— Canalha malvada e pior aconselhada, deixai na sua liberdade a pessoa que na vossa fortaleza ou prisão tendes oprimida, alta ou baixa, de qualquer categoria que seja, que eu sou Dom Quixote de la Mancha, denominado o Cavaleiro dos Leões, a quem está reservado, por ordem expressa dos altos céus, o dar termo feliz a esta aventura.

E, dizendo isto, deitou mão à espada, e começou-a a esgrimir no ar contra os moleiros, os quais, ouvindo e não entendendo semelhantes sandices, puseram-se com as suas varas a desviar o barco, que já ia entrando no redemoinho formado pelas rodas. Pôs-se Sancho de joelhos, pedindo devotamente ao céu que o livrasse de tão manifesto perigo, como efetivamente o livrou pela indústria e presteza dos moleiros, que, opondo-se com as suas varas ao andamento do barco, o detiveram, mas não de modo que não virassem o batel, dando com Dom Quixote e com Sancho na água; serviu de muito a Dom Quixote o saber nadar como um pato, ainda que o peso das armas por duas vezes o levou ao fundo; mas, se não fossem os moleiros, que se deitaram à água e os salvaram a ambos, ali, para eles, teria sido Tróia. Tirados, pois, para terra, mais ensopados que mortos de sede, o bom do Sancho, ajoelhado, de mãos postas e com os olhos cravados no céu, pediu a Deus, em larga e mui devota oração, que daí por diante o livrasse dos atrevidos cometimentos de seu amo.

Nisto, chegaram os pescadores, donos do barco, que as rodas da azenha tinham despedaçado, e vendo-o em fanicos, principiaram a despir Sancho e a pedir a Dom Quixote que lho pagasse. Dom Quixote, com grande sossego, como se não se tivesse passado nada de extraordinário, disse aos moleiros e pescadores que pagaria o barco da melhor vontade, com a condição de lhe entregarem livres completamente a pessoa ou pessoas que naquele seu castelo estavam oprimidas.

— Que pessoas e que castelos são esses? — tornou um dos moleiros.

— Homem sem juízo, queres levar porventura os fregueses que vêm moer trigo a esta azenha?

— Basta — disse consigo Dom Quixote —; aqui era o mesmo que pregar no deserto querer reduzir esta canalha a praticar um ato virtuoso, por pedidos; e nesta aventura devem ter-se encontrado dois valentes nigromantes, um dos quais estorva o que o outro intenta: um deparou-me o barco, outro deu comigo na água; Deus o remedeie, que todo este mundo se compõe de máquinas e de traças contrárias umas às outras. Eu não posso mais.

E, levantando a voz, prosseguiu, dizendo e olhando para a azenha:

— Amigos, quem quer que sejais; que nessa prisão ficais encerrados, perdoai-me, que, por minha desgraça, e por desgraça vossa, não vos posso tirar dessa aflição. Para outro cavaleiro deve estar guardada e reservada esta aventura.

Dizendo isto, concertou-se com os pescadores e pagou pelo barco cinqüenta reais, que Sancho entregou de muito má vontade, dizendo:

— Com duas barcadas como esta, damos com o cabedal no fundo.

Os pescadores e moleiros estavam admirados, contemplando aquelas duas figuras tão estranhas, e não eram capazes de perceber as perguntas de Dom Quixote; e, tendo-os por loucos, deixaram-nos, e recolheram-se os moleiros para a sua azenha, e os pescadores para as suas choças. Voltaram para os seus animalejos Dom Quixote e Sancho, e este fim teve a aventura do barco encantado.

H.PISAN

CAPÍTULO XXX

Do que sucedeu a Dom Quixote com uma bela caçadora

Muito tristes e muito constrangidos se chegaram às suas alimárias cavaleiro e escudeiro, especialmente Sancho, a quem doía o coração de ter de tocar no dinheiro, parecendo-lhe que todo o que se tirava se lhe arrancava das meninas dos olhos. Finalmente, sem dizer palavra um ao outro, montaram a cavalo e apartaram-se do famoso rio: Dom Quixote imerso nos pensamentos dos seus amores, e Sancho nos do seu acrescentamento, que por então lhe parecia que estava bem longe de se realizar, porque, apesar de ser tonto, percebia que as ações de seu amo, ou todas ou a maior parte, eram disparates, e procurava ocasião de se safar e voltar para casa, sem estar com despedidas nem contas; mas a fortuna ordenou as coisas muito ao invés do que ele receava.

Sucedeu, pois, que no outro dia, ao pôr-do-sol e ao sair de uma selva, espraiou Dom Quixote a vista por uma verde campina, e lá ao fim viu gente, e, aproximando-se, conheceu que eram caçadores de altanaria. Chegou-se mais, e viu entre eles uma galharda senhora, montada num palafrém, ou hacanéia branquíssima, com arreios verdes e uma cadeirinha de prata. Vinha a esbelta dama vestida de verde, tão bizarra e opulentamente, que parecia a personalização da própria bizarria. Na mão esquerda trazia um gerifalte, e por isso viu Dom Quixote que seria alguma grande senhora, a quem obedeceriam todos aqueles caçadores, como era na verdade; e assim, disse a Sancho:

— Corre, Sancho filho, e dize àquela senhora do palafrém e do gerifalte, que eu, o Cavaleiro dos Leões, beijo as mãos à sua grande formosura; e que, se sua grandeza me der licença, eu mesmo lhas irei beijar, e servi-la em tudo o que as minhas forças puderem e ordenar sua alteza: e vê, Sancho, não vás tu encaixar algum rifão dos teus na tua embaixada.

— Olha a quem fala — respondeu Sancho Pança —; venha-me dizer isso a mim, que não é a primeira vez que levo embaixadas nesta vida a mui altas e importantes damas.

— A não ser a da Senhora Dulcinéia — redargüiu Dom Quixote —, não me consta que levasses outra, pelo menos estando ao meu serviço.

— É verdade — respondeu Sancho —, mas ao bom pagador não custa dar penhor, e em casa cheia depressa se guisa e ceia: quero dizer, que não precisa de me advertir de coisa alguma, que para tudo tenho e de tudo sei um poucochinho.

— Isso creio eu, Sancho — disse Dom Quixote —; vai em muito boa hora, e Deus te guie.

Partiu Sancho Pança de carreira, obrigando o ruço a sair do seu passo habitual, e chegou ao sítio onde estava a bela caçadora, e, apeando-se, ajoelhado diante dela, disse-lhe:

— Formosa senhora, aquele cavaleiro que acolá aparece, chamado o Cavaleiro dos Leões, é meu amo, e eu sou um seu escudeiro, a quem chamam em sua casa Sancho Pança. Este tal Cavaleiro dos Leões, que não há muito que se chamava o Cavaleiro da Triste Figura, manda-me dizer a Vossa Grandeza que seja servida dar-lhe licença que venha, com seu propósito, beneplácito e consentimento, pôr em obra o seu desejo, que não é outro, segundo ele diz e eu creio, senão o de servir a vossa consumada altanaria e formosura, e, dando-lhe essa licença, Vossa Senhoria fará uma coisa que redundará muito em seu prol, e ele receberá assinalada mercê e satisfação.

— Não há dúvida, bom escudeiro — respondeu a senhora —, que destes a vossa embaixada com todas as circunstâncias que tais embaixadas pedem; levantai-vos, que escudeiro de tamanho cavaleiro, como é o da Triste Figura, de quem já por cá temos muita notícia, não é justo que esteja de joelhos; levantai-vos, amigo, e dizei a vosso amo: que venha muito embora honrar-nos a mim e ao duque, meu marido, numa casa de recreio que aqui temos.

Levantou-se Sancho, admirado, tanto da formosura da boa

senhora, como da sua muita afabilidade e cortesia, e ainda mais de lhe haver dito que tinha notícia de seu amo, o Cavaleiro da Triste Figura; e que, se lhe não chamara o dos Leões, devia ser por ele ter adotado esse nome há tão pouco tempo. Perguntou-lhe a duquesa (cujo título ainda hoje se não sabe)[1]:

— Dizei-me, bom escudeiro: este vosso amo não é um de quem anda impressa uma história, que se chama do Engenhoso fidalgo Dom Quixote de la Mancha, e que tem por dama dos seus pensamentos uma tal Dulcinéia del Toboso?

— É o mesmo, senhora — respondeu Sancho —, e aquele seu escudeiro, que anda ou deve andar na tal história, a quem chamam Sancho Pança, sou eu, a não ser que me trocassem no berço, quero dizer, que me trocassem na imprensa.

— Com tudo isso muito folgo — disse a duquesa. — Ide, bom Pança, e dizei a vosso amo que seja muito bem chegado e muito bem-vindo aos meus estados, e que nenhuma coisa poderia haver que mais contentamento me desse.

Sancho, portador de tão agradável resposta, com imenso gosto voltou para seu amo, a quem contou minuciosamente tudo o que a nobre senhora lhe dissera, levantando ao céu, com os seus rústicos termos, a sua muita formosura, o seu grande donaire e cortesia.

Dom Quixote aprumou-se na sela com toda a galhardia, firmou-se nos estribos, ajustou a viseira, picou as esporas a Rocinante, e com gentil denodo foi beijar as mãos à duquesa, a qual, mandando chamar o duque, seu marido, enquanto Dom Quixote se aproximava, lhe contou a sua embaixada toda, e ambos, por terem lido a primeira parte desta história, e terem sabido por ela a disparatada índole de Dom Quixote, com imenso gosto e desejo de o conhecer o esperavam, no firme propósito de o não contrariar, de concordar com tudo o que ele dissesse, tratando-o como a cavaleiro andante, no tempo que com eles se demorasse, com todas as cerimônias costumadas nos livros de cavalaria que tinham lido, e a que ainda eram muito afeiçoados. Nisto chegou Dom Quixote, e, dando mostras de

---

[1] São com toda a certeza Dom Carlos de Borja e Dona Maria Luísa de Aragão, duques de Villahermosa, e o castelo foi o Palácio de Buenavía, edificado pelo Duque Dom João de Aragão, primo do Rei Fernando, o Católico, nas imediações de Pedrola.

querer apear-se, acudiu Sancho a segurar-lhe no estribo; mas, com tanta desgraça, que, ao saltar, embrulhou-se-lhe um pé de tal modo numa das cilhas da albarda, que não lhe foi possível desenredá-lo, e ficou pendurado com a boca e o peito no chão. Dom Quixote, que não costumava apear-se sem lhe segurarem no estribo, supondo que Sancho estava já no seu posto, largou o corpo de golpe, e levou consigo a sela de Rocinante, que por força estava mal apertada, e ele e a sela caíram ao chão, não sem grande vergonha sua e sem muitas maldições, que atirou por entre os dentes ao desditoso Sancho, que ainda estava com o pé preso. O duque mandou aos seus monteiros que acudissem ao cavaleiro e ao escudeiro, e eles correram logo a levantar a Dom Quixote, que, maltratado da queda, coxeando e como pôde, foi ajoelhar diante dos duques; mas o nobre fidalgo não lho consentiu de modo algum; antes, apeando-se do cavalo, abraçou Dom Quixote, dizendo-lhe:

— Pesa-me, Senhor Cavaleiro da Triste Figura, que a primeira[2] que Vossa Mercê fez nas minhas terras fosse tão má como se viu; mas descuidos de escudeiros costumam ser causa de sucessos ainda piores.

— O acontecimento que me proporcionou a honra de vos ver, valoroso príncipe — respondeu Dom Quixote —, nunca podia ser mau, ainda que a minha queda só parasse nas profundas dos abismos, pois dali me levantaria e me tiraria a glória de vos ter visto. O meu escudeiro, que Deus maldiga, desata melhor a língua para dizer malícias, do que ata e aperta uma sela para ficar firme; mas, esteja eu como estiver, caído ou levantado, a pé ou a cavalo, sempre estarei ao vosso serviço e ao da duquesa, muito minha senhora, digna consorte vossa e digna senhora da formosura, e universal princesa da cortesia.

— Devagar, devagar, meu Senhor Dom Quixote — disse o duque —, que onde está Dulcinéia del Toboso, senhora minha, não é razão que se louvem outras formosuras.

Já a este tempo Sancho Pança, livre do laço e achando-se ali próximo, antes que seu amo respondesse, disse:

— Não se pode negar que é muito formosa a minha Senhora Dulcinéia del Toboso, mas, onde menos se pensa, se levanta a

[2] Visita.

lebre, que eu tenho ouvido dizer que isto da natureza é como um oleiro que faz vasos de barro, e quem faz um formoso pode fazer dois ou três, ou um cento; digo isto, porque a duquesa, minha senhora, decerto que não fica atrás de minha ama, a Senhora Dulcinéia del Toboso.

Voltou-se Dom Quixote para a duquesa, e disse:

— Imagine Vossa Grandeza que nunca teve um cavaleiro andante, neste mundo, escudeiro mais falador nem mais divertido do que eu tenho, e ele me não deixará por mentiroso, se alguns dias me conceder a vossa excelsa grandeza empregar-me no seu serviço.

— Que Sancho, o bom, seja divertido — respondeu a duquesa —, muito estimo, porque é sinal de ser discreto, que as graças e os donaires, como Vossa Mercê bem sabe, Senhor Dom Quixote, não assentam em rudes engenhos; e visto que o bom Sancho é gracioso e donairoso, desde já o confirmo por discreto.

— E falador — acrescentou Dom Quixote.

— Tanto melhor — observou o duque —, porque muitas graças não se podem dizer com poucas palavras, e para que se nos não vá o tempo com elas, venha o grande Cavaleiro da Triste Figura...

— Dos Leões, há de dizer Vossa Alteza — interrompeu Sancho —, que já não há Triste Figura.

— Venha, pois, o Senhor Cavaleiro dos Leões — prosseguiu o duque —, a um castelo meu, que está aqui próximo, onde se lhe fará o acolhimento que a tão excelsa pessoa justamente se deve, e o que eu e a duquesa costumamos fazer a todos os cavaleiros andantes que ali chegam.

Nesse ínterim, já Sancho arranjara e apertara bem a sela a Rocinante, em que montou Dom Quixote; e, montando o duque num formoso cavalo, puseram a duquesa no meio, e encaminharam-se para o castelo. Ordenou a duquesa a Sancho que fosse junto dela, porque gostava imenso de ouvir os seus ditos. Não se fez rogar Sancho; meteu-se entre os três, e fez de parceiro na conversação, com grande gosto do duque e da duquesa, que tiveram por alta ventura o acolher no seu castelo tal cavaleiro andante e tal escudeiro falante.

CAPÍTULO XXXI

Que trata de muitas e grandes coisas

Suma alegria tinha Sancho, vendo-se, no seu entender, na privança da duquesa, porque já imaginava que havia de encontrar no seu castelo o mesmo que em casa de Dom Diogo e em casa de Basílio, e, sempre afeiçoado à boa vida, agarrava na ocasião pelos cabelos, nisto de se regalar sempre que se lhe oferecia ensejo. Conta, pois, o historiador, que, antes de chegarem à casa de recreio ou castelo, adiantou-se o duque e deu ordens aos seus criados acerca do modo como haviam de tratar Dom Quixote, de maneira que, assim que este chegou com a duquesa à porta do castelo, saíram dois lacaios ou palafreneiros, vestidos até os pés com umas roupas de levantar[1], de finíssimo cetim carmesim, e, tomando Dom Quixote nos braços, sem ser visto nem ouvido lhe disseram:

— Vá Vossa Grandeza apear a duquesa, nossa ama.

Dom Quixote assim o fez, e houve entre ambos grandes cumprimentos sobre o caso; mas, efetivamente, venceu a porfia da duquesa, que não quis apear-se do palafrém, senão nos braços do duque, dizendo que se não achava digna de dar a tão grande cavaleiro tão inútil carga. Enfim, saiu o duque a apeá-la, e, à entrada dum grande pátio, vieram duas formosas donzelas, e deitaram aos

[1] "Roupas de levantar": roupa para andar em casa. Veste talar.

ombros de Dom Quixote um grande manto de finíssima escarlata, e num instante se coroaram todos os corredores do pátio de criados e criadas daqueles senhores, dizendo com grandes brados:

— Seja bem-vinda a flor e a nata dos cavaleiros andantes.

E todos, ou a maior parte, derramavam águas odoríferas sobre Dom Quixote, e foi aquele o primeiro dia em que de todo conheceu e acreditou que era verdadeiro cavaleiro andante, não fantástico, vendo que o tratavam do mesmo modo por que ele vira que se tratavam os tais cavaleiros nos séculos passados. Sancho, desamparando o ruço, coseu-se com a duquesa e entrou no castelo, e, remordendo-lhe a consciência deixar o jumento só, chegou-se a uma reverenda dona, que saíra com outras a receber a duquesa, e disse-lhe em voz baixa:

— Senhora González, ou como é a graça de Vossa Mercê.

— Chamo-me Dona Rodríguez de Grijalba — respondeu ela —; o que mandais, irmão?

— Quereria que Vossa Mercê — redargüiu Sancho — me fizesse o favor de ir à porta do castelo, onde achará um asno ruço, que é o meu: seja Vossa Mercê servida de o mandar meter, ou de o meter na cavalariça, porque o pobrezito é um pouco medroso, e não há de gostar nada de se ver sozinho.

— Se o amo for tão discreto como o criado — tornou a dona —, estamos servidas! Andai, irmão, em má hora viestes ou vos trouxeram cá; tende conta no vosso jumento, que nós, as damas desta casa, não estamos costumadas a semelhantes incumbências.

— Pois na verdade — respondeu Sancho — eu ouvi dizer a meu amo que sabe de cor quantas histórias há no mundo, ao contar a história de Lançarote, quando veio da Bretanha.

Que damas cuidavam dele, E donas do seu rocim;

e cá o meu jumento não o trocava eu pelo rocim do Senhor Lançarote.

— Irmão — redargüiu a dona —, se sois jogral, guardai as vossas graças para quem vo-las pague, que eu só se vos der uma figa[2].

— Figa! Figo maduro é que há de ser, se tiver a idade de Vossa Mercê.

---

[2] Fazer figa era uma maneira de menosprezo, uma burla disfarçada.

— Filho da puta! — tornou a dona, já toda acesa em cólera — se sou velha ou não, a Deus darei contas, e não a vós, velhaco, que tresandais a alho.

E disse isto em voz tão alta, que a duquesa a ouviu e, voltando-se e vendo a sua dona tão alvorotada e encarniçada, perguntou-lhe o que tinha.

— Foi este homem — respondeu a dona —, que me pediu encarecidamente que lhe metesse na cavalariça um jumento que está à porta do castelo, e trazendo para exemplo que assim o fizeram não sei onde, que umas damas cuidaram dum tal Lançarote e umas donas do seu rocim, para mais ajuda acaba chamando-me velha.

— Isso é que eu teria por afronta, mais do que todas as que me pudessem dizer — respondeu a duquesa.

E, voltando-se para Sancho, disse-lhe:

— Reparai, Sancho, que Dona Rodríguez é muito moça, e que essas toucas mais as traz por autoridade e usança do que por velhice.

— Morto eu caia neste instante — tornou Sancho — se disse uma só palavra por ofensa; mas tão grande é o amor que tenho ao meu jumento, que me pareceu que o não podia recomendar a pessoa mais caritativa que a Senhora Rodríguez.

— Práticas são essas para este lugar, Sancho? — acudiu Dom Quixote, que tudo ouvia.

— Senhor meu amo — tornou Sancho —, a gente onde está fala dos seus negócios e lembrei-me aqui do ruço, aqui falei nele; se me lembrasse na cavalariça, na cavalariça falaria.

— Sancho fala com muito acerto — disse o duque —, e não há motivo algum para se culpar; o ruço está a bom recado, e não se apoquente, Sancho, que lhe tratarão o jumento como se fosse ele próprio.

Com estes arrazoados, agradáveis a todos, menos a Dom Quixote, chegaram acima e introduziram Dom Quixote numa sala, adornada de telas riquíssimas de ouro e de brocado; seis donzelas o desarmaram e lhe serviram de pajens, todas industriadas e avisadas pelo duque e pela duquesa do que haviam de fazer e de como haviam de tratar Dom Quixote, para que ele imaginasse e visse que o tratavam como cavaleiro andante. Dom Quixote, depois de desarmado, com as suas bragas estreitas e o seu gibão de camurça, seco, magro, esticado, com as faces tão chupadas que se beijavam por dentro, era uma tal figura, que, se as donzelas que o serviam não tivessem todo o cuidado em dissimular o riso (que foi uma das ordens rigorosas que seus amos lhes tinham dado), rebentariam decerto. Pediram-lhe que se deixasse despir para enfiar uma camisa; mas ele é que não foi capaz de consentir em semelhante coisa, alegando que a honestidade parecia tão bem nos cavaleiros andantes como a valentia. Pediu, contudo, que dessem a camisa a Sancho e, encerrando-se com ele numa quadra[3] em que estava um rico leito, despiu-se e vestiu a camisa; e, vendo-se sozinho com Sancho, observou-lhe:

— Dize-me, truão moderno e malhadeiro antigo: parece-te bem desconsiderar e afrontar uma dona tão veneranda e digna de respeito, como aquela? Era ocasião de te recordares do ruço, ou são senhores estes que deixam passar mal as bestas, quando tratam tão bem os donos? Por Deus, Sancho, reporta-te e não descubras o fio, de modo que venha a perceber-se que és feito de pano grosseiro e vilão. Vê, pecador, que o amo é tido em conta tão maior, quanto melhores e mais bem-nascidos são os criados que tem: que uma das maiores vantagens que levam os príncipes aos outros homens é servirem-se de criados que são tão bons como eles. Não reparas, desgraçado, que se virem que és um vilão grosseiro, ou um mentecapto divertido, pensarão que eu sou algum ichacorvos[4] ou algum cavaleiro de empréstimo? Não, não, Sancho amigo, foge, foge destes inconvenientes, que quem tropeça em falador e gracioso ao primeiro pontapé cai e dá em truão desengraçado; refreia a língua, considera e rumina as palavras, antes de te saírem da boca, e vê que chegamos a sítio donde, com o favor de Deus e o valor do meu braço, havemos de sair melhorados em fama e em fazenda.

Sancho prometeu-lhe com muitas veras coser a boca ou morder a língua, antes de dizer uma palavra que não fosse muito a propósito e bem considerada, como lhe mandava, e que não tivesse cuidado, que por ele nunca se descobriria quem eram.

Vestiu-se Dom Quixote, cingiu o talim e a espada, deitou às costas o manto roçagante de escarlata, pôs na cabeça um gorro de cetim verde, que lhe haviam dado, e com estes adornos saiu para a

---

[3] "Quadra": sala quadrada.

[4] "lchacorvos": vendedor de ungüentos e unturas.

sala grande, onde achou as donzelas formadas em ala, tantas duma parte como de outra, e todas com jarros para lhe deitar água às mãos, o que fizeram com muitas reverências e cerimônias. Vieram logo em seguida doze pajens com o mestre-sala, para o levar a jantar, que já os senhores o aguardavam. Puseram-no no meio e levaram-no, cheio de pompa e de majestade, a outra sala, onde estava posta uma rica mesa só com quatro talheres. A duquesa e o duque saíram à porta da sala a recebê-lo, e com eles um grave eclesiástico, destes que governam as casas dos príncipes; destes que querem que a grandeza dos nobres se meça pela estreiteza dos seus ânimos; destes que, querendo ensinar aos que eles governam a ser limitados, os fazem ser miseráveis. Um desses tais devia ser o grave religioso que saiu com os duques a receber Dom Quixote. Trocaram-se mil corteses cumprimentos, e finalmente, pondo Dom Quixote no meio, foram para a mesa. Convidou o duque a Dom Quixote para que se sentasse à cabeceira; e, ainda que ele o recusou, foram tais as instâncias do duque, que não teve remédio senão aceitar, enfim. O reverendo sentou-se defronte e o duque e a duquesa nos dois lados.

A tudo assistia Sancho, aparvalhado e atônito, por ver as honras que aqueles príncipes faziam a seu amo; e observando as cerimônias e rogos que houve entre o duque e Dom Quixote, para fazê-lo sentar-se na cabeceira da mesa, disse:

— Se Vossas Mercês me dão licença, contar-lhes-ei um conto que se passou no meu povo, acerca disto de lugares.

Apenas Sancho proferiu estas palavras, Dom Quixote tremeu, receando tolice. Olhou para ele Sancho, entendeu-o e observou:

— Não receie Vossa Mercê, meu amo, que eu me desmande, nem que diga coisa que não venha muito a pêlo, que ainda não me esqueci dos conselhos que há pouco Vossa Mercê me deu sobre o falar muito ou pouco, bem ou mal.

— Eu é que me não lembro de coisa alguma, Sancho — respondeu Dom Quixote —; dize o que quiseres, contanto que o digas depressa.

— Pois o que eu quero dizer — tornou Sancho — é tão verdadeiro, que meu amo Dom Quixote, que está presente, não me deixará mentir.

— Isso deixo — replicou Dom Quixote —; mente quanto quiseres, que não te irei à mão; mas vê o que dizes.

— Vejo e revejo, e as obras o mostrarão — disse Sancho.

— Bom será — acudiu Dom Quixote — que Vossas Mercês mandem pôr fora este tolo, que vai dizer aí mil pachouchadas.

— Por vida do duque — bradou a duquesa —, Sancho não se tira de ao pé de mim; quero-lhe muito, porque sei que é muito discreto.

— Discretos dias viva Vossa Santidade — exclamou Sancho — pelo bom conceito que de mim faz, ainda que o não mereço; e o conto que eu quero dizer é o seguinte: convidou um fidalgo da minha terra, muito rico e principal, porque vinha dos Alamos de Mediria del Campo[5], que casou com Dona Mécia de Quiñones, que, foi filha de Dom Alonso de Marañón[6], cavaleiro do hábito de São Tiago, que se afogou na Ferradura[7], por causa de quem houve há anos no nosso lugar aquela pendência, em que se achou metido, se bem me lembro, meu amo o Senhor Dom Quixote, e em que ficou ferido Tomasinho, o Travesso, filho de Balbastro, o Ferreiro ... Não é verdade tudo isto, senhor meu amo? Diga-o, por vida sua, para que estes senhores me não tenham por falador e mentiroso.

— Até agora — disse o eclesiástico — mais vos tenho por falador do que por mentiroso; mas daqui para diante não sei o que pensarei.

— Tu dás tantas testemunhas e tantos sinais, Sancho, que não posso deixar de dizer que tudo isso deve de ser verdade — acudiu Dom Quixote —; passa adiante e encurta o conto, porque levas caminho de não acabar nem em dois dias.

— Não há de encurtar tal[8] — tornou a duquesa —; para me dar gosto a mim, há de o contar do modo que ele souber, ainda que o não acabe nem em seis dias, que, se fossem tantos, seriam para mim os melhores da minha vida.

— Digo, pois, meus senhores — prosseguiu Sancho —, que este

---

[5] Existia, em verdade, essa família.

[6] Dona Mécia de Quiñones, filha de Dom Alonso de Marañón, porque no tempo de Cervantes era freqüente trocar o sobrenome do pai pelo da mãe.

[7] Alude Sancho Pança ao terrível naufrágio ocorrido por volta de 1562 no Porto da Ferradura, em que morreram quatro mil pessoas, com o General-de-Galeras Dom João de Mendonza.

[8] "Não fará tal coisa."

tal fidalgo, que eu conheço como as minhas mãos, porque de minha casa à sua não vai um tiro de besta, convidou um lavrador pobre, mas honrado...

— Adiante, irmão — acudiu o eclesiástico —; levais caminho de não acabar o conto nem no outro mundo.

— Hei de acabá-lo muito antes, se Deus for servido — respondeu Sancho —; e assim digo que, chegando o tal à casa do dito fidalgo que o convidara... Deus lhe fale na alma, porque já morreu; e por sinal dizem que o teve a morte dum anjo; isso não posso eu afirmar, porque não estava presente, que tinha ido nesse tempo para a ceifa em Tembleque.

— Por vida vossa, filho, voltai depressa de Tembleque, e, sem enterrardes o fidalgo, senão quereis fazer ainda mais exéquias, acabai o vosso conto.

— Foi pois o caso que, estando os dois para se sentar à mesa... parece que os estou a ver agora.

Muito divertia ao duque e à duquesa o desespero que ao bom religioso causavam a dilação e pausas com que Sancho contava o seu conto, e Dom Quixote estava-se consumindo de cólera e de raiva.

— Estando, como eu disse — continuou Sancho —, o fidalgo e o lavrador para se sentar à mesa, teimava o lavrador com o fidalgo para que se sentasse à cabeceira, e o fidalgo teimava para que ali se sentasse o lavrador, porque em sua casa se havia de fazer o que ele mandasse; mas o lavrador, que tinha fumaças de cortês, não foi capaz de ceder; até que o fidalgo, enfastiado, pondo-lhe as mãos nos ombros, o fez sentar à força, dizendo-lhe: "Sentai-vos, palúrdio, que o sítio em que eu me sentar, seja onde for, fica sendo a cabeceira". Ora aqui está o conto — concluiu Sancho —, e na verdade parece-me que não foi trazido fora de propósito.

Fez-se Dom Quixote de mil cores, que lhe jaspeavam o moreno do rosto. Os duques disfarçaram o riso, para que Dom Quixote não se corresse de todo, tendo entendido a malícia de Sancho; e para mudar de prática e impedir que Sancho prosseguisse com outros disparates, perguntou a duquesa a Dom Quixote que notícias tinha da Senhora Dulcinéia, e se nesses últimos dias lhe enviara alguns presentes de gigantes ou de malandrinos, pois não podia deixar de ter vencido muitos.

— Senhora minha — respondeu Dom Quixote —, as minhas desgraças tiveram princípio, mas nunca hão de ter fim. Tenho vencido gigantes, e malandrinos lhe tenho enviado, mas onde a haviam de encontrar, se está encantada e escondida na mais feia lavradeira que imaginar-se pode?

— Não sei — acudiu Sancho Pança —; a mim parece-me a criatura mais formosa deste mundo; pelo menos na ligeireza e no brincar bem sei que lhe não levará vantagem nem um só saltimbanco: na verdade, senhora duquesa, salta do chão para cima duma jumenta como se fosse um gato.

— Viste-la encantada? — perguntou o duque.

— Se a vi! Pois quem diabo foi o primeiro que caiu no achaque do encantório, senão eu? Está tão encantada como meu pai.

O eclesiástico, que ouviu falar em gigantes, em malandrinos e em encantamentos, percebeu que aquele devia ser o Dom Quixote de la Mancha, cuja história o duque tinha costume de ler, coisa que ele por muitas vezes lhe censurara, dizendo-lhe que era disparate ler tais despautérios; e, sabendo ser verdade o que suspeitava, disse com muita cólera para o duque:

— Vossa Excelência, senhor duque, tem de dar contas a Nosso Senhor do que este bom homem faz. Este Dom Quixote ou Dom Tonto, ou como é que se lhe chama, imagino eu que não deve ser tão mentecapto como Vossa Excelência quer que ele seja, dando-lhe ocasião para levar por diante as suas sandices e asneiras.

E, voltando-se para Dom Quixote, disse-lhe:

— E a vós, alma de cântaro, quem vos encasqueteou na cabeça que sois cavaleiro andante, e que venceis gigantes e prendeis malandrinos? Voltai para vossa casa e educai vossos filhos, se os tendes, tratai da vossa fazenda, e deixai-vos de andar vagando pelo mundo, a papar vento, e fazendo rir todos os que vos conhecem e vos não conhecem. Onde em má hora é que vistes que houvesse ou haja cavaleiros andantes? onde é que há gigantes na Espanha ou malandrinos na Mancha? e Dulcinéias encantadas, e toda a caterva de necedades que de vós se conta?

Ouviu Dom Quixote, muito atento, as razões daquele venerável varão; e, vendo que terminara, sem guardar respeito aos duques, com semblante irado e alvorotado rosto, pôs-se em pé, e disse... Mas esta resposta merece capítulo especial.

Doré
H. PISAN

CAPÍTULO XXXII

Da resposta que deu Dom Quixote ao seu repreensor, com outros graves e graciosos sucessos

Erguido, pois, Dom Quixote, tremendo desde os pés até a cabeça, com azougada, pressurosa e turva língua, disse:

— O lugar onde estou, a presença de tão excelsas pessoas e o respeito que sempre tive e tenho ao estado que Vossa Mercê professa atam-me as mãos ao justíssimo enfado; e assim, tanto pelo que disse, como por saberem todos que as armas dos que vestem sotainas[1] são, como as das mulheres, a língua, entrarei, servindo-me da minha, em igual batalha com Vossa Mercê, de quem se deviam esperar antes bons conselhos do que infames vitupérios. As repreensões santas e bem-intencionadas requerem outras circunstâncias e pedem outros assuntos; pelo menos, o repreender-me em público e tão asperamente excedeu todos os limites da censura cordata; porque às primeiras cabe melhor a brandura do que a aspereza; não me parece bem que, sem ter conhecimento do pecado que se repreende, se chame ao pecador, sem mais nem mais, mentecapto e tonto. Senão, diga-me Vossa Mercê: que tonteria viu em mim, para me condenar e vituperar, e mandar-me que vá para minha casa tomar conta do seu governo, e de minha mulher e de meus filhos, sem saber se tenho filhos e mulher? Então não é mais senão entrar a

[1] Os togados, os letrados.

trouxe-mouxe pelas casas alheias a governar os donos delas, e, tendo-se criado alguns dos que isso fazem na estreiteza dum seminário, sem terem visto mais mundo do que o que pode encerrar-se em vinte ou trinta léguas de comarca, meterem-se de rondão a dar leis à cavalaria e a julgar os cavaleiros andantes? Porventura é assunto vão, ou é tempo desperdiçado o que se gasta em vaguear pelo mundo, não procurando os seus regalos, mas sim as asperezas por onde ascendem os bons à sede da imortalidade? Se me tivessem por tonto os cavaleiros, os magníficos, os generosos, os de alto nascimento, considerá-lo-ia eu afronta irreparável; mas que me tenham por sandeu os estudantes, que nunca pisaram a senda da cavalaria, pouco me importa; cavaleiro sou e cavaleiro hei de morrer, se aprouver ao Altíssimo: uns seguem o largo campo da ambição soberba, outros o da adulação servil e baixa, outros o da hipocrisia enganosa, e alguns o da cavalaria andante, por cujo exercício desprezo a fazenda, mas não a honra. Tenho satisfeito agravos, castigado insolências, vencido gigantes e atropelado vampiros: sou enamorado, só porque é forçoso que o sejam os cavaleiros andantes, e, sendo-o, não pertenço ao número dos viciosos, mas sim ao dos platônicos e continentes. As minhas intenções sempre as dirijo para bons fins, que são fazer bem a todos e mal a ninguém. Se quem isto entende, se quem isto pratica, se quem disto trata merece ser chamado bobo, digam-no Vossas Grandezas, duque e duquesa excelentes.

— Bem, pelo Deus vivo — acudiu Sancho —, não diga mais Vossa Mercê, senhor meu amo, em seu abono, porque não há mais que dizer, nem mais que pensar, nem mais que perseverar no mundo; e, visto que este senhor nega que tenha havido ou haja no mundo cavaleiros andantes, não admira que não saiba nenhuma das coisas que Vossa Mercê disse.

— Porventura — acudiu o eclesiástico — sois vós, irmão, aquele Sancho Pança, a quem vosso amo prometeu uma ilha?

— Sou eu mesmo — respondeu Sancho —, e sou também quem a merece tanto como outro qualquer; sou aquele de quem se pode dizer: "Chega-te para os bons, serás um deles"; e "Chega-te para boa árvore, boa sombra terás": arrimei-me a bom senhor, e há muitos meses que ando em boa companhia, e hei de ser outro como ele, querendo Deus; e viva ele, e viva eu, que nem a ele lhe faltarão impérios que mandar, nem a mim ilhas que governar.

— Não, decerto, Sancho amigo — acudiu o duque —, que eu,

em nome do Senhor Dom Quixote, vos confiro o governo duma que tenho agora vaga.

— Ajoelha, Sancho — bradou Dom Quixote —, e beija os pés de Sua Excelência, pela mercê que te fez.

Obedeceu Sancho, e, vendo isto o eclesiástico, levantou-se da mesa, muito enfadado, dizendo:

— Pelo hábito que visto, estou em dizer que Vossa Excelência ensandeceu com estes pecadores; vede se eles não hão de ser doidos, quando os ajuizados lhes aprovam as loucuras: fique-se Vossa Excelência com eles, que, enquanto estiverem cá por casa, ficarei eu na minha, e dispensar-me-ei de repreender o que não me é possível remediar.

E, sem dizer mais palavra, nem comer mais bocado, foi-se embora, sem que pudessem detê-lo os rogos dos duques; é verdade também que o duque não pôde insistir muito; estava sufocado de riso, por causa da sua impertinente cólera. Acabou de rir, e disse:

— Vossa Mercê, Senhor Cavaleiro dos Leões, respondeu por si tão nobremente, que tirou plena satisfação deste agravo, se agravo se lhe pode chamar, porque os eclesiásticos, da mesma forma que as mulheres, não podem ofender ninguém, como Vossa Mercê muito bem sabe.

— Assim é — respondeu Dom Quixote —; quem não pode ser ofendido a ninguém pode ofender. As mulheres, as crianças e os eclesiásticos não podem defender-se, não podem ser afrontados, porque entre o agravo e a afronta há a seguinte diferença: a afronta só vem da parte de quem a pode fazer e a faz e a sustenta; o agravo, esse pode vir de qualquer parte, sem que afronte. Exemplo: está uma pessoa na rua muito descuidada; chegam dez bem armados e dão-lhe uma sova de pau; ele desembainha a espada e faz o seu dever; mas opõe-se à multidão dos seus adversários, e não o deixa executar a sua intenção, que é de se vingar; fica esse homem, portanto, agravado, mas não afrontado. Outro exemplo: está um homem de costas voltadas; chega outro, dá-lhe duas pauladas e foge; o primeiro segue-o mas o não alcança; o que foi espancado recebeu agravo, mas não afronta, porque a afronta precisa ser sustentada. Se o que deu as pauladas, ainda que as desse por traição, metesse depois mão à espada e parasse para fazer frente ao seu inimigo, ficaria o outro juntamente agravado e afrontado: e assim, segundo as leis do maldito duelo, o agravo não é necessariamente a afronta, porque nem as crianças, nem as mulheres, nem os sacerdotes, podem sustentar qualquer agravo que fizerem; carecem de armas ofensivas e defensivas; por todas essas razões não posso sentir nem sinto as injúrias que aquele bom homem me disse; só queria que ele tivesse esperado um pouco, para eu lhe fazer perceber o erro em que está, pensando e dizendo que não houve nem há no mundo cavaleiros andantes; que, se tal ouvisse Amadis, ou qualquer dos infinitos da sua linhagem, não iria o caso bem para Sua Mercê.

— Essa lhe juro eu — acudiu Sancho —; tinham-lhe dado tanta cutilada, que o abriam de meio a meio como uma romã ou um melão bem maduro; eles eram lá gente que sofresse essas coisas! Eu cá por mim tenho por certo que, se Reinaldo de Montalbán tivesse ouvido semelhantes razões a este homenzito, arrumava-lhe tamanho lembrete, que ele não tornava a falar estes três anos mais chegados; e senão, metesse-se com eles e veria como lhes saía das mãos.

Morria de riso a duquesa, ouvindo as falas de Sancho, e tinha-o na sua opinião por mais divertido e mais insensato que seu amo; e houve muitos nesse tempo que foram do mesmo parecer. Finalmente, Dom Quixote sossegou, acabou-se o jantar e, ao levantar-se a mesa, chegaram quatro donzelas: uma com uma bacia de prata, outra com um gomil de prata também, a terceira com riquíssimas e alvíssimas toalhas ao ombro, e a quarta com os braços nus até ao meio e um sabonete napolitano[2] nas suas brancas mãos. Aproximou-se a primeira e pôs a bacia debaixo do queixo de Dom Quixote, o qual, sem dizer palavra, admirado de semelhante cerimônia, imaginou que devia de ser uso daquela terra, em vez de lavar as mãos, lavar as barbas; e por isso, estendeu as suas, tanto quanto pôde, e no mesmo instante começou o gomil a chover água, e a última das donzelas ensaboava a cara de Dom Quixote, muito depressa, levantando flocos de neve, porque não era menos branca do que a neve a espuma que enchia a barba, o rosto e os olhos do obediente cavaleiro, tanto que teve de os fechar à força. O duque e a duquesa, que de nada disto eram sabedores, estavam esperando para ver em que iria parar tão extraordinário lavatório. A donzela barbeira, quando o apanhou com um palmo de sabão, fingiu que se lhe acabara a água, e mandou à do gomil que fosse por ela, que o Senhor Dom Quixote

---

[2] "Sabonete napolitano": mistura de trigo, leite de dormideiras, leite de cabras, amêndoas amargas e açúcar.

esperaria. Assim o fez, e ficou Dom Quixote na mais estranha e ridícula figura que se pode imaginar. Miravam-no todos os que estavam presentes, que eram muitos; e, como o viam com meia vara de pescoço, mais do que medianamente trigueiro, os olhos fechados e a cara cheia de sabonete, só por grande milagre e discrição puderam disfarçar o riso; as donzelas da burla estavam de olhos baixos, sem se atrever a encarar seus amos; a eles retouçava-lhes no corpo a cólera e o riso, e não sabiam se haviam de castigar as donzelas pela sua ousadia, se premiá-las pelo divertimento que lhes tinham dado. Finalmente, veio a donzela do gomil e acabaram de lavar Dom Quixote, e em seguida a das toalhas limpou-o e enxugou-o muito pausadamente; e, fazendo-lhe todas as quatro uma grande e profunda mesura e cortesia, queriam-se ir embora; mas o duque, para que Dom Quixote não percebesse a burla, chamou a que levava a bacia de mãos, dizendo-lhe:

— Vinde-me lavar também, e vede lá não se vos acabe a água.

A rapariga, ladina e azougada, aproximou-se, e ela e as outras lavaram-no e ensaboaram-no muito depressa, e, deixando-o enxuto e limpo, foram-se embora, depois de feitas as suas mesuras. E o duque disse depois que jurara de si para si que, se elas hesitassem em o ensaboar como tinham ensaboado Dom Quixote, havia de as castigar pela sua desenvoltura[3].

Estava Sancho atento às cerimônias do lavatório, e dizia consigo:

— Valha-me Deus! Será também uso nesta terra lavar as barbas aos escudeiros como aos cavaleiros? Pois eu em consciência bem precisava dessa lavagem, e até, se mas raspassem à navalha, maior benefício me fariam.

— Que estais vós a resmungar, Sancho? — perguntou a duquesa.

— Digo, senhora — respondeu Sancho —, que nas cortes dos outros príncipes sempre ouvi dizer que, em se levantando a mesa, dão água às mãos, e não ensaboadela às barbas; e por isso, bom é viver muito para ver muito, ainda que dizem também que aquele que muito viver muitos trabalhos há de passar; mas lá este lavatório é mais gosto do que desgosto.

— Não vos aflijais, amigo Sancho — disse a duquesa —, que

[3] Luís Zapata, no seu *Memorial histórico espanhol*, refere um caso idêntico.

eu farei com que as minhas donzelas vos lavem, e até vos metam na barrela, se for necessário.

— Contento-me com a lavagem das barbas — respondeu Sancho —, pelo menos por agora.

— Mestre-sala — disse a duquesa —, fazei tudo o que Sancho vos pedir, e cumpri-lhe a vontade ao pé da letra.

O mestre-sala respondeu que em tudo seria servido o Senhor Sancho, e levou-o consigo para jantar, ficando à mesa os duques e Dom Quixote, falando em muitas e diversas coisas, mas todas tocantes ao exercício das armas e da calavaria andante.

A duquesa pediu a Dom Quixote que lhe delineasse e descrevesse, pois que parecia ter feliz memória, a formosura e as feições da Senhora Dulcinéia del Toboso, que, pelo modo que a fama apregoava da sua beleza, devia de ser a mais linda criatura do mundo e de toda a Mancha. Suspirou Dom Quixote, ouvindo as ordens da duquesa, e disse:

— Se eu pudesse arrancar o meu coração, e pô-lo diante dos olhos de Vossa Excelência, aqui, em cima desta mesa, e num prato, tiraria à minha língua o trabalho de dizer o que apenas se pode pensar, porque Vossa Excelência a veria nele toda retratada; mas, para que me hei de pôr eu agora a delinear e a descobrir, ponto por ponto, a formosura da incomparável Dulcinéia, sendo isso carga digna de outros ombros e não dos meus, empresa em que se deviam ocupar os pincéis de Parrásio, de Timantes e de Apeles, e os buris de Lisipo[4], para a pintar e esculpir em madeira, mármore ou bronze, e a retórica cicerônica e demostênica para a louvar?

— Que quer dizer "demostênica", Senhor Dom Quixote? — perguntou a duquesa — é vocábulo que nunca ouvi em minha vida!

— "Retórica demostênica" — respondeu Dom Quixote — é o mesmo que dizer "retórica de Demóstenes", como "cicerônica", de "Cícero", que foram os maiores retóricos do mundo.

— Pois sim, e já vos deslumbrastes com tal pergunta, mas apesar de tudo isso, grande gosto nos daria o Senhor Dom Quixote — acudiu o duque — se no-la pintasse, que decerto que, ainda que seja em rascunho e em bosquejo, há de sair tal, que fará inveja às mais formosas.

---

[4] Os três primeiros, pintores; o último, escultor da antiguidade grega.

— Decerto vos obedeceria — respondeu Dom Quixote —, se ma não tivesse apagado da idéia a desgraça que há pouco lhe sucedeu, que estou mais para chorá-la do que para descrevê-la; porque hão de saber Vossas Grandezas que, indo eu, há dias, beijar-lhe as mãos e receber a sua bênção, beneplácito e licença para esta saída, achei-a outra, muito diferente da que procurava; achei-a encantada e convertida de princesa em lavradeira, de formosa em feia, de anjo em diabo, de aromática em pestífera, de bem-falante em rústica, de comedida em travessa, de luz em trevas, e finalmente de Dulcinéia del Toboso numa vilã de Saiago.

— Valha-me Deus! — bradou o duque — quem foi que fez tamanho mal ao mundo? quem lhe tirou a beleza que o alegrava, o donaire que o enleava e a honestidade que o honrava?

— Quem? — tornou Dom Quixote — pois quem pode ser senão algum nigromante, dos muitos invejosos que me perseguem? Raça maldita, nascida no mundo para escurecer e aniquilar as façanhas dos bons, e para dar luz e grandeza aos feitos dos maus! Têm-me perseguido nigromantes, nigromantes me perseguem, nigromantes me perseguirão, até darem comigo e com as minhas altas cavalarias no profundo abismo do olvido; e molestam-me e ferem-me naquilo em que vêem que mais o sinto; porque, tirar a um cavaleiro andante a sua dama é tirar-lhe os olhos com que vê e o sol com que se alumia e o alimento com que se sustenta. Muitas vezes o tenho dito, e agora torno-o a dizer, que um cavaleiro andante sem dama é como a árvore sem folhas, o edifício sem cimento e a sombra sem corpo que a produza.

— Não há mais que dizer — tornou a duquesa —; mas, com tudo isso, havemos de dar crédito à história do Senhor Dom Quixote que há dias saiu à luz do mundo, com geral aplauso das gentes; e dela se colige, se bem me lembro, que nunca Vossa Mercê viu a Senhora Dulcinéia; e que esta senhora não existe no mundo, mas é dama fantástica, que Vossa Mercê gerou no seu entendimento, pintando-a com todas as graças e perfeições que muito bem quis.

— A isso há muito que dizer — respondeu Dom Quixote —; Deus sabe se há ou se não há Dulcinéia no mundo, ou se é fantástica ou não; nem são coisas estas cuja averiguação se leve até o fim. Nem eu gerei a minha dama, ainda que a considero como dama que em si contém todos os predicados, que a podem distinguir entre as outras, a saber: formosa sem senão, grave sem soberba, amorosa com honestidade, agradecida, cortês e bem-criada, e finalmente de alta linhagem; porque resplandece e campeia a formosura com maior perfeição no sangue nobre do que nas beldades de humilde nascimento.

— Assim é — tornou o duque —; mas há de me pedir licença o Senhor Dom Quixote para que eu diga o que se lê na história das suas façanhas, a qual, ainda que conceda que haja Dulcinéia del Toboso, e que seja formosa, na suma perfeição que Vossa Mercê nos diz, em nobreza de linhagem não a pode comparar com as Orianas, com as Alastrajareas, com as Madásimas, nem com outras deste jaez, de que andam cheias as histórias que Vossa Mercê bem sabe.

— A isso posso responder — redargüiu Dom Quixote — que Dulcinéia é filha das suas obras, e que as virtudes adubam o sangue, e que mais se deve estimar um virtuoso humilde do que um fidalgo vicioso, tanto mais que Dulcinéia tem prendas que a podem levar a ser rainha de coroa e cetro, porque o merecimento duma mulher bela e virtuosa ainda pode fazer maiores milagres, e posto que não formalmente, virtualmente encerra em si maiores venturas.

— O que vejo, Senhor Dom Quixote — acudiu a duquesa —, é que em tudo quanto Vossa Mercê tem dito caminha de sonda em punho, e que eu, daqui por diante, acreditarei e farei crer a todos os da minha casa, e até ao duque meu marido, se necessário for, que existe Dulcinéia del Toboso, que vive hoje em dia, e que é formosa e de alto nascimento, e merecedora de que tal cavaleiro, como é o Senhor Dom Quixote, a sirva, que é o mais que eu posso encarecer; mas não deixo de ter um certo escrúpulo, e de me zangar com Sancho Pança. O escrúpulo está em dizer a referida história que Sancho encontrou a Senhora Dulcinéia, quando lhe levou uma epístola da parte de Vossa Mercê, a peneirar trigo; coisa que me faz duvidar da nobreza da sua linhagem.

— Senhora minha — respondeu Dom Quixote —, saberá Vossa Grandeza que todas ou a maior parte das coisas que me sucedem vão fora dos termos ordinários das que acontecem aos outros cavaleiros andantes, quer sejam dirigidas pela vontade imutável dos fados, ou venham encaminhadas pela malícia de algum invejoso nigromante; ora é coisa averiguada que todos, ou a maior parte dos cavaleiros andantes e famosos, têm diversos privilégios: um, o de não poder ser encantado; outro, o de ter tão impenetráveis carnes, que não pode ser ferido, como o famoso roldão, um dos doze pares de França, de quem se diz que só na planta do pé esquerdo o podiam ferir, e ainda assim só com um bico dum alfinete grande e não com outra espécie de arma tanto que, quando Bernardo del Carpio o matou em Roncesvalles, vendo que o não podia molestar com ferro, levantou-o do chão nos braços e afogou-o, lembrando-se da morte que deu Hércules a Anteu[5], o feroz gigante que dizem que era filho da Terra. Disto quero inferir que poderia ser que eu tivesse algum destes privilégios, não o de não poder ser ferido, porque muitas vezes me tem mostrado a experiência que sou de carnes brandas e nada impenetráveis, nem o de não poder ser encantado, porque já me vi metido numa jaula, onde o mundo inteiro me não poderia encerrar, a não ser à força de encantamentos. Mas, se desse me livrei, quero crer que não haverá nenhum no mundo que me empeça; e assim, vendo os nigromantes que não podem empregar na minha pessoa as suas danadas manhas, vingam-se nos entes a que mais quero, e pretendem tirar-me a vida, maltratando Dulcinéia, por quem vivo: e assim, creio que, quando o meu escudeiro lhe levou a minha mensagem, converteram-na em vilã, e em vilã ocupada em tão baixo exercício, como o de joeirar trigo; mas também eu já disse que aquilo não eram grãos de trigo, mas sim pérolas orientais; e, para prova desta verdade, quero dizer a Vossas Magnitudes que, passando eu agora pelo Toboso, nunca fui capaz de encontrar os palácios de Dulcinéia, e que outro dia, tendo-a visto Sancho, meu escudeiro, em pessoa, que é a mais bela do mundo todo, a mim pareceu-me uma lavradeira tosca e feia, e muito rústica no falar, sendo ela a discrição do mundo; e, visto que eu não estou encantado, nem o posso estar, como o bom senso o mostra, é ela a encantada, a ofendida e a transformada, e nela se vingaram de mim os meus inimigos, e por ela viverei em perpétuas lágrimas, até a ver em seu antigo estado; tudo isto eu disse para que ninguém faça caso do que refere Sancho a respeito de a ter encontrado a joeirar trigo, que, se a mudaram para mim, a ele lha trocariam também. Dulcinéia é de alto nascimento e das fidalgas linhagens que há em El Toboso, que são muitas, antigas e ótimas. E este lugar ficará famoso por ter dado o berço à incomparável Dulcinéia, como foi Tróia por Helena, e a Espanha pela Cava, mas ainda com

---

[5] Refere-se ao mito de Anteu, que perdia sua força ao ser erguido da Terra, sua mãe, e dessa maneira conseguiu Hércules vencê-lo.

melhor título e fama. Demais, desejo que Vossas Senhorias entendam que Sancho Pança é um dos mais divertidos escudeiros que nunca serviram a cavaleiro andante; tem às vezes umas simplicidades tão agudas, que a gente pergunta a si própria se tudo aquilo é necedade ou malícia; umas vezes parece velhaco, e outras vezes tolo: de tudo duvida e tudo acredita; quando penso que se vai despenhar por tonto, sai-me com umas discrições que o levantam ao céu. Finalmente, eu não o trocaria por outro escudeiro, ainda que me dessem por demasia uma cidade; e assim, duvido se será bom mandá-lo para o governo de que Vossa Grandeza lhe fez mercê, ainda que nele vejo uma certa aptidão para isto de governar, e pode ser que, aguçando-lhe um poucochito o entendimento, se saia bem do encargo, como o rei com suas alcavalas; tanto, que já sabemos por experiência que não são mister nem muitas letras, nem muita habilidade, para qualquer ser governador, pois há por aí centos que mal sabem ler e governam como águias. O caso está em que tenham boas intenções e desejem acertar em tudo, que nunca lhes faltará quem os aconselhe e encaminhe no que hão de fazer, como os governadores cavaleiros e não letrados, que sentenciam com assessores. A seu tempo eu lhe darei alguns conselhos, para sua utilidade e proveito da ilha que governar.

Estavam neste ponto do seu colóquio o duque, a duquesa e Dom Quixote, quando ouviram muitos brados e grande rumor de gente, e entrou Sancho de corrida na sala, com uma rodilha atada ao pescoço, e atrás dele muitos bichos de cozinha, e outra criadagem miúda, um dos quais trazia uma caldeirão de água, que, pela cor e pouca limpeza, mostrava ser de lavar a louça. Perseguia-o este, procurando pôr-lhe o caldeirão debaixo das barbas, ao passo que outro mostrava querer-lhas lavar.

— Que é isso, irmãos? — perguntou a duquesa — que quereis a esse bom homem? pois não considerais que está nomeado governador?

— Este senhor não se quer deixar lavar — respondeu o improvisado barbeiro — como é costume, e como se lavou o senhor duque, e o amo do Senhor Sancho.

— Quero, sim — respondeu Sancho com muita cólera —, mas desejaria que fosse com toalhas mais limpas e água mais clara, e com mãos menos sujas, que não há tanta diferença entre mim e meu amo, que a ele o lavem com água de anjos[6] e a mim com a barrela do Diabo. As usanças das terras e dos palácios dos príncipes são muito boas, se não incomodam ninguém; mas o costume das lavagens que aqui se usam é pior que o das disciplinas e cilícios. Eu tenho as minhas barbas limpas, não preciso de semelhantes refrescos, e aquele que se chegar a lavar-me ou a tocar num cabelo da minha barba, com perdão de quem me ouve, apanha tamanho murro, que lhe fica o meu punho encaixado no crânio: que tais cerimônias e ensaboadelas parecem burla, e não agasalho de hóspedes.

Estava perdida de riso a duquesa, vendo a cólera e ouvindo as razões de Sancho; mas Dom Quixote não ficou muito contente, vendo-o com uma rodilha ao pescoço e cercado de tantos bichos de cozinha; e assim, fazendo uma profunda cortesia aos duques, como que pedindo-lhes licença para falar, com voz pausada disse à canalha:

— Olá! senhores cavalheiros, deixem Vossas Mercês o meu criado e voltem para donde vieram, ou para outra parte, se o preferirem, que o meu escudeiro é tão limpo como outro qualquer, e esses caldeirões não lhe servem; tomem o meu conselho e deixem-no, porque nem ele nem eu estamos dispostos a aturar caçoadas.

Tomou-lhe o argumento da boca Sancho e prosseguiu, dizendo:

— Não, senão cheguem a zombar do mostrengo, que eu tolerarei como agora é de noite. Tragam-me um pente ou o que quiserem e limpem-me estas barbas; e se tirarem delas algo que ofenda a limpeza, tosquiem-me em cruzes.

— Sancho Pança tem razão em tudo o que disse — acudiu a duquesa, sem deixar de se rir —, e tê-la-á em tudo quanto disser, e não precisa de se lavar; e se a nossa usança lhe não agrada, sua alma sua palma, tanto mais que vós outros, ministros da limpeza, andastes muito remissos e descuidados, e não sei se diga atrevidos, em trazer a tal personagem e a tais barbas, em vez de bacias e gomis de água pura, e de toalhas de holanda, escudelas de pau e rodilhas de cozinha. Mas enfim, sempre haveis de mostrar que sois maus e malcriados, e não podeis deixar de revelar, como malandrinos que sois, a raiva que tendes aos escudeiros dos cavaleiros andantes.

Julgaram os criados e até o mestre-sala, que vinha com eles, que a duquesa falava sério, e assim tiraram a rodilha a Sancho, e todos, confusos e quase corridos, foram-se e deixaram-no. San-

[6] Água perfumada composta com a essência de diversas flores.

cho, vendo-se livre daquele, no seu entender, grande perigo, foi ajoelhar diante da duquesa, dizendo:

— De grandes senhoras grandes mercês se esperam; esta que Vossa Senhoria hoje me fez não pode pagar-se com menos do que com o desejar ver-me armado cavaleiro andante, para me ocupar, todos os dias da minha vida, em servir tão nobre dama: lavrador sou, Sancho Pança me chamo, sou casado, tenho filhos e de escudeiro sirvo; se com alguma destas coisas posso servir a Vossa Senhoria, mais depressa obedecerei eu do que Vossa Senhoria mandará.

— Bem se vê, Sancho — respondeu a duquesa —, que aprendestes a ser cortês na escola da própria cortesia; bem se vê, quero dizer, que vos criastes ao peito do Senhor Dom Quixote, que deve de ser a nata dos comedimentos e a flor das cerimônias, ou "cirimônias", como dizeis. Bem haja tal amo e tal criado, um como norte da cavalaria andante, e o outro como estrela da fidelidade escudeiril. Levantai-vos, Sancho amigo, que eu pagarei as vossas cortesias, fazendo com que o duque, meu esposo, o mais depressa que puder, cumpra a promessa que vos fez dum governo.

Com isto acabou a prática, e Dom Quixote foi dormir a sesta; e a duquesa pediu a Sancho que, se não tivesse muita vontade de dormir, viesse passar a tarde com ela e com as suas donzelas numa fresquíssima sala. Sancho respondeu que, ainda que era verdade o ter por costume dormir quatro ou cinco horas nas sestas do verão, por agradecer a sua bondade procuraria, com todas as suas forças, nesse dia não dormir, e viria obedecer ao seu mandado. O duque deu novas ordens para que Dom Quixote fosse tratado como cavaleiro andante, sem pessoa alguma se arredar um ápice do estilo com que se conta que eram tratados os antigos cavaleiros.

CAPÍTULO XXXIII

Da saborosa prática que a duquesa e as suas donzelas tiveram com Sancho Pança, digna de que se leia e que se note

Conta, pois, a história, que Sancho não dormiu aquela sesta, mas que, para cumprir a sua palavra, veio, logo depois de jantar, ter com a duquesa, a qual, pelo muito que gostava de o ouvir, o fez sentar ao pé de si numa cadeira baixa, ainda que Sancho, por delicadeza, não queria sentar-se; mas a duquesa disse-lhe que se sentasse como governador e falasse como escudeiro, pois que por ambas as coisas merecia até o escano do Cid Rui Díaz Campeador[1]. Sancho encolheu os ombros, obedeceu e sentou-se, e todas as donzelas e donas da duquesa rodearam-no atentas, em grandíssimo silêncio, para o escutarem; mas a duquesa foi a que falou primeiro, dizendo:

— Agora que estamos sós, e que aqui ninguém nos pode ouvir, quereria eu que o senhor governador me resolvesse certas dúvidas que tenho, e que nasceram da leitura da história do grande Dom Quixote, que anda impressa; e uma dessas dúvidas é a seguinte: se o bom Sancho nunca viu Dulcinéia, quero dizer, a Senhora Dulcinéia del Toboso, nem lhe levou a carta do Senhor Dom Quixote, porque o livro de lembranças ficou-lhe na serra Morena, como se atreveu a

---

[1] O escano de marfim que o Cid ganhou na conquista de Valência.

fingir a resposta e a inventar que a encontrara joeirando trigo, sendo tudo burla e mentira, e tanto em prejuízo da boa fama da incomparável Dulcinéia, o que decerto não diz bem com a qualidade e a fidelidade dos bons escudeiros?

Ouvindo estas palavras, Sancho, sem responder coisa alguma, levantou-se, e nos bicos dos pés, corpo curvado, e dedo nos lábios, percorreu a sala toda, erguendo os reposteiros. Feito isto, voltou a sentar-se e disse:

— Agora, senhora minha, que já vi que não está ninguém a escutar-nos, sem temor nem sobressalto responderei ao que se me perguntou: e a primeira coisa que eu digo é que tenho o meu Senhor Dom Quixote por um rematado louco, ainda que algumas vezes diz coisas que, no meu entender e de todos os que o escutam, são tão discretas e tão bem encaminhadas, que o próprio Satanás não as poderia dizer melhores; mas, com tudo isso, verdadeiramente e sem escrúpulo, cá pra mim é caso assentado ser ele um mentecapto; e, como tenho isto encasquetado na cachimônia, atrevo-me a fazer-lhe acreditar coisas sem pés nem cabeça, como foi isso da resposta da carta, e outra patranha, há seis ou oito dias, que ainda não está na história, e que vem a ser o caso do encantamento da minha Senhora Dona Dulcinéia, uma peta refinada que eu lhe impingi.

Pediu-lhe a duquesa que lhe contasse esse encantamento, e Sancho referiu-o tal qual, com o que muito se divertiram os ouvintes. E, prosseguindo na sua prática, disse a duquesa:

— Do que o bom Sancho me contou, nasceu-me na alma um escrúpulo e chega aos meus ouvidos um certo sussurro que me diz: "Pois se Dom Quixote de la Mancha é louco e mentecapto, e Sancho Pança, seu escudeiro, o conhece, e apesar disso o serve e o segue e anda atido às suas promessas, é sem dúvida ainda mais louco e mais tonto do que seu amo; e, se isto assim é, como não há dúvida, não se te elevaria a bem, senhora duquesa, que a esse Sancho Pança dês o governo duma ilha, porque, quem se não sabe governar a si, como há de saber governar os outros?"

— Por Deus, senhora — disse Sancho —, esse escrúpulo é bem cheio de razão; mas diga-me Vossa Mercê que fale alto e claro, que bem conheço que diz a verdade, e que, se eu fosse discreto, há já dias que teria deixado meu amo; mas foi esta a minha má sorte; não posso, tenho de o seguir; somos do mesmo lugar, comi-lhe o pão, quero-lhe bem; é agradecido, deu-me uns burricos, e, sobretudo, sou fiel, e já agora é impossível que nos separe outro sucesso que não seja o que deitar umas pás de terra para cima de qualquer de nós[2]; e, se vossa altanaria não quiser que se me dê o prometido governo, paciência! também Deus Nosso Senhor mo não deu quando nasci, e pode ser até que o não ter redunde em proveito da minha consciência, que eu, apesar de ser tolo, percebo perfeitamente o sentido daquele rifão que diz que por seu mal nasceram asas à formiga, e pode ser até que mais asinha vá para o céu Sancho escudeiro, do que Sancho governador; em toda a parte se come pão, e de noite todos os gatos são pardos; desgraçado é quem às duas horas da tarde ainda não quebrou o jejum; e não há estômago que seja um palmo maior que outro; e a barriga, como diz o outro, de palha e de feno se enche; e as avezinhas do campo têm a Deus por seu provedor e despenseiro; e mais aquecem quatro varas de pano de Cuenca do que outras quatro de lemiste de Segóvia; e ao deixarmos este mundo, e metermo-nos pela terra dentro, por tão estreita senda vai o príncipe como o jornaleiro; e não ocupa mais pés de terra o papa que o sacristão, ainda que seja mais alto que o outro, que ao entrar no fojo todos nos apertamos e encolhemos, ou nos obrigam a apertar e a encolher, em que nos pese; e muito boas noites; e torno a dizer que se Vossa Senhoria me não quer dar a ilha por eu ser tolo, eu saberei passar sem ela por discreto; e tenho ouvido dizer que detrás da cruz está o Diabo, e que nem tudo o que luz é ouro; e que dentre bois e arados tiraram o lavrador Wamba, para ser rei de Espanha, e dentre os brocados, passatempos e riquezas tiraram a Rodrigo, para ser comido pelas cobras (se não mentem as trovas dos romances antigos).

— E decerto que não, mentem — acudiu Dona Rodríguez, que era uma das ouvintes —; até há um romance que diz que meteram o Rei Rodrigo vivo, vivo, numa tumba cheia de cobras, de sapos e de lagartos, e que dali a dois dias disse o rei de dentro da tumba, com voz dolorida e baixa:

> Já me comem, já me comem
> Por onde pecado havia.

---

[2] A morte.

E visto isso, muita razão tem este senhor para dizer que antes quer ser lavrador que rei, se o hão de comer os bichos.

Não pôde a duquesa suster o riso, com a simplicidade de sua dona, nem deixou de se admirar de ouvir as razões e os rifões de Sancho, a quem disse:

— Já sabe o meu bom Sancho que o que uma vez promete um cavaleiro, procura cumpri-lo, ainda que lhe custe a vida. O duque, meu senhor e marido, apesar de não ser dos andantes, nem por isso deixa de ser cavaleiro, e assim cumprirá a palavra de vos dar a prometida ilha, apesar da inveja e da malícia do mundo. Esteja Sancho sossegado, que, quando menos o pensar, há de se ver sentado na sua cadeira de governador, coberto de brocado e empunhando o bastão do comando: o que lhe recomendo é que veja como governa os seus vassalos, que todos são leais e bem-nascidos.

— Lá isso de os governar bem — respondeu Sancho — não precisa mo recomendar, porque eu sou naturalmente caritativo e tenho compaixão dos pobres, e a quem sega e amassa não lhe furtem a fogaça; e a mim juro por esta, que me não hão de deitar dados falsos; sou rata pelada e entendo tudo tintim por tintim, e não consinto que me andem lá com teias de aranha, e sei perfeitamente onde me aperta o sapato; e digo isto, porque os bons hão de ter de mim o que quiserem, e os maus nem uma figa. E parece-me que nisto de governos tudo está no começar, e pode muito bem ser que, em eu sendo quinze dias governador, entenda mais desse ofício do que da lavoura com que me criei.

— Tendes razão, Sancho — disse a duquesa —; ninguém nasce ensinado, e dos homens é que se fazem os bispos, não é das pedras. Mas, tornando ao que há pouco íamos dizendo do encantamento de Dulcinéia, tenho por coisa certa e averiguada que essa idéia que Sancho teve de zombar de seu amo, e de lhe dar a entender que a lavradeira era Dulcinéia, e que, se ele a não conhecia, era por estar encantada, foi tudo invenção de algum dos nigromantes que perseguem o Senhor Dom Quixote; porque eu sei de boa fonte, real e verdadeiramente, que a vilã que deu o salto para cima da burrica era e é Dulcinéia del Toboso, que está encantada como a mãe que a deu à luz; e, quando menos o pensarmos, havemos de a ver na sua própria figura, e então sairá Sancho do engano em que vive.

— Tudo isso pode muito bem ser — disse Sancho —; e agora quero eu crer o que meu amo conta do que viu na cova de Montesinos, onde estava a Senhora Dulcinéia del Toboso com o mesmo trajo com que eu disse que a vira, quando a encantei por minha alta recreação; e tudo foi às avessas, como Vossa Mercê diz, senhora minha, porque efetivamente do meu ruim engenho não se pode nem se deve esperar que fabricasse dum momento para o outro tão agudo embuste, nem creio que meu amo fosse tão doido que só por uma triste persuasão como esta minha acreditasse uma coisa tão fora de vila e termo; mas por isso, não me tenha a vossa bondade por malévolo; um pobre-diabo como eu sou não pode descobrir as malícias dos péssimos nigromantes; se fingi aquilo, foi para evitar os ralhos do Senhor Dom Quixote e não para o ofender, e, se saiu ao invés, lá está Deus no céu que julga os corações.

— Assim é na verdade — tornou a duquesa —; mas diga-me Sancho, agora, o que é isso que refere da cova de Montesinos, que eu gostaria de o saber.

Então Sancho Pança contou-lhe, ponto por ponto, o que se narrou já da aventura, e ouvindo-o, disse a duquesa:

— Pode-se inferir deste sucesso que, visto que o grande Dom Quixote diz que viu ali a mesma lavradeira que Sancho viu à saída de El Toboso, sem dúvida é Dulcinéia, e que andam por aqui nigromantes espertíssimos e extremamente curiosos.

— Isso digo eu também — acudiu Sancho Pança —; que se a minha Senhora Dulcinéia del Toboso está encantada, pior para ela, que eu não hei de ir jogar as cristas com os inimigos de meu amo, que devem de ser muitos e maus; verdade seja que aquela que eu vi era lavradeira e por lavradeira a tive e julguei; e se era Dulcinéia, nada tenho com isso. Senão venham agora aí a cada esquina andar comigo em dize tu, direi eu: "Sancho fez isto, Sancho fez aquilo, e Sancho toma e Sancho deixa", como se Sancho fosse aí um qualquer e não o mesmo Sancho Pança que anda já em livros por esse mundo de Cristo, segundo me disse Sansão Carrasco, que, ao menos, sempre é pessoa bacharelada por Salamanca, e isto de bacharéis são sujeitos que não mentem, senão quando podem, ou lhes faz conta: assim não há motivo para se meterem comigo; e já que tenho boa fama e, segundo ouvi dizer a meu senhor, vale mais bom nome que grande riqueza, encaixem-me esse governo, e verão maravilhas, que quem tem sido bom escudeiro será bom governador.

— Tudo quanto o bom Sancho aqui tem dito — acudiu a duquesa — são sentenças catonianas, ou pelo menos arrancadas das próprias entranhas do próprio Miguel Verino, *florentibus occidit annis*[3]. Enfim, enfim, para falarmos a seu modo, debaixo de ruim capa se esconde bom bebedor.

— Em verdade, senhora — respondeu Sancho —, eu tenho bebido sempre por vício, e por sede também, não digo que não, que não sou nada hipócrita: bebo quando tenho vontade, quando não a tenho e quando me dão vinho, por não parecer melindroso ou malcriado; que a um brinde de amigo, que coração de mármore haverá que não faça logo a razão[4]? Mas, ainda que as calço, não as borro, tanto mais que os escudeiros dos cavaleiros andantes quase sempre bebem água, porque não fazem senão andar por florestas, selvas e prados, montes e vales, sem encontrarem uma esmola de vinho, ainda que dêem um olho para isso.

— Assim creio — respondeu a duquesa —; e por agora vá Sancho descansar, que depois falaremos com mais pausa e trataremos de se lhe encaixar depressa, como ele diz, o tal governo. De novo Sancho beijou as mãos da duquesa e lhe pediu que lhe fizesse mercê de cuidar do seu ruço, porque era o lume dos seus olhos.

— Que ruço vem a ser? — perguntou a duquesa.

— O meu burro — tornou Sancho —, que por não o chamar por este nome, lhe costumo chamar o ruço; e a esta senhora dona pedi, quando entrei neste castelo, que tomasse conta dele, e vai ela toda se arrenegou, como se eu lhe tivesse chamado feia ou velha, devendo ser contudo, parece-me, mais próprio das donas pensar os jumentos do que honrar as salas. Valha-me Deus! que mal se dava com estas senhoras um fidalgo da minha terra!

— Seria algum vilão — acudiu a Dona Rodríguez —; que se ele fosse fidalgo e bem-nascido, havia de as pôr nos cornos da lua.

— Ora bem — disse a duquesa —, acabou-se! cale-se, Dona Rodríguez; sossegue, Senhor Pança, e fique a meu cargo o tratamento do ruço, que, por ser alfaia de Sancho, eu o porei nas meninas dos meus olhos.

— Basta que esteja na cavalariça — respondeu Sancho —, que nas meninas dos olhos de Vossa Grandeza nem ele nem eu somos dignos de estar nem um instante só, e eu tão capaz era de consentir

---

[3] Epigrama que Ângelo Policiano compôs em homenagem a Miguel Verino, poeta morto aos dezessete anos.

[4] "Fazer a razão": corresponder ao brinde.

em semelhante coisa como em que me dessem punhaladas: que, diz que em cortesia melhor é perder-se por carta de mais que por carta de menos, nestas histórias asininas é bom que se vá de sonda na mão.

— Leve-o Sancho para o seu governo — tornou a duquesa —, e lá o poderá regalar como muito bem quiser e até jubilá-lo para lhe dar descanso.

— Não pense Vossa Mercê — acudiu Sancho — que não disse bem, que eu tenho já visto entrar para os governos mais de dois asnos, e levar eu o meu não seria coisa nova.

As razões de Sancho renovaram na duquesa o riso e a alegria e, mandando-o descansar, foi dar conta ao duque da sua palestra, e ambos combinaram fazer uma brincadeira a Dom Quixote, que fosse famosa, e dissesse bem com o estilo cavaleiresco, e neste gênero lhe fizeram muitas, tão discretamente e tão próprias, que são as melhores aventuras que nesta grande história se encerram.

CAPÍTULO XXXIV

Que dá conta da notícia que se teve de como se havia de desencantar a sem-par Dulcinéia del Toboso, que é uma das aventuras mais famosas deste livro

Divertiam-se muito o duque e a duquesa com a conversação de Dom Quixote e de Sancho Pança, e confirmando-se na intenção que tinham de lhes fazer algumas burlas, que tivessem vislumbres e aparência de aventura, aproveitaram a que Dom Quixote já lhes contara da cova de Montesinos, para inventar uma que fosse famosa (mas o que mais pasmava a duquesa era a simplicidade de Sancho, que chegara a acreditar que Dulcinéia del Toboso estava encantada, tendo sido ele mesmo o nigromante e o inventor daquele negócio); e assim, ordenando aos seus criados tudo o que haviam de fazer, dali a seis dias levaram-nos a uma caça de montaria, com tanto séquito de monteiros e caçadores como poderia ter um rei coroado. Deram a Dom Quixote um fato de monte e a Sancho outro de finíssimo pano verde; mas Dom Quixote não quis vestir o seu, dizendo que dentro em pouco teria de voltar ao duro exercício das armas e que não podia levar consigo guarda-roupa; Sancho recebeu o que lhe deram, com tenção de o vender na primeira ocasião que pudesse.

Chegado, pois, o dia aprazado, armou-se Dom Quixote, vestiu-se Sancho e, montando no seu ruço, que não quis deixar, apesar de lhe oferecerem um cavalo, meteu-se no meio do bando dos monteiros. A duquesa saiu esplendidamente vestida, e Dom Quixote, por pura cortesia, tomou-lhe a rédea do palafrém, apesar de o duque não o querer consentir, e finalmente chegaram a um bosque, onde, ocupados todos os pousos e veredas, e repartida a gente pelos diferentes postos, se começou a caçada com grande estrondo, grita e vozeria, de modo que se não podiam ouvir uns aos outros, tanto pelo ladrido dos cães, como pelo som das buzinas.

Apeou-se a duquesa e, com um agudo venábulo nas mãos, pôs-se no sítio por onde sabia que costumavam romper alguns javalis; apearam-se também o duque e Dom Quixote e colocaram-se ao lado dela; Sancho deixou-se ficar atrás de todos, sem se apear do ruço, que não ousava desamparar, para que não tivesse algum desmando, e, apenas tinham posto o pé no chão, e formado alas com muitos criados, viram que vinha para eles, acossado pelos cães e seguido pelos caçadores, um desmedido javali, rangendo dentes e colmilhos, e deitando espuma pela boca; e, apenas o viu, embraçando o escudo, e levando a mão à espada, adiantou-se Dom Quixote a recebê-lo; o mesmo fez o duque com o seu venábulo, mas a todos se adiantaria a duquesa, se seu marido lho não impedisse. Só o nosso Sancho é que, apenas viu o valente animal, desamparou o ruço e largou a correr o mais que pôde, e procurando subir a um alto carvalho, não o conseguiu; antes, quando chegou ao meio, agarrado a um ramo, tentando trepar ao cimo da árvore, tão desgraçado foi, que se partiu o ramo e Sancho caiu; mas antes de desabar no chão, ficou pendurado de um esgalho; e, vendo-se assim, sentindo que se lhe rasgava o saio verde, e parecendo-lhe que, se a fera se chegasse para ali, o poderia apanhar, começou a dar tamanhos gritos e a pedir socorro com voz tão aflita, que todos que o ouviam e não o viam supunham que estava nos dentes de algum bicho. Finalmente, o cerdoso javali ficou atravessado pelos ferros de muitos venábulos, e Dom Quixote, voltando a cabeça, aos gritos de Sancho, deu com ele pendurado do carvalho, de cabeça para baixo, e ao pé o ruço, que o não desamparou na sua calamidade; e diz Cide Hamete que poucas vezes se viu Sancho Pança, sem se ver o ruço, nem o ruço sem se ver Sancho Pança, tal era a leal amizade que havia entre ambos. Chegou-se Dom Quixote e despendurou Sancho, o qual, vendo-se livre e no chão, olhou para o seu esfarrapado saio e sentiu grande pesar, porque imaginara que aquele fato seria para ele um morgado. Nisto, atravessaram o poderoso javali em cima de uma azêmola, e, cobrindo-o com ramos de rosmaninho e murta, levaram-no, como em sinal de vitoriosos despojos, para umas grandes tendas de campanha, que estavam armadas no meio do bosque, onde encontraram as mesas em ordem, e o jantar servido com tanta suntuosidade e grandeza, que bem mostrava a magnificência de quem o dava. Sancho, mostrando à duquesa os rasgões do seu roto saio, disse:

— Se esta caça fosse às lebres ou aos pássaros, estaria livre o meu saio de se ver neste extremo; não sei que gosto pode haver em esperar um animal que, se nos deita um colmilho, nos pode tirar a vida: lembro-me de ter ouvido cantar um romance antigo, que diz:

> Que te comam feros ursos,
> Como ao célebre Fávila[1].

— Esse foi um rei godo — disse Dom Quixote — que, indo à caça da montaria, foi comido por um urso.

— É o que eu digo — respondeu Sancho —; não me parece bem que os príncipes e os reis se metam em semelhantes perigos, por um prazer que, afinal de contas, o não é, porque consiste em matar um animal que nenhum delito cometeu.

— Pois muito vos enganais, Sancho — respondeu o duque —, o exercício da caça do monte é mais conveniente e necessário para reis e príncipes, do que nenhum outro. A caça é uma imagem da guerra: tem estratagemas, astúcias, insídias, para se vencer a são e salvo o inimigo. Padecem-se nela grandíssimos frios e intoleráveis calores, menoscaba-se o ócio e o sono, corroboram-se as forças, tornam-se ágeis os membros de quem a usa, e enfim é um exercício que se pode fazer sem prejuízo de ninguém e com agrado de muitos, e seu melhor predicado é o não ser para todos, como é o dos outros gêneros de caça, exceto o da volateria, que também só para reis e grandes senhores se reserva. Portanto, Sancho, mudai de opinião e, quando fordes governador, ocupai-vos na caça, e vereis que haveis de lucrar muito.

— Isso não — respondeu Sancho —; um bom governador deve estar em casa, de perna partida; seria muito bonito virem os negociantes procurá-lo, afadigados, e ele no monte a divertir-se; assim, em má hora andaria o governo. Por minha fé, senhor, a caça e os passatempos mais devem ser para os folgazãos do que para os governadores: o meu entretenimento consistirá em jogar pelas Páscoas, nos domingos e dias santos, algum jogo caseiro, que lá

---

[1] Romance antigo sobre Dom Fávila.

isso de caças não dizem bem com a minha condição, nem se acomodam com a minha consciência.

— Praza a Deus que assim seja, Sancho, porque do dizer ao fazer vai grande distância.

— Haja lá a distância que houver; o bom pagador não teme dar penhor; e mais faz quem Deus ajuda que quem muito madruga; e as tripas é que levam os pés, não são os pés as tripas; quero dizer que, se Deus me ajudar e eu fizer o que devo com boa intenção, hei de governar melhor que um gerifalte, e senão metam-me o dedo na boca e verão se eu mordo.

— Maldito sejas, por Deus e por todos os santos, Sancho amaldiçoado — acudiu Dom Quixote —, quando virá o dia, como já por muitas vezes tenho dito, em que eu te ouça expender, sem provérbios, razões correntes e concertadas? Deixem Vossas Grandezas este tonto, senhores meus, se não querem que ele lhes moa as almas com dois mil rifões despropositados.

— Os rifões de Sancho — disse a duquesa —, não sendo mais do que os do Comendador Grego[2], nem por isso são menos estimados, pela verdade das sentenças; eu, por mim, digo que os prefiro a outros quaisquer, ainda que esses outros venham mais a propósito.

Com estas e outras práticas, saíram da tenda para o bosque e passaram o dia em preparar novos postos de caça, até que chegou a noite, não tão clara como pediam o tempo e a estação, que era pleno estio; mas um certo claro-escuro, que trouxe consigo, favoreceu a tenção dos duques; e, assim que principiou a anoitecer, um pouco depois do crepúsculo, pareceu de repente que o bosque todo ardia, e ouviram-se logo por diferentes pontos infinitas cornetas e outros instrumentos de guerra, como se passassem pelo bosque muitos esquadrões de cavalaria. A luz do fogo e o som dos bélicos instrumentos quase que cegaram e ensurdeceram os circunstantes, e até quantos pelo bosque estavam. Depois, ouviram-se infinitos clamores, semelhantes aos dos mouros quando entram nas batalhas; soaram trombetas e clarins, rufaram tambores, vibraram pífaros, quase todos a um tempo, tão contínua e apressadamente, que entontecia o som confuso de tantos instrumentos. Pasmou o duque, ficou suspensa

---

[2] O comendador Grego é Fernão Núriez de Guzmán, helenista, catedrático da Universidade de Salamanca, autor de *Refrões ou provérbios*, impresso em 1555.

a duquesa, admirou-se Dom Quixote, tremeu Sancho Pança, e finalmente os mesmos que sabiam a causa desse barulho se espantaram. Com o temor veio naturalmente o silêncio, e silenciosos os encontrou um postilhão que, em trajo de demônio, passou por diante deles, tocando, em vez de corneta, um chifre oco e desmedido, que despedia um som rouco e horroroso.

— Olá, correio mano, quem sois vós? — disse o duque — aonde ides? que gente de guerra é essa, que parece atravessar este bosque?

— Sou o Diabo — respondeu o correio, com voz horríssona —; vou buscar Dom Quixote de la Mancha; a gente que aí vem são seis esquadrões de nigromantes, que trazem num carro ovante a incomparável Dulcinéia del Toboso: vem encantada, com o galhardo francês Montesinos, dizer a Dom Quixote como é que a pode desencantar.

— Se fôsseis diabo, como dizeis, e como a vossa figura mostra, já teríeis conhecido o cavaleiro que procurais, Dom Quixote de la Mancha, pois que o tendes diante de vós — tornou o duque.

— Por Deus e pela minha consciência — redargüiu o Diabo —, não dava por ele; trago os pensamentos distraídos com tantas coisas, que já me ia esquecendo do principal a que vinha.

— Sem dúvida — disse Sancho — este demônio deve ser pessoa de bem, e bom cristão, porque, se o não fosse, não juraria por Deus e pela sua consciência.

O Demônio, sem se apear, e dirigindo para Dom Quixote, disse:

— A ti, Cavaleiro dos Leões (e entre as garras deles eu te veja), me envia o desgraçado, mas valente cavaleiro Montesinos, mandando-me que te diga da sua parte que o esperes no sítio em que eu te topar, porque traz consigo aquela a quem chamam Dulcinéia del Toboso, com ordem de te dar o que é mister para que ela seja desencantada; e por não ter outro fim a minha vinda, não terei aqui mais demora: fiquem contigo os demônios como eu, e com estes senhores os anjos bons.

E, dizendo isto, assoprou no extravagante chifre, voltou as costas, e foi-se, sem esperar resposta alguma. Renovou-se o espanto de todos, especialmente de Sancho e de Dom Quixote; de Sancho, por ver que, a despeito da verdade, queriam à viva força que Dulcinéia estivesse encantada; de Dom Quixote, por se não poder certificar se era verdade ou não o que passara na cova de Montesinos; e, estando enlevado nestes pensamentos, disse-lhe o duque:

— Vossa Mercê tenciona esperar, Senhor Dom Quixote?

— Pois não! — respondeu ele — aqui esperarei, intrépido e forte, ainda que venha investir-me o inferno todo.

— Pois eu, se vejo outro diabo e ouço outro chifre, espero tanto como se estivesse em Flandres — acudiu Sancho.

Nisto cerrou-se mais a noite e principiaram a correr pelo bosque muitas luzes, como correm pelo céu as exalações da terra, que parecem à nossa vista estrelas cadentes. Ouviu-se logo também um espantoso ruído, como aquele que produzem as rodas maciças dos carros de bois, de cujo chiar áspero e continuado se diz que fogem os lobos e os ursos, se os há nos sítios por onde passam. Acrescentou-se a toda esta tempestade outra muito maior, e foi o parecer verdadeiramente que nos quatro cantos do bosque se estavam dando ao mesmo tempo quatro recontros ou batalhas, porque ali soava o duro estrondo de espantosa artilharia; acolá, disparavam-se infinitas escopetas; mais perto, soavam as vozes dos combatentes; ao longe, reiteravam-se os clamores agarenos; finalmente, as cornetas, as trompas, as buzinas, os clarins, as trombetas, os tambores, a artilharia, os arcabuzes, e, sobretudo, o temoroso ruído dos carros, formavam, no seu conjunto, um som tão confuso e tão horrendo, que foi mister que Dom Quixote se valesse de todo o seu ânimo; mas o de Sancho é que se desfez, e deu com ele desmaiado nas saias da duquesa, a qual o recebeu, e com grande pressa mandou que lhe deitassem água no rosto. Assim se fez, e tornou Sancho a si, exatamente quando chegava àquele sítio um dos carros das chiadoras rodas.

Puxavam-no quatro preguiçosos bois, todos cobertos de paramentos negros: em cada chifre traziam amarrado e aceso um grande círio, e em cima do carro, num alto assento, vinha um venerável velho, com a barba mais branca do que a branca neve, e tão comprida, que lhe passava para baixo da cintura; a sua vestimenta era uma roupa larga de negro bocaxim, e via-se perfeitamente tudo o que vinha no carro, por causa das infinitas luzes que o alumiavam. Guiavam-no dois feios demônios, vestidos da mesma fazenda, e com rostos tão horrendos, que Sancho, apenas os viu, fechou os olhos para os não continuar a ver. Chegando, pois, o carro ao sítio onde eles estavam, levantou-se do seu alto assento o venerável velho e, posto em pé, disse com um grande brado:

— Eu sou o sábio Lirgandeu[3].

---

[3] Lirgandeu, mago e fingido cronista do *Cavaleiro do Febo*.

E o carro passou adiante, sem ele dar nem mais palavra. Atrás deste veio outro carro do mesmo feitio, com outro velho entronizado, o qual, fazendo parar o carro, com voz não menos grave do que a do outro, disse:

— Eu sou o sábio Alquife, o grande amigo de Urganda, a Desconhecida. E passou adiante.

Veio logo atrás terceiro carro, mas o que vinha sentado no trono não era velho: era um homenzarrão robusto e de má catadura, que, ao chegar, pondo-se de pé como os outros, disse com voz mais rouca e mais endiabrada:

— Sou Arcalau, o nigromante, inimigo mortal de Amadis de Gaula e de toda a sua parentela.

E passou. A pouca distância fizeram alto os três carros e cessou a enfadosa chiadeira das suas rodas; e não se ouviu outro ruído, a não ser um som de suave e concertada música, com que Sancho se alegrou, tendo-o por bom sinal, e assim o disse à duquesa, de quem não se arredava um passo:

— Senhora, onde há música não pode haver coisa má.

— Nem onde há luzes e claridade— respondeu a duquesa.

— Luz dá o fogo, e claridade as fogueiras, como vemos nas que nos cercam, e podiam, contudo, perfeitamente abrasar-nos — tornou Sancho —; mas a música sempre é indício de regozijo e de festas.

— Ele o dirá — acudiu Dom Quixote, que tudo escutava. E disse bem, como se verá no capítulo seguinte.

CAPÍTULO XXXV

Onde prossegue a notícia que teve Dom Quixote do desencantamento de Dulcinéia, com outros admiráveis sucessos

Ao compasso da agradável música, viram que para eles se encaminhava um carro, destes a que chamam triunfais, puxado por seis mulas pardas, cobertas de um pano branco, e montado em cada uma delas vinha um penitente de luz[1], vestido também de branco e com um grande círio na mão. Era um carro duas vezes e ainda três vezes maior do que os anteriores, e aos lados e em cima dele vinham mais doze penitentes, alvos de neve, todos com os seus círios acesos, vista que inspirava a um tempo admiração e espanto; e num erguido trono sentava-se uma ninfa, vestida de mil véus de gaze prateada, brilhando em todos eles infinitas palhetas de ouro, que a faziam o mais vistosamente trajada que se pode imaginar; trazia o rosto coberto com um transparente e delicado cendal, de modo que, sem que as suas pregas o impedissem, por entre elas se descobria um formosíssimo rosto de donzela, e as muitas luzes deixavam distinguir a beleza e a idade, que seria entre dezessete e vinte anos; junto dela vinha uma figura, vestida de roupas roçagantes até os pés, com a cabeça coberta de um véu negro; mas, quando o carro chegou defronte dos duques e de Dom Quixote, parou a música das charamelas, e em seguida a das harpas e dos alaúdes; e

[1] O que leva círios nas procissões.

pondo-se de pé esta última figura, abriu as roupas, e, tirando o véu do rosto, mostrou que era a própria Morte, descarnada e horrenda, o que afligiu Dom Quixote e assustou Sancho, e aos duques inspirou um certo sentimento temeroso. Posta em pé esta morte viva, com voz um pouco sonolenta e língua não muito desperta, começou a dizer desta maneira:

Eu sou Merlim, aquele que as histórias
Dizem que tem por pai o próprio Diabo
(Mentira autorizada pelos tempos),
Príncipe da arte mágica, monarca
E arquivo da ciência zoroástrica,
Êmulo das idades, e dos séculos,
Que solapar pretendem as façanhas
Dos andantes valentes cavaleiros,
A quem eu tive e tenho grande afeto.
Mas, apesar de ser dos nigromantes,
Dos magos e dos mágicos, por uso,
Severa a condição, áspera e forte,
A minha é terna, e amorosa e branda:
Gosto de fazer bem a toda a gente.

Nessas cavernas lôbregas de Dite[2],
Onde em formar os magos caracteres
Minha alma se entretinha, ouvi, de súbito,
A voz plangente e meiga da formosa.
E sem-par Dulcinéia del Toboso.
Narrou-me então seu infeliz destino,
Sua transformação de gentil dama
Em rústica aldeã; compadeci-me;
Dentro desta figura horripilante
Encerrei meu espírito; mil livros
Revolvi, manuseei, desta ciência
Endiabrada e torpe que professo,
E enfim, trago remédio competente
Para tamanha dor, desgraça tanta.

[2] "Dite": Plutão, deus do inferno.

Ó tu, que és honra e glória dos que vestem
Túnicas de aço e rútilo diamante,
Luz e fanal e mestre e norte e guia
Daqueles que, deixando o torpe sono
E os ociosos leitos, só se empregam
No rude, intolerável exercício
Das sangrentas, fatais, pesadas armas!
A ti digo, ó varão nunca louvado
Como o mereces ser; a ti, valente
Cavaleiro e discreto Dom Quixote,
Da Mancha resplendor, da Espanha estrela:
Para que Dulcinéia del Toboso
Possa recuperar o antigo estado,
Deve o teu escudeiro Sancho Pança
Assentar nas suas largas pousadeiras,
Descobertas e ao ar, três mil açoites
Com suas próprias mãos, e mais trezentos...
Açoites que lhe doam bem deveras.
Mandam isto os que foram da desgraça
Da bela Dulcinéia causadores,
E aqui vim a dizê-lo, meus senhores.

— Voto a tal! — acudiu logo Sancho. — Eu não dou em mim próprio, já não digo três mil açoites, mas nem três que são três. Diabos levem semelhante modo de desencantar; não sei que têm que ver as minhas pousadeiras com estes encantamentos. Pois se o Senhor Merlim não achou outro modo de desencantar a Senhora Dulcinéia del Toboso, encantada pode ir para a sepultura.

— Agarro-te eu, dom vilão — disse Dom Quixote —, amarro-te a uma árvore, nu como saíste do ventre da tua mãe, e dou-te não três mil e trezentos açoites, mas seis mil e seiscentos, e hão de ser dados a valer; e não me repliques nem palavra, que te arranco a alma.

— Não pode ser desse modo — acudiu Merlim —; porque os açoites que Sancho tem de receber, há de ser por sua vontade e não à força, e quando lhe aprouver, que se lhe não dá prazo fixo; e até se lhe permite que, se quiser apanhar só metade da conta, consinta que mão alheia lhos aplique, por mais pesada que seja.

— Nem a minha mão, nem mão alheia, nem pesada, nem por pesar — redargüiu Sancho —; em mim é que ninguém toca. Dei eu por acaso à luz a Senhora Dulcinéia, para que paguem as minhas pousadeiras o pecado dos seus olhos? O senhor meu amo sim, que lhe chama a cada instante a sua vida, a sua alma, sustento e arrimo seu; esse sim, esse é que se pode e deve açoitar por ela, e fazer todas as diligências necessárias para o seu desencantamento; mas açoitar-me eu, *abernúncio*[3]!

Apenas Sancho acabou de dizer isto, levantou-se a prateada ninfa, que vinha ao pé do fantasma de Merlim, e tirando o véu sutil, descobriu um rosto que a todos pareceu extremamente formoso, e com desenvoltura varonil e voz não muito adamada[4], voltando-se para Sancho Pança, disse-lhe:

— Ó desventurado escudeiro, alma de cântaro, coração de rija madeira, entranhas empedernidas, se te mandassem, ladrão, patife, que te atirasses de uma torre abaixo; se te pedissem, inimigo do gênero humano, que comesses uma dúzia de sapos, duas de lagartos, e três de cobras; se te incitassem a matar tua mulher e teus filhos com um agudo e truculento alfanje, não seria maravilha que te mostrasses melindroso e esquivo; mas fazer caso de três mil e trezentos açoites, que não há ruim estudante de doutrina[5] que os não leve todos os meses, é para indignar os corações piedosos de todos os que isto escutam, e até de todos os que o vierem a saber no decorrer do tempo. Põe, miserável e endurecido animal, esses teus olhos de mocho espantadiço nas pupilas destes meus, rutilantes como estrelas, e vê-los-ás chorar em fio lágrimas que fazem sulcos e abrem caminhos nos formosos campos das minhas faces. Mova-te o saberes, monstro, socarrão e mal-intencionado, que estes meus anos floridos, que estão na casa dos dez, pois tenho dezenove e ainda não cheguei aos vinte, se consomem e murcham debaixo da casca de uma rústica lavradeira; e, se o não pareço agora, devo-o à mercê particular que me fez o Senhor Merlim, que presente se acha, só para que te enternecesse a minha formosura; que as lágrimas de uma aflita beldade mudam tigres em ovelhas. Açoita-me, pois, esses toucinhos, bruto indômito; não penses só em comer; mostra brio e põe em liberdade a lisura das minhas carnes, a meiguice da

---

[3] "Abrenúncio"; expressão com que se rechaça uma coisa, e em especial o Demônio. Com o que, Sancho a usa devidamente, ao referir-se a Merlim.

[4] Afeminada.

[5] Meninos órfãos a quem se doutrinava nas escolas.

minha condição, a beleza do meu rosto; e se por minha causa não te abrandas, nem entras em termos razoáveis, faze-o por esse pobre cavaleiro que está ao teu lado, por teu amo, cuja alma estou vendo, que a tem atravessada na garganta, esperando só a tua rígida ou branda resposta, para sair pela boca ou para voltar ao estômago. Ouvindo isto, Dom Quixote apalpou a garganta e disse, voltando-se para o duque:

— Por Deus, senhor, Dulcinéia disse a verdade, que tenho aqui a alma atravessada na garganta como uma pedra de besta.

— Que dizeis a isto, Sancho? — perguntou a duquesa.

— Digo, senhora — respondeu Sancho —, o que já disse: que lá a respeito de açoites, *abernúncio*.

— "Abrenúncio" é que se diz, Sancho — acudiu o duque.

— Deixe-me Vossa Grandeza; não estou, agora disposto a reparar em sutilezas, nem em letras de mais ou de menos, porque me vejo tão perturbado com estes açoites que hei de apanhar, dados por mim ou por outrem, que não sei o que digo nem o que faço; mas sempre quereria perguntar à minha Senhora Dulcinéia del Toboso onde é que aprendeu semelhante modo de pedir. Vem suplicar-me que rasgue a carne com açoites, e chama-me alma de cântaro e bruto indómito, e mais uma ladainha de nomes feios, que só o Diabo é capaz de suportar. Porventura as minhas carnes são de bronze, ou importa-me alguma coisa que ela se desencante ou não? Que trouxa de roupa-branca, de camisas, de penteadores e de sapatinhos me traz para me abrandar, a não ser uma chuva de vitupérios, sem se lembrar daquele rifão, que diz que um burro carregado de ouro sobe ligeiro um monte; que dádivas quebrantam penhas; e que mais vale um "toma" que dois "te darei"? Pois o senhor meu amo, que devia passar a mão pelo meu lombo e afagar-me para me fazer macio, não diz que se me apanha, amarra-me nu a uma árvore, e me dobra a parada dos açoites? E não reparam estes senhores que não só pedem que se açoite um escudeiro, mas um governador! Aprendam a saber rogar e a saber pedir, e a ver que os tempos mudam e que os homens nem sempre estão de boa venta. Agora estou eu rebentando de pena, por ver o meu saio verde roto, e vêm-me pedir que me açoite por minha vontade, estando eu tão disposto a isso como a fazer-me cacique.

— Pois na verdade, amigo Sancho — disse o duque —, se não amansais, juro-vos que não apanhais o governo. Havia de ser bonito mandar eu aos meus insulanos um governador cruel, de entranhas empedernidas, que se não dobra às lágrimas das aflitas donzelas nem aos rogos de discretos, imperiosos e antigos nigromantes e sábios. E, para encurtar razões, Sancho, ou sereis açoitado, ou não sereis governador.

— Senhor duque — respondeu Sancho —, não me podem dar dois dias para refletir?

— Não, isso de nenhum modo — acudiu Merlim. — Aqui já há de ficar assentado e resolvido este negócio. Ou Dulcinéia volta para a cova de Montesinos e para o seu primitivo estado de lavradeira, ou tal como se acha será levada aos campos elísios, onde ficará esperando que se complete a conta dos açoites.

— Eia! bom Sancho — acudiu a duquesa —, ânimo, e corresponderei como deveis a terdes comido o pão do Senhor Dom Quixote, a quem todos devemos servir e agradar por sua boa condição e suas altas cavalarias. Dai o sim, filho, e vá-se o Diabo para o Diabo e o temor para os mesquinhos, que um bom coração quebranta a má ventura, como vós bem sabeis.

A estas razões respondeu Sancho, perguntando a Merlim:

— Diga-me Vossa Mercê, Senhor Merlim, quando o diabo correio aqui chegou, deu a meu amo um recado do Senhor Montesinos, mandando-lhe da sua parte que o esperasse aqui, porque vinha dar ordem para que a Senhora Dona Dulcinéia del Toboso se desencantasse, e até agora ainda não vimos Montesinos, nem pessoa que o pareça.

— O diabo, amigo Sancho — respondeu Merlim —, é um ignorante e um grandíssimo velhaco. Mandei-o eu em busca de vosso amo, mas com recado meu e não de Montesinos, porque Montesinos está na sua cova, esperando o seu desencantamento, que ainda lhe falta um pedaço. Se vos deve alguma coisa, ou tendes algum negócio que tratar com ele, eu vo-lo trarei e porei no sítio que quiserdes; e por agora vede se dais o sim que se vos pede. E acreditai que vos será de muito proveito, tanto à alma como ao corpo: à alma, pela caridade com que procedereis; ao corpo, porque sei que sois de compleição sanguínea, e não vos poderá fazer mal tirar um pouco de sangue.

— Muitos médicos há no mundo! — redargüiu Sancho — até o são nigromantes! Mas já que todos insistem comigo, ainda que entendo que é grande tolice, não tenho remédio senão consentir em apanhar os três mil e trezentos açoites, com a condição de os poder dar eu em mim próprio, quando muito bem quiser, sem que me marquem a ocasião; procurarei pagar a dívida o mais depressa possível, para que o mundo goze a formosura da Senhora Dona Dulcinéia del Toboso. Quero também a condição de não ser obrigado a tirar sangue com a disciplina, e que se alguns açoites forem de mosqueio[6], também hão de entrar na conta. Item, que se eu me enganar no número, o Senhor Merlim, como sabe tudo, terá cuidado de os contar, e de me dizer quantos me faltam ou quantos me sobram.

— Não preciso avisar com relação às sobras — respondeu Merlim —, porque, em chegando ao número completo, logo ficará de súbito desencantada a Senhora Dulcinéia, e virá, agradecida, procurar o bom Sancho, e premiá-lo pela sua obra. Assim, não há que ter escrúpulo com os sobejos, nem permita o céu que eu engane a ninguém, num cabelo que seja.

— Eia, pois! na mão de Deus me entrego — disse Sancho —; consinto na minha má ventura, quer dizer, aceito a penitência com as condições apontadas.

Apenas Sancho disse estas últimas palavras, voltou a tocar a música das charamelas, tornaram-se a disparar infinitos arcabuzes, e Dom Quixote pendurou-se do pescoço de Sancho, dando-lhe mil beijos na testa e nas faces. A duquesa e o duque e os circunstantes deram sinal de grandíssimo contentamento, e o carro começou a caminhar, e a formosa Dulcinéia, ao passar por diante dos duques, inclinou-lhes a cabeça e fez uma profunda mesura a Sancho.

Vinha a romper a aurora alegre e ridente: as florinhas dos campos descerravam e erguiam a corola, e os líquidos cristais dos arroios, murmurando por entre brancos e pardos seixos, iam dar tributo aos rios que os esperavam; a terra alegre, lúcido o céu, o ar límpido, a luz transparente, cada um de per si e todos juntos davam manifestos sinais de que o dia, que vinha seguindo a aurora, havia de ser sereno e claro. E, satisfeitos os duques com a caça, e com o terem conseguido o seu intento tão discreta e felizmente, voltaram para o castelo com a intenção de prosseguir nas suas patranhas, que não havia verdades que mais os divertissem.

---

[6] Açoites para enxotar as moscas.

CAPÍTULO XXXVI

Onde se conta a estranha e nunca imaginada aventura de Dona Dolorida, aliás da Condessa Trifaldi, com uma carta que Sancho Pança escreveu à sua mulher Teresa Pança

Tinha o duque um mordomo, de engenho alegre e desenfadado, que representou o papel de Merlim, arranjou todo o aparato da aventura passada, compôs os versos e incumbiu um pajem de fazer o papel de Dulcinéia. Finalmente, por ordem de seus amos, arranjou outra burla do mais estranho e gracioso artifício que imaginar-se pode.

Perguntou a duquesa a Sancho, no outro dia, se já dera começo à penitência que havia de fazer para se desencantar Dulcinéia. Disse que sim, e que naquela noite dera em si mesmo cinco açoites. Perguntou-lhe a duquesa com que os dera; respondeu que tinha sido com a mão.

— Isso — redargüiu a duquesa — são mais palmadas que açoites; parece-me que o sábio Merlim não ficará contente com tamanha brandura; será mister que o bom Sancho arranje algumas disciplinas de abrolhos ou destas de canelões[1], que se façam sentir, porque o haver sangue é a condição expressa, e não se pode comprar tão barato a liberdade de tão excelsa senhora como é Dulcinéia; e advirta Sancho que as obras de caridade que se praticam tíbia e frouxamente nem têm mérito e nada valem.

---

[1] Com as extremidades largas e retorcidas.

— Dê-me Vossa Senhoria alguma disciplina ou corda conveniente — respondeu Sancho —, que eu me açoitarei com ela, contanto que me não doa muito; porque faço saber a Vossa Mercê que, apesar de ser rústico, as minhas carnes têm mais de algodão que de esparto, e não estou para me esfarrapar em proveito alheio.

— Pois seja assim — tornou a duquesa —; eu vos darei amanhã umas disciplinas que vos sirvam perfeitamente, e se acomodem com o tenro das vossas carnes, como se fossem suas próprias irmãs.

— Saiba Vossa Alteza, senhora minha da minha alma — disse Sancho —, que escrevi uma carta à minha mulher Teresa Pança, dando-lhe conta de tudo o que me sucedeu, depois que dela me apartei; aqui a tenho no seio, que só lhe falta pôr o sobrescrito; quereria que a vossa discrição a lesse, porque me parece que vai conforme com o modo como devem escrever os governadores.

— E quem foi que a ditou? — perguntou a duquesa.

— Quem a havia de ditar senão eu, pecador de mim?

— E escreveste-la vós? — disse a duquesa.

— Nem por pensamento — respondeu Sancho —, que eu não sei ler nem escrever, sei apenas assinar.

— Vejamo-la, que decerto haveis de mostrar nela a qualidade e a suficiência do vosso engenho.

Tirou Sancho do seio uma carta aberta, e a duquesa, pegando-lhe, viu que dizia desta maneira:

Carta de Sancho Pança a Teresa Pança, sua mulher

Se bons açoites me davam, muito bem montado eu ia; se bom governo eu apanho, mui bons açoites me custa. Isto não o entendes por ora, Teresa minha, mas outra vez to explicarei. Hás de saber que determinei que andes de coche, que é o que serve, porque tudo o mais é andar de gatas. És mulher de um governador: vê lá se há alguém que te chegue aos calcanhares. Aí te mando um fato verde de monteiro, que me deu a senhora duquesa; arranja dele uma saia e um corpo de vestido para a nossa filha. Dom Quixote, meu amo, segundo ouvi dizer nesta terra, é um louco assisado e um mentecapto gracioso, e eu não lhe fico atrás. Estivemos na cova de Montesinos e o sábio Merlim apanhou-me para se desencantar Dulcinéia del Toboso, que por aí se chama Aldonça Lourenço. Com três mil e trezentos açoites, menos cinco, que hei de dar em mim próprio, ficará tão desencantada como a minha mãe. Não digas isto a ninguém, porque logo principiam em conselhos, e um diz que é branco e outro que é preto. Daqui a poucos dias partirei para o governo, para onde vou com grandíssimo desejo de juntar dinheiro, porque me disseram que todos os governadores novos levam essa mesma vontade: eu lhe tomarei o pulso, e te avisarei se hás de vir estar comigo ou não. O ruço vai de saúde e recomenda-se muito, e não tenciono deixá-lo, nem que me façam grão-turco. A duquesa, minha senhora, beija-te mil vezes as mãos; tu retroca-lhe com duas mil, que não há coisa que saia mais barata, segundo diz meu amo, do que os bons comedimentos. Não foi Deus servido deparar-me outra maleta com outros cem escudos: mas não te dê cuidado, Teresa, quem repica os sinos está de saúde, e tudo há de sair na barrela do governo, ainda que me afligiu o dizerem-me que, se uma vez o provo, fico a lamber os dedos e sou capaz de comer as mãos; e, se assim fosse, não me custaria barato, ainda que os estropiados e os mancos têm uma conezia nas esmolas que pedem; de forma que, de um modo ou de outro, tu hás de ser rica e feliz. Deus te dê mil venturas, como pode, e me guarde a mim para te servir.

Deste castelo, a 20 de julho de 1614.

Teu marido, o governador
SANCHO PANÇA.

Quando a duquesa acabou de ler esta carta, disse para Sancho:

— Em duas coisas erra o bom governador: uma, em dar a entender que lhe deram este governo pelos açoites com que se há de fustigar, sabendo ele perfeitamente que, quando o duque meu senhor lho prometeu, nem em semelhantes açoites se sonhava; a outra, em se mostrar nesta carta muito cobiçoso, e isso é mau, eu não gostaria que a orégão fosse[2], porque se diz que a cobiça rompe o saco, e o governador cobiçoso faz desgovernada a justiça.

— Eu não quis dizer isso, senhora — respondeu Sancho —; e se Vossa Mercê entende que a carta não deve ir como vai, o que há a fazer é rasgá-la, e escrever outra nova; é verdade que pode ser que saia pior, se ma deixarem ao meu bestunto.

[2] "Queira Deus que orégão seja, e não se nos transforme em alcaravia", diz o refrão.

— Não, não — redargüiu a duquesa —; está boa esta, e quero até que o duque a veja.

E nisto foram para um jardim, onde naquele dia tencionavam jantar. Mostrou a duquesa a carta de Sancho a seu marido, que muito se divertiu com ela. Jantaram, e depois de se levantar a mesa, e de se terem entretido um bom pedaço com a saborosa conversação de Sancho, ouviu-se de repente o som tristíssimo de um pífaro e de um rouco e destemperado tambor. Todos mostraram alvorotar-se com a marcial, confusa e triste harmonia, especialmente Dom Quixote, que nem podia estar sentado; de Sancho só há que dizer que o medo o levou para o seu costumado refúgio, que era ao lado ou atrás da duquesa, porque realmente o som que se escutava era melancólico e tristíssimo.

E, estando todos assim suspensos, viram entrar pelo jardim adiante dois homens vestidos de roupas lutuosas, que arrastavam pelo chão, e vinham tocando dois tambores também cobertos de negro. Ao seu lado vinha o pífaro, de negro também. Seguia-se a estes três um personagem de corpo agigantado, vestido com uma loba negríssima e de imensa cauda. Por cima da loba cingia-lhe o corpo um largo talim também negro, donde pendia um desmedido alfanje, de bainha e guarnições negras. Trazia o rosto coberto com um véu negro transparente, por onde se entrevia uma compridíssima barba, alva de neve. Movia o passo ao som dos tambores, com muita gravidade e descanso. Veio, pois, com a pausa e prosopopéia referida ajoelhar diante do duque, que o esperava em pé com todos os outros que junto dele estavam. Mas o duque de nenhum modo consentiu que ele falasse, enquanto se não levantou. Obedeceu o prodigioso espantalho e, depois de se levantar, ergueu o véu do rosto, e patenteou a mais horrenda, a mais larga, a mais branca e a mais farta barba que nunca até então os olhos humanos tinham visto, e disse, pondo os olhos no duque, com voz sonora e grave que parecia arrancada do amplo e dilatado peito:

— Altíssimo e poderoso senhor, chamam-me Trifaldim[3] da Barba Branca; sou escudeiro da Condessa Trifaldi, por outro nome chamada a Dona Dolorida, da parte da qual trago a Vossa Grandeza uma embaixada, que consiste em pedir a Vossa Magnificência que

---

[3] Trifaldim, do *Orlando enamorado* de Mateus Boiardo.

seja servida permitir-lhe que entre e lhe refira a sua aflição, que é uma das mais novas e mais espantosas que nunca imaginaram; e quer primeiro saber se está neste castelo o valoroso e nunca vencido cavaleiro Dom Quixote de la Mancha, em procura de quem tem vindo a pé e sem quebrar o jejum, desde o reino de Candaia[4] até este vosso Estado, coisa que se pode e deve atribuir só a milagre ou a força de encantamento; está à porta desta fortaleza ou casa de campo, e só espera para entrar o vosso beneplácito. Disse. E logo tossiu, e começou a afagar a barba de cima para baixo com ambas as mãos, e com muito sossego esteve esperando a resposta do duque, que foi a seguinte:

— Há muitos dias já, bom escudeiro Trifaldim da Barba Branca, que temos notícia da desgraça da Condessa Trifaldi, minha senhora, a quem os nigromantes fazem chamar a Dona Dolorida: bem podeis, estupendo escudeiro, dizer-lhe que entre, e que está aqui o valente cavaleiro Dom Quixote de la Mancha, de cujo ânimo generoso pode esperar com segurança todo o amparo e todo o auxílio: e também lhe podereis dizer da minha parte que, se o meu favor lhe for necessário, lhe não há de faltar, pois a isso me obriga o ser cavaleiro, profissão a que anda anexo o dever de favorecer toda a casta de mulheres, especialmente as donas viúvas, menoscabadas e doloridas, como deve estar sua senhoria.

Ouvindo isto, Trifaldim dobrou o joelho até o chão, e, fazendo ao pífaro e aos tambores sinal para que tocassem com o mesmo som e o mesmo passo com que entrara, tornou a sair do jardim, deixando todos admirados da sua presença e compostura. E, tornando o duque para Dom Quixote, disse-lhe:

— Enfim, famoso cavaleiro, não podem as trevas da malícia nem da ignorância encobrir nem escurecer a luz do valor e da virtude. Digo isto, porque há seis dias apenas que Vossa Bondade está neste castelo, e já vos vêm procurar de longas e apartadas terras, não em carros, nem em dromedários, mas a pé e em jejum, os tristes e os aflitos, confiados em que hão de encontrar nesse fortíssimo braço o remédio das suas aflições e dos seus trabalhos,

---

[4] Candaia, nome ao que parece inventado pensando na sua semelhança com Canadahar, Camboja ou Grindaia, de onde foram a Constantinopla os príncipes da linhagem de Amadis de Grécia.

graças às vossas grandes façanhas, cuja notícia corre por toda a terra.

— O que eu quereria, senhor duque — respondeu Dom Quixote —, é que estivesse aqui presente aquele bendito religioso que no outro dia à mesa mostrou ter tão má vontade e tanto ódio aos cavaleiros andantes, para que visse com os seus olhos se os tais cavaleiros são ou não necessários no mundo: veria que os extraordinariamente aflitos e desconsolados, em casos grandes e em desditas enormes, não vão buscar o seu remédio à casa dos letrados nem à casa dos sacristães das aldeias, nem ao cavaleiro que nunca saiu da terra onde nasceu, nem ao preguiçoso cortesão, que antes busca notícias para as referir e contar do que procura praticar façanhas, para que outros as contem e as escrevam. O remédio das aflições, o socorro das necessidades, o amparo das donzelas, a consolação das viúvas, em nenhuma espécie de pessoas se encontra melhor do que nos cavaleiros andantes, e por eu ser um deles, dou por muito bem empregado qualquer desmando e qualquer trabalho que neste exercício tão honroso me possa acontecer. Venha essa dona e peça o que quiser, que encontrará remédio na força do meu braço e na intrépida resolução do meu animoso espírito.

CAPÍTULO XXXVII

Onde se prossegue a famosa aventura da Dona Dolorida

Folgaram muito o duque e a duquesa por verem como Dom Quixote correspondia bem aos seus intentos; e nisto disse Sancho:

— A mim é que me não agradaria que esta senhora dona viesse por tropeços à promessa do meu governo, porque ouvi dizer a um boticário toledano, que chalrava como um pintassilgo, que onde interviessem donas não podia haver coisa boa. Ai! senhor! e que mal que dizia delas o tal boticário! Donde eu infiro que, se todas as donas são enfadosas e impertinentes, de qualquer qualidade e condições que sejam, o que farão as que forem doloridas, como disseram que é essa condessa de três faldas ou de três fraldas, que em minha terra, falda e fraldas são a mesma coisa.

— Cala-te, Sancho amigo — disse Dom Quixote —, que vindo esta senhora dona de tão longes terras procurar-me, não pode ser daquelas que o boticário se referia, tanto mais que esta é condessa, e quando as condessas servem de donas, não pode ser senão a rainhas e imperatrizes, e em suas casas são senhoríssimas, e doutras donas se servem[1].

[1] Aqui pode ver-se o papel de acompanhantes e servidoras que tinham as mulheres.

A isto respondeu Dona Rodríguez, que se achava presente:

— Donas tem ao seu serviço a senhora duquesa, que poderiam ser condessas, se a fortuna o quisesse; mas lá se vão leis onde querem reis; e ninguém diga mal das donas, e ainda menos das que são antigas e donzelas, que, ainda que eu não seja dessas, percebo perfeitamente a vantagem que leva uma dona donzela a uma dona viúva, e a quem pretende tosquiar-nos ficam-lhe as tesouras nas mãos.

— Com tudo isso, diz o meu barbeiro que não há pouco que tosquiar nas donas, e portanto será melhor não mexer o arroz, ainda que cheire a esturro.

— Sempre os escudeiros — respondeu Dona Rodríguez — são nossos inimigos, porque, sendo duendes das ante-salas, e vendo-nos a cada instante, o tempo em que não rezam (e que não é pouco) gastam-no em murmurar de nós outras, desenterrando-nos os ossos, e enterrando-nos a fama. Pois eu mando-os para os cavalos de pau, que, em que lhes pese, havemos de viver no mundo e nas casas principais, ainda que morramos de fome e cubramos com um vestido mongil as nossas carnes delicadas ou não. Ah! se fosse ocasião agora, eu mostraria a todos os presentes, e até ao mundo em peso, que não há virtude que se não encerre numa dona.

— Creio — disse a duquesa — que a minha boa Dona Rodríguez tem muitíssima razão; mas bom será que aguarde o ensejo próprio para punir por si e pelas outras donas, para confundir a má opinião daquele mau boticário, e desarraigar a que abriga no peito o grande Sancho Pança.

E Sancho respondeu:

— Depois que tenho fumaças de governador já nada tenho de escudeiro, e não me importam donas nem meias donas.

O colóquio foi interrompido pelos tambores e o pífaro, que tornavam a tocar, o que lhes deu a entender que Dona Dolorida entrava. Perguntou a duquesa ao duque se seria bem o ir recebê-la, visto que era condessa e pessoa principal.

— Lá por ser condessa — respondeu Sancho, adiantando-se ao duque —, acho bem que Vossas Grandezas saiam a recebê-la, mas visto ser dona, parece-me que nem um passo devem dar.

— Para que te metes tu nestas coisas, Sancho? — perguntou Dom Quixote.

— Para quê? Meto-me, porque me posso meter, porque sou um escudeiro que aprendeu as praxes da cortesia na escola de Vossa

Mercê, que é o mais cortês e bem-criado cavaleiro do mundo; e nestas coisas ouvi dizer a Vossa Mercê que tanto se perde por carta de mais como por carta de menos, e a bom entendedor meia palavra basta.

— Sancho diz muito bem — acudiu o duque —; veremos as maneiras da condessa, e a cortesia que se lhe deve.

Nisto entraram os tambores e o pífaro, como da vez primeira.

E aqui, neste breve capítulo, pôs ponto o autor, e principiou o outro, continuando com a mesma aventura, que é uma das mais notáveis desta história.

CAPÍTULO XXXVIII

Onde se conta o que disse das suas desventuras a Dona Dolorida

Atrás dos tristes músicos principiaram a entrar pelo jardim não menos de doze donas repartidas em duas fileiras, todas com largos vestidos mongis, e uns véus brancos tão compridos, que só deixavam ser a fímbria do vestido. Seguia-se-lhes a Condessa Trifaldi, que vinha pela mão do seu escudeiro Trifaldim da Barba Branca, vestida de finíssima e negra baeta; a cauda era de três pontas, em que pegavam três pajens também vestidos de preto, fazendo uma figura vistosa e matemática com aqueles três ângulos agudos que formavam as três caudas, donde provinha decerto o apelido de Condessa Trifaldi; como se disséramos: "a condessa das três saias". E diz Benengeli que assim era, efetivamente, e que o verdadeiro nome da condessa era "Lupina", por se criarem no seu condado muitos lobos, e se, como eram lobos, fossem raposas, a chamariam a "Condessa Raposina", por ser costume naquelas partes tomarem os senhores os seus nomes das coisas em que os seus Estados mais abundam. Entretanto, esta condessa, para ressaltar a novidade de sua saia, deixou o "Lupina" e tomou o "Trifaldi".

Vinham as doze donas e a senhora em passo de procissão, com os rostos cobertos com uns véus negros, e não transparentes como o de Trifaldim, mas tão apertados[1], que não deixavam ver coisa

---

[1] "Espessos."

alguma. Assim que acabou de passar o esquadrão das donas, o duque, a duquesa, Dom Quixote e todos os mais que contemplavam a procissão puseram-se de pé. Pararam as doze donas e fizeram alas, por entre as quais passou a Dolorida, sem Trifaldim lhe largar a mão. Vendo isto, o duque, a duquesa e Dom Quixote adiantaram-se obra de doze passos a recebê-la. Ela, ajoelhada, com voz antes grossa e rouca do que sutil e delicada, disse:

— Sejam servidos Vossas Senhorias de não fazer tantas cortesias a este seu criado, digo, a esta sua criada, porque tão dolorida sou, que não atinarei com o que devo responder, pois que esta minha estranha e nunca vista desdita me levou o entendimento não sei para onde, mas decerto para muito longe, porque quanto mais o procuro, menos o encontro.

— Sem ele estaria — respondeu o duque — quem não descobrisse pela vossa pessoa, senhora condessa, o vosso valor, e não é necessário pôr mais, para se saber que sois merecedora de toda a nata da cortesia, de toda a flor das bem-criadas cerimônias.

E, levantando-a pela sua mão, levou-a a sentar-se numa cadeira ao pé da duquesa, que também a recebeu com muito cumprimento. Dom Quixote calava-se e Sancho andava morto por ver o rosto da Trifaldi e de alguma das suas muitas donas; mas não pôde, enquanto elas se não descobriram por sua vontade.

Sossegados todos e em silêncio, estavam esperando quem o havia de romper, e foi a Dona Dolorida, com estas palavras:

— Confiada estou, senhor poderosíssimo, formosíssima senhora e discretíssimos circunstantes, em que há de encontrar a minha augustíssima em vossos valorosíssimos peitos acolhimento não menos plácido do que generoso e doloroso, porque é tal, que basta para enternecer os mármores, abrandar os diamantes e amolecer os aços dos mais endurecidos corações deste mundo; mas, antes de sair para a praça dos vossos ouvidos, para não dizer orelhas, quisera que me fizessem saber se estão no grêmio desta companhia o acendratíssimo cavaleiro Dom Quixote de la Mancha e seu escudeiríssimo Pança.

— O Pança aqui está — acudiu logo Sancho —, e Dom Quixotíssimo também, e podereis, portanto, doloríssima doníssima, dizer o que quiserdíssimos, porque todos estamos prontos e preparadíssimos para ser vossos servidoríssimos.

Nisto, levantou-se Dom Quixote, e disse, dirigindo-se à Dolorida Dona:

— Se as vossas aflições, angustiada senhora, podem esperar algum remédio do valor ou das forças de um cavaleiro andante, aqui estou eu, que todo me empregarei no vosso serviço. Sou Dom Quixote de la Mancha, cujo ofício é acudir a toda a casta de necessitados; e, sendo assim como é, senhora, não haveis mister de captar benevolências, nem de procurar preâmbulos, e podeis dizer chãmente e sem rodeios os vossos males, que vos escutam ouvidos que saberão, se não remediá-los, pelo menos compadecer-se deles.

Ouvindo isto, a Dolorida Dona deu mostras de se querer arrojar aos pés de Dom Quixote, e ainda se arrojou, e, querendo por força abraçar-lhe as pernas, dizia:

— Diante destes pés e destas pernas me arrojo, ó cavaleiro invicto, por serem bases e colunas da cavalaria andante; quero beijar estes pés, de cujo passo está pendente todo o remédio da minha desgraça, ó valoroso cavaleiro, cujas verdadeiras façanhas deixam bem longe e escurecem as fabulosas dos Amadises, Esplandiões e Belianises!

E, largando Dom Quixote, volveu a Sancho Pança, e, agarrando-lhe nas mãos, disse:

— Ó tu, o mais leal escudeiro que nunca serviu a um cavaleiro andante, nem nos presentes, nem nos passados séculos, mais longo em bondade do que a barba de Trifaldim, meu companheiro, que presente se acha! bem podes gabar-te de que, servindo o Senhor Dom Quixote, serves em resumo toda a caterva de cavaleiros que trataram as armas neste mundo. Suplico-te, pelo que deves à tua bondade fidelíssima, que sejas meu bom protetor junto de teu amo, para que favoreça esta humilíssima e desgraçadíssima condessa.

— O ser a minha bondade tão comprida como a barba do vosso escudeiro — respondeu Sancho — pouco se me dá; barbada e com bigodes tenha eu a minha alma quando me for embora desta vida, que é o que eu quero; com as barbas de cá pouco ou nada me importo; mas sem todas essas moquenquices e súplicas, eu pedirei a meu amo (que sei que me quer bem, e agora ainda mais, que precisa de mim para certo negócio) que favoreça e ajude a Vossa Mercê em tudo o que puder; Vossa Mercê desembuche a sua aflição, conte-a, e deixe que nos entenderemos.

Rebentavam de riso com estas coisas os duques e os outros que tinham penetrado o segredo da aventura.

Todos louvavam de si para si a agudeza e a dissimulação da Trifaldi, que disse, tornando-se a sentar:

— Do famoso reino de Candaia, que fica entre a grande Trapobana e o mar do Sul, a duas léguas para além do cabo Camorim, foi senhora a Rainha Dona Magúncia, viúva do Rei Arquipélago; e desse matrimônio nascera a Infanta Antonomásia, herdeira do reino[2], a qual se criou e cresceu debaixo da minha tutela e doutrina, por ser eu a mais antiga e a mais principal dona de sua mãe. Sucedeu, pois, que com o decorrer dos tempos, a menina Antonomásia chegou à idade de catorze anos, com tamanha perfeição, que a não podia fazer maior a natureza. A sua discrição era de uma extraordinária precocidade, igualava a sua formosura, e era a mais formosa dama deste mundo, e ainda o será, se os fados invejosos e as parcas endurecidas lhe não cortaram o fio da vida; mas não fizeram tal, decerto, porque não hão de permitir os céus que se faça tanto mal à terra, como seria cortar os racimos verdes da mais formosa vide dos vinhedos. Desta formosura, que a minha língua não pode assaz encarecer, se enamorou um infinito número de príncipes, tanto naturais como estrangeiros, entre os quais ousou levantar os seus pensamentos ao céu de tanta beleza um cavalheiro particular que na corte vivia, confiado na sua mocidade, na sua bizarria e nas suas muitas prendas e encantos, facilidade e felicidade de engenho; porque, devo dizer a Vossas Grandezas, se os não enfado, que tocava guitarra de modo tal, que não parecia senão que a fazia falar, e além disso era poeta e grande bailarino, e sabia fazer uma gaiola de pássaros, que só com essa prenda podia ganhar a vida, quando se visse em extrema necessidade; todos estes predicados e prendas bastam para derrubar uma montanha, quanto mais uma delicada donzela. Mas toda a sua gentileza, todo o seu donaire, todas as suas graças e prendas, de nada lhe serviriam para render a fortaleza da minha menina, se o grande patife e roubador não usasse do remédio de me render primeiro a mim. Primeiro quis o malandrino e desalmado vagabundo ganhar-me a vontade e enfeitiçar-me, para que eu, mau alcaide, lhe entregasse as chaves da fortaleza que guardava. Em conclusão, adulou-me e rendeu-me com não sei que dixes, e jóias que me deu; mas o que mais me prostrou, o que sobretudo me seduziu, foram umas coplas que lhe ouvi cantar uma

[2] Alguns nomes são imaginários. O cabo Camorim fica no sul da Índia; Trapobana é Ceilão, como já foi dito.

noite das reixas de uma janela, que deitava para um beco onde ele estava, e que, se bem me recordo ainda, diziam assim:

Da minha doce inimiga
Nasce a dor que a alma aflige,
E por mais tormento exige
Que se sinta e não se diga[3].

Pareceu-me a trova de pérolas, e a voz de mel, e desde então, vendo o mal em que caí por estes e por outros versos, tenho considerado que das repúblicas bem governadas se devem desterrar os poetas, como Platão aconselhava, pelo menos os lascivos, porque escrevem umas coplas, não como as do Marquês de Mântua, que entretêm e fazem chorar as crianças e as mulheres, mas umas agudezas, que, como brandos espinhos, nos atravessam a alma, e como raios a ferem, deixando incólume o vestido. E outra vez cantou.

Morte, vem tão escondida
Que eu não te sinta apar'cer,
P'ra que o gosto de morrer
Me não torne a dar a vida[4].

E deste jaez outras coplas que, cantadas, encantam, em escritas, suspendem[5]. E então, quando descia a compor um gênero de versos que em Candaia se usava, e a que chamavam "seguidilhas", ali era o pular dos corações, o retoucar do riso, o desassossego dos corpos, e finalmente o azougue de todos os sentidos! E assim digo, senhores meus, que os tais trovadores com justo motivo se devem desterrar para as ilhas dos Lagartos[6]; mas não têm eles culpa: quem a tem são as simples que os louvam, e as tolas que os acreditam, e, se eu fosse a boa dona que devia ser, não me moveriam os seus tresnoitados

---

[3] Tradução de uns versos do poeta italiano Serafim dell Aquilo ou Aquilano (1466-1500).

[4] Versos do Comendador Escrivá, poeta valenciano do século XV, muito difundidos na sua época, embora um pouco alterados aqui.

[5] "Enlevam."

[6] Ilhas remotas e desabitadas.

conceitos, nem acreditaria que fosse verdadeiro aquele dizer: "Vivo morrendo, ardo no gelo, tenho calafrios ao lume, espero sem esperança, parto e fico", e outros impossíveis desta laia, de que os seus escritos estão cheios! E quando prometem a fênix da Arábia, o fio de Ariadne, os cavalos do sol, as pérolas do sul, o ouro de Tíbar e o bálsamo de Pancaia?![7] Aqui é que eles alargam mais a pena, porque lhes custa pouco prometer o que nunca pensaram, nem poderiam cumprir. Mas que digressões são estas? Ai de mim! desditosa! que loucura, ou que desatino me leva a contar as culpas alheias, tendo tanto que dizer das minhas? Ai de mim! desventurada! não me renderam os versos, rendeu-me a simplicidade minha; não me abrandou a música, mas sim a minha leviandade; a minha muita ignorância e pouca advertência abriram e franquearam o caminho a Dom Clavijo, que assim se chama o referido cavalheiro; e assim, sendo eu medianeira, muitas vezes entrou ele no quarto de Antonomásia, enganada por mim e não por ele, com o título de verdadeiro esposo, que, apesar de pecadora, não consentiria nunca que ele, sem ser seu marido, lhe tocasse nem na ponta do sapato. Não, não! nisso não. O matrimônio há de ir sempre adiante em quaisquer negócios destes que por mim se tratarem; houve só um mal neste negócio, que foi o da desigualdade de nascimento, por ser Dom Clavijo um cavalheiro particular, e a Infanta Antonomásia herdeira do reino, como já disse. Alguns dias esteve encoberta e solapada[8] na sagacidade do meu recato esta trama, até que me pareceu que ia descobrindo a pouco e pouco um certo arredondamento das formas de Antonomásia, e esse temor a todos três nos sobressaltou, e resolveu-se que, antes que o caso viesse de todo à luz, Dom Clavijo pedisse perante o vigário a Antonomásia para sua mulher, apresentando uma promessa de casamento que a infanta lhe fizera por escrito, redigida por meu talento com tanta energia, que nem as forças de Sansão a poderiam romper. Fizeram-se as diligências todas, viu o vigário a promessa, ouviu de confissão a infanta, que tudo lhe disse, mandou-a depositar em casa de um honradíssimo aguazil da corte...

— Também em Candaia há aguazis da corte, poetas, e

[7] Tópicos poéticos.

[8] "Escondida."

seguidilhas? — interrompeu Sancho. — Parece-me que posso jurar que em todo o mundo é tudo a mesma coisa; mas apresse-se, Senhora Trifaldi, que já é tarde, e eu morro por saber o fim desta larguíssima história.

— Isso farei — respondeu a senhora.

CAPÍTULO XXXIX

Onde a Trifaldi prossegue na sua estupenda e memorável história

Com qualquer palavra que Sancho dizia, tanto se regozijava a duquesa como se desesperava Dom Quixote, e mandando-lhe este que se calasse, prosseguiu a Dolorida, dizendo:

— Enfim, ao cabo de muitas perguntas e respostas, como a infanta estava sempre firme, sem sair nem variar da primeira declaração, o vigário sentenciou em favor de Dom Clavijo, e entregou-lha por sua legítima esposa, o que tanto enfadou a Rainha Dona Magúncia, que a enterramos dentro de três dias.

— Sem dúvida, porque morreu — disse Sancho.

— É claro — respondeu Trifaldim —; que em Candaia não se enterram as pessoas vivas.

— Já se tem visto, senhor escudeiro — redargüiu Sancho —, enterrar-se um desmaiado, julgando-se que está morto, e parecia-me que a Rainha Magúncia tinha mais obrigação de desmaiar que de morrer, porque com a vida muitas coisas se remedeiam, e não foi também tamanho o disparate da infanta que a obrigasse a sentir-se tanto. Se essa senhora tivesse casado com um pajem, ou outro criado seu, como muitas têm feito, segundo ouvi dizer, seria o dano sem remédio; mas o ter casado com um cavalheiro tão fidalgo e tão sabedor como aqui no-lo pintaram, verdade, verdade, ainda que foi asneira, não foi tão grave como se imagina, porque, segundo as regras de meu amo, que está presente, e me não deixará mentir, assim como se fazem dos homens letrados ou bispos, se podem fazer dos cavaleiros, principalmente se forem andantes, reis e imperadores.

— Tens razão, Sancho — acudiu Dom Quixote —, porque um cavaleiro andante, se tiver dois dedos de ventura, está próximo sempre a ser o maior senhor do mundo. Mas passe adiante a Senhora Dolorida, porque imagino que lhe falta ainda contar o amargo desta até aqui doce história.

— Efetivamente, ainda resta o amargo, e tão amargo — respondeu a condessa —, que em sua comparação se pode dizer que é doce o absinto. Morta, pois, e não desmaiada, a rainha, sepultamo-la, e apenas a cobrimos, e lhe demos o último vale[1], quando (*quis talia fando temperet a lacry mis*?[2]) apareceu por cima da sepultura da rainha, montado num cavalo de madeira, o gigante Malambruno, primo coirmão de Magúncia, que além de ser cruel era nigromante, o qual, com as suas malas-artes, em vingança da morte de sua prima e em castigo do atrevimento de Dom Clavijo e da desenvoltura de Antonomásia, os deixou encantados junto da mesma sepultura: ela convertida numa macaca de bronze, e ele num espantoso crocodilo de um metal desconhecido, e entre ambos levantou um padrão também de metal, e nesse padrão inscreveu umas letras siríacas, que, tendo-se traduzido na língua candaiesca e depois na castelhana, encerram esta sentença: "Não recobrarão a sua primeira forma estes dois atrevidos amantes, enquanto o valoroso manchego não vier comigo às mãos em singular batalha, que só para o seu grande valor guardam os fados esta nunca vista aventura". Feito isto, desembainhou um largo e desmedido alfanje, e, agarrando-me pelos cabelos, fez menção de me cercear a cabeça. Pegou-se-me a voz à garganta, fiquei o mais amofinada possível, mas apesar disso, fiz um esforço e com voz trêmula e plangente lhe disse tantas e tais coisas, que suspenderam a execução de tão rigoroso castigo. Finalmente, mandou chamar à sua presença todas as donas do palácio, que foram estas que se acham presentes, e, depois de ter exagerado as nossas culpas e vituperado as condições das donas, as suas más manhas, e piores traças, e carregando a todas a culpa que eu só tinha, disse que nos não queria castigar com pena capital, mas com outras penas dilatadas, que nos dessem uma morte civil e

---

[1] "Vale": "adeus", em latim.

[2] Citação de Virgílio, *Eneida*, II, 6 e 8: "Quem, ouvindo isto, conterá as lágrimas?"

contínua; e, logo que acabou de dizer isso, sentimos todas que se nos abriam os poros da cara, e que por toda ela nos saíam como que pontas de agulhas. Fomos com as mãos ao rosto, e achamo-lo do modo que ides ver.

E logo a Dolorida e as outras donas, levantando os véus que as tapavam, descobriram os rostos, cheios de barba, numas loura, noutras preta, noutras branca, e noutras de sal e pimenta; e, vendo isto, mostraram ficar admirados o duque e a duquesa, pasmados Dom Quixote e Sancho, atônitos todos os circunstantes; e a Trifaldi prosseguiu:

— Assim nos castigou aquele vilão e patife Malambruno, cobrindo os nossos macios e pálidos rostos com a aspereza destes cardos, e prouvera ao céu que antes nos tivesse cortado a cabeça com o seu alfanje; porque, se pensarmos, senhores meus (e o que vou agora dizer querê-lo-ia dizer banhada em lágrimas; mas a consideração da nossa desgraça, e os mares que os nossos olhos têm chovido, já as enxugaram de todo, e assim di-lo-ei sem pranto); digo, pois, aonde pode ir uma dona com barbas? que pai ou que mãe se compadecerá dela? quem a ajudará? pois, se ainda quando tem a tez lisa e o rosto martirizado com mil pinturas, mal encontra quem lhe queira bem, o que fará quando descobrir um rosto transformado em floresta? Ó donas e companheiras minhas, em desgraçada ocasião nascemos, em hora minguada nos geraram nossos pais!

E, dizendo isto, fez menção de desmaiar.

CAPÍTULO XL

Das coisas que dizem respeito a esta aventura e a esta memorável história

Realmente, todos os que gostam de histórias como esta devem mostrar-se agradecidos a Cide Hamete, seu primeiro autor, pela curiosidade que teve em nos contar as suas semínimas particularidades, sem deixar coisa alguma, por miúda que fosse, que não tirasse claramente à luz. Pinta os pensamentos, descobre as imaginações, responde às tácitas perguntas, aclara as dúvidas, resolve os argumentos, finalmente, manifesta os átomos do mais curioso desejo. Ó autor celebérrimo! ó ditoso Dom Quixote! famosa Dulcinéia! gracioso Sancho Pança! vivais todos juntos, e cada um de *per si*, séculos infinitos, para gosto e universal passatempo dos viventes!

Diz, pois, a história que, logo que Sancho viu desmaiada a Dolorida, exclamou:

— Palavra de homem de bem, juro por todos os meus antepassados, os Panças, que nunca ouvi, nem vi, nem meu amo me contou, nem imaginou, uma aventura semelhante a esta! Valham-te mil satanases, para não amaldiçoar como nigromante e gigante, Malambruno[1]! Pois não achaste outro gênero de castigo, senão o de as barbar? Pois não seria melhor, e a elas não lhes faria mais conta,

[1] Personagem cavaleiresco imaginário.

tirar-lhes metade dos narizes, do meio para cima, ainda que falassem fanhoso? Aposto que não têm dinheiro para pagar a quem as rape!

— É essa a verdade, senhor — respondeu uma das doze —; não temos dinheiro para nos mondar, e assim algumas resolvemos usar de uns emplastros de pez, e pondo-os no rosto, e tirando-os de golpe, ficamos rapadas e lisas como a palma da mão, que, apesar de haver em Candaia mulheres que andam de casa em casa a arrancar os cabelos e alisar a pele, e fazer outros remédios, nós outras, as donas da senhora condessa, nunca as quisemos admitir, porque a maior parte delas faz o ofício de terceiras, já que não podem ser primeiras, e se, graças ao Senhor Dom Quixote, não ficarmos remediadas, com barbas nos levarão para a sepultura.

— Arrancava eu as minhas em terra de mouros, se não pudesse livrar-vos das vossas — disse Dom Quixote.

Neste momento recobrou-se do seu desmaio a Trifaldi, e exclamou:

— O retintim dessa promessa, valoroso cavaleiro, chegou aos meus ouvidos, no meio do meu desmaio; e assim, de novo vos suplico, ínclito andante e senhor indomável: converta-se em obras a vossa graciosa promessa.

— Em mim não esteja a dúvida — respondeu Dom Quixote —; dizei, senhora, o que tenho a fazer, que o ânimo está prontíssimo a servir-vos.

— É o caso — respondeu a Dolorida — que daqui ao reino de Candaia, se se for por terra, a distância é de cinco mil léguas, pouco mais ou menos; mas, se se for pelo ar, e em linha reta, é de três mil duzentas e vinte e sete. Deveis também saber que Malambruno me disse que, quando a sorte me deparasse o cavaleiro nosso libertador, ele lhe enviaria uma cavalgadura muito melhor, e com menos manhas do que as de retorno, porque há de ser o próprio cavalo de madeira em que o valoroso Pierres levou roubada a formosa Magalona[2], cavalo que se governa por uma escaravelha, que tem na testa, e que lhe serve de freio e voa pelos ares com tanta ligeireza,

---

[10] Na História da linda Magalona, filha do rei de Nápoles, e de Pierres, filho do Conde de Provença (Burgos, 1519), adverte M. de Riquer, não se fala de nenhum cavalo de madeira, e sim em outras, como *História de Clamades e Clarmonde*, citada no capítulo X da primeira parte.

que parece que o levam os próprios diabos. Este cavalo, segundo a tradição antiga, foi feito pelo sábio Merlim; emprestou-o a Pierres, que era seu amigo, e que fez com ele grandes viagens, e roubou, como já disse, a linda Magalona, levando-a nas ancas por esses ares fora, deixando aparvalhados todos os que da terra os contemplavam; e só o emprestava a quem ele queria ou lho pagava melhor, e, desde o tempo do grande Pierres até agora, não sabemos que ninguém o tenha montado. Do poder de Merlim o tirou Malambruno com as suas artes, e serve-se dele nas suas viagens, que faz de vez em quando por diversas partes do mundo; e está hoje aqui, amanhã em França e no outro dia no Potosi; e o bom é que o tal cavalo nem come, nem dorme, nem gasta ferraduras, e voa tão sereno pelos ares, apesar de não ter asas, que o seu cavaleiro pode levar na mão um copo cheio de água, sem se lhe entornar uma gota, e por isso a linda Magalona folgava muito de montar neste cavalo.

— Lá para andar sereno e manso, o meu ruço! — disse Sancho — apesar de não andar pelos ares; mas na terra desafia todos os ginetes do mundo.

Riram-se os circunstantes, e a Dolorida prosseguiu:

— E este cavalo, se Malambruno efetivamente quer dar fim à nossa desgraça, antes que passe meia hora depois de cair a noite, estará na vossa presença, porque ele me disse que o sinal que me daria para eu perceber que encontrara o cavaleiro que procurava seria mandar-me o cavalo que transportasse o meu defensor com presteza e comodidade.

— E quantos cabem nas costas desse cavalo? — perguntou Sancho.

— Duas pessoas — respondeu a Dolorida —; uma na sela, outra nas ancas. E a maior parte das vezes, estas duas pessoas são um cavaleiro e um escudeiro, a não haver alguma donzela raptada.

— Como se chama o cavalo, Senhora Dolorida?

— Não é como o cavalo de Belerofonte, que se chamava Pégaso; nem como o de Alexandre Magno, chamado Bucéfalo; nem como o do Orlando Furioso, que tinha por nome Brilhadoro; nem Baiardo, que foi o de Reinaldo de Montalbán; nem Frontino, como o de Rogero; nem Bootes, nem Peritoa, como dizem que se chamam os do Sol; nem tampouco se chama Orélia, como o cavalo com que o desditoso Rodrigo, último rei dos godos, entrou na batalha em que perdeu a vida e o reino.

— Aposto — disse Sancho — que, visto não ter nenhum desses

famosos nomes de cavalos tão conhecidos, também não tem o do cavalo de meu amo, Rocinante, que em ser muito apropriado excede os que se citaram.

— Assim é — respondeu a condessa barbada —, mas também lhe quadra muito bem, porque se chama Clavilenho, o Alígero, nome que indica o ser ele um pedaço de lenho e ter uma clave ou escaravelha na testa, e caminhar ligeiramente; lá por esse lado parece-me que pode perfeitamente competir com o famoso Rocinante.

— Não me desagrada o nome — redargüiu Sancho —; mas com que freio ou com que reata se governa?

— Já disse — respondeu a Trifaldi — que se governa com a escaravelha, e basta dar-lhe uma volta para um ou para outro lado, para que o cavaleiro que vai em cima o faça caminhar para onde quiser, ou por esses ares fora, ou rastejando, ou quase varrendo a terra, ou nem muito alto nem muito baixo: meio-termo, que é preferível em tudo.

— Tomara eu vê-lo — respondeu Sancho —; mas lá se alguém imagina que sou eu que o monto, ou na sela ou nas ancas, perde o seu tempo. Eu que mal me seguro no meu ruço, e com uma albarda mais macia do que a própria seda, queriam que me segurasse numas ancas de pau, sem coxins nem almofadas; por Deus! não vou apanhar uma moideira para tirar as barbas a ninguém; cada qual se rape como entender, que eu não tenciono acompanhar meu amo em tão larga viagem, tanto mais que não devo fazer falta ao barbeamento destas damas como faria para o desencantamento de Dulcinéia, muito senhora minha.

— Fazeis falta, sim, amigo — respondeu a Trifaldi —, e tanta, que, sem a vossa presença, imagino que nada faremos.

— Aqui del-rei! — acudiu Sancho. — Que têm que ver os escudeiros com as aventuras de seus amos? Hão de ter eles a fama das aventuras a que dão fim, e nós havemos de ter só o trabalho? Corpo de tal! ainda se os historiadores dissessem: "O cavaleiro fulano acabou esta ou aquela aventura, mas com ajuda de sicrano, seu escudeiro, sem o qual seria impossível o acabá-la", vá; mas que escrevam a seco: "Dom Paralipomenão das Três Estrelas acabou a aventura dos seis vampiros", sem nomear a pessoa do seu escudeiro, que a tudo esteve presente, como se não existisse no mundo! Agora, senhores, torno a dizer que meu amo pode ir sozinho, e que lhe faça muito bom proveito, que eu ficarei aqui em companhia da duquesa, minha ama, e pode ser que, quando voltar, já ache melhorada a causa da Senhora Dulcinéia, porque tenciono, quando tiver vagar, ir arrumando em mim próprio uma tunda de açoites.

— Pois, apesar de tudo isso, haveis de o acompanhar, bom Sancho, se for necessário, porque vo-lo pediremos todos nós, que pelos vossos vãos temores não hão de ficar assim barbados os rostos destas senhoras, o que decerto seria uma desventura.

— Aqui del-rei, outra vez! — replicou Sancho — se esta caridade se fizesse por algumas donzelas recolhidas, ou por algumas meninas que ainda andem a aprender doutrina, poderia o homem aventurar-se a qualquer trabalho, mas que o sofra para tirar as barbas a umas donas! Mau! nem que a todas eu as visse com barbas desde a primeira até a última, desde a mais melindrosa até a mais pimpona!

— Estais muito mal com as donas, Sancho amigo — disse a duquesa. — Muito ides atrás da opinião do boticário toledano; pois realmente não tendes razão, porque há donas na minha casa que podem ser exemplo às outras, e aqui está a minha Dona Rodríguez, que não me deixará dizer outra coisa.

— Ainda que Vossa Excelência outra coisa dissesse — acudiu Rodríguez —, Deus sabe a verdade de tudo, e boas ou más, com barbas ou sem elas, somos mulheres, como as outras; e se Deus nos deitou ao mundo, ele lá sabe para quê, e na sua misericórdia me fio.

— Ora muito bem, Senhora Trifaldi e companhia — acudiu Dom Quixote —; espero que o céu olhará com bons olhos para as vossas aflições, que Sancho fará o que eu lhe mandar, e tomara que viesse Clavilenho a ver-me em luta com Malambruno, que sei que não haveria navalha que rapasse com mais facilidade a Vossas Mercês do que a minha raparia a cabeça dos ombros de Malambruno; que Deus suporta os maus, mas não para sempre.

— Ai! — bradou a Dolorida — com benignos olhos contemplem Vossa Grandeza, valoroso cavaleiro, todas as estrelas das celestes regiões, e infundam no vosso ânimo toda a prosperidade e valentia, para serdes escudo e amparo das vituperadas e abatidas donas, a quem os boticários abominam, de quem os escudeiros murmuram, e que os pajens atormentam, e mal haja a tola que na flor da idade não preferir ser monja a ser dona; desditosas nós outras, que, ainda que venhamos em linha reta por varonia do próprio Heitor, o troiano, as nossas senhoras não deixam de nos tratar por "vós", nem que as façam rainhas. Ó gigante Malambruno, que, apesar de seres nigromante, és certíssimo nas tuas promessas, envia-nos já o incomparável Clavilenho, para que se acabe esta desdita, que, se entra o calor e as nossas barbas ainda duram, ai da nossa ventura!

A Trifaldi disse isto com tanto sentimento, que a todos os circunstantes arrancou lágrimas, e até arrasou de água os olhos de Sancho; e resolveu no seu coração acompanhar seu amo até as últimas partes do mundo, se daí resultasse o tirar a lã àqueles veneráveis rostos.

CAPÍTULO XLI

Da vinda de Clavilenho, com o fim desta dilatada aventura

Nisto chegou a noite, e com ela o prazo fixado para a vinda do famoso cavalo Clavilenho, cuja tardança já fatigava Dom Quixote, parecendo-lhe que, visto que Malambruno se demorava em enviá-lo, ou não era ele o cavaleiro para quem estava guardada aquela aventura, ou Malambruno não ousava vir com ele a singular batalha. Eis que de repente entraram pelo jardim quatro selvagens, vestidos todos de verde hera, que traziam aos ombros um grande cavalo de madeira. Puseram-no no chão, e um dos selvagens disse:

— Monte nesta máquina o cavaleiro que para isso tiver ânimo.

— Então não monto eu — disse Sancho —, que nem tenho ânimo, nem sou cavaleiro.

E o selvagem prosseguiu, dizendo:

— E se o cavaleiro tiver escudeiro, este que monte na garupa, e fie-se no valoroso Malambruno, que, a não ser pela sua espada, por nenhuma outra, nem por malícia alguma será ofendido; e basta só dar a esta escaravelha que traz no pescoço, e logo o cavalo os levará pelos ares ao sítio onde Malambruno os espera; mas para que a altura e sublimidade do caminho lhes não cause vágados, devem ir com os olhos tapados, até o cavalo rinchar, que é sinal de ter chegado ao termo da viagem. Dito isto, deixaram Clavilenho, e saíram, com gentil porte, pelo sítio por onde tinham vindo. A Dolorida, assim que viu o cavalo, disse, quase com lágrimas, a Dom Quixote:

— Valoroso cavaleiro, as promessas de Malambruno foram certas: o cavalo aí está; as nossas barbas crescem, e todas nós, com todos os cabelos dessas mesmas barbas, te suplicamos que nos rapes e tosquies, pois que tudo está em montares a cavalo com o teu escudeiro, e dares feliz princípio a esta nova viagem.

— Isto farei eu, Senhora Condessa Trifaldi, e de muito bom grado, sem ir buscar almofada nem calçar esporas, para não me demorar: tal é a vontade que tenho de vos ver, senhora, e a todas estas damas, rapadas e tosquiadas.

— Pois isso não faço eu — acudiu Sancho —, não o faço por caso algum; e se essa tosquiadela se não pode fazer sem eu montar na garupa, procure meu amo outro escudeiro que o acompanhe, e estas senhoras outro modo de alisar os rostos, que eu não sou bruxo para gostar desses passeios; e que dirão os meus insulanos, quando souberem que o seu governador anda por ares e ventos? E outra coisa mais: havendo três mil e tantas léguas daqui a Candaia, se o cavalo se cansa ou se o gigante se enoja, não voltamos antes de meia dúzia de anos, e já não haverá nem ilha, nem ilhéus no mundo que me conheçam; e como se diz vulgarmente que na tardança é que está o perigo, e que em te dando uma vitela vai logo por ela, perdoem-me as barbas destas damas, que bem está São Pedro em Roma, quero dizer, que estou perfeitamente nesta casa, onde me fazem tanta mercê, de cujo dono tamanho bem espero, como é o de me ver governador.

— Sancho amigo — disse o duque —, a ilha que eu te prometi não é móvel, nem fugitiva: tem raízes tão fundas, lançadas nos abismos da terra, que não a arrancam dali nem à mão de Deus Padre; e como sabes que não há gênero algum de ofício, destes de maiores proventos, que se alcance de graça, o que eu quero em troca deste governo é que vás com teu amo Dom Quixote pôr fecho e remate a esta memorável aventura; e quer voltes montado em Clavilenho, com a brevidade que a sua ligeireza promete, quer voltes a pé, feito romeiro, sempre que voltares encontrarás a tua ilha onde a deixas, e os teus insulanos com o mesmo desejo que sempre têm tido de te receber por seu governador, e a minha vontade será a mesma, e não duvides do que te afirmo, Sancho, que seria fazer notável agravo ao desejo que tenho de te servir.

— Basta, senhor — disse Sancho —; um pobre escudeiro, como eu sou, já não pode com o peso de tantas cortesias: monte meu amo a cavalo, tapem-me estes olhos, e encomendem-me a Deus, e digam-me se quando formos por essas altanerias posso encomendar-me ao Senhor e aos anjos que me favoreçam.

— Sancho — respondeu Trifaldi —, podeis perfeitamente encomendar-vos a Deus ou a quem quiserdes, que Malambruno, apesar de nigromante, é cristão, e faz as suas nigromancias com muita arte e muito tento, sem se meter com ninguém.

— Eia, pois — disse Sancho —, Deus me ajude e a Santíssima Trindade de Gaeta.

— Desde a memorável aventura das azenhas — tornou Dom Quixote —, nunca vi Sancho com tanto medo como agora; e se eu fosse tão agoureiro como muitos outros, a sua pusilanimidade havia de me fazer algumas cócegas na alma. Mas chega-te aqui, Sancho, que, com licença destes senhores, quero-te dizer à parte duas palavras.

E, levando Sancho para um arvoredo do jardim, e agarrando-lhe em ambas as mãos, disse-lhe:

— Já vês, Sancho, a longa viagem que nos espera, e sabe Deus quando voltaremos dela, e o tempo e a comodidade que nos darão os negócios; e assim, desejaria que te retirasses para o teu aposento, como se fosses procurar alguma coisa necessária para o caminho, e, num abrir e fechar de olhos, arrumasses em ti uma boa parte dos três mil e trezentos açoites, a que estás obrigado, pelo menos quinhentos, que sempre são uns tantos que ficam dados, que o principiar as coisas é tê-las meio acabadas.

— Por Deus — disse Sancho —, Vossa Mercê não está em si; pois agora, que tenho de ir sentado numa tábua rasa, é que Vossa Mercê quer que eu esfole as pousadeiras? Verdade, verdade, isso não é razoável; vamos nós tosquiar estas damas, que à volta prometo a Vossa Mercê, como quem sou, que me hei de apressar tanto a cumprir a minha obrigação, que Vossa Mercê ficará contente; e não lhe digo mais nada.

E Dom Quixote respondeu:

— Pois com essa promessa, bom Sancho, vou consolado, e creio que a cumprirás, porque efetivamente, apesar de seres tonto, és homem verídico.

— Não sou verde, sou moreno — respondeu Sancho —; mas ainda que fosse de furta-cores, havia de cumprir a minha palavra.

E nisto, voltaram para montar em Clavilenho; e quando ia a montar, disse Dom Quixote:

— Tapa os olhos e sobe, Sancho, que quem de tão longes terras nos manda buscar decerto não pretende enganar-nos, pela pouca glória que lhe resultaria de enganar quem se fia nele; e ainda que tudo sucedesse às avessas do que imagino, a honra de ter empreendido esta façanha não a poderá escurecer malícia alguma.

— Vamos, senhor — disse Sancho —, que as barbas e as lágrimas destas senhoras tenho-as cravadas no coração e não comerei bocado que bem me saiba enquanto não as vir na sua primitiva lisura. Monte Vossa Mercê e tape os olhos, que, se tenho de ir à garupa, é claro que primeiro deve montar quem vai na sela.

— É verdade — redargüiu Dom Quixote.

E tirando um lenço da algibeira, pediu à Dolorida que lhe tapasse muito bem os olhos, e, depois de lhos terem tapado, exclamou:

— Se bem me lembro, li em Virgílio o caso do Palácio de Tróia, que foi um cavalo de madeira, que os gregos consagraram a Palas, e que ia cheio de cavaleiros armados, que depois foram a ruína da cidade de Príamo; e assim, será bom ver primeiro o que tem Clavilenho no estômago.

— Não é necessário — disse a Dolorida —, que eu fio por ele, e sei que Malambruno nada tem de malicioso nem de traidor, e Vossa Mercê, Senhor Dom Quixote, monte sem receio, e em meu prejuízo redunde qualquer dano que tiver.

Pareceu a Dom Quixote que tudo que dissesse a respeito da sua segurança seria em detrimento da sua valentia, e assim, sem mais altercar, montou em Clavilenho, e tenteou-lhe a escaravelha, que se movia facilmente; e, como não tinha estribos, e era obrigado por isso a apertar bem o cavalo com as pernas, não parecia senão uma figura de tapeçaria flamenga, pintada ou tecida nalgum triunfo romano. Com má vontade e a pouco e pouco se foi chegando Sancho para montar a cavalo, e acomodando-se o melhor que pôde na garupa, achou-a dura, e pediu ao duque se lhe podia arranjar um coxim ou almofada, ainda que fosse do estrado da senhora duquesa, ou do leito de algum pajem, porque as ancas daquele cavalo mais pareciam de mármore que de madeira. A isto disse a Trifaldi que Clavilenho não consentia em cima de si nenhum jaez, nem adorno; que o que podia fazer era sentar-se como as mulheres, e que assim não sentiria tanto a dureza. Seguiu Sancho o conselho, e dizendo adeus a todos, deixou-se vendar os olhos, e já depois de vendados tornou-os a destapar, e, olhando para os circunstantes, ternamente e com lágrimas, disse que o ajudassem naquele transe com muitos padre-nossos e muitas ave-marias, para que Deus lhes deparasse quem por eles os dissesse quando se vissem em agonias semelhantes.

— Ladrão! — bradou Dom Quixote — estás por acaso pendurado na forca, ou no último termo da vida, para usar de tais rogos? Não estás, desalmada e covarde criatura, no mesmo sítio que a linda Magalona ocupou, e de que se apeou, não para descer à sepultura, mas para ser rainha de França, se as histórias não mentem? E eu, que vou aqui ao teu lado, não posso comparar-me com o valoroso Pierres, que oprimiu este mesmo lugar que eu agora oprimo? Tapa os olhos, tapa, animal, descoroçoado, e não te venha à boca o medo que tens, pelo menos na minha presença.

— Tapem-me os olhos — respondeu Sancho —, e, já que não querem que me encomende a Deus, nem que seja encomendado, que admira que eu receie que ande por aqui alguma legião de diabos, que ferre conosco em Peralvilho[1]?

Taparam-lhe os olhos, e, sentindo Dom Quixote que estava como havia de estar, agarrou a escaravelha, e, apenas lhe pôs a mão, logo todas as donas, e quantos estavam presentes, levantaram a voz, dizendo:

— Deus te guie, valoroso cavaleiro. Deus seja contigo, escudeiro intrépido! Já ides, já ides por esses ares, rompendo-os com mais velocidade que uma seta; já começais a suspender e admirar todos os que da terra vos estão mirando. Segura-te, valoroso Sancho, que te bamboleias; vê não caias, que a tua queda seria pior que a do atrevido moço que quis governar o carro do Sol seu pai[2].

Ouviu Sancho as vozes, e, agarrando-se a seu amo, cingiu-o com os braços, e disse-lhe:

— Senhor, como é que estes dizem que vamos tão alto, se alcançam cá as suas vozes, e não parece senão que estão aqui falando ao pé de nós?

— Não repares, Sancho, que, como estas coisas e estas volatarias vão fora dos cursos ordinários, de mil léguas verás e ouvirás o que quiseres, e não me apertes tanto, que me fazes cair: e em verdade, não sei por que te turbas, nem por que te espantas, que ousarei jurar que nunca em todos os dias da minha vida montei em cavalgadura de passo mais sereno; não parece senão que não saímos do mesmo

---

[1] Peralvilho, perto de Ciudad Real, era onde a Santa Irmandade justiçava aos malfeitores asseteando-os.

[2] Faetonte.

lugar. Desterra o medo, amigo, que efetivamente a coisa vai como há de ir, e nós de vento em popa.

— Isso é verdade — respondeu Sancho —, que sinto aqui para este lado um vento tão forte, que parece que me estão assoprando com foles.

E era verdade, que os estavam arejando com um grande fole. Tão bem traçada estava a tal aventura pelo duque, pela duquesa e pelo seu mordomo, que lhe não faltou requisito que a deixasse de a fazer perfeita.

Sentindo o assopro, disse Dom Quixote:

— Sem dúvida alguma, Sancho, estamos chegados à segunda região do ar, onde se geram o granizo e as neves; os trovões, os relâmpagos e os raios produzem-se na terceira região; e, se desta maneira vamos subindo, depressa entraremos na região do fogo, e não sei como hei de moderar esta escaravelha, para que não subamos a sítio onde nos abrasemos.

Nisto, aquentaram-lhes os rostos com umas estopas ligeiras, destas que se acendem e se apagam logo, penduradas de uma cana. Sancho, que sentiu o calor, bradou:

— Que me matem se não estamos no lugar do fogo, ou muito perto, porque já se me chamuscou uma grande parte da barba, e tenho vontade, senhor, de destapar os olhos e de ver em que sítio nos achamos.

— Não faças tal — respondeu Dom Quixote —, e lembra-te da verdadeira história do Licenciado Torralba, que os diabos levaram em bolandas por esses ares, montado numa cana, com os olhos tapados, e em doze horas chegou a Roma, e apeou-se na Torre de Nona, que é uma rua da cidade, e viu todo o fracasso e assalto e morte de Bourbon, e pela manhã já estava de volta em Madri, onde deu conta de tudo o que vira: este Torralba disse também que, quando ia por esses ares, mandou-lhe o Diabo que abrisse os olhos, e viu-se tão perto, ao seu parecer, do corpo da Lua, que lhe poderia deitar a mão, e que se não atreveu a olhar para a Terra, com medo de desmaiar[3].

---

[3] O Licenciado Torralba é o personagem histórico Eugênio Torralba, julgado em 1531 pela Inquisição de Cuenca, de quem se dizia que voava montado numa cana. Torre de Nona é cárcere de Roma, e o Bourbon aqui citado é Carlos, Duque de Bourbon, morto no saque de Roma sob as bandeiras de Carlos I de Espanha.

Portanto, Sancho, não será bom destaparmos os olhos, que quem nos leva a seu cargo de nós dará contas, e talvez estejamos tomando campo e subindo muito alto, para nos deixarmos cair de chofre sobre o reino de Candaia, como faz o nebri sobre a garça; e, ainda que nos parece que não há meia hora que saímos do jardim, acredita que havemos de ter andado grande caminho.

— Não sei lá disso — respondeu Sancho —; o que sei apenas é que, se a Senhora Magalhães ou Magalona se contentou com esta garupa, é porque não tinha as carnes muito tenras.

Todas estas práticas dos dois valentes eram ouvidas pelo duque e pela duquesa, e por todos os do jardim, que se divertiam com isso extraordinariamente; e querendo dar remate à estranha e bem fabricada aventura, pelo rabo de Clavilenho deitaram fogo com umas estopas a bombas e foguetes, de que o cavalo estava cheio, e o cavalo voou pelos ares com estranho ruído, e deu com Dom Quixote e Sancho Pança no chão, meio chamuscados. A este tempo já desaparecera do jardim todo o barbado esquadrão das donas e a Trifaldi e tudo, e os de casa estavam como que desmaiados e estendidos no chão. Dom Quixote e Sancho levantaram-se bastante magoados, e olhando para todas as bandas, ficaram atônitos de se ver no mesmo jardim, donde ainda aumentou mais o seu pasmo, quando viram a um lado do jardim uma lança pregada no chão, e suspenso dela, por dois cordões de seda verde, um pergaminho liso e branco, onde, com grandes letras de ouro, estava escrito o seguinte:

O ínclito cavaleiro Dom Quixote pôs termo e remate à aventura da Condessa Trifaldi, por outro nome chamada a Dona Dolorida, só com o intentá-la.

Malambruno dá-se por contente e satisfeito, e as caras das donas ficam lisas e tosquiadas, e os reis Dom Clavijo e Antonomásia no seu prisco estado; e quando se cumprir o compromisso escudeiril, a branca pomba ver-se-á livre dos pestíferos gerifaltes que a perseguem, e nos braços do seu querido arrulhador, que assim está determinado pelo sábio Merlim, o protonigromante dos nigromantes.

Tendo Dom Quixote lido todas as letras do pergaminho, percebeu claramente que falavam do desencantamento de Dulcinéia, e dando muitas graças ao céu por ter acabado tão grande feito com tão pouco perigo, restituindo à sua passada tez os rostos das veneráveis donas, que já não apareciam, foi aonde estavam o duque e a duquesa ainda desmaiados, e, travando da mão ao duque, disse-lhe:

— Eia, bom senhor, ânimo, ânimo, que tudo é nada, acabou-se já a aventura sem dano de ninguém, como claramente mostra o escrito posto naquele padrão.

O duque, a pouco e pouco, e como quem acorda de um pesado sono, foi tornando a si, e do mesmo teor a duquesa e todos os que estavam caídos no jardim, com tais mostras de maravilha e espanto, que podiam quase imaginar-se que lhes acontecera deveras o que tão bem sabiam fingir. O duque leu o cartel com os olhos meio cerrados; e logo foi, com os braços abertos, abraçar Dom Quixote, dizendo-lhe que era o melhor cavaleiro que em todos os séculos se tinha visto. Sancho andava à cata da Dolorida, para ver se era tão formosa sem as barbas como prometia a sua galharda disposição; mas disseram-lhe que, logo que Clavilenho desceu, ardendo, pelos ares, todo o esquadrão das donas desaparecera com a Trifaldi, e que já iam perfeitamente rapadas. Perguntou a duquesa a Sancho que tal se dera naquela larga viagem.

— Eu, senhora, senti que íamos segundo meu amo me disse, voando pela região do fogo, e quis destapar um pouco os olhos; mas meu amo, a quem pedi licença, não consentiu; eu, que tenho sempre umas comichões de curiosidade, e de desejar saber o que me querem ocultar, fui à sorrelfa desviando um bocadinho o lenço que me tapava os olhos, e por ali olhei para a terra, e pareceu-me que ela toda seria do tamanho de um grão de mostarda, e os homens que andavam sobre ela pouco maiores que umas avelãs, para que se veja como estávamos altos nessa ocasião.

— Sancho amigo — interrompeu a duquesa —, vede o que dizeis, porque me parece que não vistes a terra, mas sim os homens que andavam sobre ela; e é claro que, se a terra vos pareceu um grão de mostarda, e cada homem uma avelã, um homem só cobria a terra inteira.

— Isso é verdade — respondeu Sancho —, mas eu sempre a descobri por um lado e vi-a toda.

— Mas — tornou a duquesa — quem vê as coisas por um lado não as vê todas.

— Não sei lá disso de vistas — redargüiu Sancho —, o que sei é que será bom que Vossa Senhoria entenda que, como voávamos por encantamento, por encantamento podia eu ver a terra toda, e todos os homens, olhasse lá como olhasse; e se isto não se me acredita, decerto Vossa Mercê não acreditará também que, destapando um pouquinho os olhos por cima, vi-me tão perto do céu, que não estava a distância de mais de palmo e meio, e o que posso jurar, senhora minha, é que é imenso; e sucedeu caminharmos pelo sítio onde estão as sete cabrinhas[4], e eu, como em terra quando era pequeno fui cabreiro, assim que as vi me deu logo vontade de brincar com elas um pedaço, e se não satisfizesse essa vontade, parece-me que rebentava. E vai eu que faço, sem dizer nada a ninguém, nem mesmo a meu amo? apeio-me de manso de Clavilenho, e estive-me entretendo com as cabras, que são mesmo umas flores, quase três quartos de hora, e Clavilenho não se arredou nem um passo.

— E enquanto o bom do Sancho brincava com as cabras — perguntou o duque —, em que se entretinha Dom Quixote?

— Como todas estas coisas e estes sucessos estão fora da ordem natural — observou Dom Quixote —, não admira que Sancho diga o que diz; agora eu de mim só o que sei dizer é que não destapei os olhos nem por cima nem por baixo: nem vi o céu, nem a terra, nem o mar, nem as areias. É verdade que senti que passava pela região do ar, e até que tocava na do fogo; mas que passássemos de ali para diante, não o posso crer, pois, estando a região do fogo entre o céu da Lua e a última região do ar, não podíamos chegar ao céu onde estão as sete cabrinhas que Sancho diz sem nos abrasarmos, e, como nos não abrasamos, ou Sancho mente, ou Sancho sonha.

— Nem minto, nem sonho — tornou Sancho —; senão, perguntem-me os sinais das tais cabrinhas, e verão se digo ou não digo verdade.

— Diga lá, Sancho — acudiu a duquesa.

— São — respondeu Sancho — duas verdes, duas encarnadas, duas azuis, e outra malhada.

— Nunca vi cabras assim — observou o duque —; pelo menos na terra não se usam cabras dessas cores.

— Pois é claro — tornou Sancho — que há de haver diferença entre as cabras do céu e as da terra.

— Diga-me, Sancho — perguntou o duque —, viu lá entre estas cabras algum bode?

— Não, senhor — respondeu Sancho —; mas ouvi dizer que nenhum passou dos cornos da lua.

---

[4] A constelação das Plêiades.

Não lhe quiseram perguntar mais nada a respeito da sua viagem, porque lhes pareceu que levava caminho de passear por todos os céus e de dar notícias de tudo o que por lá havia, sem se mexer do jardim.

Foi este, em conclusão, o fim da aventura da Dona Dolorida, que deu que rir aos duques, não só naquela ocasião, mas em todos os dias da sua vida, e a Sancho que contar durante séculos, se séculos vivesse; e, chegando-se Dom Quixote a Sancho, disse-lhe ao ouvido:

— Se quereis, Sancho, que acredite no que vistes no céu, haveis de acreditar no que vi na cova de Montesinos; e não vos digo mais nada.

CAPÍTULO XLII

Dos conselhos que deu Dom Quixote a Sancho Pança, antes de ele ir governar a ilha, com outras coisas bem consideradas

Com o feliz e gracioso sucesso da aventura da Dolorida, ficaram tão satisfeitos os duques, que determinaram continuar as burlas; e assim, tendo dado a traça e as ordens que os seus criados haviam de observar com Sancho no governo da ilha prometida, no dia imediato ao do vôo de Clavilenho, disse o duque que já os seus insulanos o estavam esperando como às águas de maio[1]. Sancho humilhou-se-lhe e disse:

— Desde que desci do céu, e desde que vi a terra lá dessas alturas, e me pareceu tão pequena, esfriou em parte o desejo grande que eu tinha de ser governador; porque, digam-me: que grandeza é mandar num grão de mostarda, ou que dignidade ou que império é governar em meia dúzia de homens do tamanho de avelãs, que me pareceu que em toda ela não havia mais? Se Vossa Senhoria fosse servido de me dar uma pequena parte do céu, ainda que, não fosse de mais de meia légua, tomá-la-ia de melhor vontade que a maior ilha do mundo.

— Amigo Sancho — respondeu o duque —, eu não posso dar a ninguém uma parte do céu, nem ainda que seja do tamanho de uma unha, que só para Deus está reservado o conceder essas graças e mercês; dou-vos o que vos posso dar, que é uma ilha bem-feita e

[1] Alusão à melhor chuva do ano.

bem direita, redonda e bem proporcionada, e muito fértil e abundante, onde, se souberdes ter manha, podeis com as riquezas da terra granjear as do céu.

— Ora bem — respondeu Sancho —, venha de lá essa ilha, que eu procurarei ser um governador de tal ordem, que vá direitinho para o céu, apesar de todos os velhacos desse mundo; e isto não é por cobiça que eu tenha, mas porque desejo provar o que será isto de governador.

— Em provando uma vez, Sancho — disse o duque —, não haveis de querer outra coisa, porque é realmente agradável mandar e ser obedecido. Com certeza, quando vosso amo chegar a ser imperador, o que não tardará sem dúvida, pelo modo como vejo que as suas coisas se encaminham, não lhe arrancarão facilmente o império, e há de sempre lamentar o tempo em que o não teve.

— Senhor — redargüiu Sancho —, imagino que é bom mandar, ainda que seja um rebanho de gado.

— Convosco me enterrem, Sancho — respondeu o duque —; vejo que de tudo sabeis, e espero que sejais um governador de mão-cheia, e fiquemos por aqui; e lembrai-vos que amanhã haveis de ir para o governo da ilha, e esta tarde vos arranjarão o trajo conveniente que haveis de levar, e todas as coisas necessárias para a vossa partida.

— Vistam-me como quiserem — redargüiu Sancho —, que, de qualquer modo que eu for vestido, sempre serei Sancho Pança.

— É verdade — tornou o duque —; mas os trajos devem acomodar-se ao ofício e dignidade que se professa; que não seria bonito que um jurisconsulto se vestisse como um soldado, nem um soldado como um sacerdote. Vós, Sancho, ireis vestido, em parte como letrado e em parte como capitão, porque na ilha que vos dou, tão necessárias são as armas como as letras.

— Letras! — respondeu Sancho — poucas tenho, porque até nem sei o á-bê-cê; mas basta-me ter sempre o *Christus*[2] na memória, para ser bom governador. Em quanto a armas, hei de manejar as que me derem, até cair ao chão, e Deus me proteja.

— Com tão boa memória — tornou o duque —, não poderá Sancho errar em coisa alguma.

---

[2] Chamava-se "Christus" à cruz que precedia o alfabeto nas cartilhas.

Nisto, chegou Dom Quixote, e, sabendo o que se passava, e a rapidez com que Sancho tinha de partir para o seu governo, com licença do duque tomou-o pela mão e levou-o para o seu quarto, com tenção de lhe aconselhar o modo como havia de proceder nesse ofício. Entrando, pois, no seu aposento, fechou a porta, e obrigou Sancho a sentar-se ao pé dele, e disse-lhe com voz pausada:

— Infinitas graças dou ao céu, Sancho amigo, de que antes de eu ter topado alguma boa fortuna, te viesse a receber e encontrar a prosperidade; eu, que confiava na minha boa sorte para te pagar os teus serviços, vejo-me ainda muito atrasado, e tu, antes de tempo, e contra a lei das suposições razoáveis, vês os teus desejos premiados. Outros importunam, apoquentam, suplicam, madrugam, rogam, porfiam, e não alcançam o que pretendem, e chega outro, e, sem saber como, nem como não, acha-se com o cargo e o ofício que muitos pretenderam: e aqui vem a propósito o dizer-se que há boa e má fortuna nas pretensões. Tu, que sem dúvida és um rústico, sem madrugares nem te tresnoitares, e sem fazeres diligência alguma, só com o alento que te bafejou da cavalaria andante, sem mais nem mais te vês governador de uma ilha. Tudo isto digo, Sancho, para que não atribuas aos teus merecimentos a mercê recebida, e para que dês graças ao céu, que suavemente dispõe as coisas, e em seguida darás graças também à grandeza que em si encerra a profissão da cavalaria andante. Disposto, pois, o coração a acreditar o que te disse, atende, filho, a este teu Catão[3], que quer aconselhar-te para teres um norte e um guia que te encaminhe e te leve a salvamento neste mar proceloso em que te vais engolfar, que os ofícios e grandes cargos não são outra coisa senão um gólfão profundo de confusões.

Primeiramente, filho, hás de temer a Deus, porque no temor de Deus está a sabedoria, e, sendo sábio, em nada poderás errar.

Em segundo lugar, põe os olhos em quem és, procurando conhecer-te a ti mesmo, que é o conhecimento mais difícil que se pode imaginar. De conhecer-te resultará o não inchares como a rã, que se quis igualar ao boi: que, se isto fizeres, virá a ser feios pés da roda da tua loucura a consideração de teres guardado porcos na tua terra.

---

[3] Dionísio Catão, autor dos livros de aforismos *Ditischa Catonis*, muito usados nas escolas.

G. Doré
PISAN

— Isso é verdade — respondeu Sancho —, mas foi quando era pequeno; depois de homenzinho, o que eu guardei foram gansos; mas isto parece-me que não faz nada ao caso, que nem todos os que governam vêm de famílias reais.

— É verdade — replicou Dom Quixote —; e por isso, os que não são de origem nobre devem acompanhar a gravidade do cargo que exercitam com uma branda suavidade, que, ligada com a prudência, os livre da murmuração maliciosa, a que nenhum estado escapa.

Faze gala da humildade da tua linhagem, Sancho, e não tenhas desprezo[4] em dizer que és filho de lavradores, porque, vendo que te não corres por isso, ninguém to poderá lançar em rosto; ufana-te mais em seres humilde virtuoso que pecador soberbo. Inumeráveis são os que, nascidos de baixa estirpe, subiram à suma dignidade pontifícia e imperatória, e podia dar-te tantos exemplos que te fatigaria. Repara, Sancho, que, se te ufanares de praticar atos virtuosos, não há motivo para ter inveja aos príncipes e senhores, porque o sangue se herda e a virtude adquire-se, e a virtude por si só vale o que não vale o sangue.

Sendo isto assim, se acaso te for ver, quando estiveres na tua ilha, algum dos teus parentes, não o afrontes nem o desdenhes, mas, pelo contrário, acolhe-o e agasalha-o, e festeja-o, que satisfarás com isso o céu, que gosta que ninguém se despreze pelo que ele fez, e corresponderás ao que deves à bem concertada natureza. Se levares tua mulher contigo (porque não é bem que os que governam por muito tempo estejam sem as suas mulheres), ensina-a, doutrina-a e desbasta-lhe a natural rudeza, porque tudo o que ganha um governador discreto, perde-o muitas vezes uma mulher rústica e tola.

Se, por acaso, enviuvares, e com o cargo melhorares de consorte, não a tomes tal que te sirva de anzol e de isca, porque em verdade te digo que de tudo o que a mulher do juiz receber há de dar conta o marido na residência universal, com que pagará pelo quádruplo na morte o que ilegitimamente recebeu em vida.

Nunca interpretes arbitrariamente a lei, como costumam fazer os ignorantes que têm presunção de agudos.

---

4 "Não te desdenhes." Enlaça com o conselho de conhecer-se a si mesmo e não inchar de orgulho como a rã que quis igualar-se ao boi e rebentou, citado antes como reminiscência das fábulas.

Achem em ti mais compaixão as lágrimas do pobre, mas não mais justiça do que as queixas dos ricos.

Procura descobrir a verdade por entre as promessas e dádivas do rico, como por entre os soluços e importunidades do pobre.

Quando se puder atender à eqüidade, não carregues com todo o rigor da lei no delinqüente, que não é melhor a fama do juiz rigoroso que do compassivo.

Se dobrares a vara da justiça, que não seja ao menos com o peso das dádivas, mas sim com o da misericórdia.

Quando te suceder julgar algum pleito de inimigo teu, esquece-te da injúria e lembra-te da verdade do caso.

Não te cegue paixão própria em causa alheia, que os erros que cometeres a maior parte das vezes serão sem remédio, e, se o tiverem, será à custa do teu crédito e até da tua fazenda.

Se alguma mulher formosa te vier pedir justiça, desvia os olhos das suas lágrimas e os ouvidos dos seus soluços, e considera com pausa a substância do que pede, se não queres que se afogue a tua razão no seu pranto e a tua bondade nos seus suspiros.

A quem hás de castigar com obras, não trates mal com palavras, pois bem basta ao desditoso a pena do suplício, sem o acrescentamento das injúrias.

Ao culpado que cair debaixo da tua jurisdição, considera-o como um mísero, sujeito às condições da nossa depravada natureza, e em tudo quanto estiver da tua parte, sem agravar a justiça, mostra-te piedoso e clemente, porque ainda que são iguais todos os atributos de Deus, mais resplandece e triunfa aos nossos olhos o da misericórdia que o da justiça.

Se estes preceitos e estas regras seguires, Sancho, serão longos os teus dias, eterna a tua fama, grandes os teus prêmios, indizível a tua felicidade; casarás teus filhos como quiseres, terão títulos eles e os teus netos, viverás em paz e no beneplácito das gentes, e aos últimos passos da vida te alcançará a morte em velhice madura e suave, e fechar-te-ão os olhos as meigas e delicadas mãos de teus trinetos. O que até aqui te disse são documentos que devem adornar tua alma: escuta agora os que hão de servir para adorno do corpo.

CAPÍTULO XLIII

Dos segundos conselhos que deu Dom Quixote a Sancho Pança

Quem ouvisse o passado discurso de Dom Quixote decerto o consideraria pessoa mui assisada e acordata. Mas, como muitas vezes se tem observado no decurso desta grande história, só disparatava no que dizia respeito à cavalaria, e em tudo o mais mostrava ter claro e desenfadado entendimento, de maneira que a cada passo as suas obras lhe desacreditavam o juízo e o juízo lhe condenava as obras; mas nestes segundos conselhos que deu a Sancho, manifestou grande donaire e ostentou a sua discrição e a sua loucura em todo o seu brilho. Sancho escutava-o atentissimamente e procurava conservar na memória os seus conselhos, como quem tencionava segui-los e aproveitá-los no seu governo. Prosseguiu, pois, Dom Quixote, e disse:

— Pelo que toca ao modo como hás de governar a tua pessoa e a tua casa, Sancho, primeiro te recomendo que sejas asseado e que cortes as unhas, sem as deixar crescer como fazem alguns, a quem a sua ignorância persuadiu que as unhas grandes lhe alindam as mãos, como se essas excrescências que eles deixavam de cortar fossem unhas, sendo apenas garras de milhafre: abuso porco e extraordinário. Não andes, Sancho, desapertado, que o fato descomposto de desmazelado ânimo dá indícios, a não ser que essa negligência seja prova de grande dissimulação, como se julgou de Júlio César.

Toma discretamente o pulso ao que pode render o teu ofício, e se chegar para dares libré aos teus criados, dá-lha honesta e proveitosa, antes do que vistosa e bizarra, e reparte-a pelos criados e pelos pobres; quero dizer que, se hás de vestir seis pajens, veste só três, e veste também três pobres, e assim terás pajens para o céu e para a terra; e este novo modo de dar libré não o entendem os vaidosos.

Não comas alhos nem cebolas, para que o hálito não denuncie a vilania dos teus hábitos.

Anda devagar, fala com pausa, mas não de maneira que pareça que te escutas a ti mesmo, porque toda a afetação é má.

Janta pouco e ceia menos, que a saúde de todo o corpo se forja na oficina do estômago.

Sê moderado no beber, considerando que o vinho em excesso nem guarda segredos, nem cumpre promessas.

Toma cuidado em não comer a dois carrilhos e a não eructar diante de ninguém.

— Isso de eructar é que eu não entendo — interrompeu Sancho.

— Eructar, Sancho, quer dizer arrotar, e este é um dos vocábulos mais torpes que tem a nossa língua, apesar de ser muito significativo, e então a gente delicada apelou para o latim, e ao arrotar chama eructar; e inda que alguns não entendam estes termos, pouco importa, que o uso os irá introduzindo com o tempo, de modo que facilmente se compreendam; e isto é enriquecer a língua, sobre a qual têm poder o vulgo e o uso.

— Em verdade, senhor — disse Sancho —, um dos conselhos que hei de levar bem de memória é o de não arrotar, por ser uma coisa que faço muito a miúdo.

— Eructar, Sancho, e não arrotar — observou Dom Quixote.

— Pois seja eructar, e assim direi daqui por diante.

— Também, Sancho, não metas a cada instante nas tuas falas uma caterva de rifões como costumas, que ainda que os rifões são sentenças breves, muitas vezes os trazes tanto pelos cabelos, que mais parecem disparates do que sentenças.

— A isso é que só Deus pode dar remédio — respondeu Sancho —, porque sei mais rifões que um livro, e acodem-me à boca juntos tantos quanto falo, que bulham uns com os outros, para sair, e a língua vai deitando para fora os primeiros que encontra, ainda que não venham muito a pêlo; mas terei conta daqui por diante em dizer só os que convierem à gravidade do meu cargo, que em casa cheia depressa se guisa a ceia, e quem parte não baralha, e a salvo está quem repica os sinos, e para dar e para ter muito siso é mister...

— Assim, Sancho — disse Dom Quixote —, insere, enfia, encaixa rifões, que ninguém te vai à mão; minha mãe a castigar-me e eu a desmandar-me. Eu a dizer-te que não digas muitos rifões e tu a golfar uma ladainha deles, que entram no que estamos falando como Pilatos no credo. Olha, Sancho, eu não te digo que seja mau um rifão trazido a propósito; mas enfiar uma súcia de rifões a trouxe-mouxe torna a conversão descorada e baixa.

Quando montares a cavalo, não deites o corpo para trás, nem leves as pernas tesas, estiradas e desviadas da barriga do cavalo, nem te desmanches tanto que pareça que vais no ruço, que o montar a cavalo a uns faz cavaleiros e a outros cavalariços.

Seja moderado o teu dormir: quem não madruga com o sol não goza o dia; e repara, Sancho, que a diligência é mãe da boa ventura, e a preguiça, sua contrária, nunca chegou ao termo que pede um bom desejo.

Este último conselho que te vou dar agora, ainda que não sirva para adorno do corpo, quero que o tenhas muito na memória; não te será de menos proveito, suponho, que os que até aqui te hei dado, e é: que nunca disputes em linhagens, pelo menos comparando-as entre si, pois por força, nas que se comparam, uma há de ser a melhor, e serás aborrecido por aquele a quem abateres, e não serás premiado pelo que exaltares.

O teu fato deve ser calça inteira, gibão largo, capa, e nunca bragas, que não ficam bem, nem aos cavaleiros, nem aos governadores.

Por agora isto se me ofereceu aconselhar-te, Sancho; correrão os tempos, e, conforme o ensejo, assim te irei dando instruções, contanto que tenhas cuidado de me avisar do estado em que te achares.

— Senhor — respondeu Sancho —, bem vejo que tudo quanto Vossa Mercê me disse são coisas boas e proveitosas, mas de que me servem elas, se de nenhuma me lembro? É verdade que me não esqueço de não deixar crescer as unhas e de casar logo que se ofereça ocasião, mas lá de todos esses badulaques[1] e enredos e trapalhadas, lembro-me tanto como das nuvens do ano passado; e

---

[1] "Badulaque" não é aqui o guisado de carne citado por Covarrubias, mas está em sentido figurado: "néscio".

então, será mister que Vossa Mercê me dê tudo isso por escrito, que, apesar de não saber ler nem escrever, dou o papel ao meu confessor, para que mos meta na cabeça e mos recorde sempre que for necessário ao meu bom governo.

— Ai! — respondeu Dom Quixote — que mal que fica aos governadores não saberem ler nem escrever, porque o não saber um homem ler indica uma de duas coisas: ou que teve nascimento humilde e baixo, ou que foi tão travesso e tão mau, que lhe não pôde entrar na cabeça o bom costume nem a boa doutrina. Essa é uma grande falta e, assim, desejaria que ao menos aprendesses a assinar.

— Assinar o meu nome sei eu — respondeu Sancho —; quando fui bedel[2] na minha terra aprendi a fazer letras semelhantes às das marcas dos fardos, e diziam que era o meu nome; tanto mais que fingirei que tenho tolhida a mão direita, e farei com que outro assine por mim, que para tudo há remédio, menos para a morte, e tendo eu a faca e o queijo na mão, é o que basta; além disso, quem tem o pai alcaide...[3] e eu ainda sou mais que alcaide, porque sou governador, e metam-se comigo e verão: podem vir buscar lã e voltar tosquiados; e mais vale quem Deus ajuda que quem muito madruga; e as tolices dos ricos passam por sentenças no mundo; e sendo eu rico, e governador e liberal, como tenciono ser, não haverá falta que o pareça; nada, quem se faz de mel as moscas o comem; tanto tens, tanto vales, dizia uma minha avó; e com teu amo não jogues as peras.

— Maldito sejas, Sancho! — acudiu Dom Quixote — sessenta mil satanases te levem a ti e aos teus rifões; há uma hora que os estás enfiando uns nos outros, e cada um que proferes é uma punhalada que me dás. Eu te asseguro que esses rifões ainda te hão de levar à forca; por eles te hão de tirar o governo os teus vassalos. Dize-me aonde os vais tu buscar, ignorante? e como é que os aplicas, mentecapto? que eu, para achar um só e aplicá-lo a propósito, suo e trabalho como se cavasse.

— Por Deus, senhor meu amo — tornou Sancho Pança —, Vossa Mercê, também, zanga-se com bem pouca coisa. Quem

---

[2] Mordomo de uma confraria.

[3] "Quem tem o pai alcaide tranqüilo vai a juízo", diz o rifão.

diabo se aflige por eu me servir dos meus cabedais, que não tenho outros senão rifões e mais rifões? E agora, vinham-me à idéia quatro, que caíam mesmo como a sopa no mel, mas que não digo, porque ao bom silêncio chamam Sancho[4].

— Pois lá esse Sancho não és tu — tornou Dom Quixote —; não só não és o silêncio acertado, mas és a palração e a teima disparatadas: e, com tudo isso, sempre queria saber que rifões eram esses que te acudiam à idéia, e que vinham tanto a propósito, porque eu de nenhum me lembro.

— São excelentes — disse Sancho. — "Não te metas entre a bigorna e o martelo"; "Há duas coisas que não têm resposta: ide-vos de minha casa, e o que quereis de minha mulher?"; "Se o cântaro bate na pedra, quem fica de mal é o cântaro"; e tudo vem a propósito. Não se metam com o governo, que é o mesmo que meter-se uma pessoa entre a bigorna e o martelo, ao que o governador diz não se deve replicar, como se não replica ao: "Ide-vos de minha casa, e o que quereis de minha mulher?" E o do cântaro é fácil de perceber. Assim, é necessário que quem vê um argueiro nos olhos dos outros veja a trave nos seus, para que se não diga dele: "Disse a caldeira à sertã, tira-te lá não me enfarrusques"; e Vossa Mercê sempre ouviu dizer que mais sabe o tolo no seu que o avisado no alheio.

— Isso não, Sancho — respondeu Dom Quixote —, o tolo nada sabe, nem no seu, nem no alheio, porque no cimento da tolice não assenta nenhum edifício discreto; e deixemos isto, Sancho, que, se mal governares, será tua a culpa, e minha a vergonha; mas consolo-me, que fiz o que devia, aconselhando-te com a verdade e a discrição que pude: com isto cumpro a minha obrigação e a minha promessa; Deus te guie, Sancho, e te governe no teu governo, e me tire a mim do escrúpulo que me fica, de que hás de ferrar com a ilha em pantana, o que eu evitaria, dizendo ao duque quem tu és, e dizendo-lhe que toda essa gordura que tens não é senão um costal de malícias e de provérbios.

— Senhor — redargüiu Sancho —, se Vossa Mercê entende que não sou capaz para este governo, já o largo, que eu quero mais a uma unha da minha alma do que a todo o meu corpo; e tão bem

---

[4] "Ao bom silêncio chamam santo"; diz o rifão.

me sustentarei Sancho a seco com pão e cebolas, como governador com perdizes e capões; e, além disso, enquanto se dorme todos são iguais: os grandes e os pequenos, os pobres e os ricos; e repare, senhor meu amo, que quem me meteu nisto de governar foi Vossa Mercê, que eu lá de governos de ilhas nunca entendi nada; e, se acaso se persuade que por ser governador me há de levar o Diabo, antes quero ir Sancho para o céu do que governador para o inferno.

— Por Deus, Sancho — acudiu Dom Quixote —; só por essas últimas palavras que disseste, entendo que mereces ser governador de mil ilhas; boa índole tens, sem a qual não há ciência que valha; encomenda-te a Deus e procura não errar na primeira intenção; quero dizer, que tenhas sempre firme propósito de acertar em todos os negócios que te aparecerem, porque o céu favorece os bons desejos; e vamos jantar, que creio que esses senhores nos esperam.

CAPÍTULO XLIV

De como Sancho Pança foi levado para o governo, e da estranha aventura que sucedeu no castelo a Dom Quixote

Dizem que se lêem no original desta história (que o intérprete de Cide Hamete não traduziu este capítulo como o autor o escrevera) queixas do mouro contra si mesmo, por ter tomado a tarefa de narrar uma história tão seca como esta de Dom Quixote, sendo como que obrigado a estar sempre a falar nele e em Sancho, sem ousar estender-se a outras digressões e episódios mais graves e mais entretidos; e dizia que escrever sempre num só assunto e falar pela boca de poucas pessoas era um trabalho insuportável, que não redundava em proveito do seu autor; e que por fugir deste inconveniente usara na primeira parte do artifício de algumas novelas, como foram o Curioso impertinente e o Capitão cativo, que estão separadas da história, ainda que as outras que ali se contam são casos sucedidos ao próprio Dom Quixote, e que não podiam deixar de se escrever. Também pensou que muitos, levados pela atenção que pedem as façanhas de Dom Quixote, não a dariam às novelas, e as leriam, ou com pressa, ou com enfado, sem reparar na gala e no engenho que revelam e que bem se mostrarão quando, por si sós, e sem se encostarem às loucuras de Dom Quixote, nem às sandices de Sancho, vierem à luz; e assim, nesta segunda parte não quis inserir novelas, nem soltas nem pegadas, mas apenas alguns episódios que lhe parecessem nascidos dos próprios sucessos que a verdade oferece, e estes ainda limitadamente, e só com as palavras que bastam para os referir: e visto que se contém e encerra nos estreitos limites da narração, tendo habilidade, suficiência e entendimento para tratar do universo todo, pede que se não despreze o seu trabalho, e se lhe dêem louvores, não pelo que escreve, mas pelo que deixa de escrever.

E prossegue a história, dizendo que logo que Dom Quixote acabou de jantar, no dia em que deu os conselhos a Sancho, tratou de lhos ir pôr em escritura, para que ele procurasse quem lhos lesse; mas, apenas lhos deu, caíram no chão e vieram para as mãos do duque, que os mostrou à duquesa, e ambos de novo se admiraram da loucura e do engenho de Dom Quixote; e assim, levando por diante as suas burlas, naquela tarde mandaram Sancho com muito acompanhamento para a povoação que havia de representar para ele o papel de ilha. Aquele que o levava a seu cargo era um mordomo do duque, homem mui discreto e gracioso — que não pode haver graça onde não há discrição; e era o mesmo que representara o papel de Condessa Trifaldi, com o donaire que se referiu. Com isto, e com o ter sido industriado por seus amos a respeito do modo como havia de proceder com Sancho, realizou o seu intento maravilhosamente; mas, assim que Sancho viu o tal mordomo, pareceu-lhe que o seu rosto era o mesmo que o da Trifaldi, e, voltando-se para seu amo, disse-lhe:

— Senhor, ou a mim me há de levar o Diabo daqui donde estou, ou Vossa Mercê me há de confessar que este mordomo é tal qual a Dolorida.

Mirou Dom Quixote atentamente o mordomo e, depois de o mirar, disse para Sancho Pança:

— Escusa o Diabo de te levar, que efetivamente o rosto da Dolorida se parece imenso com o do mordomo; mas nem por isso o mordomo é a Dolorida, o que seria uma contradição enorme; e agora não temos tempo de fazer essas averiguações, para não entrarmos em intrincados labirintos. Acredita, amigo, que é necessário rogar com todas as veras da nossa alma a Nosso Senhor, que nos livre a ambos de maus feiticeiros e de maus nigromantes.

— Isto não é brincadeira, senhor meu amo — redargüiu Sancho Pança —, que o ouvi falar há pedaço, e a voz dele pareceu mesmo a da Condessa Trifaldi. Ora bem, eu calo-me, mas não deixarei de andar daqui por diante muito alerta, a ver se descubro outro sinal, que confirme ou desfaça a minha suspeita.

— Assim deves fazer, Sancho — disse Dom Quixote —, e avisar-me-ás de tudo o que neste caso se descobrir e de tudo o que te suceder no governo.

Saiu, enfim, Sancho, acompanhado de muita gente, vestido à moda dos letrados, e por cima da roupa um gabão muito largo de chamalote cor de pele de leão, com um gorro da mesma fazenda, montado num macho à gineta, e atrás dele, por ordem do duque, ia o ruço, com jaezes e ornatos burricais flamantes e de seda. Voltava Sancho a cabeça de quando em quando para ver o seu jumento, cuja companhia o contentava tanto, que se não trocaria pelo imperador da Alemanha. Ao despedir-se dos duques, beijou-lhes as mãos e tomou a bênção de seu amo, que lha deu com lágrimas, e Sancho recebeu-a com umas caretas de enternecimento.

Deixa, leitor amável, ir em paz e em boa hora o bom Sancho, e espera duas fânegas de riso, que te há de render o saberes como ele se portou no governo da sua ilha; e, entretanto, vamos ver o que passou seu amo naquela noite, que, se com ele não rires, pelo menos despregarás os lábios com riso de macaco, porque as aventuras de Dom Quixote ou se hão de celebrar com admiração ou com riso, também te farão rir um pedaço. Conta-se, pois, que, apenas Sancho partiu, sentiu Dom Quixote a sua soledade, e, se lhe fosse possível revogar a nomeação de Sancho, e tirar-lhe o governo, fá-lo-ia sem a menor hesitação. Percebeu a duquesa a sua melancolia e perguntou-lhe por que motivo estava triste: que se era pela ausência de Sancho, havia em sua casa escudeiros, donas e donzelas com fartura, que o serviriam muito a seu sabor.

— É certo, senhora minha — respondeu Dom Quixote —, que sinto a ausência de Sancho, mas não é essa a causa principal que por agora me entristece; e dos muitos oferecimentos que Vossa Excelência me fez, só aceito e agradeço o da boa vontade, e no mais peço, a Vossa Excelência que dentro do meu aposento consinta e permita que eu só me sirva a mim próprio.

— Isso não pode ser assim, Senhor Dom Quixote — respondeu a duquesa —; é forçoso que o sirvam quatro das minhas donzelas, lindas como umas flores.

— Para mim — respondeu Dom Quixote — não seriam flores, mas espinhos que me pungiriam a alma. Não entram no meu aposento nem mulheres nem coisa que o pareça, se Vossa Excelência não mandar o contrário. Deixe-me levantar uma muralha entre a minha honestidade e os meus desejos, e não quero perder este costume, pela liberalidade com que Vossa Alteza pretende honrar-me. Enfim, prefiro dormir vestido a consentir que alguém me dispa.

— Basta! basta! Senhor Dom Quixote — acudiu a duquesa —,

por minha vida que darei as mais apertadas ordens, para que não entre no seu quarto nem uma mosca sequer. Por minha culpa não há de ter nem o mais leve detrimento a decência do Senhor Dom Quixote, que, segundo me dizem, a virtude que mais campeia entre as muitas que o ornam é a da castidade. Dispa-se Vossa Mercê, e vista-se sozinho e à sua vontade, como e quando quiser, que não haverá quem lho impeça, porque dentro do seu aposento achará tudo o que lhe pode ser preciso, e que dispense de abrir a porta, quando lá estiver. Viva mil séculos a grande Dulcinéia del Toboso, e espalhe-se o seu nome por toda a redondeza do globo, pois mereceu ser amada por tão valente e casto cavaleiro! e os benignos céus infundam no coração de Sancho Pança, do nosso governador, um desejo de acabar depressa com os seus açoites, para que o mundo torne a desfrutar a formosura de tão excelsa senhora.

— Vossa Alteza — disse Dom Quixote — falou como quem é, que em boca das boas senhoras não há palavra má, e mais venturosa e mais conhecida será Dulcinéia no mundo por Vossa Grandeza a ter louvado do que por todos os louvores que lhe possam dar os mais eloqüentes escritores do mundo.

— Ora bem, Senhor Dom Quixote — redargüiu a duquesa —, aproxima-se a hora de cear, e o duque deve estar à espera: venha Vossa Mercê e ceemos, e deite-se cedo, que a viagem de Candaia que ontem fez não foi tão curta que o não moesse.

— Não sinto cansaço, senhora — respondeu Dom Quixote —, porque ousarei jurar a Vossa Excelência que nunca montei num cavalo mais suave e de melhor andadura que Clavilenho, e não sei o que foi que levou Malambruno a desfazer-se de tão ligeira e tão gentil cavalgadura, abrasando-a assim sem mais nem mais.

— O que se pode imaginar é que, arrependido do mal que fizera à Trifaldi e companhia, e das maldades que, como feiticeiro e nigromante, devia de ter cometido, quis dar cabo de todos os instrumentos do seu ofício; e como o principal e o que mais desassossegado o trazia, vagando de terra em terra, era Clavilenho, incendiou-o, e com as suas abrasadas cinzas e com o troféu do cartel fica eternizado o valor do grande Dom Quixote de la Mancha.

De novo Dom Quixote agradeceu à duquesa e, depois de cear, sozinho se retirou para o seu aposento, sem consentir que ninguém entrasse com ele para o servir, tanto receava encontrar ocasiões que o impelissem ou obrigassem a perder o honesto decoro que guardava a Dulcinéia em sonhos, sempre com a imaginação posta na bondade de Amadis, flor e espelho dos cavaleiros andantes. Fechou a porta para si e, à luz de duas velas de cera, despiu-se e, ao descalçar-se, ó desgraça indigna duma pessoa como esta! soltaram-se-lhe duas dúzias de pontos duma meia, que ficou transformada em gelosia. Afligiu-se muito o bom do fidalgo, e daria de bom grado uma onça de prata para ter ali um novelo de seda verde, e digo de seda verde, porque as meias de Dom Quixote eram dessa cor.

Aqui exclamou Benengeli: "Ó pobreza! pobreza! não sei com que razão o grande poeta cordobês se lembrou de te chamar

Dádiva santa que não é agradecida[1].

Eu, apesar de ser mouro, sei perfeitamente, pela comunicação que tenho tido com cristãos, que a santidade consiste em caridade e humildade, fé, obediência e pobreza; mas, com tudo isso, digo que se há de parecer muito com Deus quem se rejubilar em ser pobre, a não ser aquele gênero de pobreza a que se refere um dos maiores santos do cristianismo: "Tende todas as coisas como se as não tivésseis[2]. E a isto se chama pobreza de espírito. Mas tu, segunda pobreza (que é a de que eu falo), por que queres atacar os fidalgos e os de nobre nascimento, mais do que a outra gente? Por que os obrigas a dar brilho aos sapatos e a trazer nos gibões uns botões de seda e outros de chifre, e outros de vidro? Por que hão de andar sempre os seus cabeções corridos a ferro e não engomados?" E nisto se deixará ver que é antigo o uso da goma e dos cabeções. E prosseguiu: "Mísero do bem-nascido que sacrifica tudo à sua honra: janta mal e à porta fechada e sai para a rua com um palito hipócrita, depois de não ter comido coisa que se lhe metesse nos dentes! Mísero!", continua Benengeli, "mísero do que tem a honra espantadiça e imagina que a uma légua de distância se lhe descobre a tomba do sapato, o roçado do chapéu, o fio da capa e a fome do seu estômago".

Tudo isto acudiu ao pensamento de Dom Quixote ao ver as meias rotas, mas consolou-se notando que Sancho lhe deixara umas

---

[1] Verso de João de Mena, copla CCXXVII das *Trezentas*.

[2] São Paulo, Epístola aos Coríntios: "Et qui utuntur hoc mundo tanquam nom utantur".

botas de viagem, que tencionou calçar no outro dia. Finalmente, recostou-se pensativo e pesaroso, tanto pela falta que Sancho lhe fazia, como pela irreparável desgraça das suas meias, às quais tomaria os pontos, ainda que fosse com seda de outra cor, o que é um dos maiores sinais de miséria que um fidalgo pode dar na sua prolixa estreiteza. Apagou a luz; o tempo estava quente e Dom Quixote não podia dormir; levantou-se do leito, abriu um pouco a janela que deitava para um formoso jardim e, ao abri-la, sentiu que nesse jardim andava gente a falar. Pôs-se a escutar atentamente; levantaram a voz os passeantes, tanto que pôde ouvir este diálogo:

— Não teimes comigo, Emerência, para eu cantar, porque sabes perfeitamente que desde o momento em que este forasteiro entrou no castelo, eu já não sei cantar, e não sei senão chorar, tanto mais que o sono da minha senhora é levíssimo e não quereria ser encontrada aqui nem que me dessem todos os tesouros do mundo: e ainda que ela não despertasse, baldado seria o meu canto, visto que dorme e não acorda para o ouvir este novo Enéias[3] que chegou à minha pátria para me deixar escarnecida.

— Não digas isso, Altisidora amiga — respondeu outra voz —; decerto a duquesa e todas as pessoas de casa dormem, menos o senhor do teu coração e o despertador de tua alma, porque senti agora mesmo que abriu a janela do seu quarto e está sem dúvida acordado. Canta, minha pobre amiga, em tom brando e suave e ao som da tua harpa e, se a duquesa nos sentir, deitaremos a culpa ao calor que faz.

— Não é aí que bate o ponto, Emerência — respondeu Altisidora —, o que eu não queria era que o meu canto descobrisse o meu nome e fosse considerada, pelos que não avaliam o que é o amor, donzela leviana; mas, venha o que vier, melhor é a vergonha na cara que a nódoa no coração.

E começou a tocar uma harpa suavissimamente. Ouvindo isto, ficou Dom Quixote pasmado, porque logo naquele instante lhe acudiram à memória as infinitas aventuras, semelhantes àquela, de reixas e de jardins, músicas, requebros e desvanecimentos, que lera nos seus livros de cavalaria. Logo imaginou que alguma donzela da duquesa estava dele enamorada e que a honestidade a forçava a ter

---

[3] Alusão a Dido, enamorada de Enéias, no poema de Virgílio, a *Eneida*.

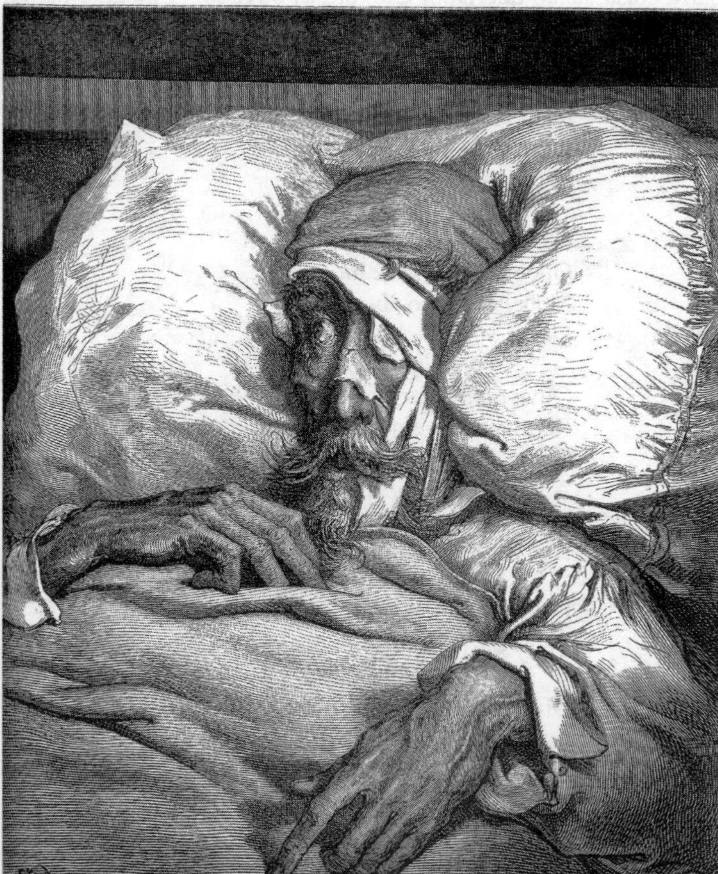

oculto o seu desejo. Tremeu de ser rendido, mas tomou a firme resolução de se não deixar vencer, e encomendando-se com o maior fervor à sua dama Dulcinéia del Toboso, decidiu-se a escutar a música; e para fazer perceber que estava ali, deu um fingido espirro, com que muito se divertiram as donzelas, que não desejavam outra coisa senão que Dom Quixote as ouvisse. Afinada a harpa, Altisidora deu princípio ao seguinte romance:

Ó tu, que estás no teu leito
Com lençóis de holanda fina,
Dormindo bem regalado,
Sem sentires a espertina,

Cavaleiro o mais valente
Que na Mancha se há gerado,
Mais honesto e abençoado
Que o ouro da Arábia ardente:

Ouve uma triste donzela,
Bem-nascida e mal lograda,
Que na luz desses teus olhos
A alma sente abrasada.

Achas desditas alheias,
Quando buscas aventuras;
E de amor cruéis feridas
Tu as dás, mas não as curas.

Dize-me, bravo mancebo
(que Deus cumpra os teus desejos),
Se te criaste na Líbia
Ou em montes sertanejos.

Deram-te leite as serpentes?[4]
Foram tuas amas bravias
As aspérrimas florestas
E o horror das serranias?

---

[4] Imitação da passagem IV da *Eneida*.

Mui bem pode Dulcinéia,
Donzela sã e gorducha,
Gabar-se de ter rendido
Um tigre, fera machucha.

Por isso, será famosa
De Jarama até Henares,
De Pisuerga até Arlanza
E do Tejo ao Manzanares.

Eu trocava-me por ela,
E ainda em cima dava a saia
Mais vistosa que eu possuo
De áureas franjas na cambraia.

Quisera estar nos teus braços,
Ou prestar-te o bom serviço
De te sacudir a caspa,
De te coçar o toutiço.

Muito peço, não sou digna
De mercê tão levantada;
Dá-me os teus pés, isso basta,
Nem eu desejo mais nada.

Que coifas eu te daria!
Escarpins de prata fina,
Umas calças de damasco,
Uns calções de bombazina;

Muitas pedras preciosas,
Finas pér'las orientais,
Que, a não terem companheiras,
Não contariam iguais[5]!

Não mires dessa Tarpéia
Este incêndio que me queima,

[5] Pérolas da coroa; eram a Peregrina, a Órfã ou a Solitária.

Nero manchego, que o fogo
Avivas coa tua teima.

Menina sou, pulcela[6] tenra,
Quinze anos não completei;
Tenho catorze e três meses,
Juro pela santa lei.

Não sou manca, não sou coxa,
Não tenho um só aleijão,
Meus cabelos cor de lírios,
'Stando em pé, chegam-me ao chão.

A boca tenho aquilina,
Tenho a penca abatatada;
Os dentes são uns topázios!
Vê que beleza afamada!

Sou pequenina, o que importa?
A minha voz, fresca e pura,
Confessa que (se me escutas)
Tem suavíssima doçura.

Conquistou minha alma ingênua
Teu rosto que me enamora;
Sou donzela desta casa,
E chamam-me Altisidora.

Aqui deu fim o canto da malferida Altisidora e começou o assombro do requestado Dom Quixote, que, dando um grande suspiro, disse entre si: "Tenho de ser tão desditoso cavaleiro andante, que não há de haver donzela que olhe para mim e que de mim se não namore; e tão desventurada há de ser a simpática Dulcinéia del Toboso, que a não deixem gozar tranqüilamente a minha incomparável firmeza! Que lhe quereis, rainhas? Por que a persegui, imperatrizes? Por que a acossais, donzelas de menos de quinze

---

[6] "Donzela."

anos? Deixai, deixai à mísera que triunfe e desfrute a fortuna que Deus lhe quis dar, em render-lhe o meu coração e em entregar-lhe a minha alma. Vede, caterva enamorada, que só para Dulcinéia sou de massa e alfenim e para todas as outras sou pedra: para ela sou mel, e fel para vós outras: para mim só Dulcinéia é formosa, discreta, honesta, galharda e bem-nascida, e as outras são feias, tolas, levianas e de pior linhagem; para eu ser dela e de mais ninguém me arrojou a natureza ao mundo. Chora, canta, Altisidora! Desespere-se a madama, por causa de quem me desancaram no castelo do mouro encantado, que eu tenho de ser de Dulcinéia, cozido ou assado, limpo, bem-criado e honesto, apesar de todas as potestades feiticeiras da terra".

E com isto fechou de golpe a janela, e despeitado e pressuroso, como se lhe houvesse acontecido alguma grande desgraça, deitou-se no seu leito, onde agora o deixaremos, porque nos está chamando o grande Sancho Pança ao seu famoso governo.

CAPÍTULO XLV

De como o grande Sancho Pança tomou posse da sua ilha, e do modo como principiou a governá-la

Ó perpétuo descobridor dos antípodas, facho do mundo, olho do céu, causador do balanço das bilhas de água, Tímbrio[1] aqui, Febo ali, atirador além, médico acolá, pai da poesia, inventor da música; tu, que sempre nasces e nunca morres, ainda que o pareces, digo-te, ó Sol, cujo auxílio é indispensável para a perpetuidade da espécie humana, digo-te e peço-te que me favoreças e alumies a escuridão do meu engenho, para que possa discorrer com acerto e minúcia na narração do governo de Sancho Pança, que sem ti me sinto tíbio, descoroçoado e confuso!

Digo pois que, com todo o seu acompanhamento, chegou Sancho a um lugar quase de mil vizinhos, que era dos melhores que o duque possuía. Disseram-lhe que se chamava a ilha Baratária, ou porque o lugar tinha o nome de Baratário ou pela barateza com que se lhe dera o governo. Ao chegar às portas da vila, que era cercada de muros, saíram os alcaides do povo a recebê-lo, tocaram os sinos e todos os vizinhos deram mostras de geral alegria, e com muita pompa o levaram à igreja matriz a dar graças a Deus, e em seguida, com algumas ridículas cerimônias, lhe entregaram as chaves da

[1] Um dos nomes dados a Apolo.

vila e o admitiram como governador perpétuo da ilha Baratária. O trajo, as barbas, a gordura e a pequenez do novo governador traziam pasmados todos os que não sabiam o segredo do negócio e até aos que o sabiam, que eram muitos. Finalmente, fazendo-o sair da igreja, levaram-no à cadeira do tribunal e ali o sentaram; e o mordomo do duque disse-lhe:

— É costume antigo aqui, senhor governador, que o que vem tomar posse desta ilha famosa seja obrigado a responder a uma pergunta que se lhe faça, intricada e dificultosa, e pela resposta que dá, toma o povo o pulso ao engenho do seu novo governador; e assim se alegra, ou se entristece com a sua vinda.

Enquanto o mordomo dizia isto a Sancho, estava ele olhando para umas grandes e numerosas letras, que ornavam a parede defronte da sua cadeira. Como não sabia ler, perguntou o que eram as pinturas que havia naquela parede. Responderam-lhe o seguinte:

— Senhor, está ali escrito e notado o dia em que Vossa Senhoria tomou posse desta ilha, e diz assim o epitáfio: "Hoje, dia tantos de tal mês e de tal ano, tomou posse desta ilha o Senhor Dom Sancho Pança, que por muitos anos a goze".

— E a quem é que chamam Dom Sancho Pança? — perguntou Sancho.

— A Vossa Senhoria — respondeu o mordomo —; que nesta ilha nunca entrou outro Sancho Pança, a não ser o que está sentado nessa cadeira.

— Pois ficai sabendo, irmão — redargüiu Sancho —, que eu não tenho "dom", nem nunca o houve em toda a minha linhagem. Chamo-me Sancho Pança, sem nada mais, e Sancho se chamou meu pai, e Sancho meu avô; todos foram Panças, sem dons nem donas, e parece-me que nesta ilha deve haver mais donas do que pedras; mas basta, que Deus bem me entende, e pode ser que, se o meu governo durar quatro dias, eu carde esses dons, que pela multidão devem enfadar tanto como os mosquitos. Venha de lá agora com a sua pergunta o senhor mordomo, que eu responderei o melhor que puder, quer se entristeça o povo, quer se não entristeça.

Neste momento entraram no tribunal dois homens: um vestido de lavrador e o outro de alfaiate, porque trazia uma tesoura na mão; e o alfaiate disse:

— Senhor governador, eu e este lavrador que aqui estamos vimos à presença de Vossa Mercê, porque este bom homem entrou ontem na minha loja (que eu, com perdão de quem está presente, sou alfaiate examinado[2], graças a Deus) e, pondo-me nas mãos um pedaço de pano, perguntou-me: "Senhor, este pano chega para me fazerem uma carapuça?" Eu medi o pano, e respondi que sim. Ele imaginou, penso, que eu lhe queria furtar algum pedaço de pano, fundando-se talvez no seu mau costume e na má opinião que têm dos alfaiates, e replicou-me que visse se chegaria para duas. Adivinhei-lhe o pensamento e tornei-lhe a dizer que sim; e, teimoso na sua demanda e primeira tenção, foi aumentando o número das carapuças, e eu respondendo sempre que sim, até que chegamos à conta de cinco, e agora acaba de as ir buscar; eu dou-lhas, não me quer pagar o feitio, e pelo contrário me pede que lhe pague ou lhe dê o pano.

— É tudo isto assim, irmão? — perguntou Sancho.

— É, sim senhor — respondeu o outro —; mas diga-lhe Vossa Mercê que mostre as cinco carapuças que me fez.

— Da melhor vontade — tornou o alfaiate.

E, tirando imediatamente a mão do capote, mostrou cinco carapuças, postas nas cinco cabeças dos dedos da mão, e disse:

— Aqui estão as cinco carapuças que este homem me pede, e juro por Deus e pela minha consciência que não me ficou nem um só pedaço de pano, como podem julgar os peritos do ofício.

Todos os presentes se riram da multidão das carapuças e do novo pleito. Sancho pôs-se a considerar um pouco, e disse:

— Parece-me que neste pleito não deve haver largas dilatações, mas julgar-se logo por juízo do homem bom; e assim, dou por sentença que o alfaiate perca o feitio, o lavrador o pano e se dêem as carapuças aos presos da cadeia, e acabou-se[3].

Esta sentença excitou o riso dos circunstantes; mas fez-se enfim o que o governador mandou: e vieram logo em seguida dois homens anciões, um encostado a uma cana e o outro sem bordão de espécie alguma, que disse assim:

— Senhor, há dias que emprestei a este homem dez escudos de ouro para lhe ser agradável e para o obsequiar, com a condição de que mos restituiria quando eu lhos reclamasse; passaram-se muitos

---

[2] Quer dizer que passou por exame de capacidade dentro do grêmio.

[3] Alusão à péssima qualidade e exígua quantidade de abastecimentos enviados às cadeias.

dias sem lhos pedir, para não atrapalhar a sua vida; mas, como me pareceu que se ia descuidando na paga, falei-lhe neles uma e muitas vezes, e não só mos não restituiu, mas nega-mos e diz que nunca lhe emprestei tais dez escudos, ou que, se lhos emprestei, já mos restituiu; eu não tenho testemunhas, e muito menos de que mos deu, porque foi coisa que ele nunca fez; quereria que Vossa Mercê lhe tomasse juramento e, se jurar que mos pagou, perdôo-lhos aqui e diante de Deus[4].

— Que dizeis a isto, bom velho do bordão? — perguntou Sancho.

— Eu, senhor — respondeu o velho —, confesso que mos emprestou; abaixe Vossa Mercê essa vara, e já que ele confia no meu juramento, eu jurarei que lhos restituí real e verdadeiramente.

Abaixou o governador a vara, e entretanto o velho deu a cana ao outro, pedindo-lhe que lha segurasse, enquanto ele jurava, como se o embaraçasse muito, e logo em seguida pôs a mão na cruz da vara e disse que era verdade que lhe tinham emprestado aqueles dez escudos que lhe pediam, mas que os restituíra de mão em mão, e que decerto o credor não reparara nesse pagamento, pois que lhos tornava a reclamar de quando em quando.

Vendo isto, o grande Sancho perguntou ao credor o que respondia ele ao que dizia o seu contrário, e alegou este que sem dúvida alguma o seu devedor falaria verdade, porque o tinha por homem de bem e bom cristão, e que decerto fora ele que se esquecera de como e de quando lhos restituíra; que dali por diante nunca mais lhe pediria coisa alguma. Tornou a pegar na cana o devedor e, abaixando a cabeça, saiu do tribunal. E Sancho, vendo isto, notando que se ia embora, sem mais nem mais, e observando também a paciência do queixoso, inclinou a cabeça sobre a mão e, pondo o dedo indicador no nariz e nos olhos, esteve como que pensativo um pequeno espaço, e logo se endireitou, e mandou que lhe chamassem o velho do bordão, que já se fora embora. Trouxeram-lho e, ao vê-lo, disse-lhe Sancho:

— Dai-me esse bordão, que preciso dele.

— Com a melhor vontade — respondeu o velho —; aqui está, senhor.

---

[4] É o chamado juramento decisório, em direito civil, no qual uma das partes se obriga a passar pelo que sob juramento confere a outra.

E pôs-lho na mão. Pegou-lhe Sancho e, dando-o ao outro velho, continuou:

— Ide com Deus, que já estais pago.

— Eu, senhor! — respondeu o velho — pois esta cana vale dez escudos de ouro?

— Vale, sim, ou sou eu o maior asno do mundo; e agora se verá se tenho ou não cachimônia para governar um reino inteiro.

Mandou que ali diante de todos se quebrasse e abrisse a cana. Fez-se assim, e dentro dela acharam dez escudos em ouro. Ficaram todos admirados e tiveram o seu governador por um novo Salomão. Perguntaram-lhe como é que coligiu que estavam na cana aqueles dez escudos; e ele respondeu que tendo visto o velho dar o bordão ao seu contrário, enquanto fazia o juramento de que lhos dera real e verdadeiramente, e tornar-lho a pedir logo que acabou de jurar, acudiu-lhe à imaginação que estava dentro dele a paga do que se pedia. Donde se pode concluir que os que governam, ainda que sejam uns tolos, às vezes encaminha-os Deus em seus juízos; tanto mais que ele ouvira contar um caso assim ao cura da sua terra, e tinha tanta memória que, se não se esquecesse de tudo de quanto se queria lembrar, não haveria memória assim em toda a ilha. Finalmente, um dos velhos corrido e o outro pago, foram-se ambos, e os presentes ficaram admirados, e o que escrevia as palavras, feitos e gestos de Sancho não sabia se o havia de classificar como tolo, se como discreto. Acabado este pleito, entrou no tribunal uma mulher, agarrada fortemente ao braço dum homem vestido de rico pastor, a qual vinha dando grandes brados, e dizendo:

— Justiça, senhor governador, justiça! e, se a não acho na terra, irei buscá-la ao céu. Senhor governador, senhor governador da minha alma, este mau homem agarrou-me no meio desse campo e serviu-se do meu corpo, como se fosse um trapo mal lavado, e desgraçada de mim, levou-me o que eu guardava há mais de vinte e três anos, defendendo-o de mouros e cristãos, naturais e estrangeiros, e eu sempre resistindo, conservando-me intacta como a salamandra no lume, ou como a lã nas sarças, para que este homem viesse agora manchar-me com as suas mãos limpinhas!

— Isso é o que está ainda por averiguar, se esse galã tem ou não tem as mãos limpinhas — disse Sancho.

E, voltando-se para o homem, perguntou-lhe o que tinha que dizer ou responder à querela dessa mulher. O homem, todo turbado, redargüiu:

— Senhores, eu sou um pobre porqueiro. Esta manhã saía eu deste lugar, de vender quatro dos meus porcos (com perdão seja dito), que me levaram de alcavalas e ardis[5] quase o que elas valiam. Voltava eu para a minha aldeia, quando encontrei no caminho esta boa mulher; e o Diabo, que sempre as arma, fez com que folgássemos juntos; paguei-lhe bastante, e ela, não satisfeita com a paga, agarrou-se a mim e não me deixou enquanto me não trouxe aqui. Diz que a forcei, e mente, pelo juramento que faço ou tenciono fazer; e é esta a verdade toda, sem lhe faltar uma só migalha.

Então o governador perguntou-lhe se trazia consigo algum dinheiro em prata; disse ele que tinha uns vinte ducados no seio, numa bolsa de couro; mandou-lhe que a tirasse e a entregasse tal qual à queixosa, o que ele fez tremendo. A mulher tomou-a, e fazendo mil mesuras a todos, e rogando a Deus pela vida e saúde do senhor governador, que assim olhava pelas órfãs necessitadas e donzelas, com isto saiu do tribunal, levando a bolsa agarrada em ambas as mãos, ainda que primeiro viu se era de prata a moeda que tinha dentro. Apenas saiu, disse Sancho ao pastor, a quem já saltava as lágrimas dos olhos, e cujo coração ia atrás da bolsa:

— Bom homem correi após aquela mulher e tirai-lhe a bolsa, ainda que seja à força, e voltai com ela aqui.

E não o disse a um tolo, nem a um surdo, porque ele logo partiu como um raio e foi aonde o mandavam. Todos os presentes estavam suspensos, esperando o fim daquele pleito, e daí a pouco voltavam o homem e a mulher, mais agarrados que da primeira vez: ela de saia levantada e com a bolsa no colo, e o homem trabalhando por lha tirar, mas sem poder, de tal forma ela a defendia, bradando:

— Justiça de Deus e do mundo! veja Vossa Mercê, senhor governador, a pouca vergonha e o pouco receio deste desalmado, que no meio da povoação e no meio da rua me quis tirar a bolsa que Vossa Mercê me mandou dar.

— E tirou-lha? — perguntou o governador.

— Tirar-ma! Mais depresssa me tirariam a vida do que a bolsa! Está na tinta! Outros gatos me hão de deitar às barbas[6] e não este

---

[5] Tributos.

[6] "Deitar um gato às barbas" significa afastar o perigo de si, jogando-o para outro.

desventurado e asqueroso: nem tenazes, nem martelos, nem maças, nem escopros, seriam capazes de ma tirar, nem garras de leões; antes me arrancariam a alma do meio das carnes.

— Tem razão — disse o homem —; dou-me por vencido e confesso que não tenho força bastante para lha tirar. — E deixou-a.

Então o governador disse à mulher:

— Deixai cá ver, honrada e valente mulher, essa bolsa.

Logo ela lha deu, e o governador restituiu-a ao homem, e disse à esforçada:

— Mana minha, se mostrásseis o mesmo alento e valor que mostrastes na defesa desta bolsa, ou só metade para defender vosso corpo, nem as forças de Hércules vos violentariam. Ide com Deus, e em má hora, e não pareis nesta ilha, nem em seis léguas de contorno, sob pena de duzentos açoites: ide-vos já, repito, desavergonhada e embaidora.

Espantou-se a mulher e foi-se embora, cabisbaixa e descontente; e o governador disse para o homem:

— Ide-vos com Deus para o vosso lugar e com o vosso dinheiro, e daqui por diante, se o não quereis perder, vede se não vos dá na vontade o retouçar com ninguém.

O homem agradeceu-lhe como pôde e soube, e foi-se embora, e os circunstantes ficaram admirados outra vez do juízo e das sentenças do seu governador. Tudo isto, notado pelo seu cronista, foi logo escrito ao duque, que com grande desejo o estava esperando.

E fique-se por aqui o bom Sancho, que temos pressa de voltar a seu amo, alvorotado com a música de Altisidora.

CAPÍTULO XLVI

Do temeroso assombro de chocalhos e de gatos que recebeu Dom Quixote, no decurso dos amores da enamorada Altisidora

Deixamos o grande Dom Quixote envolto nos pensamentos que lhe causara a música da enamorada donzela Altisidora. Com eles se deitou e, como se fossem pulgas, não o deixaram dormir nem sossegar um momento, juntando-se a isso o cuidado que lhe dava faltarem-lhe os pontos das meias: mas, como o tempo é ligeiro e não há barranco que o detenha, correram as horas depressa e não tardou a manhã. Vendo isto, Dom Quixote largou a branda pluma, e nada preguiçoso vestiu o seu fato de camurça e calçou as botas de estrada para encobrir o deplorável infortúnio das meias. Deitou por cima a sua capa de escarlate e pôs na cabeça um barrete de veludo verde, guarnecido de prata; pendurou dos ombros, com um talim, a sua boa e cortadora espada; agarrou num grande rosário que trazia sempre consigo, e com grande pausa e cadência saiu para a ante-sala, onde o duque e a duquesa estavam já vestidos e como que esperando-o, e ao passar por uma galeria encontrou a postos, e à sua espera, Altisidora e outra donzela sua amiga; e, assim que Altisidora viu Dom Quixote, fingiu que desmaiava, e a amiga recebeu-a no colo e com grande presteza começou a desapertar-lhe o peito. Dom Quixote vendo isto disse, chegando-se a ela:

— Já sei de que procedem estes acidentes.

— Pois não sei eu — respondeu a amiga —, porque Altisidora é a donzela mais sadia desta casa e nunca lhe ouvi dar um ai, desde que a conheço; mal haja quantos cavaleiros andantes há no mundo, se todos são desagradecidos; vá-se embora Vossa Mercê, Senhor Dom Quixote, que esta pobre menina não tornará a si enquanto Vossa Mercê aqui estiver.

— Mande pôr um alaúde, esta noite, no meu aposento — respondeu Dom Quixote —, que eu consolarei, o melhor que puder, esta triste donzela; que nos princípios amorosos os desenganos prontos costumam ser remédios excelentes.

E com isto se foi embora, para não ser notado pelos que ali o vissem. Apenas ele se apartou, logo, tornando a si a desmaiada Altisidora, disse:

— É necessário pôr-lhe lá o alaúde, que sem dúvida Dom Quixote nos quer regalar com música, que não há de ser má, se for dele.

Logo participaram à duquesa o que se passava e o pedido do alaúde que Dom Quixote fizera, e ela, extremamente alegre, combinou com o duque e com Altisidora o fazerem-lhe uma burla que fosse mais alegre do que danosa, e com muito contentamento esperaram a noite, que não veio tão depressa como viera o dia, que os duques passaram em saborosas práticas com Dom Quixote; e a duquesa nesse dia despachou real e verdadeiramente um pajem seu, que fizera na selva o papel de Dulcinéia, a Teresa Pança, com a carta de seu marido Sancho Pança e com a trouxa de roupa que ele deixara para lhe ser mandada, ordenando-lhe que lhe desse boa relação de tudo o que se passasse. Feito isto, e chegadas as onze horas da noite, encontrou Dom Quixote uma viola[1] no seu aposento; experimentou-a, abriu a reixa, sentiu que andava gente no jardim, e tendo apertado as escaravelhas da viola, e afinando-a o melhor que pôde, escarrou e aclarou o peito, e logo em seguida, com voz rouca, ainda que entoada, cantou o seguinte romance, que naquele mesmo dia compusera:

Tiram as almas dos eixos
As grandes forças do amor,
São os cuidados do ócio
Seu instrumento melhor.

---

[1] Observe-se que Dom Quixote pediu um alaúde, não uma viola.

As donzelas na costura,
E em 'star sempre atarefadas,
Têm antídoto ao veneno
Das ânsias enamoradas.

As donzelas recolhidas,
E que desejam casar,
Têm na honestidade o dote,
E a voz que as há de louvar.

Os cavaleiros andantes
E os que vão da corte às festas,
Tem com as soltas requebros,
Mas só casam coas honestas.

Fútil amor de levante
Podem-no hóspedes sentir,
Chega rápido ao poente
Porque acaba coo partir.

Amor que nasce depressa
Hoje vem, vai-se amanhã,
Nas almas não deixa impressa
A sua imagem louçã.

Pintura sobre pintura
Não é como em tábua rasa;
Onde há primeira beleza
A segunda não faz vaza.

Dulcinéia del Toboso
Eu tenho n'alma pintada
Com tal viveza, que nunca
Poderá ser apagada[2].

---

[2] Alusão à doutrina aristotélica de que a alma era tábula rasa, lugar-comum da filosofia medieval.

A firmeza nos amantes
É dote mui de louvar,
Amor opera milagres
Por quem assim sabe amar.

Aqui chegou Dom Quixote com o seu canto, que estavam escutando o duque e a duquesa, Altisidora e quase toda a gente do castelo, quando de repente, duma varanda que corria por cima da janela de Dom Quixote, deixaram cair um cordel a que vinham presas mais de cem campainhas, e logo em seguida despejaram um grande saco de gatos, que traziam também campainhas menores, presas aos rabos. Foi tal o barulho das campainhas e o miar dos gatos que, ainda que os duques tinham sido os inventores da caçoada, sobressaltaram-se e Dom Quixote ficou temoroso e pasmado; e quis a sorte que dois ou três gatos entrassem no seu quarto e, correndo dum lado para o outro, parecia uma legião de diabos que por ali andava. Apagaram as velas que ardiam no aposento e saltavam procurando sítio por onde se escapassem. O descer e subir do cordel com as campainhas grandes não cessava; a maior parte da gente do castelo, que não sabia da verdade do caso, estava verdadeiramente suspensa e admirada. Pôs-se Dom Quixote em pé e, levando a mão à espada, começou a atirar estocadas pelas reixas e a dizer com grandes brados:

— Fora, malignos nigromantes, fora, canalha feiticeiresca; eu sou Dom Quixote de la Mancha, contra quem não valem nem têm força as vossas más intenções.

E voltando-se para os gatos que andavam pelo aposento, atirou-lhes muitas cutiladas; acudiram à reixa, e por ali saíram; mas um, vendo-se tão acossado pelas cutiladas de Dom Quixote, saltou-lhe à cara, agarrou-se-lhe ao nariz com unhas e dentes, e a dor obrigou Dom Quixote a soltar grandes gritos. Ouvindo isso o duque e a duquesa, e considerando o que podia ser, acudiram muito depressa ao seu quarto e, abrindo a porta, deram com o pobre cavaleiro procurando com todas as suas forças arrancar o gato da cara. Entraram com luzes e viram a desigual peleja; acudiu o duque a separar os contendores, e Dom Quixote bradou:

— Ninguém mo tire, deixem-me com este demônio, com este nigromante, com este feiticeiro, que eu lhe mostrarei quem é Dom Quixote de la Mancha.

Mas o gato, não se importando com essas ameaças, cada vez mais rosnava e o arranhava; afinal, o duque arrancou-o e atirou-o pela janela.

Ficou Dom Quixote de cara escalavrada e com o nariz pouco são, mas muito despeitado por lhe não terem deixado pôr termo à batalha que travara com aquele malandrino nigromante. Mandaram buscar óleo de Aparício[3], e a própria Altisidora lhe pôs com as suas branquíssimas mãos uns panos em todos os sítios feridos e, ao pôr-lhos, disse-lhe em voz baixa:

— Todas estas desgraças te sucedem, empedernido cavaleiro, pelo pecado da tua dureza e pertinácia; e praza a Deus que Sancho, teu escudeiro, se esqueça de se açoitar, para que nunca saia do seu encantamento essa Dulcinéia tão tua amada, nem a gozes, nem vás para o tálamo com ela, pelo menos vivendo eu, que te adoro.

A tudo isto só respondeu Dom Quixote com um profundo suspiro, e logo se estendeu no leito, agradecendo aos duques a mercê, não porque tivesse medo daquela canalha gatesca, nigromântica e campainhadora, mas porque conhecera as boas intenções com que tinham vindo socorrê-lo. Os duques deixaram-no sossegar e foram-se ambos pesarosos do mau resultado da burla, porque não tinham suposto que saísse tão pesada e tão custosa a Dom Quixote aquela aventura, que lhe rendeu cinco dias de cama e de encerramento, sucedendo-lhe então outra mais agradável que a anterior, que não se conta agora para se acudir a Sancho Pança, que andava muito solícito e muito gracioso no seu governo.

---

[3] Azeite inventado no século XVI por Aparício de Zubia, com azeite velho, terebintina de abeto, vinho branco, incenso, trigo limpo, hipericão, valeriana e cardo-santo.

CAPÍTULO XLVII

Onde se prossegue como se portava Sancho Pança no seu governo

Conta a história que do tribunal levaram Sancho Pança para um suntuoso palácio onde estava posta, numa grande sala, uma mesa régia e asseadíssima; e, assim que Sancho entrou, tocaram as charamelas e vieram quatro pajens deitar-lhe água às mãos, o que Sancho recebeu com muita gravidade. Cessou a música e sentou-se Sancho à cabeceira da mesa porque não havia mais que aquele assento e outros talheres em toda ela. Pôs-se-lhe ao lado um personagem, que depois mostrou ser médico, de pé, e com uma chibatinha de baleia na mão. Levantaram uma riquíssima e branca toalha, com que estavam cobertas as frutas e muita diversidade de pratos de vários manjares. Um sujeito, que parecia clérigo, deitou-lhe a bênção, e um pajem atou ao pescoço de Sancho um guarda-napo com rendas; o mestre-sala chegou-lhe um prato de frutas; mas, apenas Sancho comeu um bocado, o médico tocou com a chibatinha no prato, e logo lho tiraram com grandíssima celeridade; mas o mestre-sala chegou-lhe outro manjar. Ia Sancho prová-lo, mas, antes de lhe tocar, tocou-lhe a chibatinha, e um pajem levou-o com tanta rapidez como o da fruta. Vendo isto, Sancho ficou suspenso e, olhando para todos, perguntou se naquela ilha tinha de ver com os olhos e comer com a testa.

— Não há de comer, senhor governador — respondeu logo o da chibata —, senão como é uso e costume nas outras ilhas onde há governadores. Eu, senhor, sou médico e estou nesta ilha recebendo um salário para tratar dos governadores, e olho muito mais pela sua saúde do que pela minha, estudando de noite e de dia, tenteando a compleição do governador, para acertar em curá-lo quando ele cair enfermo, e o que faço, principalmente, é assistir aos seus jantares e às suas ceias, deixá-lo comer só o que me parece que lhe convém e tirar-lhe o que suponho que o pode prejudicar e ser-lhe nocivo ao estômago; e assim, mandei tirar o prato da fruta, por ser demasiadamente úmida, e mandei tirar o outro manjar, por ser muito quente e ter bastantes especiarias, que aumentam a sede; e quem muito bebe mata e consome o úmido radical[1], em que consiste a vida.

— Nesse caso, aquele prato de perdizes que ali estão assadas, e parece-me que bem temperadas, não me fará mal.

— Essas não as comerá o senhor governador — respondeu o médico —, enquanto eu vida tiver.

— Por quê? — disse Sancho.

— Porque o nosso mestre Hipócrates, norte e luz da medicina, diz num seu aforismo: "Omnis saturatio mala, perdicis[2] autem pessima"; quer dizer: "Todas as indigestões são más, mas a da perdiz é péssima".

— Se assim é — tornou Sancho, veja o senhor doutor, de todos os manjares que há nesta mesa, qual me fará mais proveito e menos dano, deixe-me dele comer, sem vir com a chibata, porque, por vida do governador, e assim Deus ma deixe gozar, morro de fome, e negar-me o comer, em que pese ao senhor doutor, e diga ele o que disser, será antes tirar-me a vida do que aumentar-ma.

— Vossa Mercê tem razão, senhor governador — respondeu o médico —, e assim, entendo que não deve comer daqueles coelhos que ali estão, que é comida peliaguda; aquela peça de vitela não seria má se não fosse o ser assada e adubada, mas assim não.

— E a travessa que está acolá — acudiu Sancho — parece-me que é de *ola podrida*[3], e pela diversidade de coisas que nela entram, é impossível que não encontre alguma que me dê gosto e proveito.

---

[1] "Úmido radical" é o humor do qual diziam os antigos que conferia elasticidade aos músculos.

[2] O aforismo não diz "perdicis", mas "panis".

[3] "Ola podrida": prato vulgar e corrente naquela época, cuja composição admitia toda classe de alimentos e condimentos.

— *Absit*![4] — disse o médico — longe de nós tão mau pensamento: não há no mundo pior alimento do que uma *ola podrida*; que vão as *olas podridas* para os reitores de colégios, para os cônegos, ou para as bodas dos campônios, e Deus livre delas as mesas dos governadores, onde deve ser tudo primoroso e atilado; ora sempre e em toda a parte se preferem os remédios simples aos compostos, porque nos simples não se pode errar e nos compostos sim, alterando a quantidade das coisas que os compõem; mas o que eu entendo que o senhor governador deve comer, para conservar a sua saúde e corroborá-la, é um cento de fatias com umas talhadas de marmelo, que lhe assentem o estômago e lhe ajudem a digestão.

Ouvindo isto, Sancho encostou-se ao espaldar da cadeira, encarou o tal médico e perguntou-lhe, com voz grave, como se chamava e onde é que estudara; ao que ele respondeu:

— Chamo-me, senhor governador, Doutor Pedro Récio de Agouro, sou natural dum lugar chamado Tirteafora, que fica entre Caracuel e Almodóvar do Campo, à mão direita, e doutorei-me na Universidade de Osuna[5].

— Pois, Senhor Doutor Pedro Récio de Mau Agouro — respondeu Sancho, aceso em cólera —, natural de Tirteafora, lugar que fica à mão direita, quando se vai de Caracuel para Almodóvar do Campo, doutor em Osuna, tire-se já de diante de mim, senão, voto ao sol que pego num pau e, à bordoada, começando por Vossa Mercê, não deixo ficar um médico vivo em toda a ilha, pelo menos os que eu entendo que são ignorantes, que aos médicos sábios, prudentes, discretos, esses meto-os no coração e honro-os como pessoas divinas; e torno a dizer que se vá embora daqui, Pedro Récio, senão pego nesta cadeira em que estou sentado e parto-lha na cabeça; e peçam-me contas dela, que eu responderei dizendo que fiz um serviço a Deus matando um mau médico, verdugo da república; e dêem-me de comer, ou então tomem lá o governo, que ofício que não dá de comer a quem o tem não vale dois caracóis.

Alvorotou-se o médico, vendo o governador tão colérico; queria safar-se da sala, quando nesse momento ouviu uma corneta de um correio na rua e, chegando o mestre-sala à janela, voltou dizendo:

---

[4] "*Absit*!": "De modo algum!"

[5] Osuna, uma das universidades desprezadas na idade de ouro espanhola.

— Correio que vem do duque meu senhor; deve trazer algum despacho de importância.

Entrou o correio, suado e açodado, e, tirando uma carta do seio, pô-la nas mãos do governador, e Sancho passou-a logo para a do mordomo, a quem mandou que lesse o sobrescrito. Dizia assim: "A Dom Sancho Pança, governador da Ilha da Baratária, em mão própria, ou nas mãos do seu secretário". Ouvindo isto, disse Sancho:

— Quem é aqui o meu secretário?

E um dos que estavam presentes respondeu:

— Sou eu, senhor, porque sei ler e escrever e sou biscainho[6].

— Com essa última qualidade, até podeis ser secretário do imperador — tornou Sancho. — Abri essa carta, e vede o que diz.

Assim o fez o secretário e, tendo lido o que dizia, observou que era negócio para se tratar a sós. Mandou Sancho que se despejasse a sala, e que nela ficassem somente o mestre-sala e o mordomo; e os outros, juntamente com o médico, foram-se embora, e o secretário leu a carta, que dizia assim:

Chegou-me a notícia, Senhor Dom Sancho Pança, de que uns inimigos meus, e inimigos dessa ilha, tencionavam dar-lhe um assalto furioso, uma noite destas, não sei qual; convém velar e estar alerta, para que o não apanhem desapercebido. Sei também, por espias verdadeiras, que entraram nesse lugar quatro pessoas disfarçadas, para vos tirar a vida, porque se temem do vosso engenho. Abri os olhos e observai quem chega a falar-vos, e não comais coisa alguma que vos apresentem. Eu terei cuidado de vos socorrer, se vos virdes em trabalhos, e em tudo fareis o que de vosso entendimento se espera. Deste lugar, a 16 de agosto, às quatro da manhã.

Vosso amigo,

O DUQUE.

Ficou atônito Sancho, e os circunstantes também, e, voltando-se para o mordomo, disse o governador:

— O que desde já se há de fazer é meter num calabouço o

6 "Biscainho"(natural de Biscaia), aqui em sentido satírico.

Doutor Récio, porque se alguém me matar há de ser ele, e de morte adminícula[7] e péssima, como é a da fome.

— Também — disse o mestre-sala — me parece que Vossa Mercê não deve comer nada do que está nesta mesa, porque é presente das freiras e, como se costuma dizer, detrás da cruz está o Diabo.

— Não o nego — respondeu Sancho —; e, por agora, dêem-me um pedaço de pão e aí obra de quatro arráteis de uvas, que não poderão ter veneno, porque, enfim, não posso passar sem comer; e, se nos havemos de preparar para essas batalhas que nos ameaçam, mister será estarmos bem fartos, porque tripas levam o coração e não o coração as tripas. E vós, secretário, respondei ao duque, meu senhor, que se fará o que ele ordena, e da forma que ordena, e beijareis da minha parte as mãos à senhora duquesa e pedir-lhe-eis que se não esqueça de mandar por um próprio a minha carta e a minha trouxa à minha mulher Teresa Pança, que receberei com isso muita mercê, e cuidarei em servi-la até onde chegarem as minhas forças, e, de caminho, podeis beijar também as mãos a meu Senhor Dom Quixote de la Mancha, para que veja que sou pão agradecido; e, como bom secretário e bom biscainho, podeis acrescentar tudo o que quiserdes; e levante-se essa toalha e dêem-me de comer, que eu cá me saberei haver com quantos espias e matadores e nigromantes vierem sobre mim e sobre a minha ilha.

Nisto, entrou um pajem e disse:

— Está ali um lavrador negociante, que quer falar a Vossa Senhoria num caso que, segundo ele diz, é de muita importância.

— Estranho — acudiu Sancho — esses negociantes; é possível que sejam tão néscios, que não vejam que isto não são horas de vir negociar? Porventura os que governamos e julgamos não somos homens também de carne e osso, e não vêem que é mister que nos deixem descansar o tempo que a necessidade pede, ou querem que sejamos feitos de pedra-mármore? Por Deus e em minha consciência digo que, se me dura o governo (vai transluzindo que me não dura), parece-me que dou cabo de mais de um negociante. Agora, dizei-lhe que entre, mas é bom que primeiro repare não seja algum dos meus espias ou matadores.

---

[7] Lenta e penosa.

— Não, meu senhor — respondeu o pajem —; ou pouco sei, ou ele é bom como o bom pão.

— Não há que recear — acudiu o mordomo —, que aqui estamos todos.

— Ó mestre-sala — observou Sancho —, não seria possível agora, que não está por cá o Doutor Pedro Récio, comer eu alguma coisa de peso e de substância, ainda que fosse um pedaço de pão e uma cebola?

— Esta noite à ceia se emendarão as faltas do jantar e ficará Vossa Senhoria satisfeito e pago — respondeu o mestre-sala.

— Deus queira! — tornou Sancho.

E nisto, entrou o lavrador, homem de ótima presença, e a mil léguas se pressentia que era bom e de boa alma. A primeira coisa que disse foi:

— Quem é aqui o senhor governador?

— Quem há de ser — respondeu o secretário — senão quem está sentado na cadeira?

— Em sua presença, pois, me humilho — disse o lavrador.

E, pondo-se de joelhos, pediu-lhe a mão para lha beijar. Negou-lha Sancho e mandou-lhe que se levantasse e expusesse o que queria. Obedeceu o lavrador e disse logo:

— Eu, senhor, sou lavrador, natural de Miguelturra, lugar que fica a duas léguas de Ciudad Real.

— Temos novo Tirteafora? — tornou Sancho — continuai, irmão; o que vos posso dizer é que sei muito bem onde é Miguelturra, que não fica muito longe do meu povo.

— É pois o caso, senhor— prosseguiu o homem —, que eu, pela misericórdia de Deus, sou casado em boa paz e à face da Santa Igreja Católica Romana; tenho dois filhos estudantes: o mais novo estuda para bacharel e o mais velho para licenciado; sou viúvo, porque morreu minha mulher, ou, para melhor dizer, matou-ma um mau médico, que a purgou, estando ela grávida; e, se Deus fosse servido que ela tivesse o seu bom sucesso e me nascesse outro filho, havia de o fazer estudar para doutor, para que não tivesse inveja a seus irmãos, o bacharel e o licenciado.

— De modo — observou Sancho — que, se vossa mulher não tivesse morrido, ou não vo-la tivessem morto, não estaríeis agora viúvo?

— Não, decerto — respondeu o lavrador.

— Estamos adiantados — redargüiu Sancho —; continuai, irmão, que são horas mais de dormir que de negociar.

— Digo, pois — tornou o lavrador —, que este meu filho, que há de ser bacharel, enamorou-se, no mesmo povo, de uma donzela chamada Clara Perlerina, filha de André Perlerino, lavrador riquíssimo, e este nome de Perlerinos não lhes vem de avós, nem de outra linhagem, senão porque todos os desta descendência são perláticos e por melhorar o nome todos os chamam Perlerinos; e a donzela, para dizer a verdade, é uma verdadeira pérola oriental: vista pela direita parece uma flor dos campos, vista pela esquerda não tanto, porque lhe falta o olho desse lado, que lhe saltou fora com bexigas; e, ainda que as covas do rosto são muitas e grandes, dizem os que lhe querem bem que nessas covas se sepultam as almas dos seus namorados. É tão asseada que, para não sujar a cara, traz o nariz, como diz o outro, arregaçado, que não parece senão que vai fugindo da boca, e, com tudo isso, a todos encanta, porque tem a boca muito grande, boca que, se lhe não faltassem dez ou doze dentes queixais, podia passar por muito bem formada. Dos lábios não tenho que dizer, porque são tão sutis e delicados que, se fosse costume desfiar lábios, podia-se fazer deles uma madeixa; mas como têm cor diversa da que nos lábios se usa habitualmente, parecem milagrosos, porque são jaspeados de azul, verde e cor de berinjela; e perdoe-me o senhor governador, se vou assim descrevendo tão por miúdo aquela que, afinal de contas, há de ser minha filha, que lhe quero bem e não me parece mal.

— Pintai o que quiserdes — disse Sancho —, que eu vou-me recreando com a pintura, e se tivesse comido, não haveria melhor sobremesa para mim do que esse retrato.

— Isso tenho eu por servir — respondeu o lavrador —; mas tempo virá em que sejamos o que agora não somos. Se eu pudesse pintar a sua gentileza e a altura do seu corpo, seria coisa de admiração; não pode ser, porque está toda encolhida, com os joelhos à boca; mas bem se vê que, se se pudesse levantar, batia com a cabeça no teto e já teria dado a mão de esposa ao meu bacharel, se a pudesse estender, mas não pode, porque tem as unhas encravadas e, ainda assim, nessas unhas largas se mostra a sua bondade e bom feitio.

— Muito bem — disse Sancho —; fazei de conta, irmão, que já a pintastes de corpo inteiro; dizei-me agora o que quereis e vamos ao caso, sem mais rodeios, torcicolos, diminuições nem aumentos.

— Eu queria, senhor — respondeu o lavrador —, que Vossa Mercê me fizesse a graça de escrever uma carta de empenho ao futuro sogro de meu filho, pedindo-lhe para que esse casamento se faça porque não somos desiguais, nem nos bens da fortuna, nem nos da natureza, que, a dizer a verdade, senhor governador, meu filho está possesso e não há dia em que, por três ou quatro vezes, o não atormentem os espíritos malignos; e, de ter caído uma vez no lume, tem o rosto enrugado como um pergaminho e os olhos um tanto chorosos; mas é de uma índole angélica e, se não fosse o costume de dar pauladas e murros em si próprio, seria um abençoado.

— Quereis mais alguma coisa, bom homem? — redargüiu Sancho.

— Eu queria outra coisa, queria — tornou o lavrador —, mas não me atrevo a dizê-la; enfim, vá lá, pegue ou não pegue, não me há de apodrecer no peito. Queria que Vossa Mercê me desse trezentos ou seiscentos ducados, para ajuda do dote do meu bacharel; quero dizer, para o ajudar a pôr a casa, porque, enfim, eles hão de viver sem estar sujeitos às impertinências dos sogros.

— Vede se quereis mais alguma coisa — tornou Sancho —, e não a deixeis de dizer por vergonha ou acanhamento.

— Não, decerto — respondeu o lavrador.

E, apenas ele disse isto, o governador, levantando-se, agarrou na cadeira em que estava sentado, e exclamou:

— Voto a tal, rústico e malcriado, que, se não saís imediatamente da minha presença, com esta cadeira vos abro a cabeça de meio a meio! Filho da puta, patife, pintor do Demônio em pessoa: pois vindes pedir-me a estas horas seiscentos ducados? E onde é que os tenho, hediondo? E por que é que eu tos havia de dar, ainda que os tivesse, socarrão e mentecapto? Que me importa a mim Miguelturra, mais toda a linhagem dos Perlerinos? Vai-te daqui para fora, repito, senão, por vida do duque meu senhor, faço-te o que te disse. Tu não deves ser de Miguelturra: tu és algum maroto que o inferno me enviou para me tentar. Dize-me, desalmado: pois há dia e meio apenas que estou com o governo e queres que eu tenha seiscentos ducados?

O mestre-sala fez sinal ao lavrador para que se fosse embora, e ele assim o fez, calado, cabisbaixo e como que temeroso de que o governador desse largas à sua cólera, porque o velhaco representou bem o seu papel.

Mas deixemos Sancho com a sua ira, e ache-se a paz na roda e tornemos a Dom Quixote, a quem deixamos de rosto vendado e a curar-se das feridas gatescas, de que não sarou em menos de oito dias; e num desses lhe sucedeu o que Cide Hamete promete dizer, com a verdade e pontualidade com que usa narrar as coisas desta história, por mínimas que sejam.

H. PISAN

CAPÍTULO XLVIII

Do que sucedeu a Dom Quixote com Dona Rodríguez, a ama da duquesa, com outros acontecimentos dignos de escritura e memória eterna

Muito melancólico e mofino estava o malferido Dom Quixote, de rosto vendado e assinalado, não pelas mãos de Deus, mas pelas unhas dum gato, desditas inerentes à cavalaria andante. Seis dias e seis noites esteve sem sair a público e, numa dessas noites, estando desperto e velando, pensando nas suas desgraças e na perseguição de Altisidora, sentiu que abriam a porta do seu aposento com uma chave, e logo imaginou que a enamorada donzela vinha para sobressaltar a sua honestidade e pô-lo em situação de trair a fé que devia guardar à sua dama Dulcinéia del Toboso.

— Não — disse ele à sua imaginação, e em voz que podia ser ouvida —, nem a maior formosura da terra conseguirá que eu deixe de adorar a que tenho gravada e estampada no meu coração e no mais recôndito das minhas entranhas, embora estejas, senhora minha, transformada em repolhuda lavradeira ou em ninfa do áureo Tejo[1], tecendo telas de ouro e seda, ou Merlim ou Montesinos te guardem onde muito bem quiserem, que onde quer que estiveres és minha, e onde quer que eu esteja sou e hei de ser teu.

Apenas ele acabava de formular estas razões, abriu-se a porta. Pôs-se em pé na cama, envolto desde cima até abaixo numa colcha

[1] Alusão à passagem da écloga III de Garcilaso.

de cetim amarelo, com um barrete na cabeça, parches no rosto e papelotes nos bigodes; parches por causa das arranhaduras, e papelotes para os bigodes lhe não caírem; e, com este trajo, parecia o mais extraordinário fantasma que se pode imaginar. Cravou os olhos na porta e, quando esperava ver entrar a rendida e lastimosa Altisidora, o que viu foi uma reverendíssima ama com uma touca branca, engomada e tão longa, que a envolvia desde os pés até a cabeça. Nos dedos da mão esquerda, trazia um coto de vela aceso, que resguardava com a mão, para que lhe não desse a luz nos olhos, tapados por uns óculos; vinha com um pisar manso e movendo-se brandamente.

Contemplou-a Dom Quixote do sítio onde estava de atalaia, e o andar dela e o silêncio fizeram-lhe supor que era alguma bruxa ou maga, que vinha praticar os seus malefícios, e começou-se a benzer muito depressa. Foi-se chegando a visão e, quando estava a meio do aposento, viu a pressa com que Dom Quixote se persignava; e, se ele ficou medroso ao ver a figura dela, ficou ela mui assustada ao ver a dele, porque, ao dar com esse vulto tão alto e tão amarelo, com a colcha e os parches, que o desfiguravam, soltou um grande brado, dizendo:

— Jesus! que vejo eu?

E, com o sobressalto, caiu-lhe a vela das mãos, e achando-se às escuras, voltou as costas para se ir embora, mas, com o medo, tropeçou nas saias, e deu uma grande queda. Dom Quixote, receoso, começou a dizer:

— Esconjuro-te, fantasma, ou quem quer que sejas, para que me digas quem és e o que de mim requeres. Se és alma penada, dize-mo, que eu farei por ti tudo quanto as minhas forças alcançarem, porque sou católico cristão e amigo de fazer bem a toda gente, e para isso tomei a profissão da cavalaria andante, que até se estende a fazer bem às almas do purgatório.

A aflita ama, que ouviu os esconjuros, pelo seu temor coligiu o de Dom Quixote e, com voz aflita e baixa, lhe respondeu:

— Senhor Dom Quixote (se por acaso Vossa Mercê é Dom Quixote), não sou fantasma, nem visão, nem alma do purgatório, como Vossa Mercê parece que pensou, mas sim Dona Rodríguez, a dama de honor da senhora duquesa, que venho ter com Vossa Mercê por causa de uma aflição, daquelas que Vossa Mercê costuma remediar.

— Olhe lá, Senhora Dona Rodríguez — tornou Dom Quixote

—, porventura vem Vossa Mercê como terceira? porque, nesse caso, faço-lhe saber que perde o seu tempo, graças à incomparável beleza da minha Senhora Dulcinéia del Toboso. Digo, enfim, Senhora Dona Rodríguez, que em Vossa Mercê salvando e pondo de parte qualquer recado amoroso, pode tornar a acender a sua vela, e conversaremos em tudo o que lhe aprouver e tiverem gosto, não tocando, já se vê, no mais leve melindre provocador.

— Eu trazer recados, senhor meu? — tornou a ama — mal me conhece Vossa Mercê; ainda não estou em idade de pensar em semelhantes ninharias, porque, graças a Deus, tenho a alma nas carnes e todos os dentes e queixais na boca, menos uns poucos, que me caíram com os catarros tão comuns desta terra de Aragão. Mas espere-me Vossa Mercê um instante, que eu vou acender a vela e já volto a contar-lhe as minhas angústias, como a quem pode remediar todas as aflições do mundo.

E sem esperar resposta saiu do aposento, onde ficou Dom Quixote sossegado e pensativo a esperá-la, mas logo lhe sobrevieram mil pensamentos acerca daquela nova aventura, e parecia-lhe ser malfeito e mal pensado pôr-se em perigo de quebrar à sua dama a fé prometida, e dizia consigo: "Quem sabe se o Diabo, que é sutil e manhoso, quererá agora com uma ama enganar-me, o que não pôde fazer com imperatrizes, rainhas, duquesas, marquesas e condessas? Tenho ouvido dizer muitas vezes, e a muitos homens discretos, que ele, se pode, antes nos tenta com feias do que com bonitas; e quem sabe se com esta soledade, esta ocasião e este silêncio não despertarão os meus desejos, que dormem, fazendo com que no fim da vida venha a cair onde nunca tropecei? e, em casos semelhantes, é melhor fugir do que esperar a batalha. Mas eu por força que não estou no meu juízo, visto dizer e pensar semelhantes disparates, e não é possível que uma ama gordanchuda, de toucas brancas e de óculos, possa mover nem levantar pensamentos lascivos, nem no mais desalmado peito deste mundo; porventura há em todo o orbe ama que não seja impertinente, fúfia e melindrosa? fora, pois, caterva de amas, que não servis para regalos humanos! Oh! que bem que fazia aquela senhora, de quem se conta que tinha duas amas de cera, com os seus óculos e almofadinhas, sentadas no seu estrado, como se estivessem a costurar; e tanto lhe serviam para o respeito da sala as de cera como as verdadeiras". E, dizendo isto, saltou da cama abaixo, com tenção de fechar a porta e de não deixar entrar a Senhora Rodríguez; mas, quando ia a chegar, já a Senhora

Rodríguez voltava com uma vela de cera branca acesa e, quando viu Dom Quixote de mais perto, envolto na colcha, com os parches e o barrete, arreceou-se de novo e, dando dois passos atrás, disse:

— Estamos seguros, senhor cavaleiro? Não tenho por muito honesto sinal ter-se Vossa Mercê levantado do seu leito.

— Isso mesmo é que eu pergunto, senhora — respondeu Dom Quixote —, e desejo saber se posso ter a certeza de não ser acometido nem violentado.

— A quem pedis essa garantia, cavaleiro? — tornou a ama.

— A vós mesma — redargüiu Dom Quixote —; porque nem eu sou de mármore, nem vós sois de bronze, e não são dez horas do dia, é meia-noite, e talvez mais alguma coisa ainda, ao que imagino, e achamo-nos numa estância mais cerrada e secreta do que devia ser a cova em que o traidor e atrevido Enéias gozou a formosa e piedosa Dido[2]. Mas dai-me essa mão, senhora, que eu não quero garantia maior que a da minha continência e recato e a que oferecem essas reverendíssimas toucas.

E dizendo isto, beijou sua própria mão direita e tomou a dela, que lhe foi dada com as mesmas mesuras.

Aqui abre Cide Hamete um parêntese, e diz que, por Maomé, daria a melhor almalafa das duas que possuía, para ver os dois assim unidos e enlaçados, da porta até a cama.

Meteu-se Dom Quixote na cama, e sentou-se Dona Rodríguez numa cadeira um pouco desviada do leito, não largando nem os óculos nem a vela. Dom Quixote encolheu-se e cobriu-se todo, deixando só o rosto destapado; e, depois de sossegarem ambos, foi Dom Quixote a romper o silêncio, dizendo:

— Pode Vossa Mercê agora, Dona Rodríguez, minha boa senhora, descoser-se e desembuchar livremente tudo o que tem dentro do seu aflito coração e doridas entranhas, que lhe afianço será por mim escutada com ouvidos castos e socorrida com piedosas obras.

— Assim creio que da gentil e agradável presença de Vossa Mercê não se podia esperar senão resposta cristã. É pois o caso que, ainda que Vossa Mercê me vê sentada nesta cadeira, e aqui no meio do reino de Aragão, e com trajos de ama aniquilada e escarnecida,

---

[2] Personagem da *Eneida*.

sou natural das Astúrias de Oviedo e pela minha linhagem passam muitas das melhores daquela província; mas a minha triste sorte e o descuido de meus pais, que empobreceram antes de tempo, sem saber como nem como não, trouxeram-me à corte de Madri, onde, por bem da paz e por escusar maiores desventuras, me arranjaram a ser donzela de lavor de uma senhora principal; e quero que Vossa Mercê saiba que em costura de roupa-branca ninguém me leva a melhor. Meus pais deixaram-me servir e voltaram para a sua terra, e dali a poucos anos foram decerto para o céu, porque eram bons cristãos católicos. Fiquei órfã e atida ao mísero salário e às angustiadas mercês que a tais criadas se costuma dar em palácio; e, a este tempo, sem que eu desse ocasião a isso, enamorou-se de mim um escudeiro da casa, homem já de idade, barbudo, apessoado[3] e, sobretudo, tão fidalgo como el-rei, porque era montanhês. Não tratamos tão secretamente os nossos amores que não chegassem ao conhecimento de minha ama, que, por escusar dizer tu, direi eu, nos casou em paz e à face da Santa Madre Igreja Católica Romana, e desse matrimônio nasceu uma filha, para acabar com a minha ventura, se alguma tinha, não porque eu morresse de parto, que o tive direito, mas porque, dali a pouco, morreu meu esposo de uma aflição que, se eu tivesse agora para lha contar, sei que Vossa Mercê se admiraria.

E nisto, principiou a chorar ternamente, e disse:

— Perdoe-me Vossa Mercê, Dom Quixote, que não está mais na minha mão. Sempre que me recordo do meu malogrado marido, arrasam-se-me os olhos de água. Valha-me Deus! Com que autoridade não levava ele a minha ama na garupa de uma poderosa mula, negra como o azeviche! que, então, não se usavam nem coches, nem cadeirinhas, como diz que se usam agora, e as senhoras iam à garupa dos seus escudeiros; isto, pelo menos, não posso eu deixar de o contar, para que se note a boa educação e o escrúpulo de meu excelente marido. Ao entrar na Rua de Santiago, em Madri, que é um pouco estreita, vinha por ela a sair um alcaide da corte com dois aguazis adiante e, assim que o meu bom escudeiro o viu, voltou às rédeas à mula, dando mostras de o querer acompanhar.

---

[3] Alarde de nobreza nos montanheses por não terem misturado seu sangue com os semitas.

Minha ama, que ia à garupa, dizia-lhe em voz baixa: "Que fazeis, desventurado, não vedes que vou aqui?" O alcaide, por muito cortês, sofreou as rédeas do cavalo e disse-lhe: "Segui, senhor, o vosso caminho, que eu é que devo acompanhar a minha Senhora Dona Cacilda" (que assim se chamava a minha ama). Ainda teimava meu marido, com a gorra na mão, em querer acompanhar o alcaide. Vendo isto Dona Cacilda, cheia de cólera e de raiva, tirou um grande alfinete, ou creio que uma agulha do colete, e enterrou-lho no lombo, com tanta força, que meu marido soltou um grande grito e torceu o corpo, de modo que deu com sua ama em terra. Acudiram dois lacaios a levantá-la e o mesmo fizeram o alcaide e os aguazis. Alvorotou-se a Porta de Guadalajara[4], quero dizer, a gente ociosa que estava ali. Veio minha ama a pé, e meu marido correu à casa de um barbeiro, dizendo que levava atravessadas as entranhas de lado a lado. Tanto se divulgou a cortesia de meu esposo, que os garotos apupavam-no pelas ruas; e por isto, e por ser um tanto curto de vista, o despediu a minha senhora, e esse pesar tenho para mim, que foi sem dúvida alguma o que lhe causou a morte. Fiquei eu viúva e desamparada e com uma filha às costas, que ia crescendo em formosura como a espuma do mar. Finalmente, como eu tinha fama de grande costureira, a duquesa minha senhora, que estava recém-casada com o duque meu senhor, quis-me trazer consigo para este reino de Aragão, e a minha filha também, a qual com o andar dos tempos foi crescendo, e com ela cresceu todo o donaire do mundo: canta como uma calhandra, dança como o pensamento, baila como uma perdida, lê e escreve como um mestre-escola e conta como um sovina; do seu asseio nada digo, que a água que corre não é mais limpa, e deve ter agora, se bem me recordo, dezesseis anos, cinco meses e três dias, mais um, menos um. Enfim, desta minha rapariga se enamorou o filho de um lavrador riquíssimo, que vive numa aldeia do duque meu senhor, não muito longe daqui. Efetivamente, não sei como nem como não, juntaram-se, e ele seduziu a minha filha com promessa de ser seu marido, promessa que não quer cumprir, e ainda que o duque meu senhor já o sabe, porque já me queixei a ele muitas vezes, pedindo-lhe que mande que o tal lavrador case com minha filha, faz ouvidos de mercador, e quase que nem

[4] A Porta de Guadalajara, uma das mais famosas de Madri.

me quer ouvir; e o motivo disso é ser o pai do sedutor muito rico e emprestar-lhe dinheiro, e de vez em quando ficar por seu fiador, e por isso o não quer descontentar nem afligir de modo algum. Quereria, pois, senhor meu, que Vossa Mercê se encarregasse de desfazer este agravo, ou com rogos, ou com armas; pois, segundo todos dizem, Vossa Mercê nasceu para desfazer agravos e amparar os míseros; e represente-lhe Vossa Mercê a orfandade da minha filha, a sua mocidade e gentileza, com as prendas que eu já disse que tem, que entendo em minha consciência que de todas as donzelas da senhora duquesa, não há nenhuma que lhe chegue às solas dos sapatos, e uma a quem chamam Altisidora, que é a que passa por mais desenvolta e galharda, não é nada em comparação da minha; porque há de saber Vossa Mercê que nem tudo o que luz é ouro; essa Altisidora tem mais de presumida que de formosura, e tem então um mau hálito que se não pode parar ao pé dela; e até a duquesa, minha senhora... cala-te, boca, que se costuma dizer que as paredes têm ouvidos.

— Por vida minha, o que é que tem a duquesa minha senhora? — perguntou Dom Quixote.

— Pedindo-me pela sua vida que lho diga, Senhor Dom Quixote, não posso deixar de responder com toda a verdade. Vê Vossa Mercê a formosura da senhora duquesa, aquela tez do rosto, que lembra uma espada açacalada e tersa; aquelas duas faces de leite e de carmim, que parece que numa tem o sol e noutra a lua; aquela galhardia com que pisa e com que despreza o chão, que se diria que vai derramando saúde por onde passa? Pois saiba Vossa Mercê que o pode ela agradecer primeiro a Deus e, depois, a duas fontes que tem nas pernas, por onde se despeja todo o mau humor, de que dizem os médicos que está cheia.

— Santa Maria! — acudiu Dom Quixote — é possível que minha senhora a duquesa tenha tais desaguadouros? Não o acreditava, nem que mo dissessem frades descalços; mas, já que a Senhora Dona Rodríguez o diz, assim deve ser; porém, de tais fontes, e em tais sítios, não deve manar humor, mas sim âmbar líquido. Agora é que eu acabo verdadeiramente de crer que isto de abrir fontes deve fazer muito bem à saúde.

Apenas Dom Quixote acabou de expender estas razões, abriu-se de golpe a porta do aposento e com o sobressalto inesperado caiu a vela da mão de Dona Rodríguez, e o quarto ficou mais escuro que boca-de-lobo, como se costuma dizer. Logo sentiu a pobre ama que lhe agarravam na garganta com ambas as mãos, e com tanta força que a não deixavam ganir, e que outra pessoa, com muita presteza, e sem dizer palavra, lhe levantava as saias, e com uma coisa que parecia ser um chinelo lhe começou a dar tantos açoites que metia compaixão; e, apesar de Dom Quixote se compadecer, efetivamente, da pobre ama, não se mexia do leito e não sabia o que seria aquilo, e estava quedo e calado, e temendo até apanhar também uma tareia de açoites; e não foi vão o seu receio, porque, depois de deixarem moída a ama, os silenciosos verdugos foram-se a Dom Quixote, desenroscaram-no do roupão e da colcha, e tantos beliscões lhe deram, que ele não pôde deixar de se defender a murro, e tudo isto num admirável silêncio. Durou a batalha quase meia hora; foram-se os fantasmas, apertou Dona Rodríguez as saias e, chorando a sua desgraça, saiu sem dizer palavra a Dom Quixote, que, dorido e beliscado, confuso e pensativo, ficou sozinho; e aqui o deixaremos, desejoso de saber quem teria sido o perverso nigromante que em tal estado o pusera; mas isso a seu tempo se dirá, que Sancho Pança nos está chamando, e o bom concerto da história o pede.

CAPÍTULO XLIX

Do que sucedeu a Sancho Pança quando rondava sua ilha

Deixamos o grande governador enfadado e furioso com o lavrador, pintor e socarrão que, industriado pelo mordomo, e o mordomo pelo duque, zombavam de Sancho; mas este a tudo fazia frente, apesar de ser tolo, bronco e roliço, e disse aos que estavam com ele, e ao Doutor Pedro Récio, que, logo que acabou o segredo da carta do duque, tornara a entrar na sala:

— Agora é que verdadeiramente percebo que os juízes e os governadores devem ser de bronze, para aturar as importunidades dos negociantes, que a todas as horas e a todo o tempo querem que os escutem e os despachem atendendo só ao seu negócio, venha lá o que vier; e, se o pobre do juiz os não despacha e escuta, ou porque não pode, ou porque não é ocasião de lhes dar audiência, logo o amaldiçoam e murmuram, e roem-lhe na pele e até lhe deslindam as linhagens. Negociante néscio, negociante mentecapto, não te apresses: espera ocasião e conjuntura para negociar; não venhas, nem a hora de jantar, nem a horas de dormir, que os juízes são de carne e osso e hão de dar à natureza o que ela lhes pede, a não ser eu, que não dou de comer à minha, graças ao Senhor Doutor Pedro Récio Tirteafora, que presente se acha e pretende matar-me à fome; e afirma que esta morte é vida; assim lha dê Deus, a ele e a todos os da sua raleia, quero dizer, os maus médicos, que os bons esses merecem palmas e louros.

Todos os que conheciam Sancho Pança se admiravam de o ouvir falar tão elegantemente e não sabiam a que haviam de atribuí-lo, senão a que os ofícios graves e cargos, ou melhoram, ou entorpecem os entendimentos. Finalmente, o Doutor Pedro Récio Agouro de Tirteafora prometeu dar-lhe de cear naquela noite, ainda que exorbitasse de todos os preceitos de Hipócrates. Com isto ficou satisfeito o governador, que esperava com grande ânsia a noite e a hora de cear; e ainda que o tempo lhe parecia parado, afinal sempre chegou a ocasião tão desejada, em que lhe deram de cear um salpicão com cebola, e umas mãozinhas de vitela, que já não era criança. Saltou nessas iguarias com mais gosto do que se lhe tivessem dado faisões de Roma, vitela de Sorrento, perdizes de Morão, ou gansos de Lavajos[1]; e, quando estava a cear, disse, voltando-se para o doutor:

— Ouvi, senhor doutor: daqui por diante escusais de me mandar dar comidas de regalo ou manjares, pois será tirar-me dos eixos o estômago, que está acostumado a cabra, a vaca, a toucinho, a carne-seca, a nabos e cebolas; e, se acaso lhe dão manjares palacianos, recebe-os com melindres e algumas vezes com asco. O que o mestre-sala pode fazer é trazer-me o que chamam *olas podridas*, que quanto mais pobres são, melhor cheiro têm, e nelas se pode ensacar e encerrar tudo o que se quiser, contanto que seja coisa de comer, que eu lho agradecerei e algum dia lho pagarei; e ninguém zombe de mim, porque, ou bem que somos, ou bem que não somos. Vivamos e comamos em paz e companhia, porque o sol brilha para todos. Eu governarei esta ilha sem fazer alicantinas, nem consenti-las; e andem todos de olho aberto, e vejam onde mandam o virote, porque lhes faço saber que o Diabo está em Cantilhana[2], e que, se me derem ensejo para isso, hão de ver maravilhas. Nada, que quem se faz de mel, as moscas o comem.

— Decerto, senhor governador — disse o mestre-sala —, Vossa

---

[1] São pratos muito apreciados na época.

[2] "O Diabo está em Cantilhana e o bispo em Brenes" é alusão a uma lenda, segundo a qual os sobrinhos de Brenes armaram desordens, fazendo-se de fantasmas, na vila de Cantilhana. Também se disse do Rei Dom Pedro, enamorado de uma donzela casada, e o esposo vinha vê-la disfarçado de fantasma. A expressão quer dizer desordem, turbação em alguma parte.

Mercê tem muita razão em tudo o que disse, e afianço, em nome de todos os insulanos desta ilha, que hão de servir a Vossa Mercê com toda a pontualidade, amor e benevolência; porque o suave modo de governar, que Vossa Mercê nestes princípios tem revelado, não lhes dá lugar para fazerem nem pensarem coisa que redunde em desserviço de Vossa Mercê.

— Assim creio — respondeu Sancho —; e seriam uns néscios se outra coisa fizessem ou pensassem; e torno a dizer que tenham conta no meu sustento e no do meu ruço, que é o que mais importa; e, em sendo horas, vamos lá rondar, que é minha intenção limpar esta ilha de todo o gênero de imundícies e de gente vagabunda e ociosa; porque deveis saber, meus amigos, que isto de vadios e de mandriões são na república o mesmo que os zangãos nas colméias, que comem o mel que as abelhas trabalhadoras fabricam. Tenciono favorecer os lavradores, guardar as suas preeminências aos fidalgos, premiar os virtuosos e, sobretudo, honrar os religiosos e respeitar a religião. Que lhes parece, amigos? Digo bem, ou peço para as almas?

— Diz tão bem, senhor governador — acudiu o mestre-sala —, que pasmado estou eu de que um homem tão sem letras como é Vossa Mercê diga tais e tantas coisas, tão cheias de sentenças avisadas, tão fora de tudo que do engenho de Vossa Mercê esperavam os que nos enviaram e os que vimos aqui; cada dia se vêem coisas novas no mundo: as mentiras se trocam em verdades, e os burladores são burlados.

Chegou a noite e depois de ter ceado à farta, com licença do Senhor Doutor Récio, o governador saiu com o mordomo, o secretário, o mestre-sala e o cronista incumbido de registrar os seus feitos, e tantos aguazis e escrivães, que podia formar com eles um verdadeiro esquadrão. Ia Sancho no meio, com a sua vara, que era o mais que se podia ver; e, depois de andarem umas poucas de ruas, sentiram ruído de cutiladas. Acudiram e encontraram dois homens que pelejavam, os quais, vendo a Justiça, pararam, e um deles disse:

— Aqui de Deus, e del-rei! Pois há de se consentir que se roube em pleno povoado, e que se seja assaltado no meio da rua?

— Sossegai, homem de bem — acudiu Sancho —, e contai-me qual é a causa desta pendência, que eu sou o governador.

— Senhor governador — disse o outro duelista —, eu a direi com toda a brevidade. Saberá Vossa Mercê que este gentil-homem acaba de ganhar agora nesta casa de jogo, que aqui fica defronte, mais de mil reais, e sabe Deus como; e, achando-me eu presente, sentenciei muitos lances duvidosos em seu favor, contra o que me ditava a consciência: levantou-se com o ganho e, quando eu esperava que me desse algum escudo, pelo menos, de barato[3], como é uso e costume dar a homens principais como eu, que assistimos ao jogo para apoiar sem-razões e evitar pendências, embolsou o dinheiro e saiu da casa de jogo: eu, despeitado, vim atrás dele, e com boas e corteses palavras lhe disse que me desse ao menos oito reais, pois sabe que sou homem honrado e que não tenho ofício nem benefício, porque meus pais não mo ensinaram, nem mo deixaram; e o socarrão, que é mais salteador do que o próprio Caco, e mais somítico que Andradilla[4], queria dar-me apenas quatro reais; ora veja Vossa Mercê, senhor governador, que falta de vergonha e que falta de consciência. Mas, à fé de quem sou, se Vossa Mercê não chegasse, fazia-lhe vomitar o ganho e obrigava-o a dar boa medida.

— Que dizeis vós a isto? — perguntou Sancho.

O outro respondeu que era verdade tudo o que o seu contrário dizia, e que lhe não quisera dar mais de quatro reais, porque lhos dava muitas vezes, e os que mendigam devem ser comedidos e receber com rosto alegre o que lhes derem, sem estar a fazer contas com os que ganham, a não saberem com certeza que estes são trapaceiros, e que o seu lucro é mal adquirido e, para mostrar que era homem de bem e não ladrão, como o outro dizia, a maior prova estava em não lhe ter querido dar mais alguma coisa, porque sempre os trapaceiros são tributários dos mirones que os conhecem.

— Isso é verdade — disse o mordomo —, veja Vossa Mercê, senhor governador, o que se há de fazer a estes homens.

— Há de se fazer o seguinte: vós, que ganhastes, ou bem ou mal, ou nem bem nem mal, dai imediatamente a este vosso acutilador cem reais, e além disso haveis de desembolsar mais trinta para os pobres da cadeia; e vós, que não tendes ofício nem benefício, e vadiais por aí, embolsai imediatamente os cem reais, e amanhã, sem falta, saí desta ilha, desterrado por dez anos, sob pena, se os quebrantardes, de os irdes cumprir à outra vida, pendurando-vos eu

---

[3] "De presente."

[4] Ignora-se quem foi esse Andradilla.

duma picota[5] ou pendurando-vos antes o algoz mandado por mim. E que nenhum replique, se me não quer provar as mãos.

Um desembolsou o dinheiro, recebeu-o o outro e saiu da ilha: o primeiro foi para sua casa e o governador ficou dizendo:

— Ou eu pouco hei de poder, ou hei de acabar com estas casas de jogo, que me parece que são muito prejudiciais.

— Com esta, pelo menos, não poderá Vossa Mercê acabar — observou um escrivão —, porque pertence a um alto personagem, e não tem comparação o que ele perde por ano com o que tira dos naipes; contra outras espeluncas de menor tomo poderá Vossa Mercê mostrar o seu poder, que são as que mais dano fazem e as que mais insolências encobrem, que em casa de senhores e de cavalheiros principais não se atrevem os trapaceiros a usar das suas tretas; e, como o vício do jogo se transformou em passatempo vulgar, melhor é que se jogue em casas nobres do que em casa de algum pobre oficial de ofício, onde apanham um desgraçado da meia-noite em diante e o esfolam vivo.

— Bem sei, escrivão — acudiu Sancho —, que a isso há muito que dizer.

Nisto apareceu um aguazil, que trazia um moço agarrado e bem seguro à presença de Sancho Pança.

— Senhor governador — disse ele —, este rapazola vinha direito a nós e, assim que pescou que era a Justiça, voltou as costas e deitou a correr como um gamo, sinal de que é algum delinqüente; corri atrás dele, mas, se ele não tropeçasse e caísse, não era eu que o apanhava.

— Por que fugias, homem? — perguntou Sancho.

— Senhor, foi para me livrar de responder às muitas perguntas que as justiças fazem — respondeu o moço.

— Que ofício tens?

— Tecelão.

— E o que teces?

— Ferros de lanças, com licença de Vossa Mercê.

— Engraçadinho! Tomais-me por chocarreiro? Está bom: e aonde íeis agora?

---

[5] Forca feita de pedra. "Os italianos chamam empicar ao enforcar, provavelmente por causa da semelhança com as perdizes, que trazem para vender penduradas pelo bico", diz Covarrubias.

Ia tomar ar.

— E nesta ilha, onde é que se toma ar? — Onde ele sopra.

— Bom! respondeis muito a propósito e sois discreto; mas fazei de conta que eu sou o ar, que vos sopro pela popa e vos encaminho à cadeia. Olá! agarrai-o, e levai-o, que eu o farei dormir sem ar esta noite.

— Por Deus — tornou o moço —, tão capaz é Vossa Mercê de me fazer dormir esta noite na cadeia como de me fazer rei.

— E por que é que te não hei de fazer dormir na cadeia? Não tenho poder para te prender e soltar, como e quando quiser?

— Por mais poder que Vossa Mercê tenha, não é capaz de me fazer dormir na cadeia — tornou o moço.

— Como não! — replicou Sancho Pança — levai-o já aonde veja por seus olhos o desengano; e, se o alcaide quiser usar com ele a sua interessada liberalidade, condene-o desde já a pagar a multa de dois mil ducados.

— Tudo isso é escusado — redargüiu o moço —; nem todos os que hoje estão vivos na terra são capazes de me fazer dormir na cadeia.

— Dize-me, demônio — tornou Sancho —, tens algum anjo que te livre e te tire os grilhões que tenciono mandar-te deitar aos pés?

— Alto, senhor governador — acudiu o moço com bom donaire —, nada de loucuras, e vamos ao caso. Suponha Vossa Mercê que me manda para a cadeia e que lá me põem a ferros, e que me metem num calabouço, e se impõem ao alcaide graves penas se me deixar sair, e que ele cumpre o que se lhe manda; com tudo isso, se eu não quiser dormir e estiver acordado toda a noite sem pregar olho, será Vossa Mercê capaz, com todo o seu poder, de me fazer dormir contra vontade? — Isso decerto que não — observou o secretário.

— De modo — disse Sancho — que não dormes porque não queres dormir, e não para fazer pirraça?

— Pirraça! nem por pensamentos.

— Pois ide com Deus — disse Sancho —, ide dormir para vossa casa, e Deus vos dê bom sono, que eu não vo-lo quero tirar; mas aconselho-vos que daqui por diante não brinqueis com a Justiça, porque topareis algum que vos faça pagar cara a brincadeira.

Foi-se embora o moço, e o governador continuou com a sua ronda, e daí a pouco apareceram dois aguazis, que traziam um homem agarrado, e disseram:

— Senhor governador, este que parece homem não o é: é mulher, e nada feia, que anda vestida de homem.

Chegaram-lhe aos olhos duas ou três lanternas e, à sua luz, viram o rosto de uma mulher de dezesseis anos, ou pouco mais: escondidos os cabelos numa coifa de seda verde e ouro, formosa como mil pérolas. Contemplaram-na de cima até baixo e viram que trazia meias de seda encarnada, com ligas de tafetá branco, e franjas de ouro e aljôfar; os calções eram verdes, de tela de ouro, e uma capa da mesma fazenda, por baixo da qual vestia um gibão finíssimo de branco e ouro, e os sapatos eram brancos e de homem. Não cingia espada, mas sim uma riquíssima adaga; nos dedos muitos e magníficos anéis. Finalmente, a moça a todos parecia bem e nenhum dos que a viram a conheceu; os naturais da terra disseram que não podiam imaginar quem fosse, e os que mais se admiraram foram os que sabiam das burlas que se haviam de fazer a Sancho, porque aquele sucesso não tinha sido ordenado por eles; e assim, estavam duvidosos, esperando em que viria o caso afinal a parar. Sancho ficou pasmado da formosura da moça e perguntou-lhe quem era, aonde ia e por que motivo se vestia de homem. Ela, com os olhos no chão, com honestíssima vergonha, respondeu:

— Não posso, senhor, dizer em público o que tanto me importava que fosse secreto; uma coisa, porém, quero que se entenda: é que não sou ladra, nem facínora, mas uma donzela infeliz, a quem a força de uns zelos obrigou a romper o decoro que à honestidade se deve.

Ouvindo isto, disse o mordomo para Sancho:

— Mande afastar todos, senhor governador, para que esta senhora, com menos empacho, possa dizer o que quiser.

Assim o ordenou o governador. Apartaram-se todos, menos o mordomo, o secretário e o mestre-sala. Vendo que estavam sós, enfim, a donzela prosseguiu dizendo:

— Senhores, sou filha de Pedro Pérez Mazorca, arrematante das lãs[6] deste lugar, que muitas vezes costuma ir à casa de meu pai.

— Isso não pode ser, senhora! — acudiu o mordomo. — Pedro Pérez conheço eu perfeitamente e sei que não tem filho algum: nem rapaz, nem rapariga; além disso, dizeis que é vosso pai e logo acrescentais que costuma ir muitas vezes a casa de vosso pai!

— Com essa já eu tinha dado — disse Sancho.

---

[6] Aquele que cobra impostos sobre as lãs.

— Agora, senhores, estou muito perturbada — respondeu a donzela, e não sei o que digo; mas o que é verdade é que sou filha de Dom Diogo de la Lhana, que Vossas Mercês todos devem conhecer.

— Isso é possível — observou o mordomo — que eu conheço muito bem Dom Diogo de la Lhana e sei que é um homem rico e principal, que tem um filho e uma filha e que depois que enviuvou ninguém neste lugar pode dizer que viu a cara da menina, porque a tem tão encerrada que nem o sol a pode ver; e, com tudo isso, diz a fama que é extremamente formosa.

— É verdade — respondeu a donzela —, e essa filha sou eu; se a fama mente ou não mente a respeito da minha formosura, podereis julgá-lo agora.

E principiou a chorar. Vendo isto, o secretário chegou-se ao ouvido do mestre-sala e disse-lhe muito baixo:

— Sem dúvida, a esta pobre donzela sucedeu-lhe alguma coisa grave, pois que anda nestes trajes por fora de casa e a estas horas, sendo pessoa tão principal.

— Disso é que se não pode duvidar, tanto mais que essa suspeita confirmaram-na as suas lágrimas.

Sancho consolou-a com as melhores razões que lhe lembraram e pediu-lhe que sem temor algum lhes dissesse o que lhe sucedera, que a procurariam remediar com todas as veras e de todos os modos possíveis.

— Meu pai — respondeu ela — tem-me conservado encerrada há dez anos, porque há dez anos também minha mãe faleceu: diz-se missa em casa num rico oratório, e eu, em todo este tempo, só vi o sol de dia e a lua e as estrelas à noite, e não sei o que são ruas, praças e templos, nem vi nunca outros homens, sem serem meu pai e um irmão meu, e Pedro Pérez, o arrematante, que, por visitar freqüentemente a minha casa, me lembrou dizer que era meu pai, para não declarar o verdadeiro. Este encerramento e o negar-me o sair de casa, mesmo para ir à igreja, há muitos dias e meses que me trazem muito desconsolada; queria ver o mundo, ou, pelo menos, o povo onde nasci, parecendo-me que este desejo não era contrário ao bom decoro que as donzelas principais devem guardar a si mesmas. Quando ouvia dizer que se corriam touros e se jogavam canas[7] e se

---

[7] Diversão popular. Um gênero de peleja de homens a cavalo. Também se chama "jogo triano" trazido à Itália por Júlio Ascânio.

representavam comédias, pedia a meu irmão, que é um ano mais novo do que eu, que me dissesse que coisas eram aquelas, e outras muitas que eu nunca vi. Ele dizia-o do melhor modo que sabia, mas tudo isso contribuía ainda para me incender o desejo de o ver. Finalmente, para abreviar o conto da minha perdição, digo que roguei e pedi a meu mano, nunca eu me lembrasse de pedir nem de rogar semelhante coisa!...

E nisto, renovou-se-lhe o pranto. Disse-lhe o mordomo:

— Prossiga Vossa Mercê, senhora, e acabe de nos dizer o que foi que lhe sucedeu, que estamos todos suspensos das suas palavras e das suas lágrimas.

— Pouco me resta a dizer — acudiu a donzela —, mas restam-me muitas lágrimas a chorar, porque os mal colocados desejos não podem trazer consigo outros resultados.

Impressionara profundamente a alma do mestre-sala a beleza da donzela, e chegou outra vez a sua lanterna para a ver de novo, e pareceu-lhe que não eram lágrimas que chorava, mas sim aljôfares ou rocio dos prados, e ainda mais as encarecia, e lhes chamava pérolas orientais, e estava desejando que a sua desgraça não fosse tanta como davam a entender os indícios do seu pranto e dos seus suspiros. Desesperava-se o bom do governador com a tardança da rapariga em contar a sua história, e disse-lhe que os não tivesse por mais tempo suspensos, que era tarde e faltava muito que percorrer da povoação. Ela, entre interrompidos soluços e malformados suspiros, disse:

— Não é outra a minha desgraça, nem é outro o meu infortúnio, senão o ter pedido a meu irmão que me emprestasse um dos seus fatos, para eu me vestir de homem; e que me levasse uma noite a ver o povo todo, enquanto nosso pai dormia; ele, importunado pelos meus rogos, condescendeu com o meu desejo, e vestindo-me este fato, e vestindo-se ele com outro meu, que lhe fica a matar, porque não tem barba nenhuma e parece uma donzela formosíssima, esta noite, há de haver uma hora, pouco mais ou menos, saímos e guiados pelo nosso juvenil e disparatado discorrer, rodeamos o povo todo; e, quando queríamos voltar para casa, vimos vir um grande tropel de gente; e disse-me logo meu irmão: "Mana, isto há de ser a ronda: põe asas nos pés e vem correndo atrás de mim, para que nos não conheçam". E, dizendo isto, voltou as costas e começou, não digo a correr, mas a voar; eu, a menos de seis passos, caí com o sobressalto e então chegou o beleguim que me trouxe à presença de Vossas Mercês, onde me vejo envergonhada diante de tanta gente.

— Efetivamente, senhora — tornou Sancho —, não vos sucedeu mais nada? nem os zelos, como no princípio do vosso conto dissestes, vos tiraram de vossa casa para fora?

— Não me sucedeu mais nada, nem me tiraram zelos para fora de casa, mas tão-somente o desejo de ver o mundo, desejo que não ia mais longe do que a ver as ruas deste lugar.

E acabou de confirmar ser verdade o que a donzela dizia, o chegarem os aguazis com seu irmão preso, que um deles apanhou quando fugia de ao pé de sua irmã. Não trazia senão uma rica saia e um mantelete de damasco azul, com alamares de ouro fino; a cabeça sem touca e sem outro adorno que não fossem os seus cabelos, que pareciam anéis de ouro, tão loiros e ondeados eram. Apartaram-se com ele o governador, o mordomo e o mestre-sala e, sem que sua irmã os ouvisse, perguntaram-lhe como é que vinha naquele trajo; e ele, com igual vergonha e embaraço, contou o mesmo que sua irmã contara, com o que teve gosto o enamorado mestre-sala; mas o governador disse-lhes:

— Não há dúvida, senhores, que isto foi grande rapaziada; mas, para contar uma tolice e uma ousadia destas, não eram necessárias tantas delongas, nem tantas lágrimas e suspiros; que com o dizer: "Somos fulano e fulana, que saímos a passear de casa de nossos pais, e fizemos só isto por curiosidade e sem outro desígnio", tinha-se acabado o caso, sem mais gemidos nem lágrimas.

— É verdade — respondeu a donzela —, mas saibam Vossas Mercês que a turbação que eu tive foi tal, que me não deixou guardar os termos que devia.

— Não se perdeu nada — respondeu Sancho —; vamos deixar Vossas Mercês em casa de seu pai, que talvez ainda nem desse pela sua falta; e daqui por diante não se mostrem tão crianças, nem tão desejosos de ver o mundo, que donzela honrada em casa, de perna quebrada; a mulher e a galinha por andar se perdem cedo; e quem deseja ver também deseja ser visto: não digo nada.

O mancebo agradeceu ao governador a mercê que lhes queria fazer de os acompanhar a casa, que não era dali muito longe; e, quando lá chegaram, o moço bateu nas grades de uma janela, e desceu logo uma criada, que os estava esperando e lhes abriu a porta, e eles entraram, deixando todos admirados, tanto da sua gentileza e formosura, como do desejo que tinham de ver o mundo de noite, e sem sair do lugar; mas tudo atribuíam à sua pouca idade. Ficou o mestre-sala com o coração traspassado e tencionou ir logo no outro dia pedi-la em casamento a seu pai, tendo por certo que lha não negaria por ser criado do duque; e até Sancho teve desejos e barruntos de casar o moço com Sanchica, sua filha, e determinou pô-lo em prática a seu tempo, entendendo que à filha de um governador nenhum marido se podia negar.

Com isto acabou a ronda daquela noite, e dali a dois dias o governo, inutilizando-se assim e apagando-se todos os seus desígnios, como adiante se verá.

CAPÍTULO L

Onde se declara quem foram os nigromantes e verdugos que açoitaram a ama e beliscaram e arranharam Dom Quixote, com o sucesso que teve o pajem que levou a carta a Teresa Sancha[1], mulher de Sancho Pança

Diz Cide Hamete, pontualíssimo esquadrinhador dos átomos desta verdadeira história, que, assim que Dona Rodríguez saiu do seu aposento para ir ao quarto de Dom Quixote, outra ama que ali dormia acordou e, como todas as amas são amigas de saber, de entender e de meter o nariz onde não são chamadas, foi atrás dela com tanto silêncio, que a boa da Rodríguez não a sentiu; assim que a ama a viu entrar no quarto de Dom Quixote, para que não se perdesse nela o costume geral que têm as aias de ser chocalheiras, foi logo pôr no bico[2] de sua senhora, a duquesa, que Dona Rodríguez fora para o aposento de Dom Quixote. A duquesa disse-o ao duque e pediu-lhe licença para ir com Altisidora ver o que Dona Rodríguez queria de Dom Quixote. Consentiu o duque, e ambas, com grande cautela, chegaram até a porta do aposento, de modo que puderam ouvir tudo o que lá dentro se dizia; e quando a duquesa ouviu que

---

[1] "Teresa Sancha"; assim a chama Cervantes nesta epígrafe em vez de "Teresa Pança".

[2] Avisar, informar.

Dona Rodríguez tinha jogado na rua o Aranjuez[3] de suas fontes não o pôde suportar, e Altisidora ainda menos; e, cheias de cólera e desejosas de vingança, entraram de golpe no aposento e beliscaram Dom Quixote e açoitaram a aia, do modo que fica narrado; porque as afrontas que ferem diretamente a formosura e presunção das mulheres despertam nelas grande cólera e acendem o desejo da vingança. Contou a duquesa ao duque o que se tinha passado, o que muito o divertiu; e a duquesa, prosseguindo no intento de se entreter com Dom Quixote, despachou o pajem que fizera o papel de Dulcinéia na história do seu desencantamento, já esquecida por Sancho Pança com as ocupações do seu governo, a Teresa Pança, com a carta de seu marido, e com outra sua, e um colar de riquíssimos corais, de presente.

Diz, pois, a história, que o pajem era muito agudo e discreto, e com desejo de servir a seus amos partiu de boa vontade para a terra de Sancho; e, antes de entrar na povoação, viu num regato estarem a lavar uma grande quantidade de mulheres, a quem perguntou se lhe saberiam dizer se naquela terra vivia uma mulher chamada Teresa Pança, casada com um certo Sancho Pança, escudeiro de um cavaleiro chamado Dom Quixote de la Mancha; e, ouvindo a pergunta, pôs-se em pé uma rapariguita que estava lavando, e disse:

— Essa Teresa Pança é minha mãe e esse tal Sancho é meu pai, e o cavaleiro de quem falais é nosso amo.

— Pois vinde, donzela — disse o pajem —, e levai-me à casa de vossa mãe, porque lhe trago uma carta e um presente de vosso pai.

— Isso farei eu de muito boa vontade, meu senhor — respondeu a moça, que mostrava ter catorze anos de idade, pouco mais ou menos.

E, deixando a roupa que lavava à outra companheira, sem se pentear nem se calçar, que estava de pé descalço, e desgrenhada, saltou adiante da cavalgadura do pajem e disse:

— Venha Vossa Mercê, que à entrada do povo fica a nossa casa, e ali está minha mãe com muita pena de não saber há imenso tempo de meu pai.

---

[3] Cervantes joga com o vocábulo "fontes" em duplo sentido: as de Aranjuez, célebres por sua beleza, e as chagas que refaziam na perna para expelir humores, que tinha a duquesa.

— Pois eu trago-lhe notícias tão boas — disse o pajem —, que tem que dar por elas muitas graças a Deus.

Finalmente, correndo, saltando e brincando, chegou a rapariga à povoação e, antes de entrar em casa, disse da porta a grandes brados:

— Saia, mãe Teresa, saia, saia, que vem aqui um senhor, que traz carta e outras coisas de meu bom pai.

A estes brados saiu Teresa, sua mãe, fiando uma maçaroca de estopa, com uma saia parda. Parecia, por ser muito curta, que a haviam cortado em lugar vergonhoso, com um corpete pardo também e uma camisa de peitos[4]. Não era velha ainda: mostrava passar dos quarenta; mas forte, tesa e membruda; e, vendo sua filha e o pajem a cavalo, disse:

— Que é isto, rapariga? que senhor é este?

— É um servo de Dona Teresa Pança, muito senhora minha — respondeu o pajem.

E, dizendo e fazendo, arrojou-se do cavalo abaixo e foi com muita humildade pôr-se de joelhos diante da Senhora Teresa, dizendo:

— Dê-me Vossa Mercê as suas mãos, Senhora Dona Teresa, como mulher legítima e particular do Senhor Dom Sancho Pança, o próprio governador da ilha denominada Baratária.

— Ai! senhor meu! tire-se daí! não faça isso — respondeu Teresa —, que eu não sou nada palaciana, mas sim uma pobre lavradeira, filha de um cavador de enxada e mulher de um escudeiro andante e não de governador algum.

— Vossa Mercê — respondeu o pajem — é mulher digníssima de um governador arquidigníssimo; e, para prova da verdade, receba Vossa Mercê esta carta e este presente.

E tirou da algibeira o colar de corais, com fechos de ouro, e deitou-lho ao pescoço; e disse:

— Esta carta é do senhor governador, e outra que trago e estes corais são da minha senhora duquesa, que a Vossa Mercê me envia.

Ficou pasmada Teresa, e sua filha igualmente; e a rapariga disse:

— Que me matem se não anda por aqui nosso amo o Senhor Dom Quixote, que foi naturalmente quem deu ao pai o governo e condado, que tantas vezes lhe tinha prometido.

---

[4] A camisa de mulher que não passava dos peitos, à diferença da do homem, que chegava ao colo.

— Assim é — disse o pajem —, que em respeito ao Senhor Dom Quixote é que é agora o Senhor Sancho governador da ilha Baratária, como se verá por esta carta.

— Leia-ma Vossa Mercê, senhor gentil-homem — disse Teresa —, porque eu sei fiar, mas não sei ler.

— Nem eu tampouco — acrescentou Sanchica —; mas espere-me aqui, que vou chamar quem a leia, ou o próprio senhor cura, ou o Bacharel Sansão Carrasco, que vêm decerto de muito boa vontade, para saber notícia de meu pai.

— Não é preciso chamar ninguém — tornou o pajem —, que eu não sei fiar, mas sei ler.

E leu-a toda, não se trasladando a carta para aqui, porque já é conhecida do leitor; e em seguida tirou outra da duquesa, que dizia desta maneira:

Amiga Teresa: As prendas de bondade e de engenho de vosso marido Sancho moveram-me e obrigaram-me a pedir ao duque meu marido que lhe desse o governo de uma ilha, das muitas que possui. Tenho notícia de que governa como uma águia[5] *e com isso estou muito satisfeita, e o senhor duque também; e dou graças ao céu por não me ter enganado, escolhendo-o para esse governo, porque há de saber a Senhora Teresa que dificilmente se acha um bom governador no mundo e tal me conceda Deus como Sancho governa.*

Aí lhe envio, minha querida, um colar de corais, com fechos de ouro; folgaria que fosse de pérolas orientais; mas quem te dá um osso não te quer ver morta; tempo virá em que nos conheçamos e comuniquemos; e Deus sabe o que está para vir. Recomende-me a Sanchica sua filha e diga-lhe da minha parte que se prepare, que tenho de a casar altamente, quando ela menos o pensar.

Dizem-me que nesse sítio há bolotas graúdas: mande-me uma dúzia, que muito estimarei, por virem da sua mão; e escreva-me com largueza, dando-me novas da sua saúde e do seu bem-estar; e se precisar de alguma coisa, não tem mais que pedir, que será servida logo. E Deus ma guarde. Deste lugar.

Sua amiga, que bem lhe quer,

A DUQUESA.

---

[5] "Com energia e retidão."

— Ai! — disse Teresa, ouvindo a carta — que senhora tão chã, tão boa e tão dada! com estas senhoras me matem, e não com estas fidalgas que se usam cá na terra, que pensam que, por ser fidalgas, nem o vento lhes há de tocar, e vão à igreja de modo que parece que são umas rainhas e que têm por desonra olhar para uma lavradeira; e vede esta boa senhora, que me trata como sua igual, e igual a veja eu do mais alto campanário que há em La Mancha; e, pelo que toca às bolotas, senhor meu, eu mandarei a Sua Senhoria um celamim das mais graúdas que por cá se encontrarem; e agora, Sanchica, trata deste senhor, cuida do seu cavalo e vai buscar verde, e corta um naco de toucinho, e tratemo-lo como a um príncipe, porque as boas novas que nos trouxe, e a boa cara que tem, tudo merecem; e, entretanto, vou eu dar às vizinhas notícia da nossa satisfação, e ao padre-cura, e a Mestre Nicolau, o barbeiro, que tão amigos são de teu pai.

— Vou tratar disso, mãe — respondeu Sanchica —; mas olhe que me há de dar metade desse colar, que a senhora duquesa não é tão tola que lho mandasse todo a Vossemecê.

— Pois todo é para ti, filha, mas deixa-mo trazer alguns dias, que me alegra a alma.

— Ainda mais se hão de alegrar — disse o pajem — em vendo a trouxa que eu aqui trago, e em que vem um fato de pano verde, finíssimo, que o senhor governador só vestiu uma vez para ir à caça, e que manda para a menina Sanchica.

— Viva ele mil anos, e o enviado outro tanto — bradou Sanchica —, e até dois mil, se necessário for!

Nisto, saiu Teresa de casa, com as cartas, e o colar ao pescoço, e ia tangendo as cartas, como se fossem um pandeiro; e, encontrando o cura e Sansão Carrasco, principiou a bailar e a dizer:

— Por minha fé, que não há aqui parente pobre: temos um governicho, e que se meta comigo a mais pintada fidalga, que a faço em frangalhos.

— Que é isso, Teresa Pança? que loucuras são essas e que papéis são esses?

— Não é loucura nenhuma, e isto são cartas de duquesas e de governadores, e o que trago ao pescoço são corais finos, as ave-marias, e os padre-nossos são de ouro de martelo, e eu sou governadora.

— De Deus para baixo não vos entendemos, Teresa, nem sabemos o que dizeis.

— Aí podem ver — respondeu Teresa.

E deu-lhes as cartas.

Leu-as o cura em voz alta, e ele e Sansão olharam um para o outro, admirados do que se tinha lido; e perguntou o bacharel quem é que trouxera as cartas. Respondeu Teresa que a acompanhassem a casa, e veriam o mensageiro, que era um mancebo lindo como um alfinete de tocar, e que lhe trazia outro presente que valia mais de outro tanto. Tirou-lhe o cura os corais do pescoço; mirou-os e remirou-os; e, certificando-se de que eram finos, de novo pasmou, e disse:

— Pelo hábito que visto, não sei que diga nem que pense destas cartas e destes presentes: por uma parte vejo e apalpo a finura destes corais, e por outra leio que uma duquesa manda pedir duas dúzias de bolotas.

— Estranho isto — disse então Carrasco. — Vamos ver o portador da carta e ele nos explicará as dificuldades que se nos oferecem.

Acharam o pajem peneirando uma pouca de cevada para a sua cavalgadura, e Sanchica cortando um torresmo, para o fazer com ovos e dar de comer ao pajem, cuja presença e donaire satisfez muito os dois curiosos; e, depois de se terem cumprimentado cortesmente, pediu-lhe Sansão que lhe desse notícias tanto de Dom Quixote como de Sancho Pança, que, ainda que tinham lido as cartas de Sancho e da senhora duquesa, estavam confusos e não podiam atinar com o que viria a ser isso do governo de Sancho e ainda menos de uma ilha, sendo todas, ou a maior parte das ilhas espanholas do Mediterrâneo, pertencentes a Sua Majestade. O pajem respondeu:

— De que o Senhor Sancho Pança é governador, ninguém pode duvidar; que seja ilha ou não o que ele governa, lá nisso não me intrometo, mas basta que seja um lugar de mais de mil vizinhos; e em quanto à dúvida das bolotas, digo que a duquesa minha senhora é chã e tão humilde, que não se envergonha de mandar pedir bolotas a uma lavradeira; mas às vezes mandava pedir pentes às vizinhas, porque hão de saber Vossas Mercês que as senhoras de Aragão, apesar de serem tão principais, não são de tantas etiquetas e de tantos orgulhos como as senhoras castelhanas: tratam toda a gente com muito mais lhaneza.

Quando estavam com estas práticas, veio Sanchica com uma arregaçada de ovos e perguntou ao pajem:

— Diga-me, senhor: meu senhor pai usa calças atacadas[6] desde que é governador?

---

[6] Atadas com fitas ao gibão.

— Nunca reparei — respondeu o pajem —, mas é provável que sim.

— Ai, Deus meu! — replicou Sanchica — muito gostava eu de ver meu pai de calções! Desde que nasci que tenho esse desejo.

— Com essas coisas e com muitas outras o verá Vossa Mercê se Deus lhe der vida — tornou o pajem. — Por Deus, ele caminha de modo que vai ficar muito delicado, com só dois meses que lhe dura o governo.

Bem perceberam o cura e o bacharel que o pajem falava ironicamente; mas a finura dos corais e o fato de caça que Sancho enviava desfaziam todas as suposições; riram do desejo de Sanchica e ainda mais quando Teresa disse:

— Senhor cura, deite pregão, a ver se há por aí alguém que vá a Madri ou a Toledo, para que me compre uma saia redonda e bem-feita, e à moda das melhores saias que houver; porque, na verdade, tenho de honrar o governo de meu marido, tanto quanto possa; e, se me zango, vou a essa corte deitar coche como todas; quem tem marido governador pode muito bem ter coche e sustentá-lo.

— Ó mãe — disse Sanchica —, prouvera a Deus que antes fosse hoje do que amanhã pela manhã, ainda que os que me vissem sentada num coche ao lado de minha senhora mãe dissessem: "Olhem para aquela tola, filha de um comilão de alhos, como vai sentada e estendida naquele coche, como se fosse uma papisa!" Mas elas que se danem, e ande eu no meu coche, com os pés levantados do chão. Mau ano e mau mês para quantos murmuradores há no mundo; ande eu quente e ria-se a gente. Não é verdade, minha mãe?

— Se é verdade, filha! — respondeu Teresa. — E todas estas venturas, e maiores ainda, mas profetizara o meu bom Sancho; verás tu, filha, como não paras sem ser condessa, que tudo está no principiar em ser venturoso; e, como tenho ouvido dizer muitas vezes a teu bom pai (que, assim como é teu pai, é pai e mãe dos rifões), quando te derem a vaca, vem logo com a corda; quando te derem um governo, apanha-o; quando te derem um condado, agarra-o; e quando te baterem à porta com alguma boa dádiva, recebe-a ou então deita-te a dormir, e não fales à ventura, que está fazendo truz-truz à porta da tua casa.

— E que me importa a mim — acrescentou Sanchica — que digam: "Viu-se o Diabo com botas, correu a cidade toda"?

Ouvindo isto, disse o cura:

— Na verdade, creio que esta linhagem dos Panças nasceu toda com um costal de rifões metidos no corpo, e que os entorna a todas as horas e em todos os lugares.

— É verdade — tornou o pajem —; e, ainda que muitos não vêm a propósito, todavia divertem; e a duquesa minha senhora, e o duque, apreciam-nos muito.

— Pois ainda afirma, senhor meu — disse o bacharel —, ser verdade isto do governo de Sancho, e haver uma duquesa no mundo que mande presentes e escreva à sua mulher? Porque nós outros, apesar de termos lido as cartas, não o acreditamos ainda e supomos que isto é mais uma das patranhas de Dom Quixote, nosso patrício, que pensa que tudo sucede por encantamento; e assim, parece-me que ainda apalpo Vossa Mercê, para ver se é fantástico embaixador, ou homem de carne e osso.

— Senhor — respondeu o pajem —, só sei que sou embaixador verdadeiro e que o Senhor Sancho Pança é governador efetivo, e que o duque e a duquesa, muito senhores meus, lhe puderam dar, e lhe deram, o tal governo, e que ouvi dizer que nesse governo se porta bizarramente o tal Sancho Pança; se nisto há encantamento ou não, Vossas Mercês o discutam lá entre si, que eu nada mais sei, pelo juramento que faço, que é pela vida de meus pais, que tenho vivos e a quem muito quero.

— Pode muito bem ser assim — replicou o bacharel — mas *dubitat Augustinus*[7].

— Duvide quem quiser — respondeu o pajem —; a verdade é o que eu disse, que há de sobrenadar sempre na mentira, como o azeite na água; e, senão, *operibus credite et non verbis*[8], venha algum de Vossas Mercês comigo e verá com os olhos o que não acredita com os ouvidos.

— A mim é que me compete ir — observou Sanchica —; leve-me Vossa Mercê na garupa do seu cavalo, que irei de muito boa vontade ver meu senhor pai.

— As filhas dos governadores não podem andar sozinhas por essas estradas, mas sim com liteiras e carruagens e grande número de servos.

---

[7] "Santo Agostinho o põe em dúvida."

[8] Frase evangélica já citada no capítulo XXV da segunda parte, nota 9.

— Por Deus! — respondeu Sancha — ia tão bem a cavalo numa eguazita como metida num coche; eu cá não sou melindrosa.

— Cala-te, rapariga — acudiu Teresa —, que não sabes o que dizes; e este senhor tem razão, que a todo o tempo é tempo, e quando Sancho era só Sancho, eras tu Sancha, mas quando Sancho é governador, és tu senhora.

— Diz bem a Senhora Teresa — disse o pajem —; e dêem-me de comer e despachem-me já, porque tenciono partir esta mesma tarde.

— Quer Vossa Mercê fazer penitência[9] comigo? — disse o cura — a Senhora Teresa tem mais boa vontade do que alfaias, para servir a tão honrado hóspede.

Recusou o pajem ao princípio; mas, afinal, teve de aceder por sua conveniência e o cura levou-o consigo com muito gosto, para poder interrogá-lo devagar a respeito de Dom Quixote e das suas façanhas.

O bacharel ofereceu-se para escrever a Teresa as respostas às cartas, mas Teresa não quis que o bacharel se metesse nos seus negócios, porque o tinha por zombador; e deu um bolo e dois ovos a um menino de coro, que sabia escrever e que lhe fez duas cartas, uma para seu marido e outra para a duquesa, notadas pelo próprio bestunto dela, que não são das piores que nesta história figuram, como adiante se verá.

---

[9] "Comer modestamente".

CAPÍTULO LI

Do desenrolar do governo de Sancho Pança, com outros sucessos igualmente como bons

O resto da noite da ronda do governador passou-a o mestre-sala sem dormir, com o pensamento embebido no rosto, donaire e beleza da disfarçada donzela, enquanto o mordomo a empregava em escrever a seu amo o que Sancho Pança fazia e dizia, tão admirável nos seus feitos como nos seus ditos, porque andavam mescladas as suas palavras e as suas ações com acertos e tolices. Amanheceu, enfim; levantou-se o senhor governador e, por ordem do Doutor Pedro Récio, lhe deram para almoçar uma pouca de conserva e quatro goles de água fria, almoço que Sancho trocaria por um pedaço de pão e um cacho de uvas. Enfim, vendo que não tinha remédio senão sujeitar-se, resignou-se com amarga dor da sua alma e fadiga do seu estômago, fazendo-lhe acreditar Pedro Récio que os manjares, poucos e delicados, avivavam o engenho e eram os que mais convinham às pessoas constituídas em comandos e ofícios graves, em que se hão de aproveitar, não tanto das forças corporais como das do entendimento. Com estes sofismas, Sancho passava fome, e tal, que, em segredo, amaldiçoava o governo e até quem lho dera. Mas, com a fome e com a conserva no estômago, se pôs a julgar naquele dia; e a primeira coisa que se apresentou foi uma pergunta que um forasteiro lhe fez, estando a tudo presente o mordomo e outros acólitos, pergunta que foi a seguinte:

— Senhor: um rio caudaloso dividia dois campos de um mesmo senhorio... (atenda-me Vossa Mercê, porque o caso é de importância e bastante dificultoso). Nesse rio havia uma ponte, ao cabo da qual ficava uma porta e uma espécie de tribunal em que estavam habitualmente quatro juízes que julgavam segundo a lei imposta pelo dono do rio, da ponte e das terras, que era da seguinte forma: "Se alguém passar por esta ponte, de uma parte para a outra, há de dizer primeiro, debaixo de juramento, onde é que vai, e se jurar a verdade, deixem-no passar, e se disser mentira morra por elo de morte natural, na forca que ali se ostenta, sem remissão alguma". Sabida esta lei, e a sua rigorosa condição, passaram muitos, e logo, no que juravam, se mostrava que diziam a verdade, e os juízes, então, deixavam-nos passar livremente. Sucedeu, pois, que, tomando juramento a um homem, este jurou e disse que fazia este juramento só para morrer na forca que ali estava, e não para outra coisa. Repontaram os juízes com o caso e disseram: "Se deixarmos passar este homem livremente, ele mentiu no seu juramento e, portanto, deve morrer; e, se o enforcamos, ele jurou que ia morrer naquela forca, e, tendo jurado a verdade, pela mesma lei deve ficar livre". Pergunta-se a Vossa Mercê, senhor governador: que hão de fazer os juízes a este homem, acerca do qual estão ainda até agora duvidosos e suspensos? Tendo tido notícia do agudo e elevado entendimento de Vossa Mercê, mandaram-me a suplicar-lhe que desse o seu parecer, em caso tão duvidoso e intrincado.

— Decerto — respondeu Sancho — esses senhores juízes, que a mim vos enviam, podiam tê-lo escusado, porque sou um homem que nada tenho de agudo; mas, com tudo isso, repeti-me outra vez o negócio, de modo que o entenda; pode ser que eu desse no vinte[1].

Outra e outra vez repetiu o perguntante o que primeiro dissera, e Sancho respondeu:

— Este negócio, no meu entender, em duas palavras se declara, e vem a ser o seguinte: o homem jura que vai morrer na forca, e, se morre, jurou a verdade, e pela tal lei deve ser livre, e pode passar a ponte; e, se não o enforcarem, mentiu, e pela mesma lei deve ser enforcado; é isto?

— É isso mesmo — disse o mensageiro —, e não pode estar mais inteirado do caso, nem conhecê-lo melhor.

— Digo eu agora, pois — tornou Sancho —, que deixem passar a

---

[1] "Acertasse com a verdade."

metade desse homem que jurou a verdade, e que enforquem a outra que jurou mentira; e, deste modo, se cumprirá ao pé da letra a condição da passagem.

— Mas, então, senhor governador — tornou o interrogante —, há de ser necessário que o transgressor se parta ao meio, e, se se parte ao meio, por força morre; e assim, não se consegue coisa alguma do que a lei pede, e é de absoluta necessidade que a lei se cumpra.

— Vinde cá, bom homem — tornou Sancho —; ou eu sou um tolo, ou esse passageiro que dizeis tanta razão tem para morrer como para viver e passar a ponte; porque, se a verdade o salva, a mentira igualmente o condena; e, sendo assim, sou de parecer que digais a esses senhores, que a mim vos enviaram, que, visto que se contrabalançam as razões de o condenar e as de o absolver, deixem-no passar livremente, pois é sempre mais louvado fazer o bem que fazer o mal; e isto dá-lo-ia eu assinado com o meu nome, porque me acudiu à memória um preceito, entre outros muitos que o Senhor Dom Quixote me deu, na noite antecedente ao dia em que entrei neste governo, que foi que, quando estivesse em dúvida, me acolhesse à misericórdia; e quis Deus que me lembrasse agora, por vir como de molde para este caso.

— Assim é — respondeu o mordomo —; e tenho para mim que o próprio Licurgo, que deu leis aos lacedemônios[2], não podia proferir melhor sentença do que a que pronunciou o grande Pança; e acabe-se com isto a audiência desta manhã, e darei ordem para que o senhor governador coma muito a seu gosto.

— Isso é que é, e não quero mais nada — tornou Sancho —; dêem-me de comer, e chovam casos e dúvidas sobre mim, que tudo mato no ar.

Cumpriu a sua palavra o mordomo, parecendo-lhe que era encargo de consciência matar de fome tão discreto governador, tanto mais que tencionava acabar-lhe com o governo aquela noite, fazendo-lhe a última caçoada que se lhe recomendara que fizesse. Sucedeu, pois, que tendo jantado naquele dia contra as regras do Doutor Tirteafora, ao levantar da toalha entrou um correio, com uma carta de Dom Quixote para o governador. Mandou Sancho ao

---

[2] Licurgo foi muito celebrado como legislador nessa época.

secretário que a lesse para si e que, se ela não trouxesse nada de segredo, a lesse em voz alta. Assim fez o secretário; e, passando-a pelos olhos, disse:

— Pode-se ler perfeitamente em voz alta; o que o Senhor Dom Quixote escreve a Vossa Mercê merece ser estampado e escrito em letras de ouro; e diz assim:

Carta de Dom Quixote de la Mancha a Sancho Pança, governador da Ilha Baratária

Quando esperava ouvir novas de teus descuidos e impertinências, Sancho amigo, ouvi-as das tuas discrições, e por isso dei graças particulares ao céu, que sabe levantar os pobres do monturo[3]*, e fazer discretos dos tolos. Dizem-me que governas como se fosses homem, e que és homem como se fosses bruto, pela humildade com que te tratas; adverte, Sancho, que muitas vezes convém, por autoridade do ofício, ir contra o que pede a singeleza do coração, porque o bom adorno da pessoa que está em altos cargos deve ser conforme ao que eles pedem, e não à medida daquilo a que a sua humilde condição o inclina. Veste-te bem, que um pau enfeitado já não parece um pau; não digo que tragas dixes nem galas, nem que, sendo juiz, te vistas como soldado, mas que te adornes com o fato que o teu ofício requer, contanto que seja limpo e bem composto. Para ganhar as vontades do povo que governas, entre outras coisas, duas hás de fazer: a primeira ser bem-criado com todos, e isso já eu to recomendei; a outra, procurar que haja abundância de mantimentos, porque não há coisa que mais fatigue o coração dos pobres do que a fome e a carestia.*

Não faças muitas pragmáticas, e, se as fizeres, procura que sejam boas, e sobretudo que se guardem e se cumpram; que as pragmáticas que se não guardam é o mesmo que se não existissem; antes mostram que o príncipe que teve discrição e autoridade para as promulgar não teve valor para fazer com que se cumprissem, e as leis que atemorizam e não se escutam vêm a ser como o cepo,

---

[3] Alusão ao salmo CXII: "Suscitans a terra inopem, et de stercore erigens pauperem".

esse rei das rãs, que ao princípio as espantou e depois o menosprezaram e treparam para cima dele.

Sê pai das virtudes, e padrasto dos vícios. Não te mostres sempre rigoroso, nem sempre brando, e escolhe o meio-termo entre esses dois extremos, que aí é que bate o ponto da discrição. Visita os cárceres, os açougues e as praças, que a presença do governador em tais lugares é de muita importância; consola os presos que esperam brevidade no seu despacho; assusta os carniceiros, que por essa ocasião não roubam no peso, e da mesma forma serve de espantalho às regateiras das praças. Não te mostres cobiçoso (ainda que porventura o sejas, o que não creio), nem mulherengo, nem glutão, porque em o povo sabendo o teu fraco, por aí te hão de bombardear, até te derribarem nas profundas da perdição. Mira e remira, vê e revê os conselhos que te dei por escrito antes que daqui partisses para o teu governo, e verás que achas neles, se os guardares, uma ajuda de custo que te alivie os trabalhos e dificuldades que a cada passo sobrevêm aos governadores. Escreve a teus senhores e mostra-te agradecido, que a ingratidão é filha da soberba e um dos maiores pecados que se conhecem; e a pessoa que é agradecida aos que lhe fizeram bem dá indícios de que também o será a Deus, que tantos bens lhe fez e de contínuo lhe está fazendo.

A senhora duquesa despachou um próprio, com o teu fato e outro presente, à tua mulher Teresa Pança; esperamos a cada instante a resposta. Tenho passado mal, por causa de certas arranhaduras, que me não deixaram em bom estado o nariz; mas não foi nada, que, se há nigromantes que me perseguem e me maltratam, também os há que me defendem.

Dize-me se o mordomo que te acompanha teve alguma coisa que ver nas ações da Trifaldi, como tu suspeitaste; e de tudo o que te suceder me irás dando notícia, já que é tão perto; tanto mais, que tenciono deixar em breve esta vida ociosa, pois não nasci para ela. Apresentou-se-me um negócio, que pode fazer-me perder as boas graças destes senhores; mas, ainda que isso me aflija, não hesito em tratá-lo, porque, enfim, tenho de satisfazer antes a minha profissão do que o gosto deles, conforme o que se costuma dizer: Amicus Plato, sed magis amica veritas[4]. *Digo-te este latim, porque suponho que, desde que és governador, talvez o aprendesses.*

---

[4] "Platão é amigo, porém mais amiga é a verdade."

Deus te guarde de quem te queira magoar.
Teu amigo

DOM QUIXOTE DE LA MANCHA.

Escutou Sancho a carta com profunda atenção, sendo celebrada e considerada muito discreta pelos que a ouviram; logo Sancho se levantou da mesa e, sem mais dilações, quis responder a seu amo Dom Quixote, e disse ao secretário que, sem tirar nem acrescentar coisa alguma, fosse escrevendo o que ele lhe dissesse; e assim se fez. E a resposta foi do teor seguinte:

Carta de Sancho Pança a Dom Quixote de la Mancha

A ocupação dos meus negócios é tão grande, que não tenho lugar nem para coçar a cabeça, nem para cortar as unhas, de forma que as trago tão crescidas, que só Deus lhes pode dar remédio. Digo isto, senhor meu da minha alma, para que Vossa Mercê se não espante de eu até agora não ter dado aviso se estou bem ou mal neste governo, em que tenho mais fome do que quando andávamos pelas selvas e despovoados.

Escreveu-me o duque meu senhor, no outro dia, dando-me aviso de que tinham entrado nesta ilha certos espias para me matar; e, até agora, ainda não descobri outro, senão um certo doutor, que está neste sítio, assalariado para dar cabo de quantos governadores aqui vierem: chama-se o doutor Pedro Récio, e é natural de Tirteafora, e veja Vossa Mercê se, com este nome, não hei de recear morrer às suas mãos. Este tal doutor diz de si próprio que não cura as enfermidades quando as há, mas que as previne para que não venham; e os remédios que usa são dieta e mais dieta, até pôr uma pessoa em pele e osso como se não fosse maior mal a fraqueza do que a febre. Finalmente, ele vai-me matando à fome, e eu vou morrendo de despeito, pois, quando imaginei vir para este governo comer quente e beber frio e regalar o corpo em lençóis de holanda, sobre colchões de plumas, vim fazer penitência, como se fosse ermitão; e, não a fazendo por vontade, parece-me que, afinal de contas, sempre me há de levar o Diabo.

Até agora ainda não vi a cor ao dinheiro cá da terra, e não posso saber o motivo por que aqui me disseram que os governadores que a esta ilha costumam vir, antes de fazer a sua entrada já a gente da povoação lhes dá ou lhes empresta muito dinheiro, e que isto é usança ordinária dos que vão também para outros governos.

Esta noite, andando de ronda, topei uma formosíssima donzela vestida de homem, e um irmão seu vestido de mulher; da moça se enamorou o meu mestre-sala e escolheu-a na sua imaginação para sua consorte, e eu escolhi o moço para meu genro: hoje poremos ambos em prática os nossos pensamentos, falando com o pai, que é um tal Diogo de la Lhana, fidalgo e cristão-velho.

Visito as praças como Vossa Mercê me aconselha, e ontem achei uma regateira que misturara com meia fânega de avelãs novas outra de avelãs velhas, chocas e podres: apliquei-as todas para os meninos da doutrina[5]*, que as saberiam bem distinguir, e sentenciei-a a que não entrasse na praça durante quinze dias; disseram-me que o fiz valorosamente; o que sei dizer a Vossa Mercê é que é fama neste povo que não há gente pior que as regateiras, porque todas são desavergonhadas, desalmadas e atrevidas, e eu assim o creio, pelo que vi noutros povos.*

Estou muito satisfeito por saber que a duquesa minha senhora escreveu a minha mulher Teresa Pança, e lhe enviou o presente que Vossa Mercê diz, e procurarei mostrar-me agradecido a seu tempo: beije-lhe Vossa Mercê as mãos pela minha parte, dizendo que digo eu que o não deitou em saco roto, como verá.

Não quereria que Vossa Mercê, senhor meu, tivesse dares e tomares com esses senhores; porque, se Vossa Mercê se zanga com eles, claro que está que há de redundar tudo em meu prejuízo, e não será bem que, dando-me de conselho o ser agradecido, o não seja Vossa Mercê com quem tantas mercês lhe tem feito, e com tantos regalos o tratou no seu castelo.

Isso de arranhaduras não entendo; mas imagino que deve ser alguma das malfeitorias que com Vossa Mercê costumam praticar os nigromantes; eu o saberei quando nos virmos.

Quereria mandar a Vossa Mercê alguma coisa, mas não sei o que lhe mande, a não ser uns canudos com bexigas, que aqui se

---

[5] Meninos pobres, como já se disse, protegidos e doutrinados pela beneficência.

fazem muito bem[6]*, ainda que, se me durar o ofício, verei se posso mandar coisa de mais valia.*

Se minha mulher Teresa Pança me escrever, pague Vossa Mercê o porte, e mande-me a carta, que tenho grandíssimo desejo de saber o estado de minha casa, de minha mulher e de meus filhos. E com isto, Deus livre a Vossa Mercê de mal-intencionados nigromantes, e a mim me tire com bem e em paz deste governo, do que duvido, porque me parece que tenho de o deixar com a vida, pelo modo como me trata o tal Doutor Pedro Récio.

Criado de Vossa Mercê,

SANCHO PANÇA, O GOVERNADOR.

Fechou a carta o secretário e despachou logo o correio; e, juntando-se os burladores de Sancho, combinaram entre si o modo como haviam de o pôr fora do governo; e essa tarde passou-a Sancho a fazer algumas ordenações, tocantes à boa administração da terra que ele tomava por ilha; e ordenou que não houvesse vendedores de comestíveis a retalho e que se pudesse mandar vir vinho donde se quisesse, e com obrigação de se declarar o lugar, para se lhe pôr o preço, segundo a sua avaliação, a sua bondade e a sua fama; e quem lhe deitasse água ou lhe mudasse o nome morreria por ele; moderou o preço de todo o calçado, principalmente dos sapatos, por lhe parecer que corria com exorbitância; pôs taxa nos salários dos criados, que seguiam à rédea solta pelo caminho do interesse; pôs gravíssimas penas aos que cantassem cantigas lascivas ou descompostas, quer de noite quer de dia; ordenou que nenhum cego cantasse milagres em coplas, a não trazer testemunhos autênticos de serem verdadeiros, por lhe parecer que a maior parte dos que os cegos cantam são fingidos, e prejudicam os outros. Criou um aguazil de pobres, não para os perseguir, mas para examinar se o eram, porque à sombra de aleijão, fingido, ou de chaga falsa, andam ladrões os braços e bêbeda a saúde. Enfim, ordenou coisas tão boas, que ainda hoje se guardam naquele lugar e se chamam "As constituições do grande Governador Sancho Pança".

[6] Canudos para inflar bexigas.

CAPÍTULO LII

Onde se conta a aventura da segunda Dona Dolorida, ou Angustiada, chamada por outro nome Dona Rodríguez

Conta Cide Hamete que, estando já Dom Quixote curado das suas arranhaduras, lhe pareceu que a vida que passava naquele castelo era absolutamente contrária à ordem da cavalaria que professava; e, assim, resolveu pedir licença aos duques para partir para Saragoça, porque vinham próximas as festas daquela cidade, onde ele tencionava ganhar o arnês que ali se conquista. E estando um dia à mesa com os duques e começando a pôr em obra a sua intenção, e a pedir licença, eis que entram pelas portas da sala duas mulheres, todas cobertas de luto; e uma delas, chegando-se a Dom Quixote, deitou-se-lhe aos pés, estirada no chão, e, cosendo-lhe a boca aos sapatos, dava uns gemidos tão tristes, tão profundos e tão dolorosos, que pôs em confusão todos os que a ouviam e contemplavam; e, ainda que os duques pensaram que seria alguma caçoada que os seus criados quisessem fazer a Dom Quixote, todavia, vendo o afinco com que a mulher gemia, chorava e suspirava, ficaram duvidosos, até que Dom Quixote, compassivo, a levantou do chão, e fez com que se descobrisse e tirasse o manto de cima da face chorosa. Ela obedeceu e mostrou ser o que nunca se poderia imaginar: a própria Dona Rodríguez; e a outra enlutada era sua filha, a vítima das seduções do filho do rico lavrador. Admiraram-se todos que a conheciam, e mais do que todos eles os duques, que, ainda que a tinham por tola, nunca imaginaram que chegaria a fazer semelhantes loucuras. Finalmente, Dona Rodríguez, voltando-se para seus amos, lhes disse:

— Dêem-me Vossas Excelências licença para que eu incomode um pouco este cavaleiro, porque assim é necessário, para ver se me posso sair bem do negócio em que se meteu um vilão mal-intencionado.

Deu-lhe o duque a licença pedida, para dizer a Dom Quixote tudo o que quisesse. Ela, erguendo a voz e o rosto para Dom Quixote, disse:

— Há dias, valoroso cavaleiro, que vos dei conta da sem-razão e aleivosia com que um rico lavrador tratou a minha muito querida e amada filha, que é esta desditosa que aqui está presente, e prometestes-me velar por ela, desfazendo o agravo que ele lhe fez; tive agora notícia de que vos quereis partir deste castelo, em busca das boas venturas que Deus vos depare; e assim, queria que, antes que saísseis por esses caminhos desafiásseis esse rústico indômito e o obrigásseis a casar com minha filha, em cumprimento da palavra que lhe deu, de ser seu esposo, antes de folgar com ela; porque lá pensar que o duque meu senhor me há de fazer justiça é escusado, pelos motivos que já a Vossa Mercê muito à puridade[1] declarei; e, com isto, Nosso Senhor dê a Vossa Mercê muita saúde, e a nós não nos desampare.

A estas razões respondeu, com muita gravidade e prosopopéia:

— Boa dona: temperai as vossas lágrimas, ou, para melhor dizer, enxugai-as e forrai os vossos suspiros, que eu me encarrego do remédio de vossa filha, a quem fora melhor não ter sido tão fácil acreditar promessas de namorados, que, pela mor parte, são ligeiras de prometer e muito pesadas de cumprir; e assim, com licença do duque meu senhor, partirei imediatamente em busca desse desalmado mancebo, e encontrá-lo-ei, e desafiá-lo-ei, se ele se escusar de cumprir a sua palavra: que o principal assunto da minha profissão é perdoar aos humildes e castigar os soberbos; quero dizer, socorrer os tímidos e destruir os rigorosos.

— Não é mister — respondeu o duque — dar-se Vossa Mercê ao trabalho de procurar o rústico de quem esta boa dona se queixa, nem é necessário que Vossa Mercê me peça licença para o provocar,

---

[1] "Em segredo."

que eu já o dou por desafiado, e tomo a meu cargo comunicar-lhe este repto e fazer-lhe aceitar, e obrigá-lo a vir responder por si a este castelo, onde a ambos darei campo seguro, estabelecendo todas as condições que em tais atos se costumam e se devem estabelecer, guardando igualmente a sua justiça a cada um, como são obrigados a guardá-la todos os príncipes que dão campo franco aos que se batem nos termos dos seus senhorios.

— Pois com essa fiança e com a benévola licença de Vossa Grandeza — replicou Dom Quixote —, desde já declaro que por esta vez renuncio à minha fidalguia e me nivelo com a baixeza de quem praticou dano, fazendo-me igual a ele, para que possa vir combater comigo; e assim, ainda que ausente, o desafio e repto, por ter procedido mal, defraudando esta que foi donzela, e que já o não é por culpa dele, e para cumprir a palavra que lhe deu de ser seu legítimo esposo, ou de morrer na demanda.

E, descalçando uma luva, arrojou-a ao meio da sala, e o duque levantou-a, dizendo que aceitava o tal desafio em nome do seu vassalo, e marcou o prazo daí a seis dias, e o campo o terreiro daquele castelo, e as armas as costumadas, lança e escudo, e arnês trançado[2], com todas as outras peças, sem engano, burla, ou superstição[3] alguma, examinadas e vistas pelos juízes do campo; mas que, antes de tudo, era necessário que essa boa dona e essa má donzela pusessem o direito de sua justiça nas mãos do Senhor Dom Quixote, sem o que se não faria nada, nem chegaria a devida execução o tal desafio.

— Eu ponho — respondeu a dona.

— E eu também — acrescentou a filha, toda chorosa e toda vergonhosa, e de má vontade.

Tendo, pois, o duque imaginado maduramente o que havia de fazer em tal caso, foram-se as lutuosas, e ordenou a duquesa que, dali por diante, não as tratassem como a suas criadas, mas como a senhoras aventureiras, que vinham pedir justiça à sua casa; e assim, deram-lhes quarto à parte, e serviram-nas como a forasteiras, não sem espanto das outras criadas, que não sabiam aonde iria parar a

---

[2] "Arnês trançado": armadura composta de diversas peças, para mover-se com mais facilidade. De "trançado", que é a vestimenta interior da malha.

[3] Alude aos amuletos que alguns usavam nas disputas.

sandice e desenvoltura de Dona Rodríguez e de sua andante filha. Estando nisto, para acabar de alegrar a festa e dar bom fim ao jantar, eis que entra na sala o pajem que levara as cartas e presentes a Teresa Pança, mulher do Governador Sancho Pança, e com essa chegada tiveram grande contentamento os duques, desejosos de saber o que lhe sucedera na sua viagem; e, perguntando-lho, respondeu o pajem que o não podia dizer tanto em público, nem resumi-lo em breves palavras: que fossem Suas Excelências servidos reservar isso para quando estivessem a sós, e que, no entanto, se entretivessem com as suas cartas; e, tirando duas cartas, pô-las nas mãos da duquesa; uma dizia no sobrescrito: "Carta para a minha senhora a duquesa de tal, não sei onde", e a outra: "Carta para meu marido Sancho Pança, governador da ilha Baratária, que Deus prospere mais anos que a mim". Não descansou a duquesa enquanto não percorreu a carta; e, abrindo-a, leu-a para si, e vendo que a podia repetir em voz alta, para que o duque e os outros circunstantes a ouvissem, leu desta maneira:

Carta de Teresa Pança à duquesa

Muita satisfação me deu, senhora minha, a carta que Vossa Graça me escreveu, que, na verdade, bastante a desejava. O colar de corais é muito bom, e o fato de caça de meu marido não lhe fica atrás. Muito gostou este povo todo de saber que Vossa Senhoria tinha feito governador a Sancho meu consorte, ainda que não há quem o creia, e menos ainda o cura, e Mestre Nicolau, o barbeiro, e Sansão Carrasco, o bacharel; mas a mim é que me não importa que, sendo isto assim como é, diga lá cada um o que quiser, ainda que, a dizer a verdade, se não viessem os corais e o fato eu também não acreditava, porque, nesta terra, todos têm meu marido por um tolo, que, em o tirando de governar um rebanho de cabras, não se imagina para que governo ele possa ser bom; enfim, Deus o encaminhe, como vê que seus filhos precisam.

Eu, senhora da minha alma, estou resolvida, com licença de Vossa Mercê, a ir até a corte, para andar de coche e quebrar os olhos aos mil invejosos que já tenho; e, assim, peço a Vossa Excelência que mande dizer a meu marido que me envie algum dinheirinho, e que não seja pouco, porque, na corte, as despesas são grandes, que o pão está a real e a carne a trinta maravedis o arrátel, o que é um juízo, e, se ele não quiser que eu vá, que me avise a tempo, porque já me está pulando o pé para me pôr a caminho; e dizem-me as minhas amigas e as minhas vizinhas que, se eu e a minha filha andarmos pomposas na corte, mais conhecido virá a ser meu marido por mim do que eu por ele, perguntando muitos, por força: "Quem são as senhoras que vão naquele coche?" E um criado meu responderá: "São a mulher e a filha de Sancho Pança, governador da ilha Baratária". E, deste modo, será conhecido meu marido, e eu serei estimada.

Pesa-me, o mais que pesar-me pode, não ter havido, este ano, bolotas neste povo; contudo, mando a Vossa Alteza meio celamim, que fui colher a uma e uma e escolher ao monte, e não as achei mais, maiores quereria que fossem como ovos de avestruz.

Não se esqueça Vossa Pomposidade[4] *de me escrever, que eu cuidarei de mandar logo a resposta, dando novas da minha saúde e de tudo o de que neste lugar houver que dar notícia, e aqui fico rogando a Nosso Senhor que guarde Vossa Grandeza e que a mim não me esqueça. Sancha minha filha, e meu filho, beijam as mãos a Vossa Mercê.*

A que tem mais desejo de ver a Vossa Senhoria do que de lhe escrever.

Sua criada,

TERESA PANÇA.

Todos se divertiram muito, ouvindo a carta de Teresa Pança, principalmente os duques; e a duquesa perguntou a Dom Quixote se se poderia abrir a carta que vinha para o governador, que devia ser excelente, e Dom Quixote disse que a abriria ele, para lhes dar gosto; e assim o fez, e viu que dizia desta maneira:

Carta de Teresa Pança a Sancho Pança, seu marido

Recebi a tua carta, meu Sancho da minha alma, e juro-te, como católica, que não faltaram dois dedos para eu ficar louca de contentamento. Olha, mano, quando ouvi dizer que estás sendo governador, por pouco não caí morta de puro gozo; que tu bem sabes que dizem que tanto mata a súbita alegria, como a grande

[4] Tratamento inventado por Teresa Pança.

aflição. A Sanchica, de puro contentamento, pôs-se num charco sem se sentir. Eu tinha diante de mim o fato que me mandaste, e os corais que a senhora duquesa me enviou ao pescoço, e as cartas nas mãos, e o portador ali presente, e ainda me parecia, com tudo isso, que era sonho o que eu via e tocava; porque, também, quem é que podia pensar que um pastor de cabras ainda havia de ser governador de ilhas? Bem sabes, amigo, que dizia minha mãe que para ver muito era necessário viver muito; digo isto, porque espero ainda ver mais se mais viver, e cuido que ainda hás de vir a ser recebedor de sisas ou cobrador de alcavalas[5]*, que, ainda que são ofícios que em se usando mal deles leva o Diabo quem os usa, enfim, enfim, sempre mexem em dinheiros. A duquesa minha senhora te dirá o desejo que tenho de ir à corte; pensa nisso e dize-me o que queres que eu faça; que procurarei honrar-te na cidade, andando sempre de coche.*

O cura, o barbeiro, o bacharel e até o sacristão não querem acreditar que sejas governador, e dizem que tudo são embelecos ou coisas de encantamento, como todas as de Dom Quixote teu amo; e afirma Sansão que te há de ir buscar e tirar-te o governo da cabeça, e a Dom Quixote a loucura da cabeça: eu então não faço senão rir-me a olhar para o rosário e a pensar no vestido que tenho a fazer do teu fato, para a nossa Sanchica.

Enviei umas bolotas à senhora duquesa, e bem quisera que fossem de ouro. Manda-me alguns fios de pérola, se nessa ilha se usam.

Cá as notícias do lugar são que a Berrueca casou a filha com um troca-tintas que chegou a este povo para pintar o que aparecesse. Mandou-lhe a Câmara pintar as armas de Sua Majestade, nas portas dos Paços do Conselho: pediu dois ducados, deram-lhos adiantados; esteve oito dias a trabalhar, e no fim dos oito dias não tinha pintado coisa nenhuma; e disse que não acertava com tantas bugigangas; teve de restituir o dinheiro e, com tudo isso, casou a título de bom oficial de pintor; é verdade que já deixou o pincel, e pegou na rabiça do arado, e vai ao campo como um gentil-homem. O filho de Pedro de Lobo ordenou-se com graus e coroa[6]*, com*

---

[5] Cobrador de contribuições.

[6] Tonsura e quatro primeiros graus, são as primeiras ordens, que tinha o Bacharel Sansão Carrasco.

tenção de se fazer clérigo; soube-o a Minguilha, a neta de Mingo Apito, e armou-lhe demanda, dizendo que ele lhe deu palavra de casamento; e as más-línguas querem dizer que ela anda grávida dele, o que ele nega a pés juntos.

Este ano nem há azeitonas, nem se encontra uma gota de vinagre em todo este povo. Por aqui passou uma companhia de soldados; levaram de caminho três raparigas do sítio: não te quero dizer quem são; talvez voltem, e não faltará quem case com elas, sem fazer reparo nas nódoas.

A Sanchica faz renda e ganha todos os dias oito maravedis, livres de despesas, que vai deitando num mealheiro, para ajuda do enxoval: mas agora que tu estás governador, tu lhe darás dote sem ela se matar. O chafariz da praça secou; caiu um raio na picota[7] *e ali caíam todos.*

Espero resposta desta, e a resolução da minha ida à corte; e com isto, Deus te guarde mais anos do que a mim, ou tantos, que eu não quero deixar-te sozinho neste mundo. Tua mulher

TERESA PANÇA.

As cartas foram motivo de muito aplauso e de muito riso, muito estimadas e muito admiradas; e, para pôr o remate ao dia, chegou o correio que trazia a que Sancho enviava a Dom Quixote, que também a leu publicamente, ficando com essa carta muito duvidosa a sandice do governador. Retirou-se a duquesa, para saber do pajem o que lhe sucedera na terra de Sancho, o que ele lhe referiu muito por extenso, sem esquecer uma circunstância só; deu-lhe as bolotas, e mais um queijo, que Teresa mandava por ser tão bom, que ainda se avantajava aos de Tronchão[8]; recebeu-o a duquesa com grandíssimo gosto, e com ele a deixaremos, para contar o fim que teve o governo do grande Sancho Pança, flor e espelho de todos os governadores insulanos.

---

[7] Picota é a coluna de pedra que se erigia nas aldeias para expor a cabeça dos justiçados, ou os réus, à vergonha. Geralmente estava fora da povoação.

[8] Aldeia da província de Tervel.

CAPÍTULO LIII

Do cansado termo e remate que teve o governo de Sancho Pança

"Pensar que as coisas desta vida hão de sempre durar é escusado; antes parece que anda tudo à roda. À primavera segue-se o verão, ao verão o outono, ao outono o inverno, e ao inverno a primavera, e assim gira e regira o tempo nesta volta contínua. Só a vida humana corre para o seu fim, ligeira, mais do que o tempo, sem esperar o renovar-se, a não ser na outra, que não tem termos que a limitem." Di-lo Cide Hamete, filósofo maometano; porque, isto da ligeireza e instabilidade da vida presente, e duração da eterna, que se espera, muitos o entenderam sem luz de fé, só com a luz natural; mas aqui, o nosso autor se refere à presteza com que se acabou, se consumiu, se desfez e se dissipou, como em sombra e em fumo, o governo de Sancho.

Estando ele na cama, na sétima noite da sua grandeza, mais farto de julgar e de dar sentenças, de fazer estatutos e pragmáticas do que de pão e de vinho, quando apesar da fome lhe começava o sono a cerrar as pálpebras, ouviu tamanho ruído de sinos e de vozes, que não parecia senão que a ilha toda ia ao fundo. Sentou-se na cama e esteve escutando atento, para ver se percebia a causa de tamanho alvoroto; porém, não só o não soube, mas, acrescentando-se ao ruído de vozes e de sinos o barulho de infinitas trombetas e tambores, ficou mais confuso e cheio de medo e de espanto, e, saltando ao chão, calçou umas chinelas, por causa da umidade, e, sem vestir nada por cima da camisa, correu à porta do seu aposento, a tempo que vinham por uns corredores mais de vinte pessoas, com archotes acesos nas mãos, e com espadas desembainhadas, gritando todas em grandes brados:

— Às armas, às armas, senhor governador; às armas, que entraram infinitos inimigos na ilha, e estamos perdidos, se a vossa indústria e o vosso valor não nos socorrem.

Com este ruído, e fúria, e alvoroto, chegaram aonde estava Sancho, atônito e pasmado do que via e ouvia; e disse-lhe uma delas:

— Arme-se depressa Vossa Senhoria, se não quer perder-se, e se não quer que esta ilha toda se perca.

— Para que me hei de armar? — tornou Sancho. — E que sei eu lá de armas nem de socorros? Essas coisas, melhor será deixá-las para meu amo Dom Quixote, que, em duas palhetadas, as despacha e as arranja; que eu, pecador de mim, não entendo nada de semelhantes pressas.

— Ah! senhor governador — disse outro —, que frouxidão é esta? arme-se Vossa Mercê, que ali lhe trazemos armas ofensivas e defensivas, e saia a essa praça, e seja nosso guia e nosso capitão, cargo que de direito lhe compete, como nosso governador.

— Armem-me, embora — replicou Sancho.

E logo lhe trouxeram dois escudos, de que vinham providos, e puseram-lhe em cima da camisa, sem lhe deixar vestir coisa alguma, um escudo adiante e outro atrás, e, por uns buracos que traziam feitos, lhe tiraram os braços e o amarraram muito bem com uns cordéis, de modo que ficou emparedado e entalado, direito como um fuso, sem poder dobrar os joelhos nem dar uma passada. Meteram-lhe nas mãos uma lança, a que se arrimou, para se poder suster em pé, e, quando assim o apanharam, disseram-lhe que os guiasse e os animasse a todos; que, sendo ele a sua lanterna, o seu norte e o seu luzeiro, teriam bom fim os seus negócios.

— Como é que eu hei de caminhar, desventurado de mim, se não posso jogar os engonços dos joelhos, porque mo impedem estas talas que tão cosidas tenho com as minhas carnes? O que hão de fazer é levar-me em braços, e pôr-me atravessado ou em pé nalgum postigo, que o guardarei com esta lança ou com o meu corpo.

— Ande, senhor governador — acudiu outro —, que o medo, e não as talas, o atrapalha; acabe com isso e mexa-se, que é tarde, e os inimigos recrescem, e os brados aumentam, e o perigo carrega.

Com estas persuasões e vitupérios, quis ver o pobre governador se se movia, e baqueou no chão, dando tamanha pancada, que imaginou que se fizera em pedaços. Ficou parecendo mesmo uma tartaruga metida na concha, ou como um pedaço de toucinho entre duas masseiras ou um barco virado na areia; e nem o vê-lo caído inspirou a mínima compaixão àquelas gentes zombeteiras; antes, apagando os archotes, tornaram a reforçar os gritos e a reiterar o alarme, com tanta pressa, passando por cima do pobre Sancho, dando-lhe infinitas cutiladas, que, se ele não se recolhe e encolhe, sumindo a cabeça entre os escudos, passava grandes trabalhos o pobre do governador, que, metido naquela estreiteza, suava e tressuava, e de todo o coração se encomendava a Deus, para que o livrasse daquele perigo. Uns tropeçavam nele, outros caíam, e houve tal que esteve em cima das suas costas um bom pedaço; e dali, como de atalaia, governava os exércitos e, com grandes brados, dizia:

— Aqui, gente nossa! que, por este lado, carregam mais os inimigos; guarde-se bem aquela poterna, feche-se aquela porta, trunquem-se aquelas escadas, venham alcanzias, pez e resina em caldeiras de azeite a ferver, entrincheirem-se as ruas com colchões!

Enfim, nomeava, com o maior afinco, todos os petrechos e instrumentos de guerra com que se costuma defender uma cidade de um assalto; e o moído Sancho, que o escutava e sofria tudo, dizia entre si:

— Ah! se Deus Nosso Senhor fosse servido que se acabasse já de perder esta ilha, e eu me visse ou morto ou livre de tamanha angústia!

Ouviu o céu a sua petição, e, quando menos o esperava, sentiu vozes que diziam:

— Vitória! vitória! os inimigos vão de vencida. Eia! senhor governador, levante-se Vossa Mercê e venha gozar do vencimento, e repartir os despojos que se tomaram aos inimigos, graças ao valor desse invencível braço.

— Levantem-me — disse com voz plangente o dorido Sancho.

Ajudaram-no a levantar-se, e, posto em pé, murmurou:

— O inimigo que eu venci, podem pregar-mo na testa; não quero repartir despojos de inimigos, mas pedir e suplicar a algum amigo, se é que o tenho, que me dê um gole de vinho, que estou mesmo seco das goelas, e me enxugue este suor, que me desfaço em água.

Limparam-no, trouxeram-lhe o vinho, desataram-lhe os escudos,

H. PISAN

sentou-se no leito, e desmaiou de temor, de sobressalto e de fadiga. Já os da burla estavam pesarosos de lha terem feito tão pesada; mas, quando Sancho tornou a si, atenuou-se-lhes a pena que lhes causara o seu desmaio. Perguntou ele que horas eram; responderam-lhe que já ia amanhecer. Calou-se, e, sem dizer mais nada, começou a vestir-se, sepultado em silêncio, e todos olhavam para ele, e esperavam em que viria a parar tanta pressa. Acabou, enfim, de se vestir, e, pouco a pouco, porque estava moído e não podia andar muito rapidamente, foi à cavalariça, seguindo-o todos os que ali se achavam, e, chegando-se ao ruço, abraçou-o, e deu-lhe na testa um ósculo de paz, e, com as lágrimas nos olhos, disse-lhe:

— Vinde cá, meu companheiro e meu amigo, que tendes suportado uma parte dos meus trabalhos e misérias; quando eu andava convosco, e não pensava senão em arremendar os vossos aparelhos, e em sustentar o vosso corpinho, ditosas horas, ditosos dias e ditosos anos eram os meus; mas, desde que vos deixei e trepei às torres da ambição e da soberba, entraram-me, pela alma dentro, mil misérias, mil trabalhos, e quatro mil desassossegos.

E, enquanto estas razões ia dizendo, ia também albardando o burro, sem que ninguém lhe dissesse coisa alguma. Albardado, pois, o ruço, com grande pena e pesar montou em cima dele e, dirigindo-se ao mordomo, ao secretário, ao mestre-sala e ao Doutor Pedro Récio, e a muitos outros que ali estavam presentes, disse:

— Abri caminho, senhores meus, e deixai-me voltar à minha antiga liberdade; deixai-me ir buscar a vida passada, para que me ressuscite desta morte presente. Eu não nasci para ser governador, nem para defender ilhas nem cidades dos inimigos que as quiserem acometer. Entendo mais de lavrar, de cavar, de podar e de pôr bacelos nas vinhas, do que de dar leis ou defender províncias nem reinos. Bem está São Pedro em Roma; quero dizer: bem está cada um, usando do ofício para que foi nascido. Melhor me fica a mim uma foice na mão do que um cetro de governador; antes quero comer à farta feijões do que estar sujeito à miséria de um médico impertinente, que me mate à fome; e antes quero recostar-me de verão à sombra de um carvalho, e enroupar-me de inverno com um capotão, na minha liberdade, do que deitar-me, com a sujeição do governo, entre lençóis de holanda, e vestir-me de martas cevolinas. Fiquem Vossas Mercês com Deus, e digam ao duque meu senhor que nasci nu, nu agora estou, e não perco nem ganho; quero dizer: que sem mealha entrei neste governo, e sem mealha saio, muito ao invés do modo como costumam sair os governadores de outras ilhas; e apartem-se, deixem-me, que me vou curar, pois suponho que tenho arrombadas as costelas todas, graças aos inimigos que esta noite passearam por cima do meu corpo.

— Não há de ser assim, senhor governador — disse o Doutor Récio —, que eu darei a Vossa Mercê uma bebida contra quedas e moedeiras, que logo lhe restituirá a sua antiga inteireza e o seu prístino valor; e, em quanto à comida, prometo a Vossa Mercê emendar-me, deixando-o comer abundantemente tudo o que quiser.

— *Tarde piaste*[1] — respondeu Sancho —; era mais fácil fazer-me turco do que deixar de me ir embora. Isto não são brincadeiras para duas vezes; com este governo me fico, e não torno a aceitar mais nenhum, nem que mo ofereçam numa bandeja, que eu não sou dos que querem voar ao céu sem asas. Sou da linhagem dos Panças, que sempre foram cabeçudos, e que, em dizendo uma vez nunes, nunes hão de ser, ainda que sejam pares, apesar de todo o mundo. Fiquem nesta cavalariça as asas de formiga, que me levantaram aos ares para me comerem os pássaros[2], e tornemos a andar pelo chão com pé rasteiro, que, se o não adornarem sapatos picados[3] de cordovão, não lhe hão de faltar alpargatas toscas de corda; lé com lé e cré com cré; ninguém estenda as pernas para fora do lençol, e deixem-me passar, que se faz tarde.

— Senhor governador — disse o mordomo —, de muito boa vontade deixaríamos Vossa Mercê ir-se embora, ainda que muito nos pese perdê-lo, que o seu engenho e o seu proceder cristão obrigam a desejá-lo; mas é sabido que todo o governador deve, antes de se ausentar, prestar conta; preste-a Vossa Mercê dos dez dias em que governou, e vá na paz de Deus.

— Ninguém ma pode pedir — respondeu Sancho —, senão quem tiver essa incumbência da parte do duque meu senhor; vou vê-lo, agora, e ali a darei; tanto mais que, saindo eu como saio, não é necessário mais sinal para se saber que governei como um anjinho.

---

[1] "Agora é tarde!"

[2] Alusão ao provérbio: "Deus dá asas à formiga para que morra mais depressa".

[3] Sapatos usados pelas pessoas mais importantes, trabalhados com cortes finos.

— Por Deus, tem o grande Sancho razão — disse o Doutor Récio —; e sou de parecer que não teimemos, porque o duque há de gostar imenso de o ver.

Todos acordaram nisso e deixaram-no ir, oferecendo-lhe primeiro companhia, e tudo o que quisesse para regalo da sua pessoa e comodidade da sua viagem. Sancho disse que não queria senão uma pouca de cevada para o ruço, e meio queijo e meio pão para si; que, visto ser tão curto o caminho, não era mister maior nem menor viático. Abraçaram-no todos, e ele, chorando, a todos abraçou, e deixou-os admirados das suas razões e da sua determinação, tão resoluta e discreta.

CAPÍTULO LIV

Que trata de coisas tocantes a esta história, e a nenhuma outra

Resolveram o duque e a duquesa que fosse por diante o desafio que Dom Quixote fez ao seu vassalo, pela causa já referida; e ainda que o moço estava em Flandres, para onde fugira com medo de ter por sobra a Dona Rodríguez, determinaram pôr em seu lugar um lacaio gascão, que se chamava Tosilos, ensinando-lhe primeiro muito bem o que havia de fazer. Daí a dois dias disse o duque a Dom Quixote que dali a quatro viria o seu contrário, e se apresentaria no campo, armado como cavaleiro, e sustentaria que a donzela mentia pela gorja se afirmava que ele lhe dera palavra de casamento. Dom Quixote recebeu muito gosto com tais notícias; prometeu a si mesmo fazer maravilhas no caso, e teve por grande ventura haver-se-lhe oferecido ensejo daqueles senhores poderem ver até onde se estendia o valor do seu poderoso braço; e assim, com alvoroço e contentamento, esperava que passassem os quatro dias, que lhe pareciam já quatrocentos séculos.

Deixemo-los nós passar, como deixamos passar outras coisas, e vamos acompanhar Sancho, que, entre alegre e triste, vinha caminhando montado no ruço, a procurar seu amo, cuja companhia lhe agradava mais do que ser governador de todas as ilhas do mundo. Sucedeu pois, que, não se tendo afastado da ilha do seu governo (que ele nunca averiguou se fora ilha, cidade, vila ou lugar que governara), encontrou seis peregrinos com os seus bordões, destes estrangeiros que pedem esmola cantando, os quais, quando chegaram a ele, formaram-se em alas, e, levantando as vozes todos juntos, principiaram a cantar na sua língua, e Sancho só pôde entender uma palavra, que dizia claramente: "esmola"; por onde percebeu que mendigavam; e, como ele, segundo diz Cide Hamete, era muito caritativo, tirou dos seus alforjes o meio pão e o meio queijo que trouxera, e deu-lhos, dizendo-lhes, por sinais, que não tinha mais nada que lhes dar. Receberam-no com muito boa vontade, e disseram:

— *Guelte! guelte!*[1]

— Não entendo o que me pedis, boa gente — respondeu Sancho.

Então um deles tirou uma bolsa do seio, e mostrou-a a Sancho, por onde percebeu que lhe pediam dinheiro; e ele, pondo o polegar na garganta, e estendendo a mão para cima, fez-lhes perceber que não tinha nem mealha e, picando o ruço, seguiu para diante; e, quando passava, um deles mirou-o com muita atenção, e depois deitou-lhe os braços à cintura, dizendo-lhe em voz alta, e muito castelhana:

— Valha-me Deus! que estou vendo? é possível que eu tenha nos braços o meu caro amigo, o meu bom vizinho Sancho Pança? Isso tenho, sem dúvida, porque nem durmo, nem estou bêbedo agora.

Admirou-se Sancho de se ouvir chamar pelo seu nome, e, depois de ter estado a olhar para o peregrino muito atento, sem dizer palavra, nunca o pôde conhecer, mas o outro, vendo a sua suspensão, disse-lhe:

— Pois é possível, Sancho Pança, mano, que não conheças o teu vizinho Ricote[2], o mourisco, tendeiro do teu lugar?

Então Sancho mirou-o com mais atenção, tornou a encará-lo e afinal conheceu-o perfeitamente; e, sem se apear do jumento, deitou-lhe os braços ao pescoço, e disse-lhe:

— Quem diabo te havia de conhecer, Ricote, com esse fato de mamarracho que trazes? Como tens tu atrevimento de voltar à Espanha, onde, se te apanham e te conhecem, terás decerto má ventura?

— Se me não descobres, Sancho — respondeu o peregrino —, estou seguro que, com este trajo, não haverá ninguém que me conheça; e apartemo-nos do caminho para aquela alameda que ali aparece, onde querem jantar e descansar os meus companheiros, e

---

[1] Pronúncia de "Geld", palavra alemã que significa "dinheiro":

[2] "Ricote": existe esse nome em Esquivias, no século XVI.

jantarás com eles, que são gente muito aprazível; ali terei lugar de te contar o que me sucedeu depois de sair da nossa terra, para obedecer ao bando de Sua Majestade, que com tanto rigor ameaçava os desgraçados da minha nação, como tu soubeste.

Fez Sancho o que lhe disse Ricote, e, falando este com os outros peregrinos, apartaram-se para a alameda, muito desviada da estrada real. Deitaram para o lado os bordões, despiram as esclavinas, e Sancho viu que todos eram moços e mui gentis-homens, exceto Ricote, já entrado em anos. Todos traziam alforjes bem fornecidos, pelo menos de coisas que chamam a sede a duas léguas de distância. Estenderam-se no chão, e, fazendo toalha da relva, puseram-lhe em cima pão, sal, facas, nozes, fatias de queijo, e ossos de presunto, que, se não se deixavam trincar, não se eximiam a ser chupados. Puseram também um manjar negro, que dizem que se chama "caviar", e é feito de ovas de peixe, grande despertador da sede; não faltavam azeitonas, ainda que secas e sem tempero algum, mas saborosas e bem conservadas; porém, o que mais campeou naquele banquete foram seis garrafas de vinho, que tirou cada um a sua do seu alforje: até o bom Ricote, que se transformara de mourisco em alemão ou tudesco, tirou também a sua, que, em grandeza, podia competir com as outras cinco.

Principiaram a comer com muito gosto e muito devagar, saboreando cada bocado que tiravam com a ponta da faca, e logo, todos à uma, levantaram os braços e as garrafas, e, pondo à boca os gargalos, com os olhos cravados no céu, não parecia senão que era para lá que apontavam; e, deste modo, meneando as cabeças para um lado e para outro, sinais que mostravam bem o gosto que lhes dava o beber, estiveram um bom pedaço, transvazando para os seus estômagos as entranhas das vasilhas. Para tudo olhava Sancho, e nenhuma coisa o molestava; antes, para cumprir o rifão que ele muito bem sabia, de que, quando a Roma fores, faze o que vires, pediu a Ricote a sua garrafa, e fez pontaria como os outros, e não com menos gosto.

Quatro vezes empinaram as garrafas, mas, à quinta vez, não puderam, porque estavam mais secas e mais enxutas que um esparto, o que atenuou a alegria que até ali tinham mostrado. De quando em quando, punha algum deles a sua mão direita na mão de Sancho, e dizia:

— *Espanoli y tudesqui tuto uno: bon compaño.*

E Sancho respondia:

— *Bon compaño, jura Di!* — e dava uma risada que durava uma hora, sem se lembrar de nada do que lhe sucedera no seu governo, porque sobre o tempo em que se bebe pouca jurisdição têm os cuidados. Finalmente, o acabar-se-lhes o vinho foi princípio de um sono, que a todos acometeu, ficando adormecidos em cima da mesa e da toalha: só Ricote e Sancho permaneceram alerta, porque tinham comido mais e bebido menos; e, chamando Ricote a Sancho de parte, sentaram-se ao pé de uma faia, deixando os peregrinos sepultados em doce sono; e Ricote, sem tropeçar nada na sua língua mourisca, em puro castelhano lhe contou o seguinte:

— Bem sabes, ó Sancho Pança, vizinho e amigo meu, como o pregão e bando que Sua Majestade mandou publicar contra os da minha nação pôs terror e espanto em todos nós; pelo menos a mim, tal susto me infundiu, que me parece que, ainda antes do prazo que se nos concedia para nos ausentarmos de Espanha, já eu tinha executado o rigor da minha pena na minha pessoa e na dos meus filhos. Tratei, pois, e, no meu entender, como prudente (da mesma forma que uma pessoa que sabe que daí a tempos lhe hão de tirar a casa em que vive, e arranja outra para onde se mude), tratei, digo, de sair eu sozinho sem a minha família, do meu povo, e de ir procurar sítio para onde a levasse comodamente, e sem a pressa com que os outros saíram, porque bem vi, e viram todos os nossos anciãos, que aqueles pregões não eram só ameaças, como alguns diziam, mas leis verdadeiras, que tinham de se pôr em execução a seu tempo; e forçaram-me a acreditar nesta verdade os ruins e disparatados intentos dos nossos, tais que me parece que foi inspiração divina que moveu Sua Majestade a pôr em prática tão galharda resolução, não porque todos fôssemos culpados, que alguns havia cristãos firmes e verdadeiros; mas eram tão poucos, que se não podiam opor aos que o não eram, e seria imprudente aquecer a serpe no seio, tendo os inimigos dentro de casa. Finalmente, com justa razão fomos castigados com a pena de desterro, branda e suave, no entender de alguns, mas, no nosso, a mais terrível que se nos podia dar. Onde quer que estamos, choramos pela Espanha, porque, enfim, aqui nascemos, e é a nossa pátria natural; em parte nenhuma achamos o acolhimento que a nossa desventura deseja; e na Berbéria, e em todas as partes da África, onde esperávamos ser recebidos, acolhidos e regalados, é onde mais nos ofendem e maltratam. Não conhecemos o bem, enquanto o não perdemos; e é tamanho o desejo que alimentam, quase todos, de voltar à Espanha, que a maior parte daqueles, e são muitos, que sabem a língua como eu a sei, voltam e deixam suas mulheres e seus filhos desamparados: tanto é o amor que lhes têm; e agora conheço e experimento o que costuma dizer-se: que é doce o amor da pátria. Saí, como digo, da nossa terra, entrei em França, onde nos faziam bom acolhimento, e quis ver tudo. Passei à Itália, cheguei à Alemanha, e ali me pareceu que se podia viver com mais liberdade, porque os seus habitantes não olham a muitas delicadezas; cada um vive como quer, porque a maior parte deles tem liberdade de consciência. Arranjei casa num lugar junto de Augsburgo, liguei-me a estes peregrinos, que têm por costume vir todos os anos visitar os santuários de Espanha, que consideram as suas Índias, de granjeio certíssimo e conhecido lucro. Percorreram-na quase toda, e não há povo donde não saiam comidos e bebidos, como se costuma dizer, e com um real, pelo menos, em dinheiro; e, ao cabo de sua viagem, vão-se embora, com mais de cem escudos de sobras, que, trocados em ouro, ou metidos nos bordões, ou nos remendos das esclavinas, ou com a indústria que podem, tiram do reino e passam para as suas terras, apesar das guardas dos portos e postos em que se registram. Agora é meu intento, Sancho, levar o tesouro que enterrei, o que poderei fazer sem perigo, por estar fora do povoado, e escrever de Valência à minha filha e minha mulher, que sei que estão em Argel, e ver como as hei de levar a algum porto de França, e dali à Alemanha, onde esperaremos o que Deus de nós outros quiser fazer: que enfim, Sancho, eu sei com certeza que Ricota minha filha e Francisca Ricota minha mulher são católicas cristãs; e, ainda que eu não o serei tanto, sempre sou mais cristão que mouro, e rogo todos os dias a Deus que me abra os olhos do entendimento, e me faça conhecer como o devo servir; e o que me admira é não saber por que foram minha mulher e minha filha para a Berbéria, antes do que para a França, onde podiam viver como católicas.

E Sancho respondeu:

— Olha, Ricote: isso não esteve, decerto, na sua mão, porque as levou João Tiopieio, irmão de tua mulher; e, como ele há de ser fino mouro, foi logo ao mais bem-parado; e, outra coisa te sei dizer: é que me parece que vais debalde procurar o que enterraste, porque tivemos notícias de que tiraram a teu cunhado e a tua mulher muitas pérolas e muito dinheiro em ouro, que levavam sem o ter registrado.

— Pode isso muito bem ser — replicou Ricote —; mas sei, Sancho, que não tocaram no que eu tinha escondido, porque não lhes disse onde estava, receoso de algum desmando; e assim, Sancho, se queres vir comigo e ajudar-me a desenterrá-lo, dou-te duzentos escudos, com que poderás remediar as tuas necessidades, que bem sei que não tens poucas.

— Não sou nada cobiçoso — respondeu Sancho —; se o fosse, não largaria esta manhã das mãos um ofício, com o qual podia ter feito de ouro as paredes da minha casa, e comer, antes de seis meses, em pratos de prata; e, por isso, e por me parecer que faria traição ao meu rei, favorecendo os seus inimigos, não iria contigo nem que me desses aqui, de contado, quatrocentos escudos, em vez de me prometeres duzentos.

— E que ofício foi esse que deixaste, Sancho? — perguntou Ricote.

— Deixei de ser governador de uma ilha — tornou Sancho —, mas de uma ilha, entendes? como não há outra.

— E onde fica essa ilha?

— Onde? A duas léguas daqui, e chama-se a Ilha Baratária.

— Não digas tolices, Sancho — tornou Ricote —; as ilhas estão dentro do mar, e não há ilhas na terra firme.

— Como não há? — replicou Sancho — digo-te, Ricote amigo, que esta manhã de lá parti, e ontem estive eu nela governando à minha vontade, como um sagitário[3]; mas, com tudo isso, deixei-a, por me parecer que era ofício perigoso este dos governadores.

— E que ganhaste tu no governo? — perguntou Ricote.

— Ganhei — respondeu Sancho — conhecer que não sirvo para governar, a não ser um rebanho de gado, e que as riquezas que se ganham nos tais governos se alcançam à custa de perder o descanso e o sono, e até o sustento, porque, nas ilhas, os governadores devem comer pouco, principalmente se têm médico que vigie pela sua saúde.

— Não te entendo, Sancho — observou Ricote —; e parece-me que tudo quanto dizes é um disparate; quem te havia de dar a ti ilhas para governares? pois faltavam no mundo homens e mais hábeis do que tu para governadores? Cala-te, Sancho, e volta a ti, e vê se queres vir comigo ajudar-me a desenterrar o tesouro escondido,

---

[3] Ou Sancho tomou esta palavra de Dom Quixote, ou a empregou no sentido que tinha em gíria: o que levam açoitando pelas ruas... Talvez queira dizer que governou com rigor; como um centauro armado de arco e setas, que isso é um sagitário.

que o dinheiro é tanto, que bem se pode chamar tesouro, e eu te darei meios para viver como te disse.

— Já te disse que não quero, Ricote — respondeu Sancho —; contenta-te com saberes que não sou capaz de te descobrir; segue o teu caminho em boa hora, e deixa-me seguir o meu, que bem sei que o que bem se ganhou perde-se facilmente; mas o que mal se ganhou perde-se ele e perde-se o seu dono.

— Não quero teimar, Sancho — tornou Ricote —, mas dize-me: estavas na nossa terra, quando de lá partiram minha mulher, minha filha e meu cunhado?

— Estava, sim — respondeu Sancho —, e o que te sei dizer é que a tua filha ia tão formosa, que saíram a vê-la quantas pessoas estavam na povoação; e todos diziam que era a mais bela criatura do mundo. Ia chorando e abraçava todas as suas amigas e conhecidas, e todos quantos se chegavam para a ver, e a todos pedia que a encomendassem a Deus, e a Nossa Senhora sua mãe; e isto com tanto sentimento, que me fez chorar a mim, que não costumo ser muito chorão; e à fé que muitos tiveram desejo de a esconder, e de sair a raptá-la no caminho, mas o medo de ir contra o mandado do rei os deteve; quem principalmente se mostrou mais apaixonado foi Dom Pedro Gregório, aquele moço e rico morgado que tu conheces, que dizem que lhe queria muito; e, depois que ela partiu, nunca mais apareceu no nosso lugar, e todos pensamos que foi atrás dela para a roubar; mas até agora nada se soube.

— Sempre tive desconfianças — disse Ricote — de que esse sujeito namorava a minha filha; mas, fiado no valor da Ricota, nem me afligiu o saber que ele lhe queria bem; pois terás ouvido dizer, Sancho, que as mouriscas poucas vezes ou nenhumas se mesclaram por amores com cristãos velhos; e minha filha, que, como creio, mais pensava em ser cristã que em ser enamorada, pouco se importaria com as solicitudes do senhor morgado.

— Deus queira! — replicou Sancho — que a ambos lhes ficaria mal; e deixa-me ir embora daqui, Ricote amigo, que ainda quero chegar esta noite ao sítio onde está meu amo Dom Quixote.

— Vai com Deus, Sancho mano, que também os meus companheiros já se mexem, e são horas de prosseguirmos o nosso caminho.

Abraçaram-se ambos, Sancho montou no ruço, Ricote arrimou-se ao bordão, e apartaram-se.

CAPÍTULO LV

De coisas sucedidas a Sancho no caminho e outras que não há mais que dizer

A demora que Sancho teve no caminho não lhe deu lugar a que nesse dia chegasse ao castelo do duque; e, quando estava a meia légua de distância, apanhou-o a noite, um pouco cerrada e escura; mas, como era de verão, não se afligiu, e desviou-se com tenção de esperar que rompesse a manhã; e quis a sua pouca ventura que, andando à busca de sítio onde melhor se acomodasse, caíram ele e o ruço numa funda e escuríssima cova, que estava entre uns edifícios muito antigos, e, quando caiu, encomendou-se a Deus de todo o coração, pensando que iria parar às profundas dos abismos; não foi assim, porque, a pouco mais de quatro toesas, deu fundo o ruço e Sancho ficou montado nele, sem lesão nem dano algum. Apalpou o corpo todo e respirou com força, para ver se estava são ou escalavrado nalgum sítio; e, sentindo-se bom, inteiro e católico de saúde, não se fartava de dar graças a Deus Nosso Senhor pela mercê que lhe fizera, porque, primeiro, supôs que ficara em mil pedaços. Apalpou também, com as mãos, as paredes da cova, para ver se seria possível sair dela sem ajuda de ninguém, mas achou-as todas lisas e sem relevo algum, e com isso muito se afligiu, principalmente ouvindo o ruço queixar-se terna e dolorosamente; e não se queixava o burro por vício, que, na verdade, não estava muito bem-parado.

— Ai! — disse então Sancho Pança. — Que sucessos não pensados costumam acontecer, a cada passo, aos que vivem neste miserável mundo! Quem diria que aquele que ontem se viu entronizado governador de uma ilha, mandando os seus servos e os seus vassalos, hoje se havia de ver sepultado numa cova, sem haver quem o remedeie, nem criado, nem vassalo, que acuda em seu socorro! Aqui teremos de morrer à fome eu e o meu jumento, se não morrermos antes, ele de moído e quebrantado, e eu de pesaroso; pelo menos, não serei tão feliz como foi o meu amo Dom Quixote de la Mancha, quando desceu à caverna daquele encantado Montesinos, onde achou quem o regalasse melhor do que em sua casa, que não parece senão que esteve lá de cama e mesa. Ali viu ele visões formosas e aprazíveis, e aqui verei, creio eu, sapos e cobras. Desditoso de mim: em que vieram a parar as minhas loucuras e fantasias; daqui tirarão os meus ossos, quando o céu for servido que me descubram, descarnados, brancos e empedernidos, e com eles os do meu bom ruço, por onde talvez conhecerão quem nós somos, pelo menos os que tiverem notícia de que nunca Sancho Pança se apartou do seu jumento, nem o ruço de Sancho Pança. Outra vez digo: míseros de nós outros! que não quis a nossa triste sorte que morrêssemos na nossa pátria e entre os nossos, onde, ainda que não encontrasse remédio a nossa desgraça, não faltaria quem dela se doesse, e, na hora última do nosso passamento nos cerrasse os olhos! Ó companheiro e amigo meu, que mau pago te dei dos teus bons serviços! Perdoa-me e pede à fortuna, do melhor modo que souberes, que nos tire deste mísero trabalho, em que ambos estamos metidos, que eu prometo pôr-te um laurel na cabeça, que não pareças senão um poeta laureado, e dar-te as rações dobradas.

Deste modo se lamentava Sancho Pança, e o seu jumento ouvia-o, sem lhe responder palavra[1]— tais eram o seu aperto e a sua angústia. Finalmente, tendo passado aquela noite toda em míseras queixas e lamentações, rompeu o dia, e, com a sua claridade e resplendor, viu Sancho que era completamente impossível sair daquele pouso sem o ajudarem, e principiou a lamentar-se e a dar brados, para ver se alguém o ouvia; mas tudo era clamar no deserto, porque, em todos aqueles contornos, não havia pessoa que o pudesse

---

[1] A respeito dessa humanização do ruço, veja-se o capítulo XXX da primeira parte.

ouvir; e então acabou de se dar por morto. Estava o ruço de focinho levantado e Sancho Pança conseguiu pô-lo em pé; mas ele mal se podia suster: e Sancho, tirando dos alforjes, que também tinham caído, um pedaço de pão, deu-o ao seu jumento e parece que lhe não soube mal; e disse-lhe Sancho, como se ele o entendesse:

— Lágrimas com pão, passageiras são.

Nisto, descobriu a um lado da cova uma abertura, por onde cabia uma pessoa, se se encolhesse muito. Correu para lá Sancho Pança, e agachando-se, entrou e viu que por dentro era espaçosa e larga, e pôde-a ver bem porque, pelo sítio que se podia chamar teto, entrava um raio de sol, que a descobria toda. Viu também que se dilatava e alargava por outra concavidade espaçosa, e então voltou ao sítio onde estava o jumento, e, com uma pedra, principiou a desmoronar a terra da abertura, de modo que, em pouco tempo, abriu espaço por onde o jumento pôde entrar com toda a facilidade, e, agarrando-lhe pelo cabresto, principiou a caminhar por aquela gruta adiante, para ver se achava, por outro lado, alguma saída; e umas vezes ia às escuras, outra vez com luz, mas nunca sem medo.

"Valha-me Deus todo-poderoso!", dizia entre si, "isto que para mim é desventura, melhor fora aventura para meu amo Dom Quixote. Ele sim, que tomaria estas profundidades e masmorras por jardins vistosos e palácios de Galiana[2], e esperaria sair desta escuridão e estreiteza para algum florido prado; mas eu, sem ventura, falto de conselho e menoscabado de ânimo, a cada passo imagino que, debaixo dos pés, se me há de abrir de improviso outra cova mais profunda que a primeira, que acaba de me tragar, porque um mal

[2] Galiana "é nome de moura, e dizem os árabes que significa preciosa, amada, estimada. Em Toledo houve uma princesa moura, filha de Gadalte, à qual seu pai edificou uns palácios ricos e de grande recreação, em Toledo, à margem do Tejo, da qual até hoje ficou o nome das ruínas deles, na horta que chamam do rei... Dizem que se converteu e foi a primeira mulher de Carlos Magno, embora não tenha tido filhos com ela. Isso refere Estêvão de Garibay, num discurso que faz sobre a carta de Silo, rei de Oviedo, que se achou num códice gótico da livraria da santa igreja de Toledo. Esse Gadalte, pai de Galiana, foi filho de Alçamã, irmão de Maomé Abderramim. Por donaire, usamos dizer, aos que não se contentam com os aposentos que lhes dão, que quereriam os palácios de Galiana"; diz Covarrubias.

nunca vem só". Deste modo, e com estes pensamentos, lhe pareceu que teria caminhado pouco mais de meia légua, ao cabo da qual descobriu uma confusa claridade, que supôs ser já a do dia, e que entrava por algum lado, o que dava indício de ter saída e fim aquele caminho, que se diria ser o da outra vida.

Aqui o deixa Cide Hamete Benengeli e volta a tratar de Dom Quixote, que, alvoroçado e contente, esperava que chegasse o dia da batalha que havia de travar com o sedutor da filha da Dona Rodríguez, a quem tencionava desfazer o agravo que maldosamente lhe tinham feito. Sucedeu, pois, que saindo uma manhã a ensaiar-se no que havia de fazer nesse lance, dando um repelão ou arremetida a Rocinante, chegou este a pôr os pés tanto à beira duma cova que, se Dom Quixote não puxasse fortemente as rédeas, ser-lhe-ia impossível não cair dentro. Enfim, susteve-se e não caiu; e, chegando-se um pouco mais ao pé, sem se apear, mirou aquela profundeza, e, quando a estava mirando, ouviu grandes brados lá dentro, e, escutando atentamente, pôde perceber as seguintes palavras:

— Olá de riba! há aí algum cristão que me escuta? ou algum cavaleiro caritativo que se compadeça de um pecador enterrado em vida? de um desditoso governador desgovernado?

Pareceu a Dom Quixote que aquela voz era a de Sancho Pança, e ficou assombrado e suspenso; e, levantando a voz o mais que pôde, disse:

— Quem está lá embaixo? quem se queixa?

— Quem há de estar aqui, e quem se há de queixar — responderam —, senão o asno de Sancho Pança, governador, por seus pecados e por sua má fortuna, da Ilha Baratária; escudeiro, que foi, do famoso cavaleiro Dom Quixote de la Mancha?

Ouvindo isto, duplicou a admiração de Dom Quixote, e acrescentou-se-lhe o pasmo, acudindo-lhe ao pensamento que Sancho Pança devia ter morrido, e que era a sua alma que estava ali penando; e, levado por esta imaginação, disse:

— Esconjuro-te por tudo quanto posso esconjurar-te como cristão católico, para que me digas quem és; e, se fores alma penada, dize-me o que queres que por ti faça, que a minha profissão é favorecer e socorrer os necessitados deste mundo, e também os do outro que não podem ajudar-se a si próprios.

— De maneira — responderam — que Vossa Mercê, que me fala, deve ser meu amo Dom Quixote de la Mancha, e a mesma voz o está dizendo.

— Dom Quixote sou — replicou Dom Quixote —, que tenho por profissão socorrer e ajudar os necessitados vivos e mortos: por isso, dize-me quem és, que me tens atônito; porque, se és o meu escudeiro Sancho Pança e morreste, logo que te não levassem os diabos, e estejas, por misericórdia de Deus, no purgatório, sufrágios bastantes tem a nossa Madre Igreja Católica Romana, para te tirar das penas que padeces, e eu, pela minha parte, com ela o solicitarei, até chegar a minha fazenda; por isso, acaba de te declarar, e dize quem és.

— Voto a tal — responderam — e juro, pelo nascimento de quem Vossa Mercê quiser, Senhor Dom Quixote de la Mancha, que sou o seu escudeiro Sancho Pança, e que nunca morri nos dias da minha vida; mas, tendo deixado o meu governo, por coisas e lousas que só com mais vagar se podem dizer, caí esta noite na cova onde estou jazendo, e o ruço comigo, que me não deixará mentir, porque, por sinal, está aqui ao pé de mim.

E, o que é melhor, é que parece que o jumento entendeu o que Sancho disse, porque logo principiou a zurrar com tanta força, que toda a cova retumbava.

— Famosa testemunha — disse Dom Quixote —; conheço o zurrar como se eu o tivesse dado à luz, e ouço a tua voz, meu Sancho; espera-me, que eu vou ao castelo do duque, que é daqui muito perto, e trago quem te tire dessa cova, onde, sem dúvida, os teus pecados te meteram.

— Vá Vossa Mercê — disse Sancho —, e volte depressa, por amor de Deus, que já não posso suportar o ver-me aqui enterrado em vida, e estou morrendo de medo.

Deixou-o Dom Quixote, e foi ao castelo contar aos duques o que sucedera a Sancho Pança, de que não pouco se maravilharam, ainda que bem perceberam que devia ter caído pela outra abertura da gruta, que ali estava feita desde tempos imemoriais; mas não podiam imaginar como ele deixara o governo, sem serem avisados da sua vinda. Finalmente, levaram cordas e maromas, e, com muita gente e muito trabalho, tiraram o ruço e Sancho Pança daquelas trevas, para a luz do sol. Viu-o um estudante e disse:

— Deste modo haviam de sair dos seus governos todos os governadores, como sai este pecador das profundas dos abismos, morto de fome, descorado e sem mealha, segundo me parece.

Ouviu-o Sancho e disse:

— Há oito dias ou dez, irmão murmurador, que entrei a governar a ilha que me deram, onde não tive uma só hora em que estivesse farto de pão: durante esse tempo, médicos me perseguiram e inimigos me amolgaram os ossos: não cobrei nem mealha; e, sendo assim, parece-me que não merecia sair deste modo; mas o homem põe e Deus dispõe, e o que Deus faz é sempre pelo melhor e quando venta molha a vela; e ninguém diga: "Desta água não beberei"; e muitos vão buscar lã e vêm tosquiados; e Deus me entende e basta; e não digo mais, ainda que o pudesse.

— Não te zangues, Sancho, nem te aflijas com o que ouvires, que seria um não acabar nunca; vem tu com a consciência segura, e deixa falar o mundo; querer amarrar as línguas aos maldizentes é o mesmo que querer pôr portas ao campo. Se o governador sai rico do seu governo, dizem que foi ladrão, e, se sai pobre, dizem que foi tolo.

— Com certeza — respondeu Sancho — que, desta vez, hão de ter-me antes por tolo, que por ladrão.

Nestas práticas chegaram, rodeados de rapazes e de muita outra gente, ao castelo, onde já estavam nuns corredores o duque e a duquesa esperando Dom Quixote e Sancho, e este não quis subir a ir ver o duque, sem meter primeiro o ruço na cavalariça, alegando que ele passara muito má noite na sua pousada; e depois subiu e, ajoelhando diante dos seus senhores, disse:

— Senhores: porque assim o quis a Vossa Grandeza, sem nenhum merecimento fui governar a vossa Ilha Baratária, onde entrei nu, e nu de lá saio, e não perco nem ganho. Se governei bem ou mal, testemunhas tive de tudo, que dirão o que quiserem. Aclarei dúvidas, sentenciei pleitos, e morri sempre de fome, por assim o ter querido o Doutor Pedro Récio, natural de Tirteafora, médico insulano e governadoresco. Acometeram-nos inimigos de noite, e, tendo-nos posto em grande aperto, afirmam os da ilha que ficaram livres e vitoriosos, graças ao valor do meu braço: que tanta saúde lhes dê Deus, como a verdade que eles dizem. Enfim, neste tempo todo, pude tentear os encargos e as obrigações que o governo traz consigo, e entendi que os meus ombros não podiam com a carga, nem eram peso para as minhas costelas, nem flechas para a minha aljava; e assim, antes que o governo desse em terra comigo, dei eu com o governo em terra, e ontem pela manhã deixei a ilha como a encontrei, com as mesmas ruas, casas e telhados que tinha à minha chegada. Não pedi dinheiro emprestado a ninguém, nem me meti em negócios rendosos; e, ainda que tencionava fazer algumas ordenanças proveitosas, não fiz nenhuma, receoso de que se não guardassem que, para isso, tanto monta fazê-las como não as fazer. Saí, como digo, da ilha, sem mais acompanhamento que o do meu ruço: caí numa cova; vim por ela adiante, até que esta manhã com a luz do sol, vi a saída, mas tão difícil que, a não me deparar o céu o Senhor Dom Quixote, ali ficaria até ao fim do mundo. Assim, portanto, duque e duquesa meus senhores, aqui está o vosso Governador Sancho Pança, que, nestes dez dias de governo, só lucrou o ficar sabendo que não serve de nada ser governador de uma ilha, nem governador do mundo inteiro; e com isto os não enfado mais, e, beijando os pés a Vossas Mercês, dou um pulo do governo abaixo, e passo para o serviço de meu amo Dom Quixote, que enfim, com ele, ainda que coma o pão com sobressalto, ao menos sempre me farto; e eu cá, em me fartando, pouco me importa que seja com feijões ou que seja com perdizes.

Com isto deu fim Sancho Pança à sua larga prática, temendo sempre Dom Quixote que ele dissesse milhares de disparates; e, quando o viu acabar com tão poucos, deu do fundo do coração graças aos céus; e o duque abraçou Sancho e disse-lhe que lhe pesava no íntimo da alma ter ele deixado o governo tão depressa; mas que veria se lhe podia dar, no seu Estado, outro ofício de menos encargo e de mais proveito. Abraçou-o a duquesa também e deu ordem que o regalassem, porque dava sinais de vir muito moído e em muito maus lençóis.

CAPÍTULO LVI

Da descomunal e nunca vista batalha que houve entre Dom Quixote de la Mancha e o lacaio Tosilos, em defesa da filha da ama Dona Rodríguez

Não ficaram arrependidos os duques da burla feita a Sancho Pança, com o governo que lhe deram; tanto mais que, naquele mesmo dia, chegou o mordomo e lhes contou, ponto por ponto, quase todas as palavras e ações que Sancho dissera e fizera, e, finalmente encareceu-lhes o assalto da ilha, e o medo de Sancho, e a sua saída, com o que muito se divertiram. Depois disto, conta a história que chegou o dia da batalha aprazada; e, tendo o duque uma e muitas vezes ensinado ao seu lacaio Tosilos como se havia de haver com Dom Quixote para o vencer, sem o ferir nem o matar, ordenou que se tirassem os ferros das lanças, dizendo a Dom Quixote que não permitiam os sentimentos cristãos, de que se prezava, que aquela batalha fosse com tanto risco e perigo das vidas, e que se contentasse com o dar-lhe ele campo franco em suas terras, apesar de ir contra o decreto do santo concílio[1], que proíbe tais desafios, e que não quisesse levar com todo o rigor aquele transe tão forte. Dom Quixote disse que dispusesse Sua Excelência esse negócio como mais fosse servido, que ele lhe obedeceria em tudo. Chegado, pois, o temeroso dia, e tendo o duque ordenado que diante do terreiro do castelo se armasse um espaçoso palanque,

[1] Santo Concílio de Trento, cujo cânon 19 proíbe desafios e torneios.

onde estivessem os juízes do campo e as aias, mãe e filha, queixosas, acudiu de todos os lugares e aldeias circunvizinhas infinita gente, a ver a novidade daquela batalha, que nunca tinham visto nem ouvido falar de outra assim naquela terra, nem os que viviam, nem os que já tinham morrido.

O primeiro que entrou na estacada[2] foi o mestre-de-cerimônias, que examinou o campo e passeou por ele todo, para que não houvesse engano algum, nem coisa encoberta em que se tropeçasse e caísse; logo entraram as aias e sentaram-se nos seus lugares, cobertas com os mantos até os olhos, ou antes até os peitos, com mostras de não pequeno sentimento, estando já Dom Quixote presente na estacada. Daí a pouco, acompanhado por muitas trombetas, apareceu por um lado da praça, montado num poderoso cavalo, o lacaio Tosilos, alto e forte, de viseira calada, e todo revestido de uma rija e luzente armadura. O cavalo mostrava ser frisão[3], era grande e baio, que, a cada patada, fazia tremer a terra. O duque, seu amo, ordenara ao valoroso cavaleiro que, para não matar Dom Quixote, evitasse o primeiro encontro, porque era certa a morte do pobre fidalgo, se ele o topasse em cheio. Percorreu a arena e, ao chegar ao sítio onde estavam as aias, pôs-se a mirar um pedaço aquela que o pedia por esposo; o mestre-do-campo chamou Dom Quixote, e, junto com Tosilos, falou às aias, perguntando-lhes se consentiam que pugnasse pelo seu direito Dom Quixote de la Mancha. Disseram-lhe que sim e que tudo quanto fizesse, naquele caso, o davam por bem-feito e por firme e valioso. Já a este campo estavam o duque e a duquesa sentados numa galeria que deitava para a estacada, e onde se apinhava imensa gente, que vinha ver o rigoroso transe nunca visto. Foi condição do combate que, se Dom Quixote vencesse, o seu contrário havia de casar com a filha de Dona Rodríguez, e, se fosse vencido, ficava livre o seu contendor da palavra que se lhe pedia, sem dar mais satisfação alguma.

Repartiu-lhes o sol[4] o mestre-de-cerimônias, e pôs cada um dos

---

[2] "Estacada" ver capítulo XXXIII da primeira parte, nota 11.

[3] Frisões são "uns cavalos fortes de patas muito largas e com muitas crinas; alguns são para sela, e pisam fortemente: outros, para carros e carroças; e por serem trazidos de Frísia se chamam frisões", diz Covarrubias.

[4] "Repartir o sol": dividir o campo de modo que o sol não moleste mais a um que a outro.

dois no posto em que havia de estar. Soaram os tambores, encheu os ares o clangor das trombetas, tremia a terra debaixo dos pés, estavam suspensos os corações da turba espectadora, receando uns e esperando outros o bom ou mau sucesso daquele caso. Finalmente Dom Quixote, encomendando-se de todo o coração a Deus Nosso Senhor, e à sua dama Dulcinéia del Toboso, estava aguardando que se lhe desse o sinal de arremetida, enquanto o nosso lacaio pensava no que se segue.

Parece que, quando esteve contemplando a sua inimiga, achou que era ela a mais formosa mulher que vira em toda a sua vida; e o cego deus travesso, que por essas ruas chamam habitualmente Amor, não quis perder a ocasião que se lhe ofereceu de triunfar de uma alma lacaiesca, e de a pôr na lista dos seus troféus; e assim, chegando-se a ele sem que ninguém o visse, despejou no pobre lacaio, pelo lado esquerdo, uma seta de duas varas, e traspassou-lhe o coração de parte a parte; e pôde-o fazer a são e salvo, porque o Amor é invisível; entra e sai por onde quer, sem que ninguém lhe peça conta das suas ações. Digo, pois, que, quando deram o sinal da arremetida, estava o nosso lacaio transportado, pensando na formosura daquela que já fizera senhora da sua liberdade; e assim, não atendeu ao som da trombeta, como fez Dom Quixote, que, apenas o ouviu, arremeteu logo, correndo com toda a velocidade que Rocinante podia dar; e, vendo-o partir Sancho, disse com grandes brados:

— Deus te guie, flor e nata dos cavaleiros andantes! Deus te dê a vitória, pois levas a razão pela tua parte!

Mas Tosilos, apesar de ver vir contra si Dom Quixote, não se arredou um passo do seu posto; antes, com grandes brados, chamou o mestre-do-campo; e, vindo este ver o que ele queria, disse-lhe:

— Senhor, esta batalha não é para eu casar ou não casar com aquela senhora?

— É, sim — responderam-lhe.

— Pois eu — tornou o lacaio — tenho medo da minha consciência, e pesava-me muito se fosse por diante; e assim, digo que me dou por vencido, e que quero casar, já, já, com a queixosa.

Pasmou o mestre-do-campo com o arrazoado de Tosilos, e, como era um dos que estavam no segredo daquela máquina, não soube o que havia de responder. Parou Dom Quixote, vendo que o seu inimigo o não acometia. O duque não percebia por que é que se interrompera a batalha; mas o mestre-do-campo foi-lhe declarar o que Tosilos queria, com o que ficou suspenso e extremamente colérico. Enquanto isto se passava, Tosilos chegou ao sítio onde estava Dona Rodríguez e disse em grandes brados:

— Eu, senhora, desejo casar com vossa filha, e não quero alcançar, por pleitos e contendas, o que posso alcançar em boa paz e sem perigo de vida.

Ouviu isto o valoroso Dom Quixote e disse:

— Pois, se assim é, fico livre e solto da minha promessa; casem-se em boa hora, e, visto que Deus lha deu, São Pedro a abençoe.

O duque descera ao terreiro do castelo, e, chegando-se a Tosilos, disse-lhe:

— É verdade, cavaleiro, que vos dais por vencido, e que, instigado pela vossa medrosa consciência, quereis casar com esta menina?

— É, sim, senhor — respondeu Tosilos.

— E faz muito bem — acudiu Sancho —; o que hás de dar ao rato, dá-o ao gato e tira-te de cuidados.

Ia, entretanto, Tosilos deslaçando a celada, e pedia que o ajudassem depressa, porque já lhe faltava a respiração, e não se podia ver encerrado tanto tempo na estreiteza daquele aposento. Tiraram-lha logo, e ficou descoberto e patente o seu rosto de lacaio. Vendo isto, Dona Rodríguez e sua filha deram grandes brados, dizendo:

— É engano, é engano: puseram Tosilos, lacaio do duque meu senhor, no lugar do meu verdadeiro esposo; justiça de Deus e del-rei contra tal malícia, para não dizer velhacaria!

— Não vos aflijais, senhoras — acudiu Dom Quixote —, que nem é malícia, nem velhacaria; e se o é, não foi culpa do duque, mas sim dos maus nigromantes que me perseguem, os quais, invejosos de eu alcançar a glória deste vencimento, converteram o rosto do vosso esposo no do homem que dizeis ser lacaio do duque; tomai o meu conselho, e, apesar da malícia dos meus inimigos, casai-vos, pois podeis ter a certeza que é o mesmo que desejais por esposo.

O duque, ao ouvir isto, esteve quase a desfazer toda a sua cólera em riso e disse:

— São tão extraordinárias as coisas que sucedem ao Senhor Dom Quixote, que estou em acreditar que este meu lacaio não o é; mas usemos do seguinte ardil e manha: dilatemos o casamento quinze dias, se quiserem, e encerremos este personagem que nos tem duvidosos, e pode ser que durante esses quinze dias recupere a sua antiga cara, que não há de durar tanto tempo o rancor que os nigromantes têm ao Senhor Dom Quixote, principalmente lucrando tão pouco em todos estes embelecos e transformações.

— Ó senhor — observou Sancho —, já é uso e costume destes malandrinos mudar as coisas que tocam a meu amo. Um cavaleiro, a que venceu nestes dias passados, chamado o Cavaleiro dos Espelhos, transformaram-no eles no Bacharel Sansão Carrasco, natural do nosso lugar, e grande amigo nosso, e à minha Senhora Dulcinéia del Toboso mudaram-na numa rústica lavradeira; e por isso, imagino que este lacaio há de morrer e viver lacaio todos os dias da sua vida.

— Seja quem for o homem que me pede para esposa — disse a filha de Dona Rodríguez —, agradeço-lho, que antes quero ser mulher legítima de um lacaio, do que amiga e escarnecida de um cavaleiro, posto que o não seja o que me ludibriou.

Em conclusão, todos estes contos e sucessos terminaram em se decidir que Tosilos se recolhesse, até ver em que parava a sua transformação. Aclamaram os circunstantes a vitória de Dom Quixote, e a maior parte dos espectadores ficou triste e melancólica por não ter visto despedaçar-se os tão esperados combatentes, como ficam tristes as crianças quando não vai a enforcar o condenado que esperam, porque lhe perdoou ou a parte[5] ou a Justiça. Foi-se embora a gente; voltaram o duque e Dom Quixote ao castelo; fecharam Tosilos, e ficaram Dona Rodríguez e sua filha contentíssimas por ver que, de um modo ou de outro, aquele caso havia de vir a parar em matrimônio; e Tosilos também o não esperava menos.

---

[5] "As partes, nos pleitos ou negócios, são os interessados e opostos em parte"; diz Covarrubias.

G. Doré
H PISAN

CAPÍTULO LVII

Que trata de como Dom Quixote se despediu do duque, e do que lhe sucedeu com a discreta e desenvolta Altisidora, donzela da duqueza

Pareceu, enfim, a Dom Quixote, necessário sair da ociosidade em que estava naquele castelo, porque imaginava que era grande a falta que fazia enquanto estava encerrado e preguiçoso entre os infinitos regalos e deleites que, como a cavaleiro andante, aqueles senhores lhe prodigalizavam, e parecia-lhe que havia de dar estreitas contas ao céu daquele encerramento; e assim, pediu um dia licença aos duques para se ir embora. Deram-lha, com mostras de que lhes pesava muito que ele os deixasse. Deu a duquesa as cartas de sua mulher a Sancho Pança, que chorou com elas e disse:

— Quem havia de pensar que tamanhas esperanças, como as que geraram no peito de minha mulher Teresa Pança as notícias do meu governo, haviam de parar em voltar eu agora a seguir as arrastadas aventuras de meu amo Dom Quixote de la Mancha? Com tudo isso, estou satisfeito por ver que a minha Teresa correspondeu ao que dela eu esperava, mandando as bolotas à duquesa; que, se lhas não tivesse mandado, ficando eu pesaroso, se mostraria ela desagradecida. O que me consola é que a esta dádiva não se pode dar o nome de "luvas", porque já eu era governador quando ela as mandou, e é costume admitido que, quando se recebe um benefício, sempre se deve mostrar o agradecimento, ainda que seja por meio de ninharias. Efetivamente, nu entrei no governo, e nu dele saí; e, assim, posso dizer com segura consciência, o que já é bastante: "Nu nasci e nu me encontro; nem ganho nem perco".

Isto dizia consigo Sancho no dia da partida; e, saindo Dom Quixote, havendo-se despedido, na noite anterior, dos duques, apresentou-se armado no terreiro do castelo. Contemplavam-no das varandas os familiares, e os duques também saíram para o ver. Estava Sancho montado no ruço, com os seus alforjes e uma maleta, e rosto contentíssimo, porque o mordomo do duque, o mesmo que desempenhara o papel da Trifaldi, lhe dera uma bolsa com duzentos escudos de ouro, para as necessidades do caminho, o que Dom Quixote ainda não sabia. Estando todos a contemplá-lo, como dissemos, de repente, entre as outras aias e donzelas da duquesa, levantou a voz a desenvolta e discreta Altisidora, e, fitando bem o cavaleiro, disse em tom plangente:

Sopeia um pouco essas rédeas,
E, escuta, mau cavaleiro;
Não fatigues as ilhargas
Desse teu nobre sendeiro.

Refalsado, tu não foges
De alguma fera serpente,
Foges de uma cordeirinha
Tenra, cândida, inocente.

Tu escarneceste, ó monstro,
A donzela menos feia,
Que viu Diana em seus montes,
E em seus bosques Citeréia.

Cruel Vireno, fugitivo Enéias[1],
Barrabás te acompanhe, lá te avenhas.

Tu levas, que roubo ímpio!
Nas tuas garras grifanhas,
De uma terna namorada
As humílimas entranhas.

---

[1] Vireno abandonou a Olímpia, segundo Ariosto; Enéias, a Dido, segundo Virgílio.

Levas três lenços, e as ligas
De umas pernas torneadas,
Que são como o puro mármore,
Lisas, duras, jaspeadas.

Levas também mil suspiros,
Cujo ardor talvez pudesse
Abrasar outras mil Tróias,
Se outras mil Tróias houvesse.

Cruel Vireno, fugitivo Enéias,
Barrabás te acompanhe, lá te avenhas.

Que do teu Sancho as entranhas
Sejam, para teu tormento,
Tão duras, que Dulcinéia
Não saia do encantamento.

Que a triste leve o castigo
Da tua culpa tamanha,
Que justos por pecadores
Pagam sempre cá na Espanha.

Que as mais finas aventuras
Para ti sejam tristezas,
Sonhos os teus passatempos,
Olvidos tuas firmezas!

Cruel Vireno, fugitivo Enéias,
Barrabás te acompanhe, lá te avenhas.

Que sejas tido por falso
De Sevilha a Finisterra,
Desde Loja até Granada,
E de Londres a Inglaterra.

Se tu jogares a bisca,
Os centos, ou outro jogo,
Que os reis, os ases e os setes
Fujam de ti logo e logo.

Quando cortares os calos,
Que haja sangue e cicatrizes,
Quando arrancares os dentes,
Que te fiquem as raízes.

Cruel Vireno, fugitivo Enéias,
Barrabás te acompanhe, lá te avenhas.

Enquanto desta forma se queixava a triste Altisidora, esteve-a mirando Dom Quixote, e, sem responder palavra, virou-se para Sancho e bradou:

— Pelo ciclo dos teus passados, Sancho, peço-te que me digas a verdade: tu levas, porventura, os três lenços e as ligas em que fala esta enamorada donzela?

— Os lenços levo, sim senhor — respondeu Sancho —, mas as ligas, nem por sombras.

Ficou a duquesa admirada da desenvoltura de Altisidora, que, ainda que a tinha por desembaraçada e graciosa, nunca imaginou que se atrevesse a semelhantes arrojos; e, como a não tinham avisado desta burla, ainda mais cresceu a sua admiração. Quis o duque reforçar o donaire, e disse:

— Não me parece bem, senhor cavaleiro, que tendo recebido neste meu castelo o bom acolhimento que se vos fez, tenhais tido o atrevimento de levar três lenços da minha donzela, se é que lhe não levais também as ligas; são indícios de más entranhas, e sinais que não correspondem à vossa fama: restituí as ligas, senão desafio-vos a duelo de morte, sem recear que malandrinos nigromantes me troquem ou mudem o rosto, como fizeram a Tosilos, meu lacaio, que entrou convosco em batalha.

— Não praza a Deus — respondeu Dom Quixote — que eu desembainhe a minha espada contra a vossa ilustríssima pessoa, de que tantas mercês hei recebido: restituirei os lenços, porque Sancho diz que os tem: as ligas é impossível, porque, nem eu as recebi, nem ele tampouco; e, se a vossa donzela quiser remirar as suas gavetas, com certeza que as encontra. Eu, senhor duque, nunca fui ladrão, nem espero sê-lo em toda a minha vida, com o amparo de Deus. Esta donzela fala, segundo ela mesma diz, como enamorada, e disso não sou eu culpado, nem tenho de pedir perdão, nem a ela, nem a Vossa Excelência, a quem peço que faça melhor conceito de mim, e me dê de novo licença para seguir o meu caminho.

— Deus vo-lo dê tão bom — disse a duquesa — que sempre ouçamos boas notícias dos vossos feitos, e andai com Deus, que, quanto mais vos detendes, mais aumentais o fogo nos peitos das donzelas que vos miram, e, à minha, eu a castigarei de modo que daqui por diante se não desmande, nem com a vista, nem com as palavras.

— Uma só quero que me ouças, ó valoroso Dom Quixote — disse então Altisidora —; e é que te peço perdão do latrocínio das ligas, porque vejo agora que as tenho postas, e estava como o outro que, montado no burro, andava à procura dele.

— Eu não dizia? — acudiu Sancho — mesmo eu sou bom para encobrir furtos; se os quisesse fazer de mão-cheia, tinha muita ocasião para isso no meu governo.

Dom Quixote abaixou a cabeça e fez uma reverência aos duques e a todos os circunstantes; e, voltando as rédeas a Rocinante, e seguindo-o Sancho montado no burro, saiu do castelo, dirigindo o seu caminho para Saragoça.

CAPÍTULO LVIII

Que trata de como choveram em cima de Dom Quixote tantas aventuras, que não tinha vagar para todas

Quando Dom Quixote se viu em campina rasa, livre e desembaraçado dos requebros de Altisidora, pareceu-lhe que estava bem equilibrado, e que se lhe renovavam os espíritos, para seguir de novo com o assunto das suas cavalarias; e, voltando-se para Sancho, disse-lhe:

— A liberdade, Sancho, é um dos dons mais preciosos que aos homens deram os céus[1]: não se lhe podem igualar os tesouros que há na terra, nem os que o mar encobre; pela liberdade, da mesma forma que pela honra, se deve arriscar a vida[2]; e, pelo contrário, o cativeiro é o maior mal que pode acudir aos homens. Digo isto, Sancho, porque bem viste os regalos e a abundância que tivemos neste castelo que deixamos: pois no meio daqueles banquetes saborosos, e daquelas bebidas nevadas, parecia-me que estava metido entre as estreitezas da fome; porque os não gozava com a liberdade com que os gozaria se fossem meus: que as obrigações das recompensas, dos benefícios e mercês recebidas são ligaduras que

---

[1] É o: "Non bene pro toto libertas venditur auro", citado já na primeira parte.

[2] Aqui fala Cervantes pensando em seu cativeiro, e em suas tentativas de libertar-se.

não deixam campear o ânimo livre. Venturoso aquele a quem o céu deu um pedaço de pão, sem o obrigar a agradecê-lo a outrem que não seja o mesmo céu!

— Com tudo isso que Vossa Mercê me diz — acudiu Sancho —, não devem ficar sem agradecimento da nossa parte duzentos escudos de ouro que me deu numa bolsa o mordomo do duque; bolsa que levo aqui sobre o coração, como uma píctima[3] e um confortativo contra o que der e vier, que nem sempre havemos de encontrar castelos onde nos regalem, e muitas vezes toparemos vendas onde nos desanquem.

Nestes e noutros arrazoados iam o cavaleiro e o escudeiro, quando viram, tendo andado pouco mais de uma légua, uma dúzia de homens vestidos de lavradores, sentados na relva e comendo em cima das suas capas. Junto de si tinham como que umas toalhas brancas, com que cobriam algumas coisas distanciadas umas das outras. Chegou-se Dom Quixote aos homens, e, depois de os cumprimentar cortesmente, perguntou-lhes o que é que aquelas toalhas cobriam. Um deles respondeu-lhe:

— Senhor: debaixo destes panos estão umas imagens de relevo e obra de talha, que hão de servir num retábulo que estamos a fazer para a nossa aldeia; levamo-las cobertas, para que se não desflorem, e às costas, para que se não quebrem.

— Se sois servidos — respondeu Dom Quixote —, folgaria de as ver; porque imagens que com tanto recato se levam devem ser boas, sem dúvida alguma.

— Ora se são boas! — acudiu outro — que o diga o preço, que não há ali nenhuma que esteja em menos de cinqüenta ducados; e, para que Vossa Mercê conheça a verdade, espere, que a verá com os seus olhos.

E, levantando-se, deixou de comer e tirou a cobertura da primeira imagem, que era a de São Jorge a cavalo, com uma serpente enroscada aos pés, e atravessada pela boca com a lança do santo. A imagem toda parecia um relicário de ouro, como se costuma dizer. Vendo-a, disse Dom Quixote:

— Este cavaleiro foi um dos melhores andantes que teve a

---

[3] "Píctima" é, segundo Covarrubias, "o emplasto de açafrão que se põe sobre o coração para desafogá-lo e alegrá-lo".

milícia divina: chamou-se Dom São Jorge, e foi, além disso, defensor de donzelas. Vejamos estoutra.

Descobriu-a o homem, e apareceu São Martinho a cavalo, repartindo a sua capa com o pobre. Apenas Dom Quixote o viu, disse logo:

— Este cavaleiro também foi dos aventureiros cristãos, mas parece-me que mais liberal do que valente, como podes ver, Sancho, em estar repartindo a capa com o pobre, dando-lhe metade; e por força que então seria inverno, senão ele lha dava toda, tão caritativo era.

— Não havia de ser isso — acudiu Sancho —, mas é que ele se ateve ao rifão que diz que para dar, e para ter, muito rico é mister ser.

Riu-se Dom Quixote e pediu que se tirasse outro pano, debaixo do qual saiu a imagem do padroeiro das Espanhas, a cavalo, com a espada ensangüentada, atropelando mouros e pisando cabeças; e, ao vê-la, disse Dom Quixote:

— Este sim que é cavaleiro dos esquadrões de Cristo; chama-se Dom São Diogo Mata-Mouros, um dos mais valentes santos e cavaleiros que o mundo teve e tem agora o céu.

Descobriram logo outro pano e viu-se São Paulo a cair do cavalo abaixo, com todas as circunstâncias que costumam pintar-se no retábulo da sua conversão. Quando viu isso tanto ao vivo, que parecia que Cristo lhe falava e que Paulo lhe respondia:

— Este — disse Dom Quixote — foi o maior inimigo que teve a Igreja de Deus Nosso Senhor no seu tempo, e o maior defensor que ela nunca há de ter: cavaleiro andante pela sua vida, santo a pé quedo pela sua morte, trabalhador infatigável na vinha do Senhor, doutor das gentes, a quem serviram de escola os céus, e de catedrático e mestre que o ensinasse o mesmo Jesus Cristo.

Não havia mais imagens, e mandou Dom Quixote que as tornassem a cobrir, e disse aos que as levavam:

— Tive por bom agouro, irmãos, ter visto o que vi, porque estes santos e cavaleiros professaram o que eu professo, que é o exercício das armas; e a diferença que há entre mim e eles é que eles foram santos e pelejaram ao divino, e eu sou pecador e pelejo ao humano. Eles conquistaram o céu à força de braços, porque para alcançar o céu é mister esforço, e eu, até agora, não sei o que conquisto com a força dos meus trabalhos; mas, se a minha Dulcinéia del Toboso saísse dos que padece, melhorando a minha ventura, e fecundandome o juízo, podia ser que dirigisse os meus passos por melhor caminho do que o que levo.

— Deus o ouça, e o pecado seja surdo![4] — acudiu Sancho.

Admiraram-se os homens tanto da figura como do arrazoado de Dom Quixote, sem entender metade do que ele dizia. Acabaram de comer, carregaram com as imagens e, despedindo-se de Dom Quixote, seguiram a sua viagem.

Ficou Sancho de novo como se não conhecesse seu amo, admirado do que ele sabia, parecendo-lhe que não havia história no mundo, nem sucesso algum, que ele não tivesse cifrado na unha ou cravado na memória; e disse-lhe:

— Na verdade, senhor nosso amo, que, se isto que hoje nos sucedeu se pode chamar aventura, foi das mais suaves e doces que nos têm acontecido em todo o decurso da nossa peregrinação: dela saímos sem pauladas nem sobressalto algum, nem levamos a mão às espadas, nem batemos com os nossos corpos no chão, nem ficamos esfomeados; bendito seja Deus, que semelhante coisa me deixou ver com os meus próprios olhos.

— Dizes bem, Sancho — acudiu Dom Quixote —; mas hás de advertir que nem todos os tempos são os mesmos, nem correm de igual forma; e isto a que o vulgo costuma chamar agouros, que não se fundam em razão natural alguma, hão de ser considerados e julgados bons sucessos por quem é discreto. Levanta-se um destes agoureiros pela manhã, encontra-se com um frade da ordem do bem-aventurado São Francisco, e, como se tivesse encontrado um grifo, vira as costas e volta para sua casa. Derrama-se ao outro Mendonça o sal em cima da mesa[5], e derrama-se-lhe a ele a melancolia no coração, como se fosse obrigada a natureza a dar sinais das porvindouras desgraças, com coisas de tão pouco momento como as referidas. O discreto e cristão não deve andar em pontinhos com o que o céu quer fazer. Chega Cipião[6] à África, tropeça, ao saltar em terra, e têm-no por mau agouro os seus soldados; mas ele,

---

[4] "Deus o ouça, e o pecado seja surdo!" quer dizer, segundo o *Dicionário de autoridades*, "o modo de falar vulgar com que se expressa o desejo de que suceda bem alguma coisa que se intenta".

[5] Era superstição corrente crer no malefício do sal derramado.

[6] Cipião, o Africano.

abraçando-se com o chão: "Não me poderás fugir, África, porque te agarrei com os meus braços". De maneira que, Sancho, o ter encontrado estas imagens foi para mim felicíssimo acontecimento.

— Assim creio — respondeu Sancho —; e queria que Vossa Mercê me explicasse por que é que dizem os espanhóis, quando vão dar alguma batalha, invocando aquele São Diogo Mata-Mouros: "Santiago e cerra Espanha[7]"? Está por acaso a Espanha aberta, e de modo tal, que seja mister cerrá-la? ou que cerimônia é esta?

— És simplório, Sancho — respondeu Dom Quixote —; e olha que este grande cavaleiro de cruz vermelha deu-o Deus à Espanha por padroeiro e amparo seu, especialmente nos rigorosos transes que os espanhóis têm tido com os mouros, e assim o invocam e chamam, como a seu defensor, em todas as batalhas que acometem, e muitas vezes o viram nelas claramente derrubando, atropelando, destruindo e matando os esquadrões agarenos; e desta verdade te poderia dar muitos exemplos, que se contam nas verdadeiras histórias espanholas.

Mudou Sancho de prática e disse a seu amo:

— Estou maravilhado, senhor, da desenvoltura de Altisidora, a donzela da duquesa: muito ferida e muito traspassada deve ela estar pelo Amor, que dizem que é um rapaz ceguinho, que, apesar de remeloso, ou por melhor dizer sem vista, toma por alvo um coração, por pequeno que seja, acerta-lhe e traspassa-o de parte a parte, com os seus tiros. Ouvi dizer também que na vergonha e recato das donzelas se embotam as amorosas setas; mas nesta Altisidora mais parece que se aguçam.

— Adverte, Sancho — acudiu Dom Quixote —, que o Amor nem atende a respeitos, nem guarda limites de razão nos seus discursos, e tem a mesma condição que a morte, a qual tanto acomete os alcáçares dos reis como as humildes choças dos pastores; e, quando toma inteira posse de uma alma, a primeira coisa que faz é tirar-lhe o temor e a vergonha; e assim, sem ela, declarou Altisidora os seus desejos, que geraram no meu peito mais confusão que lástima!

— Notória crueldade! — exclamou Sancho. — Desagradecimento inaudito! Eu de mim sei dizer que a mais insignificante das suas razões me renderia. Ó senhores! que coração de mármore, que alma

---

[7] Velho grito de guerra dos espanhóis, como já foi dito, nascido na Batalha de Clavijo, onde se crê que apareceu São Tiago Apóstolo.

de bronze, que entranhas de argamassa! Mas não posso imaginar o que foi que essa donzela viu em Vossa Mercê que assim a rendeu e avassalou! Que brio, que gala, que donaire, que rosto, que coisa destas, ou que conjunto delas a seduziu? Que eu, verdade, verdade, muitas vezes paro a mirar Vossa Mercê desde a ponta dos pés até ao último cabelo da cabeça, e vejo mais coisas para espantar do que para enamorar; e, tendo eu ouvido dizer também que a formosura é a primeira e principal prenda que enamora, não tendo Vossa Mercê nenhuma, não sei de que foi que se enamorou a coitada.

— Adverte, Sancho — respondeu Dom Quixote —, que há duas formosuras: uma da alma, outra do corpo; a da alma campeia e mostra-se no entendimento, na honestidade, no bom proceder, na liberalidade, na boa criação, e todas estas partes cabem e podem estar num homem feio; e, quando se põe a mira nesta formosura e não na do corpo, o amor irrompe então com ímpeto e vantagem. Bem vejo, Sancho, que não sou formoso, mas também conheço que não sou disforme; e basta a um homem de bem não ser monstro, para ser querido, contanto que tenha os dotes da alma que te disse já.

Nestas práticas, iam entrando por uma selva que estava fora do caminho, e de súbito, sem dar por tal, achou-se Dom Quixote enleado numas redes de fios verdes, que estavam estendidas de umas árvores para outras; e, sem poder imaginar o que aquilo pudesse ser, disse para Sancho:

— Parece-me, Sancho, que isto das redes deve ser uma das aventuras mais novas que se podem imaginar. Que me matem, se os nigromantes que me perseguem me não querem enredar nelas e deter o meu caminho, como em vingança do rigor que tive com Altisidora; pois digo-lhes eu que, ainda que estas redes, assim como são feitas de fio verde, o fossem de duríssimos diamantes, ou mais fortes do que aquela com que o zeloso deus dos ferreiros enliçou a Vênus e a Marte, tão facilmente as rompera, como se fossem de juncos marinhos ou de fios de algodão.

E, querendo passar e romper tudo, de improviso se apresentaram diante dele, saindo do meio de umas árvores, duas formosíssimas pastoras, pelo menos raparigas vestidas de pastoras, ainda que os corpos dos vestidos eram de fino brocado, e as saias de tafetá de ouro; traziam soltos, nos ombros, os cabelos, que de loiros podiam competir com o próprio sol, e que vinham coroados de grinaldas, entretecidas de verde laurel e de vermelho amaranto; pareciam ter entre quinze e dezoito anos.

Vista foi esta que deixou Sancho admirado e Dom Quixote suspenso; fez parar o sol na sua carreira para as ver[8], e a todos os quatro os mergulhou num maravilhoso silêncio[9]. Afinal quem primeiro falou foi uma das duas zagalas, que disse a Dom Quixote:

— Parai, senhor cavaleiro, e não queirais romper as redes que estão aí estendidas, não para vosso dano, mas para nosso passatempo; e porque sei que nos haveis de perguntar para que se puseram, e quem somos, vou já dizer-vo-lo em breves palavras. Numa aldeia que fica daqui a duas léguas, onde há muita gente principal, e muitos fidalgos e ricos, entre vários se combinou o virem com os seus filhos e filhas, e mulheres, parentes, vizinhos e amigos, folgar para este sítio, que é um dos mais agradáveis destes contornos, formando nós todos uma nova e pastoril Arcádia, vestindo-se as donzelas de pastores e os mancebos de zagais; trazemos estudadas duas éclogas, uma do famoso poeta Garcilaso e outra do sublime Camões, na sua própria língua portuguesa; éclogas que até agora ainda não representamos, porque só chegamos aqui ontem: temos, entre estes ramos, armadas algumas tendas de campanha, na margem de um arroio abundante em águas, que a todos estes prados fertiliza; estendemos, a noite passada, as redes destas árvores, para enganar os simples passarinhos, que, afugentados pelo barulho que fazemos, vierem aqui parar. Se vos aprouver ser nosso hóspede, senhor, sereis agasalhado cortês e liberalmente, porque, por agora, não há de entrar neste sítio o negrume da melancolia.

Calou-se, e Dom Quixote respondeu:

— Decerto, formosíssima senhora, que não ficou mais suspenso nem mais admirado Anteu[10], quando viu, de improviso, banhar-se nas águas Diana, do que eu fiquei atônito ao ver a vossa beleza. Louvo os vossos entretenimentos e agradeço as vossas ofertas; e, se vos posso servir, podeis mandar-me, com a certeza de que sereis

---

[8] De tão admirado que estava.

[9] Como verá o leitor, em várias ocasiões fala Cervantes do "maravilhoso silêncio".

[10] Deve ser um erro; não é Anteu, gigante, filho de Netuno e da Terra, vencido por Hércules, mas Acteão, filho de Aristeu e neto de Cadmo, convertido por Diana em cervo, a quem mataram seus próprios cachorros, em castigo por havê-la visto nua no banho.

obedecidas, porque a minha profissão consiste em mostrar-me grato e benfazejo com toda a gente, especialmente com a principal, de que vós sois representantes; e se estas redes, assim como ocupam um pequeno espaço, ocupassem toda a redondeza da Terra, procuraria eu novos mundos, para passar sem as romper; e, para que deis algum crédito a esta minha exageração, vede que vo-lo promete Dom Quixote de la Mancha, se aos vossos ouvidos já chegou este nome.

— Ai! amiga da minha alma! — disse então a outra pastora. — Que ventura tamanha nos sucedeu! Vês este senhor que aqui temos diante de nós? pois faço-te saber que é o mais valente, o mais enamorado e o mais comedido de todo o mundo, se não mente e nos engana uma história que das suas façanhas anda impressa, e que eu li. Aposto que este bom homem que vem com ele é Sancho Pança, seu escudeiro, cujas graças não têm outras que se lhe igualem.

— É verdade — disse Sancho — que sou esse gracioso e esse escudeiro que Vossa Mercê diz, e este senhor é meu amo, o próprio Dom Quixote de la Mancha, historiado e referido.

— Ai! — tornou a outra — supliquemos-lhe que fique, porque nossos pais e nossos irmãos gostarão imenso de o receber; eu também já ouvi falar no seu valor e na graça do seu escudeiro, e, sobretudo, dizem dele que é o mais firme e o mais leal enamorado que se conhece, e que a sua dama é uma tal Dulcinéia del Toboso, a quem dão, em toda a Espanha, a palma da formosura.

— E com justiça lha dão — disse Dom Quixote —, se agora lha não disputa a vossa singular beleza. Não vos canseis, senhoras, em demorar-me, porque as indeclináveis obrigações da minha profissão não me deixam descansar em parte alguma.

Chegou, nisto, ao sítio onde estavam todos quatro conversando, um irmão duma das duas pastoras vestido também de zagal, com riqueza e galas correspondentes às delas; contaram-lhe que a pessoa com quem falavam era o valoroso Dom Quixote de la Mancha, e o outro o seu escudeiro Sancho, de quem ele já tinha notícia, por lhes ter lido a história. Apresentou-lhes os seus cumprimentos o galhardo pastor e pediu-lhes que o acompanhassem às suas tendas: teve de ceder Dom Quixote, e assim se fez. Nisto, encheram-se as redes de diversos passarinhos, que enganados pela cor dos fios, caíram no perigo de que iam fugindo. Juntaram-se naquele sítio mais de trinta pessoas, bizarramente vestidas de pastores e de pastoras, e, num instante, ficaram sabendo quem eram Dom Quixote e seu escudeiro, ficando com isso muito satisfeitos, porque já lhes conheciam a história. Entraram nas tendas, acharam as mesas postas, ricas, abundantes e asseadas; honraram a Dom Quixote, dando-lhe o primeiro lugar; miravam-no todos e admiravam-se de o ver. Finalmente, levantadas as mesas, ergueu Dom Quixote a voz e disse com grande pausa:

— Entre os pecados que os homens cometem, ainda que afirmam alguns que o maior de todos é a soberba, sustento eu que é a ingratidão, baseando-me no que se costuma dizer, que de mal-agradecidos está o inferno cheio. Sempre procurei evitar este pecado, tanto quanto me tem sido possível, desde que tive uso de razão, e se não posso pagar as boas obras que me fazem, com outras, ponho em seu lugar o desejo de as fazer; e quando isso não basta, publico-as, porque aquele que publica os favores que recebe também os recompensaria com outros, se pudesse; que, pela maior parte, os que recebem são inferiores aos que dão, e assim está Deus sobre todos, porque é sobre todos doador, e não podem corresponder as dádivas do homem às de Deus com igualdade, pela infinita distância, e esta estreiteza de meios, até certo ponto, supre o agradecimento. Eu, pois, agradecido à mercê que aqui se me tem feito, não podendo corresponder igualmente, contendo-me nos estreitos limites do meu poderio, ofereço o que posso e o que tenho; e, assim, digo que sustentarei dois dias, de sol a sol, no meio desta estrada real que vai para Saragoça, que estas senhoras, zagalas fingidas são as donzelas mais formosas e mais corteses que há no mundo, excetuando só a sem-par Dulcinéia del Toboso, única senhora dos meus pensamentos; com paz seja dito de quantos e quantos me escutam.

Ouvindo isto, Sancho, que com grande atenção o estivera escutando, disse, dando um grande brado:

— É possível que haja pessoas neste mundo que se atrevam a dizer e a jurar que meu amo é louco? Digam Vossas Mercês, senhores pastores: há cura de aldeia, por muito discreto e estudioso que seja, que possa dizer o que meu amo disse? há cavaleiro andante, por maior que seja a sua fama de valente, que possa oferecer o que meu amo ofereceu?

Voltou-se Dom Quixote para Sancho e disse-lhe, com o rosto aceso em cólera:

— É possível, ó Sancho, que haja em todo o orbe alguma pessoa que diga que não és um tolo chapado, com mescla de malícia e de velhacaria? Quem te manda meter onde não és chamado e decidir se sou discreto ou doido? Cala-te e não me repliques e aparelha Rocinante, se não está aparelhado; vamos a pôr por obra o meu oferecimento, que, com a razão que vai pela minha parte, podes dar já por vencidos todos quantos vierem contradizê-la.

E com grande fúria e sinais de cólera se levantou da cadeira, deixando pasmados todos os circunstantes, fazendo-os duvidar se o deviam ter por louco, se por ajuizado. Finalmente, tendo-lhe persuadido que se não metesse em tal demanda, que davam por bem provada a sua gratidão, e que não eram necessárias novas demonstrações para se conhecer o seu ânimo valoroso, pois bastavam as que na história dos seus feitos se referiam, com tudo isso foi por diante Dom Quixote com a sua tenção, e, montado em Rocinante, embraçando o escudo e pegando na lança, pôs-se no meio duma estrada real, que não ficava longe do verde prado. Seguiu-o Sancho, montado no ruço, com toda a gente do rebanho pastoril desejosos de ver em que viria a parar o seu arrogante e nunca visto oferecimento.

Posto, pois, Dom Quixote no meio do caminho, como se disse, feriu os ares com as seguintes palavras:

— Ó vós outros, passageiros e viandantes, cavaleiros, escudeiros, gente de pé e de cavalo, que por este caminho passais ou haveis de passar nestes dois dias seguintes, sabei que Dom Quixote de la Mancha, cavaleiro andante, está aqui para sustentar que a todas as formosuras e cortesias do mundo excedem as que se encerram nas ninfas habitadoras destes prados e destes bosques, pondo de parte a senhora da minha alma Dulcinéia del Toboso; por isso, acuda quem for de parecer contrário, que aqui o espero.

Duas vezes repetiu estas mesmas palavras, e duas vezes deixaram de ser ouvidas por qualquer aventureiro; mas a sorte, que ia encaminhando as suas coisas cada vez a melhor, ordenou que dali a pouco se descobrisse no caminho uma grande multidão de homens a cavalo, e muitos deles com lanças nas mãos, caminhando todos apinhados, de tropel[11] e com grande pressa. Apenas os viram os que estavam com Dom Quixote, logo, voltando as costas, se afastaram para longe do caminho, porque bem conheceram que, se esperassem,

---

[11] A palavra "tropel" figura como unidade de certa parte do exercício medieval ao entrar em combate.

lhes podia suceder algum mal; só Dom Quixote, com intrépido coração, permaneceu quedo, e Sancho se encobriu com a garupa de Rocinante. Chegou o tropel dos lanceiros, e um deles, que vinha mais adiante, começou a dizer com grandes brados para Dom Quixote:

— Afasta-te do caminho, homem do Diabo, que estes touros te despedaçam.

— Eia, canalha! — respondeu Dom Quixote — para mim não há touros que valham, ainda que sejam dos mais bravos que Jarama cria nas suas ribeiras. Confessai, malandrinos, assim à carga cerrada, que é verdade o que eu aqui publiquei, senão comigo travareis batalha.

Não teve tempo de responder o vaqueiro, nem Dom Quixote de se desviar, ainda que o quisesse; e assim, o tropel dos touros bravos, e o dos mansos cabrestos, com a multidão dos vaqueiros e das outras gentes que os levavam, para os meter no curro, num lugar onde no outro dia haviam de ser corridos, passaram por cima de Dom Quixote, de Sancho, de Rocinante e do ruço, e deram com todos eles em terra, deixando-os a rebolar pelo meio do chão. Ficou moído Sancho, espantado Dom Quixote, desancado o ruço, e Rocinante não muito cristalino; mas, enfim, levantaram-se todos, e Dom Quixote com muita pressa, caindo aqui, tropeçando acolá, principiou a correr atrás da manada, bradando:

— Detende-vos e esperai, canalha malandrina, desafia-vos um só cavaleiro, que não tem a condição, nem é do parecer dos que dizem que ao inimigo que foge se deve fazer uma ponte de prata[12]!

Mas nem com isso se detiveram os apressados corredores, e fizeram tanto caso das suas ameaças como das nuvens de antanho[13]. Cansou Dom Quixote, e, mais enojado que vingado, sentou-se à beira da estrada, esperando que chegassem Sancho, Rocinante e o ruço. Chegaram; tornaram a montar a cavalo o amo e o criado; e, sem voltarem a despedir-se da Arcádia fingida, com mais vergonha que gosto seguiram o seu caminho.

---

[12] "Dar facilidades para escapar."

[13] Ou seja, "de todas as coisas que já se passaram".

H. PISAN

CAPÍTULO LIX

Onde se conta o extraordinário caso, que se pode chamar aventura, que aconteceu a Dom Quixote

À poeira e ao cansaço que Dom Quixote e Sancho tiraram do descomedimento dos touros, deu remédio uma fonte clara e límpida, que encontraram entre um fresco arvoredo, e à beira da fonte se sentaram amo e criado, deixando Rocinante e o ruço livres, sem aparelho nem freio. Acudiu Sancho à despensa dos seus alforjes, e deles tirou o que costumava chamar as vitualhas; enxaguou Dom Quixote a boca, lavou a cara e, com esse refrigério, recobrou alento o seu desanimado espírito; não comia, contudo, de pesaroso que estava, e Sancho não ousava por cortesia tocar nos manjares que tinha diante de si e esperava que seu amo fizesse a salva; mas, vendo que, levado pelas suas imaginações, não se lembrava de levar o pão à boca, não abriu bico, e, atropelando todo o gênero de boa criação, começou a armazenar no estômago o pão e o queijo.

— Come, Sancho amigo — disse Dom Quixote —, sustenta a vida, que te importa mais do que a mim, e deixa-me morrer às mãos dos meus pensamentos, e à força das minhas desgraças; eu, Sancho, nasci para viver morrendo, tu para morrer comendo; e para que vejas que te digo a verdade, considera-me impresso em histórias, famoso nas armas, comedido nas minhas ações, respeitado por príncipes, solicitado de donzelas; e, afinal, quando esperava palmas, triunfos e coroas, granjeadas e merecidas pelas minhas valorosas façanhas, vi-me esta manhã pisado aos pés e moído por animais imundos e soezes. Esta consideração embota-me os queixais, entorpece-me os molares, e intumesce-me as mãos, e de todo em todo me tira a vontade de comer: de modo que estou com idéias de me matar à fome, a morte mais cruel de todas.

— Então — disse Sancho, sem deixar de mastigar apressadamente — não aprova Vossa Mercê aquele rifão que diz: "Morra Marta, morra farta". Eu, pelo menos, não tenho idéias de me matar; pelo contrário, tenciono fazer como o sapateiro, que puxa o couro com os dentes, até o fazer chegar aonde quer; e eu, comendo, puxarei pela minha vida, até chegar ao fim que o céu determinou: e saiba, senhor, que não há maior loucura do que a de querer uma pessoa desesperar-se, como Vossa Mercê; e acredite-me: coma, deite-se a dormir sobre os verdes colchões destas ervas, e verá como se acha um pouco mais aliviado, quando despertar.

Assim fez Dom Quixote, parecendo-lhe que as razões de Sancho eram mais de filósofo que de mentecapto, e disse-lhe:

— Se tu, ó Sancho, quisesses fazer por mim o que eu te vou dizer, seriam os meus alívios mais certos, e não seriam tamanhas as minhas aflições; e vem a ser que, enquanto durmo, obedecendo os teus conselhos, tu te desvies um pouco daqui, e com as rédeas de Rocinante, e pondo ao ar as tuas carnes, arrumes em ti mesmo trezentos ou quatrocentos açoites, por conta dos três mil e tantos que tens de apanhar para o desencantamento de Dulcinéia, que não é pequena lástima que aquela pobre senhora esteja encantada, por teu descuido e negligência.

— Há muito que dizer a isso — respondeu Sancho —; durmamos agora nós ambos, e depois eu direi o que há de ser. Saiba Vossa Mercê que isto de se açoitar um homem a sangue-frio não é muito agradável, e ainda mais se caem os açoites num corpo mal sustentado; tenha paciência a minha Senhora Dona Dulcinéia, que, quando mal se precate, me verá transformado num crivo de açoites, e até o lavar dos cestos é vindima: quero dizer que ainda estou vivo, e conservo o desejo de cumprir o que prometi.

Agradecendo-lhe Dom Quixote, comeu alguma coisa, e Sancho comeu muito: deitaram-se ambos a dormir, deixando entregues ao seu alvedrio, pastando a abundante erva de que estava cheio aquele prado, os seus dois companheiros e amigos, Rocinante e o ruço. Despertaram um pouco tarde; tornaram a montar a cavalo e a seguir o seu caminho, apressando o passo para chegarem a uma venda, que se descobria a coisa duma légua de distância; digo que era venda, porque Dom Quixote assim lhe chamou, fora do uso que tinha de chamar a todas as vendas castelos.

Chegaram, pois, a essa venda e perguntaram ao estalajadeiro se havia pousada; respondeu-lhes que sim, e com toda a comodidade e regalo que em Saragoça podiam encontrar. Apearam-se, e recolheu Sancho a sua despensa num aposento, de que o estalajadeiro lhe deu a chave. Levou os animais para a cavalariça, deitou-lhes as rações, saiu para receber as ordens de Dom Quixote, que estava sentado num poial, e deu graças especiais ao céu por seu amo não ter tomado aquela venda por castelo. Chegou a hora da ceia; foram para os seus quartos, e perguntou Sancho ao seu hospedeiro o que tinha para lhes dar de cear, e o estalajadeiro respondeu que sua boca seria medida[1]; que, de pássaros dos ares, aves da terra e peixes do mar, estava fornecida a sua venda[2].

— Não é preciso tanto — respondeu Sancho —; com dois frangos que nos assem, ficaremos satisfeitos, porque meu amo é delicado e come pouco, e eu não sou nenhum glutão por aí além.

Replicou o estalajadeiro que não havia frangos, porque lhos tinham roubado os milhafres.

— Pois mande o senhor estalajadeiro assar uma franga que seja tenra.

— Franga! pai do céu! — respondeu o estalajadeiro — olhe que mandei ontem à cidade vender mais de cinqüenta; mas, a não serem frangas, peça Vossa Mercê o que quiser.

— Então — disse Sancho — já vejo que há de ter vitela ou cabrito.

— Em casa agora não há nem cabrito, nem vitela — respondeu o estalajadeiro —, porque se acabaram; mas, para a semana, há de os haver a rodo.

— Lucramos muito com isso! — observou Sancho. — Espero ao menos que todas estas faltas se remedeiem com fartura de toucinho e de ovos.

— Por Deus! que fraca memória tem o meu hóspede! — tornou o estalajadeiro. — Pois se eu já lhe disse que não tenho nem

---

[1] Isto é, a boca seria a medida do que quisessem comer.

[2] Todo este parágrafo mostra o espírito de zombaria do vendeiro, que se compraz em mesclar conceitos paradoxais: pássaros dos ares, aves da terra e peixes do mar...

frangas, nem galinhas, como quer que tenha ovos! Discorra por outros manjares delicados, mas não peça criação.

— Acabemos com isto — tornou Sancho —; diga-me, finalmente, o que tem e deixe-se de histórias.

— Senhor hóspede — redargüiu o vendeiro —, o que tenho, real e verdadeiramente, são duas unhas de vaca, que parecem mãos de vitela, ou duas mãos de vitela, que parecem unhas de vaca. Cozeram-se com grão-de-bico, cebolas e toucinho, e agora estão mesmo a dizer: "Comei-me! comei-me!"

— Já não vão para mais ninguém, senão para nós — disse Sancho —, que as havemos de pagar melhor do que quaisquer outros; porque eu por mim não podia esperar coisa de que mais gostasse, e não se me daria que fossem mãos de vaca, em vez de serem só unhas.

— Ninguém lhes tocará — afirmou o vendeiro —, porque outros hóspedes que tenho são tão principais, que trazem consigo cozinheiro, despenseiro e mantearia.

— Se falamos em principais — disse Sancho —, ninguém excede meu amo; mas o ofício que ele tem não permite despensas; assim, estendemo-nos no meio dum prado, e ali enchemos a barriga com bolotas ou nêsperas.

Esta foi a prática que Sancho teve com o vendeiro, sem querer ir mais adiante em responder às perguntas que ele lhe fazia sobre a profissão de seu amo. Chegou, pois, a hora da ceia; recolheu-se ao seu aposento Dom Quixote, e quando veio a olha, sentou-se a cear tranqüilamente. Parece que no outro aposento, que estava ao pé de Dom Quixote, dividido só por um delgado tabique, ouviu o nosso herói dizer-se de repente:

— Por vida de Vossa Mercê, Senhor Dom Jerônimo, vamos ler, enquanto não vem a ceia, outro capítulo da segunda parte de Dom Quixote de la Mancha.

Apenas Dom Quixote ouviu o seu nome, pôs-se de pé, e, com o ouvido alerta, escutou o que diziam dele; e ouviu o tal Dom Jerônimo responder:

— Para que quer Vossa Mercê ler esses disparates, Senhor Dom João, se quem tiver lido a primeira parte da história de *Dom Quixote de la Mancha* não pode encontrar gosto em ler a segunda?[3]

---

[3] Pensando em escrever este capítulo estava Cervantes quando chegou

G. Doré
H. PISAN

— Apesar disso — tornou Dom João —, sempre se deve ler, porque não há livro tão ruim que não tenha alguma coisa boa. Neste, o que mais me desagrada é pintar Dom Quixote já desenamorado de Dulcinéia del Toboso.

Ouvindo isto, Dom Quixote, cheio de ira e de despeito, levantou a voz e disse:

— A quem disser que Dom Quixote de la Mancha esqueceu ou pode esquecer Dulcinéia del Toboso, eu lhe farei perceber, com armas iguais, que está muito longe da verdade, e que, nem a incomparável Dulcinéia del Toboso pode ser olvidada, nem pode caber o olvido no peito de Dom Quixote: o seu brasão é a firmeza, e a sua profissão guardá-la com suavidade, e sem esforço algum.

— Quem é que nos responde? — tornaram do outro aposento.

— Quem há de ser — respondeu Sancho — senão o próprio Dom Quixote de la Mancha, que sustentará tudo o que disse, e ainda o que tiver de dizer, que ao bom pagador não lhe custa dar penhor?

Apenas Sancho disse isto, entraram pela porta do seu aposento dois cavaleiros, e um deles, deitando os braços ao pescoço de Dom Quixote, disse-lhe:

— Nem a nossa presença pode desmentir o vosso nome, nem o vosso nome pode desacreditar a vossa presença. Sem dúvida, senhor, sois o verdadeiro Dom Quixote de la Mancha, norte e luz da cavalaria andante, a despeito e apesar de quem quis usurpar o vosso nome e aniquilar as vossas façanhas, como fez o autor deste livro, que aqui vos entrego.

E pôs-lhe um livro nas mãos, livro que o seu companheiro trazia; pegou-lhe Dom Quixote e, sem responder palavra, principiou a folheá-lo; e dali a pedaço devolveu-lho, dizendo:

— No pouco que vi, achei três coisas neste autor dignas de repreensão. A primeira são algumas palavras que li no prólogo; a segunda ser a linguagem aragonesa, porque muitas vezes escreve sem artigos; e a terceira, que mais o confirma por ignorante, é o errar e desviar-se da verdade no mais principal da história, porque

---

ao seu conhecimento e às suas mãos o segundo tomo do *engenhoso fidalgo Dom Quixote de la Mancha*, escrito por Alonso Fernández de Avellaneda, impresso em Tarragona em 1614.

diz aqui que a mulher do meu Sancho Pança se chama Maria Gutiérrez, e não se chama tal: chama-se Teresa Pança; e, quem erra nesta parte tão importante, bem se poderá recear que erre em todas as outras da história.

— Donoso historiador! — acudiu Sancho — muito deve saber dos nossos sucessos, pois chama a Teresa Pança, minha mulher, Maria Gutiérrez! torne a pegar no livro, senhor meu amo, e veja se eu também por cá ando, e se também me mudou o nome.

— Pelo que vos tenho ouvido dizer — acudiu Dom Jerônimo —, sois, sem dúvida, Sancho Pança, o escudeiro do Senhor Dom Quixote.

— Sou Sancho, sim, senhor, e disso me ufano.

— Pois à fé — tornou o cavaleiro — que vos não trata este autor moderno com o asseio que na vossa pessoa se mostra; pinta-vos comilão e simples, e nada gracioso, e mui diferente do Sancho que se descreve na primeira parte da história de vosso amo.

— Deus lho perdoe — disse Sancho —; melhor fora que ele me deixasse no meu canto, sem se lembrar de mim, porque, quem te manda a ti, sapateiro, tocar rabecão? e bem está São Pedro em Roma.

Os dois cavaleiros pediram a Dom Quixote que fosse cear com eles, que bem sabiam que naquela venda não havia manjares próprios da sua pessoa. Dom Quixote, que sempre foi delicado, condescendeu, e acompanhou-os; ficou Sancho senhor da olha, com mero e misto império[4]; sentou-se à cabeceira da mesa, e sentou-se com ele o vendeiro, que não tinha menos afeição às suas mãos e às suas unhas.

No decurso da ceia perguntou Dom João a Dom Quixote que notícias tinha da Senhora Dulcinéia del Toboso: se casara, se estava grávida, ou se, estando ainda donzela, se lembrava, sem deixar de guardar a sua honestidade e decoro, dos amorosos pensamentos do Senhor Dom Quixote.

Ao que ele respondeu:

— Dulcinéia está donzela, e os meus pensamentos são mais firmes do que nunca: as correspondências continuam na sua antiga escassez, a sua formosura está transformada na fealdade duma soez lavradeira.

---

[4] São termos jurídicos: o mero império era ter a faculdade de impor uma pena aos malfeitores; o misto império, faculdade de julgar as causas.

E logo lhes foi contado, ponto por ponto, o encantamento da Senhora Dulcinéia, e o que lhe sucedera na cova de Montesinos, com a ordem que o sábio Merlim lhe dera para a desencantar, que foi a dos açoites de Sancho. Foi sumo o contentamento que os dois cavaleiros tiveram, ouvindo contar a Dom Quixote os estranhos sucessos da sua história; e ficaram tão admirados dos seus disparates, como do modo elegante por que os expunha. Umas vezes consideravam-no discreto, e outras vezes supunham-no mentecapto, sem saber determinar que grau lhe dariam entre a discrição e a loucura.

Acabou Sancho de cear e, deixando feito xis[5] ao vendeiro, passou para o quarto onde estava seu amo, e disse ao entrar:

— Que me matem, senhores, se o autor desse livro, que Vossas Mercês aí têm, quer que comamos umas migas juntos: ao menos, já que me chama comilão, desejaria que me não chamasse borracho.

— Chama, sim — disse Dom Jerônimo —; não me lembro de que maneira, mas lembro-me que são malsoantes as suas razões, e, de mais a mais, mentirosas, como se deixa ver na fisionomia do bom Sancho, que está presente.

— Creiam-me Vossas Mercês — disse Sancho — que o Sancho e o Dom Quixote dessa história hão de ser outros diversos dos que andam na que compôs Cide Hamete Benengeli, e que estes últimos somos nós: meu amo, valente, discreto e enamorado; e eu, simples gracioso e nem comilão, nem borracho.

— Assim o creio — disse Dom João —; e, se fosse possível, havia de se mandar que ninguém tivesse o atrevimento de tratar das coisas do grande Dom Quixote, a não ser Cide Hamete, seu primeiro historiador, como Alexandre mandou que ninguém tivesse a ousadia de o retratar senão Apeles[6].

— Retrate-me quem quiser — disse Dom Quixote —, mas não me maltrate, que, muitas vezes, vai abaixo a paciência, quando a carregam de insultos.

— Nenhum se pode fazer ao Senhor Dom Quixote, de que ele se não vingue — tornou Dom João —, se o não aparar no escudo da sua paciência, que me parece que é forte e grande.

Nestas e noutras práticas se passou grande parte da noite; e,

---

[5] Bêbedo, cambaleante, cruzando as pernas como uma letra xis.

[6] Lenda estendida no mundo clássico.

ainda que Dom João desejava que Dom Quixote lesse mais do livro, para ver o que bramava, não puderam conseguir que ele o fizesse, dizendo que o dava por lido, e o confirmava por néscio, e que não queria, se por acaso chegasse ao conhecimento do seu autor que o tivera nas mãos, que se alegrasse pensando que o lera, pois das coisas obscenas e torpes devem afastar-se os pensamentos, quanto mais os olhos. Perguntaram-lhe qual era o seu destino. Respondeu que ia a Saragoça, para figurar nas justas do arnês[7], que naquela cidade se fazem todos os anos. Disse-lhe Dom João que aquela nova história contava que Dom Quixote, ou quem quer que fosse, estivera em Saragoça, num torneio falto de invenção, pobre de letras, pobríssimo de galas, e só rico de disparates.

— Pois por isso mesmo — respondeu Dom Quixote — não porei os pés em Saragoça; e, assim, mostrarei a mentira desse historiador moderno: e verão as gentes que não sou o Dom Quixote que ele diz.

— Faz muito bem — disse Dom Jerônimo —; há outras justas em Barcelona, onde o Senhor Dom Quixote pode mostrar o seu valor.

— Isso tenciono fazer — tornou Dom Quixote —; e dêem-me Vossas Mercês licença, que já são horas de ir para a cama, e tenham-me na conta dum dos seus amigos e servidores.

— E a mim também — disse Sancho —; pode ser que sirva para alguma coisa.

Com isto se despediram, e Dom Quixote e Sancho retiraram-se para o seu aposento, deixando Dom João e Dom Jerônimo admirados de ver a mescla que ele tinha feito da sua discrição e da sua loucura; e acreditaram que eram estes os verdadeiros Dom Quixote e Sancho, não os que descrevia o seu autor aragonês.

Madrugou Dom Quixote e, batendo com os nós dos dedos nos tabiques do outro aposento, se despediu dos seus novos amigos. Pagou Sancho ao vendeiro magnificamente, e aconselhou-lhe que gabasse menos o fornecimento da sua venda, e a tivesse melhor fornecida.

---

[7] Estas justas se celebravam três vezes por ano.

CAPÍTULO LX

Do que sucedeu a Dom Quixote no caminho de Barcelona

Era fresca a manhã, e dava mostras de o ser também o dia em que Dom Quixote saiu da venda, informando-se primeiro de qual era o caminho mais direito para ir para Barcelona sem tocar em Saragoça: tal era o desejo que tinha de pôr por mentiroso aquele novo autor, que tanto diziam que o vituperava. Não lhe aconteceu coisa digna de escrever em mais de seis dias, ao cabo dos quais, indo fora do caminho ou carreira, apanhou-o a noite num espesso carvalhal ou sobreiral. Apearam-se das suas cavalgaduras amo e criado, e, encostando-se aos troncos das árvores, Sancho, que naquele dia merendara, entrou logo a dormir; mas Dom Quixote, a quem conservavam desperto ainda muito mais as suas imaginações do que a fome, não podia pregar olho, antes ia e vinha com o pensamento por mil gêneros de lugares. Ora lhe parecia achar-se na cova de Montesinos; ora ver brincar e montar na sua burrica a Dulcinéia, convertida em lavradeira; ora que lhe soavam aos ouvidos as palavras do sábio Merlim, referindo-lhe as condições e diligências com que se conseguiria o desencantamento de Dulcinéia. Desesperava-se ao ver a frouxidão e a falta de caridade de Sancho; porque lhe parecia que apenas dera cinco açoites em si próprio, número desproporcionado e pequeno para os infinitos que lhe faltavam; e com isto se afligiu tanto, que fez consigo o seguinte discurso:

"Se Alexandre Magno cortou o nó górdio, dizendo: 'Tanto monta cortar como desatar', e por isso não deixou de ser o senhor universal de toda a Ásia, nem mais nem menos podia suceder agora com o desencantamento de Dulcinéia, se eu açoitasse Sancho contra vontade dele; porque, se a condição deste remédio está em receber Sancho os três mil e tantos açoites, que se me dá a mim que os dê ele, ou que lhos dê outro? o essencial é que ele os receba, venham donde vierem!" Pensando nisto, aproximou-se de Sancho, tendo primeiro agarrado nas rédeas de Rocinante; e, juntando-as de modo que pudesse açoitá-lo com elas, principiou a tirar-lhe a cinta que dizem que não possuía senão a dianteira, em que se sustentavam os calções, mas, apenas a começou a desapertar, acordou Sancho e disse:

— Que é isto? quem me toca e me desaperta?

— Sou eu — respondeu Dom Quixote —, que venho suprir as tuas faltas, e remediar meus trabalhos; venho-te açoitar, Sancho, e descarregar em parte a dívida a que te obrigaste. Dulcinéia perece, tu vives descuidado, eu morro de desejos; e, assim, desataca-te por vontade, que a minha é dar-te nesta solidão pelo menos dois mil açoites.

— Isso não — tornou Sancho —; Vossa Mercê faça favor de estar quieto, não os surdos nos hão de ouvir; os açoites a que me obriguei hão de ser dados voluntariamente, e não à força; agora não tenho vontade de me açoitar; basta que eu dê a minha palavra a Vossa Mercê, que me fustigo e sacudo as moscas do meu corpo, assim que me apetecer.

— Não quero deixá-lo à tua cortesia, Sancho — disse Dom Quixote —, porque és duro de coração e ainda que vilão, tenro de carnes.

E procurava à viva força desapertá-lo. Vendo isto, Sancho levantou-se e, arremetendo a seu amo, abraçou-o à força e, passando-lhe o pé, deu com ele no chão, de cara virada para cima; pôs-lhe um joelho no peito e, segurando-lhe nas mãos, não o deixava mexer nem respirar. Dom Quixote lhe dizia:

— Como, traidor, pois desmandas-te contra teu amo e senhor natural? atreves-te contra quem te dá o pão?

— Não tiro rei, nem ponho rei[1] — respondeu Sancho —, mas

[1] Frase de Beltrão Duguesclin ao ajudar Henrique de Trastâmara em sua luta com Dom Pedro, o Cruel: "Não tiro rei, nem ponho rei, mas ajudo ao meu senhor".

ajudo-me a mim, que sou meu senhor; prometa-me Vossa Mercê que estará quieto, e não tratará agora de me açoitar, que eu o deixarei livre e desembaraçado, senão

Aqui morrerás, traidor,
Imigo de Dona Sancha[2].

Prometeu Dom Quixote e jurou por vida dos seus pensamentos não lhe tocar na roupa, e deixá-lo açoitar-se quando quisesse, por sua livre vontade e alvedrio. Ergueu-se Sancho e desviou-se daquele sítio um bom pedaço e, indo arrimar-se a um tronco de árvore, sentiu que lhe tocavam na cabeça e levantando as mãos, topou dois pés de gente, com sapatos e calças. Tremeu de medo, procurou outra árvore, e aconteceu-lhe o mesmo; deu brados, chamando Dom Quixote que lhe acudisse. Correu seu amo, e, perguntando-lhe o que é que sucedera, e de que é que tinha medo, respondeu-lhe Sancho que todas aquelas árvores estavam cheias de pernas e de pés humanos. Apalpou-os Dom Quixote e logo percebeu o que seria, e disse a Sancho:

— Não tenhas medo, porque estes pés e pernas, que apalpas e não vês, decerto são de alguns foragidos e bandoleiros, enforcados nestas árvores, que por estes sítios os costuma enforcar a Justiça quando os apanha, de vinte a vinte, e de trinta a trinta árvores, e por isso percebo que devo estar ao pé de Barcelona.

E era, efetivamente, assim.

Ao amanhecer, levantaram os olhos e viram os cachos daquelas árvores, que eram corpos de bandoleiros. Já nisto vinha amanhecendo, e, se os mortos os tinham espantado, também os atribularam mais de quarenta bandoleiros vivos, que de improviso os rodearam, dizendo-lhes, em língua catalã, que estivessem quedos e esperassem pelo capitão. Achava-se Dom Quixote a pé, com o cavalo sem freio, com a lança arrimada a uma árvore, e, finalmente, sem defesa alguma; e, assim, não teve remédio senão cruzar as mãos e inclinar a cabeça, guardando-se para melhor ocasião e conjuntura.

Correram os bandoleiros a espoliar o ruço, não deixando coisa alguma do que vinha nos alforjes e na maleta, e por felicidade Sancho trazia os escudos do duque, e os que trouxera da terra,

---

[2] Versos de um romance dos Infantes de Lara.

metidos numa algibeira do alçapão; mas, ainda assim, aquela boa gente o revistaria, e lhe tiraria até o que tivesse escondido por baixo da pele, se não chegasse nesse momento o seu capitão, que mostrava ser homem de trinta e quatro anos, robusto, bem-proporcionado, mais alto que baixo, de olhar grave, e de cor morena. Vinha montado num poderoso cavalo, com uma cota de malha de aço e quatro pistolas, a que se chamam na Catalunha pedreñales[3], metidas no cinto. Viu que os seus escudeiros (que assim chamam aos que andam naquele exercício) iam despojar Sancho Pança; ordenou-lhes que o não fizessem, e foi logo obedecido; e, assim, escapou o cinto. Admirou-se de ver uma lança arrimada a uma árvore, um escudo no chão e Dom Quixote armado e pensativo, com a mais triste e melancólica fisionomia que a própria tristeza podia ter. Chegou-se a ele dizendo:

— Não estejais tão triste, bom homem, porque não caístes nas mãos de algum cruel Osíris[4], mas sim nas de Roque Guinart[5], que têm mais de compassivas que de rigorosas.

— Não estou triste — respondeu Dom Quixote — por ter caído em teu poder, Roque valoroso, para cuja fama não se encontram limites na terra, mas sim por ter sido tal o meu descuido, que me apanharam os teus soldados sem freio no cavalo, sendo eu obrigado, pela regra da cavalaria andante que professo, a viver sempre alerta, sentinela a toda a hora de mim mesmo; e quero que saibas, grande Roque, que se me achasse montado no cavalo, com a minha lança e com o meu escudo, não lhes seria fácil renderem-me, porque sou Dom Quixote de la Mancha, aquele que enche todo o orbe com as suas façanhas.

Logo Roque Guinart conheceu que a enfermidade de Dom Quixote estava mais próxima da loucura que da valentia; e, ainda que algumas vezes o ouvira nomear, nunca julgou verdadeiros os seus feitos, nem se pôde persuadir de que tivesse semelhantes disposições o coração dum homem; alegrou-se em extremo por tê-lo encontrado, para tocar de perto o que de longe ouvira a respeito dele; e assim, disse-lhe:

---

[3] "Pedreñal" era arcabuz pequeno que se disparava com pedernal.

[4] Erro: refere-se a Busiris, tirano da Sicília.

[5] Personagem rigorosamente histórico, como se demonstrou já.

— Valoroso cavaleiro, não vos despeiteis, nem considerais como fortuna esquerda esta em que vos encontrais, porque pode ser que nestes tropeços se endireitasse a vossa torcida sorte; que o céu, por estranhos e nunca vistos rodeios, nunca imaginados pelos homens, costuma levantar os caídos e enriquecer os pobres.

Já Dom Quixote lhe ia agradecer, quando sentiu pela retaguarda um ruído semelhante a tropel de cavalos; mas era um só, em que vinha montado, correndo a galope, um moço que parecia ter os seus vinte anos, vestido de damasco verde, com alamares de ouro, bragas, chapéu revirado à valona, botas envernizadas e justas, esporas, adaga e espada dourada, uma pequena escopeta nas mãos e duas pistolas na cinta. Ouvindo o ruído, voltou a cabeça Roque e viu esta gentil figura, que, ao aproximar-se dele, disse-lhe:

— Vinha à tua procura, valoroso Roque, para encontrar em ti, senão remédio, pelo menos alívio na minha desdita; e para que não estejas suspenso, porque vejo que me não conheceste, quero dizer-te quem sou: sou Cláudia Jerônima, filha de Simão Forte, teu amigo particular e inimigo de Claquel Torrellas, que também é inimigo teu, por ser do bando contrário; e sabes que este Torrellas tem um filho, que se chama Dom Vicente Torrellas, ou que pelo menos assim se chamava ainda há menos de duas horas. Este, pois, para encurtar razões, viu-me, enamorou-se de mim; escutei-o e enamorei-me também, às escondidas de meu pai; que não há mulher, por mais retirada que esteja, e por mais recatada que seja, a quem não sobre tempo para pôr em execução e efeito os seus atropelados desejos. Finalmente, prometeu ele ser meu esposo e eu dei-lhe palavra de ser sua, sem que em obra fôssemos adiante. Soube ontem que ele, esquecido do que me devia, ia casar com outra e que esta manhã a desposava, notícia que me turbou os sentidos e me deu cabo da paciência; e por meu pai não estar no lugar, tive eu de me vestir com este fato, e, metendo o cavalo a galope, alcancei Dom Vicente daqui a coisa duma légua e, sem começar a fazer queixas nem a ouvir desculpas, disparei sobre ele esta escopeta e mais estas duas pistolas, e parece-me que lhe meti mais de duas balas no corpo, abrindo-lhe portas por onde saísse a minha honra, envolta no seu sangue. Ali o deixei nas mãos de seus criados, que não ousaram nem puderam defendê-lo, e venho rogar-te que me passes para França, onde tenho parentes com que viva, e também pedir-te que defendas meu pai, para que os muitos parentes de Dom Vicente se não atrevam a tirar dele vingança.

Roque, admirado da galhardia, boa figura e aventurosa índole da formosíssima Cláudia, disse-lhe:

— Vinde, senhora; vamos ver se morreu o vosso inimigo e depois veremos o que mais vos convirá.

Dom Quixote, que escutara o que Cláudia dissera e o que Roque respondera, observou:

— Não precisa se incomodar em defender esta senhora, que tomo eu isso a meu cargo: dê-me o meu cavalo e as minhas armas, que eu irei em busca desse cavalheiro, e, morto ou vivo, o obrigarei a cumprir a promessa que fez a tanta formosura.

— Ninguém duvide disto — disse Sancho —, porque meu amo tem muito boa mão para casamenteiro; ainda não há muitos dias que obrigou a casar um, que também faltou à palavra que a outra donzela dera; e, se não fossem os nigromantes terem mudado a verdadeira figura do moço na dum lacaio, já a estas horas a tal donzela o não seria.

Roque Guinart, que mais cuidava no sucesso da formosa Cláudia do que nos discursos do amo e do criado, não os entendeu e, ordenando aos seus escudeiros que restituíssem a Sancho tudo o que tinham tirado do ruço, ordenou-lhes também que se retirassem para o sítio onde tinham estado nessa noite alojados, e logo partiu com Cláudia a toda a brida, à procura do ferido ou morto Dom Vicente. Chegaram ao sítio onde Cláudia o encontrou, e não viram ali senão sangue derramado de fresco; mas, percorrendo com a vista aqueles contornos, descobriram por um monte acima alguma gente e perceberam que seria Dom Vicente, que os seus criados levavam, ou morto ou vivo, ou para o curar, ou para o enterrar. Correram a apanhá-los, o que facilmente conseguiram, porque o cortejo ia vagarosamente. Encontraram Dom Vicente nos braços do seus servos, a quem pedia, com voz cansada e débil, que o deixassem ali morrer, porque a dor das feridas não consentia que fosse mais adiante.

Saltaram dos cavalos abaixo, chegaram-se a eles; tremeram os criados com a presença de Roque e turbou-se Cláudia com a de Dom Vicente; e meia enternecida e meia rigorosa, chegou-se a ele, travando-lhe das mãos, e disse-lhe:

— Se tu me desses estas mãos, conforme o que combináramos, não te verias nunca neste transe.

Abriu o ferido cavalheiro os olhos semicerrados e, conhecendo Cláudia, disse-lhe:

— Bem vejo, formosa e iludida senhora, que foste tu que me

mataste, castigo não merecido nem devido a meus desejos, porque nunca, nem com desejos nem com obras, te quis ofender.

— Então, não é verdade — disse Cláudia — que ias esta manhã desposar Leonora, a filha do rico Balvastro?

— Não, decerto — respondeu Dom Vicente. — Foi a minha má fortuna que te levou essa notícia, para que por zelos me tirasses a vida; mas, deixando-a nas tuas mãos e nos teus braços, ainda me considero venturoso; e, para te assegurares desta verdade, aperta-me a mão e recebe-me por esposo, se quiseres, que não tenho maior satisfação a dar-te do agravo que de mim recebeste.

Apertou-lhe a mão Cláudia e apertou-se-lhe o coração de maneira que desmaiou em cima do peito ensangüentado de Dom Vicente, e este foi acometido por um paroxismo mortal. Estava confuso Roque e não sabia o que havia de fazer. Correram os criados a buscar água para a deitarem no rosto de seu amo e trouxeram bastante para banhar os rostos de Vicente e de Cláudia. Acordou esta do seu desmaio, mas não do seu paroxismo Dom Vicente, porque lhe acabou a vida; e, vendo isto Cláudia, e reconhecendo que já o seu doce esposo não vivia, feriu os ares com suspiros e o céu com as suas queixas; maltratou os cabelos, soltando-os ao vento, rasgou a cara com as suas próprias mãos, com todos os sinais de dor e de sentimento que podem indicar a angústia que punge um coração.

— Ó cruel e inconsiderada mulher! — dizia ela — com que facilidade puseste em execução tão mau pensamento! Ó raivosa força dos zelos, a que desesperado fim conduziste a que vos deu acolhimento no peito! Ó meu esposo, cuja desditosa sorte, por ser prenda minha, te levou do tálamo à sepultura!

Tais eram os tristes queixumes de Cláudia, que arrancaram lágrimas dos olhos de Roque, não costumados a derramá-las. Choravam os criados, a cada passo desmaiava Cláudia, e todo aquele circuito parecia campo de tristeza e lugar de desgraças. Finalmente, Roque Guinart ordenou aos criados de Dom Vicente que levassem o corpo dele para a aldeia de seu pai, que ficava ali perto, para lhe darem sepultura. Cláudia disse a Roque que queria ir para um mosteiro, de que era abadessa uma tia sua e onde tencionava acabar a vida, acompanhada por outro melhor e mais eterno esposo. Louvou-lhe Roque o seu bom propósito e ofereceu-se para a acompanhar até onde ela quisesse, e para defender seu pai contra os parentes de Dom Vicente e contra todos os que quisessem molestá-lo. Não aceitou Cláudia a sua companhia e, agradecendo os seus oferecimentos com as melhores palavras, despediu-se dele chorando. Os criados de Dom Vicente levaram-lhe o corpo, e Roque voltou para os seus: e este fim tiveram os amores de Cláudia Jerônima. Mas que admira, se teceram a trama da sua lamentável história as forças invencíveis e rigorosas dos zelos?

Achou Roque Guinart os seus escudeiros no sítio para onde os mandara, e Dom Quixote com eles, montado em Rocinante, fazendo-lhes uma prática, em que lhes persuadia que deixassem aquele modo de vida, tão perigoso, tanto para a alma como para o corpo; mas, como a maior parte deles era gascã, gente rústica e fera, não lhes entrava bem na cabeça a prática de Dom Quixote. Apenas Roque chegou, perguntou a Sancho se lhe haviam restituído o que lhe tinham tirado do ruço. Respondeu Sancho que sim, mas que só lhe faltavam três lenços, que valiam três cidades.

— Que dizes tu, homem? — acudiu um dos que estavam presentes — sou eu que os tenho, e não valem três reais.

— É verdade — disse Dom Quixote —, mas avalia-os o meu escudeiro no que diz, por mos ter dado quem mos deu.

Mandou-os Roque Guinart restituir imediatamente, e mandando pôr os seus em fileira, ordenou que trouxessem para ali fatos, jóias, dinheiro, tudo, enfim, quanto fora roubado desde a última repartição, e fazendo rapidamente a conta, trocando a dinheiro o que não era divisível, repartiu tudo pela companhia, com tanta igualdade e prudência, que a ninguém favoreceu nem defraudou. Feito isto, e ficando todos satisfeitos, contentes e pagos, disse Roque para Dom Quixote:

— Se não se guardasse pontualidade, não se podia viver com eles.

— Pelo que vejo — disse Sancho —, é tão boa coisa a justiça, que é necessária até entre os ladrões.

Ouviu-o um escudeiro e, levantando o arcabuz pelo cano, ia decerto abrir a cabeça a Sancho, se Roque Guinart lhe não bradasse que se detivesse.

Ficou Sancho pasmado e resolveu não tornar a abrir a boca, enquanto estivesse com aquela gente.

Nisto, chegaram uns escudeiros, que estavam de sentinela pelos caminhos para ver a gente que por eles vinha e dar aviso ao seu chefe do que se passava, e estes disseram:

— Senhor, não longe daqui, pela estrada de Barcelona, vem um tropel de gente.

— Viste se são dos que nos buscam, ou se são dos que buscamos? — perguntou Roque. — São dos que buscamos — respondeu o escudeiro.

— Pois saí todos — disse Roque —, e trazei-mos, sem que escape um só.

Obedeceram-lhe; e, ficando sozinhos Dom Quixote, Sancho e o capitão, estiveram à espera de ver os que os escudeiros traziam; e entretanto disse Roque para Dom Quixote:

— Há de parecer o nosso modo de vida novo para o Senhor Dom Quixote, assim como lhe hão de parecer novas as nossas aventuras, novos os nossos sucessos e todos perigosos; e não me espanto que assim pareça, realmente confesso que não há modo de vida mais inquieto e mais sobressaltado do que este. A mim trouxeram-me para ele não sei que desejos de vingança que têm força de turbar os mais sossegados corações; eu sou de índole compassiva e bem-intencionada; mas, como disse, o querer-me vingar dum agravo que se me fez deu em terra com todas as minhas boas inclinações, de maneira que persevero neste estado, apesar do que entendo; e, como um abismo chama outro abismo e um pecado outro pecado, encadearam-se as vinganças, de modo que me encarrego não só das minhas, mas também das alheias; mas, graças a Deus, ainda que me vejo no meio do labirinto das minhas confusões, não perco a esperança de sair dele a salvamento.

Ficou Dom Quixote admirado de ouvir a Roque tão boas e concertadas razões, porque pensava que entre os que tinham estes ofícios de roubar, matar e assaltar, não podia haver quem tivesse bom discorrer; e respondeu-lhe:

— Senhor Roque, o conhecimento da enfermidade e o querer tomar o enfermo os remédios que o médico receita são o princípio da saúde: Vossa Mercê está enfermo, conhece a sua doença, e o céu, ou Deus, para melhor dizer, que é o nosso médico, lhe aplicará remédios que o sarem, remédios que costumam curar a pouco e pouco, e não de repente e por milagre; e, além disso, os pecadores discretos estão mais próximos de emendar-se do que os simples; e, como Vossa Mercê mostrou no seu arrazoado a sua prudência, tenha ânimo e espere, que há de melhorar da enfermidade da sua alma: e se quiser poupar caminho e entrar com facilidade no da sua salvação, venha comigo, que eu o ensinarei a ser cavaleiro andante, profissão em que se passam tantos trabalhos e desventuras, que, tomando-as por penitência, põem-no em duas palhetadas no caminho do céu.

Riu-se Roque do conselho de Dom Quixote, a quem, mudando de conversação, contou o trágico sucesso de Cláudia Jerônima, ficando muito pesaroso Sancho, a quem não tinha parecido mal a beleza, desenvoltura e brio da moça.

Nisto, chegaram os escudeiros do roubo, trazendo consigo dois cavaleiros e dois peregrinos a pé, e um coche de mulheres, com seis criados a pé e a cavalo, que as acompanhavam, e mais dois moços de mulas, que os cavaleiros traziam. Meteram-nos no meio os escudeiros, guardando vencidos e vencedores um grande silêncio, à espera que falasse o grande Roque Guinart, o qual perguntou aos cavaleiros quem eram, para onde iam e que dinheiro levavam.

Um deles respondeu:

— Senhor, somos dois capitães de infantaria espanhola, temos as nossas companhias em Nápoles e vamos embarcar numas galés, que se diz que estão em Barcelona, com ordem de passar a Sicília; levamos cerca de duzentos ou trezentos escudos, com que, no nosso entender, vamos ricos e satisfeitos, porque as habituais estreitezas dos soldados não permitem maiores tesouros.

Perguntou Roque aos peregrinos o mesmo que aos capitães; responderam-lhe que iam embarcar para passar a Roma, e que ambos levariam sessenta reais. Quis saber quem ia também no coche e o dinheiro que levava; e um dos de cavalo disse:

— Vão no coche minha ama Dona Guiomar de Quiñones, mulher do regedor do vigariado de Nápoles, com uma filha pequena, uma donzela e uma aia; acompanhamo-las seis criados, e o dinheiro eleva-se a seiscentos escudos.

— De modo — disse Roque Guinart — que temos aqui já novecentos escudos e sessenta reais: os meus soldados serão sessenta, pouco mais ou menos: vejam quanto cabe a cada um, que eu sou mau contador.

Ouvindo isto, os salteadores levantaram a voz, bradando:

— Viva Roque Guinart muitos anos, mau grado aos lladres[6] que juraram perdê-lo. Turbaram-se os capitães, afligiu-se a senhora regedora e não ficaram nada satisfeitos os peregrinos, vendo a confiscação dos seus bens. Teve-os assim Roque um pedaço suspensos, mas não quis que fosse mais adiante a sua tristeza, que já claramente se revelava, e disse, voltando-se para os capitães:

— Emprestem-me Vossas Mercês, por favor, senhores capitães,

---

[6] "Ladrões", em catalão: aqui, depreciativamente.

sessenta escudos, e a senhora regedora oitenta, para contentar esta minha esquadra, porque o abade janta do que canta; e podem seguir depois o seu caminho, livre e desembaraçadamente, com um salvo-conduto, que eu lhes darei, para que, se toparem alguma outra das minhas esquadras, que tenho divididas por estes contornos, elas lhes não façam dano, que não é minha intenção agravar soldados, nem mulher alguma, especialmente as que são principais.

Foram infinitas e bem expressas as razões com que os capitães agradeceram a Roque a sua cortesia e liberalidade, que assim consideraram o deixar-lhes o dinheiro que era deles. A Senhora Dona Guiomar de Quiñones quis-se apear do coche para beijar os pés e as mãos do grande Roque, mas ele não o consentiu de modo algum, antes lhe pediu perdão do agravo que lhe fizera, por se ver forçado a cumprir as obrigações do seu ofício. Mandou a senhora regedora a um dos criados que desse imediatamente os oitenta escudos que lhe tinham distribuído, e já os capitães haviam desembolsado os sessenta. Iam os peregrinos entregar toda a sua mesquinha fazenda, mas Roque disse-lhes que estivessem quedos; e, voltando-se para os seus, disse-lhes:

— Destes escudos cabem dois a cada um de vocês, e sobejam vinte; dêem dez a estes peregrinos e dez a este honrado escudeiro, para que possa dizer bem desta aventura.

E, tirando arranjos para escrever, de que sempre andava munido, deu-lhes por escrito um salvo-conduto para os maiorais das suas esquadras e, despedindo-se deles, deixou-os ir livres e admirados da sua nobreza, do seu galhardo porte, do seu estranho proceder, tendo-o mais por Alexandre Magno do que por um ladrão conhecido. Um dos escudeiros disse na sua língua, meia gascã, meia catalã:

— Este nosso capitão serve mais para frade que para bandoleiro: se daqui por diante quiser mostrar-se liberal, que seja com a sua fazenda e não com a nossa.

Não o disse tão devagar o desventurado, que Roque deixasse de o ouvir, e este logo, lançando mão à espada, lhe abriu a cabeça quase de meio a meio, dizendo-lhe:

— Assim castigo os desbocados e atrevidos.

Pasmaram todos, e nenhum se atreveu a dizer uma palavra: tanta era a obediência que lhe tinham.

Afastou-se Roque para o lado e escreveu uma carta a um seu amigo de Barcelona, avisando-o de que estava com ele o famoso Dom Quixote de la Mancha, aquele cavaleiro andante de quem tantas coisas se diziam; e que lhe fazia saber que era o mais engraçado e mais entendido homem do mundo: que daí a quatro dias, dia de São João Batista, iria pôr-se no meio da praça da cidade, armado com todas as armas, montado no seu cavalo Rocinante, acompanhado pelo seu escudeiro Sancho, montado num burro, e que desse notícia disto aos Niarros seus amigos, para que com ele se divertissem; que ele desejaria que não se regalassem também com isto os Cadells[7] seus contrários, mas que era impossível evitá-lo, porque as loucuras e discrições de Dom Quixote e os donaires do seu escudeiro Sancho Pança não podiam deixar de servir de passatempo geral a toda a gente. Despachou esta carta por um dos seus escudeiros, que mudando o trajo de bandoleiro no de lavrador, partiu para Barcelona, e a deu a quem se dirigia.

[7] No tempo de Cervantes havia duas quadrilhas de bandoleiros; uma dos Niarros e a outra dos Cadells.

CAPÍTULO LXI

Do que sucedeu a Dom Quixote na entrada de Barcelona, com outras coisas que têm mais de verdadeiras que de discretas

Três dias e três noites esteve Dom Quixote com Roque e, se estivesse trezentos anos, não lhe faltaria que ver e admirar no seu modo de vida. Amanheciam aqui e jantavam acolá; umas vezes fugiam sem saber de quê e outras vezes esperavam, sem saber a quem. Dormiam em pé, interrompendo o sono com o mudar-se de um sítio para outro. Tudo era pôr espias, escutar sentinelas, assoprar os morrões dos arcabuzes, ainda que não tinham muitos, porque todos se serviam de pistolas. Roque passava as noites apartado dos seus, e de modo que eles não pudessem saber onde ele estava, porque os muitos bandos que o vice-rei de Barcelona deitara para alcançar a sua cabeça traziam-no inquieto e receoso, e não se atrevia a fiar-se em ninguém, temendo que até os seus o entregassem à Justiça — vida decerto miserável e enfadosa.

Enfim, por caminhos desusados, por atalhos e sendas encobertas, partiram Roque, Dom Quixote e Sancho, com mais seis escudeiros, para Barcelona. Chegaram ali na véspera de São João, à noite, e, abraçando Roque a Dom Quixote e a Sancho, a quem deu os dez escudos prometidos, que até então lhe não dera, deixou-os, com mil oferecimentos, que de um e de outro lado se fizeram.

Voltou Roque para trás, ficou Dom Quixote esperando o dia, a cavalo como estava, e não tardou muito que não principiasse a descobrir-se pelos balcões do Oriente o rosto da branca aurora, alegrando as ervas e as flores em vez de alegrar o ouvido. Ao

G. Doré

mesmo tempo alegraram também os ouvidos as muitas charamelas e timbales, tambores e pífaros, e vozes de "fora! afastem!", dadas por corredores que pareciam sair da cidade. Deu lugar a aurora ao sol que, com o rosto maior que uma rodela[1], surgia a pouco e pouco do fundo do horizonte.

Estenderam Dom Quixote e Sancho a vista por todos os lados, viram o mar, que até então nunca tinham visto, e pareceu-lhes imenso e espaçosíssimo, muito maior que as lagoas de Ruidera, que tinham em La Mancha. Viram as galés varadas na praia, as quais abatendo as lonas, mostravam-se cheias de flâmulas e galhardetes[2], que tremulavam ao vento e varriam as águas. Dentro delas soavam clarins, trombetas e charamelas que, ao perto e ao longe, enchiam os ares de suaves e belicosos lamentos. Principiaram a mover-se e a fazer como que umas escaramuças navais nas sossegadas águas, correspondendo-lhes, quase do mesmo modo, infinitos cavaleiros, que saíam da cidade montados em formosos cavalos e com vistosas galas. Os soldados das galés disparavam muitos canhões, a que respondiam os que estavam nas muralhas e fortes da cidade; e grossa artilharia, com temeroso estrondo, rompia os ares, respondendo-lhe os canhões de maior coxia das galeras. O mar alegre, a terra jucunda e o ar límpido, ou apenas turvo com o fumo da pólvora, parece que iam infundindo e gerando súbita alegria em toda a gente. Não podia imaginar Sancho como podiam ter tantos pés aqueles vultos que se moviam no mar.

Nisto, vieram correndo com gritos: "É ele, é ele, é ele", em grande algazarra, os cavaleiros das vistosas galas e, dirigindo-se para o sítio onde estava atônito e suspenso Dom Quixote, um deles, que era o que Roque avisara, disse em alta voz a Dom Quixote:

— Seja bem-vindo à nossa cidade o espelho, o farol, a estrela e o norte de toda a cavalaria andante, o homem em cujo peito mais largamente ela se encerra; bem-vindo seja, repito, o valoroso Dom Quixote de la Mancha, não o falso, não o fictício, não o apócrifo, que em falsas histórias ultimamente nos mostraram, mas sim o verdadeiro, o legal, o fiel, que nos descreveu Cide Hamete Benengeli, flor dos historiadores.

---

[1] "Rodela": escudo redondo que cobre o peito.

[2] "Flâmulas": bandeiras de extremidades cortadas em forma de chamas; "galhardetes": troféus em forma de pequeno farol.

Não respondeu palavra Dom Quixote, nem os cavaleiros esperaram resposta; mas, girando e regirando com os outros que o seguiram, começaram a galopar, em espiral, em torno de Dom Quixote, que, voltando-se para Sancho, disse:

— Eles logo nos conheceram: aposto que leram a nossa história e também a do aragonês, que foi há pouco impressa.

Voltou outra vez o cavaleiro que falara a Dom Quixote, e disse:

— Venha Vossa Mercê conosco, Senhor Dom Quixote, que somos todos seus servos e grandes amigos de Roque Guinart.

— Se cortesias geram cortesias — respondeu Dom Quixote —, a vossa, senhor cavaleiro, é filha ou parenta muito próxima da do grande Roque. Levem-me para onde quiserem, que eu não terei outra vontade senão a vossa, e ainda mais se a quiserdes empregar em servir-nos.

Com palavras não menos comedidas do que estas lhe respondeu o cavaleiro e, metendo-o todos no meio, ao som das charamelas e dos timbales, encaminharam-se com ele para a cidade, a cuja entrada o mau[3], que todo o mal ordena, e os gaiatos, que ainda são piores do que ele, tramaram uma partida: dois garotos, travessos e atrevidos, meteram-se por meio de toda a gente e, levantando um deles o rabo do ruço e outro o de Rocinante, ataram-lhes um molho de cardos. Sentiram os pobres animais essas esporas de novo gênero e, apertando as caudas, ainda aumentavam a dor; de modo que, aos escorvos e aos coices, deram com seus donos em terra. Dom Quixote, corrido e afrontado, apressou-se a tirar os cardos do rabo do seu mancarrão, e Sancho os do jumento. Quiseram os que guiavam Dom Quixote castigar o atrevimento dos gaiatos, mas não foi possível porque se meteram no meio de mais de mil que os seguiam.

Tornaram a montar Dom Quixote, e Sancho e, com o mesmo aplauso e música, chegaram à casa do seu guia, que era grande e principal, enfim como de cavaleiro rico; e aí os deixaremos por agora, porque assim o quer Cide Hamete.

---

[3] O Diabo.

CAPÍTULO LXII

Que trata da aventura da cabeça encantada, com outras ninharias que não podem deixar de se contar

Chamava-se Dom Antônio Moreno o hospedeiro de Dom Quixote, cavaleiro rico e discreto e amigo de se divertir honesta e afavelmente: e, vendo em sua casa Dom Quixote, andava procurando modo de trazer a campo as suas loucuras, sem lhe fazer dano, porque são más brincadeiras as que doem, nem há passatempos que valham, sendo em prejuízo alheio. A primeira coisa que fez foi mandar desarmar Dom Quixote e pôr à vista aquele seu apertado gibão, que já por muitas vezes descrevemos e pintamos, e levá-lo para uma sacada, que deitava para uma das ruas mais principais da cidade, e tendo-o em exposição diante de todos que o miravam, como se ele fosse um animal curioso. Correram de novo por diante os cavaleiros, como se só para ele, e não para alegrar aquele festivo dia, tivessem vestido as suas galas; e Sancho Pança estava contentíssimo, por lhe parecer que se achara, sem saber como nem como não, noutras bodas de Camacho, noutra casa como a de Dom Diogo de Miranda e noutro castelo como o do duque.

Jantaram naquele dia com Dom Antônio alguns dos seus amigos, honrando e tratando todos Dom Quixote como cavaleiro andante; e ele, por isso, inchado e pomposo, não cabia em si de contente. As graças de Sancho foram tantas, que andavam, como que suspensos da sua boca, os criados da casa e todos os que o ouviam. Estando à mesa, disse Dom Antônio a Sancho:

— Já por cá temos notícias, bom Sancho, de que gostais tanto de manjar-branco[1] e de almôndegas que, se vos sobejam, guardais tudo no seio para outro dia.

— Não, senhor, não é assim — respondeu Sancho —, porque sou mais asseado que guloso; e meu amo Dom Quixote, que presente se acha, bem sabe que, com um punhado de bolotas ou de nozes, costumamos passar ambos oito dias: é verdade que, se às vezes sucede darem-me a vaca, vou logo com a corda: quero dizer, como o que me dão; e quando venta molha a vela; e quem tiver dito que sou comilão avantajado e sujo, fique sabendo que não acertou; e de outro modo eu diria isto, se não atendesse às barbas honradas dos que estão à mesa.

— É certo — disse Dom Quixote — que a parcimônia e asseio com que Sancho come se podem escrever e gravar em lâminas de bronze, para que fique em memória eterna nos séculos futuros. É verdade que, quando tem fome, parece sôfrego, porque come depressa e a dois carrilhos, mas sempre com grande asseio; e, no tempo em que foi governador, aprendeu a comer com melindre; tanto, que até comia com garfo as uvas e os bagos de romã.

— O quê? — disse Dom Antônio — Sancho foi governador?

— Fui — respondeu Sancho —, de uma ilha chamada Baratária. Dez dias a governei; nesses dias perdi o sossego e aprendi a desprezar todos os governos do mundo; saí, fugindo; caí numa cova, onde me tive por morto e donde me safei vivo, por milagre.

Contou Dom Quixote, por miúdo, todos os sucessos do governo de Sancho, com o que divertiu muito os ouvintes.

Levantada a mesa e tomando Dom Antônio a Dom Quixote pela mão, entrou com ele num apartado aposento, onde não havia outro adorno senão uma mesa de um pé só, que parecia toda de jaspe, em cima da qual estava posta uma cabeça, que parecia de bronze, em busto, como a dos imperadores romanos. Passeou Dom Antônio com Dom Quixote pelo aposento, rodeando muitas vezes a mesa; e depois disse:

— Agora, Senhor Dom Quixote, que sei que ninguém nos escuta e que está fechada a porta, quero contar a Vossa Mercê uma

---

[1] "Manjar-branco": prato delicado e apetitoso, composto de peito de ave, especialmente de galinha, farinha de arroz, leite e açúcar.

das mais raras aventuras ou, para melhor dizer, das mais raras novidades que imaginar-se podem, com a condição de que Vossa Mercê há de encerrar o que eu lhe disser nos mais recônditos recessos do segredo.

— Assim o juro — respondeu Dom Quixote —, e ponho-lhe uma pedra em cima, para mais segurança; porque quero que Vossa Mercê saiba, Senhor Dom Antônio, que está falando com quem, apesar de ter ouvidos para ouvir, não tem língua para falar: portanto, pode, com segurança, transladar o que tem no seu peito para o meu e fazer de conta que o arrojou aos abismos do silêncio.

— Fiado nessa promessa — respondeu Dom Antônio —, quero que Vossa Mercê se admire do que vai ver e ouvir e que me dê a mim algum alívio da pena que me causa não ter a quem comunicar os meus segredos, que não se podem dizer a todos.

Estava suspenso Dom Quixote, esperando em que iriam parar tantas prevenções. Nisto, Dom Antônio, pegando-lhe na mão, passeou-a pela cabeça de bronze e por a mesa e o pé de jaspe que a sustinha, e disse:

— Esta cabeça, Senhor Dom Quixote, foi feita e fabricada por um dos maiores nigromantes e feiticeiros que teve o mundo, polaco de nação, parece-me, e discípulo do famoso Escotilho[2], de quem tantas aventuras se contam; esteve aqui em minha casa e, por mil escudos que lhe dei, lavrou esta cabeça, que tem a propriedade e a virtude de responder a quantas coisas se lhe perguntarem ao ouvido. Traçou rumos, pintou caracteres, observou astros, mirou pontos e, finalmente, completou-a com a perfeição que amanhã veremos, porque nas sextas-feiras está muda; e por isso como hoje é sexta-feira, teremos de esperar até amanhã. Poderá Vossa Mercê prevenir-se com as perguntas que lhe quiser fazer, porque, por experiência, sei que responde a verdade.

Ficou admirado Dom Quixote da virtude e da propriedade da cabeça, e esteve quase não acreditando em Dom Antônio; mas, vendo o pouco tempo que faltava para se fazer a experiência, não lhe quis dizer senão que lhe agradecia o ter-lhe descoberto tamanho segredo. Saíram do aposento, fechou Dom Antônio a porta à chave

---

[2] Refere-se a Miguel Escoto, morto em 1232; estudou em Paris, Oxford e Toledo, onde aprendeu o árabe e traduziu as obras de Aristóteles.

e foram para a sala onde estavam os outros cavalheiros, a quem Sancho contara, entretanto, muitos dos sucessos e aventuras que a seu amo tinham acontecido.

Nesta tarde levaram a passear Dom Quixote, não armado, mas vestido com um balandrau cor de pele de leão, que faria suar naquele tempo o próprio gelo. Ordenaram aos seus criados que entretivessem Sancho, de modo que o não deixassem sair de casa. Ia Dom Quixote montado, não em Rocinante, mas num grande macho de andar sereno e muito bem aparelhado. Vestiram-lhe o balandrau, e nas costas, sem que ele visse, coseram-lhe um pergaminho, em que escreveram com letras grandes: "Este é Dom Quixote de la Mancha". No princípio do passeio atraía o rótulo a vista de quantos passavam, que se aproximavam logo e, como liam em voz alta: "Este é Dom Quixote de la Mancha", admirava-se Dom Quixote de ver que todos os que olhavam para ele o nomeavam e conheciam; e, voltando-se para Dom Antônio, que ia ao seu lado, disse-lhe:

— Grandes prerrogativas tem a cavalaria andante, porque torna quem a professa conhecido e famoso em todos os cantos da terra; senão, veja Vossa Mercê, Senhor Dom Antônio, que até os garotos desta cidade, sem nunca me haverem visto, me conhecem.

— É verdade, Senhor Dom Quixote — respondeu Dom Antônio —, que, assim como o fogo não pode estar escondido e encerrado, não pode a virtude deixar de ser conhecida; e a que se alcança pela profissão das armas resplandece e campeia sobre todas as outras.

Aconteceu que, caminhando Dom Quixote com o aplauso que se disse, um castelhano, que leu o rótulo das costas, levantou a voz, dizendo:

— Valha-te o Diabo, Dom Quixote de la Mancha; como vieste aqui parar, escapando com vida às infinitas pauladas que apanhaste? Tu és doido e, se o fosses sozinho e dentro das portas da tua loucura, não seria mau; mas tens a propriedade de tornar doidos e mentecaptos todos os que tratam e comunicam contigo; senão, vejam estes senhores que te acompanham. Vai para tua casa, mentecapto, e olha pela tua fazenda, por tua mulher e teus filhos, e deixa-te dessas tolices, que te comem o siso e te descoalham o entendimento.

— Irmão — disse Dom Antônio —, segui o vosso caminho e não deis conselhos a quem vo-los não pede. O Senhor Dom Quixote de la Mancha é mui sensato, e nós outros, que o acompanhamos, não somos néscios: a virtude há de se honrar onde se encontrar; e ide-vos em má hora e não vos metais onde não sois chamado.

— Por Deus! tem Vossa Mercê razão — tornou o castelhano; dar conselhos a este bom homem é dar coices no aguilhão; mas, contudo, tenho muita pena de que o bom senso, que dizem que esse mentecapto em tudo mostra, o venha a desaguar pelo canal da sua cavalaria andante; e caia sobre mim e sobre os meus descendentes a hora má que Vossa Mercê diz, se daqui por diante, ainda que eu viva mais anos que Matusalém, der conselhos a quem mos não pedir.

Afastou-se o conselheiro e seguira adiante o passeio; mas os garotos e toda a mais gente se atropelavam de tal modo a ler o rótulo, que Dom Antônio teve de o tirar, fingindo que lhe tirava outra coisa.

Chegou a noite, voltaram para casa e houve sarau de damas: porque a mulher de Dom Antônio, que era uma senhora principal e alegre, formosa e discreta, convidou outras suas amigas para vir honrar o seu hóspede e saborear as suas nunca vistas loucuras. Apareceram algumas, ceou-se esplendidamente e principiou o sarau quase às dez da noite. Entre as damas, havia duas de gênio alegre e zombeteiro; e, sendo muito honestas, eram, contudo, desenvoltas bastante para que as suas burlas agradassem sem enfadar. Estas tanto teimaram em tirar Dom Quixote para dançar, que lhe moeram não só o corpo, mas a alma também. Era coisa de ver a figura de Dom Quixote, comprido e estirado, magro e amarelo, de fato muito justo, desengonçado e, sobretudo, pouquíssimo ligeiro. Requebravam-no, como que a furto, as donzelas, e ele também, como que a furto, as desdenhava; mas, vendo-se apertado com requebros, levantou a voz e disse:

— *Fugite, partes adversae*[3]: deixai-me no meu sossego, pensamentos importunos; levai para outro lado, senhoras, os vossos desejos, que aquela que dos meus é rainha, a incomparável Dulcinéia del Toboso, não consente que nenhuns outros, sem serem os seus, me rendam e avassalem.

E, dizendo isto, sentou-se no chão, no meio da casa, moído e

[3] "Fugi, inimigos": fórmula de exorcismo.

quebrantado com tão bailador exercício. Mandou Dom Antônio que o levassem em peso para o leito, e o primeiro que lhe deitou a mão foi Sancho, que lhe disse:

— Em má hora, senhor meu amo, muito bailastes! então pensais que todos os valentes são dançadores e todos os cavaleiros andantes bailarinos? Digo que, se tal pensais, estais enganado. Há homem que mais depressa se atreverá a matar um gigante que a dar uma cabriola; quando houverdes de sapatear, eu suprirei a vossa falta, que sapateio como um gerifalte; mas lá no dançar não dou rego.

Com estas e outras palavras divertiu Sancho os do sarau e meteu seu amo na cama, cobrindo-o de roupa, para que se curasse, suando, do esfriar do baile.

Ao outro dia entendeu Dom Antônio que era tempo de fazer a experiência da cabeça encantada, e com Dom Quixote, Sancho e mais dois amigos, e as duas senhoras que tinham moído Dom Quixote no baile e passado a noite com a mulher de Dom Antônio, fechou-se no quarto onde estava a cabeça. Contou-lhes a propriedade que tinha, pediu-lhes segredo e disse-lhes que era esse o primeiro dia em que se havia de experimentar a virtude da tal cabeça encantada; e, a não serem os dois amigos de Dom Antônio, mais nenhuma pessoa sabia o busílis do encantamento; e, ainda assim, se Dom Antônio lho não tivesse descoberto primeiro, também eles cairiam no pasmo em que os outros caíram: nem outra coisa era possível — com tal arte e tão boa traça estava fabricada.

O primeiro que se chegou ao ouvido da cabeça foi o mesmo Dom Antônio, e disse-lhe em voz submissa, mas não tanto que o não entendessem todos:

— Dize-me, cabeça, pela virtude que em ti se encerra: em que penso agora?

E a cabeça respondeu-lhe, sem mover os lábios, com voz clara e distinta, de modo que foi por todos entendida, o seguinte:

— Não julgo de pensamentos.

Ouvindo isto, ficaram todos atônitos, vendo que não havia em todo o aposento pessoa humana que pudesse responder.

— Quantos estamos aqui? — tornou a perguntar Dom Antônio. Respondeu-lhe a cabeça, do mesmo teor, e baixinho:

— Estás tu e tua mulher, com dois amigos teus e duas amigas dela, e um famoso cavaleiro chamado Dom Quixote de la Mancha, e um seu escudeiro que tem o nome de Sancho Pança.

Aqui foi o admirarem-se todos de novo; aqui o eriçarem-se os cabelos a todos os presentes, de puro espanto; e, afastando-se Dom Antônio da cabeça, disse:

— Isto me basta para saber que não fui enganado pela pessoa que ma vendeu: cabeça sábia, cabeça faladora, cabeça respondedora e admirável cabeça! Chegue-se outro e pergunte-lhe o que quiser.

E como as mulheres, de ordinário, são curiosas e amigas de saber, a primeira que se chegou foi uma das duas amigas da esposa de Dom Antônio, e perguntou-lhe:

— Dize-me, cabeça: que hei de fazer para ser formosa?

E respondeu-lhe a cabeça:

— Ser honesta.

— Não te pergunto mais nada — disse a perguntadora.

Chegou-se logo a companheira e prosseguiu:

— Dize-me, cabeça, se meu marido me quer bem ou não.

— Vê o que ele te faz — respondeu a cabeça —, e logo o saberás.

Afastou-se a casada, dizendo:

— Para receber esta resposta, não valia a pena perguntar nada, porque, efetivamente, pelas obras se revela a vontade de quem as pratica.

Chegou em seguida um dos dois amigos de Dom Antônio e perguntou-lhe:

— Quem sou eu?

— Tu bem o sabes.

— Não te pergunto isso — respondeu o cavalheiro —, mas quero que me digas se me conheces.

— Conheço, sim; és Dom Pedro Noriz.

— Não quero saber mais nada; já vejo, cabeça, que tudo sabes.

E, afastando-se, deu lugar ao outro amigo; que lhe perguntou:

— Dize-me, cabeça: que desejos tem o meu filho morgado?

Tornou ela:

— Não julgo de desejos; mas, com tudo isso, posso dizer que o que teu filho quer é enterrar-te.

— Isso — acudiu o cavaleiro — vejo com os meus olhos e o assinalo com o dedo; e nada mais pergunto.

Chegou-se a mulher de Dom Antônio e disse:

— Não sei, cabeça, o que te hei de perguntar; mas só queria que me dissesses se gozarei muitos anos o meu bom marido.

— Gozarás, sim, porque a sua saúde e a sua temperança prometem largos anos de vida, que muitos costumam encurtar com os seus excessos.

H. PISAN.

Chegou-se em seguida Dom Quixote e perguntou:

— Dize-me tu, ó ente que respondes: foi verdade, ou foi sonho, o que eu conto que passei na cova de Montesinos? Serão certos os açoites de Sancho, meu escudeiro? Terá efeito o desencantamento de Dulcinéia?

— Em quanto ao que se passou na cova — respondeu a cabeça —, há muito que se lhe dizer: tem de tudo; os açoites de Sancho hão de ir devagar, e o desencantamento de Dulcinéia chegará a devida execução.

— Não quero saber mais nada — tornou Dom Quixote —, e em eu vendo Dulcinéia desencantada, farei de conta que vêm de golpe todas as fortunas que posso desejar.

O último perguntador foi Sancho, que perguntou:

— Porventura, cabeça, apanharei outro governo? Sairei da estreiteza de escudeiro? Tornarei a ver minha mulher e meus filhos?

— Governarás na tua casa — disse a cabeça —; se lá tornares, verás tua mulher e teus filhos e, deixando de servir, deixarás de ser escudeiro.

— Boa resposta! — disse Sancho — até aí chegava eu e não diria mais o profeta Perogrullo.

— Que queres que te respondam? — disse Dom Quixote. — Não basta que as respostas que esta cabeça dá acertem com o que se lhe pergunta?

— Basta, sim — tornou Sancho —, mas eu sempre queria que ela dissesse mais.

Com isto, acabaram as perguntas e as respostas, mas não acabou a admiração em que todos ficaram, exceto os dois amigos de Dom Antônio, que sabiam do caso. Quis logo Cide Hamete Benengeli declará-lo, para não ficar suspenso o mundo, imaginando que se encerrava na tal cabeça algum mágico e extraordinário mistério; e assim, diz que Dom Antônio Moreno, à imitação de outra cabeça que viu em Madri, fabricada por um estampador, fez esta em sua casa, para se entreter e encher de pasmo os ignorantes; e a fábrica era assim: a mesa era de pau, pintada e envernizada, imitando jaspe, e o pé que a sustinha era de pau também, com quatro garras de águia, que dele saíam para maior firmeza do peso. A cabeça, que parecia medalhão de imperador romano e de bronze, estava toda oca, e oca era também a mesa, em que a cabeça se encaixava tão perfeitamente, que não aparecia nenhum sinal de pintura. O pé da mesa era oco igualmente, e correspondia à garganta e peito do busto, e tudo a outro aposento que estava por baixo desse quarto. Por toda esta cavidade do pé, mesa, garganta e peito do referido busto, corria um canudo de lata muito apertado, que por ninguém podia ser visto. No quarto inferior punha-se a pessoa que havia de responder, com a boca pegada ao canudo, de modo que a voz ia de cima para baixo e vice-versa, como se fosse por uma sarabatana, em palavras articuladas e claras, e deste modo não era possível conhecer o embuste. Um sobrinho de Dom Antônio, estudante agudo e discreto, foi quem respondeu; e, tendo-lhe dito seu tio quem eram as pessoas que haviam de entrar no aposento da cabeça, foi-lhe fácil responder com rapidez e pontualidade à primeira pergunta; às outras respondeu por conjeturas, como discreto e discretamente. E diz mais Cide Hamete que dez ou doze dias durou esta maravilhosa máquina; mas que, divulgando-se na cidade que Dom Antônio tinha em casa uma cabeça encantada, que respondia a tudo o que lhe perguntavam, Dom Antônio, receando que chegasse isto aos ouvidos das vigilantes sentinelas da nossa fé, foi declarar o caso aos senhores inquisidores; mandaram-lhe eles que a desfizesse, e que não fosse mais adiante, para que o vulgo ignorante se não escandalizasse. Mas na opinião de Dom Quixote e de Sancho Pança a cabeça continuou a ser tida por encantada e respondona, mais com satisfação de Dom Quixote que de Sancho.

Os cavaleiros da cidade, para comprazer a Dom Antônio e para fazer bom acolhimento a Dom Quixote e dar lugar a que descobrisse as suas sandices, deliberaram jogar o jogo da argolinha[4] dali a seis dias, coisa que se não realizou, pelo motivo que se dirá depois. Teve Dom Quixote desejo de passear pela cidade a pé e incógnito, temendo que, se fosse a cavalo, o haveriam de perseguir os rapazes, e assim ele e Sancho, com outros dois criados que Dom Antônio lhe deu, saíram a passear. Sucedeu, pois, que, indo por uma rua, levantou os olhos Dom Quixote e viu escrito numa porta, em letras muito grandes, "aqui se imprimem livros"; e ficou muito satisfeito, porque nunca vira imprensa alguma e desejava saber como era. Entrou na imprensa com todo o seu acompanhamento e viu num sítio uns homens a fazerem a tiragem, noutro as emendas, noutro a comporem e noutro a paginarem, e finalmente aquele maquinismo

---

[4] Jogo que consistia em cavalgar com uma lança que se tinha de fazer passar por uma argola preparada para esse fim.

todo que nas imprensas grandes se mostra. Chegava Dom Quixote a uma caixa e perguntava o que se fazia ali; explicavam-lho os tipógrafos, admirava e passava adiante. Uma boa vez respondeu-lhe um dos tipógrafos:

— Senhor, este cavalheiro que aqui está — e mostrou-lhe um homem grave, de boa aparência e de bom porte — traduziu um livro toscano na nossa língua castelhana e eu estou-o compondo, para o dar à estampa.

— Qual é o título do livro? — perguntou Dom Quixote.

— O livro em toscano chama-se *Le bagatelle* — respondeu o tradutor.

— E que quer dizer "bagatelle"? — perguntou Dom Quixote.

— "Bagatelle" — tornou o tradutor — quer dizer "bagatelas"; e, ainda que o livro é humilde de nome, contém e encerra em si coisas ótimas e substanciais.

— Eu — disse Dom Quixote — sei alguma coisa de toscano e gabo-me de cantar algumas estâncias de Ariosto. Mas diga-me Vossa Mercê, senhor meu (e não digo isto porque queira examinar o merecimento de Vossa Mercê, mas por curiosidade e nada mais): encontrou alguma vez a palavra "pignata"?

— Decerto, muitas vezes — respondeu o tradutor.

— E como é que Vossa Mercê a traduz?

— Como a havia de traduzir senão por "panela"?

— Corpo de tal — tornou Dom Quixote —, como Vossa Mercê conhece a fundo o idioma toscano! Sou capaz de apostar em como, quando em toscano se diz "piace"; diz Vossa Mercê "praz" ou "agrada", e onde dizem "più" diz "mais", e ao "sù" chama "acima", e ao "giù" chama "abaixo".

— Isso sem dúvida alguma — tornou o tradutor —, porque são esses os seus verdadeiros significados.

— Atrevo-me a jurar — tornou Dom Quixote — que não é Vossa Mercê conhecido nesse mundo, inimigo sempre de premiar os floridos engenhos e os louváveis trabalhos. Que talentos aí há perdidos! que engenhos metidos ao canto! quantas virtudes menosprezadas! mas, com tudo isso, parece-me que traduzir duma língua para outra, não sendo das rainhas das línguas grega e latina, é ver panos de rãs pelo avesso que, ainda que se vêem as figuras, vêem-se cheias de fios que as escurecem, e não se vê a lisura e cor do direito; e o traduzir de línguas fáceis não prova engenho nem elocução, como o não prova quem traslada, nem quem copia um papel de outro papel; e daqui não quero inferir que não seja louvável este exercício das traduções, porque em outras coisas piores, e que menos proveito lhe trouxessem, se podia ocupar o homem. Estão fora desta conta os nossos dois famosos tradutores, Cristóvão de Figueroa, no seu *Pastor Fido*[5], e Dom João de Jáuregui, no seu *Aminta*[6], em que facilmente se fica em dúvida sobre qual é a tradução e qual o original. Mas diga-me Vossa Mercê: este livro imprime-se por sua conta, ou já vendeu o privilégio a algum livreiro?

— Imprimo-o por minha conta — respondeu o tradutor —, e conto ganhar mil ducados[7], pelo menos, com esta primeira edição, que há de ser de dois mil exemplares, e se hão de vender a seis reais cada um, por dá cá aquela palha.

— Muito enganado está Vossa Mercê — respondeu Dom Quixote —, e bem se vê que não conhece as entradas e saídas dos impressores e as correspondências que há de uns com outros. Eu lhe juro que, quando se vir com dois mil exemplares às costas, há de se sentir deveras moído, principalmente se o livro não for picante.

— Pois quê! — disse o tradutor — quer Vossa Mercê que eu o vá dar a um livreiro por três maravedis, e que ainda ele pense que me faz favor em mos dar? Eu não imprimo os meus livros para alcançar famas no mundo, que já sou bastante conhecido pelas minhas obras; quero proveito, que, sem ele, nada vale a boa fama.

— Deus lhe dê ventura — respondeu Dom Quixote.

E passou adiante a outras caixas, onde viu que estavam emendando uma folha dum livro que se intitulava *Luz da alma*[8].

Disse, ao vê-lo:

— Estes livros, por muitos que sejam, sempre se devem imprimir, porque há muitos pecadores, e são necessárias infinitas luzes para tantos desalumiados.

Seguiu avante e viu que estavam também corrigindo outro livro, e perguntou o título; responderam-lhe que se chamava a

---

[5] É Cristóvão Suárez de Figueroa, autor de *O passageiro* e tradutor de *O Pastor Fido*, de Guarini.

[6] Dom João de Jáuregui traduziu a *Aminta*, de Torquato Tasso.

[7] Há evidentemente um erro neste cálculo.

[8] É a obra *Luz da alma cristã contra a ceguidade e ignorância no que pertence à fé e lei de Deus e da Igreja*, Valladolid, 1554, de Frei Filipe de Meneses.

Segunda parte do engenhoso fidalgo Dom Quixote de la Mancha, composta por um cidadão vizinho de Tordesilhas[9].

— Já tenho notícia deste livro e em boa consciência pensei que estava queimado e reduzido a pó, por impertinente; mas há de lhe chegar o seu São Martinho, como aos porcos[10] : as histórias fingidas são boas e deleitosas, quando são verossímeis, e as verdadeiras, quando são exatas.

E, dizendo isto, com sinais de certo despeito, saiu da imprensa e naquele mesmo dia resolveu Dom Antônio levá-lo a ver as galés que estavam fundeadas no porto, e com essa notícia se alegrou Sancho, porque nunca em sua vida vira semelhantes coisas. Avisou Dom Antônio o quatralvo[11] das galés de que naquela tarde levaria a vê-las o seu hóspede, o famoso Dom Quixote de la Mancha, de quem já o quatralvo e todos os habitantes da cidade tinham conhecimento; e o que nelas sucedeu se contará no seguinte capítulo.

---

[9] Avellaneda se dizia natural da vila de Tordesilhas.

[10] "A cada porco chega o seu São Martinho", diz o refrão.

[11] "Quatralvo": chefe de quatro galeras.

CAPÍTULO LXIII

De como Sancho Pança se deu mal com a visita às galés e da nova aventura da formosa mourisca

Muito discorria Dom Quixote acerca da resposta da cabeça encantada, sem que desse com o embuste; e em que mais pensava era na promessa, que teve por certa, do desencantamento de Dulcinéia. Passeava dum lado para o outro e folgava consigo mesmo, julgando que havia de ver brevemente essa promessa cumprida; e Sancho, ainda que detestava o ser governador, como já se disse, todavia desejava outra vez mandar e ser obedecido: que esta má ventura tem consigo o mando, ainda que seja fingido.

Em conclusão, naquela tarde, Dom Antônio Moreno e os seus dois amigos, com Dom Quixote e Sancho, foram às galés. O quatralvo, que estava prevenido da sua vinda, apenas eles chegaram ao cais, mandou que todas as galés o saudassem com os pavilhões e que tocassem as charamelas; deitaram logo ao mar os escaleres, cobertos com ricas alcatifas e almofadas de veludo carmesim; e, apenas Dom Quixote pôs pé no escaler, salvou a artilharia das galés e, ao subir o cavaleiro pelo portaló de estibordo, fez-lhe continência a companhia, como é uso quando entra na galé uma pessoa principal, bradando-lhe: "Hu! hu! hu!" três vezes. Deu-lhe a mão o quatralvo, que era um fidalgo valenciano, e abraçou-o dizendo:

— Este dia há de ser marcado por mim com pedra branca[1], por

[1] Marcar com pedra branca, já se disse no capítulo X da segunda parte, nota 4.

ser um dos melhores da minha vida, tendo visto nele o Senhor Dom Quixote de la Mancha, em quem se cifra e encerra todo o valor da cavalaria andante.

Com outras expressões não menos corteses lhe respondeu Dom Quixote, sobremaneira alegre por se ver tão senhorilmente tratado. Dirigiram-se todos para a ré, que estava muito vistosa, e sentaram-se nos bancos da amurada; passou o mestre à coberta e deu sinal com o apito, para que a chusma tirasse a roupa[2], o que se fez num instante. Sancho, que viu tanta gente em pêlo, ficou pasmado, e ainda mais quando viu içar o pavilhão tão depressa, que parecia que todos os diabos andavam ali trabalhando; mas tudo isto foi pão com mel, em comparação com o que vou dizer. Estava Sancho sentado ao pé do primeiro galeote da direita, que, informado do que havia de fazer, se lhe agarrou e, levando-o nos braços, o passou para o seu vizinho e este para o imediato, e assim correu toda a roda, com tanta pressa, que o pobre Sancho perdeu a luz dos olhos e, sem dúvida, imaginou que os próprios demônios o levavam; e não pararam enquanto o não puseram outra vez na ré, pelo lado oposto àquele por onde dera começo ao passeio. Ficou o pobre Sancho moído, ofegante e suado, sem poder perceber o que lhe sucedera. Dom Quixote, que viu o vôo sem asas de Sancho, perguntou ao quatralvo se aquilo eram cerimônias que se usavam com os que entravam de novo nas galés; porque, se assim fosse, ele, que não tinha tenção de seguir essa carreira, não queria fazer semelhantes exercícios, e que votava a Deus que, se alguém o agarrasse, arrancava-lhe a alma às estocadas; e, dizendo isto, pôs-se em pé, de espada em punho.

Neste momento amainaram o pavilhão e, com grandíssimo ruído, deixaram cair as vergas. Pensou Sancho que o céu se desencaixava dos quícios e lhe vinha desabar em cima da cabeça e, tapando-a, cheio de medo, escondeu-a entre as pernas. Também se assustou Dom Quixote, que estremeceu, encolheu os ombros e perdeu a cor do rosto. A chusma içou as vergas, com a mesma pressa e ruído com que as tinham amainado, e tudo em silêncio, como se não tivesse nem alento, nem voz. Fez sinal o mestre que sarpassem o

---

[2] Para começarem a remar com maior vigor.

ferro[3] e, saltando para o meio da coberta, com o chicote principiou a fustigar as costas dos remeiros e, a pouco e pouco, a galé se foi fazendo ao largo. Quando Sancho viu moverem-se tantos pés pintados (porque supôs que os remos eram pés), disse consigo:

— Isso sim é que são coisas encantadas, e não as que meu amo imagina. Que fizeram estes desgraçados para que assim os açoitem? e como é que este homem só, que anda por aqui apitando, se atreve a açoitar tanta gente? Agora digo eu que isto é inferno ou, pelo menos, purgatório.

Dom Quixote, que viu a atenção com que Sancho Pança olhava para o que se passava, disse:

— Ah! Sancho amigo, com muita brevidade e a pouco custo podíeis, se quisésseis, despir meio corpo, meter-vos entre estes senhores e levar a cabo o desencantamento de Dulcinéia! pois com a miséria e a pena de tantos não sentiríeis muito a vossa; e até podia ser que o sábio Merlim tomasse cada um destes açoites, por serem dados com boa mão, pelo valor de dez dos vossos.

Queria perguntar o quatralvo que açoites eram aqueles, ou que era isso de desencantamento de Dulcinéia, quando um marinheiro disse:

— Monjuí[4] faz sinal de que há baixel de remos na costa, para a banda do poente. Ouvindo isto, saltou o capitão-mor para o banco do quarto e disse:

— Eia, filhos, não nos fuja: este navio, de que a atalaia nos dá sinal, deve ser algum de corsários de Argel.

Chegaram-se logo as outras três galés à capitânia, a saber o que se lhes ordenava. Mandou o capitão-mor que saíssem duas ao mar, que ele, com a outra, iria terra a terra, porque assim o baixel não lhes escaparia. Apertou a chusma os remos, impelindo a galé com tanta fúria, que parecia que voava. As que saíram ao mar a obra de duas milhas descobriram um baixel, que com a vista reconheceram de catorze ou quinze bancos, e assim era; quando ele descobriu as galés pôs-se na caça, com tenção e na esperança de se escapar, pela sua ligeireza; mas deu-se mal com isso, porque a galé capitânia era dos baixéis mais ligeiros que no mar navegavam; e assim, foi

---

[3] "Sarpar o ferro": levantar âncora.

[4] Refere-se à vigia ou atalaia que, desde a Torre de Montjuich, ao lado de Barcelona, fazia sinal à cidade quando havia barco à vista.

entrando com ele, de modo que os do bergantim claramente perceberam que se não podiam escapar, e o arrais queria que deixassem os remos e se entregassem, para não irritar o capitão-mor das galés; mas a sorte, que outra coisa determinara, fez com que, no momento em que chegava a capitânia, tão perto, que poderiam os do baixel ouvir as vozes que lhes diziam que se rendessem, dois toraquis, ou dois turcos bêbedos, que vinham no bergantim com mais doze, disparassem as escopetas e matassem dois soldados, que estavam nas gáveas. Vendo isto, o capitão-mor jurou não deixar com vida nem um só de todos os que apanhasse no baixel e, investindo-o com fúria, escapou-lhe ele por debaixo dos remos. Passou a galé adiante um bom pedaço: os do baixel viram-se perdidos; fizeram-se à vela, enquanto a galé voltava, e de novo, à vela e a remo, se puseram em fuga; mas não lhes aproveitou a sua diligência, tanto como os prejudicou o seu atrevimento, porque, alcançando-os a galé a pouco mais de meia milha, deitou-lhes os arpéus e apanhou-os vivos a todos. Nisto, chegaram as outras duas galés, e todas com a presa voltaram à praia, onde infinita gente as estava esperando, desejosa de ver o que traziam. Deu fundo o capitão-mor perto da terra e percebeu que estava no cais o vice-rei da cidade. Mandou deitar o escaler ao mar, para o ir receber, e mandou amainar[5] a verga grande, para enforcar imediatamente o arrais e os outros turcos que apanhara no baixel e que seriam uns trinta e seis, pouco mais ou menos, todos galhardos, a maior parte deles arcabuzeiros. Perguntou o capitão-mor quem era o arrais do bergantim, e respondeu-lhe, em língua castelhana, um dos cativos, que depois se soube que era renegado espanhol:

— Este mancebo que aqui vês, senhor, é o nosso arrais.

E mostrou-lhe um dos mais belos e galhardos moços que pode pintar a imaginação humana. A idade não parecia chegar aos vinte anos. Perguntou-lhe o capitão-mor:

— Dize-me, perro mal-aconselhado: quem te levou a matar os meus soldados, se vias que era impossível escapares-te? É assim que se respeitam as capitânias? Não sabes que não é valentia a temeridade? As esperanças duvidosas devem fazer os homens atrevidos, mas não temerários.

[5] "Amainar": afrouxar.

Queria o arrais responder, mas não pôde o capitão-mor ouvir então a sua resposta, porque teve de acudir a receber o vice-rei que já entrava na galé e, com ele, entraram alguns dos seus criados e algumas pessoas do povo.

— Boa caça, senhor capitão-mor — disse o vice-rei.

— E tão boa — respondeu o capitão-mar — como Vossa Excelência vai ver que não tardo a pendurar-lhe na verga.

— Como assim? — perguntou o vice-rei.

— É porque me mataram — tornou o capitão-mor —, contra toda a razão, contra toda a lei, uso e costume da guerra, dois soldados dos melhores que vinham nestas galés, e jurei enforcar todos os que aprisionasse, principalmente este moço, que é o arrais do bergantim.

E mostrou-lhe o rapaz, que estava já de mãos atadas e corda na garganta, esperando a morte. Olhou o vice-rei para ele, e, vendo-o tão formoso, tão galhardo e tão humilde, e compadecendo-se da sua formosura, desejou evitar-lhe a morte, e perguntou-lhe:

— Dize-me, arrais: és turco de nação, mouro ou renegado?

— Nem sou turco de nação, nem mouro, nem renegado — respondeu o arrais.

— Então o que és? — redargüiu o vice-rei.

— Mulher cristã — tornou o mancebo.

— Mulher! e cristã! com tal trajo e em tal situação! É coisa mais para se admirar do que para se acreditar.

— Suspendei, senhores — disse o moço —, a execução da minha morte, que não se perderá muito em se dilatar a vossa vingança, enquanto eu vos conto a minha vida.

Quem haveria de coração tão duro que se não abrandasse com estas palavras ou, pelo menos, que não desejasse ouvir o que o triste mancebo queria dizer? Concedeu-lhe o general que dissesse o que quisesse, mas que não esperasse alcançar perdão da sua conhecida culpa. Com esta licença, principiou o moço a contar desta maneira:

— Pertenço àquela nação, mais desditosa que prudente, sobre a qual choveu, nestes últimos dias, um mar de desgraças; nasci de pais mouriscos. Na corrente da sua desventura, fui levada, por dois tios meus, à Berbéria, sem que me valesse o dizer que era cristã, como sou, efetivamente, e não das fingidas, mas das verdadeiras e católicas. Não me valeu o dizer esta verdade aos que estavam encarregados do nosso mísero destino, nem meus tios a quiseram acreditar; antes a tiveram por mentira inventada por mim, para ficar na terra onde nascera; e assim, por força, mais que por vontade, me levaram consigo. Tive mãe cristã e pai discreto e cristão também; bebi, com o leite, a fé católica; criei-me com bons costumes e nem neles, nem na língua, parece-me, dei sinal de ser mourisca. A par e passo destas virtudes, que eu creio que o são, cresceu a minha formosura, se alguma tenho; e o meu grande recato e o meu encerramento não impediram, contudo, que me visse um mancebo chamado Dom Gaspar Gregório, filho morgado dum cavaleiro, que tem junto do nosso lugar outro que lhe pertence. Como me viu, como nos falamos, como se achou perdido por mim, e eu por ele, seria largo de contar, principalmente em ocasião como esta; e assim, só direi como foi que, no nosso desterro, me quis acompanhar Dom Gregório. Meteu-se de envolta com os mouriscos, que de outros lugares saíram, porque sabia muito bem a nossa língua e, na viagem, fez-se grande amigo de dois tios meus, que me levaram consigo; porque meu pai, prudente e avisado, assim que saiu o primeiro bando do nosso desterro, saiu da povoação e foi procurar alguma terra nos reinos estrangeiros, onde nos acolhêssemos. Deixou encerradas e enterradas, num sítio de que só eu tenho notícia, muitas pérolas e pedras de grande valor, com alguns dinheiros, em cruzados e dobrões de ouro. Mandou-me que não tocasse no tesouro que deixara, se por acaso, antes dele voltar, nos desterrassem. Assim fiz e, com os meus tios e outros parentes e aliados, passamos à Berbéria, e o lugar onde fizemos assento foi Argel, que é o mesmo que dizermos: no próprio inferno. Teve notícia o rei da minha formosura e a fama levou-lhe notícia também das minhas riquezas, o que, em parte, foi ventura para mim. Chamou-me, perguntou-me de que parte da Espanha era, e que dinheiro e que jóias trazia. Disse-lhe o lugar e que as jóias e dinheiro tinham ficado nele enterrados, mas que, com facilidade, se poderiam cobrar, se eu mesma voltasse a procurá-los. Tudo isto eu lhe disse, receosa de que o cegasse a minha formosura, e preferindo que o cegasse a cobiça. Estando nestas práticas, foram-lhe dizer que vinha comigo um dos mais galhardos e gentis mancebos que se podiam imaginar. Logo percebi que falavam de Dom Gaspar Gregório, cuja beleza deixa a perder de vista as maiores que se podem encarecer. Turbei-me, considerando o perigo que Dom Gregório corria, porque, entre aqueles bárbaros turcos, em mais se estima um rapaz formoso do que uma mulher, ainda que seja lindíssima. Mandou logo o rei que o levassem à sua presença, para o ver, e perguntou-me se era verdade o que daquele moço lhe diziam. Eu então, como avisada pelo céu, disse-lhe que sim; mas que não era homem, era mulher como eu, e que lhe suplicava que ma deixasse ir vestir com os seus trajos naturais[6], para que mostrasse completamente a sua beleza, e com menos embaraço, aparecesse na sua presença. Respondeu-me que fosse, e que outro dia falaríamos no modo de eu poder voltar à Espanha desenterrar o tesouro escondido. Falei com Dom Gaspar, contei-lhe o perigo que corria, vesti-o de moura, e naquela mesma tarde o levei à presença do rei, o qual, apenas a viu, ficou admirado e projetou guardá-la, para fazer presente dela ao grão-senhor; e, para fugir do perigo, que no serralho das suas mulheres podia correr, mandou-a pôr em casa dumas mouras principais, para que a guardassem e servissem; para ali o levaram logo. O que ambos sentimos (não posso negar quanto lhe quero) deixo-o à consideração dos que se apartam, querendo-se bem. Tratou logo o rei de me fazer voltar à Espanha neste bergantim, ordenando que me acompanhassem dois turcos de nação, que foram os que mataram os vossos soldados. Veio também comigo este renegado espanhol — e apontou para o que primeiro falara —, que sei perfeitamente que é cristão encoberto, e que vem com mais desejo de ficar na Espanha do que de voltar à Berbéria; o resto da chusma da galé são mouros, que não servem senão para remar. Os dois turcos insolentes e cobiçosos, sem respeitar a ordem que traziam, de nos porem em terra, a mim e a este renegado, no primeiro sítio de Espanha que topássemos, depois de nos vestirmos à moda cristã, com fato de que vínhamos providos, quiseram primeiro varrer esta costa e fazer alguma presa, se pudessem, receando que, se primeiro nos deitassem em terra, em qualquer desastre que nos sucedesse pudéssemos descobrir que ficava o bergantim no mar, e que o aprisionassem, se por acaso houvesse galés por aqui. De noite descobrimos esta praia, sem ter notícias destas quatro galeras, fomos descobertos e nos sucedeu o que vistes. Finalmente, Dom Gregório permanece em traje de mulher entre mulheres, com manifesto perigo de perder-se, e me vejo de mãos atadas, esperando, e, para melhor dizer, temendo perder a vida que já me cansa. Este é, senhores, o fim da minha

---

[6] Trajes de mulher.

lamentável história, tão verdadeira como desgraçada; o que vos peço é que me deixeis morrer como cristã, porque, como já disse, em nada fui culpada do erro em que os da minha nação caíram.

E logo se calou, com os olhos cheios de ternas lágrimas, chorando também muitos dos que estavam presentes. O vice-rei, terno e compassivo, sem lhe dizer palavra, chegou-se a ela, e tirou-lhe, com as suas mãos, a corda que atava as formosas mãos da moura.

Enquanto, pois, a cristã mourisca narrava a sua história, esteve com os olhos cravados nela um velho peregrino, que entrara na galé quando o vice-rei entrou; e, apenas a mourisca terminou, arrojou-se-lhe ele aos pés e, abraçado a eles, com palavras interrompidas por mil soluços e suspiros, disse-lhe:

— Ó Ana Félix, desditosa filha minha: sou teu pai Ricote, que voltava a procurar-te, por não poder viver sem ti, que és a minha alma.

A estas palavras abriu os olhos Sancho e levantou a cabeça, que tinha inclinada, pensando na desgraça do seu passeio; e, olhando para o peregrino, viu que era o mesmo Ricote que topou no dia em que saiu do seu governo, e reconheceu que era realmente sua filha aquela moça, que já desamarrada, abraçava seu pai, misturando as suas lágrimas com as dele; e Ricote disse para o vice-rei e para o capitão-mor:

— Esta, senhores, é minha filha, mais desgraçada pelos seus sucessos do que pelo seu nome: chama-se Ana Félix Ricote, tão famosa pela formosura como pela minha riqueza; eu saí da minha pátria a procurar, em reinos estrangeiros, quem nos albergasse e recolhesse e, tendo encontrado na Alemanha o que buscava, voltei, com este hábito de peregrino, em companhia de outros alemães, a procurar a minha filha e a desenterrar muitas riquezas que deixei escondidas. Não encontrei a filha, encontrei o tesouro, que trago comigo: e agora, pelo estranho rodeio que vistes, achei o tesouro que mais me enriquece, que é a minha filha querida; se a nossa pouca culpa e as suas lágrimas e as minhas, pela integridade da vossa justiça, podem abrir porta à misericórdia, usai-a conosco, que nunca tivemos pensamento de ofender-vos, nem concordamos, de modo algum, com a intenção dos nossos, que foram com justiça desterrados.

— Bem conheço Ricote — disse então Sancho —, e sei que é verdade o que ele diz, em quanto a chamar-se Ana Félix a sua filha; que nas outras baralhadas de ir e vir, ter boa ou má intenção, não me intrometo.

Admirados do estranho caso todos os presentes, disse o capitão-mor:

— As vossas lágrimas não me deixarão cumprir o meu juramento: vivei, Ana Félix, os anos de vida que o céu determinou conceder-vos, e carreguem com a pena da sua culpa os insolentes e atrevidos que a cometeram.

E mandou logo enforcar na verga os dois turcos que tinham morto os seus dois soldados; mas o vice-rei pediu-lhe encarecidamente que os não enforcasse, porque o seu ato ainda fora mais de loucura que de valentia. Fez o capitão-mor o que o vice-rei lhe pedia, porque se não executam bem as vinganças a sangue-frio; procuraram logo ver como tirariam Dom Gaspar Gregório do perigo em que se achava: ofereceu Ricote, para isso, mais de dois mil ducados, que tinha em pérolas e em jóias; apresentaram-se muitos alvitres, mas o melhor de todos foi o do renegado espanhol, que se ofereceu para voltar a Argel, num barco pequeno duns seis bancos, tripulado com remeiros cristãos, porque sabia onde, como e quando podia e devia desembarcar, e também sabia a casa onde morava Dom Gaspar Gregório. Hesitaram o capitão-mor e o vice-rei em se fiar no renegado e em lhe entregar cristãos remeiros; Ana Félix afiançou-o, e Ricote seu pai declarou que pagaria ele o resgate dos cristãos, se acaso se perdessem.

Resolvidas as coisas nesse sentido, desembarcou o vice-rei, e Dom Antônio Moreno levou consigo a mourisca e seu pai, encarregando-o o vice-rei de os tratar o melhor que lhe fosse possível, que, pela sua parte, lhe oferecia tudo o que em sua casa houvesse — tal foi a benevolência e a caridade que a formosura de Ana Félix lhe acendeu no peito.

PISAN

CAPÍTULO LXIV

Que trata da aventura que mais afligiu Dom Quixote de todas quantas até então lhe tinham acontecido

Conta a história que ficou muitíssimo satisfeita a mulher de Dom Antônio, por ter Ana Félix em sua casa. Recebeu-a com muito agrado, tão namorada da sua beleza como da sua discrição, porque numa e noutra prenda era extremada a mourisca, e toda a gente da cidade a vinha ver, como se tangesse o sino para chamar o povo.

Disse Dom Quixote a Dom Antônio que a resolução que tinha tomado com relação à liberdade de Dom Gregório não era boa, e que seria melhor que o pusessem a ele na Berbéria, com as suas armas e cavalo, que ele o livraria, apesar de toda a mourisma, como fizera Dom Gaifeiros a sua esposa Melisendra.

— Repare Vossa Mercê — disse Sancho, ouvindo isto — que o Senhor Dom Gaifeiros tirou sua esposa de terra firme e que por terra firme chegou a França; mas aqui, se livramos Dom Gregório, não temos por onde trazê-lo a Espanha, porque fica o mar no meio.

— Para tudo há remédio, menos para a morte — respondeu Dom Quixote —; porque, chegando o barco ao cais, podíamos embarcar, ainda que todo o mundo o impedisse.

— Muito bem o pinta e facilita Vossa Mercê — disse Sancho —, mas do dizer ao fazer vai grande distância e eu prefiro o sistema do renegado, que me parece homem de boas entranhas. Dom Antônio disse que, se o renegado se não saísse bem do caso, se tomaria o expediente de se passar o grande Dom Quixote para a Berbéria.

Dali a dois dias partiu o renegado num ligeiro barco de seis remos por banda[1], tripulado por valentíssima chusma, e dali a outros dois partiram as galés para o Levante, pedindo o capitão-mor ao vice-rei que tivesse a bondade de lhe participar o que houvesse com relação à liberdade de Dom Gaspar Gregório, e ao caso de Ana Félix. Ficou o vice-rei de fazer o que ele lhe pedia.

E uma manhã andando Dom Quixote a passear na praia, armado com todas as armas, porque, como dizia muitas vezes, eram as suas galas e o seu descanso o pelejar[2], e nunca o encontravam sem elas, viu vir para ele um cavaleiro, armado também de ponto em branco[3], que trazia pintada no escudo uma lua resplandecente; e, chegando a distância donde podia ser ouvido, disse em alta voz, dirigindo-se a Dom Quixote:

— Insigne cavaleiro e nunca assaz louvado Dom Quixote de la Mancha, sou o Cavaleiro da Branca Lua, cujas inauditas façanhas talvez já chegassem ao teu conhecimento; venho contender contigo e experimentar a força dos teus braços, para te fazer conhecer e confessar que a minha dama, seja quem for, é sem comparação mais formosa do que a tua Dulcinéia del Toboso; e, se confessares imediatamente esta verdade, evitarás a morte e o trabalho que eu hei de ter em ta dar, e se pelejarmos e eu te vencer, não quero outra satisfação senão que, deixando as armas e abstendo-te de procurar aventuras, te recolhas e te retires por espaço dum ano para a tua povoação, onde viverás sem pôr mão na espada, em paz tranqüila e em proveitoso sossego, porque assim convém ao aumento da tua fazenda e à salvação da tua alma; e, se me venceres, ficará à tua disposição a minha cabeça e serão teus os despojos das minhas armas e do meu cavalo. Vê o que preferes e responde-me já, porque tenho só o dia de hoje para despachar este negócio.

Ficou Dom Quixote suspenso e atônito, tanto pela arrogância do Cavaleiro da Branca Lua, como pelo motivo por que o desafiava; e respondeu-lhe com pausa e ademã severo:

— Cavaleiro da Branca Lua, cujas façanhas até agora ainda não

---

[1] "Seis remos de cada lado."

[2] Lembrança dos versos de um antigo romance, já citado no capítulo I da segunda parte.

[3] "Armado inteiramente."

chegaram aos meus ouvidos, eu vos farei jurar que nunca vistes a ilustre Dulcinéia; se a houvésseis visto, sei que procuraríeis não entrar nesta demanda, porque vos desenganaríeis de que nunca houve nem pode haver beleza que se possa comparar com a dela; e assim, não vos dizendo que mentis, mas sim que não acertais na proposta das vossas condições, aceito o vosso desafio, e já, para que se não passe o dia que trazeis determinado: e só excetuo das condições a de passar para mim a fama de vossas façanhas, porque não sei quais foram; com as minhas me contento, tais quais são. Tomai, pois, a parte do campo que quiserdes, que eu farei o mesmo, e entreguemo-nos nas mãos de Deus.

Haviam descoberto da cidade o Cavaleiro da Branca Lua e tinham ido dizer ao vice-rei que ele estava falando com Dom Quixote de la Mancha. O vice-rei, supondo que seria alguma nova aventura engenhada por Dom Antônio Moreno, ou por outro cavaleiro da cidade, saiu logo à praia com Dom Antônio e muitos outros, exatamente quando Dom Quixote voltava as rédeas a Rocinante, para tomar o campo necessário. Vendo, pois, o vice-rei que davam os dois sinal de voltar a encontrar-se, meteu-se no meio, perguntando-lhes qual era a causa que os levava a travar batalha tão de improviso. O Cavaleiro da Branca Lua respondeu que era por uma competência de formosura e rapidamente lhe repetiu o que dissera a Dom Quixote, acrescentando que tinham sido aceitas por ambas as partes as condições do desafio. Chegou-se o vice-rei a Dom Antônio e perguntou-lhe baixinho se conhecia o tal Cavaleiro da Branca Lua, ou se era alguma burla que queriam fazer a Dom Quixote. Respondeu Dom Antônio que nem o conhecia nem sabia se era a valer ou a fingir o tal desafio. Esta resposta deixou perplexo o vice-rei, hesitando se consentiria ou não na batalha; mas, não se podendo persuadir que fosse sério, afastou-se, dizendo:

— Senhores cavaleiros, se não há aqui outro remédio senão confessar ou morrer, e se o Senhor Dom Quixote embirra nos seus treze[4] e o senhor Cavaleiro da Branca Lua nos seus catorze, nas mãos de Deus se entreguem.

Agradeceu o da Branca Lua ao vice-rei, com palavras corteses e discretas, a licença que lhes dava, e o mesmo fez Dom Quixote,

[4] "Nos seus treze": manter-se em uma mesma opinião.

que, encomendando-se ao céu de todo o coração e à sua Dulcinéia, como tinha por costume ao começar as batalhas que se lhe ofereciam, tornou a tomar mais campo, porque viu que o seu contrário fazia o mesmo, e, sem toques de trombeta, nem de outro bélico instrumento que lhes desse sinal de arremeter, voltaram ambos ao mesmo tempo as rédeas dos cavalos e, como era mais ligeiro o da Branca Lua, esbarrou com Dom Quixote a dois terços da carreira, com tanta força, sem lhe tocar com a lança, e levantando-a até de propósito, que deu em terra com Rocinante e com Dom Quixote. Foi logo sobre este e, pondo-lhe a lança em cima da viseira, disse-lhe:

— Vencido estais, cavaleiro, e podeis dar-vos por morto, se não confessais as condições do nosso desafio.

Dom Quixote, moído e atordoado, sem levantar a viseira e como se falasse de dentro dum túmulo, com voz debilitada e enferma, disse:

— Dulcinéia del Toboso é a mais formosa mulher do mundo e eu o mais desditoso cavaleiro da terra, e a minha fraqueza não pode nem deve defraudar esta verdade: carrega, cavaleiro, a lança, e tira-me a vida, já que me tiraste a honra.

— Isso não faço eu — disse o da Branca Lua —; viva na sua inteireza a fama da formosura da Senhora Dulcinéia del Toboso, e satisfaço-me retirando-se o grande Dom Quixote para sua terra, por espaço dum ano, ou até ao tempo que por mim lhe for ordenado, como combinamos antes de entrar em batalha.

Isto ouviram o vice-rei e Dom Antônio, com outros muitos que ali estavam, e ouviram também Dom Quixote responder que, logo que lhe não pedisse coisa que fosse em prejuízo de Dulcinéia, tudo o mais cumpriria, como cavaleiro verdadeiro e pontual. Feita esta confissão, voltou as rédeas o da Branca Lua e, fazendo mesura com a cabeça ao vice-rei, a meio galope voltou para a cidade. Mandou o vice-rei a Dom Antônio que fosse atrás dele e que por todos os modos procurasse saber quem era. Levantaram Dom Quixote, descobriram-lhe o rosto e acharam-no pálido e suado. Rocinante não se pôde mover, de derreado que estava. Sancho, todo triste e pesaroso, não sabia o que havia de dizer, nem o que havia de fazer. Parecia-lhe tudo aquilo um sonho e coisa de encantamento. Via seu amo rendido e obrigado a não pegar em armas durante um ano; imaginava escurecida a luz da glória das suas façanhas, desfeitas as suas esperanças como se desfaz o fumo com o vento. Receava que estivesse aleijado ou Rocinante ou seu amo. Finalmente, numa cadeirinha, que o vice-rei mandou buscar, levaram Dom Quixote para a cidade e o vice-rei voltou também, com desejo de saber quem seria o Cavaleiro da Branca Lua que em tão mau estado deixara Dom Quixote.

CAPÍTULO LXV

Em que se dá notícia de quem era o da Branca Lua, com a liberdade de Dom Gregório e outros sucessos

Seguiu Dom Antônio Moreno o Cavaleiro da Branca Lua, e seguiram-no também, ou antes, perseguiram-no muitos garotos, até que entrou numa estalagem da cidade. Entrou atrás dele Dom Antônio, com desejo de o conhecer; saiu a recebê-lo e a desarmá-lo um escudeiro; passaram para uma sala baixa, e fez o mesmo Dom Antônio, que não descansava enquanto não soubesse quem ele era. Vendo, pois, o da Branca Lua, que aquele cavaleiro não o largava, disse-lhe:

— Bem sei, senhor, o que aqui vos traz: quereis saber quem sou, e como não tenho motivos para o esconder, enquanto este meu criado me desarma eu vo-lo direi, sem faltar em nada à verdade. Sabei, senhor, que me chamo o Bacharel Sansão Carrasco; sou da mesma terra de Dom Quixote de la Mancha, cuja loucura e sandice faz com que tenhamos pena dele todos os que o conhecemos, e um dos que mais se compadeceram fui eu; e, convencido de que a sua salvação há de ser o descanso, e o estar na sua terra e na sua casa, procurei modo de conseguir que para lá voltasse; e assim, haverá três meses, saí-lhe ao caminho como cavaleiro andante, chamando-me Cavaleiro dos Espelhos, com tenção de pelejar com ele e vencê-lo, sem lhe fazer mal, pondo, como condição da nossa peleja, que o vencido ficasse à discrição do vencedor; e o que tencionava pedir-lhe, porque já o tinha por vencido, era que tornasse para a sua terra e que não saísse de lá por um ano a fio; e, durante esse tempo, esperava que se curasse; mas a sorte decidiu outra coisa, porque foi ele que me venceu e me derrubou do cavalo; e assim, não se pôde realizar o que eu queria: seguiu o seu caminho e eu voltei, vencido, corrido e moído da queda, que foi bastante perigosa; mas nem assim perdi a vontade de procurá-lo de novo e vencê-lo, o que hoje fiz. E, como ele é pontual em guardar as ordens da cavalaria andante, sem dúvida alguma guardará a que lhe dei, em cumprimento da sua palavra. Eis, senhor, o que se passa, e nada tenho a acrescentar. Suplico-vos que me não descubrais, e nem digais a Dom Quixote quem sou, para, que tenham efeito os meus bons pensamentos e volte a cobrar a razão um homem que a tem excelente, contanto que o larguem as sandices da cavalaria.

— Ó senhor — disse Dom Antônio —, Deus vos perdoe o agravo que fizestes a todo mundo, querendo pôr em seu juízo o doido mais engraçado que existe. Não vedes, senhor, que não pode chegar o proveito do siso de Dom Quixote ao gosto que dão os seus desvarios? Mas imagino que toda a indústria do senhor bacharel não será capaz de tornar ajuizado um homem tão rematadamente louco, e, se não fosse contra a caridade, desejaria que nunca sarasse Dom Quixote, porque, com sua saúde, não só lhe perdemos as graças, mas também as de Sancho Pança, seu escudeiro, que, umas ou outras, são capazes de alegrar a própria melancolia. Com tudo isso, sempre me calarei, para ver se com razão desconfio que não terá efeito a diligência feita pelo Senhor Carrasco.

E o bacharel respondeu que era negócio que estava, com efeito, muito bem-parado e de que esperava o mais feliz sucesso; e, depois de se pôr à disposição de Dom Antônio para tudo o que ele desejasse e ter mandado amarrar as suas armas em cima dum macho, montou no seu cavalo, saiu da cidade naquele mesmo dia e voltou para sua pátria, sem lhe suceder coisa que mereça ser contada nesta verdadeira história. Contou Dom Antônio ao vice-rei tudo o que o Carrasco lhe dissera, não ficando o vice-rei muito contente, porque no recolhimento de Dom Quixote se perdia o divertimento de todos os que das suas loucuras tivessem notícia.

Seis dias esteve Dom Quixote de cama, triste, pensativo, aflito e incomodado, não cessando de matutar no desgraçado sucesso de seu vencimento. Consolava-o Sancho, e disse-lhe, entre outras coisas:

— Meu senhor, levante Vossa Mercê a cabeça, alegre-se e dê graças ao céu, que, apesar de o derrubar, não lhe quebrou nenhuma costela; e como sabe que onde se fazem aí se pagam, e que nem sempre se vende o vinho onde se põe o ramo, faça uma figa ao médico, porque não precisa dele para se curar desta enfermidade. Voltemos para a nossa casa e deixemo-nos de andar procurando aventuras por terras e lugares que não conhecemos; e, se bem se considera, sou eu quem mais perde nisto, apesar de ser Vossa Mercê o mais maltratado. Eu, que deixei com o governo os desejos de ser governador, não larguei a vontade de ser conde, que nunca terá efeito se Vossa Mercê não chegar a rei, largando o exercício da sua cavalaria; e assim, lá se vão em fumo as minhas esperanças.

— Cala-te, Sancho: bem sabes que a minha reclusão e retiro não hão de exceder um ano, e que voltarei logo depois aos meus honrados exercícios; e não me faltarão reinos para ganhar e condados para te dar.

— Deus o ouça e o pecado seja surdo! que sempre ouvi dizer que mais vale boa esperança que ruim posse.

Estavam nisto, quando entrou Dom Antônio, dizendo, com sinais de grandíssimo contentamento:

— Alvíssaras, Senhor Dom Quixote, que Dom Gregório e o renegado que foi por ele estão na praia! na praia, digo eu? estão já em casa do vice-rei e não tardam por aí.

Alegrou-se um pouco Dom Quixote e exclamou:

— Em verdade, estou quase em dizer que gostaria que tudo corresse às avessas, porque isso me obrigaria a passar a Argel, onde, com a força do meu braço, daria liberdade, não só a Dom Gregório, mas a quantos cativos há na Berbéria. Porém, ai, mísero! que digo? Não sou eu o vencido? não sou eu o derrubado? não sou eu que não posso pegar em armas durante um ano? Então que prometo? de que me gabo, se devo antes usar de cruz, que de espada?

— Deixe disso, senhor — respondeu Sancho —; viva a galinha com a sua pevide, e hoje por mim, amanhã por ti; e, nestas coisas de recontros e bordoadas, não vale a pena fazer caso, porque, quem hoje cai amanhã se levanta, a não querer ficar na cama, quero dizer, a não desmaiar sem cobrar novos brios para pendências novas; e levante-se Vossa Mercê agora para receber Dom Gregório, que me parece que anda a gente alvoroçada, e aquilo é coisa que ele já está em casa.

E era verdade, porque, logo que Dom Gregório e o renegado deram conta ao vice-rei da sua ida e da sua volta, Dom Gregório, desejoso de ver Ana Félix, foi com o renegado a casa de Dom Antônio; e, ainda que Dom Gregório, quando o tiraram de Argel, vinha vestido de mulher, trocou esse fato, no banco da galé, pelo dum cativo que saiu com ele; mas, de qualquer modo que viesse trajado, sempre todos cobiçariam servi-lo e estimá-lo, porque era extremamente formoso e de idade de dezessete ou dezoito anos, pouco mais ou menos. Ricote e sua filha saíram a recebê-lo, o pai com lágrimas e a filha com honestidade. Não se abraçaram porque onde há muito amor não costuma haver demasiada desenvoltura. As duas belezas juntas, de Dom Gregório e de Ana Félix, causaram especial admiração a todos os que se achavam presentes. Falou ali o silêncio pelos dois amantes, e foram os olhos as línguas que descobriram os seus alegres e honestos pensamentos. Contou o renegado a indústria e meio de que se serviu para arrancar Dom Gregório do cativeiro. Contou Dom Gregório, em breves palavras, os perigos e apertos em que se vira, com as mulheres com quem ficara, mostrando ser mais discreto do que os seus anos o permitiam. Finalmente, Ricote pagou e satisfez liberalmente, tanto ao renegado, como aos remeiros, reincorporou-se o renegado na Igreja cristã, e de membro podre se tornou limpo e são, com a penitência e o arrependimento.

Dali a dois dias tratou o vice-rei com Dom Antônio de ver o modo de levantar o desterro a Ana Félix e a seu pai, entendendo que não tinha inconveniente algum que em Espanha ficassem filha tão cristã e pai tão bem-intencionado. Ofereceu-se Dom Antônio para tratar disso na corte, aonde tinha de ir forçosamente para outros negócios, dando a entender que ali, com empenhos e dádivas, muitas coisas difíceis se conseguem.

— Não — disse Ricote, que estava presente a esta prática —, não se deve esperar nada de empenhos nem de dádivas; com o grande Dom Bernardino de Velasco, Conde de Salazar, que Sua Majestade encarregou da nossa expulsão[1], de nada valem rogos, nem promessas, nem dádivas, nem lástimas; porque, ainda que combina a misericórdia com a justiça, como supõe que todo o corpo da nossa nação está contaminado e perdido, usa, com ele, antes de cautérios abrasadores que de ungüentos emolientes; e assim, com prudência, com sagacidade, com diligência e com o medo que infunde, levou energicamente a devida execução essa

[1] Dom Bernardino de Velasco, Conde de Salazar, foi encarregado da expulsão dos mouriscos de Castela.

grande empresa, sem que as nossas indústrias, solicitações, fraudes e estratagemas pudessem ofuscar seus olhos de Argos[2], que tem de contínuo alerta, para que não fique nem se encubra nenhum dos nossos, que venha depois com o tempo, como raiz maléfica, a brotar e a produzir frutos venenosos na Espanha, já limpa e desembaraçada dos temores que a nossa multidão lhe inspirava. Heróica resolução do grande Filipe III e inaudita prudência em ter confiado a sua execução a Dom Bernardino de Velasco!

— Eu farei todas as diligências — replicou Dom Antônio —, e o céu que ordene o que mais for servido: Dom Gregório irá comigo, para mitigar a pena que seus pais devem ter com a sua ausência; Ana Félix ficará, ou em minha casa com minha mulher, ou num mosteiro, e sei que o senhor vice-rei gostará de que fique em sua casa Ricote, até ver o resultado das minhas diligências. O vice-rei consentiu em tudo o que se propôs; mas Dom Gregório, sabendo do que se tratava, declarou que de nenhum modo podia nem devia deixar Dona Ana Félix; mas formando tenção de ver seus pais e de voltar logo a ter com ela, concordou com o que se resolvera. Ficou Ana Félix com a mulher de Dom Antônio, e Ricote em casa do vice-rei.

Chegou o dia da partida de Dom Antônio e, dois dias depois, o da partida de Dom Quixote e de Sancho, porque a queda não lhes permitiu partirem mais cedo. Houve lágrimas, suspiros, desmaios e soluços, quando Ana Félix e Dom Gregório se despediram. Ofereceu Ricote a Dom Gregório mil escudos, mas ele só quis aceitar cinco, que Dom Antônio lhe emprestou, ficando de lhos pagar na corte. Com isto partiram ambos e, como se disse, Dom Quixote e Sancho dois dias depois: Dom Quixote, desarmado e a caminho, e Sancho, a pé, porque o ruço ia carregado com as armas.

[2] "Argos": pessoa muito vigilante. Argos é o personagem mitológico a quem encarregou Juno o cuidado de Io transformada em vaca; sempre tinha abertos cinqüenta olhos enquanto dormiam outros tantos.

CAPÍTULO LXVI

Que tratava do que verá quem o ler, ou do que ouvirá quem o ouvir ler

Ao sair de Barcelona, voltou Dom Quixote os olhos para o sítio onde caíra, e disse:

— Aqui foi Tróia; aqui a minha desgraça, e não a minha covardia, me tirou as glórias que eu alcançara; aqui usou a fortuna comigo das suas voltas; aqui se escureceram as minhas façanhas; aqui, enfim, caiu a minha ventura, para nunca mais se levantar.

Ouvindo isto, disse Sancho:

— É tanto de valentes corações o serem sofridos nas desgraças, como alegres nas prosperidade, meu senhor; e isto julgo eu por mim porque, se estava alegre no tempo em que era governador, agora, que sou escudeiro a pé, não estou triste, que tenho ouvido dizer que essa a que por aí chamam Fortuna é uma mulher bêbeda e caprichosa e, sobretudo, cega, e por isso não vê o que faz, nem sabe quem derruba, nem quem levanta.

— Estás um filósofo, Sancho — respondeu Dom Quixote —; falas mui discretamente; não sei quem to ensina. O que te posso dizer é que não há fortuna no mundo, nem as coisas que sucedem, boas ou más, sucedem por acaso, mas sim por especial providência dos céus; e por isso costuma-se dizer que cada um é artífice da sua ventura, e eu o fui da minha, mas não com a prudência necessária, que assim subiram ao galarim[1] as minhas presunções, pois devia ter

[1] "Resultaram mal."

pensado que à grandeza e à força do cavalo do da Branca Lua não podia resistir a fraqueza de Rocinante. Atrevi-me, enfim, fiz o que pude, derrubaram-me, e, ainda que perdi a honra, não perdi nem posso perder a virtude de cumprir a minha palavra. Quando era cavaleiro andante, atrevido e valente, com as minhas obras e as minhas mãos honrava os meus feitos; e agora, que sou escudeiro pedestre, honrarei a minha palavra, cumprirei a minha promessa. Caminha, pois, amigo Sancho, e vamos ter na nossa aldeia o ano de noviciado e, terminado ele, voltaremos com virtude nova ao nunca olvidado exercício das armas.

— Senhor — respondeu Sancho —, não é tão agradável caminhar a pé, que me incite e mova a fazer grandes jornadas. Deixemos estas armas penduradas nalguma árvore em lugar de um enforcado e, saltando eu para as costas do ruço, levantando os pés do chão, faremos as jornadas como Vossa Mercê as pedir e medir: que pensar que hei de ir a pé, a fazer jornadas grandes, é escusado.

— Disseste bem, Sancho; pendurem-se as minhas armas em troféu e em torno delas gravaremos em duas árvores o que estava escrito no troféu das armas de Roldão:

> Ninguém as mova
> Que estar não possa
> Com Roldão à prova[2].

— Excelente idéia! — respondeu Sancho —; e, se não fosse a falta que nos faria Rocinante, também me parecia bom pendurá-lo.

— Pois não quero nem pendurá-lo a ele, nem pendurar as armas — replicou Dom Quixote —, para que se não possa dizer que teve mau pago o bom serviço.

— Diz muito bem Vossa Mercê — respondeu Sancho —; segundo a opinião de alguns discretos, não há de pagar a albarda as culpas do burro; e pois deste sucesso é Vossa Mercê que tem a culpa, castigue-se a si mesmo e não rebentem as suas iras pelas suas rotas e sanguinolentas armas, nem pelas mansidões de Rocinante, nem pelo tenro dos meus pés, querendo que eles andem mais do que é justo.

---

[2] Versos já citados no capítulo XIII da primeira parte.

Nestas práticas e arrazoados passaram todo aquele dia e ainda mais quatro, sem lhes suceder coisa que lhes estorvasse o caminho; e ao quinto dia, à entrada de uma aldeia, encontraram à porta de uma estalagem muita gente que, por ser dia de festa, se estava ali divertindo. Quando o nosso Dom Quixote de la Mancha se aproximava, ergueu a voz um lavrador, dizendo:

— Algum destes dois senhores, que aqui vêm, e que não conhecem as partes, dirão como se há de resolver a nossa aposta.

— Digo, decerto — respondeu Dom Quixote —, com toda a retidão, se conseguir entender o caso.

— O caso é o seguinte — disse o lavrador —: um vizinho deste lugar, tão gordo que pesa onze arrobas, desafiou a correr outro seu vizinho, que só pesa cinco. A condição ajustada foi que haviam de correr cem passos com pesos iguais; e, tendo perguntado ao desafiante como se havia de igualar o peso, disse ele que se pusessem às costas do desafiado seis arrobas de ferro, igualando-se assim as cinco arrobas do magro com as onze do gordo.

— Isso não — interrompeu Sancho, antes de Dom Quixote responder —; a mim, que há poucos dias saí de ser governador e juiz, como toda a gente sabe, é que toca averiguar estas dúvidas e dar parecer em qualquer pleito.

— Responde, responde, Sancho amigo — disse Dom Quixote —, que eu não estou nem para dar migas a um gato[3], tão transtornado e alvorotado trago o juízo.

Com esta licença, disse Sancho aos lavradores, que se apinhavam em torno dele de boca aberta, esperando a sua sentença:

— Irmãos, o que o gordo pede não tem caminho, nem sombra de justiça; pois, se é verdade o que se diz, que o desafiado pode escolher as armas, não deve escolhê-las tais que o impeçam e o estorvem de sair vencedor; e entendo que ao gordo desafiador se cortem, se arranquem, se tirem seis arrobas de qualquer lado do corpo, do sítio que ele preferir, e, deste modo, ficando em cinco arrobas de peso, se igualará com o seu contrário e poderão correr sem diferença[4].

— Voto a tal! — disse um lavrador que escutara a sentença de Sancho — este senhor falou como um abençoado e sentenciou

---

[3] "Não tenho forças para nada."

[4] Conto de Alciato, repetido na *Floresta geral* de Melchior de Santa Cruz.

como um conego; mas, com certeza, o gordo não quer tirar nem uma onça da carne, quanto mais seis arrobas.

— O melhor é que não corram — respondeu outro —, para que o magro se não moa com o peso, nem o gordo perca as suas carnes. Troque-se metade da aposta em vinho e levemos estes senhores à taverna do caro, e eu fico por tudo.

— Agradeço-vos muito, meus senhores — disse Dom Quixote —, mas não posso demorar-me, porque pensamentos e sucessos tristes me fazem parecer descortês e caminhar depressa.

E, picando as esporas a Rocinante, seguiu, deixando-os verdadeiramente admirados da sua estranha figura e também da discrição de Sancho Pança; e outro lavrador disse:

— Se o criado é tão esperto, que tal será o amo! Aposto que, se fossem estudar a Salamanca, num abrir e fechar de olhos estavam com toda a certeza alcaides da corte; que o vale neste mundo é estudar e mais estudar, e ter proteção e ventura e, quando mal se precata, acha-se um homem com uma vara de juiz na mão, ou de mitra na cabeça.

Passaram aquela noite amo e criado no meio do campo ao sereno e, ao outro dia, seguindo o seu caminho, viram que vinha para eles um homem a pé, com uns alforjes no cachaço e uma escuma ou um chuço na mão, figura de correio a pé e, quando se aproximou de Dom Quixote de la Mancha, apressou o passo e, meio correndo, chegou-se a ele e abraçando-o pela coxa direita, porque não chegava mais acima, exclamou, com mostras de muita alegria:

— Ó Senhor Dom Quixote de la Mancha, que grande contentamento que há de ter meu amo o senhor duque, em sabendo que Vossa Mercê volta ao castelo, onde ele ainda está com a senhora duquesa!

— Não vos conheço, amigo, nem sei quem sois, se mo não dizeis.

— Eu, Senhor Dom Quixote — respondeu o correio —, sou Tosilos, o lacaio do duque meu amo, aquele que não quis pelejar com Vossa Mercê na pendência do casamento com a filha de Dona Rodríguez.

— Valha-me Deus! — disse Dom Quixote — é possível que sejais vós aquele que os nigromantes meus inimigos transformaram nesse lacaio que dizeis, para me defraudar da honra daquela batalha?

— Não diga isso, meu bom senhor — tornou o correio —, não houve encantamento, nem mudança de rosto; lacaio Tosilos entrei na estacada, e lacaio Tosilos saí dela. Quis casar sem pelejar, porque me pareceu bonita a moça, mas saiu-me tudo às avessas do que eu pensava, porque, apenas Vossa Mercê se ausentou do castelo, o duque meu amo mandou-me dar cem bastonadas, por não ter cumprido as suas ordens, e a rapariga meteu-se freira e Dona Rodríguez voltou para Castela, e eu vou agora a Barcelona levar um maço de cartas ao vice-rei, que lhe envia meu amo. Se Vossa Mercê quer uma pinga, quente, é verdade, mas pura, levo aqui uma cabaça cheia de vinho do melhor, com umas fatias de queijo de Tronchão, que servirão de chamariz e de despertador à sede.

— Aceito eu o convite — acudiu Sancho —; e venha de lá o vinho do bom Tosilos, apesar de quantos nigromantes houver nas Índias.

— Enfim — disse Dom Quixote —, tu sempre hás de ser, Sancho, o maior glutão e o maior ignorante da terra, pois não te persuades que este correio é encantado e este Tosilos fingido; fica-te com ele e farta-te, que eu vou andando devagar, à espera que venhas.

Riu-se o lacaio, tirou a cabaça, sacou dos alforjes as fatias de queijo e um pão pequeno, e ele e Sancho sentaram-se, na verde relva, e em boa paz e companhia deram cabo de tudo o que vinha nos alforjes, com tanta gana, que até lamberam o maço das cartas, só porque cheirava a queijo.

— Sem dúvida alguma este teu bom amo, Sancho amigo, deve ser louco.

— Como deve? — respondeu Sancho. — Não deve nada a ninguém, principalmente se a moeda for loucura; isso vejo eu e digo-lho; mais de que serve, principalmente agora, que vai louco rematado, porque o venceu o Cavaleiro da Branca Lua?

Rogou-lhe Tosilos que lhe contasse o que sucedera; mas Sancho respondeu-lhe que era descortesia deixar seu amo a esperar e que noutro dia lhe contaria tudo, se se encontrassem e tivessem ocasião; e, levantando-se, depois de ter sacudido o saio e as migalhas das barbas, enxotou o ruço adiante de si e, dizendo adeus a Tosilos, deixou-o e foi apanhar seu amo, que o estava esperando à sombra de uma árvore.

G. Doré
PISAN

CAPÍTULO LXVII

Da resolução que tomou Dom Quixote de se fazer pastor e seguir a vida do campo, enquanto se passava o ano da sua promessa, com outros sucessos, na verdade gostosos e bons

Se muitos pensamentos fatigavam Dom Quixote antes de .ser derrubado, muitos mais o pungiam depois de caído. Estava à sombra de uma árvore, como se disse, e ali lhe acudiam a picá-lo os pensamentos, como as moscas ao mel. Uns eram tocantes ao desencantamento de Dulcinéia, e outros à vida que havia de passar no seu forçado retiro. Chegou Sancho e louvou-lhe a liberalidade do lacaio Tosilos.

— É possível — disse Dom Quixote — que ainda penses que aquele homem seja um verdadeiro lacaio? Parece que se te varreu da memória o teres visto Dulcinéia convertida e transformada em lavradeira e o Cavaleiro dos Espelhos no Bacharel Carrasco, tudo obra dos nigromantes que me perseguem! Mas dize-me agora: perguntaste a esse Tosilos como lhe chamas, o que fez Deus a Altisidora? se ela chorou a minha ausência ou se deixou nas mãos do olvido os enamorados pensamentos que na minha presença a perseguiam?

— Os que eu tinha não me deixavam perguntar por ninharias — tornou Sancho —, corpo de tal! senhor: está Vossa Mercê agora em termos de inquirir pensamentos alheios, especialmente amorosos?

— Vê, Sancho — disse Dom Quixote —, muita diferença há entre as obras que se fazem por amor e as que se fazem por agradecimento. Pode ser um cavaleiro desamorável, mas, realmente, nunca pode ser desagradecido. Quis-me bem, ao que parecia, Altisidora; deu-me os três lenços que sabes; chorou na minha partida e amaldiçoou-me, vituperou-me, queixou-se publicamente, a despeito da vergonha: tudo sinais de que me adorava; que as iras dos amantes costumam desabafar em maldições. Eu não lhe dei esperanças, nem lhe ofereci tesouros, porque as minhas esperanças entreguei-as a Dulcinéia, e os tesouros dos cavaleiros andantes são como os dos duendes, aparentes e falsos, e só lhe posso dar estas recordações, que dela tenho, sem prejuízo, contudo, das que conservo de Dulcinéia, que tu agravas com a remissão que mostras em te açoitar e em castigar essas carnes, que eu veja comidas de lobos, porque antes se querem guardar para os bichos da terra que para remédio daquela pobre senhora.

— Senhor — respondeu Sancho —, se quer que lhe diga a verdade, não me posso persuadir que os açoites dados nas minhas pousadeiras tenham nada que ver com os desencantamentos dos encantados; e é como se disséssemos: "Quando vos doer a cabeça fomentai os joelhos"; pelo menos, vou jurar que em nenhuma das histórias que Vossa Mercê tem lido, e que tratam de cavalaria andante, aparece ninguém desencantado por açoites; mas, pelo sim, pelo não, eu cá me irei açoitando quando me apetecer e tiver comodidade para me fustigar.

— Deus queira! — respondeu Dom Quixote. — E o céu te inspire o desejo de cumprires a obrigação que tens de auxiliar a minha senhora, que é senhora tua também, logo que tu és meu servo.

Nestas práticas iam seguindo o seu caminho, quando chegaram ao mesmo sítio em que foram atropelados pelos touros. Reconheceu-o Dom Quixote e disse a Sancho:

— É este o prado em que topamos as bizarras pastoras e galhardos pastores, que aqui queriam imitar e renovar a pastoril Arcádia, pensamento novo e discreto, a cuja imitação, se isso te agrada, quereria eu, Sancho, que nos convertêssemos em pastores, pelo menos durante o tempo em que eu tiver de estar recolhido. Comprarei algumas ovelhas e tudo o mais que é necessário para o exercício pastoril; e, chamando-me eu o pastor Quixotiz, e tu o pastor Pancino, andaremos por montes, selvas e prados, cantando ali, recitando endechas acolá, bebendo os límpidos cristais, ou das fontes, ou dos regatos, ou dos rios caudalosos. Dar-nos-ão, com mão abundantíssima, o seu dulcíssimo fruto as altas carvalheiras, assento os troncos dos duríssimos sobreiros, os salgueiros sombras, aroma as rosas, alfombra matizada de mil cores os extensos prados, o ar puro e claro, bafejo, luz as estrelas e a lua, rompendo a escuridade da noite, suave prazer o canto, alegria o choro, versos Apolo, e o Amor conceitos, com que poderemos eternizar a nossa fama, não só nos presentes, mas também nos porvindouros séculos.

— Por Deus! — disse Sancho — quadra-me esse gênero de vida, tanto mais que nunca se lembraram disso, nem o Bacharel Sansão Carrasco, nem o barbeiro Mestre Nicolau, e talvez a queiram seguir e fazer-se pastores conosco; e praza a Deus que o cura não tenha vontade de entrar no aprisco, já que tanto gosta de se divertir.

— Disseste muito bem — respondeu Dom Quixote —; e o Bacharel Sansão Carrasco, se entrar no grêmio pastoril, poderá chamar-se o pastor Sansonino, ou o pastor Carrascão; o barbeiro Nicolau chamar-se-á Nicoloso, como o antigo Boscão se chamou Nemoroso; ao cura é que não sei que nome lhe havemos de pôr, a não ser algum que derive de "cura": por exemplo, o pastor Curiambro. Às pastoras, nossas enamoradas, é fácil escolher os nomes; e, como o da minha dama tanto quadra a uma princesa como a uma zagala, não preciso de me cansar a procurar outro que melhor lhe caiba: tu, Sancho, lá porás à tua o que quiseres.

— Não tenciono — respondeu Sancho — pôr-lhe nome diferente do de Teresona, que fica bem à sua gordura e ao nome próprio que tem, pois se chama Teresa; tanto mais que, celebrando-a eu nos meus versos, revelo os meus castos desejos, porque não ando a meter a foice em seara alheia. O cura é que não deve ter pastora, para dar bom exemplo; e, se o bacharel a quiser ter, sua alma, sua palma.

— Valha-me Deus! — disse Dom Quixote — que vida que nós vamos passar, Sancho amigo! que de charamelas ressoarão aos nossos ouvidos! que gaitas de Zamora, que tamboris, que rabecas e que violas! e, se entre estes diversos instrumentos se ouvirem também os albogues, juntar-se-ão quase todos os instrumentos bucólicos!

— Que são albogues? — perguntou Sancho — nunca os vi, nem nunca ouvi falar neles.

— Albogues são — respondeu Dom Quixote — umas placas que, batendo uma na outra, dão um som, não muito harmonioso talvez, mas que não desagrada e se casa bem com a rusticidade da gaita e do tamboril; e este nome albogue é mourisco, como todos aqueles que na nossa língua castelhana começam por al, a saber:

almohaza, *almorzar*, *alhombra*, *alguacil*, *alhucema*, *almacén*, *alcancía*, e outros semelhantes, que poucos mais devem de ser; e alguns são mouriscos também, mas acabam em i e são *borceguí*, *zaquizamí* e *maravedí*. *Alhelí* e *alfaquí*, tanto pelo al do começo como pelo i em que acabam, são conhecidos por árabes. Isto disseto, por mo ter trazido à memória o nome de "albogues"; e há de nos ajudar muito a usar com perfeição deste exercício pastoril o ser eu algum tanto poeta como sabes, e sê-lo também em extremo o Bacharel Sansão Carrasco. Do cura nada digo; mas vou apostar que também faz versos; e não duvido que os componha o Mestre Nicolau, porque os barbeiros são todos mais ou menos guitarristas e fazedores de coplas. Eu lamentarei a ausência da minha dama; tu gabar-te-ás de fino enamorado; o pastor Carrascão se queixará dos desdéns da sua bela, e o Cura Curiambro do que quiser; e assim andará tudo admiravelmente.

— Sou tão desgraçado, senhor — respondeu Sancho —, que receio que não chegue o dia em que me veja em tal exercício. Oh! que polidas colheres eu hei de fazer quando for pastor! que migas, que natas, que grinaldas e que pastoris cajados que, ainda que me não granjeiem fama de discreto, não deixarão de ma granjear de engenhoso! A minha filha Sanchica nos levará comida ao aprisco. Mas esperem lá; a pequena não é nenhuma peste e há pastores que são mais manhosos do que parecem; e não queria que ela fosse buscar lã e viesse tosquiada, porque, tanto nos campos como nas cidades, andam amores de companhia com os maus desejos; e nas choças dos pegureiros acontece o mesmo que nos palácios dos reis; e, tirada a causa, tira-se o efeito; e os olhos que não vêem, coração que não suspira; e mais vale salteador que sai à estrada que namorado que ajoelha.

— Basta de rifões, Sancho — acudiu Dom Quixote —; um só dos que disseste é suficiente para nos fazer entender o teu pensamento; e muitas vezes te tenho aconselhado que não sejas tão pródigo de provérbios; mas parece-me que é pregar no deserto. Minha mãe a castigar-me e eu com o pião às voltas.

— Parece-me — respondeu Sancho — que Vossa Mercê é como o outro que diz: "Disse a caldeira à sertã, tira-te para lá, não me enfarrusques". Está-me a repreender e a aconselhar que não diga rifões e enfia-os Vossa Mercê aos pares.

— Nota, Sancho — disse Dom Quixote —, que eu trago os rifões a propósito e ajeitam-se ao que digo, como os anéis aos dedos; mas tu, tanto os puxas pelos cabelos que os arrastas, em vez de os guiar; e, se bem me lembro, já de outra vez te disse que os rifões são sentenças breves, tiradas da experiência e das especulações dos nossos antigos sábios; e o rifão que não vem de molde é mais disparate que sentença. Mas deixemo-nos disto e, como a noite já vem próxima, retiremo-nos da estrada real um pedaço e procuremos sítio onde passar a noite; Deus sabe o que amanhã sucederá.

Retiraram-se, cearam tarde e mal, bem contra a vontade de Sancho, a quem desagradavam os jejuns da cavalaria andante, principalmente comparados com as abundâncias da casa de Dom Diogo de Miranda, das bodas do opulento Camacho e da habitação de Dom Antônio Moreno. Mas considerava que não era possível ser sempre dia; e assim, passou esta noite dormindo, e seu amo velando.

CAPÍTULO LXVIII

Da suína aventura que aconteceu a Dom Quixote

Era a noite um pouco escura, apesar de estar a lua no céu, mas não em sítio em que pudesse ser vista, que às vezes a Senhora Diana vai passear para os antípodas e deixa os montes negros e os vales escuros. Satisfez Dom Quixote as reclamações da natureza, dormindo o primeiro sono sem dar lugar ao segundo, bem às avessas de Sancho, que nunca teve segundo sono, porque dormia desde o cair da noite até ao romper da manhã, fato em que se mostravam a sua boa compleição e poucos cuidados. Os de Dom Quixote desvelaram-no tanto, que acordou Sancho e disse-lhe:

— Estou maravilhado, Sancho, da liberdade da tua condição. Imagino que és feito de mármore ou de duro bronze, coisas que não têm movimento nem sentimento algum. Velo quando tu dormes, choro quando cantas, desmaio de fraqueza quando estás farto. É próprio de bons criados ajudar seus amos a sofrer as suas mágoas e sentir o que eles sentirem, ao menos para não parecer mal. Vê a serenidade desta noite, a solidão em que estamos, que nos convidam a intercalar no nosso sono alguma vigília. Levanta-te, por vida tua, afasta-te daqui um pedaço e, com ânimo e denodo, dá em ti mesmo duzentos ou trezentos açoites, por conta dos do desencantamento de Dulcinéia, e isto peço-te rogado, que não quero travar luta contigo, como da outra vez, porque sei que tens a mão pesada. Depois de te haveres açoitado, passaremos o resto da noite, cantando eu a minha ausência e tu a tua firmeza, dando desde já princípio ao exercício pastoril que seguiremos na nossa aldeia.

— Senhor: eu não sou religioso para me levantar no meio do meu sono e açoitar-me, nem também me parece que do extremo do rigor dos açoites se possa passar para o outro extremo da música. Deixe-me Vossa Mercê dormir e não me apoquente com a história dos açoites, que me obriga a fazer o juramento de nunca tocar nem no pêlo do meu saio, quanto mais nas minhas carnes.

— Ó alma endurecida! ó despiedoso escudeiro! ó pão mal-empregado! ó mercês mal consideradas essas que te fiz e as que tenciono fazer-te! Por mim te viste governador e por mim te vês com esperanças propínquas de ser conde, ou de ter outro título equivalente, e não tardará o cumprimento dessas esperanças mais de um ano; *post tenebras spero lucem*[1].

— Não entendo lá isso — replicou Sancho —; o que entendo é que quando estou a dormir, nem tenho temor nem esperança, nem pena nem glória; e bem haja quem inventou o sono, capa que encobre todos os pensamentos humanos, manjar que tira a fome, água que afugenta a sede, fogo que alenta o frio, frio que mitiga o ardor, e finalmente moeda geral com que tudo se compra, balança e peso que iguala o pastor ao rei e o simples ao discreto. Só uma coisa má tem o sono, segundo tenho ouvido dizer: é parecer-se com a morte, porque, de um adormecido a um morto, pouca diferença vai.

— Nunca te ouvi falar tão elegantemente como agora, Sancho — disse Dom Quixote —; por onde venho a conhecer a verdade do rifão que tu algumas vezes costumas citar: "Dize-me com quem andas, dir-te-ei as manhas que tens".

— Então, senhor meu amo — redargüiu Sancho —, quem é que enfia rifões agora? sou eu ou Vossa Mercê, a quem eles caem da boca aos pares, ainda melhor que a mim? Entre os seus e os meus há só uma diferença: os de Vossa Mercê virão a tempo, e os meus a desoras; mas, afinal de contas, sempre são rifões.

Estavam nisto, quando sentiram um surdo estrondo e um áspero ruído, que por todos aqueles vales se estendia. Pôs-se de pé Dom Quixote e levou a mão à espada, e Sancho acachapou-se debaixo do

[1] "Post tenebras spero lucem", frase do livro de Jó, é também lema do falcão encapuzado que João de La Cuesta estampava nas duas partes do *Engenhoso fidalgo*. "Depois das trevas espero a luz."

muro, pondo de cada lado o feixe das armas e a albarda do seu jumento, com medo igual ao alvoroto de Dom Quixote. Cada vez ia crescendo mais o ruído e aproximando-se dos dois medrosos, pelo menos de um, porque do outro já conhecemos a valentia. A bulha provinha de mais de seiscentos porcos que uns homens levavam a vender a uma feira; e era tal o barulho dos seus passos, o grunhir e o bufar, que ensurdeceram Dom Quixote e Sancho, os quais nem imaginaram o que podia ser. Chegou de tropel o extenso e grunhidor batalhão, e sem respeitar a autorizada presença de Dom Quixote e de Sancho, desfez as trincheiras que este último erguera e derrubou não só Dom Quixote, mas atirou também de pernas ao ar Rocinante. O tropear, o grunhir, a rapidez com que chegaram os animais imundos, puseram em confusão, no meio da relva, a albarda, as armas, o ruço, Rocinante, Sancho e Dom Quixote. Levantou-se Sancho o melhor que pôde e pediu a seu amo a espada, dizendo que queria matar meia dúzia daqueles senhores e descomedidos porcos, que já conhecera que o eram. Dom Quixote disse-lhe:

— Deixa-os ir, amigo; esta afronta é pena do meu pecado e justo castigo do céu, que a um cavaleiro vencido o comam as raposas, o piquem as vespas e o pisem aos pés os porcos.

— Também será castigo do céu — respondeu Sancho — picarem as moscas, devorarem os piolhos, e a fome saltear os escudeiros dos cavaleiros andantes? Se os escudeiros fossem filhos dos cavaleiros que servem, ou seus próximos parentes, não seria muito que também me chegasse, até a quarta geração, o castigo das suas culpas; mas que têm que ver os Panças com os Quixotes? Agora, bem, tornemos a acomodar-nos e durmamos o pouco que ainda resta da noite.

— Dorme tu, Sancho — respondeu Dom Quixote —, dorme tu, que nasceste para dormir, que eu nasci para te velar; darei largas aos meus pensamentos e desafogá-los-ei num madrigalzito que, sem tu o saberes, compus de memória.

— Parece-me que os cuidados que permitem que se façam coplas não devem ser muitos; verseje Vossa Mercê o que quiser, que eu dormirei o que puder.

E, virando-se para outro lado, adormeceu a sono solto. Dom Quixote, encostado ao tronco de uma faia ou de um sobreiro (que Cide Hamete Benengeli não diz que árvore era), ao som dos seus suspiros cantou da seguinte maneira:

Amor, eu quando penso
No mal que tu me dás, terrível, forte,
Alegre corro à morte,
Para assim acabar meu mal imenso;

Mas quando chego ao passo,
Que é meu porto no mar desta agonia,
Sinto tal alegria
Que a vida se revolta e não o passo.

Assim o viver me mata,
Pois que a morte me torna a dar a vida!
Condição nunca ouvida,
A quem comigo vida e morte trata[2]!

Cada verso era acompanhado com muitos suspiros e muitas lágrimas, como quem tinha o coração traspassado pela dor da derrota e pela ausência de Dulcinéia.

Rompeu, enfim, o dia, bateu o sol com os seus raios nos olhos de Sancho, que despertou e espreguiçou-se, sacudindo-se e estirando os membros. Olhou para o destroço que os porcos tinham feito na sua despensa e amaldiçoou-os com todas as veras da sua alma. Tornaram ambos à interrompida viagem e, ao declinar da tarde, viram que para eles vinham uns dez homens de cavalo e quatro ou cinco a pé. Sobressaltou-se o coração de Dom Quixote e desfaleceu o de Sancho, porque a gente que se dirigia para eles trazia lanças e adagas e vinha como que em som de guerra.

Voltou-se Dom Quixote para Sancho e disse-lhe:

— Se eu pudesse, Sancho, exercitar as armas e não estivesse com as mãos atadas pela minha promessa, esta máquina que vem sobre nós seria para mim pão com mel; mas pode ser que saia coisa diferente do que receamos.

Chegaram nisto os cavaleiros e, enristando as lanças, sem dizer palavra, rodearam Dom Quixote e apontaram-lhe às costas e ao peito, ameaçando-o de morte. Um dos homens a pé, com um dedo na boca, em sinal de que se calasse, agarrou no freio de Rocinante e

---

[2] Tradução de um madrigal do poeta Pierro Bembo.

tirou-o para fora da estrada, e os outros peões, levando adiante de si Sancho e o ruço, e guardando todos maravilhoso silêncio, seguiram os passos do que conduzia Dom Quixote, que por duas ou três vezes quis perguntar para onde é que o levavam, ou o que lhe queriam, mas, apenas principiava a mexer os lábios, quando lhos fechavam logo com os ferros das lanças; e a Sancho acontecia o mesmo, porque apenas dava sinais de falar logo um dos peões com um aguilhão o picava, e ao ruço também, como se o ruço também quisesse falar. Cerrou-se a noite, apressaram o passo, cresceu o medo nos dois presos, e ainda mais quando ouviram que, de quando em quando, lhes diziam:

— Caminhai, trogloditas;

— Calai-vos, bárbaros;

— Sofrei, antropófagos;

— Não vos queixeis, citas; nem abrais os olhos. Polifemos[3] matadores, leões carniceiros!

E com estes e outros nomes semelhantes, atormentavam os ouvidos dos míseros amo e criado. Dizia Sancho entre si: "Nós chitas? Nós barbeiros e trôpegos? Não gosto nada destes nomes; não é bom o vento que sopra; todos os males vêm juntos sobre nós, como as chibatas sobre os cães, e oxalá que não se realize o que ameaça esta tão desventurada aventura!"

Ia Dom Quixote pasmado, sem poder atinar, por mais que discorresse, por que lhe punham aqueles nomes cheios de vitupérios, dos quais só deduzia que não podia esperar bem nenhum, e tinha que temer muito mal. Chegaram nisto, quase à uma hora da noite, a um castelo, que Dom Quixote bem conheceu que era do duque, onde havia pouco tempo tinham estado.

— Valha-me Deus! — disse ele, apenas conheceu a casa — que será isto? pois nesta casa não é tudo cortesia e comedimento? Mas para os vencidos muda-se o bem em mal e o mal em pior.

Entraram no pátio principal do castelo e viram-no arranjado e adornado de modo que ainda mais pasmados ficaram, como se poderá ver no seguinte capítulo.

---

[3] "Polifemo": ciclope que aparece na *Odisséia* de Homero.

CAPÍTULO LXIX

Do mais raro e mais novo sucesso que em todo o decurso desta grande história aconteceu a Dom Quixote

Apearam-se os cavaleiros e, juntamente com os peões, tomando em peso e arrebatadamente Sancho e Dom Quixote, meteram-nos no pátio, em torno do qual ardiam quase uns cem brandões e mais de quinhentas luminárias, de modo que, apesar da noite que se mostrava um pouco escura, não se sentia a falta da claridade do sol. No meio do pátio, a duas varas do chão, levantava-se um túmulo, todo coberto com um grandíssimo dossel de veludo negro, cercado de velas de cera branca acesas em mais de cem candelabros de prata, em cima do túmulo via-se o cadáver de uma tão linda donzela que parecia, com a sua formosura, tornar formosa a própria morte. Recostava a cabeça numa almofada de brocado, coroava-a uma grinalda tecida de diversas e odoríferas flores, tinha as mãos cruzadas no peito e nelas um ramo de amarela e triunfal palma[1]. A um dos lados do pátio estava um tablado, e em duas cadeiras sentados dois personagens que, por terem coroas na cabeça e cetros nas mãos, pareciam ser reis, ou verdadeiros ou fingidos. Ao pé deste tablado, para onde se subia por alguns degraus, viam-se outras cadeiras, nas quais os que trouxeram os presos sentaram Dom Quixote e Sancho

[1] Enterrar com palma a uma mulher é, como diz o léxico da Academia, "enterrá-la em estado de virgindade. O antigo costume de pôr uma palma entre as mãos das donzelas mortas chegou até nossos dias".

— tudo isto em silêncio e indicando-lhes, com sinais, que se calassem também: mas não era necessário sinal, porque o pasmo do que viam lhes atara as línguas. Subiram nisto ao tablado, com muito acompanhamento, dois principais personagens; logo Dom Quixote conheceu que eram o duque e a duquesa, seus hospedeiros, que se sentaram em duas riquíssimas cadeiras, junto aos dois que pareciam reis. Quem não se havia de admirar com isto, juntando-se-lhe o ter conhecido Dom Quixote que o cadáver que estava no túmulo era o da formosa Altisidora? Ao subirem ao tablado o duque e a duquesa, levantaram-se Dom Quixote e Sancho e fizeram-lhe um profundo cumprimento, a que os duques corresponderam com uma ligeira inclinação da cabeça.

Saiu nisto um belguim e, chegando-se a Sancho, deitou-lhe aos ombros uma roupa de bocaxim negro, toda pintada de labaredas; e, tirando-lhe a carapuça, pôs-lhe na cabeça uma mitra, à moda das que levam os penitenciados dos autos-de-fé, e disse-lhe ao ouvido que não abrisse o bico, porque lhe poriam uma mordaça, ou lhe tirariam a vida. Olhava Sancho para si dos pés à cabeça; via-se ardendo em chamas, mas, como o não queimavam, não fazia caso delas. Tirou a mitra e viu-a pintada de diabos e tornou-a a pôr, dizendo entre si:

"Ainda bem que nem elas me abrasam, nem eles me levam."

Mirava-o também Dom Quixote e, ainda que o temor lhe suspendia os sentidos, não deixou de se rir ao ver a figura de Sancho. Começou nisto a sair, parecia que de debaixo do túmulo, um som brando e suave de flautas que, por não ser interrompido por voz humana, porque naquele sítio o silêncio parecia ainda mais silêncio, mais brando e amoroso se mostrava. Logo apareceu, de improviso, junto à almofada do que parecia cadáver, um gentil mancebo vestido à romana, que, ao som de uma harpa, que ele mesmo tocava, cantou, com voz dulcíssima e clara, estas duas estâncias:

Enquanto não ressurge Altisidora,
De Dom Quixote a vítima discreta,
E as damas na corte encantadora
Enverguem cada qual sua roupeta,
A duquesa gentil, minha senhora,
Manda as donas vestir-se de baeta,
Cantarei a beldade que morreu
Com melhor plectro do que o próprio Orfeu.

E parece-me até que me não toca
Um tal dever unicamente em vida,
Mas com a língua morta em fria boca
Hei de soltar a voz que te é devida.
Livre a minha alma da apertada roca,
E pelo estígio[2] lago conduzida,
Celebrando-te irá, e ao seu lamento
Hão de as águas parar de esquecimento[3].

— Basta — disse um dos dois que pareciam reis —; não acabarias nunca se quisesses representar-nos agora a morte e as graças da incomparável Altisidora, não falecida, como pensa o mundo ignorante, mas viva, nas línguas da fama e no castigo que, para a restituir à luz perdida, há de sofrer Sancho Pança, que presente se acha; e assim, tu, Radamanto[4], que és julgador comigo nas lôbregas cavernas de Dite[5], já que sabes tudo o que está resolvido, nos imperscrutáveis fados, a respeito da ressurreição desta donzela, dize-o e declara-o imediatamente, para que não se dilate a posse do bem que esperamos do seu regresso à vida.

Apenas disse isto Minos, juiz e companheiro de Radamanto, logo este, pondo-se em pé exclamou:

— Eia, ministros desta casa, altos e baixos, grandes e pequenos: acudi uns atrás dos outros e arrumai no rosto de Sancho vinte e quatro tabefes, e nos seus braços e lombos doze beliscões e seis picadas de alfinetes, que nesta cerimônia consiste a salvação de Altisidora.

Ouvindo isto, Sancho Pança rompeu o silêncio, bradando:

— Voto a tal: eu hei de consentir tanto que me esbofeteiem a cara e me belisquem os braços como tenciono fazer-me mouro. Com a breca! que têm a minha cara e o meu lombo com a ressurreição desta donzela? O comer e o coçar está no principiar: encantam Dulcinéia e para ela se desencantar querem-me dar açoites; morre

---

[2] Relativo à lenda da fonte famosa da Arcádia.

[3] Esta oitava pertence à égloga III de Garcilaso. Esse vate sempre exerceu atrativo sobre os poetas jovens.

[4] Radamanto e Minos são juízes mitológicos do inferno.

[5] "Dite": Plutão.

Altisidora da doença que Deus lhe deu e, para a ressuscitar, querem dar-me vinte e quatro bofetadas e crivar-me o corpo de picadas de alfinetes e arroxear-me os braços com beliscões. Vão fazer essas burlas a um tolo, que eu sou rata pelada e comigo não se brinca.

— Morrerás — disse em alta voz Radamanto —; abranda-te, tigre; humilha-te, Nenrod[6] soberbo, e sofre e cala-te, que ninguém te pede impossíveis; e não te metas a averiguar as dificuldades deste negócio; hás de ser esbofeteado, hás de te ver espicaçado, e beliscado hás de gemer. Eia, ministros, repito: cumpri as minhas ordens, senão, palavra de homem de bem, que haveis de saber para que nascestes.

Nisto, apareceram no pátio seis donas em procissão, uma atrás da outra: quatro com óculos, e todas de mãos erguidas, com quatro dedos de bonecas para fora, para fazer as mãos maiores, como se usa agora[7]. Apenas Sancho as viu, logo berrando como um touro, disse:

— Eu deixo-me beliscar, seja por quem for, mas não consinto que donas me toquem. Arranhem-me na cara, como fizeram a meu amo neste mesmo castelo; traspassem-me o corpo com pontas de adagas buídas; atormentem-me os braços com tenazes de fogo, que eu tudo suportarei, com paciência; mas que me toquem donas, não consinto, nem que me leve o Diabo.

Rompeu também o silêncio Dom Quixote, dizendo a Sancho:

— Tem paciência, filho, e dá gosto a estes senhores e muitas graças ao céu por ter posto na tua pessoa tal virtude, que, com o teu martírio, desencantes encantados e ressuscites mortos.

Já as aias estavam perto de Sancho, quando ele, mais abrandado e mais persuadido, sentando-se bem na sua cadeira, entregou o rosto e a barba à primeira, que lhe assentou uma boa bofetada e lhe fez uma grande mesura.

— Menos cortesia e menos lavagens, senhora aia — disse Sancho, que as suas mãos cheiram a vinagrilho.

Finalmente, as donas todas o esbofetearam e muitas outras pessoas da casa lhe deram beliscões; mas o que ele não pôde suportar foram as picadas dos alfinetes e, por isso, levantou-se da

---

[6] Nenrod, personagem bíblico.

[7] Alusão ao fato de estarem as mãos largas em voga na época.

cadeira furioso e, agarrando num facho aceso, que estava ao pé dele, correu atrás das donas e dos seus outros verdugos, dizendo:

— Fora daqui, ministros infernais, que não sou de bronze, para não sentir tão extraordinários martírios.

Nisto, Altisidora, que naturalmente estava cansada, por ter estado tanto tempo supina[8], virou-se para um lado; e, vendo isto os circunstantes, disseram todos a uma voz:

— É viva Altisidora, Altisidora vive.

Disse Radamanto a Sancho que depusesse a ira, porque já se tinha alcançado o que se procurava.

Assim que Dom Quixote viu bulir Altisidora, foi-se pôr de joelhos diante de Sancho, dizendo-lhe:

— Agora é que é ocasião, filho das minhas entranhas, mais do que escudeiro meu, de que arrumes em ti alguns dos açoites a que estás obrigado, para o desencantamento de Dulcinéia. Agora é que é ocasião, porque estás com a virtude sazonada e com a eficácia necessária para obrar o que de ti se espera.

— Isso parece-me agraço sobre agraço e não mel sobre mel: tinha que ver se, depois das bofetadas, das alfinetadas e dos beliscões, viessem os açoites; era melhor pegar numa pedra, atar-ma ao pescoço e atirar comigo a uma cisterna, o que me não pesaria muito, se estou destinado a vaca da boda[9], para curar os males de toda gente. E deixem-me, senão vai aqui pancada de três em pipa.

Já a este tempo Altisidora se sentara no seu túmulo e no mesmo instante soaram as charamelas, acompanhadas pelas flautas e pelas vozes de todos, que bradavam:

— Viva Altisidora, viva Altisidora!

Levantaram-se os duques e os reis Minos e Radamanto; e todos juntos, com Dom Quixote e Sancho, foram receber Altisidora e ajudá-la a descer do túmulo; e ela inclinou-se para os duques e para os reis e, olhando de revés para Dom Quixote, disse-lhe:

— Deus te perdoe, desamorável cavaleiro, que, pela tua crueldade, estive no outro mundo mais de mil anos, segundo me pareceu; e a ti, ó escudeiro, o mais compassivo de todos os que o mundo encerra, agradeço-te a vida que possuo. Dispõe, desde já, de seis camisas

---

[8] "De boca para cima."

[9] "Ser a vaca da boda": fazer rir a todos.

minhas, que te vou mandar[10], as quais, se estão rotas algumas, ao menos sujas não são.

Beijou-lhe as mãos Sancho, de mitra em punho e joelhos no chão. Mandou o duque que lha tirassem e lhe restituíssem a carapuça, assim como que lhe tirassem a roupa das chamas e lhe dessem o saio outra vez. Suplicou Sancho ao duque que lhe deixasse levar para a terra a mitra e a roupeta, como sinal e memória daquele nunca visto sucesso. A duquesa respondeu que sim, e que ele bem sabia que ela era muito sua amiga. Mandou o duque despejar o pátio, que todos se recolhessem aos seus aposentos e que levassem Dom Quixote e Sancho para o que eles já sabiam.

---

10 "Que te prometo."

CAPÍTULO LXX

Que se segue ao sessenta e nove e trata de coisas que não são escusadas para a clareza desta história

Dormiu Sancho aquela noite numa carriola[1], no mesmo quarto que Dom Quixote, coisa que ele desejaria evitar, se pudesse, porque seu amo não havia de o deixar dormir com perguntas e respostas, e ele não se achava em disposição de falar muito, que ainda sentia as dores dos passados martírios e não lhe deixavam a língua livre, de maneira que lhe fazia mais conta dormir sozinho numa choça do que acompanhado num palácio. Saiu tão verdadeiro o seu temor e tão certa a sua suspeita que, apenas seu amo se meteu na cama, logo lhe disse:

— Que te pareceram, Sancho, os sucessos desta noite? Muito grande e muito poderosa é a força do amoroso desdém, pois com os teus próprios olhos viste morta Altisidora, não de seta, nem de espada, nem de outro bélico instrumento, nem de venenos mortais, mas só pela consideração do rigor e do desdém com que a tratei sempre.

— Morresse ela em muito boa hora, quando quisesse e como quisesse — respondeu Sancho —, e deixasse-me na minha casa, porque eu é que nunca a namorei, nem desdenhei na minha vida. Não sei, nem posso imaginar que a saúde de Altisidora, donzela

---

[1] "Carriola": cama baixa ou tarima com rodas.

mais caprichosa que discreta, tenha que ver, como já disse, com os martírios de Sancho Pança. Agora é que chego a conhecer, clara e distintamente, que há nigromantes e encantamentos no mundo, nigromantes de que peço a Deus que me livre, porque eu não me sei livrar; com tudo isso, peço a Vossa Mercê que me deixe dormir, e que me não pergunte mais nada, se não quer que me deite daquela janela abaixo.

— Dorme, Sancho amigo — respondeu Dom Quixote —, se to permitem as bofetadas, os beliscões e as picadas de alfinetes.

— Nenhuma dor chegou à afronta das bofetadas, e não foi por outra coisa, senão por me serem dadas por mãos de aias, que sumidas sejam elas nas profundas dos infernos; e torno a suplicar a Vossa Mercê que me deixe dormir, porque o sono é alívio das misérias daqueles que as têm quando estão acordados.

— Seja assim — disse Dom Quixote —, e Deus te acompanhe!

Adormeceram ambos, e Cide Hamete aproveita a ocasião para contar o que foi que levou os duques a levantar o edifício da referida máquina, e diz que, não se tendo esquecido o Bacharel Sansão Carrasco da derrota do Cavaleiro dos Espelhos, derrubado por Dom Quixote, derrota e queda que apagou e desfez todos os seus desígnios, quis outra vez provar a mão, esperando êxito melhor; e assim, sabendo do pajem, que levou a carta e o presente a Teresa Pança, mulher de Sancho, onde Dom Quixote ficava, procurou novas armas e novo cavalo, e pôs no escudo a branca lua, levando tudo em cima de um macho, guiado por um lavrador, e não por Tomé Cecial, para que nem Sancho nem Dom Quixote o conhecesse. Chegou, pois, ao castelo do duque, que o informou do caminho e da derrota que Dom Quixote levava, com intento de se achar nas justas de Saragoça. Disse-lhe também das burlas que lhe fizera, com a traça do desencantamento de Dulcinéia, que havia de ser à custa das pousadeiras de Sancho. Enfim, contou-lhe a peta que Sancho pregara a seu amo, fazendo-lhe acreditar que Dulcinéia estava encantada e transformada em lavradeira, e como a duquesa sua mulher fizera crer a Sancho que era ele quem se enganava, porque Dulcinéia estava encantada verdadeiramente; e não pouco se riu e admirou o bacharel da agudeza e simplicidade de Sancho e da extrema loucura de Dom Quixote. Pediu-lhe o duque que, se o encontrasse, quer o vencesse quer não, voltasse por ali a dar-lhe conta do sucedido. Assim fez o bacharel; partiu em sua procura, não o encontrou em Saragoça, passou adiante e sucedeu-lhe o que fica referido. Tornou pelo castelo do duque, e tudo contou, sem esquecer as condições da batalha, e que Dom Quixote voltava a cumprir, como bom cavaleiro andante, a palavra de se retirar por um ano para a sua aldeia: e nesse tempo podia ser, disse o bacharel, que sarasse da sua loucura, que era esta a intenção que o movera a fazer aquelas transformações, por ser coisa de lástima que um fidalgo de tão bom entendimento como Dom Quixote estivesse doido. Com isto se despediu do duque e tornou para a sua terra, para ir esperar Dom Quixote que vinha atrás dele. Aproveitou a ocasião o duque para lhe fazer aquele nova caçoada tanto o divertiam Dom Quixote e Sancho; e mandou tomar os caminhos, por todos os lados por onde imaginou que poderia voltar Dom Quixote, com muitos criados seus, de pé e de cavalo, para que, por força ou por vontade, o levassem ao castelo, se o encontrassem; encontraram-no, avisaram o duque, que, já prevenido de tudo o que havia de fazer, assim que teve notícia da chegada do cavaleiro, mandou acender os fachos e as luminárias do pátio e pôr Altisidora sobre o túmulo, com todos os aparatos que se contaram, tanto ao vivo e tão bem-feitos, que entre eles e a verdade, havia bem pouca diferença; e diz mais Cide Hamete que tão doidos lhe parecem os burladores como os burlados, e que estavam os duques muito longe de parecer patetas, pois tanto afinco mostravam em zombar de dois lunáticos, a um dos quais, dormindo a sono solto, e ao outro, velando com desconexos pensamentos, os surpreendeu o dia e a vontade de se levantar; que, vencido ou vencedor, nunca ociosa pluma deu gosto a Dom Quixote.

Altisidora, que, na opinião de Dom Quixote, ressuscitara, conformando-se com os caprichos dos seus amos, coroada com a mesma grinalda que tinha no túmulo e vestindo uma túnica de tafetá branco, semeada de flores de ouro e com os cabelos soltos pelas espáduas, arrimada a um báculo de negro e finíssimo ébano, entrou pelo quarto de Dom Quixote; e este, vendo-a, turbado e confuso, se encolheu e tapou todo com os lençóis e colchas da cama, e ficou de língua muda, sem que acertasse a fazer-lhe cortesia nenhuma. Sentou-se Altisidora à sua cabeceira e, com voz terna e débil, lhe disse:

— Quando as mulheres principais, e donzelas recatadas, atropelam a honra e dão licença à língua, que rompa por todos os inconvenientes, dando notícia, em público, dos segredos que o seu coração encerra, em grande aperto se acham. Eu, Senhor Dom Quixote de la

Mancha, sou uma destas, vencida e enamorada; mas, com tudo isso, sofrida e honesta; tanto assim, que, por sê-lo tanto, me rebentou a alma com o silêncio e perdi a vida. Há dois dias que, em consideração do rigor com que me trataste,

Ó cavaleiro empedernido, mais duro do que o mármore![2]

estive morta, ou, pelo menos, por morta me tiveram os que me viram; e, se o amor, condoendo-se de mim, não pusesse o meu remédio nos martírios deste bom escudeiro, lá ficaria eu no outro mundo.

— O amor podia perfeitamente — disse Sancho — depositá-lo nos do meu burro, que eu lho agradeceria muito. Mas diga-me, senhora, e queira o céu conceder-lhe mais brando enamorado que meu amo: que é que viu no outro mundo? que há no inferno? porque, a esse paradeiro, há de ir ter, por força, quem morre desesperado.

— Quer que lhe diga a verdade? — respondeu Altisidora — parece-me que não morri de todo, porque não cheguei a entrar no inferno; e, se lá entrasse, decerto que não poderia sair. A verdade é que cheguei à porta, onde estavam jogando a péla cerca de uma dúzia de diabos, todos de calças e gibão e capas à valona, guarnecidas de rendas flamengas e com voltas de rendas também, que lhes serviam de punhos, com quatro dedos do braço de fora, para parecerem maiores as mãos, em que tinham umas pás de fogo; e o que mais me admirou foi estarem jogando a péla com livros que pareciam cheios de vento e de borra, coisa maravilhosa e nova; mas ainda me admirou mais ver que, sendo próprio dos jogadores alegrar-se os que ganham e entristecer-se os que perdem, naquele jogo todos grunhiam, todos arreganhavam o dente e todos se maldiziam.

— Isso não admira — respondeu Sancho —; quer joguem, quer não joguem, quer ganhem, quer não ganhem, nunca podem estar contentes.

— Assim deve ser — respondeu Altisidora —; mas há outra coisa, que também me admira, quero dizer, que também me admirou então, e foi que ao primeiro boléu não ficava nem uma péla capaz, nem se podia mais aproveitar; e assim, gastavam livros novos e

---

[2] Paródia de um verso de Garcilaso, égloga I.

velhos, que era mesmo uma maravilha. A um deles, novo flamante e bem encadernado, deram uns piparotes, que lhe arrancaram as tripas e lhe espalharam as folhas. Disse um diabo para outro: "Vede que livro é esse"; e o diabo respondeu-lhe: "Este é a *Segunda parte da história de Dom Quixote de la Mancha*, não composta por Cide Hamete, seu primeiro autor, mas por um aragonês, que diz ser natural de Tordesilhas". "Tirai-mo daí", respondeu o outro diabo, "e metei-o nos mais profundos abismos do inferno, para que o não vejam mais os meus olhos." "Tão mau é ele?", redargüiu o outro. "Tão mau", replicou o primeiro, "que, se eu de propósito me metesse a fazê-lo pior, não o conseguiria." Continuaram a jogar a péla com outro livro; e, por ter ouvido pronunciar o nome de Dom Quixote, a quem tanto amo e quero, é que procurei que me ficasse de memória esta visão.

— Visão havia de ser, sem dúvida — observou Dom Quixote —, porque não há outro eu no mundo, e por cá já esse anda de mão em mão; mas em nenhuma pára, porque todos lhe dão com o pé. Não me alterei, ouvindo dizer que ando como corpo fantástico pelas trevas do abismo e pela claridade da terra, porque não sou esse de quem no livro se trata. Se for bom, fiel e verdadeiro, terá séculos de vida; mas, se for mau, do seu nascimento à sepultura irá breve espaço.

Ia Altisidora prosseguir nas suas queixas de Dom Quixote, quando este lhe disse:

— Muitas vezes vos tenho dito, senhora, que me pesa de terdes colocado em mim os vossos pensamentos, porque, pelos meus, só podem ser agradecidos e não remediados. Nasci para ser de Dulcinéia del Toboso, e os fados, se os houvera, a ela me teriam dedicado; e pensar que outra formosura possa ocupar na minha alma o lugar que ela ocupa é impossível.

Ouvindo isto Altisidora, fingindo alterar-se e enfadar-se, disse-lhe:

— Viva o senhor dom bacalhau, alma de almofariz, casca de tâmara, mais teimoso e duro que um vilão, quando leva a sua ferrada; tomai tento que, se vos arremeto deveras, sou capaz de vos tirar os olhos. Pensais, porventura, dom vencido e dom desancado, que morri por vossa causa? Tudo o que esta noite vistes foi fingido; nem eu sou mulher que, por semelhantes camelos, queira ter uma dor numa unha, quanto mais morrer.

— Lá essa creio eu — disse Sancho —; que isto de morrerem os enamorados é coisa de riso: podem-no eles dizer, mas fazer, Judas que o acredite.

Quando estavam nestas práticas, entrou o músico poeta, que cantara as duas estâncias já referidas, e, fazendo um grande cumprimento a Dom Quixote, disse:

— Conte-me Vosse Mercê, senhor cavaleiro, no número dos seus maiores servidores, porque há muitos dias que lhe sou afeiçoado, tanto pela sua fama como pelas suas façanhas.

— Diga-me Vossa Mercê quem é — respondeu Dom Quixote —, para que a minha cortesia corresponda aos seus merecimentos.

Tornou o moço que era o músico e o panegirista da noite anterior.

— É certo — respondeu Dom Quixote — que Vossa Mercê tem uma voz excelente; mas o que cantou é que me parece que não foi muito a propósito; porque nada têm que ver as estâncias de Garcilaso com a morte desta senhora.

— Não se maravilhe disso Vossa Mercê — respondeu o músico —, que já se usa, entre os intonsos[3] poetas do nosso tempo, escrever cada qual como quer e furtar a quem lhe parece, venha ou não venha o pêlo; e não há necedade que escrevam ou cantem, que se não atribua a licença poética.

Queria responder Dom Quixote; mas estorvaram-no o duque e a duquesa, que vieram vê-lo; e houve entre eles larga e agradável prática em que Sancho disse tais graças e malícias, que ficaram de novo admirados os duques, tanto da sua simplicidade, como da sua agudeza. Dom Quixote pediu-lhes que dessem licença para partir nesse mesmo dia porque, aos vencidos cavaleiros como ele, mais convinha habitar numa toca do que em palácios reais. Deram-lha com muito boa vontade e a duquesa perguntou-lhe se Altisidora lhe caíra em graça.

— Senhora — respondeu ele —, saiba Vossa Senhoria que todo o mal desta donzela nasce da sua ociosidade, cujo remédio é a ocupação contínua e honesta. Disse-me agora que se usa rendas no inferno; e, como as deve ela saber fazer, não as largue da mão, que, ocupada em voltear os bilros, não voltearão na sua fantasia as imagens daquilo que muito bem quer: esta é a verdade, este o meu parecer, este o meu conselho.

---

[3] "Intonso": pouco favorecido pelas musas.

— E o meu também — respondeu Sancho —, porque nunca vi, na minha vida, rendeira que se matasse por amor; que as donzelas que trabalham não pensam nos seus amores, pensam nas suas tarefas. Por mim o digo, pois, enquanto estou cavando, até me esqueço da minha patroa, quero dizer, da minha Teresa Pança, a quem quero mais que as pestanas dos meus olhos.

— Dizeis muito bem, Sancho — tornou a duquesa —, e eu farei com que a minha Altisidora se entretenha daqui por diante a trabalhar em roupa-branca, trabalho que ela faz muitíssimo bem.

— Não é necessário usar deste remédio, senhora duquesa — acudiu Altisidora —, porque a consideração da crueldade com que me tratou este malandrino mostrengo, hão de mo apagar da memória, sem mais sacrifício algum, e, com licença de Vossa Grandeza, vou-me embora daqui, para não ver mais, diante dos meus olhos, já não digo a sua triste figura, mas a sua catadura, feia e abominável.

— Costuma-se dizer a isso — observou o duque — que

Aquele que diz injúrias,
Perto está de perdoar[4].

Fingiu Altisidora limpar as lágrimas com um lenço e, fazendo uma mesura a seus amos, saiu do aposento.

— Má ventura tiveste, pobre donzela — disse Sancho —, porque deste com uma alma de esparto e um coração de carvalho, que se desses comigo, outro galo te cantara.

Acabou-se a prática, vestiu-se Dom Quixote, jantou com os duques e partiu nessa tarde.

---

[4] Versos de um romance.

H. PISAN

CAPÍTULO LXXI

Do que sucedeu a Dom Quixote com o seu escudeiro Sancho, quando iam para a sua aldeia

Ia o vencido Dom Quixote muito pensativo por um lado, e muito alegre por outro. Causava a sua tristeza a derrota e a alegria o considerar a virtude de Sancho, virtude que se manifestara na ressurreição de Altisidora, ainda que desconfiava um pouco de que a enamorada donzela estivesse morta deveras. Não ia nada alegre Sancho, por ver que Altisidora não cumprira a promessa de lhe dar as camisas; e, cismando nisto, disse a seu amo:

— Na verdade, senhor, eu sou o médico mais desgraçado deste mundo onde há físicos que, apesar de matar o doente de que tratam, querem ser pagos do seu trabalho, o qual não vai senão a assinar uma receita de alguns remédios, que não são feitos por eles, mas sim pelo boticário, e depois assobiem-lhes às botas; e a mim, a quem a saúde alheia custa gotas de sangue, beliscões, bofetadas e picadas de alfinetes, não me dão nem um chavo; pois juro que, se me cai nas mãos outro enfermo, hão de mas untar antes que eu o cure, que o abade janta do que canta, e não quero crer que me desse o céu a virtude que tenho, para a comunicar aos outros de graça.

— Tens razão, Sancho amigo — observou Dom Quixote —, e procedeu muito mal Altisidora não te dando as prometidas camisas; e, ainda que a tua virtude é *gratis data*[1], porque te não custou estudo

[1] "Dada de graça."

algum, é mais que estudo receber uma pessoa martírios no seu corpo; eu de mim sei dizer que, se quisesses paga pelo desencantamento de Dulcinéia, já ta haveria dado; mas não sei se a paga fará mal à cura e impedirá o efeito do remédio. Parece-me, enfim, que não custa nada experimentar; vê quanto queres, Sancho, e começa imediatamente a açoitar-te, e paga-te de contado e por tua própria mão, pois tens dinheiros meus.

Ouvindo estes oferecimentos, abriu Sancho muito os olhos e os ouvidos; consentiu *in mente* e de boa vontade em se açoitar e disse para seu amo:

— Bem, senhor; quero-me dispor a ser-lhe agradável no que seja, com proveito meu: que o amor de meus filhos e de minha mulher é que me faz interesseiro. Diga-me Vossa Mercê quanto me dá por açoite.

— Se eu te fosse pagar conforme a grandeza e a qualidade do remédio — respondeu Dom Quixote —, não chegariam nem o tesouro de Veneza[2], nem as minas de Potosi[3]; calcula o que tenho de meu, e vê por aí o que hás de pedir.

— Os açoites — respondeu Sancho — serão três mil trezentos e tantos; cinco já eu apanhei e restam os que ficam; façamos de conta que os tais tantos são cinco e vamos lá aos três mil e trezentos; a quarto cada um (que não vai por menos, nem que o mundo todo mo ordene), fazem três mil e trezentos quartos; que são os três mil, mil e quinhentos meios-reais que fazem setecentos e cinqüenta reais e os trezentos fazem cento e cinqüenta meios-reais, que vêm a ser setenta e cinco reais, que juntos com os setecentos e cinqüenta, fazem oitocentos e vinte e cinco reais. Tiro estes dos que tenho de Vossa Mercê em meu poder, e entro em minha casa rico e contente, apesar de açoitado, porque não se apanham trutas... e não digo mais.

— Ó Sancho abençoado! ó Sancho amável! — respondeu Dom Quixote — e como havemos de ficar obrigados, eu e Dulcinéia, a servir-te todos os dias de vida que o céu te outorgar! Se ela torna ao perdido ser (não é possível senão que volte), a sua desdita terá sido dita e o meu vencimento felicíssimo triunfo; e vê, Sancho, quando

[2] "Tesouro de Veneza": a maior riqueza.

[3] Outra expressão proverbial de riqueza.

queres principiar a disciplinar-te, que, para que o abrevies, te acrescento já cem reais.

— Quando? — replicou Sancho. — Esta noite sem falta; faça Vossa Mercê com que a passemos no campo ao sereno, que eu cortarei as carnes.

Chegou a noite, esperada por Dom Quixote com a maior ânsia deste mundo, parecendo-lhe que se tinham quebrado as rodas do carro de Apolo e que o dia se alargava mais do que o costumado, como acontece aos enamorados, que nunca chegam a ajustar a conta dos seus desejos. Entraram, finalmente, num ameno arvoredo, que estava pouco desviado do caminho e onde se apearam e se estenderam na verde relva, e cearam da despensa de Sancho; este, fazendo do cabresto e da reata do ruço um forte e flexível chicote, retirou-se para entre umas faias, a uns vinte passos de seu amo. Dom Quixote, que o viu com denodo e brio, disse-lhe:

— Olha lá, amigo, não te despedaces; deixa que uns açoites esperem pelos outros; não queiras apressar-te tanto na carreira que ao meio dela te falte o alento; não te fustigues com tanta força que te fuja a vida antes de chegares ao número desejado; e, para que não percas por carta de mais, nem por carta de menos, eu estarei de parte, contando, por este meu rosário, os açoites que em ti deres. Favoreça-te o céu, como merece a tua boa intenção.

— Ao bom pagador não custa dar penhor — respondeu Sancho —; tenciono açoitar-me de modo que me doa e me não mate; que é nisso que deve consistir a substância deste milagre. Despiu-se logo de meio corpo para cima e, sacudindo o cordel, começou a açoitar-se, e Dom Quixote a contar os açoites. Talvez Sancho já tivesse dado em si próprio seis ou oito, quando lhe pareceu que era pesada a brincadeira e baratíssimo o preço; e, demorando-se um pouco, disse a seu amo que se tinha enganado e que cada açoite daqueles merecia um real, e não um quarto.

— Prossegue, Sancho amigo, e não desmaies — disse Dom Quixote —, que eu dobro a parada do preço[4].

— Desse modo — disse Sancho —, à mão de Deus e chovam os açoites!

Mas o socarrão deixou de os arrumar nos seus ombros e dava-os

---

[4] "A parada do preço": o combinado anteriormente.

nas árvores, com uns suspiros de quando em quando, que parecia que cada um deles lhe arrancava a alma. Dom Quixote, movido pelo seu bom coração e receoso de que a imprudência de Sancho lhe pusesse termo à vida e lhe não fizesse conseguir o seu desejo, disse-lhe:

— Por tua vida, Sancho, fique o negócio por aqui; o remédio parece-me aspérrimo e será bom dar tempo, que Roma nem Pavia não se fez num dia. Já deste, se contei bem, mais de mil açoites; bastam por agora, que, como dizem os rústicos, o asno atura a carga, mas não a sobrecarga.

— Não senhor, não — tornou Sancho —, não se há de dizer de mim: "Merenda feita, companhia desfeita"; aparte-se Vossa Mercê mais um pedaço e deixe-me dar mais uns mil açoites, pelo menos, que assim, com mais duas vazas destas, se acaba a partida e ainda ficamos com pano para mangas.

— Pois se te achas em tão boa disposição, o céu te ajude, e continua, que eu cá me aparto.

Voltou Sancho à sua tarefa com tanto denodo que, pelo rigor com que se açoitava, já tirara a cortiça a umas poucas de árvores; e, levantando de uma das vezes a voz e dando um desaforado açoite numa faia, bradou:

— Morra Sansão e todos quantos aqui estão.

Acudiu logo Dom Quixote ao som da voz plangente e do rigoroso golpe e, agarrando no retorcido cabresto, que servia a Sancho de chicote, disse:

— Não permita a sorte, Sancho amigo, que, para me dares gosto, percas a vida, que há de servir para sustentar tua mulher e teus filhos; espere Dulcinéia melhor conjuntura e eu me contentarei dentro dos limites da propínqua esperança e esperarei que cobres forças novas, para este negócio se concluir a aprazimento de todos.

— Já que Vossa Mercê assim o quer, meu senhor — respondeu Sancho —, seja em boa hora; e deite-me a sua capa aos ombros, que estou suando e não me queria constipar, porque os penitentes novatos correm este perigo.

Assim fez Dom Quixote, e Sancho adormeceu, até que o sol o despertou, e tornaram logo a seguir o seu caminho, indo parar a um sítio que ficava dali a três léguas. Apearam-se numa estalagem, que Dom Quixote reconheceu como tal, não a tomando por castelo de fosso profundo, torres e ponte levadiça, porque, depois de ter sido vencido, discorria com mais juízo em todas as coisas, como agora se dirá. Alojaram-no numa sala baixa, a que serviam de guadamecins[5] umas sarjas velhas, pintadas, como se usam nas aldeias. Numa delas estava pessimamente representado o rapto de Helena, quando o atrevido hóspede[6] a roubou de Menelau, e noutra a história de Dido e de Enéias[7]: ela, numa alta torre, acenando para Enéias, que fugia pelo mar fora numa fragata ou bergantim. Notou nas duas histórias que Helena não ia de muito má vontade, porque se ria à socapa; mas Dido, essa parecia que vertia dos olhos lágrimas do tamanho de nozes.

Vendo isto, disse Dom Quixote:

— Foram desgraçadíssimas estas duas senhoras, por não terem nascido neste século, e eu, sobre todos, desventuroso, por não ter nascido no seu; porque, se eu encontrasse aquelas senhoras, nem Tróia seria abrasada nem Cartago destruída, pois logo que eu matasse Páris se evitavam todas as desgraças.

— Aposto — disse Sancho — que dentro em pouco tempo não haverá taverna, estalagem, nem loja de barbeiro, em que não esteja pintada a história das nossas façanhas; mas desejaria que a pintassem mãos de melhor pintor do que era quem pintou estas.

— Tens razão, Sancho — disse Dom Quixote —, porque este é como Orbaneja, um pintor que estava em Úbeda[8], que, quando lhe perguntavam o que pintava, respondia: "O que sair"; e, se porventura pintava um galo, escrevia por baixo: "Isto é um galo", para não pensarem que era uma zorra. Assim me parece, Sancho, que o pintor ou escritor que deu à luz a história desse novo Dom Quixote aparecido agora foi pintar ou escrever o que saísse; ou seria como um poeta, que andava estes anos passados na corte, chamado Mauleão[9], que respondia de repente a tudo o que lhe perguntavam e, perguntando-lhe um sujeito o que queria dizer "Deum de Deo" respondeu: "Dê onde der"? Mas, deixando isso, dize-me, Sancho, se tencionas pregar em ti mesmo outra tunda esta noite, e se queres que seja debaixo da telha, ou ao ar livre.

---

[5] "Guadamecins": tapeçarias bastas de couro.

[6] Páris.

[7] Alusão ao poema de Homero e ao de Virgílio.

[8] É a anedota de Orbaneja contada anteriormente.

[9] De Mauleão não se sabe nada de concreto até o presente.

— Eu lhe digo, senhor — respondeu Sancho —, a sova que tenciono pregar em mim próprio, tanto me importa que seja em casa, como no campo, mas, com tudo isso, desejaria antes entre arvoredos; parece que me acompanham e me ajudam a levar o meu trabalho maravilhosamente.

— Pois não há de ser assim, Sancho amigo — respondeu Dom Quixote —; como é necessário que tomes forças, guardemos isso para a nossa aldeia, aonde chegaremos, o mais tardar, depois de amanhã.

Sancho respondeu que fizesse o que dissesse, mas que ele, por si, preferia concluir aquele negócio com a maior brevidade possível, porque tudo está no principiar; e não guardes para amanhã o que podes fazer hoje; e Deus ajuda a quem madruga; e mais vale um "toma" que dois "te darei", e um pássaro na mão que dois a voar.

— Basta de rifões, Sancho, em nome de Deus verdadeiro — disse Dom Quixote —, que parece que voltas ao *sicut erat*[10]; fala claro e liso, e chão, como fazes muitas vezes, e verás que assim hás de medrar.

— Isto em mim é uma desgraça — tornou Sancho —; parece que não sei alinhavar um arrazoado sem lhe meter um rifão. Mas eu me emendarei, se puder.

E, com isto, cessou a sua prática.

[10] Ou seja, ao princípio.

CAPÍTULO LXXII

De como Dom Quixote e Sancho chegaram à sua aldeia

Estiveram ali todo o dia, esperando que caísse a noite, Dom Quixote e Sancho: um para concluir, em campina rasa, a tunda principiada, e o outro para ver o fim dela, em que estava também o fim do seu desejo. Chegou nisto à estalagem um caminhante a cavalo, com três ou quatro criados, um dos quais disse para seu amo:

— Aqui pode Vossa Mercê, Senhor Dom Álvaro Tarfe[1], passar hoje a sesta; a pousada parece limpa e fresca.

Ouvindo isto, disse Dom Quixote para Sancho:

— Olha lá, Sancho, quando folheei aquele livro da segunda parte da minha história, parece-me que topei ali de passagem este nome de Dom Álvaro Tarfe.

— Pode muito bem ser — respondeu Sancho —; deixemo-lo apear, e depois lho perguntaremos.

O cavaleiro apeou-se e a estalajadeira deu-lhe uma sala baixa, que ficava defronte do quarto de Dom Quixote, e adornada também com sarjas pintadas. Pôs-se à fresca o recém-vindo cavaleiro, e descendo ao pátio da estalagem, que era espaçoso e fresco, e vendo Dom Quixote a passear, perguntou-lhe:

[1] Dom Álvaro Tarfe é personagem do *Quixote* de Avellaneda.

— Para onde vai Vossa Mercê, senhor gentil-homem?

— Para uma aldeia próxima daqui — respondeu Dom Quixote —, donde sou natural; e Vossa Mercê para onde vai?

— Vou para Granada, que é a minha terra, senhor cavaleiro.

— E boa terra — replicou Dom Quixote —; mas queira Vossa Mercê ter a bondade de me dizer o seu nome, porque me parece que há de importar muito sabê-lo.

— O meu nome é Dom Álvaro Tarfe — respondeu o hóspede.

— Sem dúvida é Vossa Mercê aquele Dom Álvaro Tarfe que figura na segunda parte da história de Dom Quixote recentemente impressa e dada à luz do mundo por um autor moderno.

— Sou esse mesmo — respondeu o cavaleiro —; e o Dom Quixote, assunto principal de tal história, foi meu grande amigo; fui eu que o tirei da sua terra, ou pelo menos que o movi a que fosse a umas justas que se faziam em Saragoça, para onde eu ia; e é bem verdade que lhe fiz muitos obséquios e o livrei de lhe fustigar as costas o verdugo, por ser muito atrevido.

— E diga-me, Senhor Dom Álvaro: pareço-me alguma coisa com esse Dom Quixote que Vossa Mercê diz?

— Não, decerto — redargüiu o hóspede.

— E esse Dom Quixote — tornou o nosso herói — trazia consigo um escudeiro chamado Sancho Pança?

— Trazia, sim — respondeu Dom Álvaro —; e apesar de ter fama de gracioso, nunca lhe ouvi dizer coisa que tivesse graça.

— Isso creio eu — acudiu Sancho —, porque isto de dizer graças não é para todos; e esse Sancho que Vossa Mercê diz, senhor gentil-homem, deve ser algum grandíssimo velhaco e ladrão, porque o verdadeiro Sancho Pança sou eu, que tenho graça por aí além; e senão, faça Vossa Mercê a experiência; ande um ano atrás de mim e verá que os chistes caem-me a cada passo, tais e tantos, que, sem saber a maior parte das vezes o que digo, faço rir todos os que me escutam: e o verdadeiro Dom Quixote de la Mancha, o famoso, o valente e o discreto, o enamorado, o desfazedor de agravos, o tutor de pupilos e órfãos, o amparo das viúvas, o matador das donzelas[2], e que tem por única dama a Dulcinéia del Toboso, é este senhor que está presente, e que é meu amo; e todo e qualquer outro

---

[2] "Matador de donzelas": porque despreza as donzelas.

Dom Quixote, e todo e qualquer outro Sancho Pança são burla e sonho.

— Assim o creio, por Deus — respondeu Dom Álvaro —, porque mais graças dissestes, amigo, em quatro palavras que aí proferistes, do que em quantas ouvi ao outro Sancho Pança, que foram muitas. Tinha mais de comilão que de falador e mais de tolo que de gracioso; e, sem dúvida, os nigromantes que perseguem Dom Quixote, o bom, me quiseram perseguir a mim com Dom Quixote, o mau. Mas estou perplexo, porque ouso jurar que o deixei metido, para que o curem, na casa do Núncio[3] em Toledo e, no fim de contas, aqui me aparece agora outro Dom Quixote, ainda que realmente, muito diferente do meu.

— Não sei dizer se eu é que sou o bom; mas posso afirmar que não sou o mau; para prova disso, quero que Vossa Mercê saiba, Senhor Dom Álvaro Tarfe, que nunca estive, em dias de minha vida, em Saragoça; antes, por me terem dito e asseverado que esse Dom Quixote fantástico se achara nas justas dessa cidade, não quis eu lá pôr o pé, para mostrar às barbas do mundo a sua mentira; e por isso fui direito a Barcelona, arquivo da cortesia, albergue dos estrangeiros, hospital dos pobres, pátria dos valentes, vingança dos ofendidos e grata correspondência de firmes amizades, única em situação e formosura[4]. E ainda que as coisas que lá me sucederam não foram de muito gosto, mas sim de muita aflição, suporto-as sem mágoa, só pela ter visto. Finalmente, Senhor Dom Álvaro Tarfe, sou Dom Quixote de la Mancha, de que a fama se ocupa, e não esse desventurado que quis ocupar o meu nome e honrar-se com os meus pensamentos. Suplico a Vossa Mercê, pelos seus deveres de cavaleiro, que seja servido fazer uma declaração perante o alcaide deste lugar de como Vossa Mercê nunca me viu em todos os dias de sua vida, senão agora, e de como não sou eu o Dom Quixote impresso na Segunda parte, nem este Sancho Pança, meu escudeiro, é aquele que Vossa Mercê conheceu.

— Isso prometo fazer de muito boa vontade — respondeu Dom

---

[3] A casa de loucos de Toledo.

[4] É o conhecidíssimo elogio de Barcelona feito por Cervantes. Este não é o único. Givanel recordou o de *As duas donzelas* e Rodríguez Marin citou o conceito parecido em *Persiles* e *Segismunda*.

Álvaro Tarfe —, ainda que me cause grande admiração ver ao mesmo tempo dois Dom Quixotes e dois Sanchos, tão conformes nos nomes como diferentes nas ações; e torno a dizer e afirmo a Vossa Mercê, senhor cavaleiro, que nem vi o que vi, nem se passou comigo o que se passou.

— Sem dúvida alguma — disse Sancho Pança —, Vossa Mercê, Senhor Dom Álvaro, deve estar encantado como a minha senhora Dulcinéia del Toboso, e prouvera a Deus que o desencantamento de Vossa Mercê dependesse eu dar em mim três mil e tantos açoites, ou mais que fossem, como os que por ela apanho, que não tinha dúvida em os arrumar na minha carne, com todo o entusiasmo e sem interesse de espécie alguma.

— Não entendo, bom Sancho, o que vem a ser isso de açoites — acudiu Dom Álvaro Tarfe.

E Sancho respondeu-lhe que eram contos largos; mas que lhe referiria tudo, se por acaso seguissem o mesmo caminho. Nisto chegou a hora de jantar e jantaram juntos Dom Quixote e Dom Álvaro.

Entrou, por acaso, o alcaide do povo na estalagem com um escrivão, e perante esse alcaide fez o nosso Dom Quixote um requerimento, dizendo que ao seu direito convinha que Dom Álvaro Tarfe, esse cavaleiro que estava presente, esclarecesse diante de Sua Mercê que não conhecia o famoso Dom Quixote de la Mancha, que também presente se achava, e que não era ele que figurava numa história, impressa com o título de *Segunda parte de Dom Quixote de la Mancha*, composta por um tal de Avellaneda, natural de Tordesilhas. Enfim, o alcaide proveu juridicamente e fez-se a declaração com todas as formas que em tais casos se deviam fazer; com isso ficaram Dom Quixote e Sancho muito alegres, como se fosse de grande importância para eles tal declaração e não mostrassem claramente a diferença dos dois Quixotes e dos dois Sanchos as suas obras e as suas palavras. Muitas cortesias e oferecimentos se trocaram entre Dom Quixote e Dom Álvaro, mostrando sempre o manchego a sua discrição, de modo que desenganou Dom Álvaro Tarfe do erro em que laborava fazendo-lhe supor que estava encantado, por isso que tocava com a mão em dois tão contrários Dom Quixotes.

Chegou a tarde, partiram-se daquele lugar e, a obra de meia légua, tomaram dois caminhos diferentes: um que ia ter à aldeia de Dom Quixote, e o outro por onde havia de seguir Dom Álvaro. Neste pouco espaço lhe contou Dom Quixote a desgraça da sua derrota, e o encantamento e remédio de Dulcinéia, causando tudo nova admiração a Dom Álvaro, o qual, abraçando Dom Quixote e Sancho, seguiu o seu caminho, e Dom Quixote continuou no seu, indo passar essa noite a outro arvoredo, para dar lugar a Sancho que cumprisse a sua penitência, o que ele fez do mesmo modo que na noite anterior, à custa da cortiça das faias, muito mais que das costas, que a essas guardou-as tanto, que os açoites nem uma mosca lhe poderiam sacudir. Não errou a conta nem um só golpe o enganado Dom Quixote, e viu que com os da noite passada já subiam a três mil e vinte e nove. Parece que o sol madrugara, para ver o sacrifício de Sancho Pança, e, à sua luz, continuaram a caminhar, falando largamente entre si no engano de Dom Álvaro e na boa lembrança que tinham tido de lhe tomar a declaração perante a Justiça e tão autenticamente.

Naquele dia e naquela noite caminharam, sem lhes suceder coisa digna de se contar, a não ser o ter acabado Sancho a sua tarefa, com o que ficou Dom Quixote contentíssimo, e esperava que rompesse o dia, para ver se topava pelo caminho, já desencantada, Dulcinéia, sua dama; e não encontrava mulher nenhuma, que não fosse reconhecer se era Dulcinéia del Toboso, tendo por infalível não poderem mentir as promessas de Merlim. Com estes pensamentos e desejos, subiram por uma encosta arriba, donde descobriram a sua aldeia, e, vendo-a Sancho, pôs o joelho em terra e disse:

— Abre os olhos, desejada pátria, e vê que a ti volve Sancho Pança, teu filho, não muito rico, mas muito bem açoitado. Abre os braços e recebe também teu filho Dom Quixote, que, se vem vencido pelos braços alheios, vem vencedor de si mesmo, o que, segundo ele me tem dito, é o melhor vencimento que se pode desejar. Trago dinheiro porque, se bons açoites me davam, muito bem montado eu ia.

— Deixa-te dessas sandices — acudiu Dom Quixote —; vamos entrar no nosso lugar com o pé direito e lá daremos largas à nossa imaginação e pensaremos no modo como havemos de exercitar a nossa vida pastoril.

Com isto, desceram a encosta e foram para a sua povoação.

CAPÍTULO LXXIII

Dos agouros que teve Dom Quixote ao entrar na sua aldeia, com outros sucessos que são adorno e crédito desta grande história

À entrada da qual[1], contou Cide Hamete que viu Dom Quixote dois pequenos, renhindo um com o outro; e disse um deles:

— Não te canses, Periquilho, que nunca a hás de ver nos dias da tua vida.

Ouviu-o Dom Quixote, e disse para Sancho:

— Não reparas, amigo, que disse aquele pequeno: "Nunca a hás de ver nos dias da tua vida"?

— Mas que importa — respondeu Sancho — que o rapaz disse isso?

— Que importa? — tornou Dom Quixote — pois não vês que, aplicando aquela palavra à minha intenção, quer significar que não tenho de ver nunca mais a minha Dulcinéia?

Ia Sancho para lhe responder, quando viu que vinha fugindo pela campina fora uma lebre, seguida por muitos galgos e caçadores, que veio acolher-se, receosa, e acachapar-se debaixo dos pés do ruço. Apanhou-a Sancho sem dificuldade e apresentou-a a Dom Quixote, que estava dizendo:

— *Malum signum, malum signum*[2]: lebre foge, galgos a seguem, Dulcinéia não aparece.

---

[1] Refere-se à povoação, citada na última linha do parágrafo anterior.

[2] "Malum signum": expressão médica para designar sintomas graves.

— Vossa Mercê é esquisito — disse Sancho —; suponhamos que essa lebre é Dulcinéia del Toboso, e estes galgos, que a perseguem, são os malandrinos nigromantes que a transformaram na lavradeira: ela foge, eu apanho-a e entrego-a a Vossa Mercê, que a tem nos seus braços, e a regala e amima: que mau sinal é este, ou que mau agouro se pode tirar daqui?

Chegaram-se os dois rapazes da pendência para ver a lebre, e perguntou Sancho a um deles por que é que renhiam. Respondeu-lhe o que disse as palavras que tinham sobressaltado Dom Quixote, que tirara ao outro rapaz uma gaiola de grilos, e que não tencionava devolver-lha nos dias de sua vida. Tirou Sancho quatro quartos da algibeira e comprou a gaiola do rapaz, para a dar a Dom Quixote, dizendo:

— Aqui estão, senhor, rotos e desbaratados esses agouros, que têm tanto que ver com os nossos sucessos (pelo menos assim mo diz o meu bestunto de tolo) como com as nuvens do ano passado[3]; e, se bem me recordo, ouvi dizer ao cura da nossa terra que não é de pessoas cristãs e discretas atender a estas criancices; e até Vossa Mercê mo disse também há tempos, dando-me a entender que eram tolos todos os cristãos que faziam caso de agouros; mas não vale a pena fazer fincapé nestas coisas, se não entrarmos na nossa aldeia.

Chegaram os caçadores, pediram a sua lebre, deu-lha Dom Quixote; e, seguindo para diante este e Sancho Pança, toparam à entrada do povo, rezando num campo, o cura e o Bacharel Sansão Carrasco. E é de saber que Sancho Pança deitara para cima do burro e do feixe das armas, para servir de resposteiro, a túnica de bocaxim pintada com chamas de fogo que lhe vestiram no castelo do duque, na noite em que Altisidora tornou a si. Pôs-lhe também a mitra na cabeça, que foi a mais nova transformação e adorno com que nunca se viu um jumento neste mundo.

Foram logo conhecidos ambos pelo cura e pelo bacharel, que vieram para eles de braços abertos.

Apeou-se Dom Quixote e abraçou-os estreitamente; e os rapazes, que são uns linces nestas coisas, deram logo com a mitra do jumento e acudiram a vê-lo; e diziam uns para os outros:

— Vinde ver, rapazes, o burro de Sancho Pança, mais galã do que Mingo, e a cavalgadura de Dom Quixote, mais magra hoje que no primeiro dia.

---

[3] "As nuvens do ano passado": coisas já passadas.

Finalmente, rodeados de rapazes e acompanhados pelo cura e pelo bacharel, entraram no povo e dirigiram-se à casa de Dom Quixote, a cuja porta encontraram a ama e a sobrinha, que já sabiam da sua vinda. Tinham dado também essa notícia a Teresa Pança, mulher de Sancho, que, desgrenhada e seminua, levando pela mão Sanchica sua filha, veio ver seu marido; e, não o encontrando tão ataviado como imaginava ela que devia vir um governador, disse-lhe:

— Como é que vindes assim, marido meu, que parece que vindes a pé e despeado[4], e trazeis cara mais de desgovernado que de governador?

— Cala-te, Teresa — respondeu Sancho —, que muitas vezes numa banda se põe o ramo e noutra se vende o vinho; e vamos para nossa casa, que lá ouvirás maravilhas. Trago dinheiros, que é o que mais importa, ganhos por minha indústria e sem prejuízo de ninguém.

— Traze tu dinheiro, marido meu — disse Teresa —, e fosse ele ganho lá como fosse, que, de qualquer forma que o ganhasses, não seria nada de novo.

Abraçou Sanchica seu pai, e perguntou se lhe trazia alguma coisa, que o estava esperando como a água de maio; e, agarrando-lhe por um lado do cinto, e sua mulher pela mão, puxando Sanchica o ruço, foram para sua casa, deixando Dom Quixote na sua, em poder da ama e da sobrinha, e em companhia dos seus amigos o cura e o Bacharel Sansão Carrasco.

Dom Quixote, sem aguardar hora nem tempo, imediatamente chamou de parte o bacharel e o cura, e em breves razões lhes contou a sua derrota e a obrigação que contraíra de não sair da sua aldeia durante um ano — obrigação que tencionava guardar ao pé da letra, sem a transgredir nem num átomo só que fosse, como cavaleiro andante, obrigado pelo rigor da sua ordem; e que pensara em fazer-se pastor durante esse ano e entreter-se na soledade dos campos, onde, a rédea solta, podia dar largas aos seus amorosos pensamentos, exercitando-se no pastoral e virtuoso exercício; e que lhes suplicava, se não tinham muito que fazer e não estavam impedidos por negócios mais importantes, que fossem seus companheiros, que ele compraria ovelhas e mais gado suficiente para poderem

[4] Aquele que tem os pés machucados, por andar descalço.

tomar o nome de pastores; e que lhes fazia saber que o mais principal daquele negócio estava feito, porque já lhes arranjara nomes, que lhes haviam de cair mesmo de molde.

Pediu-lhe o cura que os dissesse. Respondeu-lhe Dom Quixote que ele havia de chamar-se o pastor Quixotiz; o bacharel, o pastor Carrascão; o cura, o pastor Curiambro, e Sancho, o pastor Pancino. Pasmaram todos de ver a nova loucura de Dom Quixote; mas, para que se lhes não fosse outra vez do povo para as suas cavalarias, e esperando que naquele ano se pudesse curar, concordaram com a sua boa intenção e aprovaram como discreta a sua loucura, oferecendo-se-lhe para companheiros no seu exercício.

— De mais a mais — disse Sansão Carrasco —, eu, como todos sabem, sou celebérrimo poeta e farei a cada instante versos pastoris ou cortesãos, ou como melhor me quadrar, para nos entretermos nas nossas passeatas; e o que mais necessário é, meus senhores, é que escolha cada um a pastora que tenciona celebrar nos seus versos, e que não deixemos árvore, por mais dura que seja, em que não gravemos o seu nome, como é uso e costume de pastores enamorados.

— Isso vem mesmo de molde para mim — respondeu Dom Quixote —, porque eu não preciso procurar nome de pastora fingida, pois aí está a incomparável Dulcinéia del Toboso, glória destas ribeiras, adorno destes prados, sustento da formosura, nata dos donaires e, finalmente, pessoa em quem assenta bem todo o louvor, por hiperbólico que seja.

— Assim é — disse o cura —; mas nós outros procuraremos por aí umas pastoritas que nos convenham.

— E se faltarem — acudiu Sansão Carrasco — dar-lhes-emos os nomes das impressas, de que está cheio o mundo: Fílis, Amarílis, Dianas, Fléridas, Galatéias e Belisardas, que, visto que se vendem nas praças, podemos perfeitamente comprá-las nós e considerá-las nossas. Se a minha dama ou, para melhor dizer, a minha pastora, porventura se chamar Ana, celebrá-la-ei debaixo do nome de Anarda e, se for Francisca, chamo-lhe Francênia, e, se for Luzia, Lucinda; e Sancho Pança, se tem de entrar nesta confraria, poderá celebrar sua mulher Teresa Pança com o nome de Teresaina.

Riu-se Dom Quixote da aplicação do nome, e o cura louvou-lhe imenso a sua honesta e honrada resolução, e ofereceu-se de novo para o acompanhar todo o tempo que lhe deixasse vago o atender às suas forçosas obrigações. Com isto se despediram dele e lhe rogaram e aconselharam que tomasse conta com a sua saúde, e com o regalar-se do que fosse bom.

Quis a sorte que a sobrinha e a ama ouvissem a prática dos três, e, apenas os dois se foram embora, entraram ambas com Dom Quixote às voltas. E disse-lhe a sobrinha:

— Que é isso, senhor tio? agora que nós outros pensávamos que Vossa Mercê se vinha meter em sua casa e passar nela vida quieta e honrada, quer-se meter em novos labirintos, fazendo-se

Pastorzinho, tu que vens;
Pastorzinho, tu que vais[5]?

Pois olhe que Vossa Mercê já não está para essas folias.

E a ama acrescentou:

— E Vossa Mercê pode, por acaso, passar no campo as sestas do verão, as noitadas do inverno e arriscar-se aos lobos? Não, decerto, que tudo isso é ofício de homens robustos, curtidos e criados para tal mister, desde as faixas e mantilhas, a bem dizer; mal por mal, era melhor ser cavaleiro andante que pastor. E olhe, senhor, tome o meu conselho, que é conselho de mulher de cinqüenta anos, que está em jejum natural, no seu perfeito juízo: fique na sua casa, trate de sua fazenda, confesse-se amiúde, favoreça os pobres e caia sobre mim o mal que daí lhe vier.

— Calai-vos, filhas — respondeu Dom Quixote —, eu bem sei o que me cumpre fazer: levai-me para a cama, que parece que me não sinto lá muito bem; e tende por certo que, embora eu seja cavaleiro andante ou pastor, nunca deixarei de acudir àquilo de que precisardes, como podereis ver daqui por diante.

E as duas boas filhas (que assim realmente se lhes podia chamar) levaram-no para a cama, onde lhe deram de comer e o animaram o mais possível.

---

[5] É o vilancico: "Pastorzinho, tu que vens;/ Pastorzinho, tu que vais;/ Onde minha senhora está,/ Diz, que novas há por lá?"

G. Doré
H. PISAN

CAPÍTULO LXXIV

De como Dom Quixote adoeceu, e do testamento que fez, e sua morte

Como as coisas humanas não são eternas e vão sempre em declinação desde o princípio até ao seu último fim, especialmente as vidas dos homens; e como a de Dom Quixote não tivesse privilégio do céu para deixar de seguir o seu termo e acabamento, quando ele menos o esperava, porque, ou fosse pela melancolia que lhe causara o ver-se vencido ou pela disposição do céu, que assim o ordenava, veio-lhe uma febre, que o teve seis dias de cama, sendo visitado muitas vezes pelo cura, pelo bacharel e pelo barbeiro, seus amigos, sem se lhe tirar da cabeceira o seu bom escudeiro Sancho Pança. Estes, julgando que o desgosto de se ver vencido e descumprido o seu desejo de liberdade e desencantamento de Dulcinéia é que o tinham adoentado, de todos os modos possíveis procuraram alegrá-lo, dizendo-lhe o bacharel que se animasse e se levantasse, a fim de darem princípio ao seu exercício pastoril, para o qual já compusera uma écloga, que havia de desbancar todas as que Sanazaro[1] compusera; que já comprara, com os seus próprios dinheiros, dois famosos cães para guardar o gado: um chamado Barcino e outro Butrão, que lhe vendera um pastor de Quintanar. Mas Dom Quixote continuava a estar triste.

Chamaram os seus amigos o médico, tomou-lhe este o pulso e

[1] Jacopo Sanazaro (autor de *A Arcádia*).

disse-lhe que, pelo sim pelo não, cuidasse da salvação da sua alma, porque a do corpo corria perigo. Ouviu-o Dom Quixote com ânimo sossegado, mas não o ouviram da mesma forma a ama, a sobrinha e o escudeiro, que principiaram a chorar ternamente, como se já o tivessem morto diante de si. O médico foi de parecer que o que dava cabo dele eram melancolias e desabrimentos. Pediu Dom Quixote que o deixassem só, porque queria dormir um pedaço. Obedeceram-lhe, e dormiu de uma assentada mais de seis horas, tanto que a ama e a sobrinha pensaram que não tornaria a acordar. Despertou ao cabo do tempo já referido e, dando um grande brado, exclamou:

— Bendito seja o poderoso Deus, que tanto bem me fez. Enfim, as suas misericórdias não têm limite e não as abreviam nem as impedem os pecados dos homens.

Esteve a sobrinha a ouvir atenta as razões do tio e pareceram-lhe mais concertadas do que as que costumava expender, pelo menos nessa enfermidade, e perguntou-lhe:

— Que diz Vossa Mercê, senhor? temos alguma coisa de novo? Que misericórdias são essas, e que pecados dos homens?

— As misericórdias, sobrinha — respondeu Dom Quixote —, são as que neste momento Deus teve comigo, sem as impedirem, como disse, os meus pecados. Tenho o juízo já livre e claro, sem as sombras caliginosas da ignorância com que o ofuscou a minha amarga e contínua leitura dos detestáveis livros das cavalarias. Já conheço os seus disparates e os seus embelecos e só me pesa ter chegado tão tarde este desengano, que não me desse tempo para me emendar, lendo outros que fossem luz da alma. Sinto-me, sobrinha, à hora da morte; quereria passá-la de modo que mostrasse não ter sido tão má a minha vida que deixasse renome de louco, pois, apesar de o ter sido, não quereria confirmar essa verdade expirando. Chama-me os meus bons amigos, o cura, o Bacharel Sansão Carrasco, e Mestre Nicolau, o barbeiro, que me quero confessar e fazer o meu testamento.

Mas a entrada dos três dispensou a sobrinha de ter esse trabalho. Apenas Dom Quixote os viu, disse logo:

— Dai-me alvíssaras, bons senhores, que já não sou Dom Quixote de la Mancha, mas sim Alonso Quijano[2], que adquiri pelos

---

[2] Diz “Quijano” e não “Quejana”, “Quesada”, “Quijada”.

meus costumes o apelido de "Bom". Já sou inimigo de Amadis de Gaula e da infinita caterva da sua linhagem; já me são odiosas todas as histórias profanas de cavalaria andante; já conheço minha necedade e o perigo em que me pôs o tê-las lido; já por misericórdia de Deus, e bem escarmentado, as abomino.

Quando os três lhe ouviram dizer isto, julgaram que alguma loucura nova o salteara. E Sansão disse-lhe:

— Agora, Senhor Dom Quixote, que temos notícia de que está desencantada a Senhora Dulcinéia, sai-se Vossa Mercê com essa! e agora, que estamos tão a pique de ser pastores, para passar a vida cantando como uns príncipes, quer Vossa Mercê fazer-se ermitão? Cale-se, por vida sua, torne a si, e deixe-se de contos.

— Os contos, que até agora têm sido verdadeiros só em meu prejuízo — respondeu Dom Quixote —, espero que a minha morte os mude, com o auxílio do céu, em meu proveito. Sinto, senhores, que a morte vem correndo; deixem-se de burlas e tragam-me um padre a quem eu me confesse e um tabelião que faça o meu testamento, que em transes como este não há de um homem brincar com a sua alma; e assim, peço que, enquanto o senhor cura me atende, vão depressa buscar-me um notário.

Olhavam uns para os outros, admirados das razões de Dom Quixote, e sempre o quiseram acreditar, apesar de ainda estarem em dúvida; e um dos sinais por onde conjeturaram que ele morria foi por ele se ter mudado com tanta facilidade de doido em assisado, porque às razões já mencionadas acrescentou outras, tão bem ditas, tão cristãs e de tanto acerto, que de todo lhes tirou as dúvidas e lhes fez crer que estava bom.

Mandou o cura sair toda a gente, ficou sozinho com ele e confessou-o. O bacharel foi procurar o tabelião e dali a pouco voltou trazendo-o e a Sancho Pança também; e este, que já sabia pelo bacharel o estado em que seu amo se achava, topando a ama e a sobrinha chorosas, começou igualmente a soluçar e a derramar lágrimas. Acabou-se a confissão, e saiu o cura dizendo:

— Deveras morre, e está deveras com siso Alonso Quijano, o Bom; e podemos entrar, para ele ditar o seu testamento.

Estas novas fizeram rebentar de novo as lágrimas dos olhos, e mil profundos suspiros dos peitos da ama, da sobrinha e de Sancho Pança, seu bom escudeiro; porque, realmente, como já se disse, Dom Quixote, ou enquanto se chamou a seco Alonso Quijano, ou enquanto usou o nome de Dom Quixote de la Mancha, sempre se mostrou homem de aprazível condição e de agradável trato; e por isso, não só era muito querido dos da sua casa, mas de todos quantos o conheciam. Veio o tabelião com os outros, e depois de ter feito o cabeçalho do testamento, e depois de Dom Quixote haver tratado da sua alma, com todas as circunstâncias cristãs que se requerem, quando chegou às deixas disse:

— Item, é minha vontade, que de certos dinheiros que tem em seu poder Sancho Pança, a quem na minha loucura fiz meu escudeiro, se lhe não faça cargo nem se lhe peçam contas; mas que, se sobrar algum, depois dele se ter pago do que lhe devo, com ele fique; bem pouco será, mas que lhe faça bom proveito; e se, assim como, estando eu louco, fui parte que se lhe desse o governo de uma ilha, pudesse agora, que estou em meu juízo, dar-lhe o de um reino, dar-lho-ia, porque a singeleza da sua condição e a fidelidade do seu trato assim o merecem.

E, voltando-se para Sancho, disse-lhe:

— Perdoa-me, amigo, o haver dado ocasião de pareceres doido como eu, fazendo-te cair no erro, em que eu caí, de pensar que houve e há cavaleiros andantes no mundo.

— Ai! — respondeu Sancho Pança, chorando — não morra Vossa Mercê, senhor meu amo, mas tome o meu conselho e viva muitos anos, porque a maior loucura que pode fazer um homem nesta vida é deixar-se morrer sem mais nem mais, sem ninguém nos matar, nem darem cabo de nós outras mãos que não sejam as da melancolia. Olhe, não me seja Vossa Mercê preguiçoso, levante-se dessa cama e vamos para o campo vestidos de pastores, como combinamos. Talvez em alguma mata encontremos a Senhora Dona Dulcinéia desencantada, que não haja aí mais que ver. Se morre de pesar de se ver vencido, deite-me as culpas a mim, dizendo que por eu ter apertado mal as cilhas de Rocinante é que o derrubaram; tanto mais, que Vossa Mercê há de ter visto nos seus livros de cavalarias ser coisa ordinária derrubarem-se os cavaleiros uns aos outros, e o que é hoje vencido ser vencedor amanhã.

— Assim é — disse Sansão —, e o bom Sancho Pança está muito ao fato destes casos.

— Senhores — acudiu Dom Quixote —, deixemo-nos dessas coisas; o que foi já não é: fui louco e estou hoje em meu juízo; fui Dom Quixote de la Mancha, e sou agora, como disse, Alonso Quijano, o Bom; possam o meu arrependimento e a minha verdade restituir-me a estima em que Vossas Mercês me tinham, e prossiga para diante o senhor tabelião. Item, deixo toda a minha fazenda, de portas adentro, a Antônia Quijana[3], minha sobrinha, que está presente, tirando-se primeiro, do mais bem-parado dessa fazenda, o que for mister para cumprir os legados que deixo; e o primeiro pagamento que quero que se faça será satisfazer o salário que devo à minha ama do tempo que me tem servido, e mais vinte ducados para um vestido. Instituo meus testamenteiros o senhor cura e o Senhor Bacharel Sansão Carrasco, que estão presentes. Item, é minha vontade que, se Antônia Quijana, minha sobrinha, quiser casar-se, case com um homem de quem primeiro se tirem informações, e se verifique que não sabe o que vêm a ser livros de cavalarias; e no caso de se averiguar que o sabe, e minha sobrinha, apesar disso, persistir em casar com ele, perca tudo que lhe deixo, que os meus testamenteiros poderão distribuir em obras pias à sua vontade. Item, suplico aos ditos senhores meus testamenteiros que se a boa sorte lhes fizer conhecer o autor que dizem que compôs uma história, que por aí corre, com o título de *Segunda parte das façanhas de Dom Quixote de la Mancha*, lhe peçam da minha parte, o mais encarecidamente que puderem, que me perdoe a ocasião que sem querer lhe dei para escrever tantos e tamanhos disparates, porque saio desta vida com o escrúpulo de lhe ter dado motivo para que os escrevesse.

Cerrou com isto o testamento e, dando-lhe um desmaio, estendeu-se na cama. Alvorotaram-se todos e acudiram a socorrê-lo; e em três dias que viveu depois deste em que fez o testamento, desmaiava muito amiúde. Andava a casa alvorotada; mas, com tudo isso, a sobrinha ia comendo, a ama bebendo e Sancho Pança folgando, que isto do herdar algo dissipa ou modera no herdeiro a lembrança do sentido que é razão que deixe o morto. Chegou, afinal, a última hora de Dom Quixote, depois de recebidos todos os sacramentos e de ter arrenegado, com muitas e eficazes razões, dos livros de cavalarias. Estava presente o tabelião, que disse que nunca lera em nenhum livro de cavalarias que algum cavaleiro andante houvesse morrido no seu leito, tão sossegada e cristãmente como Dom Quixote, que, entre os suspiros e lágrimas dos que ali estavam, deu a alma a Deus: quero dizer, morreu.

---

[3] Feminizando o sobrenome, como se fez por exemplo com "Ricota".

Vendo isso o cura, pediu ao tabelião que lhe passasse um atestado de como Alonso Quijano, o Bom, chamado vulgarmente Dom Quixote de la Mancha, fora levado desta vida presente e morrera de morte natural; e que pedia esse atestado, para evitar que qualquer outro autor que não fosse Cide Hamete Benengeli o ressuscitasse falsamente e fizesse intermináveis histórias das suas façanhas. Assim acabou o engenhoso fidalgo de la Mancha, cuja terra Cide Hamete não quis dizer claramente, para deixar que todas as vilas e lugares da Mancha contendessem entre si, disputando a glória de o ter por seu filho, como contenderam por Homero as sete cidades da Grécia[4].

Não trasladamos para aqui nem os prantos de Sancho, da sobrinha e da ama de Dom Quixote, nem os novos epitáfios da sua sepultura, ainda que Sansão Carrasco lhe fez o seguinte:

> Aqui jaz quem teve a sorte
> De ser tão valente e forte,
> Que o seu cantor alegou
> Que a Morte não triunfou
> Da sua vida coa sua morte.
> Foi grande a sua bravura,
> Teve todo o mundo em pouco,
> E na final conjuntura
> Morreu: vejam que ventura,
> Com siso vivendo louco!

E diz o prudentíssimo Cide Hamete: "Aqui ficarás pendurada desta espeteira[5], ó pena minha, que não sei se foste bem ou mal aparada, e aqui longos séculos viverás, se historiadores presunçosos e malandrinos te não despendurarem para te profanar. Mas, antes que a ti cheguem, adverte-os e dize-lhe do melhor modo que puderes:

> Alto, alto, vis traidores,
> Por ninguém seja eu tocada,

---

[4] Sobre serem a pátria de Homero contendiam: Cumas, Esmirna, Quios, Colofão, Pilos, Argos e Atenas.

[5] Tábua onde se penduram utensílios de cozinha.

Porque, bom rei, esta empresa
Para mim 'stava guardada[6].

Só para mim nasceu Dom Quixote, e eu para ele: ele para praticar as ações e eu para as escrever.

Somos um só, a despeito e apesar do escritor fingido e tordesilhesco que se atreveu, ou se há de atrever, a contar com pena de avestruz, grosseira e mal aparada, as façanhas do meu valoroso cavaleiro, porque não é carga para os seus ombros, nem assunto para o seu frio engenho; e a esse advertirás, se acaso chegares a conhecê-lo, que deixe descansar na sepultura os cansados e já apodrecidos ossos de Dom Quixote, e não o queira levar, contra os foros da morte, para Castela, a Velha[7], obrigando-o a sair da cova, onde real e verdadeiramente jaz muito bem estendido, impossibilitado de empreender terceira jornada e nova saída, que para zombar de todas as que fizeram tantos cavaleiros andantes, bastam as duas que ele levou a cabo, com tanto agrado e beneplácito das gentes a cuja notícia chegaram, tanto nestes reinos como nos estranhos; e com isto cumprirás a tua profissão cristã, aconselhando bem a quem te quer mal, e eu ficarei satisfeito e ufano de ter sido o primeiro que gozou inteiramente o fruto dos seus escritos, como desejava, pois não foi outro meu intento, senão o de tornar aborrecidas dos homens as fingidas e disparatadas histórias dos livros de cavalarias, que vão já tropeçando com as do meu verdadeiro Dom Quixote, e ainda hão de cair de todo, sem dúvida". Vale[8].

---

[6] Imitação de uns versos de Ginés de Hita.

[7] Isso mesmo diz Avellaneda, prometendo aventuras do seu herói.

[8] "Vale": saudação de despedida.

Gve Doré
H. PISAN.

Sumário

O ENGENHOSO FIDALGO DOM QUIXOTE DE LA MANCHA
SEGUNDO LIVRO

O Objetivo, a filosofia e a missão da Editora Martin Claret

O principal objetivo da Martin Claret é contribuir para a difusão da educação e da cultura, por meio da democratização do livro, usando canais de comercialização habituais, além de criar novos.

A filosofia de trabalho da Martin Claret consiste em produzir livros de qualidade a um preço acessível, para que possam ser apreciados pelo maior número possível de leitores.

A missão da Martin Claret é conscientizar e motivar as pessoas a desenvolver e utilizar o seu pleno potencial espiritual, mental, emocional e social.

O livro muda as pessoas. Revolucione-se: leia mais para ser mais!

MARTIN CLARET

Relação dos Volumes Publicados

1. **Dom Casmurro** *Machado de Assis*
2. **O Príncipe** *Maquiavel*
3. **Mensagem** *Fernando Pessoa*
4. **O Lobo do Mar** *Jack London*
5. **A Arte da Prudência** *Baltasar Gracián*
6. **Iracema / Cinco Minutos** *José de Alencar*
7. **Inocência** *Visconde de Taunay*
8. **A Mulher de 30 Anos** *Honoré de Balzac*
9. **A Moreninha** *Joaquim Manuel de Macedo*
10. **A Escrava Isaura** *Bernardo Guimarães*
11. **As Viagens - "Il Milione"** *Marco Polo*
12. **O Retrato de Dorian Gray** *Oscar Wilde*
13. **A Volta ao Mundo em 80 Dias** *Júlio Verne*
14. **A Carne** *Júlio Ribeiro*
15. **Amor de Perdição** *Camilo Castelo Branco*
16. **Sonetos** *Luís de Camões*
17. **O Guarani** *José de Alencar*
18. **Memórias Póstumas de Brás Cubas** *Machado de Assis*
19. **Lira dos Vinte Anos** *Álvares de Azevedo*
20. **Apologia de Sócrates / Banquete** *Platão*
21. **A Metamorfose/Um Artista da Fome/Carta a Meu Pai** *Franz Kafka*
22. **Assim Falou Zaratustra** *Friedrich Nietzsche*
23. **Triste Fim de Policarpo Quaresma** *Lima Barreto*
24. **A Ilustre Casa de Ramires** *Eça de Queirós*
25. **Memórias de um Sargento de Milícias** *Manuel Antônio de Almeida*
26. **Robinson Crusoé** *Daniel Defoe*
27. **Espumas Flutuantes** *Castro Alves*
28. **O Ateneu** *Raul Pompéia*
29. **O Noviço / O Juiz de Paz da Roça / Quem Casa Quer Casa** *Martins Pena*
30. **A Relíquia** *Eça de Queirós*
31. **O Jogador** *Dostoiévski*
32. **Histórias Extraordinárias** *Edgar Allan Poe*
33. **Os Lusíadas** *Luís de Camões*
34. **As Aventuras de Tom Sawyer** *Mark Twain*
35. **Bola de Sebo e Outros Contos** *Guy de Maupassant*
36. **A República** *Platão*
37. **Elogio da Loucura** *Erasmo de Rotterdam*
38. **Caninos Brancos** *Jack London*
39. **Hamlet** *William Shakespeare*
40. **A Utopia** *Thomas More*
41. **O Processo** *Franz Kafka*
42. **O Médico e o Monstro** *Robert Louis Stevenson*
43. **Ecce Homo** *Friedrich Nietzsche*
44. **O Manifesto do Partido Comunista** *Marx e Engels*
45. **Discurso do Método / Meditações** *René Descartes*
46. **Do Contrato Social** *Jean-Jacques Rousseau*
47. **A Luta pelo Direito** *Rudolf von Ihering*
48. **Dos Delitos e das Penas** *Cesare Beccaria*
49. **A Ética Protestante e o Espírito do Capitalismo** *Max Weber*
50. **O Anticristo** *Friedrich Nietzsche*
51. **Os Sofrimentos do Jovem Werther** *Goethe*
52. **As Flores do Mal** *Charles Baudelaire*
53. **Ética a Nicômaco** *Aristóteles*
54. **A Arte da Guerra** *Sun Tzu*
55. **Imitação de Cristo** *Tomás de Kempis*
56. **Cândido ou o Otimismo** *Voltaire*
57. **Rei Lear** *William Shakespeare*
58. **Frankenstein** *Mary Shelley*
59. **Quincas Borba** *Machado de Assis*
60. **Fedro** *Platão*
61. **Política** *Aristóteles*
62. **A Viuvinha / Encarnação** *José de Alencar*
63. **As Regras do Método Sociológico** *Émile Durkheim*
64. **O Cão dos Baskervilles** *Sir Arthur Conan Doyle*
65. **Contos Escolhidos** *Machado de Assis*
66. **Da Morte / Metafísica do Amor / Do Sofrimento do Mundo** *Arthur Schopenhauer*
67. **As Minas do Rei Salomão** *Henry Rider Haggard*
68. **Manuscritos Econômico-Filosóficos** *Karl Marx*
69. **Um Estudo em Vermelho** *Sir Arthur Conan Doyle*
70. **Meditações** *Marco Aurélio*
71. **A Vida das Abelhas** *Maurice Materlinck*
72. **O Cortiço** *Aluísio Azevedo*
73. **Senhora** *José de Alencar*
74. **Brás, Bexiga e Barra Funda / Laranja da China** *Antônio de Alcântara Machado*
75. **Eugênia Grandet** *Honoré de Balzac*
76. **Contos Gauchescos** *João Simões Lopes Neto*
77. **Esaú e Jacó** *Machado de Assis*
78. **O Desespero Humano** *Sören Kierkegaard*
79. **Dos Deveres** *Cícero*
80. **Ciência e Política** *Max Weber*
81. **Satíricon** *Petrônio*
82. **Eu e Outras Poesias** *Augusto dos Anjos*
83. **Farsa de Inês Pereira / Auto da Barca do Inferno / Auto da Alma** *Gil Vicente*
84. **A Desobediência Civil e Outros Escritos** *Henry David Toreau*
85. **Para Além do Bem e do Mal** *Friedrich Nietzsche*
86. **A Ilha do Tesouro** *R. Louis Stevenson*
87. **Marília de Dirceu** *Tomás A. Gonzaga*
88. **As Aventuras de Pinóquio** *Carlo Collodi*
89. **Segundo Tratado Sobre o Governo** *John Locke*
90. **Amor de Salvação** *Camilo Castelo Branco*
91. **Broquéis/Faróis/ Últimos Sonetos** *Cruz e Souza*
92. **I-Juca-Pirama / Os Timbiras / Outros Poemas** *Gonçalves Dias*
93. **Romeu e Julieta** *William Shakespeare*
94. **A Capital Federal** *Arthur Azevedo*
95. **Diário de um Sedutor** *Sören Kierkegaard*
96. **Carta de Pero Vaz de Caminha a El-Rei Sobre o Achamento do Brasil**
97. **Casa de Pensão** *Aluísio Azevedo*
98. **Macbeth** *William Shakespeare*

99. **Édipo Rei/Antígona**
Sófocles

100. **Lucíola**
José de Alencar

101. **As Aventuras de Sherlock Holmes**
Sir Arthur Conan Doyle

102. **Bom-Crioulo**
Adolfo Caminha

103. **Helena**
Machado de Assis

104. **Poemas Satíricos**
Gregório de Matos

105. **Escritos Políticos / A Arte da Guerra**
Maquiavel

106. **Ubirajara**
José de Alencar

107. **Diva**
José de Alencar

108. **Eurico, o Presbítero**
Alexandre Herculano

109. **Os Melhores Contos**
Lima Barreto

110. **A Luneta Mágica**
Joaquim Manuel de Macedo

111. **Fundamentação da Metafísica dos Costumes e Outros Escritos**
Immanuel Kant

112. **O Príncipe e o Mendigo**
Mark Twain

113. **O Domínio de Si Mesmo pela Auto-Sugestão Consciente**
Émile Coué

114. **O Mulato**
Aluísio Azevedo

115. **Sonetos**
Florbela Espanca

116. **Uma Estadia no Inferno / Poemas / Carta do Vidente**
Arthur Rimbaud

117. **Várias Histórias**
Machado de Assis

118. **Fédon**
Platão

119. **Poesias**
Olavo Bilac

120. **A Conduta para a Vida**
Ralph Waldo Emerson

121. **O Livro Vermelho**
Mao Tsé-Tung

122. **Oração aos Moços**
Rui Barbosa

123. **Otelo, o Mouro de Veneza**
William Shakespeare

124. **Ensaios**
Ralph Waldo Emerson

125. **De Profundis / Balada do Cárcere de Reading**
Oscar Wilde

126. **Crítica da Razão Prática**
Immanuel Kant

127. **A Arte de Amar**
Ovídio Naso

128. **O Tartufo ou O Impostor**
Molière

129. **Metamorfoses**
Ovídio Naso

130. **A Gaia Ciência**
Friedrich Nietzsche

131. **O Doente Imaginário**
Molière

132. **Uma Lágrima de Mulher**
Aluísio Azevedo

133. **O Último Adeus de Sherlock Holmes**
Sir Arthur Conan Doyle

134. **Canudos - Diário de uma Expedição**
Euclides da Cunha

135. **A Doutrina de Buda**
Siddharta Gautama

136. **Tao Te Ching**
Lao-Tsé

137. **Da Monarquia / Vida Nova**
Dante Alighieri

138. **A Brasileira de Prazins**
Camilo Castelo Branco

139. **O Velho da Horta/Quem Tem Farelos?/Auto da Índia**
Gil Vicente

140. **O Seminarista**
Bernardo Guimarães

141. **O Alienista / Casa Velha**
Machado de Assis

142. **Sonetos**
Manuel du Bocage

143. **O Mandarim**
Eça de Queirós

144. **Noite na Taverna / Macário**
Álvares de Azevedo

145. **Viagens na Minha Terra**
Almeida Garrett

146. **Sermões Escolhidos**
Padre Antonio Vieira

147. **Os Escravos**
Castro Alves

148. **O Demônio Familiar**
José de Alencar

149. **A Mandrágora / Belfagor, o Arquidiabo**
Maquiavel

150. **O Homem**
Aluísio Azevedo

151. **Arte Poética**
Aristóteles

152. **A Megera Domada**
William Shakespeare

153. **Alceste/Electra/Hipólito**
Eurípedes

154. **O Sermão da Montanha**
Huberto Rohden

155. **O Cabeleira**
Franklin Távora

156. **Rubáiyát**
Omar Khayyám

157. **Luzia-Homem**
Domingos Olímpio

158. **A Cidade e as Serras**
Eça de Queirós

159. **A Retirada da Laguna**
Visconde de Taunay

160. **A Viagem ao Centro da Terra**
Júlio Verne

161. **Caramuru**
Frei Santa Rita Durão

162. **Clara dos Anjos**
Lima Barreto

163. **Memorial de Aires**
Machado de Assis

164. **Bhagavad Gita**
Krishna

165. **O Profeta**
Khalil Gibran

166. **Aforismos**
Hipócrates

167. **Kama Sutra**
Vatsyayana

168. **O Livro da Jângal**
Rudyard Kipling

169. **De Alma para Alma**
Huberto Rohden

170. **Orações**
Cícero

171. **Sabedoria das Parábolas**
Huberto Rohden

172. **Salomé**
Oscar Wilde

173. **Do Cidadão**
Thomas Hobbes

174. **Porque Sofremos**
Huberto Rohden

175. **Einstein: o Enigma do Universo**
Huberto Rohden

176. **A Mensagem Viva do Cristo**
Huberto Rohden

177. **Mahatma Gandhi**
Huberto Rohden

178. **A Cidade do Sol**
Tommaso Campanella

179. **Setas para o Infinito**
Huberto Rohden

180. **A Voz do Silêncio**
Helena Blavatsky

181. **Frei Luís de Sousa**
Almeida Garrett

182. **Fábulas**
Esopo

183. **Cântico de Natal/ Os Carrilhões**
Charles Dickens

184. **Contos**
Eça de Queirós

185. **O Pai Goriot**
Honoré de Balzac

186. **Noites Brancas e Outras Histórias**
Dostoiévski

187. **Minha Formação**
Joaquim Nabuco

188. **Pragmatismo**
William James

189. **Discursos Forenses**
Enrico Ferri

190. **Medéia**
Eurípedes

191. **Discursos de Acusação**
Enrico Ferri

192. **A Ideologia Alemã**
Marx & Engels

193. **Prometeu Acorrentado**
Ésquilo

194. **Iaiá Garcia**
Machado de Assis

195. **Discursos no Instituto dos Advogados Brasileiros / Discurso no Colégio Anchieta**
Rui Barbosa

196. **Édipo em Colono**
Sófocles

197. **A Arte de Curar pelo Espírito**
Joel S. Goldsmith

198. **Jesus, o Filho do Homem**
Khalil Gibran

199. **Discurso sobre a Origem e os Fundamentos da Desigualdade entre os Homens**
Jean-Jacques Rousseau

200. **Fábulas**
La Fontaine

201. **O Sonho de uma Noite de Verão**
William Shakespeare

202. **Maquiavel, o Poder**
José Nivaldo Junior

203. **Ressurreição**
Machado de Assis

204. **O Caminho da Felicidade**
Huberto Rohden

205. **A Velhice do Padre Eterno**
Guerra Junqueiro

206. **O Sertanejo**
José de Alencar

207. **Gitanjali**
Rabindranath Tagore

208. **Senso Comum**
Thomas Paine

209. **Canaã**
Graça Aranha

210. **O Caminho Infinito**
Joel S. Goldsmith

211. **Pensamentos**
Epicuro

212. **A Letra Escarlate**
Nathaniel Hawthorne

213. **Autobiografia**
Benjamin Franklin

214. **Memórias de Sherlock Holmes**
Sir Arthur Conan Doyle

215. **O Dever do Advogado / Posse de Direitos Pessoais**
Rui Barbosa

216. **O Tronco do Ipê**
José de Alencar

217. **O Amante de Lady Chatterley**
D. H. Lawrence

218. **Contos Amazônicos**
Inglês de Souza

219. **A Tempestade**
William Shakespeare

220. **Ondas**
Euclides da Cunha

221. **Educação do Homem Integral**
Huberto Rohden

222. **Novos Rumos para a Educação**
Huberto Rohden

223. **Mulherzinhas**
Louise May Alcott

224. **A Mão e a Luva**
Machado de Assis

225. **A Morte de Ivan Ilicht / Senhores e Servos**
Leon Tolstói

226. **Álcoois e Outros Poemas**
Apollinaire

227. **Pais e Filhos**
Ivan Turguêniev

228. **Alice no País das Maravilhas**
Lewis Carroll

229. **À Margem da História**
Euclides da Cunha

230. **Viagem ao Brasil**
Hans Staden

231. **O Quinto Evangelho**
Tomé

232. **Lorde Jim**
Joseph Conrad

233. **Cartas Chilenas**
Tomás Antônio Gonzaga

234. **Odes Modernas**
Anntero de Quental

235. **Do Cativeiro Babilônico da Igreja**
Martinho Lutero

236. **O Coração das Trevas**
Joseph Conrad

237. **Thais**
Anatole France

238. **Andrômaca / Fedra**
Racine

239. **As Catilinárias**
Cícero

240. **Recordações da Casa dos Mortos**
Dostoiévski

241. **O Mercador de Veneza**
William Shakespeare

242. **A Filha do Capitão / A Dama de Espadas**
Aleksandr Púchkin

243. **Orgulho e Preconceito**
Jane Austen

244. **A Volta do Parafuso**
Henry James

245. **O Gaúcho**
José de Alencar

246. **Tristão e Isolda**
Lenda Medieval Celta de Amor

247. **Poemas Completos de Alberto Caeiro**
Fernando Pessoa

248. **Maiakósvski**
Vida e Poesia

249. **Sonetos**
William Shakespeare

250. **Poesia de Ricardo Reis**
Fernando Pessoa

251. **Papéis Avulsos**
Machado de Assis

252. **Contos Fluminenses**
Machado de Assis

253. **O Bobo**
Alexandre Herculano

254. **A Oração da Coroa**
Demóstenes

255. **O Castelo**
Franz Kafka

256. **O Trovejar do Silêncio**
Joel S. Goldsmith

257. **Alice na Casa dos Espelhos**
Lewis Carrol

258. **Miséria da Filosofia**
Karl Marx

259. **Júlio César**
William Shakespeare

260. **Antônio e Cleópatra**
William Shakespeare

261. **Filosofia da Arte**
Huberto Rohden

262. **A Alma Encantadora das Ruas**
João do Rio

263. **A Normalista**
Adolfo Caminha

264. **Pollyanna**
Eleanor H. Porter

265. **As Pupilas do Senhor Reitor**
Júlio Diniz

266. **As Primaveras**
Casimiro de Abreu

267. **Fundamentos do Direito**
Léon Duguit

268. **Discursos de Metafísica**
G. W. Leibniz

269. **Sociologia e Filosofiia**
Émile Durkheim

270. **Cancioneiro**
Fernando Pessoa

271. **A Dama das Camélias**
Alexandre Dumas (filho)

272. **O Divórcio / As Bases da Fé / e outros textos**
Rui Barbosa

273. **Pollyanna Moça**
Eleanor H. Porter

274. **O 18 Brumário de Luís Bonaparte**
Karl Marx

275. **Teatro de Machado de Assis**
Antologia

276. **Cartas Persas**
Montesquieu

277. **Em Comunhão com Deus**
Huberto Rohden

278. **Razão e Sensibilidade**
Jane Austen

279. **Crônicas Selecionadas**
Machado de Assis

280. **Histórias da Meia-Noite**
Machado de Assis

281. **Cyrano de Bergerac**
Edmond Rostand

282. **O Maravilhoso Mágico de Oz**
L. Frank Baum

283. **Trocando Olhares**
Florbela Espanca

284. **O Pensamento Filosófico da Antiguidade**
Huberto Rohden

285. **Filosofia Contemporânea**
Huberto Rohden

286. **O Espírito da Filosofia Oriental**
Huberto Rohden

287. **A Pele do Lobo / O Badejo / o Dote**
Artur Azevedo

288. **Os Bruzundangas**
Lima Barreto

289. **A Pata da Gazela**
José de Alencar

290. **O Vale do Terror**
Sir Arthur Conan Doyle

291. **O Signo dos Quatro**
Sir Arthur Conan Doyle

292. **As Máscaras do Destino**
Florbela Espanca

293. **A Confissão de Lúcio**
Mário de Sá-Carneiro

294. **Falenas**
Machado de Assis

295. **O Uraguai / A Declamação Trágica**
Basílio da Gama

296. **Crisálidas**
Machado de Assis

297. **Americanas**
Machado de Assis

298. **A Carteira de Meu Tio**
Joaquim Manuel de Macedo

299. **Catecismo da Filosofia**
Huberto Rohden

301. **Rumo à Consciência Cósmica**
Huberto Rohden

302. **Cosmoterapia**
Huberto Rohden

303. **Bodas de Sangue**
Federico García Lorca

304. **Discurso da Servidão Voluntária**
Étienne de la Boétie

305. **Categorias**
Aristóteles

306. **Manon Lescaut**
Abade Prévost

307. **Teogonia / Trabalhos e Dias**
Hesíodo

308. **As Vítimas Algozes**
Joaquim Manuel de Macedo

309. **Persuasão**
Jane Austen

Série Ouro
(Livros com mais de 400 p.)

1. **Leviatã**
Thomas Hobbes

2. **A Cidade Antiga**
Fustel de Coulanges

3. **Crítica da Razão Pura**
Immanuel Kant

4. **Confissões**
Santo Agostinho

5. **Os Sertões**
Euclides da Cunha

6. **Dicionário Filosófico**
Voltaire

7. **A Divina Comédia**
Dante Alighieri

8. **Ética Demonstrada à Maneira dos Geômetras**
Baruch de Spinoza

9. **Do Espírito das Leis**
Montesquieu

10. **O Primo Basílio**
Eça de Queirós

11. **O Crime do Padre Amaro**
Eça de Queirós

12. **Crime e Castigo**
Dostoiévski

13. **Fausto**
Goethe

14. **O Suicídio**
Émile Durkheim

15. **Odisséia**
Homero

16. **Paraíso Perdido**
John Milton

17. **Drácula**
Bram Stoker

18. **Ilíada**
Homero

19. **As Aventuras de Huckleberry Finn**
Mark Twain

20. **Paulo – O 13º Apóstolo**
Ernest Renan

21. **Eneida**
Virgílio

22. **Pensamentos**
Blaise Pascal

23. **A Origem das Espécies**
Charles Darwin

24. **Vida de Jesus**
Ernest Renan

25. **Moby Dick**
Herman Melville

26. **Os Irmãos Karamazovi**
Dostoiévski

27. **O Morro dos Ventos Uivantes**
Emily Brontë

28. **Vinte Mil Léguas Submarinas**
Júlio Verne

29. **Madame Bovary**
Gustave Flaubert

30. **O Vermelho e o Negro**
Stendhal

31. **Os Trabalhadores do Mar**
Victor Hugo

32. **A Vida dos Doze Césares**
Suetônio

34. **O Idiota**
Dostoiévski

35. **Paulo de Tarso**
Huberto Rohden

36. **O Peregrino**
John Bunyan

37. **As Profecias**
Nostradamus

38. **Novo Testamento**
Huberto Rohden

39. **O Corcunda de Notre Dame**
Victor Hugo

40. **Arte de Furtar**
Anônimo do século XVII

41. **Germinal**
Émile Zola

42. **Folhas de Relva**
Walt Whitman

43. **Ben-Hur — Uma História dos Tempos de Cristo**
Lew Wallace

44. **Os Maias**
Eça de Queirós

45. **O Livro da Mitologia**
Thomas Bulfinch

46. **Os Três Mosqueteiros**
Alexandre Dumas

47. **Poesia de Álvaro de Campos**
Fernando Pessoa

48. **Jesus Nazareno**
Huberto Rohden

49. **Grandes Esperanças**
Charles Dickens

50. **A Educação Sentimental**
Gustave Flaubert

51. **O Conde de Monte Cristo (Volume I)**
Alexandre Dumas

52. **O Conde de Monte Cristo (Volume II)**
Alexandre Dumas

53. **Os Miseráveis (Volume I)**
Victor Hugo

54. **Os Miseráveis (Volume II)**
Victor Hugo

55. **Dom Quixote de La Mancha (Volume I)**
Miguel de Cervantes

56. **Dom Quixote de La Mancha (Volume II)**
Miguel de Cervantes

58. **Contos Escolhidos**
Artur Azevedo

59. **As Aventuras de Robin Hood**
Howard Pyle